Shabtais Roman, der in der Konzentration auf die Schicksalhaftigkeit des menschlichen Lebens und in der Ausbreitung von dessen Vielfältigkeit eine moderne Variante von Balzacs ›Comédie humaine‹ ist, entwickelt sich um drei miteinander befreundete Männer im Tel Aviv der 70er Jahre: Goldmann, Caesar, Israel, alle im mittleren Alter und in ebenso komplizierten wie banalen und unbefriedigenden Lebensläufen. Ausgehend von diesen drei Männern, in einer kunstvollen, aber nie gekünstelten Technik des Vernetzens, greift der Roman aus auf die Schicksale von deren Eltern, Frauen, Geliebten, Brüdern und Schwestern, Großeltern, Bekannten, Nachbarn und Jugendfreunden – ein Familienroman, der sich zum Gesellschaftsroman weitet, wobei ein Grundmotiv all der zahllosen Lebensgeschichten, die der Roman skizziert, zurückverfolgt, in ihren wichtigen Momenten aufschlüsselt, ist, daß Hoffnungen stets zerbrechen, Lebensentwürfe in Ansätzen steckenbleiben, Unternehmungen scheitern.
Mit dem Tod von Goldmanns Vater beginnt der Roman (einer fulminanten, verhalten komischen Szene, wie Caesar und Israel den Friedhof suchen und zunächst nicht finden, auf dem Goldmanns Vater beerdigt wird), mit dem Selbstmord von Goldmann neun Monate später schließt der Roman.

Yaakov Shabtai, geboren 1934, aufgewachsen in Tel Aviv, lebte dann im Kibbuz Merhavia. Kehrte mit Frau und zwei Töchtern nach Tel Aviv zurück, um nur noch zu schreiben. Shabtai starb 1981. Sein Werk umfaßt Lieder, Theaterstücke, Kurzgeschichten und drei Romane.

Yaakov Shabtai
Erinnerungen an Goldmann
Roman

Aus dem Hebräischen von
Stefan Siebers

Fischer
Taschenbuch
Verlag

Veröffentlicht im Fischer Taschenbuch Verlag GmbH,
Frankfurt am Main, Februar 1993

Lizenzausgabe mit freundlicher Genehmigung
des Alibaba Verlags GmbH, Frankfurt am Main
Die hebräische Originalausgabe erschien 1977

Umschlaggestaltung: Buchholz / Hinsch / Hensinger
Druck und Bindung: Clausen & Bosse, Leck
Printed in Germany
ISBN 3-596-10846-2

Gedruckt auf chlor- und säurefreiem Papier

Für meine Mutter,
Mascha Schabtai
geborene Pomeranz

AM ERSTEN April starb Goldmanns Vater. Goldmann selbst nahm sich am ersten Januar das Leben, zu einer Zeit, da er eigentlich glaubte, es tue sich endlich, dank der Abkapselung und der Einkehr, ein neues Zeitalter vor ihm auf, als hätten der *Bullworker* und ein geregelterer Lebenswandel, vor allem aber die Astronomie und die *Somnium*-Übersetzung ihn auf den Weg der Besserung geführt.

Die seltsame Verbindung, die sich zwischen den beiden Daten herstellen ließ, hatte nur Caesar bemerkt. Er erwähnte sie, eher beiläufig, ein paar Tage nach Goldmanns Beerdigung, als er mit Israel in der Küche stand und dabei war, zwei Gläser Tee einzugießen. Doch Caesar erzählte, daß wie eine belanglose Anekdote, denn er hatte längst aufgegeben zu jener Zeit, er war zu keinerlei Anstrengung, die über die Befriedigung der unmittelbaren Bedürfnisse hinausging, bereit. Der Mode folgend, kleidete er sich in immer schriller werdende Farben, er ließ sich einen Bart stehen, fing an, die teuersten Zigaretten zu rauchen, aß und trank ununterbrochen und rannte jeder Frau nach, die zufällig seinen Weg kreuzte. All seine Gedanken und was ihm an Willenskraft verblieben war, widmete er seinem ältesten Sohn, der von einer unheilbaren Krankheit befallen war und für den keine Hoffnung bestand. In dieser verzweiflungsvollen Phase des eigenen Verlöschens erschien Caesar das Leben als deprimierend und völlig absurd, als ein kurioses Debakel, aus dem man soviel Genuß ziehen sollte wie möglich. Er nannte das, wenn ihn gelegentlich Ernüchterung und Reue überkamen, den »fröhlichen Selbstmord«.

Goldmann allein hätte möglicherweise versucht, den mysteriösen Zusammenhang zwischen den beiden Daten zu deuten . . . wenn er noch am Leben gewesen wäre.

Tatsächlich gab es keinen tieferen Zusammenhang in der ganzen Geschichte, abgesehen vielleicht von jenen Deutungsversuchen, die Caesars Stiefschwester Ruchama spöttisch »Literatendeutung« nannte: Man hätte behaupten können, Goldmann sei unfähig gewesen, »die Erfahrung der Existenz« zu ertragen. Nicht nur zu Neujahr, sondern beinahe täglich hatte er noch einmal von vorn anfangen wollen. Am ersten Januar dieses Jahres aber war der Neubeginn in die völlige Loslösung von der eigenen Existenz gewesen, der Übergang zu einer »anderen Lebensform« oder – um mit Goldmann zu sprechen – zu »einer veränderten Art des Seins«, die absolute Freiheit und Gewißheit bedeutete. Goldmann hatte stets an die Möglichkeit einer solchen Lebensform geglaubt, obwohl er ein nüchterner Denker war, der nur vorübergehend, als er erfolglos versuchte, zur Religion zu finden, seiner vernunftorientierten Denkweise und seiner sozialistischen Weltanschauung untreu wurde.

Als sein Vater Ephraim starb, sagte er, der Alte habe sich vielleicht nur einen Aprilscherz erlaubt. Das wäre der einzige humorvolle Einfall, den man ihm nachsagen könnte – wenn man von den lustigen, wenn auch simplen Zauberkunststückchen absehe, die er einst in kurzen Momenten der Ausgelassenheit vorgeführt habe, die heute aber wie ein phantastischer Traum anmuteten, so viele Jahre lägen sie schon zurück.

Ephraims Frau Regina, die ein paar Tage nach seiner Beerdigung den Namen wechselte und sich fortan nur noch Stefana nennen ließ, sah in seinem Tod eine boshafte, von Rachgier getriebene Tat. Daß er sich gerade den ersten April zum Sterben ausgesucht hatte, brachte sie nicht zum Lachen. Früher seien die Aprilscherze amüsanter gewesen, sagte sie. Sie stöhnte, weil an Ephraims Todestag ein schwerer Chamsin herrschte; er verkündete ihr die Ankunft des Sommers, den sie so sehr verabscheute. Am zweiten April, dem Tag der Beerdigung, sollte der Wüstenwind gar noch heftiger wehen. Die Stadt lag in gleißendem Licht, eingehüllt in hitzige Backofenluft. Man hätte glauben können, sie werde sich in eine Staubwolke verwandeln, die, vom sengenden Ostwind getragen, in die Leere des silbrigen Himmels emporstiege, um dort zu vergehen. Die Sonne schien erbarmungslos herab und verbreitete eine unerträgliche Hitze, die selbst nach Einbruch der Dunkelheit anhielt.

Israel duschte sich und ging auf den Balkon hinaus, um eine Weile auf die verlassenen, finsteren Straßen hinunterzuschauen, danach erst gelang es ihm einzuschlafen.

Noch ehe der Morgen graute, erwachte er. Er würde die meisten Stunden des Tages in seinem Zimmer in Caesars Atelier auf dem Sofa mit dem groben braunen Wollbezug verbringen. Als die Sonne aufging, strahlte sie hell wie mitten am Tag. Israel stand auf und setzte sich ans Klavier, um an den Goldberg-Variationen weiterzuarbeiten. Doch spielte er statt dessen aus dem Gedächtnis Prokofjews »Sarkasmen« herunter, bis ihn die Hitze und die eigene Schwäche zur Aufgabe zwangen. Als er sich wieder hinlegte, wirbelten die Gedanken in seinem Kopf wild durcheinander. Dann stand mit einemmal alles still, und er mußte an den von Schlaflosigkeit gepeinigten Grafen Keiserling aus Dresden denken und an Johann Gottlieb Goldberg, dessen Cembalospieler. Unwillkürlich verbanden sich die Bestandteile dieser Namen kreuz und quer miteinander, um in einem eintönigen Singsang in Israels Ohren zu klingen: »Johann Goldberg Gottlieb Dresden Keiserling Goldberg Golden Johann Keiserling Gottlieb Dresden Gottlieb Johann Keiser Johann Gottberg Gottling Lieberg Johann Dresden Goldann . . .«

Sein Blick indessen kroch einer Spinne gleich über die Spiegel, in denen er sein Ebenbild sah, über die Decke des Raumes mit der staubigen Neonröhre und dann wieder hinab, über die schmuddeligen weißen Wände, an denen Farbfotos hingen von verschneiten Bergen, Seen und grünen Bäumen, von teuren Autos und braungebrannten Schönheiten, manche im Badeanzug, manche nackt . . . bis hin zu der breiten Tür, die Israels Zimmer vom Nebenraum trennte.

Einige Fotos hatte Caesar selbst gemacht; er hatte sie sorgfältig mit Tapeziernägeln und Klebeband aufgehängt. Früher hatten sie Caesar stets inspiriert, denn sie waren ein prahlerisches und offenherziges Zeugnis seiner zügellosen Begierden. Er hatte diese Neigungen teils von seinem Vater geerbt, teils selbständig weiterentwickelt, und er brüstete sich mit ihren wie mit einigen anderen Eigenschaften unablässig.

Nur vorne am Klavier war eine Postkarte befestigt, die Ella aus dem Ausland mitgebracht und dort aufgehängt hatte. Sie zeigte einen in Grüntönen gehaltenen Ausschnitt aus El Grecos Gemälde »Der heilige Franziskus«: Eine schlanke, hochgewachsene Gestalt mit einem länglichen, von einem schwarzen Bart umrahmten Gesicht, dessen Ausdruck sehr ernst, vielleicht sogar feierlich war, kniete, mit einer schweren Kutte bekleidet, auf dem Erdboden nieder. Sie hielt einen Totenschädel in ihren Händen, den sie einem vor ihr knienden Jüngling zeigte. Der Jüngling erschien schmächtiger als der Erwachsene, doch trug auch er eine Kutte, und sein Haupt war wie das seines Meisters von einer Kapuze umhüllt; er hielt die Hände vor seiner Brust gefaltet, während er verwundert und voller Furcht zu dem Totenkopf aufschaute. Der Meister aber sah ruhig und gefaßt zu ihm hin.

Ein weißer Lichtstrahl gelangte durch die Jalousie des Fensters, das südlich zur Straße hinausging, und zielte direkt auf die Karte. Als Israel schweißüberströmt aus schwerem, tiefem Schlaf erwachte, fiel sein Blick unwillkürlich auf den Jüngling und den Mönch mit dem Totenkopf. Im selben Moment hörte er Caesar die Treppe herauflaufen, dann wurde die Wohnungstür aufgestoßen, und Caesar trat ein. Eine lila Hose hatte er an, dazu ein orangeschillerndes Hemd; sein großflächiges Gesicht war rot angelaufen und glänzte vom Schweiß. Doch er schien guter Dinge; in seinen kleinen Augen, die unter buschigen Brauen durch die ungeputzten Brillengläser lugten, hüpften die Pupillen wie zwei fröhliche Mäuschen.

Als er die schwere Kamera abgelegt hatte, fragte er: »Hat niemand angerufen?«

»Tehila hat sich gemeldet. Sie meinte, sie würde es am Abend vielleicht noch einmal versuchen.«

»Und Eliesra?«

Er schaute Israel erwartungsvoll an. Der aber blieb ungerührt auf der Seite liegen und sagte: »Hat nicht angerufen.«

»Die Schlampe!« entfuhr es Caesar.

Er holte ein Päckchen *Rothman's* aus der Brusttasche seines Hemdes und zündete sich eine Zigarette an. Gleich darauf erzählte er Israel in beinahe freudigem Ton, was er ihm bereits am Morgen berichtet und was Israel schon am Tag zuvor erfahren hatte: Goldmanns Vater war tot, und die Beerdigungsfeier in der städtischen Trauerhalle sollte um zwei Uhr beginnen.

Israel sagte nichts. Einen Moment herrschte Schweigen. Ununterbrochen versuchte Caesar sich mit seinem nassen Taschentuch Schweiß von Gesicht und Nacken zu wischen. Und plötzlich wurde Israel zornig: Caesar hatte Zigarettenasche auf den Fußboden fallen lassen, und er hatte gefragt, was er, Israel, von Goldmanns Tod halte, seine Antwort aber nicht abwarten wollen. Während Israel wie gebannt auf das Häufchen Asche auf dem Fußboden starrte, sagte Caesar: »Schon kurz nach halb zwei. Wir müssen uns beeilen!«

Israel richtete sich auf und fragte Caesar, ob ein Kondolenzbesuch im Hause Goldmann nicht ausreichen würde. Schließlich wisse Caesar genau, wie schlecht sich Goldmann mit seinem Vater verstanden habe, außerdem lege Goldmann bekanntlich keinen Wert auf Zeremonien, er verabscheue sie sogar und würde, wenn er könnte, wahrscheinlich sogar der Beerdigung des eigenen Vaters fernbleiben; ginge es nur um den Vater eines Freundes, ließe er sich gewiß nicht blicken.

Doch Caesar, dem Zusammenkünfte aller Art, freudige ebenso wie aufregende oder dramatische, stets Vergnügen bereiteten, sagte hartnäckig, es sei ihre Pflicht, zu der Beerdigung zu gehen, das Verhältnis zwischen Goldmann und seinem Vater gehe sie nichts an; gerade jetzt, wo sein Vater tot sei, würde es ihnen Goldmann, trotz seiner Abneigung gegen solche Feierlichkeiten und trotz seines nüchternen Denkens, insgeheim niemals verzeihen, wenn sie ihn am Grab seines Vaters mit seiner Mutter allein ließen. Alles Verständnis und alle Logik hätten ihre Grenzen, selbst für den Vernünftigsten. Bisweilen sei man eben zu unangenehmen, unlogisch anmutenden Handlungen gezwungen. Zum Schluß betonte er noch, er wolle auf jeden Fall an der Beerdigung teilnehmen, auch wenn er allein hingehen müßte. Israel solle sich nun endlich beeilen und mit ihm kommen.

Der Ärger stand Israel ins Gesicht geschrieben. Schließlich erhob er sich von seiner Ruhestatt und ging, Goldmann und seinen Vater verfluchend, ins Bad, um sich zu waschen. Der Tod des alten Mannes hatte kein bißchen Mitgefühl oder Bedauern in ihm geweckt, hatte ihn nicht einmal überrascht. Der Alte hatte wegen einer plötzlich aufgetretenen Gehirnblutung bereits zwei Wochen besinnungslos im Krankenhaus gelegen, und die Ärzte hatten seinen Tod vorausgesagt.

Einige Male war Goldmanns Vater noch zu sich gekommen. In diesen Momenten hatte er nach irgend etwas verlangt oder wütend vor sich hin gemurmelt. Und einmal hatte er seinem Sohn unter größten Anstrengungen verkündet: »Ich glaube, daß ich aus meinem Leben etwas gemacht habe.«

Seine Stimme klang fremd. Dumpf und tief tönte sie wie aus dem finsteren Innern eines leeren Kruges. Einzelne Silben waren kaum zu verstehen.

Goldmann nickte seinem Vater zu, denn er empfand Mitleid, jetzt, da er ihn hilflos auf dem Sterbebett liegen sah. Vor allem aber fühlte er sich unwohl in seiner Haut, jedoch nicht weil sein Vater im Sterben lag, es war der Groll, den der Alte immer noch in sich trug.

Die Ärzte vertraten den Standpunkt, die kurzen Wachphasen des Patienten hätten nichts zu bedeuten. Sie rieten der Familie, auf »das Allerschlimmste« gefaßt zu sein. Und so bereitete sich Regina, die Goldmanns Vater – wie er in einem klaren Moment befohlen hatte – nicht in seiner Nähe haben wollte, auf den »Ernstfall« vor ... Als dieser dann eintrat, atmete sie wie befreit auf: Nun war er tot; keine Macht auf Erden würde ihn zu neuem Leben erwecken können.

Während Israel sich das Gesicht wusch, sich abtrocknete und kämmte, mußte er daran denken, wie er Goldmann zweimal ins Krankenhaus begleitet hatte. Einmal war er mit ins Zimmer des Vaters gegangen und hatte ihn dort reglos wie eine Leiche, unter einem weißen Laken und an alle möglichen Schläuche angeschlossen, liegen sehen. Seine weit geöffneten Augen, die früher rötlich wie die eines Karnickels gewesen waren, wirkten mit einemmal farblos und trüb, sie hatten jeden Ausdruck verloren. Das Gesicht war aschfahl und von der Schwellung entstellt.

Goldmann nahm am Bett seines Vaters Platz und ließ seine Hand auf dem Kissen, nahe der Schulter des Alten, ruhen. Einmal berührte er sie sogar, indem er ganz leicht, aber ohne Zärtlichkeit, über sie hinwegstrich. Israel war in einiger Entfernung stehengeblieben und betrachtete Goldmanns Vater gleichgültig, mit einem gewissen Abscheu. Erst später, nach Verlassen des Krankenhauses und an den folgenden Tagen und schließlich erneut nach dem Tod des Alten, bedrückte ihn der Anblick, den er im Gedächtnis behalten hatte: soviel Fremdheit und Ohnmacht lagen darin! Und wie abscheulich das Nichts war, in das Goldmanns Vater nun eintauchte! Obwohl Israel im allgemeinen die Fähigkeit besaß, sich vor den Einflüssen seiner Umgebung zu verschließen, holte ihn dieses betrübliche Gefühl immer wieder unerwartet ein – und sei es nur wegen irgendeiner zufälligen Begebenheit, eines Geräuschs oder eines Geruchs, wegen einer Zeitungsmeldung, einer Melodie ... oder, wie in den letzten Tagen, wegen Ella. Das Verlangen nach ihr, das ihn schon am frühen Morgen überkam, ließ ihn nicht los während all der trostlos dahinkriechenden Stunden in der schwülen Hitze des Zimmers.

Er hatte sie zufällig im Kino kennengelernt. Zwar unterschied sie sich an jenem Abend in den Jeans und dem schwarzen Pullover, die sie unter dem dunkelgrünen Wollmantel trug, kaum von den anderen Mädchen, und doch vermittelte sie ihm bereits bei ihrer ersten Begegnung den Eindruck, sie entstamme einem unbekannten, vielleicht sogar inexistenten Ort, beinahe so, als habe sie kein Zuhause. Wie aus dem Nichts war sie aufgetaucht und würde eines Tages, genau wie sie gekommen war, auf Nimmerwiedersehen verschwinden. Aber von diesem Gefühl erzählte er niemandem.

Vor allem Caesar nicht. Der betrat gerade das Nebenzimmer, sein Büro und Atelier, das mit Stühlen, Leinwänden, Projektoren, Kisten, Fotozubehör, alten Kleidern, Magazinen und Gerümpel vollgestopft war. »Obladi oblada life goes on . . .«, trällerte er, indes er einen neuen Film in die Kamera einlegte. Anschließend schenkte er sich ein Glas Whisky ein und erschien in der Badezimmertür, um sich noch einmal zu vergewissern, ob sonst wirklich niemand anderes für ihn angerufen habe.

Israel sagte nein.

»Der alte Goldmann hätte schon längst abkratzen sollen«, sagte Caesar, trank einen Schluck und fügte hinzu: »Eigentlich ist er genau im richtigen Alter gestorben. Mehr Jahre braucht der Mensch nicht.«

Dabei schaute er zu, wie Israel schweigend das Handtuch zurückhängte, um danach in sein Zimmer zu gehen und sich anzuziehen. Caesar folgte ihm. Er stellte das Whiskyglas aufs Klavier und lehnte sich an das Musikinstrument. Aus der Brusttasche seines Hemdes zog er einen weißen Umschlag hervor.

»Sieh her, was ich erstanden habe«, sagte er und deutete auf einen Packen pornographischer Aufnahmen: Zwei Männer und zwei vollbusige Frauen, eine dunkel, die andere blond, vergnügten sich in allen erdenklichen Positionen, mal paarweise, mal zu viert. Caesars rötliches Gesicht schaute amüsiert drein, während er die Fotos der Reihe nach durchsah. Hin und wieder murmelte er kichernd einen Kommentar oder stieß einen Schrei der Bewunderung aus. Gelegentlich reichte er Israel eines der Fotos und sagte: »Was hältst Du von der Kleinen?« oder: »Schau her, wie der Schuft ihr einheizt!«

Ehe er den Stapel in den Umschlag zurücksteckte, verweilte sein Blick noch einen langen Moment auf dem obersten

Foto. Er nahm einen Schluck Whisky und sagte: »Frauen mit kräftigen Schenkeln und prallen Brüsten mag ich am liebsten.«

Schließlich schob er den Umschlag wieder in die Hemdtasche und verschwand einen Augenblick in der Dunkelkammer. Als er herauskam, rief er nach Israel, der in der Zwischenzeit auf die Toilette gegangen war:

»Los, laß uns gehen, bevor Goldmanns Vater sich aus dem Staub macht!«

Israel kam aus dem Badezimmer und schlüpfte in seine Sandalen, während Caesar das Whiskyglas leerte. Dann gingen sie die Treppe hinunter.

Die Straße war vom gleißenden Sonnenlicht überflutet, das das Auge wie ein stechender Schmerz durchfuhr und die stickige Luft zum Glühen brachte. Der Geruch aufgeweichten Asphalts, Staubpartikel und Autoabgase mischten sich mit dem schweren, süßlichen Duft des Paternosterbaums und des Oleanders, dessen Knospen wie über Nacht alle gleichzeitig aufgeblüht waren. Vom weißglühenden Himmel, vom Trottoir und den Häuserwänden – von überall her kamen Hitze und Gleißen, und sie waren so furchtbar, daß es einem schien, als loderten direkt unter der zerbrechlichen Erdkruste riesige Brandherde; wie vom Blitz getroffen hockten die Vögel in den Kronen der reglos dastehenden Bäume, und Israel, der im ersten Moment wie geblendet war und sich dicht bei Caesar hielt, sagte: »Das ist ja die Hölle.« Caesar aber, mit der Kamera um den Hals, sang leise: »Obladi oblada . . .«; unermüdlich wiederholte er diesen Refrain, indem er, ohne es zu bemerken, die Melodie leicht variierte.

Weil Caesars Wagen schon seit zwei Tagen wegen eines Defekts in der Werkstatt stand, steuerten sie auf die Bushaltestelle zu. Plötzlich wollte Caesar unbedingt noch Vicky anrufen. Sie betraten ein Café. Caesar wählte Vickis Nummer dreimal, aber niemand meldete sich.

»Diese Schlampe . . .«, schimpfte er und knallte den Hörer auf die Gabel. Beim Hinausgehen sagte er jedoch: »Die kleine Vicki ist ein phantastisches Mädchen. Schade, daß sie demnächst heiratet.«

In seiner Stimme lag leichtes Bedauern, doch keine echte Trauer. Er glaubte wohl, ein Recht auf das Mädchen zu haben – so wie auf alles, was ihm interessant oder unterhaltsam erschien –, und deswegen sei es völlig unmöglich, daß sie schon bald einem anderen gehören sollte. Vielleicht hoffte er auch, sie würden sich, selbst wenn sie verheiratet wäre, weiterhin treffen, um sich in aller Heimlichkeit flink, doch voller Genuß miteinander zu amüsieren. Tatsächlich war Caesar nicht bereit, ja nicht einmal fähig, sich vorzustellen, daß auch die positiven Dinge im Leben irgendwann zu Ende gingen.

Und das einzige, was ihm – außer seiner Beziehung zu Tehila und Eliesra – in den letzten Wochen Sorge bereitete, war der starke Haarausfall, unter dem er seit geraumer Zeit litt. Mit allerlei Seifen, Pflegemitteln und Massagen versuchte er ihn zu bekämpfen; und selbst als er einsehen mußte, daß sein Haar trotz allem immer schütterer wurde, gab er nicht auf. Auch jetzt lief er noch schnell von der Haltestelle in die Apotheke, um sich zwei Fläschchen »Jochems Hormon« zu besorgen, ein Präparat, das er seit zwei Wochen benutzte.

Unterdessen fuhr der Autobus vor. Caesar kam rechtzeitig angelaufen; so stiegen sie ein, und er bezahlte die beiden Fahrscheine. Er war guter Stimmung, aber gerade das steigerte Israels Zorn. Weil aber Israels Gesicht ebenso verschlossen wie vorher wirkte und Caesar ganz mit sich beschäftigt war, bemerkte er den Unmut seines Freundes nicht. Als sie saßen, begann er, begeistert von dem Haarpflegemittel zu sprechen. Auf dem beigefügten Prospekt hieß es, »Jochems Hormon« sei das Ergebnis vierzehn Jahre währender Untersuchungen und Experimente; welches Stadium der Haarausfall auch immer erreicht habe, das Mittel sei imstande, ihn definitiv zum Stillstand zu bringen, was unzählige Beispiele bewiesen hätten, so auch der Fall des bekannten niederländischen Boxers Baaf van Clauweren, der bereits in jungen Jahren zur Kahlköpfigkeit geneigt habe; zwei Aufnahmen seines Hinterkopfes – vor und nach der Hormonkur – prangten in der Mitte des Faltblattes. Später erzählte Caesar von den Fotos, die er am Morgen in einer Konservenfabrik gemacht hatte. Schließlich sagte er, er wundere sich, daß Eliesra nicht angerufen habe. Die Sache ging ihm nicht aus dem Sinn. Ebensowenig wie Tehilas Ankündigung, sie werde am Abend noch einmal von sich hören lassen. Dann schwieg er. Er zündete sich eine Zigarette an und saß gedankenversunken da. Nach einer Weile wandte er sich von neuem an Israel: »Wenn Tehila anruft, dann sag, ich sei nach Jerusalem gefahren und käme sicher erst morgen zurück.«

»In Ordnung«, sagte Israel. Durch die staubbedeckte Fensterscheibe betrachtete er Geschäfte und Passanten. Gerade fuhren sie an einem Kino vorbei, das dort stand, wo in seiner Kindheit eine große, unbebaute Sandfläche gewesen war. Hier hatte er einmal beobachtet, wie Goldmanns Vater, mit einer Schildmütze auf dem Kopf und in verschwitzter Arbeitskleidung, eine Schubkarre vor sich herschob und mit den anderen Bauleuten zusammen die Fundamente eines Gebäudes goß.

Auch damals war die Luft vom Blütenduft des Paternosterbaums und der Oleanderbüsche erfüllt und kein Wölkchen am Himmel zu sehen, doch anders als jetzt erschien das Firmament tiefblau und die Luft rein und angenehm frisch; genau wie an jenem Herbsttag, an dem Goldmanns Vater in der Dämmerung Frau Kaminskajas schwarzen Hund an der Leine hinter sich herzerrte, um ihn an der Wasserleitung im Hof des Hauses, in dem sie wohnten, festzubinden. Das alles war unglaublich beängstigend und vollzog sich mit düsterer Gewalt, während ringsum eine samtene, friedliche Stimmung in der Abendluft lag. Im Paternosterbaum, in den Zypressen, der Jakaranda, im riesigen Ficus und im Flammenbaum, der schon Blätter und rote Blüten verlor, selbst in den Windungen der Rohre im Schatten der Bougainvillea hatten überall Vögel Nester gebaut, und so zwitscherte es lauthals von allen Seiten, als feierten sie ein Fest. Ein fröhliches Spektakel herrschte im Hof.

Weiß der Himmel, was die Kaminskaja in diesem Moment trieb. Sie war eine hochgewachsene Frau mit blonden Haaren, kraftstrotzend, temperamentvoll und dem Alkohol zugetan; sie hatte ängstlich blickende grüne Augen und wulstige, sinnliche Lippen. Vielleicht vergnügte sie sich gerade mit dem ehemaligen Ballettmeister, den jeder nur Diaghilew nannte. Oder mit dem jungen Mann, an dessen Seite sie öfters zu sehen war. Oder mit einem anderen, dem Klempner zum Beispiel oder irgendeinem, den sie nicht einmal richtig kannte. Möglicherweise las sie auch nur oder schlief. Ihr Tagesablauf war ungeregelt und stets unberechenbar; es kümmerte sie nicht, ob gerade Tag oder Nacht war. Dadurch erweckte sie regelmäßig den Zorn des alten Goldmann, der fast fanatisch an die Existenz einer festen Ordnung in dieser Welt glaubte. Gut und schlecht könne man genau voneinander scheiden, und es gebe keinen Freiraum dazwischen, behauptete er. Ein feststehender Rhythmus, dem zufolge der Mensch um sieben, allerspätestens um acht aufstehen müsse, bildete einen Teil seines Weltbildes. Die Kaminskaja aber war derart zügellos und vom Alkohol mitgenommen, daß sie während des Krieges bisweilen nur mit Unterwäsche bekleidet in den Bunker hinunterstieg. Aus einer plötzlichen Laune heraus oder aus Trauer war sie imstande, mitten in der Nacht laut wie eine Verrückte zu singen; dabei hätte man glauben können, sie wolle die Dunkelheit in Stücke reißen und das Leid und die Sehnsucht, die ihrer Seele und den russischen Liedern innewohnten, ungehindert hinausschreien. Es war, als versuche sie auf diese Weise, fernen, unerreichbaren Gefilden nahezukommen. Und an manchen Tagen trieb sie die Verzweiflung dazu, in Bosheit, Unflätigkeit und Lüge Zuflucht zu suchen. Goldmanns Vater erschien all dies unverzeihlich. Nichts als Haß empfand er für Frau Kaminskaja und ihren ganzen Lebenswandel, für die Lieder, die sie sang, ebenso wie für ihre Kleidung und *Nuit sombre,* ihren schwarzen Hund.

Nuit sombre stand still, an die Wasserleitung gebunden und den Blick auf Goldmanns Vater gerichtet, der vor lauter Aufregung und bösen Gedanken kreidebleich und angespannt aussah. Der Hund wedelte freudig mit dem Schwanz, nicht ahnend, was in wenigen Sekunden geschehen würde. Der Alte näherte sich ihm . . . und dann, plötzlich, zog er unter dem Hemd einen Hammer von der Baustelle hervor und schlug wutschnaubend auf den Schädel des Tieres ein. Mit einem seltsam klingenden Ächzen begann *Nuit sombre* zu schwanken.

»Krepier schon! ... Du Biest sollst krepieren!« schrie Goldmanns Vater aus Leibeskräften, indem er wie ein Wahnsinniger auf das Tier einhämmerte. Endlich brach *Nuit sombre* zusammen. Mit zermalmtem Schädel lag er da; ein Zucken durchfuhr seinen Körper, und ein leises Röcheln kam aus seiner Kehle. Dann regte er sich nicht mehr. Der Erdboden, die Lantana und der Hibiskus, die noch in voller Blüte standen, auch die Wasserleitung und die Hauswand, alles ringsum war mit Blut und zerquetschter Hirnmasse beschmiert. Erst die Regenfälle, die zu Beginn des Winters einsetzten, spülten die häßlichen Flecken fort.

Als der Hund keinen Laut mehr von sich gab, beeilte sich Goldmanns Vater, den Hammer vom Blut zu reinigen. Seine Hände waren ungelenk, denn er zitterte am ganzen Leib. Er stopfte den Kadaver in einen Sack, um ihn fortzuschaffen. Schließlich schleuderte er ihn weit von sich auf das dornenbedeckte, verwilderte Brachland, das sich bis weit über die Zitrusplantagen und die Kakteenhecken der arabischen Dörfer hinaus dehnte. Die Dörfer waren ein paar Jahre später verschwunden und mit ihnen all die bestellten und unbestellten Felder, die bewässerten Flächen und die Weinberge, die kleinen Eukalyptushaine und die Schakale, die *Nuit sombres* Kadaver verzehrt hatten. Einem Neubaugebiet mit gepflegten Straßen mußten sie weichen, das in schwindelerregendem Tempo erstellt wurde und durch das nun der Autobus fuhr.

An der Endstation verließen Caesar und Israel den Bus, um wie die anderen Leute zur städtischen Trauerhalle zu gehen. Caesar, der in einem fort schwitzte, fing wieder an von Eliesra zu reden: Er hoffte, daß sie zur Beerdigung erscheinen werde ... aber allein sollte sie kommen, denn er verspürte nicht das geringste Bedürfnis, ihrem Mann zu begegnen – schon gar nicht bei einer solchen Hitze. Israel schwieg. Indes stellte Caesar fest, daß hohe Temperaturen seinen Geschlechtstrieb beflügelten, und kam dabei gleich wieder auf Eliesra zu sprechen.

»Mit diesem Gideon vergeudet sie nur ihre Zeit. Der ist nicht einmal in der Lage, sie im Bett zufriedenzustellen. Außer seinem hübschen Lockenkopf, seinem guten Englisch, dem bißchen Bildung und langweiliger Gutmütigkeit hat er doch nichts zu bieten.«

Dann gelangten sie zur Trauerhalle. Der Hof des Gebäudes wimmelte von Menschen, die gekommen waren, um einem Toten die letzte Ehre zu erweisen und ihn auf seinem schweren Weg ein Stück zu begleiten. Sie gingen wartend auf und ab, bildeten Grüppchen und unterhielten sich miteinander: Ihre Gespräche kreisten um Krankheit und Tod, um die Familie, die Hitze, auch um politische und geschäftliche Belange. Hin und wieder hörte man jemanden schluchzen oder sich schneuzen. An einer der Wände war eine große kupferne Platte befestigt, auf der geschrieben stand:

Des Menschen Tage sind wie Gras,
er blüht wie die Blume des Feldes.

Caesar und Israel waren zunächst auf der Suche nach bekannten Gesichtern am Eingang des Hofes stehengeblieben. Doch allmählich ließen auch sie sich, beinahe ohne es zu bemerken, in die Menschenmenge hineindrängen, um am Ende selbst in ihr aufzugehen. Caesar stellte die Kamera ein und begann zu fotografieren. Über versteckt installierte Lautsprecher rief eine Stimme die Namen der Verstorbenen auf, deren Trauerzug wenige Augenblicke später losgehen sollte. Nach jeder Durchsage schwoll das Schluchzen an, die Menge geriet unversehens in Bewegung; manche traten aufeinander zu, um sich zu einem Trauerzug zu formieren, während andere zurückwichen und den Weg freigaben für die Träger der schwarzen Bahre mit dem Toten darauf, denen sich die Angehörigen, Freunde, Bekannten und Nachbarn anschlossen. Caesar machte rasch Aufnahmen von den Trägern und dem Verstorbenen, von seiner weinenden Familie und den übrigen Trauergästen, ehe die Karawane den Hof verließ und der Leichenwagen davonfuhr.

Weitere Namen ertönten über die Lautsprecher, doch nicht der des alten Goldmann. Schweißnaß stand Israel inmitten der Menschenmasse, die sich raunend hin und her bewegte, und fühlte den Zorn in sich anschwellen. Schließlich wandte er sich zu Caesar um, der immer noch fotografierte.

»Ich mach mich aus dem Staub«, sagte er.

»Warte noch einen Moment. Ich werde die Sache jetzt in die Hand nehmen.«

Und er ging los, um zu erkunden, was mit dem alten Goldmann geschehen war. Ein paar Minuten verstrichen, dann kam er wieder.

»Wir haben Pech. Er ist längst weg. Komm mit!«

»Wohin?«

»Nach Qiryat Shaul«, sagte Caesar mit einem Lächeln. Israel aber wünschte sich insgeheim, die Erde möge sich auftun und alles um ihn herum, seinen Freund und ihn selbst auf einmal verschlucken.

»Komm schon! Wir haben keine Zeit zu verlieren!«

Caesar steuerte eilig auf den Ausgang zu. Er wollte zur Haltestelle zurück und den Autobus nach Qiryat Shaul nehmen.

Am liebsten wäre Israel direkt nach Hause gefahren, um sich zu duschen, Klavier zu spielen und auf Ellas Anruf zu warten. Trotzdem folgte er Caesar zur Bushaltestelle und stand nun wütend, mit versteinertem Gesicht, neben ihm in der prallen, stechenden Sonne. Durch einen feinen Dunstschleier, der sich über die silbrig schimmernde Leere des Himmels gezogen hatte, strahlte die Glut ohne Erbarmen herab. Caesar betrachtete einen Moment lang den Prospekt von »Jochems Hormon« und warf noch einmal einen prüfenden Blick auf den Hinterkopf des bekannten holländischen Boxers. Unvermittelt breitete sich ein Lächeln über sein Gesicht.

»Alles Betrug«, sagte er und steckte den Prospekt wieder ein. Doch dann verwünschte er den Automechaniker, dem er den Wagen zur Reparatur anvertraut hatte, und fluchte über die jüdischen Bestattungsbräuche.

»Bei den Römern«, erklärte er in anerkennendem Ton, »war es Sitte, die Toten zu verbrennen. Die Asche wurde in schöne Krüge gefüllt, die man am Eingang des Hauses aufstellte.« Er werde testamentarisch verfügen, daß man auch seinen Leichnam dem Feuer übergebe; seine Asche aber solle in alle Winde verstreut werden.

Und Israel, der nie ganz begriffen hatte, weshalb Goldmanns Vater Frau Kaminskajas Hund in der Dämmerung jenes Herbsttages erschlagen hatte, betrachtete still die vorbeifahrenden Autos und den Eukalyptusbaum drüben, auf der anderen Straßenseite.

Mit Chanoch Leviathan, dem jüngsten Bruder von Avinoam und Sonia, der eine Zeitlang in seiner Klasse gewesen war und nach ungefähr zwei Jahren an Lungenentzündung starb, hatte er sich hinter den Myrtensträuchern im Schatten der hohen, wunderbar duftenden Zypressen versteckt, nur wenige Schritte von dem furchtbaren Geschehen entfernt. Chanoch zitterte am ganzen Leib; Israel selbst war wie gelähmt in jenem Moment und übergab sich mehrere Male, als sich Goldmanns Vater mit dem Kadaver davonmachte. Später spülte er sich den Mund und das Gesicht und versuchte ein wenig Kraft zu schöpfen, ehe er die Treppen zur elterlichen Wohnung hinaufstieg.

Weil ihn das Gebell nachts vom Schlafen abhielt, darum habe der alte Goldmann das Tier erschlagen, behaupteten einige Nachbarn, andere meinten dagegen, er habe es als niederträchtig und unsittlich empfunden, daß jemand in solchen Zeiten einen Hund durchfüttere. Und so dachten viele, denn der Unabhängigkeitskrieg war gerade vorbei, und nicht allein Goldmanns Eltern, sondern jeder Bewohner der Stadt stand ständig, ob bei Tag oder Nacht, bei unerträglicher Hitze oder kaltem Regenwetter, in irgendeiner Schlange an. Überall war es das gleiche, im Lebensmittel- wie im Gemüseladen, beim Fischhändler und in der Metzgerei. Nach Stunden des Wartens und Drängelns kehrte man erschöpft und niedergeschlagen mit einem erbärmlich kleinen Stück Fleisch, mit Knochen für die Suppe, ein paar Eiern, Zwiebeln und Kartoffeln nach Hause zurück. Und auch das wenige hatte man oft erst nach langem Bitten oder Gezeter, nach Geschimpf und manchmal sogar erst nach Handgreiflichkeiten ergattert.

Zu jener Zeit herrschten Zustände fast wie im Weltkrieg, und genau wie damals weigerte sich Goldmanns Vater, seine Beziehungen auszunutzen oder irgend etwas auf dem schwarzen Markt einzukaufen; nicht ein Körnchen Reis hätte er von dort akzeptiert. Bei den Goldmanns aß man Graubrot, das nach Kleie schmeckte und nach Jutesack roch, hartgekochte Eier, von denen jeder nur ein halbes bekam, mehligen Quark und eingesalzenen Fisch. Die Hauptmahlzeit am Mittag war meist eine Suppe aus braunen Nudeln in Milch, die mit Wasser verdünnt und spärlich mit einem Gemisch aus Sand und Rohrzucker gesüßt wurde.

Über die Kaminskaja aber wurde getuschelt, sie füttere ihren *Nuit sombre* mit teurer Salami und Schweizer Käse, ja sie setze ihm sogar echten Cognac und englisches Bier vor. Und selbst ihre Liebhaber, der frühere Ballettmeister, der junge Maler, der Architekt, der ein paar Monate in ihrer Wohnung hauste, der Sportlehrer und eine Zeitlang auch Caesars Vater, sie alle verwöhnten das Tier so wie sie. Was immer den alten Goldmann dazu bewogen hatte, das Todesurteil über *Nuit sombre* zu fällen – er hatte seine Tat zweifellos als notwendig empfunden, weil das Tier in seinen Augen keinerlei Existenzberechtigung hatte. Nur deshalb tötete er es. Hätte er selbst einen Hund besessen, so hätte der *Nuit sombres* Schicksal geteilt.

Goldmanns Vater war nämlich dem linken Flügel der zionistischen Bewegung zugeneigt; seine Ideale hießen Einfachheit, Fleiß, Sittlichkeit und zivilisiertes Benehmen. Er hegte eine tiefe Abneigung gegen die Revisionisten und gegen alle, die sich bereicherten oder verschwenderisch lebten und die Lügen verbreiteten über das jüdische Land. Doch war dies nur ein kleiner Teil von einem ganzen System klar definierter, kategorischer Grundsätze, die alle Bereiche des Lebens umfaßten

Leute viel zu beschäftigt. Sie gingen schwitzend und voller Hast ihren Aufgaben nach, niemand konnte Caesar und Israel Auskunft geben. Endlich gerieten sie an einen Wächter, der ihnen empfahl, das Friedhofsbüro am anderen Ende der Totenwaschhalle aufzusuchen.

Sie gingen um das einstöckige Gebäude herum, liefen zwei Treppen hinauf und klopften an der Bürotür an. Als sie eintraten, wurden sie von einem hochgewachsenen, sorgfältig gekleideten Mann mit kräftigen, blassen Händen höflich empfangen. Er hörte Caesars Erklärungen aufmerksam zu und sah zweimal die vor ihm liegende Liste durch.

»Zu meinem großen Bedauern«, sagte er, »ist heute kein Mann namens Ephraim Goldmann beigesetzt worden.«

Dabei legte er eine besondere Betonung auf die Worte »zu meinem großen Bedauern«.

Caesar fragte ihn: »Vielleicht gestern?«

Und der Mann wiederholte: »Vielleicht . . .«, während er eine andere Liste einsah. Dann sagte er, wie leid es ihm tue, daß Ephraim Goldmann auch am Vortag nicht bei ihm beigesetzt worden sei.

In Caesars Verhalten zeigten sich die ersten Anzeichen von Ärger und Ungeduld.

»Aber das ist völlig unmöglich!« rief er, indes er im Aschenbecher, der auf dem Tisch stand, seine Zigarette ausdrückte.

Einen Augenblick lang sah ihn der Mann mit wütendem Gesicht an, dann aber faßte er sich und sagte in einem höflichen Ton, aus dem deutlich eine gewisse Feindseligkeit sprach, »zu seinem großen Bedauern« sei er sich seiner Sache vollkommen sicher; da es sich um einen ordnungsgemäß geführten Friedhof handle, sei es undenkbar, daß jemand heimlich oder aufgrund eines Irrtums und ohne Vermerk in der Liste bei ihnen bestattet werde. Auf dieselbe eindringliche Art verwies er sie an den Friedhof von Nachalat Yitzhak; möglicherweise würden sie den Mann, den sie suchten, dort ausfindig machen.

Damit war das Gespräch beendet. Das Verhalten des Friedhofsbeamten ließ keine weiteren Fragen oder Einwände zu. Er trocknete sich die Hände und die hohe Stirn mit einem weißen Taschentuch ab und rückte seine Kippa zurecht. Dann zog er den Ventilator ein wenig zu sich heran und vertiefte sich in die Papiere, die vor ihm auf dem Tisch lagen.

Caesar fixierte ihn einen Augenblick und sagte: »Besten Dank, der Herr.«

Danach verließen sie das Büro.

Caesars Züge wirkten mit einemmal schlaff, die Freude in seinem Gesicht war Ärger und Überdruß gewichen. Als Israel seine Miene bemerkte, wollte er vorschlagen, zurück in die Stadt zu fahren. Doch sofort besann er sich und folgte Caesar wortlos durch die Menge der trauernden Menschen und vorbei an den aufdringlichen Bettlern. Als sie den Friedhof verlassen hatten, gingen sie die schmale Straße hinunter, die zur Rechten ausgedehnte Felder, Zypressen- und Zitrushaine und zur Linken die Werkstätten der Steinmetzen säumten. Sie bewegten sich auf die Hauptstraße zu, auf der sie ein Taxi oder einen Bus nach Nachalat Yitzhak anhalten wollten. Während des Fußweges beschloß Israel, daß er keinesfalls zustimmen würde, jetzt nach Hause zu fahren, selbst wenn ihn Caesar plötzlich auf Knien darum bitten würde. Doch machte sich Caesar über andere Dinge Gedanken. Er zündete sich eine Zigarette an und sagte: »Alles Verbrecher! ... besonders die Orthodoxen ... Hast Du bemerkt, wie dreckig es im Büro war? ... Ich schwör Dir: Das ist der Mann aus dem *Frankfurter*. Jedenfalls sieht er ihm ähnlich.«

»Kann sein«, sagte Israel.

»Der mit seinem Friedhof«, fluchte Caesar, »soll ihn doch der Teufel holen!«

Und kurze Zeit später: »Der Mensch aus dem *Frankfurter* hätte sich anständiger benommen ... frag Goldmann! An seiner Verrücktheit ist niemand anders als seine Frau schuld gewesen.«

Tatsächlich bestand eine gewisse Ähnlichkeit zwischen dem Mann vom Friedhof und Herrn Herbert vom *Frankfurter Restaurant*. Eine Zeitlang hatte Goldmann in diesem Lokal zu Mittag gegessen, als er genug hatte von der Milchsuppe mit Nudeln, die ihm seine Mutter fast jeden Tag vorsetzte. Er saß dort gewöhnlich allein. Noomi war damals als Fahrerin bei der britischen Armee in Alexandria stationiert. Sein Vater arbeitete in den Militärcamps der Engländer und kam nur am Wochenende heim; und wenn er einmal in Tel Aviv zu tun hatte, begnügte er sich mit den bescheidenen Mahlzeiten seiner Frau, die er meist am Abend, nach getaner Arbeit, in grimmiger Laune einnahm. Auf dem Weg zum Restaurant spürte Goldmann jedesmal eine innere Spannung; er war voll freudiger Erwartung, wenn er an dem riesigen Grundstück mit dem rostfarbenen Lehmboden vorüberkam. Hier hatte er als Junge oft Fußball gespielt. Doch hatte sich das Grundstück einige Jahre danach durch den unermüdlichen Fleiß des »roten Österreichers« und seiner Frau in einen blühenden Garten inmitten der Stadt verwandelt, in dem zunächst nur Gemüse wuchs und später auch Blumen gediehen: Rosen, Nelken, Löwenmäulchen, Schwertlilien und Dahlien. Als die Grundstückspreise wenige Jahre nach dem Unabhängigkeitskrieg in die Höhe geklettert waren, hatten die Österreicher den Garten an einen Interessenten verkauft, der an seiner Stelle ein großes Bürohaus errichtete, mit Geschäften, Restaurants, einem Nachtklub und einem Kino. Die Überraschung aber, die Goldmann mit Freude erwartete, sollte niemals geschehen, denn auf der Speisekarte des *Frankfurter* stand stets dasselbe: belegtes Schwarzbrot, wäßrige Gemüsesuppe oder Fleischbrühe, in der zwei mit Kartoffelbrei gefüllte Teigtaschen schwammen, ein Paar Würstchen mit Beilage oder ein »Hoppelpoppel« genanntes Gericht, das sich aus wenigen dünnen Scheiben Graupenwurst und einer rötlichen Soße zusammensetzte, . . . und als Nachtisch ein halbes Glas Pudding mit Zitronengeschmack und einigen süßen roten Klecksen darauf. Caesar, der Goldmann manchmal zum Essen begleitete, war ganz verrückt nach dieser Süßspeise; tatsächlich war sie der einzige Grund, weswegen er mit Goldmann hierherkam und geduldig dasaß, bis dieser den Hauptgang beendet hatte.

Herr und Frau Herbert, die beide aus Deutschland stammten, waren auffallend große, reinliche und respekteinflößende Leute. Sie hatten schwarze Augen und eine glatte, dunkle Haut. Frau Herberts Beine waren kräftig, ihre Lippen fleischig und anziehend und ihr schwarzes Haar am Hinterkopf zu einem Knoten zusammengenommen. Herr Herbert, der immer tadellos rasiert war, trug eine Kippa aus schwarzer Seide. Sie bedienten ihre Gäste in aller Ruhe, freundlich und zuvorkommend; und genauso gingen sie auch miteinander um, wie Geschwister, deren Verhältnis sich durch vollkommene Harmonie auszeichnete. Eines Tages aber sollte es zum Eklat kommen. Nach einem Wortwechsel mit seiner Frau begann Herr Herbert, dessen Gesicht plötzlich aschfahl wurde vor lauter Haß, sie auf deutsch zu beschimpfen und vor aller

Augen zu schlagen, zuerst mit den Händen und schließlich mit einer Wurst, die er in seiner Wut von einem der Haken herunterriß. Das alles geschah so schnell und unerwartet, daß die Besucher des Restaurants im ersten Moment völlig verblüfft waren. Einige aßen aus Verlegenheit weiter, als hätten sie nichts bemerkt. Andere versuchten einzugreifen und Herrn Herbert zu beruhigen. Die meisten aber sahen dem Spektakel tatenlos zu, genau wie die Schaulustigen, die sich vor dem Lokal versammelt hatten. Und ein Mann, der hinter Goldmann stand, rief wieder und wieder: »Genug jetzt, genug! Schade um die Wurst, wir haben doch Krieg!«

Am folgenden Tag war Frau Herbert mit ihrem arabischen Geliebten verschwunden. Bald wurde das Lokal geschlossen. Ein Buch- und Schreibwarenladen zog ein, der später einem Schuhgeschäft wich. Und erst nach vielen Jahren sollte an dieser Stelle wieder eine Gaststätte öffnen, die natürlich keine Ähnlichkeit mit Herrn Herberts *Frankfurter Restaurant* aufwies. Vor einiger Zeit hatte Goldmann Herrn Herbert zufällig in einem Laden entdeckt, in dem allerlei kunsthandwerkliche Erzeugnisse, Glas-, Kristall- und Silberwaren, verkauft wurden. Nachdem er seinen Freunden die Geschichte des Herrn Herbert erzählt hatte, warf Caesar Israel einen kurzen Blick zu und sagte: »Mit einem Araber davonzulaufen ... die Menschen sind alle verrückt.« Und nach einem Moment des Schweigens fügte er hinzu: »Ich hab's Dir ja gesagt, die Liebe ist reiner Wahnsinn.«

Caesar stieß einen Kieselstein, den er auf der Straße liegen sah, mit dem Fuß von sich und holte die pornographischen Aufnahmen wieder aus der Tasche hervor. Nach einem flüchtigen Blick auf die Fotos sagte er: »Ich hätte Lust, die ganze Welt aus den Angeln zu heben.« Und im selben Atemzug fing er ohne erkennbaren Zusammenhang an, von Avigdor, dem früheren Ehemann seiner Stiefschwester Ruchama, zu sprechen. Avigdor hatte stets einen Teil seiner Freizeit mit Gewichtheben verbracht, wodurch er bei Caesar, der ihn im Grunde verachtete, ein seltsames Gefühl der Bewunderung wachgerufen hatte. Caesar hatte nie recht verstanden, weshalb er Ruchama trotz allem, was sie ihm angetan hatte, immer noch liebte und mit ihr leben wollte. Ebensowenig konnte er sich vorstellen, was einen stillen Menschen wie Avigdor dazu trieb, sich sinnlos zu quälen und dreimal in der Woche nach der Arbeit, allein in einem schäbigen, stickigen Raum eines Sportklubs, zähneknirschend schwere Eisengewichte zu stemmen.

»Die Menschen sind alle verrückt«, stellte er von neuem fest. Israel nickte leicht mit dem Kopf.

»Sie sind verrückter, als man denkt. Sieh Dir nur Avigdor an, ist er etwa klüger als Herberts Frau?« fragte Caesar, während er die Fotos wieder in die Tasche steckte. Die letzten Meter bis zur Hauptstraße legte er im Laufschritt zurück, um ein herannahendes Taxi zu stoppen. Sie stiegen ein und fuhren nach Nachalat Yitzhak.

Als sie ankamen, neigte sich die Sonne bereits dem Horizont zu; die Schatten der Zypressen hatten sich in die Länge gestreckt. Trotzdem war die Hitze immer noch unerträglich, vielleicht sogar drückender als zuvor. In einem nahezu undurchsichtigen Flimmern strahlte sie von der Fahrbahn und dem lehmigen Erdboden, von der Friedhofsmauer und den buschigen Kronen der Zypressen, die von fern so erfrischend gewirkt hatten.

Sie gingen durch das Friedhofstor und erkundigten sich nach Goldmanns Vater, doch hatte auch hier niemand von ihm gehört. Caesar weigerte sich, das zu glauben. Aufgebracht und der Verzweiflung nahe, rannte er umher und stellte Nachforschungen an. Schließlich mußte er aufgeben. Und wie jedesmal, wenn er zur Aufgabe gezwungen war, verfiel er innerhalb von Sekunden mit vorwurfsvollem Ausdruck in eine mitleiderregende Resignation. Mit seinem feuchten Taschentuch fuhr er sich über den Nacken und übers Gesicht.

»Das Dreckstück ist woanders!« schimpfte er und spuckte aus.

Israel schaute ihn an und sagte: »Wenn er gestorben ist, muß er doch irgendwo begraben sein.«

Und Caesar, der sich unentwegt das Gesicht abwischte, schrie: »Wo denn? Etwa in Petach Tikva? Vielleicht haben sie ihn ins Meer geworfen! Schon zu Lebzeiten ist er eine Zumutung gewesen, und jetzt, wo er tot ist, hat sich nichts daran geändert ... Komm, laß uns heimfahren. Der kommt auch ohne uns zurecht.«

Er steuerte auf das Friedhofstor zu. Israel aber rührte sich nicht von der Stelle: »Es gibt noch eine Möglichkeit: Cholon.«

Caesar blieb stehen.

»Cholon?!«

»Ja. Cholon hat auch einen Friedhof«, sagte Israel, auf Caesar zugehend.

»Verschone mich damit!« rief Caesar mit wütendem Gesicht. »Für mich ist der Fall erledigt. Ich hab nicht vor, dem Alten weiter hinterherzulaufen. Er wird auch ohne unsere Hilfe an den richtigen Ort kommen ... Außerdem ist er sowieso längst unter der Erde.«

Israel sagte nichts. Statt dessen ging er weiter, überquerte die Straße und wandte sich der Bushaltestelle zu. Caesar stand immer noch da und starrte ihm nach.

»Wohin willst Du?« schrie er, worauf sich Israel umschaute und zu ihm sagte:

»Komm schon, laß uns nach Cholon fahren.«

»Hast Du das allen Ernstes vor?«

»Beeil dich. Wir verlieren nur Zeit.«

Als Israel einen Bus näher kommen sah, begann er zu laufen. Caesar rannte ihm hinterher, mit der hüpfenden Kamera vor seiner Brust. Sie stiegen ein und setzten sich.

»Dieser Mensch«, begann Caesar ganz außer Atem, »ist tot noch schrecklicher als lebendig. Er hat mir den ganzen Tag versaut. Ich hätte die Kinder sehen oder mich verabreden können. Aber Eliesra, die Schlampe, kann ja nicht einmal anrufen und hallo sagen.«

Er nahm die Kamera ab und legte sie auf seinen Schoß. Danach zündete er sich eine Zigarette an.

»Schon seit vier Tagen habe ich die Kinder nicht gesehen! ... An manchen Tagen fragt man sich, wozu man überhaupt aufgestanden ist. Alles läuft schief.« Caesar warf die brennende Zigarette aus dem Fenster. Er sah niedergeschlagen aus.

Als sie in Cholon am Friedhof ankamen, dämmerte es bereits. Der Himmel färbte sich tiefblau und verbreitete ein sanftes Licht. Und hier, auf offenem Feld, wurde selbst die Luft, die voll zarter Gerüche war, angenehm mild. Der Friedhofswächter, der abgespannt wirkte und sich anschickte, das Tor zu verriegeln, bestätigte, daß man einen Toten namens Ephraim Goldmann beigesetzt habe; die Beerdigung sei aber schon vor drei, vier Stunden zu Ende gegangen. Diese Nachricht munterte Caesar unversehens auf, so daß er Israel vorschlug, unverzüglich zum Grab zu gehen und dort zu Ehren des Toten, vor allem aber als Zeichen der Anteilnahme an Goldmanns Trauer, einen Augenblick andächtig zu verharren.

Ohne auf eine Antwort zu warten, wandte er sich von neuem dem Wächter zu, der mit dem Schlüsselbund klimperte, und fragte ihn, wo sich das Grab denn befinde. Doch der Angestellte wies mit einer unbestimmten Handbewegung auf die abertausend weißen Grabsteine, die, so weit das Auge reichte, über das Ödland verstreut waren. Er könne sie jetzt nicht hinführen, das würde zu lange dauern, der Friedhof schließe gleich, und es sei Zeit für ihn, nach Hause zu gehen. Sofort war Caesar bereit, auf den Besuch zu verzichten. Er sagte zu Israel, sie könnten in den nächsten Tagen noch einmal herkommen, mit einem großen Gesteck für das Grab. Jetzt sollten sie in die Stadt zurückfahren und bei Goldmann vorbeischauen, um sich zu entschuldigen und ihre Anteilnahme zum Ausdruck zu bringen. Israel war einverstanden, obwohl er annahm, daß der Wächter sie gegen Zahlung eines kleinen Trinkgeldes gern zur Grabstätte geführt hätte und auf ein solches Angebot vielleicht nur gewartet hatte; er glaubte es an seinem Tonfall erkannt zu haben und an seiner enttäuschten, kühlen Miene, die er zum Abschied aufsetzte, als er begriff, daß sie auf den Besuch verzichten und umkehren wollten.

Sie traten aus dem Tor hinaus und entfernten sich ein paar Schritte. Den Blick auf den Friedhof und die Dünen gerichtet, stellten sie sich hin, um in aller Ruhe zu urinieren.

»Ich bin todmüde. Aber es hat sich gelohnt«, meinte Caesar, dann sagte er nichts mehr. Er hielt ein Taxi an, das sie nach Tel Aviv zurückbrachte. Während der Fahrt brach er sein Schweigen nur wenige Male: Er kam auf die klugen Bestattungsbräuche der Römer zurück, nicht ohne tadelnde Bemerkungen und Verwünschungen, Goldmanns Vater betreffend, einzuflechten; er beklagte sich, die Kinder seit vier Tagen nicht mehr gesehen zu haben; und am Ende bat er Israel, nach der Ankunft in Tel Aviv an seiner Stelle mit Eliesra zu telefonieren.

»Abgemacht«, sagte Israel und schaute weiter zum Fenster hinaus, während er innerlich den Melodien aus »Papa Marcelli« zuhörte, die ihm einige Monate zuvor begegnet waren, als er an einem Wintermorgen in Jerusalem eine Kirche besucht hatte. Ein französischer Priester hatte auf der Orgel gespielt: Der volle Klang der langgezogenen Noten schien fremden Welten entsprungen; ehrfürchtig und feierlich zu gleich vibrierte er in der Luft und erfüllte den leeren, im Dämmerlicht liegenden Raum. Vom Tönen der Orgel umgeben spürte Israel, wie es allmählich auch in sein Inneres vordrang, um eine leise Freude und ein unvergleichlich erhabenes Gefühl in ihn einkehren zu lassen; mit einemmal hatte er den Wunsch, sich selbst aufzugeben, sich zu opfern. Ella hatte ihren blonden Kopf an seine Brust gelehnt und lutschte genußvoll am Daumen. Durch ein Loch in den bunten Glasfenstern drang ein gelblicher Sonnenstrahl in die Kirche und fiel auf einen der Pfeiler. Später, als sie auf die Straße hinaustraten, war der Himmel tiefblau und wie blankgeputzt; die kühle Luft duftete nach dem Regen, der die ganze Nacht über niedergegangen war, es roch nach Pinien, Rauch und feuchter Erde. Ella beobachtete eine Gruppe arabischer Kinder, die auf der morastigen Fahrbahn mit einer scheppernden Blechbüchse Fußball spielten. Während sie weitergingen, schaute Israel seine Freundin aufmerksam an. Er fühlte sich zärtlich zu ihr hingezogen, vor allem wollte er sie beschützen . . . Dann aber, ganz plötzlich, wichen diese Empfindungen Feindseligkeit und brutalen Gelüsten.

Immer wieder nahm er sich vor, den Kontakt zu Ella endgültig abzubrechen. Und manchmal gelang es ihm, sich vorzustellen, wie es wäre, wenn sie sich trennen und nie wieder sehen würden. Doch befiel ihn bei diesem Gedanken stets ein bedrückendes Gefühl der Wut und der Hoffnungslosigkeit, das der Stimmung sehr ähnlich war, die auch jetzt, an diesem Sommerabend, die Luft erfüllte. Von den düsteren, abblätternden Fassaden ging sie aus, von den Fensterhöhlen und den bröckelnden Balkons, von den Frauen und Männern, die am Fenster standen oder draußen herumsaßen, den häßlichen, heruntergekommenen Straßen, den spielenden Kindern auf den Trottoirs, von den Hinterhöfen, Werkstätten und Schuppen und vom Tonfall des Taxifahrers, der sich bemühte, Caesar in ein Gespräch zu verwickeln, indem er behauptete, er könne jede Frau haben, die er wolle. Kurz darauf stellte er fest, daß ihm der Geruch des weiblichen Körpers zuwider sei. Caesar blieb distanziert und sagte nur: »Es gibt viele Arten von Frauen.«

Der Fahrer aber beharrte auf seinem Standpunkt: »Sie sind alle gleich.« Nach einer Weile fügte er hinzu, daß Sex für ihn langweilig geworden sei, und stellte das Radio lauter, um die Nachrichten zu hören.

In der Zwischenzeit waren sie in ansehnlichere, freundlichere Straßen gelangt. Auf Caesars Bitten hin hielt der Fahrer den Wagen an; Caesar bezahlte und überließ ihm das Wechselgeld. Dann stiegen sie aus, beide todmüde. Caesar blieb einen Augenblick stehen und reckte sich. Danach schlug er Israel vor, ins *Portofino* einzukehren und einen Moment zu verschnaufen; ehe sie zu Goldmann hinaufgingen, sollten sie etwas trinken, um wieder zu Kräften zu kommen. Außerdem könnten sie Eliesra bei dieser Gelegenheit anrufen. So überquerten sie die Disengoffstraße. Die Kupferglocke über der Tür bimmelte, als sie das Lokal betraten, in dem sich nur der Besitzer, ein knochiger, kleinwüchsiger Grieche mit grünlichem, stets traurig blickendem Gesicht, und ein unansehnliches Barmädchen befanden. Der Besitzer kannte Caesar, der häufig mit Freunden oder irgendwelchen Frauen hierherkam; er begrüßte und schaute ihn lange an, mit jenem unveränderlichen Gesichtsausdruck und den erschrockenen, mißtrauischen Augen, die sich unter der vorgewölbten Stirn versteckten.

Auch Caesar sagte guten Abend, bestellte zwei »Tuborg« und Käse. Schließlich setzte er sich. Unterdessen ging Israel mißmutig zum Telefon und wählte Eliesras Nummer. Am anderen Ende der Leitung meldete sich Gideon, ihr Mann. Israel nannte seinen Namen und fragte: »Wie geht's?«

»Danke, gut«, sagte Gideon.

Doch Israel erkannte am Zögern in seiner Stimme, daß er sich nicht an ihn erinnerte. Daher wiederholte er seinen Namen und erwähnte, daß sie sich an einem Abend vor mehreren Monaten im Kino *Borsalino* und noch einmal, wenige Wochen danach, vor dem *Café Wered* begegnet seien.

Gideon sagte, immer noch unschlüssig: »Ja ... ja ...«, und dann plötzlich: »Ha! Du bist ein Freund von Caesar!« und entschuldigte sich, ihn nicht sofort identifiziert zu haben.

»Macht nichts«, sagte Israel. Schließlich sei es gar nicht so einfach, sich an jemand zu erinnern, den man nur zweimal flüchtig gesehen habe. Dann fragte er nach Eliesra.

»Vor ein paar Minuten hat sie das Haus verlassen«, sagte Gideon. Aber sie sei gegen neun wieder zurück, weil sie anschließend vorhätten, gemeinsam ins Kino zu gehen. Weshalb er sie sprechen wolle, erkundigte er sich. Und Israel sagte, er habe ihr – eigentlich ihnen beiden – mitteilen wollen, daß Goldmanns Vater gestorben sei. Er hätte sie schon zu einem früheren Zeitpunkt informieren sollen, habe aber bislang nicht daran gedacht. Nach einem kurzen Lachen sagte Gideon, sie hätten es schon am Abend des Vortages erfahren und Eliesra habe auch an der Beerdigung teilgenommen. Ob er, Israel, denn nicht dort gewesen sei, fragte Gideon. Israel schwieg einen Moment aus Verlegenheit.

»Nein. Ich bin zu spät gekommen ... Ja dann – entschuldige die Störung.«

»Ach was. Das macht überhaupt nichts«, sagte Gideon und schlug Israel vor, er und Caesar sollten ins Kino mitkommen.

»Mal sehen«, sagte Israel. Doch Gideon versuchte ihn zu überreden: »Kommt mit! Im Augenblick laufen ein paar gute Filme.«

»Ja, vielleicht ...«, sagte Israel, den Blick auf Caesar gerichtet, der ihn erwartungsvoll ansah. »Falls wir uns entschließen, euch zu begleiten, lassen wir noch einmal von uns hören. Auf Wiedersehen.«

Er hängte den Hörer ein und nahm Caesar gegenüber Platz. Er berichtete ihm, was Gideon gesagt hatte, nur das Kino erwähnte er mit keinem Wort.

Caesar hörte ihm zu. Dann sagte er: »Siehst Du, wie bedauerlich es ist, daß wir nicht auf der beschissenen Beerdigung gewesen sind?« Er biß in einen Käsehappen und nahm einen Schluck Bier. »Gideon ist ein guter Junge. Wenn er nur nicht überschnappt ...«, ergänzte er grinsend und bestellte sich ein Würstchen und noch eine Dose Bier.

»Eliesra hat den Sex erfunden, das kannst Du glauben. Schade um jede Sekunde, die sie an diesen Schlappschwanz verschwendet. Ich kenne ihn gut ... wir sind zusammen zur Schule gegangen und haben eine Weile in derselben Einheit gedient. Da hat man genügend Zeit, sich kennenzulernen.«

Und als sie ausgetrunken hatten und sich zum Gehen erhoben, sagte er: »Ich bin verrückt nach ihr ... vor allem jetzt, im Sommer.« Wieder lächelte er.

Am Tresen beglich er die Rechnung und kaufte sich ein Päckchen *Rothman's*. Danach traten sie auf die Straße und mischten sich unter die Passanten, die in Massen über die Trottoirs strömten; es sah aus, als hätten sämtliche Einwohner der Stadt ihre Häuser verlassen, um hier draußen, in der schwülen Hitze, Zuflucht zu suchen.

Caesar bewegte sich schweigsam voran. Seine Kamera schaukelte vor der Brust hin und her. Seine kleinen, müden Augen blickten unruhig umher. Vieles an ihm – das Gesicht und der Bauch, sein Lachen, seine begehrlichen Blicke und das Gestikulieren seiner Hände – erinnerte an seinen Vater, nur daß dieser größer und kräftiger war und ein wenig verschlagen wirkte, was seinen Charme jedoch nicht minderte.

Als sie an einer Ampel verweilten, trocknete sich Caesar Hals und Nacken vom Schweiß. »Schau an, was hier los ist!« sagte er. »Zum Verrücktwerden.«

Einige Minuten später verkündete er: »Ich bin sicher, daß Eliesra meinetwegen zur Beerdigung gegangen ist.« Und kurz bevor sie Goldmanns Haus erreichten: »Der Sommer macht mich völlig benommen . . . vielleicht ist der Sommer gar nicht schuld daran, sondern diese ganze Sterbegeschichte . . . Irgendwo habe ich gelesen, daß Kummer, Müdigkeit und Zugreisen den Geschlechtstrieb anregen.«

In der Zwischenzeit befanden sie sich im Treppenhaus. Israel drückte den Lichtknopf. Als sie die Treppen hinaufstiegen, hielt Caesar mit einemmal inne.

»Du kannst Dir nicht vorstellen, wie traurig es ist, Vater zu sein«, sagte er so rührend und aufrichtig, als habe er tatsächlich gerade darüber nachgedacht. Wenige Sekunden später setzte er sich erneut in Bewegung, um Israel die Treppe hinauf zu folgen. Israel sagte nichts. Auf Caesar wartend, blieb er vor der Wohnung der Goldmanns stehen. Die Tür war offen. Gemeinsam traten sie ein und begaben sich durch den engen Korridor in das gelblich schimmernde Wohnzimmer.

Zahlreiche Besucher hatten sich nach der Beerdigung eingefunden, um der trauernden Witwe Gesellschaft zu leisten und Trost zu spenden. Joel, der älteste Bruder von Goldmanns Vater, war mit seiner Frau Zipora und seinen Söhnen Meir und Jeremiah gekommen, die ihrer Mutter die Treppe hinaufhelfen mußten, weil sie wegen einer Erkrankung des rechten Fußes kaum in der Lage war, sich zu bewegen; auch Beracha, die jüngere Schwester von Joel, Goldmanns Vater und Onkel Lasar, war gekommen – ihr Gesicht wie ausgelöscht, ihre Lippen bleich und spröde –, sie wurde von Schmuel, ihrem Mann, begleitet, der trotz der drückenden Hitze einen karierten Anzug und eine dunkelblaue, mit roten Herzchen gemusterte Krawatte trug. Außerdem waren da noch: Chaim-Leib mit einem schwarzen Feiertagshut auf dem Kopf, seine Frau Chaja und ihr ältester Sohn Schlomo, der während der britischen Herrschaft in Palästina der revisionistischen Terrororganisation *Etzel* angehört hatte; Mosche Zellermeyer, dessen Augen vom Weinen ganz rot und geschwollen waren, und seine voluminöse Frau, die einen großen Strauß weißer Rosen in der einen Hand hielt; Max Spielmann; Josef Leviathans Witwe Mathilda; der nach Tabak riechende Pfeifenbauer David Kostomolski, der wie gewöhnlich Madame des Bottons zu Hause gelassen hatte; Sara, die Frau von Reginas verstorbenem Bruder Ruven; Judith Meisler; Abraham Schechter; die Frau des verstorbenen Mosche Zeimer; Manfred; und schließlich Jechiel und Schoschana Lewenkopf, die in den letzten drei Kriegsjahren bei Familie Goldmann als Untermieter einquartiert gewesen waren. (Tatsächlich waren nur Schoschana und ihr dreijähriger Sohn ständige Mitbewohner der Goldmanns gewesen; Jechiel, der Mechaniker war, hatte damals die britische Armee eingezogen.)

Schoschana bewohnte das kleine Zimmer, das vorher Noomi gehört hatte. Hier schlief, nähte und bügelte sie, hier bereitete sie auch auf einem Petroleumkocher das Essen für sich und ihr Kind, weil unerträgliche Enge in der Küche herrschte und außerdem noch Großvater Mosche David da war, Reginas Vater, der die Großmutter um mehrere Jahre überlebte und die ganze Familie mit seinem religiösen Eifer und seinem Jähzorn in Schrecken versetzte. Immer wieder kam es zu Wutausbrüchen, Streit und Geschrei. Der Alte fürchtete, Schoschana würde die Küche verunreinigen, indem sie unkoschere Nahrung verarbeitete, Milch- und Fleischgeschirr und die verschiedenen Seifen und Lappen durcheinanderbrächte.

Während seines ersten Jahres beim Militär war Jechiel Lewenkopf in Sarafand und Julis stationiert, wo er Ordnungs- und Wachdienst leistete. Wenn er Urlaub bekam, brachte er jedesmal Lebensmittel, aber auch Zigaretten, Bonbons und Schokolade mit. Später wurde er als Motorradkurier nach Ägypten abkommandiert, durchquerte die Wüste in westlicher Richtung und gelangte sogar bis nach Italien.

Schoschana ging arbeiten, um für sich und ihr Kind ein wenig hinzuzuverdienen. Eine Zeitlang war sie Serviererin in einer Gaststätte, die vornehmlich von Arbeitern besucht wurde. Doch erschien ihr die Tätigkeit dort uninteressant und zu schlecht bezahlt, und so wechselte sie in eines der riesigen Bierlokale am Meer, die für die Soldaten der alliierten Armeen errichtet worden waren. Sie waren stets gefüllt mit weißen und rosigen Engländern und Neuseeländern, mit Südafrikanern und Australiern, die breitkrempige Hüte trugen, und mit Schotten, die bei den Paraden zum monotonen Klang der von allen bestaunten, mit bunten Bändern und Troddeln geschmückten Dudelsäcke in karierten Röcken durch die Straßen der Stadt zogen.

Die Soldaten saßen in großen, spärlich beleuchteten Sälen, die vollgesogen waren von Rauch und Biergeruch. Schweigsam und bedächtig tranken sie ihr Bier oder erzählten einander lustige Geschichten, tauschten Erinnerungen aus und rätselten über das, was sie erwartete. Sie betranken und zankten sich, fluchten, weinten und sangen. Über ihnen war, auf die hohen Wände gemalt, ein großartiger, von der Abendsonne erleuchteter Wasserfall, Kokospalmen, grünes Weideland, halb entblößte Frauen mit dümmlichen Gesichtern und riesigen Brüsten. Schoschana servierte den Männern das Bier und bisweilen auch etwas zu essen, nahm das Geld entgegen und räumte die Tische leer. Am Abend kehrte sie nach Hause zurück, um sich ihrem Sohn zu widmen und sich für die Schar alberner Verehrer zurechtzumachen, die sie zum Kino oder zu anderen Freizeitvergnügen abholen kamen. All dies versetzte Goldmanns Vater in Wut.

Goldmann dagegen lag auf der Lauer und wartete voller Anspannung auf eine günstige Gelegenheit, um Schoschana durchs Schlüsselloch beim Duschen zuzusehen. Einige Male sollte es ihm gelingen: Der Atem stockte ihm vor Angst und Erregung, als er beobachtete, wie sie mit den Händen sanft über ihre schweren Brüste, ihre Scham und ihren weißen, porzellanglatten Bauch strich. Sie war nicht besonders hübsch, doch alleinstehend und dem äußeren Anschein nach keine ehrbare Person, darin bestand ihr Reiz. Auch hatte sie glänzendes schwarzes Haar und sinnliche Lippen und verfügte über eine erregende, wollüstige Lebenskraft.

Leider war nichts von alldem geblieben. Müde und stumpf saß sie an Reginas Seite, ihr Gesicht, großflächig und faltig, glich dem einer alten Indianerin, ihr Blick war trüb. In einem fort riß sie den Mund auf und gähnte, wobei sich der häßliche silberne Schmetterling an ihrem Hals bewegte, als ob er davonflattern wollte. Gleichgültig beobachtete sie die anderen, die sich auf dem Sofa und auf den Küchenstühlen niedergelassen hatten oder auf den alten Polsterstühlen mit den senkrechten Lehnen um den großen braunen Tisch saßen, auf dem Teller und Tassen standen, eine Schale mit Obst, Kekse und Berachas ausgezeichnete Käsetorte, die Goldmanns Vater immer so gut geschmeckt hatte.

Trotz des schmerzenden Fußes bereitete es Zipora keine Mühe, den Kuchen anzuschneiden und zu verteilen. Sie bot auch Regina, zu der sie seit Jahren ein äußerst kühles Verhältnis hatte, ein Stück an und versuchte sie zu überreden, doch etwas zu sich zu nehmen. Regina aber lehnte ab. Müde und abgespannt saß sie in dem schweren Sessel, der dem Fernseher gegenüberstand; zwar wirkte ihr längliches, eingefallenes Gesicht blaß, doch konnte man auf ihren Wangen eine leichte Röte erkennen, als habe sie ein wenig Rouge aufgelegt. Die Trauergäste tranken Tee oder Kaffee, aßen Obst und Torte und unterhielten sich angeregt, doch mit gesenkter Stimme; gelegentlich sagten sie etwas zu Regina, die selten Antwort gab. Nur die Frau des verstorbenen Mosche Zeimer redete, wie gewöhnlich, laut und ununterbrochen, so daß Judith Meisler verärgert aufsprang, sich von Regina verabschiedete, indem sie ihr vorschlug, sie am nächsten oder übernächsten Tag zu besuchen, und den Raum verließ. Joel und Abraham Schechter sagten nichts. Auch Manfred schwieg. Mit gefalteten Händen saß er in seiner eleganten schwarzen Anzughose und dem weißen, sorgfältig gebügelten Hemd da und betrachtete alle mit einem gewissen Befremden und einer Ungeduld, die man seinem nicht schönen, doch ausdrucksstarken, dunklen Gesicht deutlich ablesen konnte. Er bewegte sich kaum; nur hin und wieder strich er sich in einer langsamen Bewegung mit seinen feingliedrigen Fingern über die hohe, glatte Stirn, berührte flüchtig sein schwarzes, wohlgeordnetes Haar oder drehte den Kopf zur Balkontür, um hinauszuschauen.

Auf unerklärliche Weise unterschied Manfred sich von den übrigen Gästen. Beim Betreten des Zimmers waren Caesar und Israel sofort auf ihn aufmerksam geworden. Doch zunächst schüttelten sie Goldmann und Regina die Hand. Goldmann hatte sich zu ihrer Begrüßung glücklich lächelnd erhoben. Israel sagte auch Mosche Zeimers Frau und Mathilda

Leviathan guten Abend. Aber Mathilda reagierte nicht auf sein Nicken. Vielleicht hatte sie es nicht wahrgenommen oder ihn nicht wiedererkannt und angenommen, der Gruß gelte einer anderen Person. Caesar reichte in der Zwischenzeit Max Spielmann die Hand. Danach setzten sie sich mit ernsten Gesichtern zu Goldmann, der sich nach ihrem Wohlergehen erkundigte. Und Caesar erklärte ihm mit bedauernder, entschuldigender Stimme, weshalb sie der Beerdigung nicht beigewohnt hatten, und beschrieb ausführlich alle Unannehmlichkeiten, die ihnen in den zurückliegenden Stunden widerfahren waren. Goldmanns Gesicht und Tonfall verrieten, daß er sich dennoch über ihr Kommen freute. Um sie zu beruhigen, versicherte er, auf dem Friedhof sei alles zufriedenstellend verlaufen, sie hätten nichts versäumt; ob sie dagewesen wären oder nicht, das ändere nichts an der Tatsache, daß sein Vater tot sei. Dann fragte er: »Kaffee oder Tee?«

»Nichts«, sagte Caesar. »Bleib sitzen. Wir haben gerade erst etwas getrunken.«

Aber Goldmann beharrte auf seinem Angebot, und sie willigten ein. So ging er hinaus, um Kaffee für sie aufzusetzen.

Unterdessen hörten Caesar und Israel den Männern zu, die über die politische Situation debattierten. Alle waren bemüht, leise zu sprechen. Doch nahm die Diskussion an Heftigkeit zu, als Jechiel Lewenkopf mit seiner tiefen, durchdringenden Stimme behauptete, die Regierung sei am Frieden nicht im mindesten interessiert, sondern beabsichtige, den gegenwärtigen Zustand aufrechtzuerhalten. Wenn er persönlich entscheiden müßte, würde er für ein Friedensabkommen alle besetzten Gebiete, einschließlich der Altstadt Jerusalems, räumen; weshalb müsse die Besitzurkunde über Ostjerusalem gerade auf seinen Namen ausgestellt sein.

»Unsinn«, meinte Mosche Zellermeyer.

Und Chaim-Leib sagte auf jiddisch, man könne auf einen Besitz, der einem als Pfand diene, nicht einfach verzichten.

»Sehr richtig«, bemerkte Schmuel.

Mit seinen dicken, behaarten Fingern auf den Tisch trommelnd, sagte Max Spielmann, niemals würde eine Regierung auf Jerusalem oder irgendein anderes Gebiet verzichten, und das zu Recht, »schließlich geht es für uns um Leben und Tod, und wer den Krieg verliert, muß nun einmal bezahlen. Sollen wir etwa moralischer als der Rest der Welt sein?«

»Der Rest der Welt geht mich nichts an«, rief Jechiel Lewenkopf. »Was mich interessiert, sind *wir*. Und deshalb will ich Frieden.«

Max Spielmann war nicht aus der Ruhe zu bringen. Er sagte, es gebe keinen anderen Weg zum Frieden und überhaupt ... eigentlich hätten wir ja längst Frieden, die jetzige Situation würde sich weiter stabilisieren, weil die Araber zu schwach und unterentwickelt seien und weil sie den Wohlstand, den die Juden ihnen beschert hätten, gegen nichts eintauschen wollten.

Abraham Schechter, dessen jüngster Sohn drei Jahre zuvor im Jordantal gefallen war, machte eine leichte Handbewegung, schien etwas sagen zu wollen, aber Jechiel Lewenkopf rief – trotz des vorsichtigen Versuchs seiner Frau, ihn zu beschwichtigen –, das sei pure Raublust und Größenwahn. Raub aber hätte noch nie zum Frieden geführt, und selbst der Wohlstand würde den Haß der Araber niemals zum Schweigen bringen oder sie davon abhalten, ihre Ehre und ihre nationalen Ansprüche zu verteidigen.

»Unsinn!« wiederholte Mosche Zellermeyer noch einmal. Und Schmuel sagte: »Das ganze Geschrei ist umsonst. Es liegt ohnehin nicht in unserer Hand«, doch hörte ihm niemand zu, weil Chaim-Leibs Sohn Schlomo, der sich bislang zurückgehalten hatte, plötzlich anfing zu schreien, wir bräuchten den Frieden nicht, wenn es nach ihm ginge, würde er alle Araber verjagen; selbstverständlich sollten sie Entschädigungen erhalten, aber von nationalen Rechten der Palästinenser könne nicht die Rede sein, ein palästinensisches Volk existiere nicht.

Jechiel Lewenkopf wurde blaß vor Wut. Das sei eine ungeheuerliche Anmaßung und dumm obendrein, weil allein die Palästinenser das Recht hätten, zu entscheiden, ob es ein palästinensisches Volk gebe oder nicht.

Schlomo aber wollte nicht nachgeben. Ein palästinensiches Volk existiere nicht. Es sei eine Erfindung von manchen Juden und Kommunisten. Uns sei das Land Israel in der Bibel versprochen worden – uns und niemandem sonst.

Jechiel Lewenkopf befreite sich von der Hand seiner Frau, die ihn zurückhalten wollte, und schlug heftig auf den Tisch: »Zum Teufel mit der Bibel! Schließlich ist sie kein politisches Programm und ebensowenig ein Entwurf für die Aufteilung dieses Landes!«

Er wollte noch etwas hinzufügen, doch wurde er von seiner Frau unterbrochen, die ihn anflehte aufzuhören. Auch Schmuel, Chaim-Leib und Zipora versuchten ihn zu beruhigen. Und selbst Max Spielmann sagte jetzt: »Genug. Laß uns aufhören. Es lohnt sich nicht, sich deswegen aufzuregen.«

Beracha fragte ihn, ob er ein Glas Tee oder Saft wolle. Er sagte nein und fuhr im selben Atemzug fort: »Wenn das die Erlösung des jüdischen Volkes ist . . .« Dann erhob er sich.

Zögernd und ein wenig beschämt sagte Abraham Schechter: »Ja, so sieht die Erlösung aus. Wir haben nun mal keine Wahl.«

Jechiel Lewenkopf, der seine Worte anscheinend nicht hörte, wandte sich seiner Frau zu und sagte: »Komm. Ich gehe.« Ohne auf sie zu warten, verließ er das Zimmer. Schoschana verabschiedete sich hastig und folgte ihm.

Nach einem Moment des Schweigens sagte die Frau von Mosche Zeimer: »Er ist ein reizbarer Mensch.«

Und Schmuel bemerkte: »Die Diskussion war vollkommen überflüssig.«

»Auch ein bißchen Verstand hat der Mensch nötig«, sagte Chaim-Leib.

Dann herrschte völlige Stille, die allmählich an Intensität verlor. Nach und nach kamen Gespräche in Gang. Man redete über die Hitze, die Verwandtschaft, Kinder, Wohnungen und Krankheiten. Indessen betrat ein Ehepaar aus der Nachbarschaft den Raum. Sie schüttelten Regina die Hand und nahmen Platz. Kurze Zeit später verabschiedete sich David Kostomolski von Regina und den übrigen Anwesenden und brach auf. Nun setzte eine Diskussion über geschäftliche Dinge ein, in der Max Spielmann und Schmuel die Wortführer waren.

Schmuel wurde von Verwandten und Bekannten »Onkel Sam« oder »der Boss« genannt. Goldmanns Vater hatte ihn als »Bluffer« bezeichnet und fast von Anfang an mit Zurückhaltung behandelt, später sogar mit offenkundigem Unwillen. Stets bedauerte er, daß Beracha, die er sehr liebte, Schmuel geheiratet hatte, denn der hatte zwar als anständiger Tischler begonnen, wurde aber eines Tages Frisör und eröffnete sogar einen Frisörsalon, um sich endlich dem Handel und allen möglichen Geschäften zuzuwenden. Goldmanns Vater vertrat den Standpunkt, Schmuel sei leichtsinnig, von einem ungezügelten Drang nach Veränderung und Abenteuer angetrieben . . . ganz zu schweigen von seiner Verschwendungssucht. Seit jeher versuche er auf halsbrecherische Weise, so schnell wie möglich reich zu werden; und seine Methoden, meinte der alte Goldmann, seien betrügerisch und parasitär, denn Schmuel wollte das Leben genießen, und das gelang ihm auf jene natürliche, unbelastete und planlose Weise, in der er auch seine Geschäfte abwickelte. Bevor er den Frisörsalon in einen Weinladen umwandelte, versuchte er sich als Makler, eine Weile sogar als Ehevermittler. Als er später den Weinladen, der sich als unrentabel erwiesen hatte, aufgeben mußte, handelte er mit Eisenwaren und Elektrozubehör, wurde Mitbesitzer eines Kinos und gründete mehrere Investmentgesellschaften und eine Fleischimportfirma, die ansehnliche Gewinne abwarf, bis sie schließlich in Schwierigkeiten geriet und aufgelöst wurde. In den zurückliegenden Jahren erzielte er bedeutende Einnahmen als Mitbesitzer eines großen Restaurants, im Gebrauchtwagenhandel und mit einem Autoverleih. Zugleich gingen ihm aber auch beträchtliche Summen durch die IOS-Aktien verloren, die er allen Warnungen von Experten zum Trotz von Bernie Kornfeld erworben hatte. Er war überzeugt gewesen, dank der Wertpapiere in kürzester Zeit Millionär zu werden, und hatte sein Ziel ja schon fast erreicht gehabt, war er doch Teilhaber von Lockheed, General Motors, Telefunken, Fiat, Philips, Mitsubishi, IBM, dem riesigen de Beers-Konzern, der mit Gold und Diamanten handelte, und von einer Reihe anderer blühender Unternehmen, von Raffinerien, Reedereien, Banken und Immobiliengesellschaften in aller Welt, von Mangan-, Kupfer-, Eisen- und Uranminen und dem größten Erdölvorkommen auf Erden, das in den Tiefen des eisigen Bodens von Alaska lagerte und in nächster Zukunft erschlossen werden sollte . . . Und als er seine Hoffnungen am Ende auf so schmachvolle Weise enttäuscht sah, gab er nicht Bernie Kornfeld die Schuld und steigerte sich auch nicht in Wut oder Verzweiflung hinein. Selbst wenn er große Summen verlor und in ernste Bedrängnis geriet, fühlte er sich noch wie ein Millionär, der stets mit offener Hand gab und sich nie mit kleinlichen Rechnereien aufhielt. Denn er hatte das Glück, mit einer alles überstrahlenden Großzügigkeit, einem fröhlichen Gemüt und grenzenloser Zuversicht ausgestattet zu sein.

Nicht einmal gegen Goldmanns Vater, der ihn so abweisend behandelt hatte, hegte er Groll. Vielmehr schätzte er ihn und empfand sogar ein Gefühl der Wärme und der verwandtschaftlichen Zuneigung für ihn. Sein Tod ging ihm sehr nahe, und so entschloß er sich bei der Beerdigung, den traditionellen Romméabend abzusagen, den sie an jedem Freitagabend bei sich zu Hause veranstalteten. Gewöhnlich nahmen mehr als zwanzig Personen teil: Freunde, Bekannte, Verwandte und Leute, die aus derselben Kleinstadt stammten wie sie. Meist zu reinen Frauen- und Männerrunden gruppiert, saßen sie um die Tische im Wohnzimmer und auf dem Balkon. Sie spielten und lachten, tranken Tee und Kaffee und aßen die hervorragenden Plätzchen, die Beracha jede Woche für sie buk.

Als sich das Gespräch wirtschaftlichen Fragen zuwandte, sagte Schmuel, Regina solle angesichts der ökonomischen Lage die von Goldmanns Vater hinterlassene Briefmarkensammlung unverzüglich verkaufen und vom Erlös einen Schmuck- und Andenkenladen für Touristen oder ein Pelzgeschäft aufmachen, da derartige Unternehmen heutzutage die höchsten Gewinne abwürfen, obwohl er selbst den größten Teil des Geldes eher in Goldmünzen anlegen würde und vor allem in Medaillen, deren Wert momentan in schwindelerregende Höhen steige.

Aber Mosche Zellermeyer sagte: »Das ist nichts für Regina. Festverzinsliche Papiere wären das Beste für sie.«

Chaim-Leib wies darauf hin, daß das Testament noch gar nicht eröffnet sei und man nicht wisse, was der Tote hinsichtlich der Briefmarkensammlung entschieden habe, und Max Spielmann, der auf einen günstigen Augenblick zum Aufbruch wartete und hin und wieder einen flüchtigen Blick auf seine Armbanduhr warf, sagte, es sei der Witwe zu raten, in Grundstücke und Wohnungen zu investieren; das sei sicherer, als ein Geschäft zu eröffnen, und würde genausoviel einbringen. Oder sie solle von dem Geld technisches Gerät, beispielsweise einen Traktor oder Lastwagen, kaufen, den sie an Bauunternehmer vermieten könnte; diese verdienten momentan ein Vermögen beim Ausbau von Straßen, Siedlungen und Befestigungsanlagen. Und was das Spekulieren betreffe, würde er sich keinesfalls auf Münzen oder Medaillen einlassen, sondern Wertpapiere bevorzugen – insbesondere solche von Banken, Investment- und Immobilienfirmen –, denn die würden Dividende erbringen. Abschließend bemerkte er fast beiläufig, er schätze den Wert der Briefmarkensammlung grob gerechnet auf zweihunderttausend israelische Pfund.

Und tatsächlich war die Kollektion äußerst beeindrukkend. Goldmanns Vater hatte sie über viele Jahre hinweg liebevoll und in heimlichem, doch stetigem Wettbewerb mit seinen Brüdern vermehrt. Vor allem mit Joel hatte er rivalisiert. Joel war groß, wirkte aber ein wenig gebückt. Sein breites, braungebranntes Gesicht war von einem Netz von Falten bedeckt, doch schien unter der Haut fast immer ein leichtes, beinahe unmerkliches Lächeln verborgen. In der letzten Zeit war er gealtert und sah meist abgespannt aus. Während der Beerdigung hatte er bei Zipora, Onkel Lasar und Judith Tannfuss gestanden, still und in sich gekehrt, wie man ihn kannte, und ohne zu weinen. Erst als das Grab zugeschüttet wurde und alle Anwesenden sich zum Ausgang begaben, legte er Beracha, die erschöpft war von Kummer und Tränen, einen Augenblick seine Hand auf die Schulter. Und als sie in den Autobus einstiegen, sagte er zu Chaim-Leib: »Trotz allem verdiente er es, geliebt zu werden.«

Von da an schwieg er die meiste Zeit über. Seinen Tee trinkend, beobachtete er die übrigen Anwesenden und hörte zu, was sie sagten. Anders als Goldmanns Vater und Beracha war er ein maßvoller, stiller Mensch, dessen Intelligenz und Skepsis trotz seines Schweigens deutlich zutage traten. Manchmal überraschte er seine Umgebung mit ironischen Bemerkungen, die er plötzlich, aber vollkommen ruhig, wie nebenbei von sich gab. Während der Diskussion, die sich am Tisch über die Briefmarkensammlung entzündete, sagte er mit einem Lächeln zu Meir: »Sie verteilen schon die Zinsen des Kapitals, das sie noch gar nicht in ihren Händen halten.«

Auch Joel war Zionist und Sozialist und vertrat klare Prinzipien, doch waren sie weniger rigide als die seines Bruders. Sie bildeten einen selbstverständlichen Teil seines täglichen Lebens, und er bemühte sich, ihnen ohne Aufsehen gerecht zu werden. Nie setzte er ihretwegen jemandem zu, noch versuchte er sie einem anderen aufzuzwingen, nicht einmal seinen Kindern oder Zipora, seiner Frau.

Zipora war eine kleine, kluge Person, überbordend vor Willenskraft. Sie hatte ein rosiges Gesicht mit lebhaften Augen und rötliches, ausgeblichenes Haar. Von ihrer Umgebung wurde sie bewundert und respektiert. Seit mehr als fünfzig Jahren half sie Joel in stiller Zuneigung und Hingabe, die Last des Alltags zu tragen. Da Joel trotz seiner hervorragenden Fähigkeiten als Verschaler nur einen bescheidenen Lohn erhielt, hatte sie hart arbeiten und immer sparsam und besonders erfinderisch sein müssen, um die Familie durchzubringen. Sie nähte Kleidung und Bettzeug selbst; sie strickte, wusch und hielt das Haus sauber, so daß es stets glänzte; wenn ihr genügend Zeit blieb, kalkte sie auch die Wände; sie kaufte nur das Billigste und kochte trotzdem die leckersten Speisen; sie zog fünf Kinder groß: Meir, Jeremiah, Esther, Ruth und Avieser, mit dem Goldmann befreundet war, als sie noch klein waren; und darüber hinaus stand sie all die Jahre, ohne sich zu schonen und ohne Dank zu erwarten, Angehörigen, Freunden und Bekannten helfend bei. Zipora war nicht gesund, sie hatte ein Leberleiden und eine Gefäßerkrankung, und ihre Haut reagierte empfindlich auf die Sonne. Als sie die Fünfzig überschritten hatte, warnten sie die Ärzte, sie werde sterben, wenn sie nicht auf sich achtgebe; sie müsse sich Ruhe gönnen und sich richtig ernähren. Sie aber kümmerte sich nicht um die Worte der Ärzte und lebte weiter wie zuvor, denn sie ängstigte sich nicht vor dem Tod, und es gab immer Aufgaben, die von niemand anderem erledigt werden konnten, und immer irgend jemand, der Hilfe benötigte. Viel Leid, aber auch viel Glück hatte sie erlebt und sich nie gewünscht, unsterblich zu sein; alles, was sie wollte, war, vor Joel oder gemeinsam mit Joel zu sterben. Eines Tages hatte sie Avieser erzählt, sie habe ihrem Vater einen Kuß gegeben, als er starb – sie war damals dreizehn Jahre alt –, und jener Kuß, oder vielleicht sei es in Wirklichkeit der Anblick des sterbenden Vaters gewesen, habe sie von der Angst vor dem Tod befreit. Ein andermal hatte sie gesagt, sie fürchte sich nicht vor dem Ende, weil sie seit ihrer Kindheit immer mit den Sorgen und den Existenzproblemen ihrer eigenen Familie und denen anderer Leute zu tun gehabt habe; und da ihr auf diese Weise nie Zeit geblieben sei, an den Tod zu denken, habe sie ihn schließlich vergessen.

Obwohl Joel seine Frau liebte und um sie besorgt war, kümmerte er sich nur selten um häusliche Belange, und Zipora schien es nicht von ihm zu erwarten. Wenn er am Abend matt und schmutzig von der Baustelle nach Hause kam, legte er die schweren Arbeitsschuhe ab, duschte sich und zog saubere Kleidung an. Zipora trug ihm ein verspätetes Mittagessen auf, und danach war er frei für die Dinge, die er mochte: Er kümmerte sich um die Blumen auf dem Balkon und um den Wein, den er kelterte, ging mit seinem braunen Mischlingshund Mussolini spazieren, las Biographien und Historisches und hin und wieder einen guten Roman, schaute sich Baupläne an und widmete sich seiner Briefmarkensammlung, derentwegen das Verhältnis zwischen ihm und Goldmanns Vater während mehrerer Jahre gespannt gewesen war.

Die Briefmarken von Goldmanns Vater, die in dicken Alben und besonderen Blechdosen aufbewahrt wurden, waren nach Themen geordnet, die seiner Rivalen Joel und Onkel Lasar hingegen nach Ländern. Ihr System sei schlecht, sagte Goldmanns Vater wieder und wieder. Und er hörte nicht auf, das Verhältnis zu seinen Brüdern damit zu vergiften, als längst feststand, daß er als eindeutiger Sieger aus dem Wettstreit hervorging. Denn Onkel Lasar hatte seine Sammlung vernachlässigt, als er nach Spanien ging, um im Bürgerkrieg an der Seite der internationalen Brigaden zu kämpfen. Und Joels Briefmarken waren eines Tages mit dem ganzen Zimmer in Flammen aufgegangen, als der Ölofen umkippte und einen großen Brand verursachte. Ihre Asche war durch das Zimmer und zum Fenster hinaus geschwebt und hatte sich über den Boden des Raumes und den kleinen Garten verteilt. Das Unglück war an einem Abend vor vielen Jahren geschehen, als Joel mit Mussolini spazierenging. Bei seiner Rückkehr erwartete ihn Zipora schon draußen, vor dem Haus. Zwar verlor er nie ein Wort über das Unglück, doch es quälte ihn und ließ ihm Wochen und Monate keine Ruhe. Nur langsam, fast unmerklich, gelang es ihm, darüber hinwegzukommen, doch eines Tages fühlte er sich frei, als sei das, was ihn selbst und das Verhältnis zu seinem Bruder, mit dem er sich längst ausgesöhnt hatte, belastet hatte, von seinen Schultern genommen.

Sieben oder acht Jahre bevor es endlich zur Aussöhnung kam, hatte sich das Verhältnis der Brüder unübersehbar verschlechtert. Eine Weile waren ihre Beziehungen zueinander derart gespannt, daß der alte Goldmann Joel und seine Familie zur Hochzeit seines Sohnes mit der schönen Jemima Tschernow nicht einladen wollte. Allein Berachas Drängen war es zu verdanken, daß er sich anders besann. Beracha war die einzige Person, die er ohne Vorbehalt liebte (wenn man von jener

Phase absieht, in der sie sich weigerte, in Onkel Lasar einen hassenswerten Menschen zu sehen und sich dem Boykott anzuschließen, den Goldmanns Vater über ihn verhängt hatte; zu dieser Zeit war er wütend auf sie, und seine Liebe zu ihr schien getrübt, denn er glaubte ja, jeder müsse seine Wut und seine Ablehnung, seinen Kummer und seine Zuneigung teilen.) Beracha jedenfalls redete so lange auf ihn ein, bis er zustimmte, Joel einzuladen. Der Streit mit Joel hatte mit einer Meinungsverschiedenheit über den Wert einer italienischen Briefmarke begonnen, sich dann zu einem unangenehmen Disput ausgeweitet, welche der beiden Sammlungen kostbarer sei, und war wegen der Unnachgiebigkeit des alten Goldmann zu einer endlosen Debatte über ein Ordnungsprinzip für Briefmarkensammlungen ausgeufert. Mit diesen Debatten war es Goldmanns Vater gelungen, selbst Zipora zu kränken, die er insgeheim schätzte und respektierte. Doch weigerte er sich, vom Grundsätzlichen der Dinge abzurücken, und vor allem setzte er alles daran, diese Haltung seinem Bruder aufzuzwingen. Joel versuchte, den Diskussionen aus dem Weg zu gehen, und zeigte nicht die geringste Bereitschaft, die Anordnung seiner Marken zu ändern. Das aber erregte Goldmanns Vater und verletzte ihn endlich derart, daß er den Kontakt zu seinem Bruder abbrach und jahrelang kein Wort mit ihm sprach.

Alle Versuche Joels, sich mit ihm zu versöhnen, alles Zureden von Chaim-Leib, Abraham Schechter, Meir, Schmuel und vielen anderen Freunden und Verwandten nützte ebensowenig wie die heftigen Worte, die Zipora kurz nach Goldmanns Hochzeit zu ihm sprach, und die Bettelei Berachas, die den Streit nicht ertrug, der zu dem alten Konflikt mit Onkel Lasar noch hinzugekommen war. Goldmanns Vater konnte das Gefühl der Kränkung, das von Jahr zu Jahr bitterer wurde, nicht überwinden, und so schwankte er zwischen Zorn und der Furcht vor Einsamkeit, zwischen der Ablehnung und der kaum zu bändigenden Liebe, die er für seinen Bruder empfand. Wie sehr wartete er auf einen kleinen Schritt Joels. Diesmal würde er die Gelegenheit nutzen, um das Unrecht auszuräumen, das er selbst verschuldet hatte. Doch nichts dergleichen geschah, denn Joel hatte aufgegeben. Und so vergingen die Jahre . . . bis Joel eines Tages einen Herzanfall erlitt.

Goldmanns Vater, den die Nachricht in arge Schrecken versetzte, eilte unverzüglich zum Krankenhaus. Unterwegs beschloß er, seinen Bruder um Verzeihung zu bitten und sich mit ihm zu versöhnen. Als er aber die Station betrat und Zipora, Meir, Avieser, Ruth, Jona Kosinski und Beracha um das Krankenbett sitzen sah, spürte er, wie schwer es ihm fiele, besonders nach so langer Zeit. Aufgeregt schüttelte er Joel die Hand und fragte ihn, wie es ihm gehe.

»Was soll man tun? Wir werden nicht jünger«, sagte er, plauderte mit ihm und den anderen und versuchte sogar zu scherzen. Blaß sah er aus, und die Tränen brannten ihm in den Augen. Goldmanns Vater schob seine Vorhaben vor sich her, um am Ende ganz darauf zu verzichten. Doch erschien ihm der Besuch allein bereits als Akt der Versöhnung. Und obwohl auch Joel ihn als solchen verstand, blieb das Verhältnis der Brüder noch Jahre – bis Joels Briefmarkensammlung verbrannt war – ein wenig gezwungen.

Goldmanns Vater gab nie zu, daß der sinnlose Disput über die Briefmarkensammlung der alleinige Grund für den Konflikt gewesen war. Tatsächlich schien er sich dieser Tatsache gar nicht bewußt. Jahre später sagte er einmal zu Abraham Schechter, er könne niemandem verzeihen, der beim Kartenspielen betrüge. Wie man es von ihm gewohnt war, sprach er diesen Satz offenherzig und in vollkommener Aufrichtigkeit. Dabei hatte Joel nie Karten gespielt . . . Goldmanns Vater hingegen liebte Rommé, das er für seine einzige große Schwäche hielt.

Und diese ließ sein Gewissen nicht ruhen. Obwohl er glaubte, Kartenspielen sei eine Sünde, ein Zeichen sittlichen Verfalls, war er süchtig danach und spielte auf eine besessene, besserwisserische Art, die es seit einigen Jahren unmöglich erscheinen ließ, sich auf eine Partie mit ihm einzulassen. Aufbrausend und diktatorisch machte er seinen Mitspielern unentwegt Vorschriften, so daß sie die Lust am Spiel verloren und es häufig zu Wutausbrüchen und heftigen Beschimpfungen kam. Schmuel und einige andere hatten sich bemüht, mäßigend auf ihn einzuwirken, doch waren all ihre Versuche in einem lauten Durcheinander untergegangen. Und Goldmanns Vater hatte weitergemacht wie zuvor, meist ohne sich seines Verhaltens bewußt zu sein, bisweilen aber auch den eigenen Vorsätzen zum Trotz.

Vollkommen uneigennützig sagte er seinen Mitspielern, was sie tun müßten; selbst wenn ihm die Empfehlungen, die er seinen Gegnern aufdrängte, zum Nachteil gereichten, hielt er sie nicht zurück. Er spielte nach hehren Grundsätzen, und es kümmerte ihn von Mal zu Mal weniger, daß er das Spiel entstellte und allen anderen das Vergnügen verdarb. Mosche Zellermeyer, der immer griesgrämig an der Seite seiner Frau gesessen hatte, hörte schließlich auf, zu den Romméabenden zu erscheinen.

Und er war nicht der einzige, der fortblieb. Doch da er Goldmanns Vater mochte und unendliche Dankbarkeit und große Achtung ihm gegenüber empfand, gab er keine Erklärung ab. Er schwor sich, nie wieder am selben Tisch, ja nicht einmal im selben Raum wie Goldmanns Vater zu spielen, und hielt sich an seinen Vorsatz, obwohl es ihm leid tat um die unterhaltsamen Stunden, die er von nun an versäumte, und es ihm unangenehm war, die wiederholten Einladungen von Schmuel und Beracha abzuschlagen.

Schmuel und Beracha sagten Max Spielmann auf Wiedersehen, der sich zuvor bereits von Regina verabschiedet und bei dieser Gelegenheit ein paar Worte mit ihr gesprochen hatte. Spielmann verließ den Raum, indem er Caesar zunickte und Goldmann, der den Kaffee hereinbrachte, am Arm drückte. Die beiden Porzellantassen, die eine mit einem zerbrochenen Henkel, standen auf Tellerchen, die mit einem sehr feinen, bunten Muster bemalt waren.

»Bitte schön. Das tschechische Service . . .«, sagte Goldmann lächelnd und wandte sich Meir und Jeremiah zu, um ein paar belanglose Sätze mit ihnen zu wechseln und sie zu fragen, ob sie einen Wunsch hätten. Er hatte die beiden Jungen und ihre Geschwister Avieser, Ruth und Esther stets gemocht, im Laufe der Jahre aber den Kontakt zu ihnen verloren; jetzt blieb ihm nichts als das Wissen, daß er sie gern hatte und daß sie zu seiner Familie gehörten, und das belastende Gefühl einer nie eingelösten Verpflichtung. Anschließend richtete er die Frage an Joel und Zipora. Für Zipora empfand er Ehrfurcht wie für keinen anderen Menschen und Dankbarkeit, weil sie ihn aufgenommen und sich um ihn gekümmert hatte, als Regina an ihrem Nierenleiden erkrankt war.

»Mach Dir keine Sorgen. Alles ist bestens«, sagte Zipora.

Und Goldmann wiederholte: »Möchtest Du nicht doch irgend etwas, Tante Zipora?«

»Nein, nein. Ich brauche nichts.«

Kopfschüttelnd nahm er bei Caesar und Israel Platz. Er schien guter Dinge. Er plauderte ununterbrochen und machte eine Reihe witziger Bemerkungen. Doch an seinen Mundwinkeln und in seinen grünen Augen wurde eine Traurigkeit und Erschöpfung sichtbar, die er nicht verbergen konnte. Von Zeit zu Zeit lächelnd, erzählte er in ironischem Ton von der gelungenen Beerdigung seines Vaters, vom Testament, auf dessen Abfassung er die letzten vier Jahre verwandt habe, von den Angehörigen und Freunden, die wie in den guten Zeiten zusammengekommen seien, und vom tschechischen Service, das nun endlich furchtlos benutzt werden könne, weil sein Vater tot und alles erlaubt sei. Er drehte den Kopf ein wenig zur Seite und sagte mit einem Kichern: »Das ist Manfred, Mutters Geliebter.«

»Alle Achtung«, sagte Caesar und grinste ebenso genüßlich wie überrascht und verlegen. Israel schwieg und schaute unbewegt drein, obwohl auch er überrascht und verlegen war – weniger wegen der Bemerkung als wegen der Tatsache an sich; er konnte sich nicht vorstellen, daß Regina für solche Gefühle empfänglich und tatsächlich in eine Liebesaffäre verwickelt sei.

»Alle Achtung«, sagte Caesar von neuem, während er seinen Blick von Manfred zu Regina gleiten ließ, die in sich gekehrt und teilnahmslos dasaß, ohne zu Manfred hinüberzuschauen. Caesar lächelte immer noch, und Goldmann, der sein Lächeln nicht bemerkte, sagte: »Er ist einer der wenigen hier, der wirklich traurig ist . . . aber nicht meines Vaters wegen.«

Er nahm sich einen Keks, spielte damit und fuhr fort: »Mir bereitet es Vergnügen, an Tote zu denken«, ohne jedoch zu erwähnen, von welchen Toten er sprach. Er biß in das Gebäck und beobachtete einen Moment lang die Frau von Mosche Zeimer, die pausenlos mit ihrer lauten Stimme redete und sich auf ihrem Stuhl unruhig hin und her bewegte. Er sagte, er denke immer an den Tod und die Toten und versuche, gelassen und sogar glücklich dabei zu sein; denn der Tod sei die eigentliche Substanz des Lebens, weswegen es gewiß keinen Grund gebe, ihn zu fürchten.

»Das stimmt«, bemerkte Caesar, doch war deutlich, daß er Goldmann nicht zuhörte und seine Aufmerksamkeit anderen Dingen galt. Goldmann kümmerte sich nicht darum und sprach weiter. Seine Lieblingslektüre, der er sich jeden Tag widme, seien – abgesehen von Speisekarten – die Traueranzeigen in den Zeitungen; am liebsten seien ihm solche, die eine Geschichte erzählten, beispielsweise in Form eines Akrostichons, das auf den Buchstaben des Namens des Verstorbenen aufgebaut sei und seine Eigenschaften oder den Kummer seiner Angehörigen schildere. Plötzlich wurde er still, und sein Lächeln verflüchtigte sich. Ein Schatten legte sich auf sein Gesicht. Israel betrachtete ihn, und es war ihm, als sehe er, wie sich in Goldmanns Innerem etwas zusammenzog. Caesar trank einen Schluck Kaffee und meinte: »Das ist alles idiotisch«, und Goldmann, der wieder zu lächeln begann, sagte: »Du hast recht.«

Dann blickte er flüchtig seine Mutter an und die anderen Leute im Zimmer, Joel und die Frau von Mosche Zeimer . . .

»Ich kann diese Frau nicht ausstehen«, bemerkte er und nahm noch einen Keks. Er habe einmal von einem chinesischen Maler gelesen, der ein Bild von einem Mönch gemalt habe, der auf einem Baum sitze und heruntersehe; auf den Rand des Bildes habe der Maler ungefähr folgendes geschrieben: »Unser Problem besteht darin, Frieden in dieser Welt des Leids und des Chaos zu finden. Ihr fragt mich, weshalb ich in der Krone dieses Baumes sitze. Doch ich weiß keine Antwort auf eure Frage. Hier oben fühle ich mich von Sorgen frei, wie ein Vogel in seinem Nest. Die Menschen sagen, daß ich gefährlich sei. Ich aber entgegne: ›Dämonen seid ihr!‹«

Caesar sagte: »Damit kann ich nichts anfangen. Ich bin kein Chinese.«

Goldmann aber meinte: »Im Sinne dieser Geschichte sind wir alle Chinesen.«

Er wollte weitersprechen, doch da betrat Eliesra den Raum. Caesar war sofort hellwach. Auch die anderen schauten sie an. Goldmann erhob sich und ging auf sie zu. Sie schüttelte ihm und Regina die Hand, sagte Israel guten Abend und kam auf einen Wink von Caesar zu ihm herüber, um neben ihm Platz zu nehmen. Goldmann fragte sie, was sie trinken wolle. »Nichts«, sagte sie. »Ich habe eben erst etwas gehabt.«

Caesar lächelte sie an und strich ihr mit der Hand über den Oberschenkel. »Ich habe dich vorhin angerufen, aber niemand hat abgenommen.«

Eliesra entfernte sanft seine Hand von ihrem Bein. »Anscheinend war ich schon auf dem Weg hierher.«

Und Caesar sagte: »Ja. Das kann sein.«

Er konnte mühelos und ohne Gewissensbisse lügen, selbst wenn es offenkundig war, daß er die Unwahrheit sagte. Auch log er in Situationen, in denen keine Notwendigkeit dazu bestand, und manchmal sogar, wenn ihm die Lüge Schaden zufügen konnte. Er hatte sich so sehr ans Lügen gewöhnt, daß ihm die Unwahrheiten flink wie Heuschrecken über die Lippen kamen. Und da er ständig log, fiel es ihm bisweilen selbst schwer, Wahrheit und Lüge auseinanderzuhalten. Doch das beunruhigte ihn nicht. Anfangs hatte er nur aus Bequemlichkeit und Furcht gelogen, später erhob er die Schwindelei zum Prinzip. Er redete sich ein, es gebe ohnehin keine Moral und die Lüge sei der Wahrheit an Macht überlegen; sie allein ermögliche, in die Regionen der Harmonie und des Genusses vorzudringen, die so oft gerühmte Wahrheit dagegen sei äußerst selten von Nutzen und verursache nur Kummer, Streit und überflüssige Probleme. Daher sei ein Leben der Wahrheit absurd und vergebliche Mühe. Er legte Eliesra erneut seine Hand auf den Oberschenkel, doch sie zog vorsichtig ihr Bein fort und sagte: »Jetzt nicht.«

Caesar nahm die Hand von ihrem Schenkel, sagte: »Blödsinn«, und zündete sich, ihr zulächelnd, eine Zigarette an.

Sie trug ein luftiges türkisfarbenes Kleid mit einem großzügigen Ausschnitt, der ihren edlen Hals zur Geltung brachte; provozierend ragten ihre Brüste hervor wie zwei dicke Birnen, ihr blondes Haar wurde von einem violetten Seidentuch zusammengehalten. Sie wußte, daß sie eine schöne Frau war, und glaubte, ihre Schönheit stelle eine Art unvergänglichen geistigen Wert dar; doch kamen ihr manchmal Zweifel und sie befürchtete, ihre Reize könnten eines Tages vergehen. Die Unsicherheit machte ein hochmütiges, kapriziöses Geschöpf aus ihr, voller Ängste und Bitternis; das verdarb im Laufe der Zeit ihr von Natur aus aufrichtiges und großzügiges Wesen, machte sie überheblich und schürte ihr Verlangen nach unentwegter Beachtung und Bewunderung. In Wirklichkeit brauchte sie nur ein wenig Anerkennung und Bestätigung, die sie bei sich selbst nicht finden konnte. Und immer wieder verfing sie sich auf der Suche danach.

Caesar spielte eine Weile mit ihrem Seidentuch, später legte er ihr seine Hand auf die Schulter.

Eliesra fragte: »Warum seid ihr nicht bei der Beerdigung gewesen?«

»Es hat nicht geklappt«, sagte Caesar und fing an, ihren Nacken zu streicheln.

Eliesra widersetzte sich nicht, sie sagte: »Ich hasse Hochzeiten und Beerdigungen, das ist alles Heuchelei.«

Caesar nickte und murmelte zustimmend: »Hmm . . .«, ohne sich wirklich auf das Gesagte zu beziehen. Doch selbst wenn Eliesra behauptet hätte, die Sonne sei ein Huhn für den Versöhnungstag und der Tisch ein Schmetterling, hätte er ihr bereitwillig zugestimmt, weil für ihn allein zählte, daß sie zu ihm gehörte und sich in jeder freien Stunde voll Liebe und Lust ihm widmete.

Israel wandte sich von Caesar und Eliesra ab, um die Kette zu betrachten, die Goldmanns Mutter angelegt hatte. Danach schaute er Manfred an und Mathilda Leviathan, die sehr gealtert war, und das Bild von Noomi, das in einem braunen Holzrahmen auf einem der Bretter des Bücherschranks stand. Der Schrank war dicht gefüllt mit den Schriften von Berel Katznelson, Ben Gurion, Bialik, Brenner und Schalom Aleichem und mit anderen älteren und neueren Büchern, die Goldmanns Vater mühevoll erworben und eifersüchtig bewahrt hatte, obwohl er nur selten in ihnen las.

Israel merkte, wie er die Geduld verlor. Der beunruhigende Gedanke, Ella könnte zu Caesars Atelier kommen, während er hier saß, ging ihm nicht aus dem Sinn und fing an, ihn wütend zu machen. Unvermittelt wünschte er sich, sie möge überhaupt nicht mehr kommen und ihn endlich in Frieden lassen. Er wollte aufstehen und sich verabschieden, um ins Atelier zurückzugehen, sich unter die Dusche zu stellen und Klavier zu spielen. Doch während er noch auf den richtigen Augenblick wartete, fragte ihn Eliesra, ob das Orgelspielen Fortschritte mache, und er sagte: »Es geht ganz gut.«

Goldmann hielt ihnen einen Teller mit Gebäck hin und begann von einer neuen Diät zu erzählen, die er in einer amerikanischen Fliegerzeitschrift entdeckt hatte. Mit der Diät könne man sein Leben um sieben bis zehn Jahre verlängern . . . natürlich nur, wenn man sie konsequent befolge. Sie gründe sich auf eine strikte Auswahl kohlehydrat- und eiweißhaltiger Nahrung, die genau aufeinander abgestimmt sei. Jedes Jahr müsse man, der eigenen Kondition entsprechend, zwei bis drei Wochen hintereinander fasten, um den Körper vom Abfall zu reinigen, der sich in ihm gesammelt habe. In dem Zeitschriftenartikel werde auch eine Traubenkur empfohlen. Dabei handle es sich um eine medizinische Methode, die mehrere Wochen lang täglich den Verzehr von zweieinhalb Kilo Weinbeeren als einziges Nahrungsmittel vorschreibe. Das verbessere die Substanz des Blutes und sei nützlich für Herz, Lungen, Leber, Blutgefäße und Nieren. Als er seine Ausführungen beendet hatte, sagte Goldmann, er habe sich vorgenommen, die Diät und die Traubenkur auszuprobieren, und empfahl Israel, vor allem aber Caesar, es ihm gleichzutun.

»Vielleicht irgendwann einmal. Ich hab's nicht eilig damit«, sagte Caesar.

»Du ruinierst Dir dein Leben für nichts und wieder nichts.«

Danach begann Goldmann über Motorräder zu sprechen. Ehe er sich aber in das Thema vertiefen konnte, mußte er sich von Sara verabschieden, Reginas verhärmter und abweisender Schwägerin. Sie hatte sich zum Gehen erhoben, weil sie glaubte, »diesen Leuten« gegenüber, die ihr dankbar sein müßten und die sie seit dem Tod ihres Mannes nur noch selten sah, ihre Pflicht erfüllt zu haben. Und obwohl er sie kaum kannte und sie ihm in gewisser Weise unsympathisch erschien, bemühte er sich, sie freundlich zu verabschieden, und begleitete sie bis zur Wohnungstür. Als er zurückkam, wandte er sich von neuem an Meir und Jeremiah, Joel und Zipora, auch an Chaim-Leib und Frau Chaja, um sich zu erkundigen, ob sie einen Wunsch hätten.

Anschließend nahm er wieder neben Israel Platz und fuhr fort, über Motorräder zu sprechen. Sie waren sein neuester Traum, der ihn als Ziel seines Strebens und Hoffens aufleben ließ. Er hatte bereits etwas gespart und ein paar Wochen vorher begonnen, die entsprechenden Rubriken im Anzeigenteil der Tageszeitung durchzusehen. Zudem suchte er Läden und Werkstätten auf, holte bei Freunden Erkundigungen ein und studierte alle möglichen Prospekte. Zunächst hatte er vorgehabt, eine BSA oder Norton zu kaufen, sich kurz darauf aber für eine Honda entschieden; doch nur, weil die Harley Davidson, auf die er es eigentlich abgesehen hatte, für ihn zu teuer war. Als er schließlich eine gebrauchte Triumph mit fünf Pferdestärken in ausgezeichnetem Zustand entdeckte, war er sofort entschlossen, sie zu erwerben. Allein die plötzliche Krankheit seines Vaters verhinderte den Kauf, und daher fürchtete er, jemand würde ihm zuvorkommen und am Ende stünde er genau wie vor der Entdeckung der schönen Triumph da.

Mit der Motorradgeschichte, die er in ihrer ganzen Verworrenheit aufrollte, richtete er sich vor allem an Caesar, der sich mit Autos und Technik ein wenig auskannte. Doch war Caesar mit anderen Dingen beschäftigt, außerdem hatte er sich das alles schon mehr als einmal angehört; deswegen tat er jetzt so, als schenke er Goldmanns Bedenken und den Beschreibungen der verschiedenen Motorräder Aufmerksamkeit, und gab hin und wieder einen Kommentar von sich.

Plötzlich mischte sich Eliesra ein: »Ich kapiere überhaupt nicht, wozu Du ein Motorrad brauchst, Goldmann!«

Und Goldmann sagte verlegen, ein Motorrad sei äußerst bequem in der Stadt, viel angenehmer als ein Auto und auch viel billiger . . . Dann lächelte er und sagte, als meinte er es nicht ernst, das Tempo wirke verführerisch und er verspüre den Drang, sich in Todesgefahr zu begeben; ein Trieb, der sicher bei jedem Menschen vorhanden sei.

Eliesra aber unterbrach ihn ungeduldig: »Wenn Du vorhast, ein zweiter James Dean zu werden, bist Du ein paar Jahre zu spät aufgewacht. Und wenn Du dich einfach nur umbringen willst, spring lieber vom nächsten Dach. Die amerikanische Diät ist jedenfalls überflüssig.«

Sie lachte. Und auch Goldmann lachte . . . um seine Verlegenheit und die Niederlage zu verbergen, die er sich selbst zugefügt hatte. Wozu der Versuch, aufrichtig zu sein? Er hatte sich nur lächerlich gemacht. Schließlich hatte er die Vierzig bereits überschritten und kam auch so ganz gut zurecht mit seiner Hilflosigkeit und dem Gedanken, daß die Zahl der erreichbaren Dinge ständig abnehme. Er wußte selbst, wie albern und absurd die Sache mit dem Motorrad war und wie sehr Eliesra, die gerade einen Schluck aus Caesars Tasse nahm und ihn unfreundlich ansah, recht hatte.

»Erwarte von niemandem Mitleid und daß er dich anfleht, am Leben zu bleiben!« rief Eliesra.

Aber Goldmann sagte: »Ich erwarte gar nichts« und begann wieder zu lächeln. Dann wandte er sich Caesar zu. »Ich kaufe die Triumph.«

»Wenn Du meinst . . .«

Caesar nahm Eliesra die Kaffeetasse aus der Hand.

»Komm, wir gehen.«

Sie standen auf und verabschiedeten sich von Regina und Goldmann. Goldmann begleitete sie noch zur Tür. Als er zurückkam, sagte er zu Israel: »Gleich legt er sie flach ... Sie sieht wirklich gut aus. Aber in deren Fänge wollte ich nicht geraten! Eine richtige Brunhilde ist das, kein Tropfen Liebe, Demut oder sonst irgend etwas fließt in ihren Adern ... Völlig verkommen! ... Die denkt nur an sich, genau wie Caesar.«

Er entschuldigte sich und ging zur Toilette. Israel beschloß zu warten, bis Goldmann zurückkäme; danach wollte er aufbrechen. Unterdessen hörte er beiläufig dem ermüdenden Gespräch am Tisch zu und beobachtete, wie Mosche Zeimers Frau sich erhob und von Regina und den übrigen Anwesenden Abschied nahm. Zipora, die auf ihren Gruß kaum reagierte, schaute ihr mit strengem Blick hinterher, bis sie den Raum verließ.

»Niemand kann ständig den Mund halten«, sagte sie zu Joel, »aber deswegen plappert man doch nicht ununterbrochen. Schließlich ist man nicht allein auf der Welt.« Und nach einer Weile fügte sie hinzu: »Was für ein lautes Gerede! Das zeugt nicht von Klugheit.«

Dann neigte sie sich zu Regina hinüber, um ihr ein Glas Saft und ein Stück Kuchen anzubieten. »Iß etwas. Du brauchst niemanden mehr zu bestrafen.«

»Ich bin nicht hungrig«, sagte Regina.

Kurz darauf machte sich Mathilda Leviathan auf den Heimweg. Als sie an Israel vorbeikam, nickte er ihr zu und sagte: »Auf Wiedersehen.«

Mathildas Gesicht war teigfarben und schlaff; das Alter und das Unglück hatten ihm all seine Lebendigkeit genommen. Sie blieb einen Augenblick stehen, betrachtete Israel unschlüssig und erwiderte seinen Gruß. Doch ihrem Blick und ihrem Zögern war zu entnehmen, daß sie nicht wußte, wer er war.

Etwa zwanzig Jahre lag der Tag schon zurück, an dem er zum letzten Mal in ihr Haus gekommen war, um Chanoch zu besuchen. Chanoch war in jenem Sommer im Alter von dreizehn Jahren nach nur zwei Tage dauernder Krankheit gestorben. Nachbarn und Lehrer behaupteten, er habe sich die schwere Lungenentzündung geholt, als er einen Nachmittag lang erhitzt und schweißnaß einem Eiswagen hinterherlief und alles in allem einen ganzen Block gefrorenen Wassers verschlang, indem er die Eisstücke, die auf die Straße fielen, aufhob und aß.

Es war nur wenige Jahre nach dem Unabhängigkeitskrieg, und Avinoam, der eine Verletzung erlitten hatte, hielt sich noch in Amerika auf. Er war lediglich zur ärztlichen Behandlung dorthin geschickt worden, hatte aber anschließend noch ein landwirtschaftliches Studium begonnen. Er kam erst später nach Israel zurück und ließ sich mit seiner aus Amerika stammenden Frau in einem Moschaw nieder, in dem sie sich einen Bauernhof aufbauten.

Und Sonia hatte sich bereits von dem französischen Ingenieur getrennt, mit dem sie vier Jahre in Nizza gelebt und von dem sie ein Kind hatte. Den Gerüchten zufolge hatte sie Frankreich zwischenzeitlich verlassen und war nach London oder Amsterdam gegangen, wo sie in Bars und Nachtklubs als Pianistin und Tänzerin auftrat und darauf hoffte, entdeckt zu werden und eine Rolle beim Theater oder Film zu bekommen, was wohl nicht ganz aussichtslos schien, denn sie hatte Talent und wußte, wie Aufmerksamkeit zu erregen war. Die ganze Geschichte hatte ihr bis zum damaligen Zeitpunkt nur Enttäuschungen eingebracht, aber immerhin war sie der Erfüllung ihrer Hoffnungen mehrere Male sehr nahe gekommen. Zwei-, dreimal schrieben auch israelische Zeitungen, sie trete als Schauspielerin auf; und einmal hieß es sogar, sie werde in Kürze in einem Film spielen, was ihrem Vater Josef Leviathan allerdings nichts als Schmach und Schande bereitete, die er schweigend ertrug. Und Goldmanns Vater behauptete, Sonia sei nur ein Flittchen.

Ihr Foto stand neben einer billigen, bronzefarbenen Gipsbüste von Beethoven auf ihrem Klavier in einer Ecke des großen Zimmers, in dessen Mitte sich ein schwerer brauner Tisch befand, der täglich, außer an Samstagen und Feiertagen, zur Mittagszeit ausgezogen wurde, damit die ungefähr fünfundzwanzig Personen, die von Mathilda bekocht wurden, an ihm Platz fanden. Sie trug ihnen die Speisen in großen, tiefen Porzellantellern auf, deren Ränder teils mit Blümchen, teils mit einem goldenen oder hellblauen Streifen verziert waren. Das Essen war einfach, aber wohlschmeckend und nahrhaft und wurde in großzügigen Portionen verteilt. Die Preise waren bescheiden. Da Mathildas emsiges und mütterliches Wesen eine wohlige, ungezwungene Stimmung verbreitete und die Gäste, die alle regelmäßig erschienen, einander kannten, verliefen die Mahlzeiten stets in einer angenehmen, familiären Atmosphäre.

Neben ein paar Angestellten kamen ein Arzt, ein Maler, mehrere Ladenbesitzer, zwei Lehrer, ein Bauingenieur und ein Vegetarier, der wie Ghandi aussah. Der Vegetarier war asketisch dünn, sehr flink und kahlköpfig und hatte einen schwarzbraunen Teint. Zu allen Jahreszeiten trug er die gleichen seltsamen Stoffschuhe, kurze Hosen und Hemden aus Baumwolle oder Leinen. Er badete jeden Tag in der See und machte Gymnastik, verbrachte seine Freizeit am Strand, auf den Feldern und in den Zitrushainen und Wäldchen in der Nähe der Stadt. Er konnte das Rauschen von Wind und Meer, das Rascheln der Blätter und die Stimmen der Tiere nachahmen. Vor allem aber erntete er Bewunderung für seine Schattenspiele, wenn er Gänse, Schwäne, Füchse und riesige Schmetterlinge vorführte und nach Belieben allerlei wundersame Wesen erschuf, die das Produkt seiner Vorstellungkraft waren: geflügelte Fische, Vögel mit zwei Köpfen und andere Kreaturen, die in der Natur nicht vorkamen. Es bereitete ihm Vergnügen, sie an die Wand zu projizieren und lebendig werden zu lassen. Die Kinder, und oft auch die Erwachsenen, saßen wie gebannt da und schauten staunend, bisweilen ein wenig verängstigt zu, indem sie immer wieder Laute der Bewunderung ausstießen.

Er wirkte einnehmend auf die Menschen, die ihn umgaben, machte sie gleichzeitig aber verlegen und ängstlich; doch nicht so sehr seines mönchischen Aussehens wegen (denn er wirkte fröhlich und lebensbejahend), sondern wegen des Fremden und Geheimnisvollen, das seiner Person anhaftete, wegen seines Andersseins, seiner entschiedenen Ablehnung jeder Zweckmäßigkeit, jeden Strebens und jeder herkömmlichen Lebensform und wegen seiner festen Überzeugung, in Einklang mit der Natur zu leben und der Kenntnis ihrer Geheimnisse und ihres Willens nahe zu sein. Ein wenig von diesem Wissen äußerte sich in den phantastischen Schattengestalten, die sich wie lebendige Wesen auf der Wand bewegten und ihm auf undefinierbare Weise ähnelten. Trotz ihres wunderlichen Aussehens, das manchmal betretenes Schweigen auslöste, wirkten sie so echt, als lebten sie seit jeher in Wäldern, Höhlen und den Tiefen des Meeres und als habe er sie für einen kurzen Moment von irgendwoher geholt, um sie seinen Zuschauern auf vergnügliche Weise zu präsentieren.

Hingegen war das Vegetariertum für ihn eine ernste Sache, die keinen Anlaß zu fröhlichen Späßen bot; es war Überzeugung und Berufung zugleich. Während der Mahlzeiten kam es immer wieder vor, daß er behauptete, die Natur sei rein und vollkommen, der Mensch in seinem Streben nach Wissen jedoch bemühe sich nicht, sie wirklich zu begreifen und mit ihr zu leben, sondern vergewaltige und verunstalte sie und schaufle sich so sein eigenes Grab, denn am Ende werde die Natur siegen. Allein in Übereinstimmung mit der Natur sei es möglich, eine beständige Zivilisation aufzubauen, weil die Natur die Harmonie, die wahre Ordnung der Dinge, den Willen des Universums verkörpere, denen man sich nie widersetzen dürfe, wolle man nicht Chaos und Untergang heraufbeschwören. Häufig erging er sich durchaus nicht ohne Genuß und Vergnügen, erschreckend zu wirken in apokalyptischen Darstellungen, in denen Insekten oder Riesenpflanzen die Erde bevölkerten und aller Zivilisation ein Ende bereiteten.

»Was nicht im Einklang mit der Natur steht, wird untergehen«, wiederholte er unermüdlich vor den anderen Essensgästen und vor Josef Leviathan, der ihm interessiert zuhörte. Aber Josef Leviathans Aufmerksamkeit galt eher den Mitmenschen als der Natur, die ihm etwas Abstraktes war. Er arbeitete als Buchhalter in einem gewerkschaftseigenen Betrieb. Er war hochgewachsen und ausgemergelt, hatte zu große Ohren und zu lange Hände; sein trauriges Gesicht wirkte immer ernst und hilflos. Im Unterschied zu seiner Umgebung zog er stets braune Anzüge an, die ihm jedoch zu weit waren und an ihm alt und abgetragen aussahen. Als Ergebnis seiner Weltanschauung und der Erfahrungen, die er gesammelt hatte, der ausführlichen Betrachtung, Buchlektüre und Reflexion war er mehr und mehr zu der Einsicht gelangt, daß die gesellschaftliche Ordnung schlecht, vielleicht sogar irreparabel sei und daß der Mensch, insbesondere der Städter, in einer fortwährenden wirtschaftlichen und seelischen Not lebe, die sich verschärfe, je größer, unpersönlicher und gewalttätiger die Stadt werde. Sein Leben werde unfrei und verliere alle geistigen und feierlichen Dimensionen, es sinke hinab zu etwas Absurdem und Hoffnungslosem und gönne ihm nicht einmal Ruhe. Josef

Leviathan war von der Notwendigkeit überzeugt, Abhilfe zu schaffen. Von liberalen und sozialistischen Publikationen sowie der Kibbuzbewegung beeinflußt, ersann er einen Plan, um den Wandel durch die Schaffung von Stadtkommunen herbeizuführen.

Diese sollten dem Menschen zurückgeben, was ihm die Welt in der heutigen Zeit vorenthalte. Als die Idee konkrete Formen annahm, begann Josef Leviathan, der nicht besonders praktisch veranlagt, aber doch fleißig und opferbereit war, anderen seine Ideen vorzustellen. Einige fanden Interesse daran. Und so bildete sich allmählich ein kleiner Kreis, der sich zum Ziel setzte, eine Stadtkommune zu gründen, in der Arbeiter und Kaufleute, Handwerker und Freiberufler vereint sein würden. Jeder sollte weiterhin seiner Beschäftigung nachgehen, Löhne und Einkünfte aber sollten in eine gemeinsame Kasse fließen, die für die Befriedigung der Bedürfnisse jedes einzelnen zuständig wäre. Man wollte gemeinsam wohnen, essen, feiern und die Kinder großziehen – alles auf der Grundlage von völliger Gleichheit, Zusammenarbeit und gegenseitiger Unterstützung, von Brüderlichkeit und uneingeschränkter persönlicher und politischer Freiheit.

Der Kreis vergrößerte sich, immer neue Leute kamen hinzu. Unter ihnen war Goldmanns Vater, der Josef Leviathan noch aus dem Po'el Haza'ir kannte. Seitdem hatten sie sich fast aus den Augen verloren; erst jetzt, nach vielen Jahren, wurde das Verhältnis wieder enger. Immer öfter verabredeten sie sich und sprachen viele Stunden über die Belange ihrer Gruppe, die regelmäßig zusammentrat, um Probleme zu erörtern, ein Manifest und eine Satzung zu formulieren. Die unterschiedlichsten Standpunkte mußten miteinander vereint werden; da Sozialutopisten, halbe Marxisten und liberale Träumer zu ihnen gehörten, ergaben sich immer neue Komplikationen, so daß sich die Beratungen trotz des guten Willens und der Begeisterung aller als äußerst zeitraubend erwiesen. Die Satzung war erst nach zwei Jahren fertiggestellt. Sie regelte alle Aspekte des privaten, familiären und gesellschaftlichen Lebens, alle Rechte und Pflichten, Sonderfälle und Probleme, die das Leben mit sich bringt, und erschien in jeder Hinsicht vollkommen.

Der Satzung wurde ein Manifest beigefügt, das außer einer Kurzinformation zum Entstehen der Kommune und einer Beschreibung ihrer Grundsätze Zusammenarbeit, Gleichheit, Freiheit, Brüderlichkeit als ihre allgemeinen Ziele verkündete und hervorhob, daß sie sich nicht als Einzelerscheinung verstehe, die allein der Bewältigung der persönlichen Probleme ihrer Mitglieder diene, sondern als Wegweiserin und Vorhut für jene, die ihrem Beispiel folgen wollten, um den Traum von einer aus freien Kommunen bestehenden Welt zu verwirklichen.

Während an dem Manifest und der Satzung noch gefeilt wurde, unternahm man bereits praktische Schritte zur Realisierung des Projekts: Die Kommune ließ sich als Vereinigung registrieren und schloß sich der Kooperativzentrale der Arbeiterbewegung an; in der Nähe der Stadt wurde ein großes Stück Land erworben und für die Zwecke der Kommune hergerichtet; Wohnhäuser und andere Gebäude entstanden, deren Baupläne nach langwierigen Beratungen der Mitglieder erstellt worden waren. Ein paar Jahre später, nach zahlreichen Komplikationen und deprimierenden Verzögerungen, waren die Bauarbeiten beinahe beendet. Die Mitglieder zogen in die Kommune ein. Doch überstürzten sie nichts. Niemand verkaufte seine Wohnung, viele ließen einen beträchtlichen Teil des Mobiliars zurück und vermieteten sie nicht einmal.

Goldmanns Vater war etwa ein Jahr zuvor, kurz nach Noomis Tod, aus der Gruppe ausgeschieden. Als sich die ersten Mitglieder in der Kommune niederließen, befand er sich schon in Übersee. Und als er nach dreijähriger Abwesenheit wieder ins Land kam, hatte sie sich längst aufgelöst. Josef Leviathan war anderthalb Jahre vor seiner Rückkehr an einem Herzanfall gestorben. Von seinem Tod erfuhr Goldmanns Vater erst mehrere Tage nach seiner Rückkehr. Die Nachricht versetzte ihn in eine furchtbare Wut. Aschfahl im Gesicht, schlug er mit den Fäusten auf den Tisch und schrie mit rauher Stimme: »So geht das nicht! Warum habt ihr mir nicht Bescheid gegeben?!«

Später setzte er sich in die Küche, hielt sich den Kopf mit den Händen und heulte wie ein Kind. Regina hatte sich in ihrem Zimmer verbarrikadiert, und Goldmann war aus der Wohnung geschlichen. Sein Vater blieb allein zurück. Er weinte, bis er müde war, um kurz darauf von neuem in Tränen auszubrechen. Als es dunkelte, stand er auf, wusch sich das Gesicht und ging Mathilda besuchen.

Sie lebte von der kleinen Rente ihres Mannes und von den Einkünften aus den Mahlzeiten, zu denen sie auch jetzt wieder jeden Mittag etwa zwanzig Personen in ihrer Wohnung empfing. Von den früheren Stammgästen war fast keiner übriggeblieben; sie waren in alle Winde zerstreut, einige bereits gestorben. Zwei Stunden saß Goldmanns Vater bei Mathilda und sagte nur wenige belanglose Sätze. Nach den Nachrichten erhob er sich schließlich, schüttelte ihr die Hand und verließ das Haus. Am folgenden Tag begab er sich zum Grab ihres Mannes, das er von da an mit unerklärlicher Beharrlichkeit immer wieder aufsuchte. Einmal verlangte er von Goldmann, ihn zu begleiten. Doch Goldmann entwischte ihm. Er ertrug es nicht, mit seinem Vater allein zu sein, der kein einziges Mal ein offenes Gespräch mit ihm geführt hatte und ihm nur selten, eher zufällig, in die Augen sah. Außerdem konnte er Friedhöfe und feierliche Momente nicht ausstehen, am allerwenigsten solche, die mit Trauer und Tröstung zu tun hatten.

Auch jetzt wäre er am liebsten verschwunden, nur seine Höflichkeit und sein Pflichtgefühl hielten ihn davon ab. Doch als er von der Toilette zurückkam, sagte er zu Israel: »Komm für einen Augenblick in mein Zimmer. Ich halte diese Leute nicht länger aus, vor allem nicht meine Mutter.«

Sie gingen in Goldmanns Zimmer. Es befand sich neben dem Wohnzimmer und der Kammer, die Noomi früher gehört hatte. Goldmanns und Noomis Zimmer waren dem großen Hof, der Wohnraum der Straße zugewandt. Goldmann hatte nie woanders gelebt, abgesehen von der Zeit im Unabhängigkeitskrieg, als er das Gymnasium unterbrach, um in der Armee zu dienen, und den drei Wochen, die er mit der schönen Jemima Tschernow verheiratet war. Und in all den Jahren hatte sich der Raum kaum verändert: das Bett mit dem Eisengestell und dem beigefarbenen Bezug aus grober Wolle, dessen grünes Muster ausgeblichen war; die steifen Kissen darauf, die Regina in einen geblümten Leinenstoff eingenäht hatte; der alte Schreibtisch am Fenster, dessen Lack abblätterte; vor ihm der braune Stuhl mit der abgerundeten Rückenlehne; in der Ecke der schwere Sessel, der sich im Bedarfsfall in eine Liege verwandeln ließ; und daneben, gegenüber von Goldmanns Bett, der Bücherschrank mit den Glastüren; sogar die dreiarmige Lampe und die Vorhänge an den Fenstern waren dieselben wie einst. Der entscheidende Unterschied zu früheren Zeiten bestand in der Abnutzung, die sich an allem bemerkbar machte. Auch hing ein leichter Geruch nach alten Dingen im Raum, obwohl er wie immer gründlich geputzt war. Wenige Gegenstände waren hinzugekommen, so zum Beispiel die Stehlampe, die ihrer Häßlichkeit wegen ins Auge stach.

Der Arm der Lampe hatte die Form einer vergoldeten Schlange, die Glühbirne wurde vom Maul des Tieres gehalten und war mit einem roten Stoffschirmchen mit goldenen Fransen versehen. Die Lampe gehörte zu den wenigen Hochzeitsgeschenken, die bei Goldmann geblieben waren. Die meisten Dinge hatten sie beschämt an die vielen Verwandten und Bekannten zurückgeschickt, die zur Hochzeitsfeier erschienen waren. Goldmanns Vater hatte das Fest prachtvoll ausgerichtet, wobei er sich keineswegs vom Streben nach prahlerischer Entfaltung äußeren Glanzes, sondern von Großzügigkeit und besonders von seiner tyrannischen Neigung zum Perfektionismus hatte leiten lassen. Taub gegenüber den Einwänden seines Sohnes, der solchen Luxus nicht wollte, hatte er ein siebenköpfiges Orchester und eine unglaubliche Menge Bier, Würstchen und Kuchen bestellt. Eine Woche lang aß die Familie jeden Tag gekochte, gebratene und überbackene Würstchen, nachdem ein Teil bereits an Nachbarn und Bekannte verschenkt worden war. Und das Ende war noch nicht abzusehen. Eines Tages warf Regina, aus Furcht vor einer Lebensmittelvergiftung, den Rest in den Müll. Goldmanns Vater war darüber verbittert, denn, wenngleich er wie die anderen aufatmete, als das Würstchenessen beendet war, konnte er eine derartige Verschwendung nur mit großer Betrübnis hinnehmen ... Aber die Geschichte war völlig belanglos im Vergleich zu der Schande, die Goldmanns Scheidung für ihn bedeutete.

Er fühlte sich persönlich beleidigt durch diesen Akt, den er für unverzeihlich hielt und tatsächlich niemals verzeihen sollte. In seinen Augen war eine Scheidung ebenso schändlich wie Prostitution. Und so unternahm er alles, was in seiner Macht stand, um die Scheidung seines Sohnes zu verhindern und vor der Verwandtschaft und den Nachbarn geheimzuhalten. Doch waren all seine Bemühungen umsonst ... Kurz nachdem sich Goldmann und die schöne Jemima Tschernow wieder getrennt hatten, brachte ein Bote die Stehlampe ins

Haus. Sie stammte von einer entfernt verwandten Kusine Reginas, die vor längerer Zeit aus Amerika zu Besuch gekommen und längst wieder heimgekehrt war. Da sie ihr die Lampe nicht ohne weiteres zurückgeben konnten, blieb sie in Goldmanns Zimmer und stand fortan neben seinem Bett, nahe der Wand, die früher einmal mit Bildern von Toreros und Stieren, später mit Aufnahmen von Rennfahrern und -wagen und nun schon seit ein paar Jahren mit einem dunklen Landschaftsbild und der Vergrößerung eines Fotos von seiner Schwester behängt war.

In diesem Zimmer rang Goldmann mit seinen Problemen und den Problemen der Welt. Und während Erstaunen und Verzweiflung einander ablösten, schuf er sich in Gedanken das freie, dynamische Leben, das ihm die Zukunft bescheren würde, und erfreute sich im voraus an ihm. In diesem Zimmer lernte er aber auch, mit großer Trauer und dem quälenden Gefühl des Scheiterns, auf dieses Leben zu verzichten, um schon kurze Zeit später, von Neid, Begierde und Hoffnung getrieben, den verzweifelten Versuch zu unternehmen, sich ein noch schöneres und wilderes Leben auszudenken, ein Dasein jenseits aller Gesetze und realen Gegebenheiten. Zwischendurch aber übte er sich darin, das eigene Sterben, das langsam, doch unabwendbar war, mit vollendeter Gleichmut, ja sogar echter Bereitschaft zu leben ... Und doch spürte er unablässig den Wunsch, tausend Jahre alt zu werden. Das so listig ersonnene Training, das er ständig betrieb, zeitigte äußerst bescheidene Ergebnisse. Denn letztlich konnte er sich nicht damit abfinden, eines Tages nicht mehr zu sein; und obwohl er das Ende als herannahendes Faktum begriff und stets versuchte, es sich auf unterschiedlichste Weise vorzustellen, blieb es unfaßbar und deswegen furchterregend und bedrückend für ihn. Trotz seines Trainings nahm es nicht die Gestalt einer Sache an, die man erfahren und mit anderen Erfahrungen vergleichen konnte. Die einzige Ausnahme schien Noomis plötzliches Ende, das ihn wie ein Schlag getroffen und tief erschüttert hatte und die Familie beinahe zerbrechen ließ.

Unmittelbar nach ihrem Tod schienen die stählernen Bande, die die Familie zusammenhielten, zu reißen. Eine Hölle des Hasses und der Grausamkeit, die sich all die Jahre unter einer festgefügten Schicht aus Gewohnheit, Höflichkeit und gesellschaftlicher Konvention geregt hatten, kam auf einmal zum Ausbruch und wütete derart, daß man hätte glauben können, die Familie werde zerrieben und weggefegt. Doch dauerte die Bedrohung nur kurze Zeit an. Die bitteren Taue des Hasses, der Grausamkeit und der Ängste, die Goldmanns Eltern aneinander fesselten, hatten viele Jahre gehalten und sie als durchschnittlich glückliches Paar erscheinen lassen. Und auch jetzt bewiesen sie ihre Festigkeit und verliehen dem familiären Rahmen Bestand. Doch der Haß brodelte fortan unverhüllt ätzend und unbezwingbar und vergiftete die Jahre, die ihnen noch blieben ... Vielleicht hätte sich das alles genauso ereignet, wenn Noomi jene Autofahrt überlebt hätte.

Obwohl Noomi den Wagen nicht selbst gelenkt hatte, regte sich der Zorn des alten Goldmann, daß sie sich überhaupt je ans Steuer gesetzt habe. Er hatte von Anfang an Widerstand geleistet und etliche Male prophezeit, die Fahrerei werde ein böses Ende nehmen. Es war wie mit den meisten Dingen, die Noomi unternahm: Die Tatsache, daß sie Auto fuhr, schien ihm verwerflich, weil er glaubte, sie sei gegen ihn und seine Grundsätze gerichtet. Noomi aber, die sehr unzugänglich und selbständig war, handelte nach ihren eigenen Vorstellungen, beharrlich und ohne Heimlichkeit. Zwar gründete sich ihr Verhältnis zu ihrem Vater auf Wertschätzung, Verständnis, sogar auf Liebe, doch setzte sie sich stets über seinen Zorn hinweg – zum Beispiel, wenn es um Kleidung und ihren Umgang mit Geld ging, als sie das Geigenspiel aufgab und gegen seinen Willen beschloß, nach dem Gymnasium Sportlehrerin zu werden, oder als sie verkündete, sie wolle ihr Studium abbrechen und sich zur britischen Armee melden ... ganz zu schweigen von der Affäre mit dem Engländer, von der ihre Eltern erst nach einer Weile erfuhren. Nach einem Monat der Diskussionen, des Bettelns und der heftigen Streiterei verließ Noomi das Haus und rückte zur britischen Armee ein.

Regina, die sich Noomi gegenüber meist zurückhaltend und sachlich verhielt, jedoch sehr an ihr hing, veranstaltete ihrer Tochter zu Ehren ein festliches Abschiedsmahl mit Fisch und Bouillon, Frikadellen, Kalbsbraten und Reibekuchen, die Noomi besonders gern mochte, mit Trockenobstkompott, wie am Pessachabend, und Mohnkuchen. Und alle vier, die sie schon seit Jahren nicht mehr gemeinsam gegessen hatten, Goldmanns Vater, Regina, Goldmann, der damals zwölf war, und Noomi, saßen im großen Empfangsraum um den weiß gedeckten Tisch und nahmen schweigsam die von Regina vorbereiteten Speisen ein. Als die Mahlzeit beendet war, stand Noomi auf, ging in den Korridor und griff ihren kleinen Koffer und ihren Rucksack. Doch kam sie noch einmal ins Zimmer zurück. Sie drückte Goldmann die Hand, küßte Regina und ihren Vater, der wie versteinert dasaß und nur einen Moment lang aufhörte, so zu tun, als lese er die Zeitung. Regina begleitete sie hinaus und verweilte an der Tür, bis ihre Schritte im Treppenhaus nicht mehr zu hören waren.

Als Goldmann von Noomis Tod erfuhr, war er bestürzt; er rannte in sein Zimmer und warf sich mit dem Gesicht zur Wand auf das Bett. Nach kurzer Zeit aber, der Verlust seiner Schwester ging ihm immer noch nahe, gelangte er zu der Einsicht, nichts könne Noomi zurückbringen; so fand er sich mit ihrem Tod ab und deutete ihn fortan als unveränderliche Tatsache. Goldmanns Vater, der außer zu Noomis Beerdigung kein einziges Mal an ihr Grab ging, betrachtete ihren Tod als Bestrafung für die Liebesgeschichte mit dem Engländer, zugleich aber auch als Affront gegen ihn selbst. Die Schuld an Noomis Tod gab er Regina. Und so ging er kurzerhand in die Vereinigten Staaten, wo er zwei Jahre blieb, und verbrachte ein weiteres Jahr in Kanada. Sie sollten nie erfahren, was er dort tat und wovon er lebte. (Möglicherweise gab es Verwandte oder Fremde, von denen er Unterstützung erhielt.) Sie bekamen nie einen Brief von ihm, nur eine Postkarte alljährlich zum Neujahrsfest. Die Karten verrieten ihnen, wo er sich aufhielt; doch Goldmann und Regina, die sich wie eine Muschel in ihre Schale zurückzog und sich für ihn und sein Tun kein bißchen interessierte, stellten keinerlei Nachforschungen an.

Nach Noomis Tod führte Regina ein abgeschiedenes Leben. Sie nahm kaum etwas zu sich, ging weder ins Kino noch ins Theater und erschien auch zu den Familienfeiern nicht mehr. Nur selten verließ sie das Haus. Sommers wie winters begab sie sich jeden Dienstag zum Friedhof, harkte um Noomis Grab herum und jätete Unkraut zwischen den Blumen und Büschen, die sie gepflanzt hatte. Ab und zu bekam sie Besuch von Judith Meisler, ihrer einzigen guten Freundin, und in regelmäßigen Abständen von Schmuel und Beracha, Joel und Zipora, David Kostomolski und der Frau von Mosche Zeimer, die ihr allmählich auf die Nerven fiel; nur Mosche Zellermeyer ließ sich oft bei ihr blicken. Er hatte nie vergessen, was Regina und Goldmanns Vater für ihn getan hatten, als er nach dem Krieg als Flüchtling ins Land gekommen war und lange Zeit bei ihnen gewohnt hatte. Jedesmal wenn er Regina besuchte, brachte er ein Geschenk mit: eine Schachtel Pralinen und eine Flasche Wein, eine besonders schmackhafte Wurst, eine Dose Kaffee oder einen Blumenstrauß. Regina mochte ihn nicht und nahm seine Geschenke mit kühler Miene entgegen. Er aber übersah ihre Zurückhaltung, denn es bereitete ihm Vergnügen, ihr eine Freude zu machen und seinen Dank und seine Zuneigung auszudrücken.

Bisweilen erhielt sie Post von Manfred oder schrieb selbst an ihn. Die *Briefe von Manfred* und die Besuche an Noomis Grab bildeten den eigentlichen Mittelpunkt ihres Lebens und waren die einzigen Marksteine, die die Zeit unterteilten und mit ein bißchen Inhalt und Spannung erfüllten. Sie schien ausschließlich an diese Momente zu denken, denn sie konnte sich eine Veränderung ihres Lebens nicht vorstellen und richtete all ihr Sehnen auf Noomi und Manfred.

Manfred lebte mit seiner Familie in Holland. Wenn er alljährlich im Sommer und mitunter noch einmal, am Ende des Winters, nach Israel kam, quartierte er sich meist bei seinem Bruder in Haifa ein, und man hörte Regina verkünden: »Ich fahre zum Friedhof und danach zu Manfred nach Haifa.«

Kam er selbst nach Tel Aviv, dann trafen sie sich bei Judith Meisler, wohin er auch die Briefe, die für Regina bestimmt waren, schickte. Fünfzehn oder zwanzig Jahre vorher war die Situation eine andere gewesen. Damals war Manfred noch zu den Goldmanns nach Hause gekommen und, obwohl ihn Goldmanns Vater nicht mochte, stets als Gast der Familie behandelt worden. Seit er sich entschlossen hatte, seine Besuche einzustellen, hielten sie die Verbindung über Umwege aufrecht. Und da sie sich an dieses Verfahren gewöhnt hatten, änderten sie auch nichts daran, als Goldmanns Vater in Übersee lebte. Ihre Treffen hatten nie lange gedauert, doch wurden sie mit der Zeit auf unabwendbare Weise immer kürzer und waren seit mehreren Jahren schon nach ein oder zwei Stunden beendet. Zuletzt lieferten sie sich nur noch deprimierende Abschiedsszenen voller Wut und Bitterkeit, Enttäuschung und Mißgunst. Trotz ihrer Ausdauer und des festen Willens, die Wirklichkeit zu bezwingen, trotz der grenzenlosen, allein von der Phantasie genährten Zuversicht nagten die Zeit, das Alter und die Umstände an ihrer Liebe; und am Ende blieb ihnen nichts als die verblassende Erinnerung an gemeinsame Wünsche und phantastische Gelegenheiten, die versäumt worden waren, und sie wagten nicht, sich einzugestehen, daß sie gescheitert waren und daß keine Macht auf Erden das Rad zurückdrehen, das verlöschende Feuer von neuem anfachen konnte. Jeder Abschied sollte der letzte sein, man kehrte zurück an den Ort, an den man gehörte, um kurze Zeit später wieder sehnsüchtig an den anderen zu denken, die alten Hoffnungen aufleben zu lassen und ungeduldig auf das nächste Treffen zu warten. Der Gedanke an ihre Liebe behagte ihnen, sie hofften weiter, obwohl keine Hoffnung bestand, denn sie liebten die Erinnerung an ihre Liebe und fühlten sich ihr verpflichtet; so wurde ihr Sehnen endlos wie das unaufhörliche Schwingen eines Pendels, das sie nicht anhalten konnten, da sie selbst die Uhr waren, in der es schwang.

Manfred war in einer größeren Provinzstadt am Fuß der Karpaten geboren, als Sohn einer Familie, die im Ölgeschäft zu Reichtum gelangt war. Sein richtiger Name war Meschulem, in der Schule aber wurde er Manfred gerufen, und in Israel blieb es dabei. Goldmanns Vater nannte ihn anfangs »den Intellektuellen«, begann jedoch nach einer Weile, wie viele seiner Freunde, ihn als »Sektierer« zu bezeichnen, und als Manfred Israel den Rücken gekehrt hatte, gewöhnte er sich an, ihn »Latin lover« zu schimpfen. Natürlich bediente er sich dieser Titulierung nie in Manfreds Gegenwart, denn der war ein überaus scharfsinniger und gebildeter Mensch, hinter dessen zurückhaltendem, vornehmem Auftreten sich Entschlossenheit, Härte und mitunter Herrschsucht verbargen. Er sprach wenig, doch wenn er etwas sagte, hörten ihm alle aufmerksam zu. Nur selten, und auch dann eher gezwungenermaßen, knüpfte er Kontakte und ging unter Menschen. Seine Umgebung benahm sich ihm gegenüber respektvoll, bisweilen sogar mit einer gewissen Furcht, doch gab es auch viele, die sich über ihn ärgerten, weil er ihnen arrogant vorkam.

Und tatsächlich war er hochmütig und von sich selbst eingenommen, fühlte sich zu Besserem berufen und reagierte ungehalten, wann immer ihm Dummheit, Mangel an Einsicht, Irrtum und Schwäche begegneten, manchmal aber auch, wenn jemand nur anders war als er selbst; oft behandelte er die Menschen um ihn herum ablehnend und kühl und fällte unerbittliche Urteile über sie, doch zwang er sich auch, auf andere zuzugehen, und bemühte sich, einer von ihnen zu sein, denn er glaubte an ein Leben in der Gemeinschaft, an Kameradschaft, Einfachheit und Unvoreingenommenheit in den Beziehungen zwischen den Menschen. Diese Ideale bildeten nur einen Teil seiner weitreichenden Anschauungen. Es sollten viele Jahre vergehen, ehe er zu Raphael, seinem ältesten Sohn, der in Physik promoviert hatte und ihm von der ganzen Familie am nächsten stand, während eines Gespräches sagte: »Ich glaubte, so sähen Einfachheit, Geradlinigkeit und der Umgang der Menschen in einer neuen Gesellschaft aus und daß dies der richtige Weg in eine gerechtere Welt sei. Aber alles in allem war es nur provozierende Grobheit.«

Raphael fragte ihn, ob er sein Leben anders leben würde, wenn er noch einmal zur Welt käme; er bezog seine Frage auch auf den familiären Bereich.

Und Manfred sagte: »Ich möchte lieber nicht daran denken.«

Nach der Studentenzeit, die er später seine »Salonphase« nannte, hatte er sich bemüht, all seine Wünsche, Gefühle, Fähigkeiten – und anscheinend sogar seinen Stolz – dem logischen Denken unterzuordnen. Und er tat es bisweilen mit einer erschreckenden Strenge und Kompromißlosigkeit, die den Eindruck erweckten, ein finsterer Abgrund öffne sich hinter seinem unerbittlich logischen Denken, hinter der Konsequenz, mit der er alles Menschliche, Furcht, Liebe, Erregung, Mitleid und somit sich selbst zu negieren versuchte. Der Logik wegen war er auch Zionist geworden, dem Bitten und Drohen von Mutter und Vater zum Trotz. Seine Eltern fühlten sich in erster Linie als Bürger des Habsburger Reiches und unternahmen alles, um gute Deutsche zu sein. In diesem Sinne hatten sie ihre Kinder erzogen. Sie knüpften große Erwartungen an Manfred, er aber kehrte ihnen den Rücken und verzichtete auf die Möglichkeiten, die ihm offenstanden, und seinen Anteil am Familienbesitz und ging als Pionier nach Palästina.

Seine Willenskraft half ihm, die körperliche Schwäche zu überwinden und harte Arbeit zu leisten. Er eignete sich linke politische Überzeugungen an, wurde Kommunist und begann als Schlußfolgerung, aus der kommunistischen Lehre die Existenz eines jüdischen Volkes und die zionistische Ideologie zu verneinen. In aller Stille, doch unnachgiebig und scheinbar folgerichtig, vollzog sich der Wandel. Manfred verließ Palästina Anfang der dreißiger Jahre und siedelte sich für einige Zeit in Straßburg an. Dort entfernte er sich immer mehr von der kommunistischen Weltanschauung, bis er sich voll Zorn ganz von ihr abwandte. (Noch zwei Jahre zuvor hatte er die Moskauer Prozesse gerechtfertigt!)

Von Straßburg zog er nach Paris, wo er sich mit Geschichte und mittelalterlicher Literatur beschäftigte, vor allem mit Kirchengeschichte und dem kirchlichen Schrifttum. Er arbeitete über den Dämonenglauben in der christlichen Welt: die Entwicklung des Teufelsbegriffs und die verschiedenen Darstellungen des Teufels; das Verhältnis zwischen Teufel und Gott und seine Bedeutung in der christlichen Vorstellungswelt; die Dämonen und die Aufgaben, die ihnen zugedacht waren; der Stand jedes einzelnen von ihnen innerhalb ihrer Hierarchie; die Veränderungen, denen ihr Status und ihre Funktion unterworfen waren. In diesem Zusammenhang verwandte er viel Zeit darauf, eine Skizze der Hölle zu erstellen, wie er sie in der kirchlichen und profanen Literatur beschrieben fand; er arbeitete über die verschiedenen Bereiche der Hölle, die Tiere, die sie bewohnten, und alles übrige, das in ihr vorkam. Er veröffentlichte zu diesem Thema sogar ein schmales Buch, das ihm Anerkennung bescherte, obwohl er selbst die positiven Meinungen über sein Werk nicht teilen konnte, weil er in erster Linie seine Mängel und Grenzen sah und es lediglich als ersten Entwurf für eine umfassendere, perfektere Arbeit betrachtete, die er über das Thema schreiben wollte, die aber nie zustande kam, unter anderem, weil er zufällig einen polnischen Jugendfreund, einen Dozenten für Philosophie, wiedertraf. Daraufhin verschob sich der Mittelpunkt seines Interesses, so daß er nun eine Arbeit über Spinoza begann. Er trug sich mit dem Gedanken, eine Monographie über ihn zu verfassen. Und während er noch recherchierte und Material sammelte, veröffentlichte er zwei Aufsätze über historisch-philosophische Gesichtspunkte des Christentums. Jahre später ging ein weiterer Aufsatz in Druck; er handelte von Lenin und der Revolution . . . Mehr sollte nicht veröffentlicht werden, denn Manfred wurde von Jahr zu Jahr kritischer, sein

Augenmerk richtete sich mehr und mehr auf die Versäumnisse und das Unvollkommene statt auf die positiven Ergebnisse seines Schreibens. Streng urteilend rückte er von seinen Aufsätzen ab, die nur schwer lesbar waren, weil er sich in einer überaus komplizierten Sprache ausdrückte, in einem Labyrinth verschachtelter Sätze, die Thesen und Antithesen darstellten und gegeneinander abgrenzten und von der immensen Anstrengung zeugten, die widerspruchsgeladene Komplexität und die Verworrenheit ebenso wie die alles verbindenden Faktoren des behandelten Themas zu vermitteln.

So beständig und intensiv sein Mühen auch war, letztlich mußte es unweigerlich scheitern. Er gab die Essays auf und machte sich wieder an die Spinoza-Monographie, die ihm leichter zu verwirklichen schien. Allein auf die Darstellung von Spinozas Leben und sein Denksystem wollte er sich beschränken und trieb die Arbeit, obwohl um ihn herum der Krieg tobte, stetig voran, denn er empfand sie als seinen persönlichen Beitrag zum Kampf gegen den Wahnsinn und das Irrationale.

Nach einer gewissen Zeit aber war er gezwungen, das Forschen und Schreiben einzustellen, und er sollte es auch nach dem Kriegsende nie wieder aufnehmen. Ihm war unversehens das Interesse an den Geisteswissenschaften, insbesondere an der Philosophie, abhanden gekommen. Der Krieg mit all seinen Grauen, seiner Gewalt und seinem Wahn erschütterte Manfreds Glauben an die Philosophie, sie erschien ihm sinnlos, ebenso Prosa und Lyrik, Religions- und Geschichtswissenschaft, kurzum, die ganze europäische Kultur. Von nun an beherrschte ihn eine Skepsis, die das Resultat seines kritischen Denkens, seiner Bildung und Lebenserfahrung war. Nach einer nihilistischen Phase und einem immer wieder neu auflebenden Glauben an die Gewalt als einzig brauchbarem Mittel, die Welt in Ordnung zu bringen, kehrte er um zu seiner früheren Überzeugung, Vernunft und Logik bildeten die Voraussetzung für die Schaffung einer besseren, in Harmonie lebenden Welt. Doch sollte es Manfred nie wieder gelingen, wirklich an diese zu glauben, weil ihm Vernunft und Logik nicht länger als Kräfte erschienen, die das Irrationale bekämpfen und die historische Entwicklung im positiven Sinne gestalten könnten. Aus Wut und Verzweiflung über die Welt und den Lauf der Geschichte, die ihn enttäuscht hatten und zweifelsohne auch in Zukunft enttäuschen würden, und aus dem vagen Gefühl heraus, schuldig zu sein, ließ er alles hinter sich und versuchte sich als Bauarbeiter und Gärtner. Später war er als kleiner Angestellter eines Forschungsprojektes über die Wanderschaft der Zugvögel tätig und lebte einen Winter lang in einer bescheidenen Hütte in den Alpen. Danach fing er an, sich für den Optikerberuf zu interessieren und spielte in seiner Freizeit zum ersten Mal nach vielen Jahren wieder Geige, was ihn, obwohl er schlecht spielte, beruhigte. Seine Lebenserfahrung und seine Skepsis, die ebenso ausgeprägt wie sein Selbstwertgefühl waren, ließen Demut und die Fähigkeit in ihm wachsen, der Menschheit das Unverständnis, den Irrtum, die Schwäche und das Unfreundliche zu verzeihen. Auf diese Weise gelang es ihm auch, seine Ehe zu akzeptieren, so wie sie war, und die Affäre mit seiner Geliebten Regina, die er als junger Mann in ihrer gemeinsamen Geburtsstadt kennengelernt hatte und die nahezu gleichaltrig mit ihm war.

Wäre Regina nicht an dem Lungenleiden erkrankt, dessen genaue Ursache niemand kannte, hätten sie sicher geheiratet und wären zusammen nach Palästina gegangen. Doch während Regina von einem Sanatorium zum nächsten geschickt wurde und lange Zeit in verschiedenen Kurorten im Gebirge zubringen mußte, wanderte Manfred allein aus, und ihre Verbindung lockerte sich trotz aller Anstrengungen, die sie unternahmen. Sie sahen sich erst nach mehreren Jahren in Palästina wieder. Und da war Regina bereits mit Goldmanns Vater verheiratet und Manfred mit seiner ersten Frau, die ihn nach zweijähriger Ehe verließ, um mit einem anderen zusammenzuleben. Ungeachtet der Verwirrung und der widerwärtigen Umstände, die ihr Fortgehen begleiteten, war der Tag der Trennung einer der glücklichsten seines Lebens, denn er hatte sie seit ihrer Hochzeit gehaßt. Und jetzt, da er ein freier Mann war, hoffte er, Regina würde sich scheiden lassen, um ihn zu heiraten. Regina aber zögerte die Entscheidung hinaus. Schließlich kam Noomi zur Welt, und Manfred heiratete eine entfernte Verwandte, die ein paar Jahre älter als er, doch reich und gebildet war.

Zu dieser Zeit lebte er schon in Straßburg. Auch die beiden Söhne, Raphael und Claude, wurden hier geboren. Claude verfügte über viele Begabungen, doch wechselte er später, an der Hochschule, von einer Fakultät zur anderen und wandte sich schließlich, genauso erfolglos, dem Geschäftsleben zu. Claude werde unglücklich von dem Bemühen, sein Glück zu finden, behauptete Manfred.

Manfreds Tochter Elinore kam kurze Zeit nach der Ankunft in London zur Welt, wo sie die meisten Jahre des Krieges verbrachten. Elinore war groß und zerbrechlich, wie feines Porzellan. Ihre Haut war weiß, beinahe durchsichtig, als sitze sie den ganzen Tag in ihrem Zimmer hinter schweren Vorhängen versteckt. Sie hatte fleischige, leblose Lippen und hellblaue, kühl blickende Augen.

Goldmann war ihr einmal begegnet, als sie ungefähr siebzehn und er selbst siebenundzwanzig war. Ihre Erscheinung hatte ihn gefesselt, das Zusammentreffen einen tiefen Eindruck hinterlassen. Ihre eisige Schönheit wirkte verlockend und abstoßend; sie verbreitete einen ungesunden, der Mondsucht ähnlichen Zauber. Elinore blieb fern und unerreichbar für ihn, dazu verdammt, in einer Traumwelt zu leben, irgendwo zwischen Einbildung und Wirklichkeit, an den Abgründen der Seele, wo Wissen und Wille zerfallen und nur der Schrecken und das genußvolle Gefühl des eigenen Vergehens herrschen. Jahr um Jahr hoffte Goldmann, der sich nicht traute, nach ihr zu fragen, sie würde noch einmal mit Manfred nach Israel kommen. Und tatsächlich war ein solcher Besuch in dem Jahr geplant, in dem Goldmanns Vater die Familie verließ und nach Amerika ging, doch fand der Besuch in jenem Sommer aus unerfindlichen Gründen nicht statt.

Goldmann erwartete sie auch im nächsten und übernächsten Jahr. Und dann hörte er eines Tages, es war zur Mittagszeit, wie sich ein Schlüssel im Schloß der Wohnungstür drehte . . . Herein kam sein Vater, der ohne Ankündigung nach Israel zurückgekehrt war. Mit seinen beiden Koffern ging er durch den Flur und stellte sie im großen Zimmer neben dem Sofa ab. Dann verschwand er auf der Toilette und anschließend im Bad, um sich die Hände und das Gesicht zu waschen. Endlich betrat er die Küche.

»Guten Tag«, sagte er.

Und auch Regina sagte: »Guten Tag.«

Goldmann, der gerade zu Mittag aß, erhob sich vom Tisch und schüttelte ihm die Hand.

»Guten Tag. Wie geht es Dir?«

»Gut«, sagte Goldmanns Vater.

Regina fragte ihn, ob er etwas essen wolle.

»Nein. Ich gehe gleich wieder.«

Er nahm den Hut ab.

»Ich bin nur vorbeigekommen, um ein paar Sachen zu holen.« Er warf Regina einen flüchtigen Blick zu.

Regina meinte: »Jeder kann tun, was er will«, goß ein Glas Tee ein und reichte es ihm mit ein paar Keksen.

»Wenn ich ausgetrunken habe, gehe ich wieder.«

»Jeder kann tun, was er will«, sagte Regina erneut, und Goldmanns Vater sagte: »Ganz recht«, indem er sie feindselig betrachtete. Dann wechselte er ein paar Worte mit Goldmann, fragte ihn, wie es ihm gehe, trank den Tee, holte aus seinem Schrank verschiedene Dokumente und kleinere Gegenstände hervor und packte sie in einen der beiden Koffer.

Aber er blieb, obwohl er seine Drohung Woche für Woche wiederholte und Vorbereitungen traf, um sie in die Tat umzusetzen. So sprach er bei mehreren Maklern vor, die eine passende Wohnung für ihn finden sollten, sammelte seine Sachen zusammen und verstaute einen Teil in Koffern, damit alles für den Umzug bereit sei. Was er brauchte, erledigte er selbst: Er kaufte für sich ein, machte sich Frühstück und Abendbrot und vermied es, die Mahlzeiten mit Regina, die er demonstrativ übersah, gemeinsam einzunehmen; mittags ging er ins Restaurant. Er begann auch, das Testament zu entwerfen. Doch versetzten sein Handeln und Drohen niemanden in Schrecken, am allerwenigsten Regina; sie hatte mit ihm abgeschlossen und nichts zu verlieren. Endlich war sie frei von der Furcht, die er ihr all die Jahre eingeflößt hatte. So als wäre nichts geschehen, hielt sie hartnäckig an ihrem bitteren, klösterlichen Lebenswandel fest und fand Mittel und Wege, sich gegen seine Angriffe zu schützen und ihm weh zu tun. Sie zog sich weiter in sich zurück und reagierte nicht auf seine Gleichgültigkeit, das aber brachte ihn fast um den Verstand. Sie fragte nicht mehr, ob sie ihm etwas zu essen machen solle, ob er Kleidung für die Wäscherei oder zum Bügeln habe; auch verbrachte sie mehr und mehr Zeit bei Judith Meisler, kleidete sich in einer Art, die er verabscheuen mußte, kaufte allerlei unnützes Zeug und weigerte sich, als sie krank war, ihre Medizin oder ein Glas Tee aus seinen Händen entgegenzunehmen. Lieber wäre sie zugrunde gegangen, als auf ihn angewiesen zu sein; das verschwieg sie weder ihm noch anderen.

Tödliche Feindschaft herrschte fortan zwischen ihnen. Sie führten einen widerwärtigen, grausamen Vernichtungskrieg aus kleinen, aber gezielten Rachefeldzügen. Jeder bediente sich seiner Kenntnis der verborgensten Schwächen des Gegners, sogar die verunglückte Tochter wurde als Waffe benutzt, um einander zu kränken und zu erniedrigen. Beide erhoben sie Anspruch auf Noomi und ihre Zuneigung und versuchten die Schuld an ihrem Fortgehen und ihrem Tod dem anderen anzulasten. Unermüdlich war Goldmanns Vater auf diesem Gebiet. Er hatte die Schlacht um Noomi eröffnet und kämpfte ohne Erbarmen. Wieder und wieder behauptete er, Noomi habe ihm, nur ihm von klein auf nahegestanden, weil er ihr stets Aufmerksamkeit, Liebe und Verständnis geschenkt habe – im Gegensatz zu Regina, die ihr eigenes Kind nicht hatte haben wollen, weil sie damals bereits in Manfred verliebt gewesen sei. Er behauptete, mal habe Regina Noomi verwöhnt und mit ihrer ängstlichen Besorgtheit beinahe erstickt, um gleich darauf ungeduldig übertriebene Forderungen an sie zu richten und völlig sinnlose Verbote auszusprechen – was Noomi so unbeständig und aufsässig gemacht habe. Regina habe Noomi so lange geplagt, bis sie schließlich das Weite suchen mußte. Und er hörte nicht auf zu erzählen, wie er mit dem kleinen Mädchen spazierengegangen war, wie er ihr Geschichten erzählt hatte, mit ihr ans Meer und ins Kino gegangen war, ihr das Fahrrad zum zwölften und die Uhr zum fünfzehnten Geburtstag gekauft und sich häufig mit ihr unterhalten hatte, als sie heranwuchs und sich ganz neuen Problemen ausgesetzt sah.

All das waren keine Lügen, sondern mitleiderregende Hirngespinste eines Menschen, der einen Weg suchte, um sein Leben in Ordnung zu bringen, und am Ende um jeden Preis als Gewinner dastehen wollte – eine Wende, an die er selbst kaum noch glaubte. In Wirklichkeit hatte er sich selten um Noomi gekümmert – und auch dann nur voll Ungeduld –, hatte hin und wieder, um sich von dieser lästigen Pflicht zu befreien, wenige belanglose Sätze mit ihr gesprochen und ihr einen Bruchteil der Zeit geopfert, die ihm zwischen dem zermürbenden Tagewerk und den übrigen Aktivitäten blieb. Die einzige Ausnahme bildete eine kurze, aber stürmische und ermüdende Phase, in der er Noomi bedrängte, das Geigenspiel zu erlernen. Er versuchte es mit Argumenten und Schmeicheleien, mit billigen Versprechungen, Drohungen und Geschrei. Ihn deswegen zu verdammen fiel jedoch schwer. Denn die Arbeit auf der Baustelle, der Ehrgeiz, das Streben nach Vollkommenheit, die Aufrichtigkeit und der Stolz absorbierten all seine Kräfte und zerrten an seinen Nerven. Ausgelaugt und reizbar kam er am späten Nachmittag nach Hause, verschlang, was Regina für ihn gekocht hatte, und legte sich mit einem Exemplar vom *Davar* aufs Sofa.

Wenige Minuten später ließ er die Zeitung auf das Gesicht sinken, um in einen schweren Schlaf zu fallen; und so ruhte er, mitunter noch in der Arbeitskluft, bis in den Abend hinein.

Regina reagierte höchst selten auf seine Geschichten über das Verhältnis zwischen Noomi und ihnen. Und sie blieb stumm, selbst als er begann, sie zu beschuldigen, für Noomis Tod verantwortlich zu sein: Sie sei schuld, daß sich Noomi eines Tages in Alexandria in diesen verheirateten Engländer verliebt habe; sie habe Bescheid gewußt und nichts unternommen, um die Sache zu unterbinden. Goldmanns Vater war von Anfang an, noch ehe er nach Amerika ging, überzeugt, Noomis Tod sei die Strafe für jenes verbotene Verhältnis. Daß die Affäre bereits mehrere Jahre vor dem Unglück zu Ende gewesen war, kümmerte ihn nicht. Je öfter er davon sprach, desto mehr verletzte und erregte es ihn – und desto überzeugter glaubte er es. Und so verwandelte sich die Geschichte in eine Wahrheit, die ebenso unbestreitbar war wie Reginas Schuld.

Doch kein einziges Mal sprach er Regina direkt auf das Thema an. Sie hatten wenige Tage nach seiner Rückkehr aus Amerika aufgehört, miteinander zu reden. Wollte der eine dem anderen etwas sagen, dann verhielt er sich, als spreche er zu Goldmann oder zur Tür, zur Wand, zum Kessel, zum Stuhl oder zu sonst einem Gegenstand; auch redeten sie einander stets in der dritten Person an. Wenn Goldmanns Vater sie attakkierte, verzog sich Regina meist in eines der übrigen Zimmer oder ging aus dem Haus. Nur einmal wandte sie sich unvermittelt an Goldmann und sagte: »Alles hat angefangen, als er beschloß, daß sie Geige zu lernen habe . . . vielleicht schon lange Zeit vorher.«

Und Goldmanns Vater sagte: »Das ist nicht wahr. Sie lügt.«

Goldmann hütete sich, in diesem Krieg Partei zu ergreifen oder den Vermittler zu spielen. Er erhob sich und rief: »Genug davon!«

»Er hat mit seinem Stolz alles kaputtgemacht«, sagte Regina, ehe sie sich im Bad einschloß.

Und Goldmann schlug wütend die Tür seines Zimmers hinter sich zu. Zu der nervtötenden Ängstlichkeit und der Selbstverleugnung der Mutter war im Laufe der Jahre noch die ganze Last der Enttäuschung und Erschöpfung gekommen, die sich allmählich zu einem bitteren, zermürbenden Nihilismus auswuchs . . . und dann die lächerliche, aber brutale Willkür des Vaters! Das alles machte ihn ungehalten, ließ ihn Abscheu für seine Eltern empfinden und wünschen, von zu Hause wegzuziehen, zumal sie sich nun, zu allem anderen, noch ihre von Bosheit erfüllten, gnadenlosen Gefechte lieferten. Aber Goldmann blieb, wo er war. Er lebte weiterhin in ihrer Nähe, obwohl er den Anblick ihrer Gesichter und den Klang ihrer Stimmen nicht länger ertrug und kein freundliches Wort mehr mit ihnen sprechen konnte. Sein Vater und seine Mutter hatten gleichermaßen ein bißchen Beachtung, Liebe und Mitleid nötig. Er aber verschloß Augen und Ohren, so gut er nur konnte, und ließ zu, daß sie einander das Dasein vergifteten. Von Gewissensbissen geplagt, bedauerte er sie bisweilen auf eine distanzierte, unpersönliche Art, die ihn zu nichts verpflichtete.

Goldmann hatte anfangs daran gedacht, Zoologie zu studieren, dann aber, auf Noomis Anregung hin, begonnen, sich für Orientalistik zu interessieren. Sein Vater wünschte, daß er Diplomingenieur werde, und war enttäuscht, als er sich für Jura einschrieb. Goldmann schloß das Studium erfolgreich ab und arbeitete in einer Anwaltskanzlei als Spezialist für Unternehmens- und Vertragsrecht. Doch gingen seine Neigungen weit über die Grenzen des Berufes hinaus, der ihm zur lästigen Pflicht wurde und ihm ein Gefühl der Sinnlosigkeit und des Scheiterns gab. Immer häufiger las er, ohne ein bestimmtes Ziel zu verfolgen, Fachbücher über die unterschiedlichsten Bereiche, Belletristik und allerlei Presseerzeugnisse, soziologische und psychologische Werke, Reiseliteratur, Biographien, Bücher über Religion, Geologie und Geschichte. Allmählich füllten die Publikationen den Bücherschrank und verteilten sich über das ganze Zimmer.

Als er mit Israel zusammen den Raum betrat, räumte er ein paar Bücher vom Sessel aufs Bett, holte aus dem Schreibtisch eine Flasche Cognac und zwei Gläser heraus und fragte Israel, der es sich im Sessel bequem machte, ob er mit ihm ein Gläschen trinke.

»Gern. Aber kein ganzes.«

Goldmann schenkte ihnen ein, sie prosteten sich zu und tranken.

»Ich halte diese Leute nicht länger aus, vor allem nicht meine Mutter«, sagte Goldmann noch einmal, indem er den Finger über den Rand seines Glases gleiten ließ. »Denk bloß nicht, ich könne sie alle nicht leiden. Ein paar von ihnen habe ich wirklich sehr gern.«

Er sprach mit müder, grauer Stimme und nahm einen Schluck aus seinem Glas. Israels Blick fiel auf die Hanteln und den *Bullworker*, der neben dem Schreibtisch an der Wand lehnte.

Und Goldmann, der seinen Blick bemerkte, sagte: »Man muß seinen Körper in Form halten. Das gibt einem ein ganz neues Lebensgefühl.«

Dann herrschte Stille. Man hörte das Zirpen der Grillen, das vom Hof aufstieg, und Geräusche, die wie das ferne Rauschen der See waren. Ein salziger Geruch lag in der Luft und mischte sich mit dem Duft des Paternosterbaums, des Jasmins und der Pechkiefer. Ein kaum spürbarer Windhauch trug die Gerüche, die jetzt reiner wirkten, durch das offene Fenster ins Zimmer. Israel trank und sah, ohne es zu wollen, Goldmann an, der seinen Blick freundlich erwiderte. Doch unter der dünnen Glasur eines trockenen Lächelns wirkte sein knochiges Gesicht abgespannt, als seien alle Lebenssäfte aus ihm herausgepreßt, und seine grünen, umfurchten Augen blickten voll Trauer. Er füllte sein Glas von neuem und sagte: »Du weißt, ich mochte ihn nicht. Aber als ich sah, wie hilflos er war und wie er langsam erlosch, hatte ich Mitleid mit ihm. Es war furchtbar . . . Es ist nicht leicht, sich damit abzufinden, daß jemand stirbt und nicht mehr sein wird. Und wenn das unser Schicksal ist, fragt man sich, wozu alles andere gut war.«

Er schwieg einen Moment, ehe er weitersprach.

»Siehst Du, ich rede schon wieder über mich selbst.«

Seine Worte klangen einfach, und so gelang es ihm, seine Trauer, die Ausweglosigkeit und Sinnlosigkeit, die allem anhaftete, und die große Müdigkeit, die ihn erfüllte, Israel zu vermitteln. Und vom leeren Hof stiegen noch immer das eintönige, beharrliche, endlose Zirpen der Grillen und die Gerüche des Sommers auf. Der Duft war ihm vertraut seit den Tagen der Kindheit und Jugend, die er in diesem Hof zugebracht hatte mit Verstecken und Fangen, Ballspielen und frechen, vergnüglichen Streichen . . . auf dem Rasen, unter den hochragenden Flammen-, Paternoster- und Jakarandabäumen, hinter dem riesigen immergrünen Ficus, im Schatten der buschigen Zypressen. Hier hatte er in sanften, taufrischen Sommernächten aus Erzählungen, derben Witzen und Gerüchten von den erregenden Geheimnissen des Sex erfahren, hier hatten die Jungen in ihrem Versteck masturbiert, oft gegenseitig, und dabei fast unerträgliche, mit Furcht und Schuldgefühlen vermischte Aufregungen und Genüsse erlebt. Friedliche Stimmen und Musik waren aus den Fenstern und von den Balkonen gekommen, schwarze Fledermäuse in jähem, ziellosem Flug aus dem Dunkeln gestürzt, wie Steine fallend, und hatten sich unversehens erneut in die Lüfte erhoben. Sie hatten einander immer wieder gewarnt: Man müsse sich vor den Fledermäusen in acht nehmen, denn wenn sich eine im Haar verfange, würde sie nie wieder loslassen.

Und Israel spürte, wie er alterte, während er in diesem Zimmer saß. Wieder richtete er seinen Blick unwillkürlich auf Goldmann, aber ohne sein Schweigen zu brechen. Was hätte er auch sagen können? Trost würde Goldmann spöttisch zurückweisen. Zwar hatte der Tod seines Vaters Trauer in ihm aufkommen lassen, doch keine von der Art, die nach Trost verlangt. Wahrscheinlich würde er sich nicht einmal freuen und vielleicht sogar regelrecht widersetzen, wenn sein Vater unter die Lebenden zurückkehren könnte. Die Trauer, die Goldmann erfüllte und deren Schatten sein Dasein verdunkelte, konnten Worte nicht tilgen. Israel balancierte das Cognacglas in seinen Händen und setzte – sich weigernd, doch ohne Zorn – sein Schweigen fort. Einen Moment lang betrachtete Goldmann an der Wand die Fotografie seiner Schwester. »Sie hatte schöne Augen«, sagte er.

Israel sagte: »Ja« und schaute nun auch auf das Foto, dann wandte er sich ab und sah zum offenen Fenster hinaus.

»Liebe, Haß, Konvention und Verwandtschaft halten die Menschen aneinander gekettet«, sagte Goldmann, und diese

Bindung habe nichts mit Willen und nichts mit Logik zu tun, und gäbe es nicht die unbezwingbare, alles auslöschende Macht der Zeit, könnte selbst der Tod sie nicht lösen, denn von jedem bleibe das bißchen übrig, das die anderen für immer in sich aufgesaugt hätten. Noch viele Jahre trieben auf dem weiten Meer des Vergessens beunruhigende Erinnerungen, aber nicht die Dinge selbst, nur ihr heraufbeschworenes Traumbild lebe in ihnen weiter.

Draußen war es dunkel, doch schien die Nacht nicht so schwarz und dicht wie sonst. Man konnte noch die hohen, finsteren Kronen des Flammenbaums und des Ficus erkennen. Unter dem Ficus hatte Frau Kaminskajas Leiche gelegen, nachdem sie sich in betrunkenem Zustand vom Balkon ihrer Wohnung im dritten Stock gestürzt hatte. Es war in einem Sommer irgendwann nach dem Krieg geschehen. Und in ihrer Wohnung, die mit Topfpflanzen und schönen Wandteppichen vollgestopft war und in deren großem Zimmer und Küche das Licht brannte, fand man mit Zigarettenstummeln gefüllte Aschbecher und Gläser, leere Brandyflaschen, Zeitungen, Bücher und Kleidung und auf dem Gaskocher den glühenden Kessel, dessen Wasser verdampft war. Sie hatte sich am frühen Morgen umgebracht, was für sie vielleicht die Zeit des Sonnenuntergangs oder Mitternacht war. Die Bewohner des Hauses standen aufgeschreckt in Arbeitskleidung oder Pyjamas gruppenweise unten im Hof und versuchten, die Beweggründe der Kaminskaja zu erforschen, wobei sie alle möglichen Klatschgeschichten aufwärmten, von denen die meisten natürlich wahr waren. Mosche Zeimer wanderte von einer Gruppe zur nächsten und schrie, was sie getan habe, sei verwerflich; die Moral verbiete nicht nur das Stehlen und Rauben, sondern auch, sich das Leben zu nehmen, denn das Leben gehöre dem Menschen nicht. Und Goldmanns Vater, der sich Mosche Zeimer anschloß, sagte, so etwas sei auch vom Gesetz her verboten und zeuge allein von Feigheit und Selbstsucht. Da mischte sich ein anderer Nachbar ein.

»Dann bringt sie doch vor Gericht!« sagte er höhnisch, mit der Hand auf die tote Kaminskaja zeigend, und behauptete, ihre Tat sei ganz und gar nicht verwerflich, vielmehr habe jeder Mensch das Recht, mit seinem Körper zu tun, was er wolle, und ein Selbstmord zeuge von nichts anderem als der Tatsache, daß ein Lebender beschlossen habe zu sterben, und dann gestorben sei. Auch die übrigen Hausbewohner waren geteilter Meinung, obwohl eine große Mehrheit Goldmanns Vater und Mosche Zeimer direkt oder indirekt recht gab.

Israel hatte da unten gestanden und gerade noch sehen können, wie die Kaminskaja mit einem Morgenmantel bekleidet auf dem feuchten Gras ausgestreckt lag, ehe Mosche Zeimers Frau die Leiche mit einem Laken zugedeckt hatte. Er wandte sich vom Fenster ab und fragte Goldmann, was er jetzt tun wolle. Goldmann schaute ihn verwundert an. Und Israel, der, während er sprach, bereits spürte, wie überflüssig die Frage war, hätte sie am liebsten irgendwie rückgängig gemacht. Er erhob sich und wollte gehen. Goldmann aber kam ihm zuvor. Er erklärte, er könne natürlich nicht wie geplant so bald von zu Hause ausziehen. Den Beruf aber wolle er wechseln. Und auch der Umzug solle in einiger Zeit stattfinden, innerhalb eines Jahres, auf keinen Fall später. Israel nickte leicht mit dem Kopf, ohne etwas zu sagen. Das alles hatte er im Laufe der Jahre viele Male von Goldmann zu hören bekommen. Inzwischen war Goldmanns Stirn von Falten durchfurcht und begann kahl zu werden, doch der Wortlaut hatte sich kaum verändert. Nur der Tonfall wurde von Jahr zu Jahr müder und unbestimmter. Und trotzdem war noch ein Quäntchen Willenskraft und Glaube in ihm zu spüren.

Goldmann trank mit einem Schluck den restlichen Cognac, der in seinem Glas war, und goß es von neuem voll. Er war etwa fünf Jahre älter als Caesar und gut neun Jahre älter als Israel, doch glichen ihre langjährige Bekanntschaft und ihre Nähe den Altersunterschied aus. Nach einem Moment des Überlegens sprach er zu Israel von seinem Bedauern, nicht sofort nach der Armee als Matrose auf ein Schiff gegangen und später Landwirt geworden zu sein, was er sich eigentlich vorgenommen hätte. Aber er wisse genau, daß er diese Möglichkeiten ein für alle Male versäumt habe, weil er jetzt zu alt dafür sei. Hätte er wenigstens Zoologie studiert! Dann wäre er sicher glücklich geworden. Doch habe er auch diese Chance vertan und müsse möglicherweise Mechaniker oder Tischler werden, um endlich Ruhe zu finden, genau wie Avinoam in seinem Moschaw. Aber mehr noch als Ruhe ersehnte sich Goldmann irgendein aufregendes Ereignis, vielleicht sogar eine richtige Katastrophe, die ihn mit einem Schlag dem Ort, an dem er sich befand, entreißen und sein Leben in jene freie, ungebundene Existenz verwandeln würde, die er sich so leicht vorstellen konnte, obwohl sie seinen Grundsätzen und Möglichkeiten diametral entgegenstand. Er schwieg einen Moment lang, den Blick auf Israel gerichtet, und erwartete, daß Israel seine Pläne gutheißen oder – weil noch bessere Aussichten bestünden – ablehnen würde. Und er schaute so hilflos und einsam, daß Israel sagte: »Ja, alles wird gut.«

Und kurz darauf fügte er hinzu: »Es wird heiß morgen.«

Goldmann nahm einen kleinen Schluck Cognac und kam zu sich. Er meinte, es sei schade, daß seine Mutter keine verarmte italienische Gräfin gewesen sei. Sie hätte dann nach Paris fliehen können, um seinen Vater zu heiraten – einen russischen Emigranten, vielleicht einen Anarchisten, oder einen versoffenen Iren, der als Poet, Dieb und Zuhälter von der Hand in den Mund lebte. Solch ein Stammbaum gäbe einem alles, was man für hundert Jahre glücklichen Daseins brauche; auf keinen Fall mache er aus einem einen Menschen, der sein Leben lang in einem Anwaltsbüro hocke, Papiere wälze und versuche, sich gut zu benehmen und verantwortungsbewußt zu handeln. Mit so einem Stammbaum wäre er mindestens ein Zigeuner und würde leben. Auch das hatte Israel bereits mehr als einmal gehört, und so sagte er mit einem Lächeln: »Schon möglich.«

Auch Goldmann lächelte und sagte: »Ich beneide Caesar. Er führt sich auf, als wäre das Leben ein einziges endloses Vergnügen. Sorgenfrei wie ein Schmetterling . . .«

Schmetterling. So hatten die Jungen Sonia Leviathan, Avinoams und Chanochs Schwester, genannt. Sie hatte als erste Goldmanns Lust geweckt. Obwohl sie noch jung war, hatte sie ihn, wie eine Erwachsene, die im Körper zitternden Freuden erahnen lassen. Und sie hatte Vergnügen dabei empfunden, wenn auch auf andere Weise als er. Sonia war ein paar Jahre älter, und er war nicht befreundet mit ihr. Doch erlaubte sie ihm manchmal, wenn er sich in Avinoams Zimmer aufhielt, sie in Unterhose und Unterhemd durch die offene Tür zu betrachten. Später ließ sie ihn ein paarmal die Behaarung ihrer Achselhöhlen und ihre kleinen, festen Brüste anfassen. Und einmal traute er sich sogar, die Hand vorsichtig unter ihren Rock zu stecken, seine erschrockenen Finger an ihren Schenkeln entlang langsam in ihr Höschen gleiten zu lassen und ihren Bauch und ihre Schamhaare zu fühlen. Das war ein immenser Genuß, wie eine Halluzination, die ihn blind werden ließ vor Lust und Erregung. Und dann, plötzlich, konnte er sich nicht länger zurückhalten: Alles auf einmal schoß aus ihm heraus ... Als er erleichtert war und wieder zu sich kam, zog er seine Hand verlegen und voll Scham, vor allem aber erschrocken zurück und drehte sich zur Seite, um unbemerkt das Hemd aus der Hose zu ziehen und den verfluchten Fleck zu verstecken, der sich auf ihr ausbreitete. Ohne Sonia anzuschauen, hastete er mit zittrigen Knien hinaus und schlich über den Hof nach Hause. Und nachdem er sich eilig – sich selbst und Sonia verfluchend – gewaschen und umgezogen hatte, setzte er sich übelgelaunt und reuevoll an seine Schulaufgaben, konnte jedoch vor Niedergeschlagenheit und Verwirrung keinen klaren Gedanken fassen. Er saß in sich gekehrt vor den Heften und Büchern und gab sich Mühe, die Schulaufgaben zu machen und alles andere zu vergessen. Längere Zeit vermied er, zu Avinoam zu gehen, um Sonia nicht zu begegnen. Sie begann damals Klavier zu spielen und mit fremden Männern zu tanzen, die, anders als Goldmann, ohne Hemmungen an ihrem Körper Vergnügen zu finden schienen.

Nach und nach trank er den Cognac. Er fuhr sich mit den Fingern über die Lippen und sah Israel an. Er sagte, letztlich müsse jeder sterben, zehn Jahre mehr oder weniger würden kaum etwas ändern, auch die Zahl der Ausschweifungen nicht. Trotzdem möchte er den Tod gern begreifen, mit ihm vertraut werden – gewissermaßen wie Elinore –, ihn furchtlos wie einen Gast, der erwartet werde, und nicht wie einen Fremden empfangen. Auch wünsche er sich, vergessen zu können, daß die Welt ohne ihn noch Jahrhunderte, sogar Jahrtausende bestehen bleibe und, während er im Dunkeln unter der Erde liege, oben im Sonnenlicht Menschen hin und her laufen, ans Meer gehen, sprechen, essen, sich verlieben, warten, Bäume, Autos, Filme sehen und Zeitung lesen. Israel schwieg. Mit dem Korken der Cognacflasche spielend, sagte Goldmann:

»So ist das. Man lebt nur einmal. Nicht mal Dostojewski hatte zwei Leben.« Er lachte und sagte nach einer kurzen Pause: »Eine Möglichkeit gibt es noch: Selbstmord. Den Tod mit seinen eigenen Mitteln schlagen ... Aber das Problem besteht darin, daß man die Sache nie wieder rückgängig machen kann. Ein zweifelhafter Sieg also.«

Wieder lachte er und wandte seinen Kopf, unbestimmt nikkend, Israel zu. Israel rechnete aus, daß Caesar und Eliesra fertig seien und das Atelier bereits verlassen haben müßten. Er erhob sich, stellte sein Glas auf den Tisch und sagte zu Goldmann, er sei sehr müde, wolle nach Hause, um sich unter die Dusche zu stellen, ein wenig auszuruhen und auf Ella zu warten. Goldmann versuchte nicht, ihn zurückzuhalten, erhob sich und führte ihn ins Wohnzimmer, wo er sich von seiner Mutter verabschieden wollte. Währenddessen sagte er: »Ich habe vor, demnächst Avinoam besuchen zu fahren. Ich habe ihn seit Jahren nicht gesehen« und fragte Israel, ob er mitkommen wolle.

»Vielleicht«, sagte Israel.

Dann schüttelte er Regina die Hand. Als er hinausgehen wollte, erschien Onkel Lasar in der Zimmertür. Er war wie gewöhnlich einfach gekleidet: lange Khakihose mit einem kurzärmeligen graublauen Hemd. In der Hand trug er eine schwarze Ledertasche. Er wirkte derart verlegen, daß man hätte annehmen können, er zögere nicht allein wegen der Leute, die im Raum waren, sondern ebenso wegen der Möbel, des Lichts und der Wände. Einzig die Tasche, die er fest in der Hand hielt, verlieh ihm ein bißchen Sicherheit. Und so stand er eine Weile verlegen im Türrahmen, als wisse er nicht, was er tun und wohin er sich wenden solle. Doch Goldmann, der sein Kommen zunächst nicht bemerkt hatte, wandte sich mit einemmal um und begrüßte ihn, laut rufend: »Onkel Lasar!«

Er beeilte sich, auf ihn zuzugehen, drückte ihm freundschaftlich die Hand, sagte noch einmal »Onkel Lasar!« und drehte sich zu seiner Mutter.

Endlich löste sich Onkel Lasar von der Stelle, an der er stehengeblieben war, um unsicheren Schrittes, von allen beobachtet, den Raum zu durchqueren und Regina behutsam die Hand zu geben. Er murmelte etwas und küßte sie auf die Wange. Dann entfernte er sich einige Schritte und stand wieder da, als wisse er nicht, was er tun solle. Goldmann bot ihm den freien Stuhl neben Chaim-Leib an. In der Zwischenzeit rief Beracha Onkel Lasar etwas zu, und er wechselte ein paar Worte mit ihr. Auch mit Schmuel und Joel, Zipora und Meir sprach er kurz, reichte Mosche Zellermeyer, dessen Frau und Frau Chaja die Hand und wurde von Frau Chaja gefragt, wo er Judith gelassen habe. Onkel Lasar sagte: »Ich habe sie nach Hause gebracht. Sie war sehr müde.«

Er wandte sich Chaim-Leib zu und nahm neben ihm Platz. Chaim-Leib summte leise vor sich hin, indem er mit seiner kräftigen Hand leise auf den Tisch trommelte. Onkel Lasar fragte ihn, wie es ihm gehe, und Chaim-Leib, welk und gelb, als habe sich der Tod bereits in ihm eingenistet, fuhr sich mit den Fingern durch den grauen Bart, nickte leicht und sagte auf jiddisch: »Heute ist der Mensch hier und morgen dort. So will es Gott.«

In seinen Augen war die Andeutung eines erschöpften Lächelns zu erkennen, das mühsam und doch fröhlich wirkte und sein Gesicht aufhellte. Nachdem er den Hut, den er aufhatte, geradegerückt hatte, brach er sich ein kleines Stück Torte ab, schob es in seinen Mund und nickte von neuem. Israel wartete, bis Goldmann Onkel Lasar die Kekse und das Obst gereicht und ihn zum Zugreifen aufgefordert hatte, dann sagte er auf Wiedersehen und wollte hinausgehen. Aber Goldmann schloß sich ihm an und bat ihn – ehe sie an der Wohnungstür Abschied nahmen – am nächsten oder übernächsten Tag anzurufen.

»In Ordnung«, sagte Israel, dann stieg er sehr erleichtert die Treppe hinab und ging heim. Von der Straße aus sah er, daß die Jalousie vor seinem Fenster heruntergelassen war. Dieses Zeichen war mit Caesar verabredet; so wußte er, daß Caesar und Eliesra noch da waren. Er wurde wütend. Er wollte hinaufgehen, die Tür in tausend Stücke schlagen, seinen Kram nehmen und abhauen. Er stellte sich vor das Haus und rührte sich nicht. Nur hin und wieder schaute er zornig nach oben. Doch nach einer Weile gab er auf und ging zunächst zur Yarkon-Straße, der er ein Stück folgte, um in die Strandpromenade einzubiegen, von der aus die ruhig daliegende See sichtbar wurde. Auf das Eisengeländer gestützt, starrte er ins Dunkel, aus dem unaufhörlich in regelmäßigen Abständen die weißen Linien der Gischt auftauchten, sich dem Strand näherten und zerfielen. Während sich noch Gefühle des Zorns und der Kränkung in seinem Inneren regten, rätselte er, ob Ella wohl angerufen hatte oder in seiner Abwesenheit zum Atelier gekommen war. Indes hörte er dem trägen, monotonen Geräusch des sanften Wellenschlags zu; mit dem Wohlgeruch des Meeres, der in der lauen Luft hing, erzeugte er eine entspannte Sommerstimmung.

In dem Atelier, das nichts anderes als eine gewöhnliche Dreizimmerwohnung war, wohnte Israel seit fast einem Jahr. Er verdankte seine Unterkunft Caesar, von dessen Großzügigkeit und Launen er seither abhängig war. Caesar hatte das Wohnzimmer zu einem Fotostudio und eines der beiden anderen Zimmer zu einem Labor mit Dunkelkammer umfunktioniert; das dritte Zimmer diente ihm als Archiv und Büro. Israel durfte darin wohnen, solange er wollte und ohne einen Pfennig Miete zu zahlen. Selbst die Begleichung der Wasser-, Strom- und Telefonrechnung war ihm von Caesar erlassen worden. Das Zimmer war sehr geräumig. In ihm standen ein breiter Schreibtisch, zwei Bürostühle, zwei graue Metallschränke, das braune Sofa und das Klavier, das Israel mitgebracht hatte. An eine der Wände war eine große Holztafel gelehnt, an die die Vergrößerung einer Fotografie geheftet war: Ein gleichmütig blickendes greises Paar saß im Abendlicht auf zwei Hockern vor einem Galanteriewarengeschäft; doch hatte die Fotografie Risse und Löcher, da Caesar die Tafel zum Messerwerfen gebrauchte. Ohne lange zu überlegen, hatte er Israel die Benutzung des Zimmers angeboten – mit der selbstverständlichen Großzügigkeit, die ihm eigen war und die unter besonderen Umständen das Gesicht einer angeberischen, doch charmanten Verschwendungssucht annahm. Er hatte ihm nur eine Bedingung gestellt: die Wohnung zu räumen, wann immer er sie benötigen würde.

Und er benötigte sie jeden Tag. Nachmittags zwischen zwei und vier machte er es sich gewöhnlich mit Eliesra auf dem Sofa bequem, auf dem sonst Israel schlief. Doch kam er zusätzlich zu den einigermaßen feststehenden Zeiten auch zu anderen Stunden des Tages ins Atelier. Zwar bemühte er sich, Israel rechtzeitig Bescheid zu geben, aber gelegentlich war sein Kommen dringend und unvorhersehbar, so daß er gezwungen war, Israel zu überraschen. Mitunter riß er ihn aus dem Schlaf oder störte ihn beim Klavierspielen, wenn er plötzlich mit einem Mädchen im Türrahmen erschien. Dann blieb Israel nichts anderes übrig, als eilig und unauffällig aus der Wohnung zu verschwinden und so zu tun, als habe er nichts gesehen. Diese unerwarteten Besuche waren nicht selten, da Caesar unermüdlich irgendwelchen Frauen nachstellte. Er war nicht besonders wählerisch. Noch die erbärmlichste Eroberung erfüllte ihn mit Zufriedenheit und Stolz und stachelte ihn zu neuen Feldzügen an. Oft mußte er viel Zeit und Geld, Energie und Phantasie investieren, denn er war nicht bereit nachzugeben und wich selbst vor unüberwindlich scheinenden Hindernissen nie zurück. Er glaubte sich Niederlagen nie leisten zu können, hing er doch einer Überzeugung an, die er von Erwin und Bersch übernommen hatte: Ein Mann müsse mit möglichst vielen Frauen geschlafen haben. Und: Er könne jede ins Bett bekommen, weil es sich jede auf die eine oder andere Art wünsche ... Caesar schreckte vor keiner Methode zurück.

Unterdessen freute sich Israel über jeden Tag, an dem Caesar mit Arbeit überhäuft war und sich keine Minute, geschweige denn zwei Stunden frei nehmen konnte, an dem er nicht in der Stadt oder krank war. Die Tage, an denen Eliesra nicht kommen konnte, verschafften ihm keine Verschnaufpause, weil Caesar dann Vicki, die längst verlobt war, oder eine Zufallsbekanntschaft anschleppte. Und wenn gelegentlich etwas schiefgelaufen war und die Stunden zwischen zwei und vier ungenutzt bleiben mußten, war der ruhelose Caesar stets bemüht, Israel rechtzeitig davon in Kenntnis zu setzen. Er tat dies beinahe demütig, doch mit dem unverhohlenen Groll des Unterlegenen. Israel verschafften solche Momente eine Befriedigung, die sich aber rasch verflüchtigte, waren sie doch Gefälligkeiten und Ausdruck seiner Abhängigkeit.

Israel ließ das Eisengeländer los und setzte langsam, doch innerlich noch aufgewühlt, seinen Weg fort. Er betrachtete das Meer und die Leute, die wie er selbst die Strandpromenade entlangschlenderten, auf den Bänken saßen oder auf das Geländer gestützt dastanden, die sich unterhielten, Zigaretten rauchten, die Passanten beobachteten und aufs Meer hinausschauten. Leute mittleren Alters, auch ältere Leute, hatten sich der sommerlichen Trägheit ergeben, genossen die Ruhe und die leichte Brise, die von der See wehte und ihnen ein wenig Frische zuhauchte. Außerdem waren dort junge Paare und Burschen, von denen die meisten nach zweifelhaften Vergnügungen Ausschau zu halten schienen. Israel ging zwischen ihnen hindurch und überquerte die Straße. Er kam an dem Café vorbei, das einmal der Treffpunkt der Reichen gewesen war. Unternehmer, Kaufleute und vermögende Erben hatten auf gepolsterten, lederbezogenen Stühlen gesessen, an kleinen, mit roten Tüchern bedeckten Tischen, auf denen Lampen mit fransenversehenen Stoffschirmchen aufgestellt waren. Ruhig und zufrieden tranken sie ihren Tee oder Kaffee, blickten aufs Meer oder in illustrierte Journale. Im Café nebenan hatte früher eine Kapelle gespielt. Auf einer leicht erhöhten Bühne am hinteren Ende der Terrasse waren im Sommer Entertainer mit Panoramahüten, wie Marlene Dietrich oder Carmen Miranda aufgemachte Diseusen, Zauberer und Akrobaten mit chinesischen Namen aufgetreten. Jetzt lagen beide Lokale dunkel und verlassen da, sie waren seit langem geschlossen. Drei große mediterrane Cafés waren zum Trottoir hin weit geöffnet und voll geschminkter Frauen, die in ihren bunten Sommerkleidern im weißen Neonlicht saßen. Flink umherschauend nahmen sie einen Schluck aus ihrem Glas und plauderten und lachten zum Klang der Lautsprechermusik, wie eine Schar fröhlicher Sperlinge, die sich auf einem Telefondraht niedergelassen hatten.

Goldmann, der mit Israel gelegentlich hier spazierenging, behauptete, das alles seien Prostituierte, und die Männer, die bei ihnen säßen, um die Tische kreisten oder mit den Händen in den Hosentaschen auf dem Trottoir stünden, seien Freier oder Zuhälter. Im Vorbeigehen schaute Israel verstohlen die Frauen und Männer an, blieb jedoch nicht stehen, sondern bewegte sich im selben Tempo wie vorher weiter und überquerte erneut die Straße. Er kam an einem kleinen Café vorbei, in dem verstaubte Lampen ein trübes gelbes Licht verbreiteten. Goldmann hatte hier einmal einer Prostituierten wegen Prügel bezogen. Danach gelangte er zu einer Falaffelbude und einer düsteren Bar, an deren Eingang ein paar Mädchen herumsaßen und ihm bedeuteten, er solle eintreten. Er verweilte einen Moment vor einer schäbigen, grüngestrichenen, vor Schmutz starrenden Spielhalle, die mit jungen Männern gefüllt war. Sie liefen in dem Zigarettenqualm und dem Unrat hin und her, droschen mit den Fäusten auf den Punchingball ein, schossen mit Luftgewehren auf Holzfiguren, die in raschem Wechsel auftauchten und wieder verschwanden, und stellten sich an stumpfsinnig ratternde Spielautomaten, spuckten dabei auf den Fußboden, schoben einander mit der Schulter beiseite, rauchten, fluchten und lachten.

Auch nach der Schlägerei hatte Goldmann stets positiv über die Prostitution gesprochen. Dabei berief er sich auf Psychologen, Soziologen, Mediziner – und natürlich auf das elementare Recht jedes erwachsenen Menschen, mit seinem Körper zu tun, was er wolle. So habe es in einem demokratischen System zuzugehen, meinte er. Doch vertrat er nicht nur die Ansicht, die Prostitution sei eine positive Erscheinung und solle einen legalen Status erhalten – nein, er glaubte sogar, der Staat müsse sich verpflichten, umsonst oder gegen eine geringe Gebühr Prostituierte zur Verfügung zu stellen, genau wie er für das Bildungs-, Gesundheits- und Sozialwesen aufkomme. Ohne eine Meinung zu äußern, hatte sich Israel Goldmanns Thesen angehört ... er blieb von neuem stehen, diesmal vor dem Opernhaus, und warf einen Blick auf die Fotos von *Madame Butterfly*, dann ging er weiter, die Allenbystraße hinauf und durch die Pinskerstraße zum Atelier zurück.

Dem Anschein nach verdiente Israel seinen Lebensunterhalt, indem er Kopien von Notenheften anfertigte, in Wirklichkeit aber lebte er auf Caesars Kosten. Hätte er Klavierunterricht gegeben oder einen Brotberuf erlernt, hätte er sich eine Wohnung leisten und sein eigener Herr sein können. Doch obwohl er stolz war und trotz der Unannehmlichkeiten im Zusammenhang mit Caesars Atelier, wollte er diesen Weg nicht beschreiten. Er war zu egozentrisch, nahm eher die erniedrigende und belastende Abhängigkeit von Caesar in Kauf, als auf die Freiheit von beruflichen Zwängen zu verzichten. Er eignete sich einen mönchischen Lebensstil ohne klar definiertes Ziel an und verschloß sich vorsätzlich der Wirklichkeit und der Zeit. Auf diese Weise gelang es ihm, gleichgültig zu werden und allerlei bedrückende, falsche Dinge zu ignorieren, sich ganz auf sich selbst zu besinnen und auf das, was ihm wesentlich schien ... Wesentlich war die Orgel. Seit fast einem Jahr spielte er in der Kirche des heiligen Antonius und hoffte, in nicht allzu ferner Zukunft vom Orgelspielen leben zu können. Insgeheim aber fühlte er, daß der Plan scheitern mußte.

Er überquerte einen kleinen geteerten, von weitverzweigten Fici bestandenen Platz und näherte sich dem Haus. Bevor er die Straßenecke erreichte, erkannte er, daß die Jalousie noch immer heruntergelassen war. Er ging am Haus vorüber, ohne innezuhalten, schaute noch einmal nach oben und danach in die Erdgeschoßwohnung, die zu einem Frisier- und Schönheitssalon umfunktioniert worden war. Er sah die Besitzerin, die sich Jeannette nannte, allein im Geschäft, mit geschlossenen Augen unter einer blauen Trockenhaube sitzen; die Friseusen, die bei ihr angestellt waren, befanden sich schon auf dem Heimweg. Und er ging weiter bis zur Ben-Jehuda-Straße hinauf, bog nach rechts und setzte sich in ein kleines, familiäres

Café, in das er manchmal mit Goldmann einkehrte. Er bestellte sich ein Glas Tee und nahm die Abendzeitung, die auf einem Nebentisch lag. Sein Blick wanderte unkonzentriert über das Gedruckte. Er war müde. Wieder überkam ihn ein Gefühl des Zorns und der Schmach, das sich mit Ungeduld mischte. Er hatte genug davon zu warten, bis Caesar geruhte, die Wohnung freizugeben; vor allem aber wußte er wie stets nicht, wie lange er noch hier draußen herumlaufen müßte.

An manchen Tagen hatte er Glück und brauchte die Wohnung nur für eine Viertel- oder halbe Stunde zu räumen. Es kam aber auch vor, daß er an verregneten Wintertagen oder beim Chamsin stundenlang durch die Straßen streifen mußte, bis es ihm endlich vergönnt war, die Jalousie wieder geöffnet zu sehen. An solchen Tagen leistete das Mädchen, das Caesar in die Wohnung mitgenommen hatte, unverhofft Widerstand und weigerte sich, sich auszuziehen und mit ihm ins Bett zu gehen. Seinen Grundsätzen und seiner männlichen Berufung treu ergeben, bediente sich Caesar dann geduldig, aber unnachgiebig und überaus geschickt aller möglichen Listen, um sie seinem Willen zu unterwerfen. Dabei vergaß er seinen Stolz und die Zeit, vertiefte sich, wenn es sein mußte, in ein langes Gespräch, machte Komplimente und schöne Worte (oft waren es nur abgedroschene Phrasen); er scherzte, streichelte, bot Whisky an und sagte auch derbes, unflätiges Zeug – »um die moralische Hemmschwelle zu senken« –, zeigte pornographische Fotos, die seinen Worten zufolge wie Alkohol wirkten und noch die Triebe der kältesten, beherrschtesten und anständigsten Frau entfachten. In gewissen Fällen streute er Versprechungen ein, die er nicht zu halten gedachte; oder er versuchte, deprimiert zu wirken und Mitleid zu wecken, indem er über die Einsamkeit sprach, über die Niederlagen, das Gefühl des Scheiterns und die Sinnlosigkeit, und bemühte sich, dem Mädchen zu beweisen, daß die sogenannte Moral völlig absurd sei, daß Treue, Aufrichtigkeit und Liebe weder eine Bedeutung noch einen Zweck hätten und allein der schnelle, von Gefühlen gereinigte, unverbindliche Sex zähle. Hin und wieder benahm er sich aggressiv, wandte mitunter Gewalt an, denn er war überzeugt, beinah jede Frau sei bereit, sich der physischen Kraft zu beugen, und nicht wenige wünschten sogar, gewaltsam genommen zu werden . . . Auch wenn er zäh kämpfen mußte, Caesar erreichte sein Ziel fast immer. Und Israel konnte in sein Zimmer oft erst zurückkehren, nachdem er mehrere Male vorbeigeschaut hatte. Dann war das Sofa noch warm von den Körpern, die sich auf ihm gewälzt hatten.

Manchmal kam Caesar nach einer Weile noch einmal zurück oder rief an, um sich bei Israel zu entschuldigen. Und häufig erzählte er bei dieser oder einer anderen Gelegenheit, wie es gelaufen sei – besonders, wenn das Mädchen, mit dem er geschlafen hatte, neu war, wenn sich die Affäre durch etwas Ungewöhnliches auszeichnete oder einen Beweis für seine Lebenskraft lieferte. Stolz und genießerisch erzählte er seine Geschichten mit allen Details und Ausschmückungen, um sie noch aufregender erscheinen zu lassen, als sie ohnehin schon waren. Israel hörte ungerührt zu. Goldmann hatte immer wieder behauptet, die Geschichten seien erfunden oder wenigstens übertrieben; und selbst wenn sie wahr seien, handelten sie von nichts, was glücklich mache oder Genuß bereite. Dennoch lauschte Goldmann ihnen neugierig grinsend, amüsiert und erregt. Sobald sich aber die Erregung legte, überfielen ihn Wut und Verzweiflung, denn je heftiger er Caesar beneidete, desto größer war der Verdruß, den er über sich selbst empfand. Gleichzeitig mißbilligte er Caesars Verhalten wegen der Leichtigkeit, mit der er Frauen eroberte, und seines Mangels an Verantwortungsbewußtsein und Rücksichtnahme – und ganz allgemein wegen der vollkommenen, schrankenlosen Freiheit, in der er sich durchs Leben bewegte. Dem Skeptiker Goldmann erschien Caesars Dasein wie ein tiefblauer Sommerhimmel, in dem er nach Lust und Laune herumflatterte. Und tatsächlich war Caesars Bestreben, seinem Leben dieses Kolorit zu verleihen, weitgehend erfolgreich.

Das alles ließ Israel gleichgültig. Der Besitzer des Cafés brachte ihm seinen Tee, er war ein freundlicher Mann, grauhaarig, mit muskulösen, braungebrannten Händen, der von Mal zu Mal einem Bauarbeiter in Rente ähnlicher schien. Er fragte Israel, wie es ihm und Goldmann gehe. »Danke, gut«, sagte Israel und legte die Zeitung beiseite.

Er tat Zucker und die Zitronenscheibe in den Tee und rührte um. Trinkend überflog er die Zeitung, bis sein Blick an einer Schlagzeile hängenblieb:

Wer bist du, Jungfrau Maria?

Es folgte ein kurzer Bericht, in dem es hieß:

Brendel Iles, eine junge, verheiratete Australierin, hat behauptet, sie sei die Jungfrau Maria und ihr Körper weise die Wundmale des Gekreuzigten auf. Ihre Behauptungen wurden von einem katholischen Geistlichen bestätigt, der in einer mysteriösen freundschaftlichen Beziehung zu der jungen Frau gestanden haben soll. Brendel Iles, die sich mit Vorliebe Maria nennt, hatte erklärt, sie habe vor zehn Jahren eine Offenbarung erlebt. Zum damaligen Zeitpunkt seien die Stigmen an ihren Händen, ihren Füßen und ihrem Bauch erstmals erschienen; seither würden sie in regelmäßigen Abständen sichtbar und kurz darauf wieder verschwinden.

Leidet Brendel Iles unter einer Geisteskrankheit, oder ist sie eine Betrügerin? Die Besitzerin des Hauses, in dem sie gewohnt hatte, hatte die junge Frau wegen ihrer Bekanntschaft mit dem Priester für eine Nonne gehalten. Doch erklärt sie heute, Brendel Iles sei eine Betrügerin, weil sie vor einigen Monaten verschwunden sei, ohne die Miete zu zahlen. Zwar habe sie ihre Mieterin seinerzeit mit blutverschmierten Verbänden an Händen und Füßen gesehen, jedoch den Grund dafür nicht gekannt.

Israel faltete die Zeitung zusammen. Er trank sein Glas leer und fischte die zurückgebliebene Zitronenscheibe heraus, um sie sich in den Mund zu schieben und auf ihr herumzukauen. Dann erhob er sich und verlangte die Rechnung.

Der Besitzer des Cafés sagte: »Es lohnt nicht, Zeitungen zu lesen. Sie verkürzen die Zeit, die man zum Leben hat.«

Israel zahlte und sagte: »Ja.«

Der Besitzer meinte: »Aber es ist schwer, sich das Zeitunglesen abzugewöhnen.«

»Ja, Sie haben recht. Das ist schwer.« Israel nahm das Wechselgeld und ging hinaus.

Einen Augenblick lang blieb er draußen vor dem Café stehen, um zu überlegen, wohin er gehen sollte; schließlich begab er sich auf den Rückweg zum Atelier. Er bewegte sich langsam voran, friedlich gestimmt, so als schlafe sein Inneres. Mit diesem Gleichmut betrachtete er auch die Jalousie seines Zimmers, die noch immer heruntergelassen war, überquerte die Fahrbahn und lehnte sich an das Geländer des gegenüberliegenden Grundstücks, um zu warten, bis Caesar fertig wäre und herunterkäme.

Drei Frauen standen im Mittelpunkt von Caesars Leben: Eliesra, Tehila und Vicki. Vier Jahre zuvor hatte er sich endgültig von Tirza getrennt, mit der er während neun Jahren eine wechselvolle Ehe geführt hatte. Die Geschichte hatte als wilde Verliebtheit, die zu einer raschen Heirat führte, begonnen und mit häßlichen, sich über Jahre erstreckenden Skandalen geendet. In dieser letzten Phase ihrer Ehe war Caesar mehrere Male für Wochen oder Monate zu seinen Eltern oder seiner Geliebten gezogen, und einmal war es, ohne daß er das vorher gewußt hätte, für immer. Er überließ Tirza die Wohnung und die Kinder. Der ältere ihrer beiden Söhne, die Frucht des gewaltigen Aufloderns ihrer Liebe, war damals neun, der jüngere war gerade zwei und entstammte der Zeit der Krisen mit ihren seltenen Momenten von Reue und Versöhnung. Er hätte den Frieden im Haus wiederherstellen und die Familienbande erneuern sollen, die sich gelockert hatten und nur noch aus Bitterkeit und bösem Willen bestanden. Und tatsächlich flackerten hin und wieder – in kurzen Phasen – ein bißchen Bedauern und der Wunsch nach Anteilnahme und Nähe auf. Doch letztlich konnte der Junge die Aufgabe, die ihm seine zerstrittenen Eltern zugedacht hatten, nicht erfüllen. Schuld war Caesar, der zu keinerlei Anstrengung bereit war, die mit Verzicht oder dem Risiko eines Verlustes einherging. Ein einziges Mal, während einer der zahlreichen Krisen, als er selbst in Windeseile von einer Frau zur nächsten wechselte und sich nicht im geringsten bemühte, sein Treiben geheimzuhalten, hatte Tirza mit einem anderen Mann geschlafen. Caesar konnte sich nicht damit abfinden und weigerte sich, ihr zu verzeihen; auch lehnte er es ab, seine männlichen Phantasien aufzugeben oder nur auf einen Teil der unerhörten Freiheit, die er sich selbst zubilligte, zu verzichten und das absurde, prahlerische Konkurrenzverhalten zu zügeln, in das er verfiel, wann immer Frauen im Spiel waren. Er machte weiter wie zuvor und zog zu seinen Eltern, bei denen er sich von jeder Verantwortung und allem Kummer befreit fühlte.

Wie immer nahmen sie ihn auf, ohne unnötige Fragen zu stellen. Erwin, sein Vater, der meist mit sich selbst beschäftigt war, hielt sich zurück, weil er an Caesar hing und sein Verhalten außerdem weder bedenklich noch tadelnswert fand, es vielmehr als eines der Bande begriff, die sie beide miteinander vereinten, während Sina, Caesars Mutter, den Widerwillen und die Unzufriedenheit verdrängte, die sie trotz ihrer Abneigung gegenüber Eliesra und ihres Desinteresses an den Enkelkindern verspürte und sich freute, den Sohn in ihrer Nähe und einigermaßen unter ihren Fittichen zu haben. Zudem war sie glücklich über jeden Besuch – ganz gleich, wer zu ihnen kam –, insbesondere wenn er es verstand, zu scherzen, zu plaudern und laut zu lachen und etwas Leben in die riesige Wohnung zu bringen, die vollgestopft war mit kostspieligen Möbeln, Teppichen und Lampen, mit echten Gemälden und Skulpturen, mit Vasen und Holzgefäßen, die Sina begeistert und beinahe wahllos kaufte, genau wie sie sich Kleider, Schuhe, Mäntel, Handtaschen und Schmuck von der teuersten Sorte zulegte, ohne sie wirklich zu brauchen. Erwin bezahlte alles. Er war nicht erfreut, doch klagte er nicht, denn sie hatten genug Geld und er redete sich ein, er könne auf diese Weise Sinas Zustimmung zu seinen Eskapaden – vor allem mit Chemda – erkaufen, sie für den Kummer und die Einsamkeit entschädigen und ein wenig glücklich machen. Auf Sinas Gesicht lag fast immer ein Strahlen, und sie lachte mit lauter Stimme, bis ihr die Tränen kamen. Tatsächlich aber war sie ein freudloser Mensch. Wie hätte sie glücklich sein sollen? . . . Trotz ihres Alters war sie eine schöne, sehr weibliche Frau mit kastanienbraunem Haar, großen, dunklen Augen und vorstehenden Backenknochen. Ihre Vorfahren mütterlicherseits behaupteten, von den Chasaren abzustammen. Sina war in Kiew geboren. Sie hatte Schauspielerin werden wollen und große Talente in sich verborgen geglaubt. Sie hatte sich bemüht, Leute, die ihr zu Rollen verhelfen sollten, von ihrem Können zu überzeugen. Aber vergeblich. Sie meinte, sie sei an Dummheit, Neid und Intrige gescheitert, an den kleingeistigen, herzlosen Regisseuren und Theaterdirektoren – sie habe eben kein Glück gehabt. Trotzdem hatte sie nicht resigniert und weiter von ihrer Entdekkung und vom Erfolg geträumt. Doch obwohl sie versuchte, fröhlich und voller Hoffnung zu sein, wurde ihr Traum von Jahr zu Jahr unwirklicher und verkehrte sich in eine Quelle der Klage und Bitternis. Sie wurde das Opfer ihres eigenen Hoffens. Unter Erwins und Beschs Einfluß begann sie zu trinken. Und die Weltfremdheit, die sie sich zur gleichen Zeit wie das Rauchen als modische Attitüde einer in Künstlerkreisen verkehrenden Femme fatale angewöhnt hatte, wurde zu einem Teil ihrer Persönlichkeit. Hinzu kamen eine überaus ermüdende Redseligkeit und Anfälle schnell erschöpften Tatendrangs, die lachhaft und ärgerlich waren, weil sie trotz ihrer Aussichtslosigkeit mit einer atemlosen, aufreibenden Aktivität und ständigen, nur dem Schein nach vernünftigen Erklärungsversuchen einhergingen: Eines Tages meldete sie sich als freiwillige Helferin in einem Krankenhaus, engagierte sich kurze Zeit später bei der Unterstützung von Kindern aus Elendsquartieren und begann Gymnastik nach der Alexandertechnik zu treiben, in der sie ein Tor zur Erlösung sah; nach einem Semester Geschichte an der Universität entschied sie sich, um sich selbst zu verwirklichen, als Bürokraft oder Verkäuferin tätig zu werden, verschob die Ausführung des Vorhabens aber von einem Tag auf den anderen; dann überkam sie eine plötzliche Kochwut; im selben Fieber widmete sie sich der Malerei und beschloß, ein Kind anzunehmen, ein Plan, den sie mehrere Male mit ihrer Schwester Jaffa besprach und einmal mit Erwin, der ihr ungeduldig und kopfschüttelnd zuhörte.

Ernüchterung, Trostlosigkeit und Furcht vor der Einsamkeit und dem Alter folgten ihr überallhin, und vor allem der Gedanke an Erwin, der ihre große Liebe und ihre große Enttäuschung war. Seinetwegen hatte sie sich all die Jahre Tag und Nacht mit Sorgen, mit schmerzhafter, nie nachlassender Eifersucht und mit ihren grenzenlosen Erwartungen gequält; der größte Teil ihres Lebens war ein panikartiger Lauf zu einem unerreichbaren Horizont hin, der über die Tiefen ihrer Seele gespannt war. Immer tiefer versank sie in einem Sumpf aus Leere und Ohnmacht und wußte nicht, was sie tun sollte. Verängstigt und mit angegriffenen Nerven hoffte sie, Erwin werde sie retten, ehe sie den Verstand verliere. Aber Erwin, für den sie sich immer geschmackvoll herrichtete, sah lediglich sich und seine eigenen Probleme und schenkte ihr nur gezwungenermaßen ein bißchen Aufmerksamkeit, ohne jedoch Verpflichtungen einzugehen.

Er war studierter Bauingenieur gewesen und besaß ein großes Büro, das einen technischen Service und Prüfdienste anbot und sich vornehmlich mit der Erstellung komplizierter Organisationspläne befaßte. Darüber hinaus hatte er mit Max Spielmann als Kompagnon eine Betongießerei besonderer Art aufgebaut, deren Methoden sich auf seine Patente gründeten. Dank seiner unerschöpflichen, mit Schläue und einer angeborenen Verschlagenheit gepaarten Energie und seines ausgeprägten Charmes, hinter dem sich ein geballtes Maß an Aggressivität und Egoismus versteckte, war er ein erfolgreicher Mann geworden, der immer neuen Siegen entgegenstrebte. Er hatte

Wahlsprüche wie: »Reue mußt Du empfinden, wenn Du versäumt hast, das Beste für dich herauszuholen.«

Oder: »Auch die Schweine wurden von Gott geschaffen, gib ihnen Futter!«

»Gute Taten sollten stets gewinnbringend sein.«

»Gib dem anderen die Möglichkeit, dich zu mögen.«

Oder manchmal: »Schlecht zu leben ist keine Tugend und bestimmt kein Vergnügen.«

Und immer wieder: »Wahrheit und Lüge sind bald vergessen. Am Ende zählt der Erfolg.«

Doch dank seines zauberhaften, mokanten Lächelns, das in seinen Augen zuckte und sich über sein großflächiges gerötetes Gesicht ausbreitete, und wegen seines beiläufigen, unverbindlichen Tons konnte man nie wissen, ob er, was er sagte, meinte oder ob er nur mit Worten spielte. Und eben das beabsichtigte er, obwohl er letztlich, was den eigentlichen Sinn des Gesagten betraf, genauso verwirrt wie seine Zuhörer war. Da ihm die Sache jedoch kein Unbehagen bereitete, versuchte er nicht, sich selbst gegenüber Rechenschaft abzulegen. Caesar, der Erwin mochte und grenzenlos bewunderte, merkte sich seine Aussprüche und brachte sie bei jeder sich bietenden Gelegenheit an, wobei er sich bemühte, Erwins Tonfall zu imitieren.

Erwin war als junger, zionistisch gesinnter Pionier nach Palästina gekommen und hatte einige Jahre in einem Kibbuz gelebt. Auch jetzt verstand er sich noch als zionistischen Sozialisten, doch hatten sich seine politischen, sozialen und moralischen Grundsätze in einem kaum spürbaren Prozeß allmählich abgenutzt und verzerrt. Und obwohl er insgeheim überzeugt war, daß zwischen Moral und Realität ein unüberwindbarer Abgrund klaffte und in Wirklichkeit alles erlaubt sei, glaubte er noch immer, seinen Überzeugungen – wenn auch auf verschlungenen Pfaden – zu folgen. Nur Besch spottete hin und wieder über seinen Glauben und seine Prinzipien. Erwin aber wollte sich nicht von ihnen trennen, denn er hatte eine hohe Meinung von sich selbst und eine positive Einstellung zur Welt und zum Leben, das ihn in all seinen Erscheinungsformen interessierte und ihm, anders als Besch, echten Genuß bereitete – das galt für die Arbeit und den beruflichen Erfolg, aber ebenso für den Umgang mit Menschen und seine langjährige Affäre mit Chemda, in der Sina ihre Erzfeindin erkannte.

Sina haßte auch Elischeva, Erwins erste Frau und Ruchamas Mutter, von der er sich vor langer Zeit, nach dreijähriger Ehe, getrennt hatte. Aber es war ein andersgearteter Haß. Zwar wünschte Sina, Elischeva, die sie kaum kannte und seit Jahren nicht mehr gesehen hatte, wäre nie geboren, doch hatte sie sich gewissermaßen mit ihrer Existenz abgefunden. Hin und wieder bemerkte sie noch in mitleidigem Ton, wie bedauernswert ihr Elischeva vorkomme, oder äußerte die scheinbar unparteiische Feststellung, Elischeva sei nur eine einfache Frau, die sich nicht zu kleiden verstehe und häßliche Beine habe. In einem langen, doch geradlinigen Prozeß, in dem Selbsttäuschung, Abstumpfung und Verdrängung ebenso eine Rolle spielten wie allerlei realistische und unrealistische Vorstellungen von Erwins erster Ehe, hatte Sinas Abneigung gegen Elischeva einen Wandel erfahren . . . Mit Chemda verhielt es sich anders. Die Liebesbeziehung, die Erwin vor aller Augen zu ihr unterhielt, vergiftete Sinas Leben. Sie träumte von Rache an Erwin und Trost in Beschs Armen. Doch war der Traum von Rache und Trost erniedrigend und quälend, weil er Erwin verborgen blieb und Sina befürchtete, er würde gleichgültig reagieren, selbst wenn er von ihren heimlichen Wünschen erführe. Außerdem wußte sie, daß sie ihre Pläne nie wahr machen würde, denn ihr fehlte der Mut und die Kraft, zu einem anderen Mann zu gehen; und Besch, dessen Gesellschaft, ja dessen bloße Existenz ihr Freude bereitete, den sie jedoch körperlich abstoßend fand, kam sowieso nicht in Frage.

Besch wurde als Freund des Hauses, beinahe als Mitglied der Familie betrachtet. Er kam, wann immer er wollte, nahm am Essen und an ihren Vergnügungen teil und blieb von Zeit zu Zeit auch über Nacht in ihrer Wohnung. Er kannte all ihre Geheimnisse, und selbst Freunde glaubten, er sei ein Bruder von Erwin. Tatsächlich bestand eine gewisse Ähnlichkeit, die niemand hätte genau benennen können. Lag sie im Aussehen der beiden Männer begründet? Oder in ihrem Auftreten? Vielleicht hatte sie nichts mit Äußerlichkeiten, sondern eher mit ihrer Ausstrahlung zu tun; obwohl Besch, anders als Erwin, von einer ungezügelten, anmaßenden Derbheit beherrscht war, seit er jede Art von echter oder geheuchelter Kultiviertheit abgelegt hatte, und nicht den geringsten Wunsch zu verspüren schien, sich höflich und zivilisiert zu benehmen. Er war ein überzeugter Junggeselle, stolz auf seine schrankenlosen Begierden. Rücksichtslos und mit sichtbarem Vergnügen gab er pausenlos unanständige Dinge von sich, gefolgt von einem brüllenden Lachen, das wie das Schreien eines Esels aus ihm hervorbrach, sich auch so anhörte, seinen ganzen Körper in Zuckung versetzte und ihm mitunter sogar Tränen in die Augen trieb. Unbarmherzig und sarkastisch bedachte er alles, auch sich selbst, mit seinem blasphemischen Spott. Er betrachtete die Welt, die Historie und das Handeln der Menschen als Ausdruck von Dummheit und Gemeinheit, die sich bis in alle Ewigkeit wiederholen würden: Familie, Religion, Staat und Wissenschaft, auch Sport, Politik, Technologie und Gesetz, Philosophie, Medizin, Liebe und Kunst, Presse und Bildungseinrichtungen, alles erregte seinen Zorn und Sarkasmus, alles war ihm nur Fassade, errichtet, um Dummheit und Gemeinheit zu kaschieren. Und während er sich selbst, die Rolle des Narren übernehmend, zum einzigen Weisen seiner und aller übrigen Generationen erklärte, distanzierte er sich von der Welt und lehnte die Gültigkeit ihrer Gesetze und Maßstäbe für seine Person ab. Die groben orthographischen Fehler, die er beim Schreiben absichtlich beging, waren ein Beispiel für diese Haltung.

Er hatte Erwin in den Jahren zwischen den Weltkriegen während seines Medizinstudiums in Deutschland kennengelernt. Er war Kommunist, trat aber aus der Partei aus, nachdem er zu Ende des vierten Semesters sein Studium abgebrochen hatte. Seither hatte er sein Leben meist auf Wanderschaft verbracht, hatte an fremden Tischen gegessen, in fremden Betten gelegen, mit den Frauen anderer Männer geschlafen – selbst mit denen seiner Wohltäter und besten Freunde –, alles ohne jede Gewissensbisse; er war von Ort zu Ort gegangen, hatte oft den Beruf gewechselt, bis er endlich, unterstützt von Erwin und seinem Bruder, der in Australien lebte und ihm Geld für den Kauf eines Traktors schickte, ein kleines Unternehmen für die Durchführung von Erdarbeiten eröffnete. Nun hätte er ein geordnetes, sogar mit Wohlstand gesegnetes Leben führen können. Doch nur mühsam hielt er sich über Wasser; er bekam einen Pfändungsbescheid nach dem anderen und hauste in einer leeren, vernachlässigten Wohnung. Er nahm stets nur halb soviel, wie erwartet wurde, und gab es doppelt und dreifach aus. Ganz zu schweigen von den Säumnisgebühren und Geldstrafen für nicht pünktlich beglichene Rechnungen und den Einbußen aufgrund von verspätet oder mangelhaft ausgeführten Aufträgen. Doch kannte Besch weder Reue noch Sorgen; ungestört lebte er weiter und widmete sich der Befriedigung seiner Begierden.

Er war von einem wahren Heißhunger besessen und verschlang wahllos, was er bekommen konnte, obwohl er schon mehr als zwei Zentner wog. Deswegen litt er unter Atembeschwerden und großer Müdigkeit, und das Fett lastete auf seinem Herzen und seinen Lungen; da die Füße Mühe hatten, seinen Körper zu tragen, bewegte er sich langsam, leicht schwankend voran. Auch trank er mit einer solchen Gier, daß die Ärzte behaupteten, der Alkohol hätte ihn längst umbringen müssen, und ihn mahnten, er werde sterben, wenn er mit dem Trinken nicht aufhöre. Besch aber spottete über ihre Warnungen und änderte seine Gewohnheiten nicht. Außer dem Essen und dem Alkohol begeisterten ihn Illustrierte und Sportzeitungen, Kriminalfilme, Musicals und dümmliche amerikanische Komödien; im Sommer ging er täglich in die klimatisierten Kinos, um sich ein wenig auszuruhen oder ein Nickerchen zu halten. Er pokerte auch gern, vor allem vormittags, und selbstverständlich interessierte er sich leidenschaftlich für Frauen. Doch versuchte er nicht wie Erwin, sie mit Charme, Spitzbübigkeit und Schläue zu erobern, sondern bevorzugte die völlig unverhohlene, derbe Art; er nahm die Frauen, wie man ein Hühnchen verschlingt: mit zehn lüsternen Fingern, brutal, taktlos und ohne Rücksichtnahme. Er bediente sich höchstens ein paar billiger Tricks, die er nicht einmal zu verschleiern suchte.

Sogar an Tirza hatte er sich heranmachen wollen, obwohl sie damals noch mit Caesar verheiratet war; aber sie hatte sich stets geweigert, Caesar allerdings Beschs Annäherungsversuche verschwiegen. Erst als Besch selber Caesar davon berichtete, begann auch sie darüber zu sprechen. Caesar lachte genüßlich, weil er Besch mochte und ihn beinahe ebensosehr bewunderte wie seinen Vater. Diese beiden waren seine Vorbilder, von ihnen wollte er geachtet werden und war deshalb bestrebt, in bezug auf das Leben und speziell auf die Frauen ihre Sprache zu sprechen. Oft saßen sie beieinander, tauschten Ansichten, Urteile und Eindrücke aus – ab und zu auch über soziale Fragen und Themen, die in den Nachrichten vorkamen. Sie unterhielten einander mit Witzen und unanständigen Geschichten, und Caesar brachte gelegentlich pornographische Bücher oder Fotografien mit, die sich Besch mit Begeisterung ansah, wobei er lauthals gepfefferte Bemerkungen von sich gab. Manches Mal entwickelte sich aus dem Scherzen und Lachen ein wahres Fest, bei dem sich auch Sina – mit strahlendem Gesicht und schwerem Herzen – zu ihnen gesellte.

Besch paßte hervorragend in dieses prächtige Haus, das rissig und bröckelig und unentwegt zufälligen Schwingungen ausgesetzt war. Hier herrschten keine verbindlichen Normen oder Gewohnheiten, die Stimmung schien ungezwungen und ausgelassen – doch nicht, weil seine Bewohner sich frei fühlten und das Leben so wünschten, vielmehr weil jeder vorrangig auf sich selbst konzentriert war und einem Weg folgte, der ihm bequem schien und sich nur selten, zufällig und für einen kurzen Moment, in dem des anderen verschlang oder ihn kreuzte. Es hatte Zeiten gegeben, in denen Sina bestrebt war, einen lockeren Rahmen aufrechtzuerhalten und einige Regeln zu bewahren, mit deren Hilfe sie Erwin an sich binden wollte: Sie kochte noch selbst, besorgte regelmäßig Kino-, Theater- oder Konzertkarten und bemühte sich, daß sie die Mahlzeiten am Abend und am Wochenende gemeinsam einnahmen. Aber all ihre Versuche sollten im Chaos untergehen. Schon als Caesar Tirza erstmals verließ und wieder zu seinen Eltern zog, erinnerte nichts mehr an diese Zeit. Das Familienleben hatte wie ein endendes, in Auflösung begriffenes Fest jede äußere Form verloren.

Und so wohnte Caesar für einige Monate bei seinen Eltern, in einer luxuriösen Wohnung mit reiner Luft, die nie nach Küche oder gebügelter Wäsche, nach Toilette oder benutzten Betten roch. Von Schoschana, der Hausangestellten, ließ er sich umsorgen, als wäre er wieder ein kleiner Junge. Er war als Sechzehnjähriger an einem Morgen im Sommer, an dem er halbnackt, nur mit einem Laken zugedeckt, auf seinem Bett lag, von ihr verführt worden; seit damals spannten sich feine Bande der Komplizenschaft zwischen ihnen ... Nach langem Zögern und mehrmaligem Aufschub mietete er sich ein Zweizimmerappartement und verließ die Wohnung der Eltern. Er ertrug es nicht länger, mit seiner Mutter unter einem Dach zu leben. Nachdem er jedoch eine Weile allein gewohnt hatte, quartierte er sich bei Tehila ein. Sie liebte ihn, und er wußte, daß sie in jeder Hinsicht für ihn sorgen und ihm nicht zur Last fallen würde.

Also wohnte er bei Tehila, ging aber auch mit Eliesra ins Bett; und zwischendurch diente Vicki seinem Vergnügen, so wie er dem ihren diente. (Er hatte sie kurz vorher kennengelernt, und auch da war sie bereits mit dem blonden Offizier verlobt.) Alles an ihr war unvergleichlich: ihr sonnengebräunter Körper, ihr fröhliches Wesen und ihre Schamlosigkeit. »Eine kompakte Nummer mit enormem Drive, der meine Blutgefäße erweitert . . .«, sagte Caesar zu Israel. Sie verstand es, in den wenigen Minuten der heimlichen Liebe den größtmöglichen Lustgewinn zu erzeugen; sie forderte von Caesar nichts, als sein Bestes zu geben, um ihr Vergnügen zu bereiten und sich selbst an ihr zu vergnügen, und beanspruchte ihn allein für die Augenblicke, die sie beisammen waren. Gerade das schien Caesar äußerst wichtig zu dieser Zeit, denn noch quälten ihn Schmerz und Eifersucht wegen des Endes seiner Beziehungen zu Ruchama, und er benötigte viel Zuspruch, Zerstreuung und bequemen, zu nichts verpflichtenden Trost. Tehila und Eliesra hingegen, die nichts voneinander wußten, bedrängten ihn unaufhörlich mit ihren Forderungen; vor allem die mißtrauische Eliesra mit ihren regelmäßigen Wutausbrüchen – nicht das kleinste Vergnügen gönnte sie ihm. Nach einer Weile begannen beide, ihm alle Lebensfreude zu nehmen, indem sie hartnäckig verlangten, von ihm geheiratet zu werden. Tehila forderte es in aller Ruhe, beinahe stumm, durch Vorfreude und Hingabe; Eliesra dagegen äußerte sich nachdrücklich, mit scharfen, unmißverständlichen Worten, die keine Ausweichmanöver erlaubten.

Eliesra trat jetzt aus dem Eingang des Hauses. Zielstrebig ging sie die Straße in Richtung Meer hinunter, und Israel, der sie noch nie hatte leiden können, folgte ihr. Als er nach wenigen Metern stehenblieb, um zurückzuschauen, sah er, wie sich die Jalousie seines Zimmers öffnete; Minuten später erschien Caesar vor dem Haus und schlug die entgegengesetzte Richtung ein. Israel rührte sich nicht von der Stelle. Er lehnte sich an ein Geländer und beobachtete seinen Freund. In dieser gleichmütigen Stimmung ließ er seinen Blick noch einmal zur Inhaberin des Frisiersalons wandern, die vor dem großen Spiegel sitzend mit ihren Haaren beschäftigt war, und dann wieder zu Caesar, der sich entfernte, nach links wandte und an einer Straßenecke verschwand.

Caesar befand sich auf dem Weg zu Tehila. Tehila war groß und schlank, hatte ein feines Gesicht von träger Schönheit und glattes schwarzes Haar, das stets von einer braunen Hornspange am Nacken zusammengehalten wurde. Ihr leichtes Schielen verlieh ihr einen zusätzlichen, geheimnisvollen Reiz, trotzdem wirkte sie ängstlich; und tatsächlich war sie schüchtern und in sich gekehrt. Doch fehlte es ihr nicht an Humor. Außer in Momenten großer Freude, in denen sie sich leicht und frei fühlte, sprach sie wenig. War sie schlecht gelaunt, spülte sie Geschirr, wusch Wäsche oder putzte Fenster und Fußböden, das gab ihr innere Ruhe. Sonst scherte sie sich kaum um ihre Kleidung und die Ordnung in ihrer Wohnung. Sie war ein zerstreuter Mensch, dem so etwas unwichtig schien, und in Gedanken mit anderen Dingen beschäftigt: ins Kino gehen, lesen, Musik hören und Caesars Erzählungen bereiteten ihr Vergnügen; selbst wenn sie müde und erschöpft vom Dienst am Flughafen heimkam, hörte sie Caesar noch bereitwillig zu. Sie hatte ursprünglich Französischlehrerin werden wollen, doch nach der zweijährigen Probezeit dem Beruf den Rücken gekehrt und sich als Übersetzerin belletristischer und wissenschaftlicher Texte versucht, wobei sie aber auch auf zahlreiche Schwierigkeiten gestoßen war: Wenn sie überhaupt Aufträge bekam, fiel die Bezahlung derart lächerlich aus, daß sie fast zwangsläufig, doch ohne auf ihren Traum vom Übersetzen ganz zu verzichten, zu einem Teil des Bodenpersonals des Flughafens wurde. Ihrer Dienstzeiten wegen blieb sie abends und nachts oft von zu Hause fort, und Caesar war frei zu tun, was er wollte.

Tehilas Eltern, die sich nicht einmal mit ihrer Anstellung als Lehrerin zufriedengegeben hatten, waren kurz vor Ausbruch des Zweiten Weltkriegs nach Palästina gekommen. Sie besaßen ein großes Möbelgeschäft. Und obwohl sie nun schon seit vielen Jahren im Land lebten, klang die Sprache aus ihrem Mund fehlerhaft und fremd; untereinander und mit ihren Bekannten redeten sie immer noch polnisch. Vor allem Tehilas Mutter, eine schöne, gepflegte, stets elegant gekleidete Frau, konnte oder wollte sich nicht an die Hitze, die Sonne und den Lärm gewöhnen und blickte hochmütig, mit den Augen einer Fremden, auf dieses vulgäre Land. Das Geschäft warf ansehnliche Gewinne ab, so daß sie ihren Kindern alles schenken konnten, was Eltern ihrem Nachwuchs zu geben wünschen: Essen, Kleidung, Erziehung, Bildung (einschließlich privater Musik- und Fremdsprachenstunden). Doch wurde den Kindern alles vorgerechnet, denn der Wohlstand, den die Eltern erlangt hatten, hatte keine großzügigen Menschen aus ihnen gemacht, obwohl sie bemüht waren, das häusliche Leben luxuriös zu gestalten, mit Silberbesteck und Kristallgläsern, dem Klavier und großen Familienessen. Zwar waren sie keine gläubigen Leute und spielten am Schabbat Karten (stets nur um kleinere Einsätze), doch hielten sie an gewissen traditionellen Gepflogenheiten standhaft fest: Am Schabbat und den Feiertagen ging der Vater in die Synagoge, an den hohen Festen auch die Mutter. Solche Gewohnheiten bildeten in ihren Augen keinen Widerspruch zu ihrem übrigen Leben, stellten sie doch einen Teil des ganzen Systems von sich ergänzenden Sitten und Gebräuchen dar, die genau eingehalten werden mußten und zu denen auch die Aufzucht von Nachwuchs, seine Erziehung und die Sicherung seiner Zukunft gehörten. Auch die Vorsicht und der Mangel an Freigebigkeit, die sich – insbesondere in Geldangelegenheiten – hinter der Fassade scheinbarer Großzügigkeit verbargen, waren mit allen möglichen prinzipiellen Erwägungen begründet. Tatsächlich war vor allem der Vater, der über Jahrzehnte hinweg beim An- und Verkauf alter Möbel gefeilscht hatte und sich auf diese Weise den Weg zu einem großen Geschäft und einem Leben in Wohlstand gebahnt hatte, ein kleinlicher Charakter.

Als Tehila am Flughafen anfing, waren ihre Eltern tief enttäuscht und beschämt – doch ungleich schwerer traf sie ihr Verhältnis zu Caesar, das wie eine Katastrophe über sie hereinbrach. Sie unternahmen alles, was in ihrer Macht stand, um die Affäre, sogar vor der Verwandtschaft und dem engsten Freundeskreis, zu verheimlichen. Ihre Enttäuschung war grenzenlos. Hatten sie Tehila denn je etwas vorenthalten? Sie hatten gehofft, sie würde nach dem Studium der Romanistik im Außenministerium oder als Hochschuldozentin arbeiten, einen Mediziner, Ingenieur oder Ökonomen heiraten und Kinder bekommen, diesen Weg hatten sie ihr gewiesen, und sie waren bereit, ihr bei der Verwirklichung dieser Ziele zu helfen, wann immer es nötig wäre. Tehilas Brüder, der eine Zahnarzt, der andere Elektrotechniker mit einer Dauerstellung in der Armee, teilten die Überzeugung der Eltern, besonders der Ingenieur, der ein übellauniger Junggeselle war. Die Aufgabe, Tehila zu überzeugen, daß sie Caesar verlassen müsse, übernahmen sie gemeinsam, da die Mutter jeden Einfluß auf Tehila verloren hatte und der Vater, der seine Tochter verbannte und enterbte und unentwegt verkündete, er wolle sie nie wiedersehen, tobte, sobald das Thema zur Sprache kam. Als er sie eines Tages mit ihren Brüdern im Wohnzimmer sitzen sah, verlor er die Beherrschung und versuchte sie zu schlagen. Aber alle Bemühungen, Tehila und Caesar auseinanderzubringen, waren zum Scheitern verurteilt, weil sie ihn trotz seiner Schwächen, die ihr nicht verborgen blieben, aufrichtig liebte und weil er als erster verstanden hatte, sie im Bett zu befriedigen.

Die stille, unerschütterliche Beharrlichkeit, die sich in Tehilas Widerstand gegen ihre Eltern und in ihrem hartnäckigen Wunsch äußerte, mit einem geschiedenen Mann (einem Fotografen und Vater von zwei Kindern) ohne Trauschein zusammenzuleben, machte ihre Familie ebenso fassungslos, wie sie ein knappes Jahr vorher Caesar verblüfft hatte. Damals war Tehila schwanger und widersetzte sich seiner ständigen Forderung, das Kind abtreiben zu lassen. Anfangs beschuldigte er sie, unvorsichtig gewesen zu sein, dann verwöhnte er sie, machte Versprechungen und flehte sie an, und als sie sich immer noch weigerte, verließ er sie, um kurze Zeit später neue Überredungsversuche zu starten: er gelobte, sie zu heiraten, wenn sie zu einer Abtreibung bereit wäre; er ließ sich tagelang in der Stadt nicht mehr blicken; er beschimpfte sie und stieß Drohungen aus; danach bemühte er sich, sie zu versöhnen, indem er zurückkehrte und behauptete, sie seien beide ökonomisch und emotional noch nicht reif für ein Kind, das zudem nicht als Wunschkind zur Welt käme; ihre Beziehung würde zerstört und Tehilas Zukunftsaussichten ebenfalls; sein Scheidungsprozeß sei noch nicht abgeschlossen, und schließlich mache ein uneheliches Kind die Möglichkeit einer Heirat zunichte, denn das jüdische Eherecht würde es Müttern unehelicher Kinder verbieten, jemals wieder zu heiraten.

Obwohl ihn Tehila, die sich im Eherecht genausowenig auskannte wie er, unbedingt heiraten wollte, fürchtete sie die Abtreibung und war nicht bereit, auf das Kind zu verzichten. So wiederholte sie niedergeschlagen, was sie ihm schon viele Male gesagt hatte: Sie sei einverstanden, ohne Trauschein mit ihm zusammenzuleben und ein uneheliches Kind von ihm zu bekommen; auch sei es ihr gleichgültig, wenn es von jemand als Bastard eingestuft werde, die Hauptsache sei, das Kind werde geboren.

Und Caesar sagte: »Dann geh ich.« Er habe ohnehin nicht die Absicht gehabt, länger als ein oder zwei Nächte bei ihr zu bleiben.

Tehila aber sagte, sie werde das Kind austragen und großziehen, selbst wenn er nicht mit ihr leben wolle, woraufhin er sie fassungslos beschuldigte, ihn zu erpressen und egoistisch zu sein.

Nachdem sie sich auf das Bett gesetzt hatte, fragte sie ihn zum erstenmal, ob er ein anderes Mädchen habe oder daran denke, zu seiner Frau zurückzukehren.

»Bist Du verrückt?« sagte Caesar und schwor ihr, daß er nur sie liebe und es keine andere Frau in seinem Leben gebe.

Tehila schaute ihn ungläubig an.

Sie sagte: »Gut. In Ordnung. Lassen wir das.«

»Du glaubst mir nicht.«

Tehila trank den letzten Schluck kalten Kaffee aus der Tasse, die auf dem Regal neben dem Bett stand.

»Doch, ich glaube Dir.«

Caesar hielt die Hand an seine Brust und wiederholte: »Ich schwöre es Dir.«

Er gab erst Ruhe, als sie im Morgengrauen, blaß und fröstelnd vor Müdigkeit, zu allem ja sagte.

Drei Tage später fuhr er sie zu einer Arztpraxis und holte sie schließlich von dort wieder ab. Am folgenden Tag forderte sie ihn auf, wegzugehen und sie in Frieden zu lassen, aber er ignorierte das und kümmerte sich um sie, so gut er konnte, bis sie nach wenigen Tagen bei Kräften war und aufstand.

»Geh weg«, sagte sie von neuem zu ihm. Und diesmal brach Caesar ohne zu zögern auf. Er war erleichtert. Den größten Teil seiner Sachen allerdings ließ er zurück – er vergaß sogar seinen Rasierapparat – und behielt den Schlüssel ihrer Wohnung. Er zog zu seinen Eltern und, nach kaum vier Wochen, trotz Sinas Betteln zu einem Freund. Tehila sah er eine Weile nicht, er fühlte sich aber verpflichtet, sich von Zeit zu Zeit nach ihrem Wohlergehen zu erkundigen; sie schien sich zu freuen, blieb aber ein wenig distanziert, als müsse sie sich schützen oder als sei ihre Liebe erkaltet. Nachdem einige

Zeit verstrichen war, gingen sie, auf seinen Vorschlag hin, zögerlich erneut Verabredungen ein. Tehila stellte weder Bedingungen noch Forderungen, sie äußerte nicht einmal den Wunsch, ihn wiederzusehen. Und nie erwähnte sie, was zwischen ihnen vorgefallen war. Er besuchte sie und blieb eine Weile bei ihr, oder sie gingen gemeinsam ins Kino, ins Restaurant, manchmal auch ins Theater. Und er schlief mit ihr – doch war der Genuß von einem Gefühl der Dankbarkeit begleitet und von Gewissensbissen, die sich nur allmählich verflüchtigten.

Derartige Gefühle hatte er für Eliesra nie empfunden, mit ihr hatte er nur gelernt, die Sinne hemmungslos vibrieren zu lassen. Und obwohl er die geistigen und seelischen Qualitäten, die er an ihr entdeckt hatte, bewunderte, war sein Verhältnis zu ihr doch geprägt von primitiver, unersättlicher körperlicher Leidenschaft. Eliesras vulgäre Schönheit reizte ihn, die ungezügelte Sexualität, die sie verhieß, ihr Hochmut und das kapriziöse, vieldeutige Spiel zwischen Scham und Zügellosigkeit, Aggressivität und Anlehnungsbedürfnis. Sie hatte etwas von Ruchamas unstetem, unbefriedigtem Wesen, ohne jedoch über ihre Natürlichkeit und Rauheit zu verfügen. Sie fürchtete sich vor der Einsamkeit, wollte den anderen gefallen und sich zur selben Zeit über sie erheben. Da sie sich der Stärken und Schwächen – ebenso der Gefahren, die ihr auflauerten – bewußt war, wandelte sich bei ihr alles zu einem Spiel und verlor einen Teil seiner Kraft. Caesar scherte sich nicht darum, er bemerkte es gar nicht.

Sie hatten sich in der Armee kennengelernt und kurz nach dem Ende des Militärdienstes wieder getrennt. Caesar war nach Amerika gegangen, um Architektur zu studieren, und Eliesra studierte Graphik an der Bezalel-Akademie in Jerusalem. Erst nach mehreren Jahren sahen sie sich wieder. Es war Sommer. Eliesra war die Frau von Gideon Reiter geworden, der ihr bereits im Gymnasium den Hof gemacht hatte; Caesar hatte Tirza geheiratet und ein paar verhältnismäßig glückliche Jahre mit ihr erlebt. Zu diesem Zeitpunkt lief seine nahezu öffentlich stattfindende Affäre mit Ruchama bereits und stürzte Caesars Familienleben ins Chaos. Doch eines Tages bereitete Ruchama der Geschichte ein abruptes Ende, und sie ließ ihm nicht einmal Raum für die Hoffnung oder die Illusion, sie könnte ihre Meinung noch ändern: Caesar hatte sie gefragt, ob sie noch einen anderen habe, und sie antwortete: »Ja. Und jetzt zieh dich an und geh. Mir scheint, als hätten wir mehr als genug voneinander gehabt.«

»Das meinst Du nicht ernst.«

»Ich meine es vollkommen ernst. Geh und laß dich hier nicht wieder blicken.«

Caesar hatte die ganze Zeit über mit bangen Gefühlen derartiges von ihr erwartet; als er die Frage, die er nicht stellen durfte, aussprach, hatte er bereits gespürt, daß das Ende ihrer Liebe gekommen sei. Und doch war er überrascht, wie betäubt. Ohne etwas zu sagen, stand er auf, zog sich an und ging. Dies war das Ende der mehrjährigen Phase einer wilden, schamlosen Liebesbeziehung, die Caesar unermeßliche Genüsse beschert, ihn zugleich aber auch deprimiert und gequält hatte – denn er war ununterbrochen eifersüchtig gewesen, auf ihren Mann Avigdor ebenso wie auf all die anderen vor ihm, von denen er nur die wenigsten kannte, und auf jene, die auftauchten und wieder verschwanden, ohne daß er gewagt hätte, Fragen zu stellen; auch war Ruchamas Verhalten jähen Wandlungen unterworfen, die ihn ständig zwischen Glücksempfinden und Depression hin und her stießen und ihm das Gefühl gaben, er sei ihr und ihrer Gunst ausgeliefert und sie könne jederzeit mit ihm brechen, so wie sie zuvor Avigdor, den Vater ihrer beiden Kinder, eines Jungen und eines Mädchens, verlassen hatte. Trotz zahlloser Versuche war es Caesar nicht gelungen, sich von Ruchama zu lösen, und so war er, wie vor ihm Avigdor, als ein Sklave ihrer Launen bei ihr geblieben.

Avigdor war ein hübscher Junge, gutmütig und mit einem feinen Humor ausgestattet, der allerdings nur selten zum Vorschein kam und auch dann beinah unbemerkt blieb, weil Avigdor von Natur aus wenig sprach und in Ruchamas Gegenwart noch schweigsamer wurde. Denn Ruchama war intelligent, hatte vor allem aber eine spitze Zunge, war angriffslustig und launisch, so daß man ihre Stimmung und ihr Verhalten nie vorhersehen konnte. Stunden, ganze Tage lang, konnte sie ausgeglichen und liebenswürdig sein und einen großherzigen Charme ausstrahlen, den sie von ihren Eltern geerbt hatte, doch dann, plötzlich, wurde sie wütend wegen eines Wortes oder einer Geste, mitunter auch, ohne einen erkennbaren Grund zu haben; oder sie verfiel in eine düstere, gedrückte Stimmung, in der sie ihren Zorn an irgendeinem Unschuldigen ausließ und Trost in den Armen fremder Männer suchte; oder sie aß gierig wie ein Tier und schlief bis in den Nachmittag hinein, die häuslichen Pflichten und die Kinder vergessend. Dennoch war Avigdor ihr hingebungsvoll zugetan; er kümmerte sich um sie wie um eine Kranke und liebte oder bemitleidete sie so sehr, daß er trotz der Erniedrigung und des Schmerzes ihre Launen und ihre Seitensprünge, die ihm nicht verborgen blieben, geduldig ertrug. Ihretwegen ging er ins Kino und zu Konzerten, lernte Englisch, trug Kleidung, die nicht zu ihm paßte, und sorgte für die beiden riesigen Schäferhunde, die sie in der Wohnung hielt und die nur selten von ihrer Seite wichen ... Und doch war sie nicht zufrieden mit ihm. Die Ergebenheit und Selbstverleugnung, die sie ihm aufgezwungen hatte, versetzten sie ständig in Wut. Sie trennte sich von ihm, indem sie ihm eines Tages eine kurze, entschiedene Mitteilung machte, die er erstaunlicherweise fast vollkommen gelassen aufnahm, und reiste für drei Wochen auf Kosten ihres Vaters nach Griechenland.

Als sie mit Avigdor verheiratet war, trieb es Ruchama mit Caesar meist tagsüber, während ihr Mann seiner Arbeit als Busfahrer nachging. Erst nach der Trennung von Avigdor begannen sie, sich auch in den Nächten zu lieben, wenn die Kinder im Nebenraum schliefen. Meist geschah es auf Avigdors Bett, manchmal, im Sommer, auch auf dem Fußboden oder im Bad unter der prasselnden Dusche. Caesar küßte Ruchama auf die wulstigen Lippen, die schweren, warmen Brüste, den Bauch und die Schenkel, atmete lustvoll erregt den Geruch ihres Schweißes, indes der Schatten des Abschieds über ihm schwebte. Und als das Ende gekommen war, fühlte er, wie sich die Welt verdüsterte und ins Wanken geriet.

Draußen nieselte es. Er trat auf die leere, regennasse Straße, die noch im Dunkel des kalten Wintermorgens lag, und verweilte einen Moment am Eingang des Hauses, die Hände in den Manteltaschen, um mit reglosem Gesicht vor sich hin zu starren. Dann schlug er den Mantelkragen hoch, senkte seinen Kopf gegen den zunehmenden Regen und ging schweren Schritts los. Er bestieg das ungeheizte Auto und saß bewegungslos in der durchdringenden Kälte. Er sah, wie das Dunkel verblaßte und sich die Luft allmählich grauweiß färbte. Gleichzeitig spürte er, wie ihn große Erleichterung und beinahe Freude überkamen. Er setzte das Auto in Gang, verfluchte Ruchama und fuhr heim. Die Kinder schliefen noch; nur Tirza, deren Züge vom Leiden und Zürnen hart und häßlich geworden waren, war wach.

Sie schaute ihn an und fragte: »Weshalb bist Du hier?«

»Ich wollte dich sehen.«

»Das ist nicht wahr.«

»Doch, es ist wahr.«

»Warum bleibst Du nicht bei ihr? Bleib bei ihr, dann ist die ganze Geschichte endlich erledigt.«

»Das möchte ich nicht.«

»Es kann doch nicht ewig so weitergehen.«

»Aber nein«, sagte er und legte seine Hand auf ihre Schulter – nicht weil er sie liebte, sondern weil er ihr nahe sein wollte und um seine Dankbarkeit zu zeigen. Tirza aber widersetzte sich. Er strich ihr mit der Hand über den Nacken und sagte: »Das wär's, die Geschichte ist aus.«

Später schaute er kurz ins Kinderzimmer und ging in die Küche, um sich eine Tasse Kaffee zu kochen. Dann kam er zu Tirza zurück und fragte sie, ob sie auch einen Wunsch habe.

»Ja«, sagte sie. »Ich will, daß Du aufhörst.«

»Ich habe aufgehört. Es ist vorbei.«

Nachdem er sich rasiert, umgezogen und Butter und Brötchen aus dem Lebensmittelladen geholt hatte, ging er zur Arbeit. So friedvoll und glücklich hatte er sich seit langem nicht mehr gefühlt. Am Abend gingen sie essen und ins Kino, und noch als sie sich schlafen legten, wiegte er sich in dem Gefühl, das ihn seit dem Morgen umgab. Aber nach zwei Tagen zerbrach all dies und verflüchtigte sich. Vom Gedanken an den Verlust und von Eifersucht getrieben, lief er ziellos durch die Straßen, vernachlässigte die Arbeit, aß, trank und fluchte in einem fort, war immer seltener daheim und machte sich an jede Frau heran, der er begegnete, so auch an Sahara, Tirzas jüngere Schwester.

Trotz aller Skepsis glaubte Tirza genau wie Caesar, nun sei das Schlimmste überstanden. Sie war glücklich, denn die Affäre und ihre Auswirkungen, das Gefühl der Erniedrigung, der Entfremdung und des Hasses, hatten sie an den Rand der Verzweiflung getrieben. Dennoch hatte sie stets alles getan, um den Haushalt ordnungsgemäß zu führen, den Kindern zu geben, was sie benötigten, ihr Äußeres nicht verkommen zu lassen und den Anschein der Selbstachtung zu wahren. Obwohl sie Caesar sehr liebte, verlangte sie immer wieder von ihm, dem Zustand ein Ende zu setzen und die Familie ganz zu verlassen; sie sprach auch mit Goldmann darüber und bat ihn, mit Caesar zu reden; verhöhnt und erniedrigt, versuchte sie schließlich, das bißchen Selbstachtung, das ihr geblieben war, zu retten: Sie schlief mit einem Mann, den sie vorher nur ein einziges Mal, auf einem Fest bei Freunden, gesehen hatte, und berichtete Caesar anschließend von ihrem Seitensprung. Aber ihr Plan ging nicht auf. Caesar war zwar bestürzt und gekränkt, doch konnte der Zorn seine Sehnsucht nach Ruchama nicht verdrängen; Tag um Tag wachsend, verwandelte sie sich in physischen Schmerz. Er verlor jegliches Ehrgefühl und alle Besonnenheit. Und noch während er sich an seinen Rachegedanken labte, wäre er am liebsten zu Ruchama gekrochen, hätte ihr die Füße geküßt und sie angefleht, ihn wieder aufzunehmen. Er hatte sogar vor, an Erwin, den Ruchama mehr als jeden anderen Menschen auf der Welt liebte, die Bitte zu richten, auf sie einzuwirken, so daß sie ihre Entscheidung rückgängig machte. In der Zwischenzeit lauerte er an einer Straßenecke, von der er den Eingang ihres Hauses beobachten konnte, oder im Eingang des gegenüberliegenden Gebäudes oder an anderen Orten, wo sie, wie er glaubte, vorbeikommen würde; er hoffte, sie wiederzusehen – vielleicht würde sie es bereuen, vielleicht würde irgend etwas geschehen und sich alles doch noch zum Guten wenden. Und wenn sie dann mit den Schäferhunden und fast immer auch in Begleitung eines fremden Mannes, der meist jünger, manchmal bedeutend jünger als sie war, an ihm vorüberging, drohten der Schmerz und die Eifersucht sein Herz zu zerreißen. In diesen Momenten schwor er sich, auf keinen Fall zu dieser Hure zurückzukehren, selbst wenn sie ihn auf Knien darum bitten würde; er verfluchte sie und betete, sie möge sterben. Wenn sie nur deprimiert wäre oder schlecht aussähe! . . . aber nein, sie hatte sich nicht im geringsten verändert: Sie trug noch immer ihre fetten Ringe und geschmacklosen Ketten, ihre langen, weiten häßlichen und unmodernen Kleider, die meist aus einfachen, mit großen Blumen oder Streifen gemusterten Stoffen bestanden, altmodisch und häßlich aussahen; ihr Gesicht, das nicht eigentlich schön war, wirkte ruhiger und glücklicher denn je, er hätte vor Verzweiflung laut aufschreien können!

Seine enttäuschte Liebe richtete wahre Verwüstungen in ihm an. Und soviel er umherrannte und Zerstreuung suchte, sooft Goldmann und andere mit ihm redeten, nichts ermutigte ihn; er war überzeugt, sich nie wieder von dem Schlag zu erholen. Es dauerte lange, bis ihm klar wurde, daß es nicht die enttäuschte Liebe war, die ihn um den Verstand brachte, sondern die Schmach des Unterlegenen, daß ihm ein genußbringender Besitz genommen und einem anderen geschenkt worden sei. Zu dieser Einsicht gelangte er, nachdem er Eliesra wiederbegegnet war . . . oder in Wirklichkeit erst eine Weile nach ihrer erneuten Trennung (denn das frisch erworbene Wissen nutzte ihm in Eliesras Fall nichts, da er es nicht ernst genommen hatte.)

Er hatte sie zufällig eines Tages auf der Straße getroffen und ins Café eingeladen, wo sie etwas tranken und plauderten – zunächst noch ein wenig verlegen; Caesar scherzte und begann ihr den Hof zu machen. Eliesra wies ihn lachend zurück, doch stiegen sie später gemeinsam zum Atelier hinauf, um sich ohne ein Wort der Zuneigung auszuziehen und auf das Sofa zu legen. Unverzüglich befriedigten sie die Lust und den Hunger, der sich im Lauf der Jahre gestaut hatte, und befreiten sich für kurze Zeit von der drückenden Last des Kummers und der Enttäuschung. Eliesra erhob sich sogleich wieder, zog sich an und machte sich auf den Heimweg. Und Caesar, dem ihr rasches Verschwinden recht war, stellte sich in die Dunkelkammer und entwickelte Fotos . . . Drei Wochen später sahen sie sich erneut. Caesar hatte sich zufällig an sie erinnert und sie aus Langeweile an ihrem Arbeitsplatz angerufen. Diesmal aber gingen sie geruhsamer, mit viel Geduld vor und erlebten ein grenzenloses Vergnügen. Von nun an liebten sie sich jeden Tag außer während eines kurzen, doch deprimierenden und von Bitterkeit erfüllten Zeitraums, als Eliesra ihr zweites Kind erwartete.

Als sie bereits mit Sicherheit wußte, daß sie schwanger war, ließ sie noch zwei Wochen verstreichen, ehe sie Caesar davon erzählte. Er hörte ihr mit starrem Gesicht zu, auf der Seite liegend und ohne sie aus den Augen zu lassen. Dann sagte er: »Bist Du sicher?«

Und Eliesra sagte: »Ja. Ich war schon beim Arzt.«

»Gut. In Ordnung«, sagte er und drehte sich auf den Rükken.

»Es ist ohne Absicht passiert.«

Caesar schaute zur Decke und biß sich leicht in die Wangen.

Eliesra meinte: »Man kann es wegmachen lassen.«

Caesar sah sie an und fragte: »Bist Du sicher, daß es von Gideon ist?«

Eliesra, die sich seit Tagen schlecht und niedergeschlagen fühlte, zögerte. Unterdessen nahm Caesar die Brille vom Stuhl, der neben dem Bett stand, und fing an, mit ihr zu spielen.

»Ja, es stammt von ihm.«

Er setzte sich die Brille auf, plazierte sich auf dem Sofarand und entzündete eine Zigarette.

»Tu, was Du willst.«

»Ich will mit Dir zusammensein, das weißt Du.«

Caesar schaute sie an:

»Er wird sicher zufrieden sein.«

»Spielt das eine Rolle?«

»O.K.«, sagte er.

Er stand auf und wanderte im Zimmer umher.

Eliesra sagte: »Was er denkt, ist völlig belanglos.«

Caesar ergriff das Papiermesser und schleuderte es zweimal hintereinander auf die Holztafel. Unvermittelt drehte er sich zu ihr um und rief:

»Du dreckige Hure! Laß dich bumsen, von wem Du willst! Das interessiert mich nicht!«

»Ich will nur mit Dir zusammensein«, wiederholte sie. »Das ist alles.«

Vor Haß aufschäumend, schrie Caesar: »Genug! Halt den Mund, Du Dreckstück!«

Dann faßte er sich und fuhr fort: »Zieh dich an. Ich muß gehen. Ich habe eine Verabredung.«

»Gut«, sagte Eliesra. »Wie Du willst.«

Sie zog sich an. Als sie die Wohnung verließ, würdigte Caesar sie keines Blickes. Am Morgen des folgenden Tages aber rief er sie bei der Arbeit an, und noch bevor er den ersten Satz zu Ende gesprochen hatte, sagte sie, daß sie ihn sehen wolle. Eine Stunde später trafen sie sich im Atelier. Zermürbt und demütig teilte sie ihm ihren Entschluß mit, eine Abtreibung vornehmen zu lassen, und fragte ihn, ob er dabei behilflich sein und ihr Geld leihen könne.

»Ja, kein Problem«, sagte Caesar.

Und Eliesra sagte: »Das verpflichtet dich zu nichts.«

Er nahm sie in den Arm und streichelte ihren Kopf.

»Unsinn. Wir heiraten, und alles wird gut.«

Noch am selben Tag gab er ihr Geld, doppelt soviel, wie sie brauchte. Er tat es trotz des Gefühls, auf diese Weise ihr gegenüber eine Verpflichtung einzugehen. Seit dem Augenblick, in dem sie sich am Morgen getrennt hatten, wurde er von der beängstigenden Vorstellung geplagt, Eliesra könne ihm aus den Händen gleiten, doch war gerade jetzt sein Wunsch, sie bei sich zu halten, stärker als jemals zuvor. Daher hob die Verpflichtung, die ihn mit Eliesra verband, seine Stimmung und machte ihn glücklich.

Eliesra fragte: »Willst Du mich wirklich heiraten?«

Und er sagte: »Ich habe es Dir doch versprochen. Sei unbesorgt.«

»Mehr wünsch ich mir nicht«, sagte sie und steckte das Geld in ihre Tasche.

Doch eine Woche danach änderte sie unter den verschiedensten Vorwänden ihren Entschluß und gab Caesar das Geld zurück. Er war erleichtert, denn wie ein quälendes Echo war ihm überallhin die Sehnsucht nach Ruchama gefolgt, sie hatte ihn vor wenigen Tagen erneut eingeholt und durchdrungen. Als er Eliesra anschaute, stellte er fest, daß sie nicht länger schön war: Das Gesicht war gelb und häßlich geworden und die Haut ausgetrocknet. Er sagte:

»Ich glaube, wir sollten uns nicht mehr treffen.«

»Gut. Einverstanden. Wenn Du das willst . . .«

Sie biß sich nervös auf die Lippen.

Doch schon nach zwei Wochen fingen sie wieder an, sich gelegentlich zu verabreden. Ihre Treffen waren erfüllt von Vorwürfen und einer bedrückenden Atmosphäre, freudlos hielten sie bis kurz vor Eliesras Niederkunft an ihrer Gewohnheit fest. Ohne sich Lebewohl zu sagen und mit dem Vorsatz, einander nie wiederzusehen, gingen sie auseinander, aber etwa zwei Monate nach der Geburt von Eliesras Sohn trafen sie sich erneut, und Caesar fand sich allmählich mit den Veränderungen ab, er vergaß den Zorn und die Kränkung, die Anklagen und Flüche, die er ihr in Gedanken an den Kopf geworfen und manches Mal vor Goldmann und Israel laut ausgesprochen hatte. Sie kehrten zu der alten Ordnung, wie sie vor Eliesras Schwangerschaft üblich gewesen war, zurück, mit noch mehr

Begierde und Leidenschaft, so als wollten sie etwas nachholen und den Kummer und die Erinnerung an das Böse, das ihnen widerfahren war, zum Schweigen bringen.

Während ihre Beziehungen enger wurden, steuerte Eliesras Verhältnis zu Gideon, der ein gutverdienender Hydrotechniker war, dem Untergang entgegen und löste sich auf in mit Kälte und Boshaftigkeit ausgetragenen Auseinandersetzungen. Aber dies war nur das Ende einer Entwicklung, die mit dem ersten Tag ihrer Ehe begonnen hatte. Sie hatten außer während des prächtigen Hochzeitsfestes kaum eine Stunde der Freude und Nähe erlebt und ihre von Ablehnung und Entfremdung beherrschte Ehe nur aus Bequemlichkeit und aus Furcht vor neuen Enttäuschungen aufrechterhalten. Gideon liebte Eliesra, umsorgte sie und enthielt ihr, obwohl er extrem sparsam war, nichts vor, doch sie behandelte ihn von Anfang an kühl, oft genug mit unverhohlener Verachtung, und begann kurz nach der Heirat, von ihm und sich selbst enttäuscht, ihn zu betrügen – um sich für das Scheitern einer Ehe, in die Zweckdenken und Feigheit sie geführt hatten, zu entschädigen, als Demonstration ihrer Überlegenheit und um sich und anderen zu beweisen, daß sie eine emanzipierte, abenteuerlustige Frau sei. Und Gideon, der unentwegt und pedantisch mit Organisationsfragen, kaufmännischen Erwägungen sowie der Wahrung seiner Interessen beschäftigt war, bat sie zunächst, einen Schlußstrich zu ziehen, und ging nach einiger Zeit dazu über, sie ebenfalls zu betrügen, um sein Gesicht zu wahren und sie zurückzugewinnen. Und tatsächlich verletzten sie seine Seitensprünge und machten ihr angst, nur änderten sie nichts. Hatte er anfangs nur ihre Ungeduld und ihren Spott geweckt, so empfand sie nun, wo sie Caesar kannte, zusätzlich Abscheu vor ihm.

Sie haßte seine Stimme und sein schönes Gesicht, das ihr seiner Blässe wegen nichtssagend und weichlich vorkam, auch konnte sie seine stets sauberen Hände nicht mehr ertragen, die leichteste Berührung widerte sie an, jedes Wort, das er aussprach, ärgerte sie, und selbst die Kinder provozierten ihren Unwillen und ihre Feindseligkeit. Kaum hatten sich ihre Beziehungen zu Caesar von neuem gefestigt, begann sie wieder vom Heiraten zu sprechen. Früher hatte sie bereits derartige Gespräche mit Nachdruck geführt, sich aber stets mit Caesars vagen Versprechungen zufriedengegeben, nun jedoch brachte sie nicht allein klare, eindringliche Forderungen vor, sondern versuchte ihn zu zwingen, sich zur Vorgehensweise zu äußern, ein Datum und einen Wohnort zu nennen. Und Caesar, der verrückt nach ihr war, wich ihr unter vielerlei Vorwänden aus. Jetzt, wo die unmittelbare Gefahr einer Trennung vorüber war, wollte er sich zu nichts mehr verpflichten. Aus zwei Gründen könne er sie nicht heiraten, versuchte er sich, und auch seinen Freunden Goldmann und Israel, einzureden: zum einen wegen Tehila, schließlich habe er ihr die Ehe versprochen und könne die Verpflichtung, die er ihr gegenüber empfinde, nicht einfach verleugnen, und zum anderen wegen Gideon, der ihn womöglich umbringen würde, wenn er erführe, daß Eliesra sich scheiden lasse, um ihn, Caesar, zu heiraten.

Vielleicht lag ein Körnchen Wahrheit in seinen Worten, wenigstens vom Blickwinkel seines unmittelbaren Empfindens aus gesehen. Doch in Wirklichkeit verschloß Caesar sich Eliesras Forderung aus Unfähigkeit, eine Entscheidung zu treffen, die in jedem Fall Verzicht bedeutet hätte. Verzichten wollte er nicht. Das zeigte sich in seiner irrigen Überzeugung, niemandem weh tun zu können; tatsächlich wollte er vornehmlich sich selbst keinen Kummer bereiten. Müde und ernüchtert vom Ende seiner Liebesbeziehung zu Ruchama und der Trennung von seiner Frau, fand er es abwegig, sein Junggesellendasein erneut gegen das schwere und beängstigende Joch des Ehelebens einzutauschen und all das Schöne aufzugeben, das er und die beiden Frauen, Tehila und Eliesra, ja nicht nur ihm, sondern auch sich selbst bescherten. Vor allem aber fühlte er sich, jeder Logik und dem eigenen Handeln widersprechend, noch als Familienvater.

Der Zustand der Unsicherheit dauerte mehrere Monate. Doch dann, eines Tages, nachdem Eliesra ihm ohne einen Anflug von Verlegenheit oder Reue gesagt hatte, daß sie noch einen anderen habe, mit dem sie von Zeit zu Zeit schlafe, begann er seltsamerweise trotz seines Kummers und seiner Eifersucht an der ganzen Geschichte Gefallen zu finden. Eliesra erstaunte ihn immer mehr, ein schmerzhaftes, erregendes Gefühl stellte sich ein, von dem er Goldmann bei der nächsten Gelegenheit berichtete. Am selben Tag, noch während er sie über den anderen ausfragte und genau wissen wollte, wann und wie sie es miteinander trieben, versprach er ihr, sie im Frühling, unmittelbar nach seiner Scheidung, zu heiraten.

(Die Scheidungsprozedur zog sich in die Länge, da weder seine Frau noch er selbst ein Interesse an einer raschen Abwicklung gehabt hatten.) Doch Eliesra wartete nicht bis zum Frühling. Ein paar Tage nach Caesars Versprechen verkündete sie Gideon ihre Absicht, sich von ihm scheiden zu lassen.

Gideon war nicht überrascht, doch bat er sie trotz allem, ihren Plan nicht in die Tat umzusetzen. Denn er glaubte an die Institution der Familie, empfand sogar Ehrfurcht vor ihr. Aber mehr noch fürchtete er die Reaktion seiner Eltern, besonders die seines Vaters, der ein bekannter Dermatologe war, der Verwandten, Bekannten und Arbeitskollegen. Er zog das schmachvolle Leben in einer zerrütteten, auf Betrug begründeten Ehe der Schande einer Scheidung vor. Außerdem hatte er sich an Eliesra gewöhnt und wachte immer noch eifersüchtig über sie; er war bereit, ihr all ihre Seitensprünge und Irrungen zu vergeben. Auch hatte er Mitleid mit den Kindern, die er nahezu allein erzog und versorgte, so wie er die meisten häuslichen Belange selber erledigen mußte: Einmal in der Woche gab er auf dem Weg zur Arbeit im Supermarkt eine Bestelliste ab; er kümmerte sich um die anfallenden Reparaturen, prüfte und beglich die Rechnungen, die ins Haus kamen; als es notwendig war, bestellte er auch den Polsterer und den Mann, der die Vorhänge anbrachte, und er besuchte die Elternabende in der Schule. Eine Haushaltshilfe hielt unterdessen die geräumige, großzügig eingerichtete Wohnung in Ordnung, sie war stets sauber und aufgeräumt und wirkte wie unbewohnt. Eliesra, die kurze Zeit nach der Geburt ihres zweiten Kindes ihre Tätigkeit in dem Graphikbüro wiederaufnahm, hatte für all dies keine Geduld. Sie kochte auch nicht viel. Seit sie verheiratet waren, lebten sie vorwiegend von Konserven, von Fertiggerichten oder solchen, die nur einen geringen Aufwand erforderten, Würstchen, Brathähnchen, Steaks und Salaten aller Art, oder sie gingen ins Restaurant essen. Am Schabbatmittag waren sie regelmäßig bei Gideons Eltern zu Gast, die ihre Schwiegertochter nicht mochten. Eliesra erwiderte diese Abneigung, sie verabscheute den Vater, der intelligent, aber zugleich hochmütig und herrisch war, und besonders die Mutter, eine anstrengende Frau, die die Eifersucht um den Verstand brachte und die Tag für Tag unentwegt Mittel und Wege erfand, sich zu demütigen, um zu beweisen, wie sehr sie in ihrer Ehre verletzt worden sei.

Gideon versuchte Eliesra von der Wichtigkeit zu überzeugen, am Familienleben festzuhalten, selbst wenn es ins Wanken geraten sei; eine Scheidung bedeute letztlich nichts anderes als einen Sieg der Illusion über die Vernunft; wenigstens mit den Kindern solle sie Mitleid empfinden, schließlich habe sie, als sie sie zur Welt brachte, unweigerlich einen Teil ihrer Freiheit eingebüßt, müsse Verantwortung tragen und dem Wohl der Kinder vor ihrem eigenen Vorrang geben. Er schlug ihr auch einen Umzug und eine Reise ins Ausland vor. Und Eliesra versicherte, darüber nachdenken zu wollen. Doch während Gideon sich noch bemühte, suchte Eliesra einen Rechtsanwalt auf. Sie informierte sich über die Schritte, die sie unternehmen müsse, um unter Wahrung ihrer Ansprüche geschieden zu werden, und setzte auf diese Weise den Scheidungsprozeß in Gang, ohne Gideon oder Caesar davon zu erzählen. So konnte Caesar sich weiter unbeschwert mit ihr vergnügen, während sie selbst mehr als jemals zuvor darauf achtete, ihre Affären in aller Heimlichkeit stattfinden zu lassen; denn hätte Gideon davon erfahren, hätte er all ihre Ansprüche an ihn zunichte machen und darüber hinaus bewirken können, daß sie Caesar nie heiraten dürfe.

Caesars Staunen über Eliesra fand kein Ende. Immer wieder erzählte er Goldmann und Israel, diese Frau habe den Sex erfunden, und schilderte ihnen in knappen Sätzen die Ruhmestaten, die sie im Bett vollbringe. Doch wenn Goldmann mit Israel allein war, behauptete er, Caesar sei, was Frauen betreffe, ein bedauernswerter Typ; der Geschlechtsverkehr beschere ihm sicher nur wenig Vergnügen, weil er ihn gewissermaßen standardisiert und dadurch mechanisch und langweilig gemacht habe. Caesar leide unter einem »Jagdkomplex«: Er werde vom Bild seines Vaters und einer ständigen Kastrationsangst verfolgt; weil er sich aber seiner Männlichkeit nicht vollkommen sicher sei, stehe er unter dem ständigen Zwang, sie unter Beweis zu stellen. Und Eliesra, die in Wirklichkeit frigide sei, versuche die Nymphomanin zu spielen, um überhaupt eine Beziehung zu ihrer Umwelt herzustellen, wozu sie letztlich jedoch genauso unfähig wie Caesar sei. Es sei ihnen nur deswegen gelungen, allmählich ihre Liebestechniken zu perfektionieren und ihren Genuß zu steigern, weil sie sich beim Beischlaf aller möglichen Instrumente und Hilfsmittel bedienten, unanständige Fotos betrachteten und in pornographischen Büchern läsen; vor kurzem habe Caesar große Spiegel an der Decke des Raumes und zu drei Seiten des Sofas befestigt, damit sie zusehen könnten, wie sie es miteinander trieben, und er könnte es noch aus unterschiedlichen Blickwinkeln fotografieren.

Die Spiegel machten Israel ganz verrückt. Wenn er die Augen aufschlug, blickte ihm sein Ebenbild aus allen Richtungen entgegen und gab keine Ruhe mehr. Aber er hatte Caesar noch nicht darauf angesprochen ... Er verließ den Ort, an dem er stehengeblieben war, und überquerte die Fahrbahn. Sein Blick fiel auf die Inhaberin des Frisiersalons, die mit dem Ondulieren ihrer Haare und dem Schminken ihres Gesichts fertig war und die Maske eines frischen, jungen Mädchens zu tragen schien. Er trat in das Treppenhaus. Es roch angenehm nach Duftwasser und Seifen. Als er oben im Atelier ankam, fand er auf dem Deckel des Klaviers einen mit Caesars hastiger Handschrift beschriebenen Zettel: Caesar entschuldigte sich, daß es diesmal so lange gedauert habe, und deutete, auf den Sommer und die Beerdigung hinweisend, zum wiederholten Mal an, daß die Müdigkeit, die Hitze und der Kummer seine sexuelle Begierde anregten. Er schrieb, es gebe eine Reihe von Problemen, aber sie würden sich regeln lassen. Als Unterschrift hatte er ein Kamel mit einem riesigen Penis gemalt, in dessen Spitze eine Blume steckte.

Israel zerriß den Zettel und warf die Schnipsel in den Papierkorb. Er fühlte sich abgespannt. Einen Augenblick blieb er stehen und überlegte, unter die Dusche zu gehen und sich danach ans Klavier zu setzen. Dann aber zog er die Sandalen und das Hemd aus und streckte sich auf das Sofa, um sich mit geschlossenen Augen seiner Erschöpfung und der Berührung der Luft zu ergeben. Als er die Augen öffnete, sah er an der Decke sein unrasiertes, müdes, verhärtetes Gesicht. Er drehte seinen Kopf zur Seite. Bewegungslos daliegend blickte er, als sehe er einen Fremden an, in seine sehr hellen blauen, von der Sonne gereizten Augen. Und er spürte, wie aus einer großen Müdigkeit und aus der Gleichgültigkeit seines Herzens die Sehnsucht nach Ella auftauchte und ihn davonspülte. In diesem Moment interessierte ihn nicht, wer sie war und woher sie kam, was sie in der Vergangenheit getan hatte und in der Gegenwart dachte. Er wünschte nur, sie wäre hier, im selben Zimmer, um sie sehen und, wenn er Lust hätte, anfassen zu können. Auf dem Stuhl neben dem Sofa, dicht bei Israels alter Leselampe, lagen ein paar abgegriffene pornographische Romane mit buntem Einband. Caesar hatte sie dort liegen lassen, damit Israel sie an Goldmann weiterreiche. Israel streckte den Arm aus und griff ohne hinzusehen eines der Bücher. Er blätterte ein wenig und las:

». . . schließlich knöpfte ich mir die Hose auf und zog mein Hemd heraus. Wenige Augenblicke später schaute Germaines nettes Gesicht ins Zimmer. Sie huschte herein. Ich verriegelte die Tür und fing an sie zu küssen. Als ich auf das Bett zusteuerte, befreite sie sich von ihrem BH und ihrem Höschen. Ich legte sie auf das Bett und küßte ihr leidenschaftlich die Zitzen. Ich hob den Saum ihres Kleides, streichelte zärtlich ihre weiblichen Formen und die geheimnisvolle Schlucht zwischen ihren Schenkeln, bis der Liebesnektar aus ihr heraustropfte. Ich zückte meinen Freund, ölte ihn kräftig . . .«

Er legte das Buch weg und setzte sich auf den Rand des Sofas. Nach einer Weile erhob er sich und nahm das dolchförmige Papiermesser vom Schreibtisch, um es, wie Caesar, wieder und wieder auf die Holztafel mit dem Foto des greisen Paares zu werfen.

Caesar befand sich währenddessen auf dem Weg zu Tehila. Doch nach einem leichten Zögern änderte er die Richtung und ging zu Tirza, um die Kinder zu sehen. Tirza war beim Kochen, als sie ihm öffnete. Er trat ein, ein breites Lächeln auf seinem Gesicht, kniff ihr in den Hintern und versuchte, sie zu umarmen. Aber Tirza entzog sich ihm sanft.

»Wovor läufst Du weg?« sagte er und beugte sich nieder, um seinen jüngsten Sohn zu umarmen, der aus der Küche gelaufen kam und sich an ihn schmiegte. Caesar hob ihn auf und küßte ihn auf die Stirn und die Wangen, die mit Essensresten beschmiert waren; dann setzte er ihn auf dem Boden ab und ging ins Wohnzimmer zu Schaul, seinem Ältesten, der im Sessel saß und ein Buch las. Er klopfte ihm liebevoll auf die Schulter und fragte, was er da lese. Schaul schaute mit blassem, ausdruckslosem Gesicht zu ihm auf und nannte ihm den Titel des Buches. Ohne ihn verstanden zu haben, sagte Caesar:

»Oho!« – und fuhr ihm voller Zuneigung und Stolz durchs gelockte Haar. Er klopfte ihm noch einmal auf die Schulter, indes er aus der Küche den vertrauten Geruch von Hühnerbouillon und noch etwas anderem wahrnahm. Schaul fragte ihn, weshalb er ihn zwei Tage vorher nicht, wie versprochen, zum Kino abgeholt habe. Caesar war einen Moment verlegen, er hatte die Verabredung völlig vergessen. Dann sagte er, er habe viel arbeiten müssen und dringend auswärts zu tun gehabt, so daß es ihm nicht möglich gewesen sei, Bescheid zu geben, doch werde der Film, den sie gemeinsam ansehen wollten, weiterhin vorgeführt, und wenn Schaul möchte, sei er bereit, morgen oder übermorgen nachmittag mit ihm ins Kino zu gehen. Schaul sagte: »Einverstanden.«

Da Caesars Laune sich seines Versäumnisses und der Lüge wegen trübte und er nicht sicher war, daß sein Sohn ihm glaubte, bemühte er sich, die ganze Geschichte lachend vergessen zu machen. Er schlug das Buch, das auf Schauls Knien lag, mit einem kräftigen Knall zu und sagte: »Abgemacht, morgen um vier.« Und kurz darauf: »Was machen die Fische?«

»Das Weibchen hat gelaicht«, sagte Schaul.

Zusammen mit seinem Vater trat er an das große Aquarium, das dieser ihm einen Tag nachdem er bei Ruchama rausgeflogen war, gekauft hatte. Er zeigte auf das Weibchen und die Unmengen von Eiern, die es im grünen Dickicht der Wasserpflanzen abgelegt hatte.

»Phantastisch!« sagte Caesar. »Gib gut auf sie acht.«

Dann begab er sich in die Küche, um Tirza, die im selben Moment die Bouillon würzte, zu bitten, ihm eine Tasse Kaffee zu kochen. Als er sie fragte, wie es ihr gehe, sagte sie mit sehr ruhigen Bewegungen: »Alles bestens.«

Sie setzte den Wasserkessel auf die Gasflamme und erzählte ihm, sie mache sich Sorgen, weil sie vor drei Tagen dunkelblaue Flecken an Schauls Körper entdeckt habe. Caesar, dem die Müdigkeit und Blässe des Kindes aufgefallen war, versuchte ihre Besorgnis zu zerstreuen: »Das wird sicher eine Grippe sein.«

Er schaute in den Topf: Fleisch mit Okragemüse köchelte darin.

»Ah! Großartig!« rief er und legte den Deckel auf den Topf zurück. Als Tirza ihm einschenkte, unternahm er erneut den Versuch, sie in die Arme zu schließen, und streichelte ihr wie zum Spaß den Busen. An den Spülstein gelehnt, schlürfte er seinen Kaffee. Er fragte sie, wie es gewesen sei, mit dem Lockenkopf zu bumsen, den er vor einem halben Jahr zwei-, dreimal mit ihr gesehen habe, wessen Schwanz größer sei, der des Lockenkopfs oder seiner, und schließlich, ob sie den Rechtsanwalt heiraten wolle, mit dem sie seit ein paar Monaten ausgehe.

Tirza antwortete nicht.

»Er macht einen ziemlich abgenutzten Eindruck, aber vielleicht hat er ja Geld . . . Du solltest lieber den Lockenkopf heiraten.«

»Besten Dank«, sagte Tirza.

Caesar steckte sich eine Zigarette an und fragte, ob sie wieder mit ihm zusammenleben wolle. Kaum ein Besuch Caesars verging, ohne daß er diese oder ähnliche Fragen stellte.

»Nein«, sagte Tirza.

Ungläubig lachend ließ er die Zigarettenasche in den Spülstein fallen. Tirza lachte nicht. Plötzlich wurde sein Gesicht ernst.

»Ich fühl mich beschissen.«

»Hör auf, den Verwöhnten zu spielen und darauf zu warten, daß Dir jemand hilft!«

Ihr Gesicht, das noch schön und sehr weiblich war, drückte eine Art von Besorgnis aus, die sie einzig mit ihrem Vater und ihrer Mutter hätte teilen können.

Ihr Vater war ein warmherziger und aufrichtiger, fast naiver Mann ohne jeden Realitätssinn, weswegen er nach herkömmlichen Maßstäben erfolglos genannt werden mußte. Doch nahm er nicht allein seinen Mißerfolg, sondern alles, was ihn betraf, mit Humor. Das war eine Eigenschaft, die Tirzas Mutter fremd war und ihren Widerstand weckte, da sie ihr primitiv erschien; doch gerade ihretwegen liebte Tirza ihren Vater mehr als die Mutter. Er war seiner Frau auf eine sanfte, romantische, oft rührende Art verbunden, die diese erst mit den Jahren zu würdigen und zu genießen verstand. Obwohl er ihr zuliebe mehrere Male versuchte, den Beruf zu wechseln, blieb er ein Leben lang, bis zum Tag, an dem er in Rente ging, ein einfacher Zimmermann. Seine Frau hingegen war eine geschäftige, ehrgeizige Person; diese Charakterzüge bestimmten ihr Dasein und standen im Mittelpunkt eines Wertesystems, das sie in ihrem stets sauberen, wohlgeordneten Haushalt durchgesetzt hatte und dem auch die Erziehung ihrer Töchter Tirza und Sahara gefolgt war. Sie hatte gehofft, daß diese Prinzipien ihre Kinder befähigen würden, draußen im Leben, das sie als Wettkampf betrachtete, alles Erstrebenswerte zu erreichen, und so wurde der Löffel zum Mund geführt, nicht der Kopf zum Teller gesenkt; vor fremder Leute Augen durfte man nicht die Strümpfe wechseln; und sie durften auch im engsten Familienkreis nie erwähnen, daß ihr Vater falsche Zähne im Mund habe. Darüber hinaus glaubte sie, der Mensch müsse in der Großstadt wohnen und wenigsten einmal in seinem Leben in Amerika gewesen sein; er müsse seine Gefühle beherrschen und seine Freunde sorgfältig aussuchen, den Führerschein machen und vor allem ununterbrochen aktiv sein, sein Bestes geben, um beständig, aber stets mit anständigen Mitteln voranzukommen und einen hohen gesellschaftlichen Status zu erlangen – vornehmlich durch fleißiges Lernen und den Erwerb akademischer Grade. In ihren Augen stellten die Akademiker den Adel der heutigen Gesellschaft dar. Der von der Universität verliehene Titel, der nicht allein über die Fähigkeiten eines Menschen, sondern auch über seine Persönlichkeit und seine Ideale Zeugnis ablege, diene als wichtigstes Instrument, um sich den Weg zum Gipfel zu bahnen.

Wie ihre drei Jahre jüngere Schwester Sahara nahm Tirza Tanz- und Klavierunterricht (jetzt stand das Klavier ungenutzt im Wohnzimmer herum), sie lernte Tippen und Französisch bei einer Privatlehrerin und studierte nach dem Militärdienst Architektur an der Hochschule. Doch sollte sie das Studium nie abschließen, weil sie Caesar heiratete und Schaul bekam und später das Interesse am Architekturstudium verlor – vielleicht hatte sie es sowieso nur begonnen, um dem Wunsch ihrer Mutter zu folgen. Tirza glaubte, sie angesichts Saharas Erfolgen nicht enttäuschen zu dürfen. Sahara hatte das Studium der Wirtschaftswissenschaften in den Vereinigten Staaten mit Auszeichnung bestanden und, kurz nachdem sie mit ihrem Mann Phillip und ihren beiden Kindern nach Israel zurückgekehrt war, eine leitende Stellung in einem Ministerium angetreten.

Tirzas Ehrgeiz konzentrierte sich indes auf das Kind und den Haushalt. Doch machte Caesar all ihre Pläne zunichte. Er zerstörte, was sie geduldig, hingebungsvoll, unter großem Verzicht und mit viel gutem Willen aufzubauen versuchte, beraubte sie ihrer Kraft und Frische durch die ständige Ungewißheit, in die er sie stürzte, und die nie endende Streiterei. So fühlte sie sich verfolgt und verloren in den Qualen der Eifersucht und Erniedrigung, die Caesar ihr bereitete. Da sie Caesar liebte, keine kleinlichen Rechnungen aufstellte und ohne Vorbehalt für ihn da war, hatten die Demütigungen sie zunächst erstaunt und verwirrt. Allmählich erst begann sie an ihrer Liebe zu ihm zu verzweifeln und zu begreifen, daß alles, was sie tat, bedeutungslos war, weil Liebe nicht zwangsläufig Gegenliebe gedeihen läßt und – was ihr weitaus mehr Schmerzen bereitete – die Dauer der Liebe ebensowenig gesichert ist wie die der Hingabe, der Treue und des guten Willens und noch das geduldigste, hartnäckigste Hoffen das Gewünschte nicht herbeizaubern kann. Dasselbe erfuhr sie noch einmal in den flüchtigen Momenten der Gnade, die sie und Caesar nach seiner Trennung von Ruchama erlebten, als sie sich in der Verwirrung jenes Wintermorgens während eines von Hoffnung und Furcht erfüllten Augenblicks, in dem Caesar neben ihr auf dem Bett saß und seine Hand zärtlich auf ihrer Schulter ruhte, in dem Glauben wiegte, die Hoffnung habe gesiegt und ihn ihr wiedergegeben.

Caesar hatte sie in aller Öffentlichkeit gedemütigt und hintergangen, er hatte ihr Selbstwertgefühl nahezu gänzlich zerstört und sie dazu gebracht, sich selbst zu verachten. Und doch blieb ihr noch ein klein wenig Stolz, sie versuchte, ihre Ehre zu wahren, indem sie ihr Leid und ihre Schmach vor den Eltern, Verwandten und Freunden, so gut es ging, verbarg (besonders vor ihrer Mutter, die sich ihre Verbitterung über Caesar nicht anmerken ließ und ihn lediglich mit einer kühlen Höflichkeit behandelte). Sie kümmerte sich um die Wohnung, damit sie sauber und aufgeräumt sei, und um die Kinder, die sie gut versorgt wissen wollte; sie kleidete und schminkte sich sorgfältig, um schön auszusehen und den Männern zu gefallen. Das aber konnte Caesar ihr nie verzeihen, nicht einmal jetzt, nach ihrer erneuten Trennung, die sich als endgültig erwies und die Tirza gewünscht hatte, weil sie das Chaos und die Kränkung nicht mehr ertrug. Unentwegt plagte er sie mit seiner Stichelei, oft sogar mit kränkenden Bemerkungen. Sein Spott verwirrte und betrübte sie anfangs, so daß sie manchmal, sobald sie wieder allein war, in Tränen ausbrach. Doch allmählich gewöhnte sie sich an ihn und nahm ihn nicht länger zur Kenntnis.

In den letzten Jahren ihrer Ehe, als sie bereits befürchtete, Caesar würde sie eines Tages ohne einen Pfennig im Stich lassen, hatte sie etwas Geld beiseite gelegt. Mit dem Ersparten und dem Zuschuß ihrer Eltern wurde sie Teilhaberin eines

Ladens, in dem man Geschenkartikel und ausgefallene Einrichtungsgegenstände kaufen konnte. Tagsüber arbeitete sie dort mit ihrer Geschäftspartnerin, für die Abende lud sie sich Gäste ein, oder sie ging mit Freunden aus, besuchte Theateraufführungen und Konzerte, die sie eigentlich nicht interessierten, jedoch einen Teil ihrer Überlebensstrategie darstellten. Sie hoffte fest, sich zu verlieben und ein zweites Mal zu verheiraten, doch fiel es ihr schwer, derartige Gefühle zu einem Mann zu entwickeln. Nach allem, was ihr widerfahren war, war sie ernüchtert und müde, die wenigen spontanen, lebendigen Gefühle, die ihrem Innersten jetzt noch entsprangen und nicht von Wellen der Enttäuschung und des Schmerzes fortgespült oder vom Schutt alter Maßregeln begraben wurden, verdrängten die Frage nach der Zweckmäßigkeit, vor allem aber die Vorsicht, die im Zusammenleben mit Caesar und durch die Erziehung ihrer Mutter gewachsen war. So erhob sich vor ihr eine Hürde übertriebener Ansprüche, die eine Heirat – selbst eine Zweckehe – von vornherein ausschloß. Sie hätte sich zunächst abfinden müssen mit ihrem Los. Dazu aber brauchte sie Zeit. Schmach und die Furcht mußten sich abnutzen, Tirza mußte sich endgültig von Caesar lösen und zu der Einsicht gelangen, daß einem nichts sicher sei und daß man vieles opfern müsse, um überhaupt etwas erlangen zu können.

Caesar trank den Kaffee aus und stellte die Tasse auf den Spülstein . . . Andauernd kam er und ging. Und obwohl Tirza an ihm verzweifelte, begehrte sie ihn insgeheim noch eine lange Zeit. Oft wußte sie nicht, ob sie ihn liebte, doch hoffte sie, er werde eines Tages zu ihr zurückkehren. Sie hing an Caesar und wachte voll Eifersucht über ihn. Sie glaubte, ihre Ehe ließe sich reparieren und seine Rückkehr würde ihre Selbstachtung und ihr Ansehen bei den Bekannten, den Eltern und der Schwester wiederherstellen, die Erniedrigung und das Scheitern vergessen machen. Nach der Trennung schlief sie zwei Jahre mit keinem anderen Mann, und auch später noch versuchte sie lange, es zu vermeiden, und ließ sich nur selten und widerstrebend darauf ein. Sie beneidete ihre Schwester und einige Freundinnen, die sich ganz unbeschwert Männern hingaben, doch hinderte sie daran das Gefühl, Caesar verpflichtet zu sein, als wären sie noch verheiratet: Sie lebte in der Vorstellung, er würde heimkehren, sobald er von den Illusionen und den Verlockungen genug habe und die sinnlose, nur um ihn selbst kreisende Entdeckungsfahrt zu Ende wäre. Erst die fortschreitende Zeit und weitere Erlebnisse konnten sie von dieser Vorstellung befreien, und allmählich erwarb sie neues Selbstvertrauen, sie lernte, sich Achtung entgegenzubringen, sich zu freuen, mit sich und ihrem Handeln zufrieden zu sein, und hörte auf, ständig an Caesar zu denken und auf ihn zu warten. Sie gewöhnte sich nicht nur daran, allein und unabhängig zu sein, was ihr sogar Vergnügen bereitete, sondern gelangte auch zu der Einsicht, daß ihre Wege sich für immer getrennt hatten, daß sie jetzt weit entfernt von ihm war und nie wieder mit ihm leben könnte. Aber das eine erhoffte sie sich noch: daß er sie bitten würde, wieder bei ihr sein zu dürfen, und ihr auf diese Weise ermöglichte, es ihm zu verwehren. Später versuchte sie, auch diesen Wunsch zu überwinden, weil sie begriffen hatte, wie bedeutungslos das alles in Wirklichkeit war. Und eines Tages wurde ihr klar, daß sie weder Eifersucht noch Groll mehr für ihn empfand, und begann unwillkürlich, ihn wie einen guten Freund zu behandeln.

Mit einem Lächeln und einem stillen Gefühl des Überlegenseins betrachtete sie ihn, wie er ruhelos hin und her rannte und gelegentlich daran dachte, zu ihr zurückzukehren. Auch jetzt, während er neben ihr stand und ihr beim Kochen zusah, kam ihm für einen Augenblick der Gedanke. Unterdessen warf er erneut einen Blick in den Topf, nahm einen großen Löffel und fischte eine Okraschote mit ein bißchen Schmorsaft heraus. Er schnupperte daran, warf seine Zigarette in die Kaffeetasse und aß. Das Gemüse schmeckte hervorragend und verbreitete einen feinen Geruch nach Pfeffer und Gelbwurz.

»Außergewöhnlich!«

Er legte den Löffel auf die Marmorplatte neben dem Spülstein. Tirza zulächelnd sagte er: »Du bist großartig« – und umarmte vorsichtig ihre Hüften.

»Du hast schöne Hüften.«

In Wirklichkeit waren ihre Hüften nicht schön, schön war ihr Gesicht, vor allem aber wirkte sie sehr weiblich und ausgeglichen. Und wieder streckte Caesar die Hand aus, um sie zu umarmen, aber Tirza, die während einiger Sekunden den Wunsch spürte, mit ihm zu schlafen, obwohl sie äußerlich reserviert und mit anderen Dingen beschäftigt schien, wies seine Hand zurück und zeigte auf ihren Kleinsten, der mit einem Buch in der Hand in die Küche gelaufen kam und sich

Caesar näherte, um ihn zu bitten, ihm eine Geschichte vorzulesen. Caesar blickte auf seine Uhr und sagte, er müsse eilends zu einem wichtigen Treffen, das mit seiner Arbeit zu tun habe, versprach seinem Sohn aber, ihm das nächste Mal etwas vorzulesen und mit ihm zu spielen. Dann küßte er ihn auf beide Wangen, ging ins Wohnzimmer, strich dem Ältesten liebevoll über den Kopf und erinnerte ihn, daß er ihn morgen um vier zum Kino abhole. (Allerdings sollte er am folgenden Tag nicht kommen. Er ließ sich mit einer amerikanischen Touristin ein, die ihm den ganzen Nachmittag und Abend stahl, bis sie ihm endlich erlaubte, mit ihr zu schlafen.) Er ging in die Küche zurück, gab dem Kleinsten noch einen Kuß, danach verabschiedete er sich von Tirza und verließ das Haus mit dem wohligen Gefühl, seine Pflicht getan zu haben.

Auf der Straße vor dem Haus begegnete er Sahara, die gerade ihren Wagen geparkt hatte und ausstieg. Sie gingen wie stets herzlich aufeinander zu. Caesar fragte nach ihrem und Phillips Befinden, und Sahara sagte: »Sehr gut geht's uns« und fragte, weshalb er solange nicht bei ihnen vorbeigeschaut habe.

Caesar sagte, er sei sehr beschäftigt gewesen, versprach aber, sie bald einmal zu besuchen, doch natürlich nur, wenn es Punsch und Nüsse gebe.

»Soviel Du willst«, sagte Sahara. »Wir haben auch gute Zigarren im Haus . . . Phillip hat einen Fotoapparat gekauft, den mußt Du Dir ansehen.«

Sie winkte ihm leicht mit der Hand zu und ging rasch in den Hof des Hauses. Caesar, der sich ebenfalls mit einem Winken verabschiedet hatte, schaute ihr schnell hinterher, die Form ihres Körpers und ihrer Beine prüfend.

Als Caesar sich abwandte, um zum Haus seiner Eltern zu gehen, das nicht weit entfernt lag, wiederholte er, was er nahezu jedesmal zu sich sagte, wenn er sie getroffen hatte: Würde er ihr energisch genug den Hof machen, dann schliefe sie gewiß mit ihm, sie wäre sicher sehr gut.

»Mit Phillip geht sie bestimmt nicht ins Bett . . . vielleicht manchmal aus Pflichtgefühl oder Mitleid oder um ihm einen Gefallen zu tun . . . Aber das bißchen, falls es überhaupt stattfindet, ist bestimmt nicht nach Phillips Geschmack.«

Phillip war fünfzehn Jahre älter als Sahara und, obwohl er sich im besten Alter befand und ziemlich gut aussah, doch schon erloschen. Er hatte dem Leben den Rücken gekehrt und sich selbst mit vollem Bewußtsein, gewissermaßen aus Schadenfreude, zerstört.

Er war in Vancouver als Sohn einer wohlhabenden jüdischen Familie zur Welt gekommen. Sein Vater war ein erfolgreicher Psychiater, seine Mutter Klavierlehrerin. Er studierte Architektur an der McGill-Universität und wurde dank der Tradition und des Reichtums seiner Familie ein kultivierter, weit über sein Fach hinaus gebildeter Mann. Der Reichtum befreite ihn von allen Existenznöten und gestattete ihm, die erlesensten Dinge zu genießen, die die menschliche Zivilisation zu bieten hat: Musik, Literatur, Schauspiel, Ausstellungen, Ballett und Reisen. Er und Sahara begegneten einander zufällig in New York im Hause gemeinsamer Bekannter. Sie beschlossen, zwei Monate später zu heiraten. Ein Jahr nach ihrer Hochzeit wurde ihr erstes Kind geboren, zwei Jahre danach ein weiteres. Als es ein Jahr war, schloß Sahara ihr Studium ab, und sie kamen nach Israel. Hier wurde ihr dritter Sohn geboren, sechs Jahre nach dem mittleren und auf dem Höhepunkt einer Ehekrise, die seither abgeflaut, doch nicht zu Ende war.

Es hatte damit begonnen, daß Sahara sich in einen der jüngeren Angestellten verliebte, die in dem Architekturbüro arbeiteten, an dem Phillip beteiligt war. Phillip wußte lange Zeit nichts von der Affäre. Als er davon erfuhr, reagierte er mit ein paar ruhig, fast beiläufig gesprochenen Sätzen und hüllte sich wieder in Schweigen. Genauso verhielt er sich auch, als Sahara eines Tages das luxuriöse Haus, das sie mit den Kindern bewohnten, verließ, um mit dem jungen Architekten gemeinsam in eine Mietwohnung zu ziehen. Saharas Vater, der stets ohne viele Worte an ihren Problemen und ihrem Kummer teilnahm, war sehr betrübt, und ihre Mutter geriet derart in Wut, daß sie die Tochter schroff zur Rede stellte. Das alles war sinnlos, denn Sahara fuhr fort, nach ihren eigenen Vorstellungen zu handeln. Doch obwohl Sahara und der Architekt einander liebten, trennten sie sich nach wenigen Monaten: Der junge Mann ging zu seiner Frau zurück, und Sahara kam heim zu Phillip. Phillip empfing sie mit dem gleichen Schweigen, in dem er von ihr Abschied genommen hatte – als wäre nichts geschehen. Er war von Natur aus ein sanfter, zurückhaltender Mensch, den die Erziehung und Bildung und ein edelmännischer Stolz mit Skepsis und Schwäche erfüllten und unfähig machten, so zu reagieren, wie er es vielleicht insgeheim wünschte. Gegen Saharas Willen verkaufte er kurze Zeit nach ihrer Heimkehr seine Anteile am Architekturbüro und hörte zu arbeiten auf.

Von nun an gab er sich dank des immensen Familienvermögens unbeschwert dem Müßiggang hin: Morgens schickte er die Kinder zur Schule – das einzig Nützliche, das er tue, behauptete er –, machte sich Toastbrot und Kaffee, saß den Tag über Musik hörend im Sessel und betrachtete Kunstbände oder Vogelbücher, von denen er eine große Auswahl in seiner Bibliothek hatte, vertiefte sich in die Lektüre französisch- und englischsprachiger Prosa und Lyrik oder löste Schachprobleme oder Kreuzworträtsel. Mittels dieser absichtsvollen, demonstrativ vorgeführten Untätigkeit versuchte er sich zu demütigen und wie ein Toter zu sein; er umgab sich mit einer düsteren, bedrückenden Wolke aus Gleichgültigkeit und Sarkasmus, die sich in erster Linie gegen ihn selbst richteten, doch bisweilen, fast beiläufig, flackerten Anzeichen von Groll und Selbstmitleid auf.

Caesar fühlte eine große Sympathie für diesen hochgewachsenen, breitschultrigen Mann, der sich mit seiner Hilflosigkeit und seinem Verlorensein abgefunden hatte. Und immer wieder wunderte er sich über seine seltsame Verbindung mit Sahara, die trotz aller Fremdheit und Ungeduld Schuldgefühle und Reue empfand und ihm Gutes zu tun wünschte, den Kontakt zu dem jungen Architekten aber nicht abbrechen wollte. Auch nachdem sie sich voneinander getrennt hatten und jeder nach Hause zurückgezogen war, trafen sie sich jede Woche ein- oder zweimal in einem Hotel. Und Phillip, der davon wußte – selbst wenn er die Angelegenheit nie ausdrücklich erwähnte –, schottete sich immer mehr gegen seine Frau und seine Umwelt ab. Er behandelte Sahara mit Höflichkeit, verlor darüber hinaus aber kein Wort, kein Lächeln. Phillips und Saharas Ehe erschien Caesar wie die morbide Verbindung zwischen lebendigem Sprudeln und etwas Dahinsterbendem, beinahe Totem. Er hatte nicht die geringste Vorstellung, was Sahara, abgesehen vom Geld und vom gesellschaftlichen Status, zu der Ehe mit Phillip bewogen haben konnte. Auch staunte er über die ihm völlig unverständliche Reaktion Phillips auf Saharas Verhältnis mit dem jungen

Architekten und fragte sich, ob ihre Beziehung anfangs, nachdem sie sich kennengelernt hatten, anders gewesen sei. Indes öffnete er das Tor zum Garten des elterlichen Hauses, in dem Sina, eine blonde Doris-Day-Perücke auf dem Kopf und eine grobe Holzmaske in den Händen, allein im riesigen Wohnzimmer saß. Er folgte dem gewundenen schwarz-roten Ziegelweg durch den von Sträuchern umstandenen Garten, dessen schöner Orangenbaum aufgeblüht war und einen strengen, berauschenden Duft verbreitete. Er schellte, und im selben Augenblick öffnete Sina die Tür. Als sie ihn erblickte, gab sie einen Freudenschrei von sich. Sie war erleichtert und glücklich.

So wurde jeder von ihr empfangen. Sie meinte nämlich, den Ankommenden erfreuen zu müssen – fürchtete sie doch, wieder allein gelassen zu werden. Die Einsamkeit war ihr unerträglich und erfüllte sie mit Angst. Daher hoffte sie ununterbrochen, jemand würde kommen, um sie vor ihr zu bewahren. Tatsächlich aber gelang es ihr nur selten, aus dem ständigen Alleinsein auszubrechen, weil sie sich wirklich nur für sich selbst interessierte, auch Erwin beschäftigte sie vornehmlich in dem Maße, wie er sich für sie und ihre Belange interessierte. Doch Erwin ging seinen eigenen Weg, von Sina gelöst und ungebunden wie ein Fremder, während Sina, zutiefst erschüttert, verwirrt und haltlos umherirrte . . . Caesar küßte sie auf die Wange und begleitete sie ins Wohnzimmer. Obwohl ihre sinnlosen Aktivitäten, ihre übereilten Stellungnahmen und ihr grenzenloses Verlangen nach Aufmerksamkeit und Bestätigung ihn stets ungeduldig machten, gab er sich Mühe, sie möglichst freundlich zu begrüßen, und fragte sie, wie es ihr gehe.

»Großartig, mein Sohn. Und wie steht's bei Dir?«

Trotz seines guten Willens spannten sich Caesars Nerven. »Gut. Sehr gut«, sagte er.

Sina lächelte. »Papa wird bald zurück sein«, sagte sie und erkundigte sich nach dem Wohl der Kinder.

»Schaul geht es nicht so gut.«

»Ja, so ist das mit Kindern . . .«

Ihm die Holzmaske zeigend, die sie in der Hand hielt, sagte sie begeistert, es handle sich um einen afrikanischen Gott von der Elfenbeinküste; sie habe die Maske in einem Antiquitätengeschäft erworben und wisse nun nicht, wo sie sie hinhängen solle. Aber die Aufregung um Caesar und die Holzmaske war nichts als ein hohles, gezwungenes Lärmen. In den zurückliegenden Wochen war ihr Enthusiasmus für Kleider, Gemälde, Skulpturen, Antiquitäten und all die anderen Kostbarkeiten vergangen, sogar der unaufhörliche Kampf um Erwins Liebe und Aufmerksamkeit war verdrängt worden von der Sorge um ihre Beine. Sie hatte sehr schöne Beine, doch hatten sie sich in einem langsamen Prozeß, der sich plötzlich beschleunigte, blau verfärbt und waren geschwollen, und oft litt sie so heftige Schmerzen, daß sie sich setzen oder hinlegen mußte. Obwohl sie das Problem, seit es ihr bewußt geworden war, bedrückte, zog Sina vor, es zu ignorieren, in der Hoffnung, es werde von selbst verschwinden, so wie es gekommen war. Als ihr Zustand sich nach mehreren Wochen noch weiter verschlimmerte, machte sie Umschläge, die sie Schoschanas Rat folgend mit Essig oder, wie Besch ihr empfahl, mit Alkohol tränkte; kurze Zeit später begann sie, die Beine mit einer wohlriechenden Pflanzencreme einzureiben, die sie von ihrer Schwägerin Beatrice bekam, und änderte auf Beatrices Vorschlag hin ihre Eßgewohnheiten.

Erst als alle Mittel versagt hatten, gab sie dem Drängen ihrer ältesten Schwester Jaffa nach und zog nicht weniger als fünf Ärzte zu Rate, die ihr, ohne voneinander zu wissen, alle dasselbe sagten: Sie leide unter einer ziemlich verbreiteten Erkrankung, die unheilbar, doch nicht gefährlich sei, und würde wohl bis ans Ende ihrer Tage mit geschwollenen, blau verfärbten, schmerzenden Beinen leben müssen. Sina schimpfte über die Ärzte und weigerte sich entschieden, ihnen zu glauben. Mit verzweifelter Wut und Verzweiflung kämpfte sie hartnäckig um ihr Aussehen – sie beabsichtigte, als jugendlich frische, attraktive Frau zu sterben, mit Beinen, so schön wie die von Françoise Arnoul. Der Kampf um den Erhalt ihres Aussehens verband sich in ihrer Vorstellung hauptsächlich mit dem Ringen um Erwin. Diese Beingeschichte erschien ihr wie alle vorangegangenen Krankheiten und Mißgeschicke als Triumph Chemdas und als Niederlage ihrerseits, und so hielt sie keinerlei Mühsal, keine Ausgabe, kein vernünftiger Einwand davon ab, die verlorene Schlacht bis zum bitteren Ende zu führen, und die Verzweiflung, die ihr Leben prägte, ihm einen Sinn und ein Ziel gab, verlieh ihr auch die Kraft zu bekämpfen, was sie insgeheim als Verschwörung Chemdas mit der Natur deutete.

Mehr als jemals zuvor fand sie Unterstützung bei Jaffa, ihrer Schwester. Die Sorgen und Krankheiten, die Jaffa das Leben in den vergangenen Jahren erschwert hatten, erhoben sie in Sinas Augen in die Position eines Experten für Fragen der Lebenshilfe, insbesondere wenn es um Krankheiten und Ärzte ging. Aber auch in zurückliegenden Zeiten, eigentlich schon von frühester Jugend an, hatte Jaffa den Ruf einer praktisch veranlagten, geistesgegenwärtigen Person genossen, die mit beiden Beinen auf dem Boden der Tatsachen stand, ganz anders als Sina und ihre jüngere Schwester Schalwa, die Sina und Jaffa nicht wiedergesehen hatten, seit ihr Mann sie vor fünfundzwanzig Jahren im Stich gelassen hatte.

Schalwas Mann hatte auf dem Bau gearbeitet und war ein fröhlicher, gutaussehender Mensch mit kräftigen Muskeln und einer wohlklingenden Stimme gewesen. Schalwa lernte ihn eines Schabbats am Strand kennen, wo er Handstände und Salti vorführte, Geschichten erzählte und von Herzen lachte, von der Sonne tiefbraun und einen angenehmen Geruch von Schweiß und Meerwasser ausdünstend. Bereits nach wenigen Tagen beschlossen sie zu heiraten. Schalwas Eltern widersetzten sich ihrer Absicht, denn sie waren konservativ denkende Leute mit festen Ansichten vom Leben, der Menschheit und dem korrekten Verhalten. Dieser hübsche, so herzliche junge Mann, die hastig eingegangene Liebesbeziehung und die überstürzte Hochzeit – das alles widersprach ihren Prinzipien. Doch wie gewöhnlich äußerten sie ihre Ablehnung nur durch Schweigen oder leise, zurückhaltend vorgebrachte Skepsis und Unzufriedenheit. Nur einmal, an einem Freitagabend, als Schalwa und ihr Vater ein paar Minuten allein auf dem Balkon waren, konnte er sich nicht länger zurückhalten.

»Bist Du auch sicher, daß es dein Wunsch ist?«

»Ja«, sagte Schalwa.

Und der Vater, der sie sehr liebte, sagte mit großer Behutsamkeit: »Hoffentlich wirst Du es nicht eines Tages bereuen.«

Seine Worte änderten nichts. In Anwesenheit von ein paar Freunden fand Schalwas Hochzeit statt. Sie erlebte mit ihrem Mann sechs Monate, die einem endlos scheinenden, sonnenerfüllten Feiertag glichen. Dann, plötzlich, verließ er sie und ging nach Amerika. Während Schalwas Gesicht vom Glück noch heiß und leuchtend war, brach ihre Freude mit einemmal ab. Sie schloß sich in ihrer Wohnung ein, wollte die

Freunde, die Familie und vor allem den Vater, die ihr zu helfen versuchten, nicht wiedersehen, und alle Versuche, sich ihr zu nähern, sie zu beschwichtigen, blieben erfolglos. Sie demütigte sich, indem sie alle möglichen stumpfsinnigen, mitunter erniedrigenden Jobs annahm, sich vernachlässigte und allerlei widerwärtigen Männern hingab, die nur ein Gefühl des Ekels und der Würdelosigkeit in ihr zurückließen, sobald der Geschlechtsakt beendet war. Das alles tat sie, um ihre Umgebung, besonders ihre Familie, zu strafen für die Schande, die man ihr zugefügt hatte, für die Verletzung ihres grenzenlosen Stolzes.

Sina und Jaffa dagegen, die infolge der Sorgen und Enttäuschungen einander nähergekommen waren, verabredeten sich von Zeit zu Zeit, obwohl ihr Verhältnis im Laufe der Jahre zahlreichen Schwankungen und Spannungen ausgesetzt war, da sie sehr verschieden waren, unterschiedliche Wege beschritten und nicht im selben Milieu lebten. Sina, die einer höheren Schicht angehörte, beneidete Jaffa, »die glückliche Schwester«. Bis zur Heirat ihrer Tochter und dem Tod ihres Mannes war Jaffa wirklich glücklich gewesen, denn sie hatte nie mehr angestrebt als ein gewöhnliches Leben im Kreis der Familie, obwohl sie in Rußland die höhere Schule und später zwei Jahre ein Lehrerseminar besucht hatte. Sie wurde eine vorbildliche Hausfrau. Und als Caesar klein war, bereiteten ihm die Besuche bei ihr stets Vergnügen. In ihrer Wohnung duftete es nach Essen und gestärktem Bettzeug, nach gebügelter Wäsche, im Ofen backenden Kuchen und Fußcreme. Es gefiel ihm, dazustehen und zuzuschauen, wie sie Knöpfe annähte, Socken stopfte, bügelte, Teig knetete, ihn mit dem Nudelholz ausrollte und in dünne Streifen schnitt, Geflügel rupfte, mit großer Geschicklichkeit Teigzöpfe flocht, mit Eigelb einpinselte und in die Backröhre schob. Gleichzeitig kümmerte sie sich um die beiden Kinder, Tikwa und Arieh (Arieh war so alt wie Caesar und als kleiner Junge mit ihm befreundet), und fand noch Zeit, Neufeld, ihrem Mann, zur Seite zu stehen, der viel Unterstützung von ihr erfuhr und sich in allen großen und kleinen Dingen mit ihr beriet.

Neufeld war ein einfacher, sehr fleißiger Mann. Er hatte mit einem Schusterbetrieb angefangen und ihn durch Sparsamkeit, harte Arbeit und Behutsamkeit in der Wahrnehmung sich bietender Chancen allmählich in eine Schuhfabrik umgewandelt, die trotz ihrer bescheidenen Ausmaße immer ansehnliche Gewinne abwarf. Dennoch führten er und seine Familie ein einfaches, von Wirtschaftlichkeit bestimmtes Leben. In einer ausgeglichenen Ruhe, fast im Verborgenen arbeitend, investierte er zunächst allen Gewinn in zwei Lastwagen, die für die gesamte Dauer des Krieges von der britischen Armee angemietet wurden, das Geld investierte er in Grundstücken, die sich an den Ufern des Yarkon befanden, nahe den arabischen Dörfern und den östlich gelegenen Zitrushainen. Sie waren von der Stadt so weit entfernt, daß die meisten seiner Bekannten sich wunderten und spöttische Bemerkungen machten; sie sahen ihn an, als hätte er ein Grundstück in der Sahara gekauft. Aber er erwarb in seinem ganzen Leben nur ein einziges Fleckchen Land, das ihm keinen Profit bringen sollte: eine Parzelle auf dem Friedhof von Nachalat Yitzhak, die groß genug für ihn selbst und seine Frau Jaffa war, denn er wollte auch im Tod nicht von ihr getrennt sein.

Weder der große Besitz, den er angesammelt hatte, noch ihre bescheidene Lebensführung beeinträchtigte je das Familienglück und das Glück Jaffas, die für Neufeld viele andere, brillantere und charmantere Verehrer zurückgewiesen hatte. Dann aber, als Tikwa das Gymnasium beendet hatte, beschloß Neufeld, sie, noch ehe sie zur Armee einberufen wurde, mit einem blonden Jungen mit blauen Augen und rötlichen Wangen zu verheiraten, der aus Ungarn stammte und sich als Elektriker ausgab. Tikwa war häufiger mit ihm ausgegangen und hatte ihn drei-, viermal mit nach Hause gebracht. Ihre Eltern hatten seines ruhigen, höflichen Auftretens wegen einen guten Eindruck von ihm gewonnen. Doch sträubte sich Tikwa gegen das Vorhaben des Vaters, denn sie hatte die Beziehung zu dem Jungen längst wieder abgebrochen und verspürte nicht den geringsten Wunsch, überhaupt jemanden zu heiraten. Neufeld aber wollte nicht nachgeben und zwang Jaffa, die gegen die ganze Sache war, sich ihm anzuschließen und die Eltern des Jungen – sehr einfache Leute, die die Landessprache kaum beherrschten – kennenzulernen. Und nach mehreren Wochen des erfolglosen Weinens und Flehens akzeptierte auch Tikwa das Urteil, das über sie verhängt worden war. In einem weißen Seidenkleid, mit einer Perlenkette um den Hals und in goldenen Schuhen wurde sie zur Chuppa geführt, vor Hunderten von Gästen, die sich danach zum Spiel des Orchesters um die mit allen Köstlichkeiten beladenen Tische scharten. So war Tikwa die Frau eines Elektrikers geworden, von dem man innerhalb weniger Monate herausfand, daß er in Wirklichkeit kein Elektriker, sondern ein verkommener Kerl war, der umherstreunte und jede Woche mit neuen, unverschämten Forderungen zu Neufeld kam. Wenn man ihm etwas verweigerte, nur zögerte, es ihm zu gewähren, wenn überhaupt irgend etwas sein Mißfallen erregte – sofort explodierte er und ließ seinen Zorn an seiner Frau aus. Die Zeit verging, und Tikwa brachte ein Kind zur Welt. Kurz darauf war sie von neuem schwanger. Jaffa und Tikwa flehten ihn an, sich zu bessern, Neufels bot ihm großzügig an, sein Kompagnon zu werden oder ein eigenes Geschäft zu eröffnen, aber der Junge antwortete mit Spott und lachte ihnen frech ins Gesicht. Er versetzte sie in Angst und Schrecken. Eines Tages versuchte er sogar, Neufeld zu schlagen. Er machte ihnen das Leben so lange zur Hölle, bis sie nur noch einen Ausweg sahen: die Scheidung. Aber auch dazu war er zunächst, allem Bitten zum Trotz, nicht bereit. Nach weiterem, langem Flehen willigte er schließlich ein, verlangte aber eine Abfindung über mehrere tausend Pfund und ein fabrikneues Lastauto; und Neufeld, der die Situation nicht länger aushielt, erklärte sich ohne Zögern einverstanden. Ihn hatte die Geschichte, die sich über einige Jahre hingezogen hatte, zerrüttet und frühzeitig altern lassen, und so starb er ungefähr ein Jahr nach Tikwas Scheidung an einem Herzanfall. Beerdigt wurde er auf der Friedhofsparzelle, die er erworben hatte, das Vermögen und das weitverzweigte Unternehmen gingen an Jaffa – oder genauer: an Arieh, der damals vierundzwanzig und bereits am Ende seines Lebens angelangt war.

Arieh war groß und hübsch und erweckte bei allem, was er tat oder sagte, den Anschein, er befinde sich ständig im Halbschlaf, so gleichgültig war er gegen alles, was ihn umgab, gegen die Ordnung der Zeit, des Handelns und der überkommenen Ziele. Um seine Eltern zufriedenzustellen, erfüllte er die Ansprüche, die sie Tag für Tag an ihn stellten, und legte ein ausgezeichnetes Abitur ab. Neufeld freute sich und sah ihn bereits als Teilhaber und Nachfolger in seinen Geschäften. Als Arieh kurze Zeit vor Neufelds Tod vom Militärdienst entlassen wurde, war er kaum wiederzuerkennen. Zwar beendete er noch das erste Jahr Betriebswirtschaft an der Hochschule, doch am Anfang des zweiten Jahres brach er sein Studium ab. Von da an schlief er bis weit in den Tag hinein, erhob sich mittags still und leise aus seinem Bett, zog die geckenhaften Kleider an, die er seit neuestem trug, ging aus dem Haus und schlenderte durch die Straßen; ständig verbreitete er einen Duft von Damenparfüm. Jaffa, die in der Zwischenzeit Neufelds Geschäfte zusammen mit seinem Buchhalter führte, bat Arieh, die Position seines Vaters einzunehmen oder – falls es ihm widerstrebe – sein Studium abzuschließen oder sich eine andere Beschäftigung zu suchen. Und Arieh sagte: »In Ordnung. Das geht in Ordnung. Sei unbesorgt«, blieb aber untätig.

Er wurde des Lebens überdrüssig, seine Seele fand keine Ruhe mehr in ihrer Schale aus Gleichgültigkeit, sie verfinsterte sich, füllte sich mit einem Gift aus Haß und zielloser Bosheit, sie schien bis an die Grenze des Wahnsinns vorgedrungen. Süchtig nach Karten, Billard und Würfeln, verschwendete er vorsätzlich, aus Verderbtheit und Leichtfertigkeit das immense Vermögen, das sein Vater in vielen Jahren durch harte Arbeit, Sparsamkeit und präzise, weit vorausschauende Kalkulation zusammengetragen hatte. Er vergeudete große Summen mit Zufallsbekanntschaften, die ihn erbarmungslos ausnutzten, indem sie ihn bis in die frühen Morgenstunden von einer Kneipe zur nächsten begleiteten und auf seine Rechnung tranken, aßen und rauchten. Nur selten schien er für kurze Zeit zur Ruhe zu kommen. Dann schloß er sich in dem Zimmer ein, in dem er aufgewachsen war und auch jetzt wieder lebte, legte sich aufs Bett und zeichnete, meist mit Tusche und Kreide, wie es ihm im Gymnasium beigebracht worden war. Das vorsichtige Bitten seiner Mutter, die weiterhin für ihn kochte, Wäsche wusch und bügelte, wies er bald schweigend, bald in rüdem Ton von sich. Und als sie einmal über die Notwendigkeit eines Lebensziels sprach, sagte er: »Ich habe eins.«

Doch wollte sie ihn nicht aufregen und wagte nicht zu fragen, worin es bestehe. Erst als sie ihm später einen Teller Suppe vorsetzte, sagte sie mit müder Stimme wie zu sich selbst, es wäre vielleicht besser, er würde, um glücklich zu werden, arbeiten gehen, heiraten und Kinder in die Welt setzen.

Arieh, der ihr nie ins Gesicht schaute, sagte: »Aber ich bin sehr glücklich. Ich tue, was ich will, und niemand kann sich mir in den Weg stellen, jetzt und auch in Zukunft nicht. Mein Vater hat genug verdient.«

Dann stand er auf und ging schweigend aus dem Haus.

Trotz des ständigen Bittens der Mutter, die über die Sorge um ihren Sohn das vor ihren Augen zerrinnende Vermögen des Vaters vergaß, weigerte Tikwa sich einzugreifen. Auch sie war wütend und ruhelos wegen der ganzen Geschichte, doch ging es ihr um den Besitz. Sie benötigte Geld und wollte sich ihren Anteil am Erbe des Vaters sichern. Immer wieder sprach sie mit ihrer Mutter darüber, stets anmaßend, und oft genug schrie sie. Mehr aber wollte sie nicht unternehmen, denn nach all den Schicksalsschlägen, die sie erlitten hatte, war sie verbittert, hatte sich zudem um ihre beiden Kinder zu kümmern und ihren Bruder ohnehin nie gemocht. Schon früher war ihr gleichgültig gewesen, was ihm zustieß, und ihre Beziehungen waren lose und von Fremdheit erfüllt. Gegenwärtig aber konnte sie ihn und seine Mutter einfach nicht mehr ertragen.

Auch Arieh entzog sich stets seiner Schwester, bis auf das eine Mal, als er im Morgengrauen verwahrlost und betrunken zu ihr kam und sie aus dem Schlaf riß. Nachdem sie ihm warme Milch zu trinken gegeben hatte, erzählte er, ihr in der Küche gegenübersitzend, er empfinde Abscheu vor der Welt und vor seiner Mutter; jeder Mensch habe das Recht, sogar die Pflicht, ein Ebenbild Gottes zu sein, doch kenne er nur Verbrecher, die alle Ordnung zerstörten und selber bestimmten, wie die Welt, in der sie lebten, und ihre Gesetze aussehen müßten. Tikwa hörte ihm zu, ohne ein Wort zu sagen. Danach reichte sie ihm ein Handtuch, damit er sich das Gesicht und die Hände wasche, und schenkte ihm noch ein Glas Milch ein. Als er wieder zu Kräften gekommen war, nahm sie ihn und brachte ihn heim. In der Wohnung angekommen, ließ er sich in seinen Kleidern aufs Bett fallen und schlief ein.

Eine Woche später suchte er sie von neuem auf, wieder betrunken, und diesmal brachte er ihr ein Bild mit, das er mit blauer Tusche gemalt hatte: Ein gebeugter Arm, dessen Hand ein Schlangenkopf war, mündete in den Rücken einer menschlichen Gestalt, die Sandalen, ein Gewand und einen Hut trug, der vom Maul der Schlange gehalten wurde; die Hände der Gestalt umfaßten einen langen Hirtenstab, vor ihr saß ein Hund; beide, Mensch und Tier, befanden sich am waagerechten, oberen Teil des Arms und mit diesem zwischen einem Paar gespreizter Beine, von denen das eine horizontal, das andere senkrecht zum Himmel ausgestreckt war; am Ende des horizontal gestreckten Beins, das Ariehs Worten zufolge aus einer Rippe entstand, hing das Gesicht seiner Mutter; aus ihm entsprangen der Arm und die Beine, und seine Falten bildeten das Geäst eines Baums; zwischen dem Fuß und dem Knie zeichnete sich das Geschlecht einer Frau ab, das das Bein des Mannes brach. Arieh erklärte Tikwa die Bedeutung des Bildes: Die Sünde komme von der Frau her und sei die Ursache des Höllensturzes des Mannes; sein Fallen werde von dem zum Himmel gestreckten Bein symbolisiert, dessen riesiger Fuß den Schlangenkopf und den »guten Hirten« beschirme; der Hirte aber sei er selbst, den auf dem Bild nicht gezeigte böse Wölfe umzingelten. Nachdem er Tikwa diese Erläuterung gegeben hatte, sagte er, er allein sei in der Lage, das Bild ganz zu begreifen; zwar könnten auch andere Menschen einen Teil seines Sinnes erfassen, doch wäre es besser, er bliebe ihnen vollkommen verschlossen, da sonst ein Unglück über sie hereinbrechen würde. Er bat seine Schwester, das Bild zu verstecken. Und Tikwa, die sein Anblick bedrückte und ein wenig ängstigte, nahm es, um es vor den Augen ihres Bruders in der Schublade, unten im Kleiderschrank, zu verstauen. Sie faßte den Plan, es ihm oder seiner Mutter bei nächster Gelegenheit auszuhändigen.

Jaffa hatte sich vom Tod ihres Mannes noch nicht erholt. Nachts vor dem Einschlafen und Morgens nach dem Aufwachen gedachte sie seiner sehnsüchtig und hilflos, er fehlte ihr, was auch immer sie tat, und der Abstieg ihres Sohnes, der sie schockierte und in die Verzweiflung trieb, verstärkte dieses Gefühl derartig, daß sich der Verlust ihres Mannes in furchtbare Not wandelte. Unterstützung und guten Rat brauchte sie, oder wenigstens ein paar ermutigende Worte, denn sie war der Situation ohnmächtig ausgeliefert. Sie war irritiert und gekränkt und unfähig, Ariehs Verhalten zu verstehen, er hatte doch eine gute Erziehung und Ausbildung genossen, und sie waren immer freundlich und liebevoll mit ihm umgegangen, hatten ihm, was er brauchte, großzügig gegeben, zu essen, Kleidung, Spielzeug und Taschengeld ... Ariehs Not ließ für Jaffa alles andere in den Schatten treten, die Leere, die sie in sich spürte ebenso wie Tikwas boshafte Undankbarkeit. Nicht allein das quälende Gefühl, für den Tod ihres Mannes und das Unglück ihrer Kinder verantwortlich zu sein, auch Beschwerden und Krankheiten ohne Zahl setzten ihr zu. In kürzester Zeit alterte sie, und die frauliche Schönheit, für die sie einmal bekannt war, verblühte bis auf einen kleinen Rest. Und doch verfügte sie noch über genügend Lebenskraft und Mut, um sich an der Wirklichkeit festzuhalten. Sie fuhr fort, sich um die Wohnung zu kümmern, zu kochen und zu backen, Einkäufe zu tätigen und alles Nötige zu erledigen, sie kleidete sich geschmackvoll, schminkte und frisierte sich und ging behutsam mit Arieh um. Nur einmal konnte sie sich nicht beherrschen, explodierte vor Wut und machte ihm heftige Vorwürfe. Später reute es sie sehr, weil sie um ihn besorgt war und glaubte, sie allein treffe alle Schuld. Die Hoffnung, Arieh werde irgendwann zur Besinnung kommen und heiraten und die Dinge würden sich ordnen und ein gutes Ende nehmen, nährte sie dennoch. Arieh aber, dem selbst die Frauen egal waren, heiratete nicht und verschleuderte rücksichtslos wie zuvor das Familienvermögen. Trotz Jaffas Flehen und Tikwas Zorn wäre kein Pfennig übriggeblieben . . . hätte er sich nicht das Leben genommen.

Er schoß sich mit einem Revolver in den Mund und wurde zwei Tage später in seinem Wagen auf einem Feldweg zwischen den Zitrushainen in der Nähe des Meeres gefunden. Er trug einen Lederanzug, ein geblümtes Hemd und eine gelbe Krawatte. Erwin und Caesar, der in diesem Moment seiner Mutter die Holzmaske aus der Hand nahm und sie ins Bücherregal stellte, gingen ins pathologische Institut, um die Leiche zu identifizieren, da Jaffa und Tikwa, auch Sina, die abwesend zur Holzmaske schaute und »wirklich schön« sagte, den Anblick nicht ertragen hätten. Zusammen mit Besch gingen Erwin und Caesar dann zu Jaffa, um ihr die traurige Botschaft zu überbringen. Noch ehe sie den Tod ihres Sohnes erwähnten, sackte Jaffa auf dem Fußboden des Wohnzimmers zusammen. Es war wie damals, als sie erfahren hatte, daß Tikwas ungarischer Elektriker gar kein Elektriker war: Eine Tasse fiel um, Kaffee spritzte; Caesar beeilte sich, ein wenig Wasser zu holen, und schüttete es über Jaffas Gesicht; dabei traf er auch Besch und Sina, die sich mit schreckensbleicher Miene mühte, Jaffas Körper zu halten, und gleichzeitig wegen der Kaffeeflecke auf der Wand und dem Teppich über Jaffa und die ganze Situation in Wut geriet; Sina hatte, kaum daß sich Jaffa wieder aufrichtete, schnell einen feuchten Lappen geholt, um die Flecken zu entfernen; aber ihr Versuch war vergeblich, und die Flecken ärgerten sie bis zu dem Tag, an dem das ganze Zimmer von neuem geweißt wurde ... doch dazu kam es erst, als Arieh tot und beerdigt war.

Ariehs Ende hatte Jaffa das Herz gebrochen und deprimierte sie von Jahr zu Jahr mehr. Versteinert vor Schmerz wiederholte sie unentwegt: »Wäre er wenigstens in der Armee umgekommen ...« Und Sina tröstete sie, so gut sie konnte ...

»... sehr schön«, sagte sie noch einmal, den Blick auf den hölzernen afrikanischen Gott gerichtet. Sie lauschte Erwins Schritten auf dem Weg durch den Garten – er unterhielt sich mit jemandem. Dann sagte sie wieder: »Sehr schön.«

Die Tür öffnete sich, und herein kamen Erwin und sein Bruder Zwi. Ihnen folgte Zwis Schäferhund Henri, ein großes, ehrfurchtgebietendes Tier, daß sich seines Alters und seiner Trägheit wegen wie im Halbschlaf bewegte. Wo immer Zwi auftauchte, sah man ihn in Begleitung des Hundes und mit einer Pfeife im Mund.

Sina gab zu ihrer Begrüßung den üblichen Freudenschrei von sich. Ihr Gesicht strahlte, aber hinter dem starren Ausdruck der hohlen Freude herrschten Zorn und Gespanntheit. Erwin kehrte von Chemda zurück – das wußte sie. Außerdem mochte sie Zwi nicht und verabscheute seinen Hund, der unangenehm nach Alter roch und rücksichtslos über die teuren Teppiche spazierte, wobei er mit seinem Schwanz über Sessel und Sofas wedelte und die Vasen, die Glas- und Keramikgefäße, die überall standen, zu Fall zu bringen drohte.

Zwi drückte ihr die Hand und sagte: »Wir haben eine kleine Überraschung für dich.«

Erwin, der sie kaum eines Blickes würdigte, bat sie, ihnen Kaffee zu kochen. Sina schaute ihn für Sekunden erwartungsvoll an und versuchte Anzeichen seiner Vergnügungen mit Chemda an ihm zu entdecken. Dann lachte sie Zwi zu und sagte: »In Ordnung ... Was macht Beatrice?«

»Ihr geht es gut. Sie hat viel zu tun.« Zwi schüttelte Caesar die Hand. Caesar fragte seinen Vater, wie es ihm gehe.

»Ich beneide sie«, sagte Sina. »Der Kaffee wird gleich fertig sein.« Sie verschwand in der Küche.

Unterdessen traten Zwi, Erwin und Caesar vom Wohnzimmer auf den Balkon, der zum Meer hinausging. Sie erfreuten sich am schwach wehenden Abendwind, der vollgesogen war mit dem Aroma des blühenden Orangenbaums und dem Duft von Zypressen und von gesprengtem Rasen. Während Zwi mit bedächtigen Handgriffen seine Pfeife stopfte, rief er Henri herbei und erkundigte sich nach Caesars Geschäften. Danach setzte er sein Gespräch mit Erwin über die Bodenpolitik der Regierung fort, hauptsächlich beschäftigte sie dabei die Freigabe von landwirtschaftlich genutzter Fläche zur städtischen Bebauung.

Erwin und Zwi waren beide hoch gewachsen, auch war der Klang ihrer Stimmen ähnlich und ein nicht genau benennbarer Ausdruck ihrer Gesichter, aber sonst waren sie so verschieden, daß es schwerfiel, sie für Brüder zu halten. Zwi war kräftig, sein Gesicht mit der sehr hohen Stirn war voller Falten. Er sprach wenig, langsam und bedächtig, und genauso waren auch seine Bewegungen. Er hatte etwas Hartes, Unbeugsames, gequält Wirkendes, und die Anzeichen von Milde und Wärme, die bisweilen an ihm sichtbar wurden, schienen nicht zu seiner Person zu gehören. Vier Jahre lang hatte er in Utrecht an seiner Doktorarbeit gesessen, die bestimmte hormonelle Entwicklungen und ihren Einfluß auf die Fruchtbarkeit und die Ertragssteigerung beim Anbau gewisser Maissorten zum Thema hatte, doch veröffentlichte ein englischer Wissenschaftler, kurze Zeit bevor Zwi die Arbeit abschließen konnte, zur selben Fragestellung eine Untersuchung mit nahezu identischen Schlußfolgerungen. Daraufhin vernachlässigte Zwi seine Doktorarbeit und kehrte mit Beatrice, die er in Holland geheiratet hatte, nach Palästina zurück. Sie bezogen ein kleines Haus nicht weit von der Stadt. Zwi widmete sich der Agrarplanung und experimentierte mit organischen und anorganischen Düngemitteln. Beatrice lehrte altorientalische Geschichte an der Universität. Sie war eine fröhliche, lebendige Frau, doch hatten sie keine Kinder, da Zwi die Ansicht vertrat, er habe kein Recht, Kinder zu zeugen, ohne zu wissen, ob sie in dieser grausamen Welt leben wollten, in der sie verdorben und verletzt würden. Und obwohl Beatrice sich sehnsüchtig ein Kind wünschte, zwang er sie, seine Überzeugung zu teilen. (Besch behauptete, man brauche Zwis Worte nur von ihrem schönen Anstrich zu befreien, schon komme reiner Egoismus zum Vorschein.)

Im Weltkrieg wurde Zwi zur britischen Armee eingezogen und diente auf dem Balkan, in den Wüsten Nordafrikas und in Europa. Nach dem Krieg schloß er sich in Palästina der Untergrundorganisation der »Kämpfer für die Freiheit Israels« an. Deswegen kam es zwischen den Brüdern mitunter zu Spannungen, die aber, ebenso wie die Mißgunst wegen der Erbschaft, nie in offenen Streit ausarteten, da Zwi, der zwar in seinem Denken und Handeln entschlossen und unbeugsam war, verschlungene Gefühle der Zuneigung mit Erwin verbanden und Erwin zu sehr mit seinen eigenen Problemen befaßt, auch zu schlau und ironisch war, um die Meinungsverschiedenheiten auf die Spitze zu treiben. So verschlechterte sich ihr Verhältnis auch nicht, als der neugegründete Staat immer weniger Zwis Vorstellungen entsprach. Er vertrat einen oppositionellen Standpunkt, der sich besonders seit dem Sechstagekrieg radikalisierte; indes nahm sein Schweigen zu. Brachte er aber seine Ansichten vor, dann sprach er aufrichtig, hart und zornig. Obwohl er kein Linker, sondern ein Mann der politischen Mitte war, behauptete er, die Regierung ermögliche allerlei Schmarotzern, sich auf Kosten der Allgemeinheit zu bereichern, sie vergrößere die Kluft zwischen den gesellschaftlichen Schichten; er beklagte den Hochmut und die Blindheit der Regierenden, die das Land in den Untergang treiben würden, er meinte, Israel versinke in einem Sumpf aus primitivem, kulturlosem Nationalismus; faschistische Tendenzen und Gewalttätigkeiten machten sich unter dem Deckmantel der Religion breit.

Und Erwin, der wie sein Bruder dachte, obwohl er selber von der ökonomischen und sozialen Situation profitierte, lächelte und antwortete halb im Ernst, halb ironisch, der Mensch könne nicht über seinen eigenen Schatten springen und das gegenwärtige Geschehen sei unvermeidlich in einem sich rasch entwickelnden Einwanderungsland, das sich seit Jahren im Kriegszustand befinde. Aber Zwi wollte sich mit dieser Erklärung nicht zufriedengeben. Er liebte das Land, in dem sie lebten, und konnte falschen und ungerechten Entwicklungen nicht schweigend zusehen – mit einer Ausnahme, und die betraf ihr Erbe. Von ihren Eltern hatten sie eine Eigentumswohnung geerbt und drei größere Grundstücke, von denen zwei in Tel Aviv lagen und eins in Natanya. Das letztere hatte Erwin sich angeeignet, zunächst als Treuhänder, der für die anfallenden Steuern aufkam, und zuletzt als offiziell registrierter Eigentümer. Zwi war wütend, doch verlor er kein Wort über die Sache. Auch Erwin erwähnte sie nie. Er glaubte, sein Bruder, der sich gerade die gestopfte Pfeife anzündete, habe nichts bemerkt oder die ganze Angelegenheit wieder vergessen. In Wirklichkeit wußte Zwi alles, hatte jedoch beschlossen, es zu ignorieren und sich vor niemandem, nicht einmal vor Beatrice, dazu zu äußern . . .

Zwi blies kleine Rauchwolken in die Luft und strich Henri ruhig über das Fell. Dann fragte er Erwin, wie lange die Grundstückspreise seiner Meinung nach noch steigen würden.

»Solange es gutgeht«, sagte Erwin und öffnete die Zigarrenkiste, die auf dem weißlackierten schmiedeeisernen Gartentisch stand. Er bot Caesar eine Zigarre an und bediente sich anschließend selbst.

Zwi sagte, die Regierung müsse von der Landwirtschaft ungenutzte Flächen zur Bebauung freigeben, um auf diese Weise die Preise der Eigentumswohnungen zu senken.

Erwin aber meinte: »Das nützt nichts. Die Leute haben zuviel Geld« und zündete sich die Zigarre an.

»Die Regierung betreibt selbst Bodenspekulation«, sagte Zwi. »Eigentlich ist sie der Hauptübeltäter.«

»Auch die Regierung muß Geld verdienen«, sagte Erwin.

Er wirkte müde. Doch war seine Erschöpfung keine Folge des Alters oder einer anstrengenden Betätigung. Sie war das äußere Zeichen einer Krankheit, vor der alle, insbesondere er selbst, die Augen verschlossen. Manchmal suchte ihn für Sekunden ein Gedächtnisverlust heim, ein Zittern oder ein leichter Schmerz am Rücken und in den Händen; er dämmerte mitten in einer Unterhaltung mit halbgeschlossenen Augen und offenem Mund ein oder verlor plötzlich, mit leerem Blick vor sich hin starrend, den Kontakt zu seinem Gesprächspartner. Sein großflächiges Gesicht schrumpfte allmählich ein, die Haut wurde schlaff und runzelig wie die Schale eines von der Sonne verdörrten Apfels. Dennoch, dank der enormen Vitalität, die er von seinem Vater David, vor allem aber von seiner Mutter Clara geerbt hatte, dank seinem Ehrgeiz, seiner Triebhaftigkeit und seinem Lebenswillen konnte er weiterhin das Büro leiten, die verzweigte Bautätigkeit seiner Unternehmen überwachen, neue Ideen entwickeln und der Konkurrenz mit Hilfe von lockenden Angeboten oder unter Einsatz von Druckmitteln, gelegentlich sogar von betrügerischen Methoden, Aufträge abjagen. Ebensowenig änderte er seine Eß- und Trinkgewohnheiten, und er fuhr fort, die Frauen zu umwerben und seine unermüdliche Liebe zu Chemda zu stillen.

Jahrelang hatte Chemda gekämpft, gefleht, gehofft, in manchen Nächten hatte sie die Hoffnung verloren, um sie nach wenigen Stunden von neuem zu finden, doch am Ende hatte sie ihre hohen Erwartungen aufgegeben, und ihr Zorn, ihr Stolz, ihre Enttäuschung verblaßten. Noch fürchtete sie sich vor der Einsamkeit, bisweilen in Erwins Gegenwart, aber besonders, wenn er sie allein zurückließ, noch bedauerte sie, kein Kind geboren zu haben, und doch war sie glücklich über ihr regelmäßiges Beisammensein, über die absolute Liebe, die sie für Erwin fühlte, denn sie wußte, daß er sie ebenso liebte und nur der Tod sie trennen konnte. Wenn Erwin von Zeit zu Zeit mit einem Lächeln zu ihr sagte, wahrhaft sei nur die enttäuschte Liebe, oder ähnliche Aussprüche zum besten gab, vergaß sie, wie früher zu antworten: »Ein netter Spruch, Erwin, aber was nützt er mir, wenn ich allein im Bett liege?« Statt dessen lächelte sie und sprach weiter, ohne sich auf seine Worte zu beziehen. Sie brauchte die weisen Sprüche und die Klatschgeschichten, die Bücher und die Ratschläge von der Frauenseite in der Zeitung nicht mehr. Sie hatte aufgehört, sie zu sammeln und zu betrachten, als wären es Amulette und Zaubersprüche oder rätselhafte Schriften, die ihr die Zukunft voraussagen und einen Weg weisen würden, der sie durchs Leben führte und Erwin endgültig zu ihr brächte, oder ihr behilflich sein könnten, ihre Probleme und die Pein der Enttäuschung zu überstehen. Ihr Dasein schien ihr nicht länger traurig, und die Liebe enttäuschte sie nicht mehr. Im Gegenteil. Es war die vollkommenste und beste, die sie sich vorstellen konnte, und insgeheim betete sie, es möge ewig so bleiben. Hätte sie außerdem noch ein Kind, so wäre sie wunschlos glücklich und verlöre vielleicht sogar die Furcht vor einem frühzeitigen Tod Erwins.

Chemda war auf niemanden eifersüchtig . . . auch nicht auf Sina, die mit dem Teewagen aus der Küche zurückkam und den Gartentisch mit wunderschönen, rotbraun bemalten Porzellantassen, einer Silberschale voll Nuß- und Mohnplätzchen und einem Teller mit aufgeschnittenem Schwarzbrot deckte. Sie nahm zwischen Caesar und Zwi Platz und füllte die Kaffeetassen aus der Porzellankanne. Erwin, für den Sina das Brot gebracht hatte, nahm eine Scheibe, indes er seine Frau ansah, als bemerke er sie erst in diesem Augenblick. »Als ich aus dem Haus gegangen bin, warst Du brünett, plötzlich bist Du erblondet.« Er lachte und wandte sich Zwi zu: »Siehst Du, wie schnell man sich ändern kann?«

Er lachte von neuem, doch blieb Zwi ungerührt. Das matte und hölzerne ironische Lächeln, das er nur mühsam zustande brachte, haftete seinem Gesicht an, als habe er es dort vergessen. Erwin brach ein Stück von der Schnitte ab und erinnerte sich an das geliebte Aroma von Kleie und Jutesack. Er schob sich das Brot in den Mund und begann genüßlich zu kauen, er trank einen Schluck, und sein Anblick erinnerte Caesar an Großmama Clara, seine Mutter, die außer Zwi und Erwin auch deren jüngeren Bruder Mischa in die Welt gesetzt hatte, der mit seiner Frau nach Argentinien gegangen war, und einen Sohn und eine Tochter, die als Säuglinge starben, eine zweite Tochter, die im Holocaust umkam, und einen vierten Sohn, Julius, der im Krieg zu den Partisanen ging und später im kommunistischen Polen ein wichtiger Mann wurde. Während all der Jahre, in denen er eine hohe Stellung in der Partei und im Geheimdienst bekleidete, hatte er seine Familie verleugnet, erst vor kurzem war er über den Bruder in Argentinien wieder mit ihnen in Verbindung getreten. Doch betrachtete er sich noch immer als Pole und ähnelte darin Beschs Bruder, der vor den Nazis nach Australien geflohen war und noch heute dort lebte, sich aber trotz allem, was geschehen war, als Deutscher fühlte. Niemand, behauptete er, weder Hitler noch Rosenberg, noch sonst jemand könne bestimmen, wer und was er sei, und ihm sein Deutschtum nehmen.

Caesar trank einen Schluck Kaffee und betrachtete Erwins Gesicht, auf dem ein welkes Lächeln lag. Er sah Großmama Clara ungemein ähnlich . . . Jedesmal, wenn sie in ihren verrückten bunten Kleidern wie ein Wirbelwind bei ihnen eingefallen war, hatte ihre tiefe, heisere Stimme wie wütender Donner durchs Haus geschallt. Ihr Klang hatte Caesar eine unergründliche Freude bereitet – selbst als Großmama Clara schon im Krankenhaus lag, wo sie immer noch riesenhaft, zugleich aber von den Schmerzen gepeinigt wirkte und beherrscht wurde von den Gerüchen des Alters, des Todes, der Medikamente und Desinfektionsmittel, zu deren Bekämpfung sie Duftwässer benutzte und sich wohlriechende Blumen ans Bett stellen ließ. Sie konnte sich von ihrem Bett nicht mehr erheben und sprach nur noch wenig. Trotzdem hatte sie ihn und die anderen Besucher immer mit einem Lächeln begrüßt, das anders gewesen war als Erwins in diesem Moment ... in ihren gepeinigten Zügen hatte etwas Lebendiges, Fröhliches gelegen, ein wenig Spott, der aber nicht bösartig schien, und ihre Augen waren hell und klar. Natürlich fluchte sie über die Ärzte und Schwestern, auch über das Essen und den Lärm, vor allem aber über die Krankheit, die sie hinderte, an der frischen Luft spazierenzugehen. Und tief in ihrem Innersten weigerte sie sich, an ihren Tod zu glauben. In gewisser Weise war das ihr Recht schließlich hatte ihr Leben nichts mit dem Tod gemein! Erst bei seinem letzten Besuch, wenige Tage bevor sie starb, zeigte sie ihm ein Gesicht, das nur aus gelblicher Haut und Knochen bestand, aus hervortretenden Augen und einem großen Mund. Sie sagte auf jiddisch: »Sieh, was Gott aus dem Menschen macht.«

In dem Lächeln, das sie unter großer Anstrengung hervorbrachte, lag noch ein Schatten von Wärme und Ironie, doch zum ersten Mal auch das Wissen um das Ende und die Vollbringung. Ein oder zwei Tage vorher hatte sie Zwi, Erwin, Sina und Beatrice, die bei ihr zu Besuch waren, nach Mischa gefragt und gesagt, wenn er aus Argentinien heimkäme, würde sie es schaffen und nach Hause zurückkehren oder wenigstens aufstehen und an die frische Luft gehen können, noch einmal den Himmel und die Bäume sehen und die Menschen, die sich in Freiheit, außerhalb der weißen Krankenhausmauern bewegten ... Plötzlich gab sie ein trockenes, heiseres Hüsteln von sich, dann herrschte eine andauernde unklare Stille, in der Caesar sich wünschte, jemand würde kommen und sich neben ihn setzen. Endlich sagte Großmama Clara: »Viele Dinge gehen mir durch den Kopf ... es gibt ein hübsches polnisches Lied ...« Sie verstummte, als suche sie sich an das Lied zu erinnern. Dann sprach sie weiter: »Zum Neujahrsfest und am Versöhnungstag hat Vater den Schofar geblasen. Er blies es besser als alle anderen Männer. Wie schade, daß Du ihn nie gehört hast.« Sie legte ihre knochige Hand auf Caesars Arm, und ihr Gesicht füllte sich für einen Augenblick mit Glanz und Süße. Nach einem kurzen Schweigen sagte sie wieder: »Viele Dinge gehen mir durch den Kopf.«

Sie schien sie aufzählen zu wollen, schloß aber nur die Augen und lag still da. Caesar stellte keine Fragen. Die Berührung ihrer Hand, ihre sieche, knöcherne Erscheinung und ihr Geruch ekelten ihn. Er wäre am liebsten davongelaufen, doch blieb er stumm an ihrem Bett sitzen ... Die Erinnerung an Oma Clara machte ihn traurig, Er konnte ihren Todestag nicht behalten und besuchte nie ihr Grab, aber sie allein hatte ihn bedingungslos geliebt, hatte ihm Zufriedenheit und Glück gegeben, ohne Forderungen zu stellen, und so lebte in seinem Innern immer wieder ein beglückendes Sehnen nach dem Verlorenen auf – so wie jetzt, auf dem Balkon in der lauen Abendluft, und dann wünschte er, seine Großmutter könnte wenigstens für kurze Zeit zu neuem Leben erwachen, er sah sie in Gedanken vor sich und erfuhr einen Augenblick lang das Glück und die Freude, die von ihr ausgingen, bis er Zwi, Erwin und Sina, die sich friedlich unterhielten, nicht mehr hörte, bis plötzlich Beschs tiefe Stimme, die in einem lauten Ruf von der Straße aufstieg, den Fluß des Gesprächs und der Erinnerung abreißen ließ. Minuten später war Besch bei ihnen, ein breites, dümmliches Grinsen auf dem Gesicht. Er schien betrunken, und als er sich dem Gartentisch näherte, war der Alkoholgeruch, den er verbreitete, unverkennbar. Mehr schreiend als redend, mit erhobenem Zeigefinger verkündete er Zwi und Erwin, daß die Welt und Gott verboten gehörten ... eigentlich gebe es keinen Gott mehr – das behaupteten wenigstens gewisse Schriftsteller und Journalisten, aber es wäre das beste, auch die abzuschaffen, denn sie hätten keine Ahnung, wovon sie redeten; das Leben sei sinnlos und verlogen und derart pervers, daß es den Menschen hypnotisiere, so daß er nie davon loskomme ... er selbst habe auch gar nicht vor, davon loszukommen, weil er es durch seine Gegenwart ärgern wolle, am liebsten würde er es in Stücke reißen und in Flammen aufgehen lassen. Dem Menschen, sagte er, sei es verboten, den Kopf zu heben und dem Leben ins Gesicht zu sehen, und wenn er es trotzdem tue, müsse er sich die Ohren abreißen und sie auf eine Leine hängen, auf das höchste Haus klettern und brüllen, bis er kraftlos zusammensacke. Er faßte sich an die Ohren und zerrte an ihnen, als beabsichtige er, sie wirklich von seinem Kopf zu reißen. Dann lachte er los. Er würde die Gegenwart und die Zukunft, sogar die kommende Welt, die Ewigkeit und die Erlösung für einen Teller Fischsuppe von seiner Mutter hergeben, die ohne Zweifel ein Weltwunder gewesen sei; sie habe genauso deutsch gefühlt wie sein

Bruder in Australien, im Unterschied zu diesem jedoch so unnachgiebig, daß die Nazis sie schließlich umgebracht hätten ... aber vielleicht existiere sie noch als Rauchwölkchen oder in anderer Form – denn nach den Naturgesetzen könnte nichts wirklich verschwinden – und glaube noch immer, daß sie eine Deutsche sei und nur ein schrecklicher Irrtum vorliege. Von neuem lachte er los. Er ging zum Büffet im Wohnzimmer, holte eine Flasche Wodka und Gläser heraus und wollte an den Tisch zurückkehren, doch Sina, die um seine Gesundheit fürchtete, kam ihm entgegen und versuchte, ihm die Flasche abzunehmen und wieder in den Schrank zu stellen. Besch aber widersetzte sich ihr. Er sei kerngesund, rief er, jedenfalls habe jeder das Recht, selbst zu bestimmen, wie und wann er seine Gesundheit zerstöre und zu Tode komme. Er fluchte und füllte die Gläser zuerst für sich selbst und für Zwi, der, seit Besch gekommen war, mit kühler, unbewegter Miene dasaß und rauchte, und anschließend für Erwin, Sina und Caesar. Sina, sagte er, sei sein Befinden völlig egal, sie sorge sich nur um die Möbel und die verdammten Kunstgegenstände. Dann hob er sein Glas, trank den Wodka und sagte: »Ich weise erneut darauf hin, daß die himmlische Familie den Rückzug angetreten hat – was die Vögel der Stadt, einschließlich des Uhus, zu Widerstand anstachelt und den Gerechten Schaden zufügt unter Mißachtung des Niederschlags, anderer Phänomene und des hier anwesenden Herrn Premierministers. So ist das Leben, das uns als Erbteil einst übertragen wurde, aufgrund der zahlreichen Baustellen vergangen, während der Absender beziehungsweise Empfänger mit erstklassigen Verschönerungsarbeiten an Gärten, Witterungsbedingungen und Dachgiebeln in grünenden Wäldern reagiert hat, um das menschliche Glück gedeihen und reifen zu lassen. Ich danke Ihnen.«

Er lachte von neuem, wurde dann aber auf einmal still, und auch Caesar und Erwin, die in sein Lachen eingestimmt hatten, verstummten. Jeder trank schweigend. Nach einer Weile wandte sich Sina, die die plötzliche Stille nicht länger aushielt, ihrem Sohn zu und bemerkte laut, so daß Besch und Erwin es hörten, die Maske des afrikanischen Gottes sei faszinierend.

Besch schaute sie an und sagte: »Damit kann man sich den Hintern abwischen, mit dem da und mit allen anderen afrikanischen Göttern.«

Lachend goß er sich sein Glas voll und sagte zu Caesar: »Man sollte keine Kinder in die Welt setzen, wenn man sie nicht will. Wir leben in einem demokratischen Land!«

»Ja, Du hast recht«, sagte Caesar.

Und Sina sagte: »Du hast zuviel getrunken, Besch.«

Besch nickte ihr leicht zu und grinste.

»Guten Morgen, Frau Großmutter!«

»Das reicht, Besch«, sagte Erwin.

Caesar stellte sich taub und trank einen Schluck. Er mochte Wodka lieber als Whisky, zeigte sich aber stets von beiden Getränken gleichermaßen begeistert, weil er ihren Genuß als Teil des Lebensstils und des männlichen Ideals ansah, dem er nacheiferte. Besch hörte auf zu lachen, nahm einen großen Schluck und sagte: »Es ist kein bißchen Sand mehr zu sehen. Aber keine Sorge! Er wird die Stadt eines Tages begraben. Der Sand läßt nicht mit sich spaßen.«

Mit einemmal schaute er trübsinnig drein, seine Stimme klang ernst. Er trank ein wenig und fuhr fort: »Diese Stadt hat es nicht verdient zu bestehen. Hier liegt ein Irrtum vor. Wir bilden uns ein, uns in ihr amüsieren zu können, aber das ist Unsinn, wir befinden uns auf einem Friedhof!«

Er betrachtete Zwi und anschließend Sina, die grundlos kicherte. Sein trübsinniges Gesicht war eingefallen und sehr häßlich. Sein Glas in den Händen jonglierend, sagte er: »Du brauchst Dir keine Sorgen zu machen, Du stammst von den Chasaren ab«, und nach einer kurzen Pause wiederholte er: »Alles Unsinn« – und rülpste laut.

Zwi, der den geeigneten Moment zum Aufbruch abwartete, tat, als habe er nichts gehört. Caesar grinste gequält und gab ein leises Lachen von sich, während sein Blick Besch zugewandt war, der wie zuvor mit dem Glas spielte und plötzlich ohne jeden Bezug rief: »Wir schließen!«

Er füllte noch einmal sein Glas, schaute Zwi an und sagte: »Der ewige Schweiger.«

Zwi reagierte nicht, er streichelte Henri und sah Besch an, der sich verlegen über das Kinn strich und sagte: »Also gut, meinetwegen.«

Seit einiger Zeit verkehrte Besch mit einer sehr reichen Witwe, die einige Jahre älter als er war: Er aß bei ihr, ab und an schlief er mit ihr, ohne sie zu begehren, und nahm Geld von ihr an, das er genau wie sein eigenes regelmäßig beim Pokern verlor. Doch der Verlust ließ ihn gleichgültig und brachte seinen Spieltrieb nicht zum Erkalten. Beschs Begeisterung für das Pokern hatte nichts mit Geldgier oder Wettleidenschaft zu tun, sondern entsprang seinem Willen, sich zu seinem Glauben an den Müßiggang und die Zwecklosigkeit zu bekennen, indem er seine Zeit möglichst müßiggängerisch und zwecklos vergeudete. Außerdem wurde sein Spieltrieb von purer Neugier genährt, die ihre Befriedigung fand, sobald er die Karten, die ihm zugeteilt waren, aufnahm und sah. Diese Tätigkeit erfüllte ihn mit einer lustvollen Spannung, die Besch mit dem Gefühl verglich, das ein Mann empfindet, wenn er einer Frau, die er schon länger kennt, zum ersten Mal unter den Rock greift. Anstatt seine Angestellten zu beaufsichtigen, schloß Besch sich jeden Montag und Donnerstag mit einem befreundeten Frisör in dessen Geschäft ein, der Frisör hängte ein Schild an die Tür: »Bin gleich wieder da«, und sie spielten bis mittags Poker, manchmal auch Schikt; und wenn Besch genug Geld mitbrachte oder gewann – was nur selten vorkam –, machten sie weiter bis abends und hörten erst auf, wenn Besch keinen Pfennig mehr hatte.

Er trank und lachte, aber sein Lachen klang wie ein unfreundliches, humorloses Krächzen. Als er von neuem damit anfing, daß er für einen Teller Fischsuppe von seiner Mutter alles hergeben würde, sagte Erwin: »Schlag es Dir aus dem Kopf. Das ist vorbei.«

»Ich werde nie aufhören, daran zu denken«, sagte Besch.

Und Erwin sagte: »Geschwollenes Gerede!«

... genau wie Oma Clara, die am frühen Abend starb, kurz nachdem Zwi, Erwin, Sina und Besch sie verlassen hatten. Sie war siebenundachtzig, bei klarem Verstand, hatte noch alle Zähne im Mund und lange genug gelebt, um den ersten Menschen auf dem Mond landen zu sehen, ein Ereignis, das sie zunächst ungläubig und danach mißbilligend zur Kenntnis nahm, so als halte man sie zum Narren oder wolle ihr Leben in Unordnung bringen. Doch begann sie bald spöttisch und ein wenig mitleidig darüber zu lachen. In ihrem langen Erdendasein hatte sie unendlich viele erstaunliche Absurditäten erlebt, auch furchtbares Unrecht und Katastrophen, die meist großen Hoffnungen und besten Absichten entsprangen, und eine Reihe von Wundern, die sich als fruchtlose Trugbilder entpuppten.

Als Oma Clara starb, blieb sie niemandem etwas schuldig, weder Geld noch Dank. Und sie war stolz darauf. Ihre Prinzipien und ihr dringender Wunsch nach Freiheit, hatten sie immer bewogen, ihre Schulden pünktlich zurückzuzahlen. So war sie furchtlos und erhobenen Hauptes durchs Leben gegangen. Selbst ihr Verhältnis zu Gott, dem sie sich jedes Jahr ein wenig näher fühlte, entbehrte nicht des Humors. Er erschien ihr wie ein alter Bekannter, der ihr an Weisheit, Würde und Lebenszeit überlegen war und gegen dessen Gebote sie häufiger, aber stets nur in geringfügigen Dingen heimlich verstieß. Sie handhabte die Religion wie ein gewöhnliches, fast nebensächliches Familienzeremoniell, an dem man bereitwillig und mit aufrechtem Herzen teilnahm, fein angezogen und das Gebetbuch in der Hand, dessen Bedeutung sie aber weder rührte noch mit Ehrfurcht erfüllte, weil sie eine einfache, ungebildete Frau war und nur mit Mühe eine vage Vorstellung von ihm gewann. Aber das hatte sie nie gestört. Allein, daß sie Mischa nicht wiedersah, machte sie traurig. Denn sie liebte ihn über alles und glaubte, er könne ihr Kraft geben. Doch hatte er zu jener Zeit in Argentinien geschäftlich sehr viel zu tun und konnte, trotz Zwis behutsamen, aber inständigen Bittens, seine Mutter zu besuchen, ehe sie sterbe, nicht nach Israel kommen, in das Land, in dem sie begraben wurde, vierzig Jahre nachdem sie seinen Boden betrat.

Die Not, vor allem aber die Sehnsucht nach Zion hatten sie hergeführt, ihren Mann, Großvater David, in ihrem Gefolge, der in Europa erfolgreich mit Lederwaren gehandelt und sich als Synagogendiener betätigt hatte. Doch war Clara bald enttäuscht von diesem Land, in ihrer Phantasie hatte es ganz anders ausgesehen. Sie fühlte sich fremd und betrogen in dem harten Licht der Sonne, der staubigen, vor Fliegen wimmelnden Hitze, zwischen den weißen quaderförmigen Häusern und der öden, das Auge blendenden Dünenlandschaft ringsum, deren Sand in ihre Schuhe und manchmal auch in ihr Essen geriet. Erst nach langen Jahren ließ die Enttäuschung nach und verlor an Schärfe, äußerte sich aber in der Zwischenzeit in einem unaufhörlichen Schwall jiddischer, polnischer und russischer Flüche und einer Flut wütender Schmähreden, die Clara lauthals in alle Richtungen ausschickte, nachdem sie ihre Emotionen zuvor oft über alle Maßen geschürt hatte. In gewisser Weise genoß sie das alles sogar, weil viele ihrer Tiraden, vielleicht ohne daß sie es wollte, ihre Zuhörer amüsierten. Sie erregte sich über die Hitze, die Leute, den Geschmack des Wassers, den Rabbi in der Synagoge, die Preise, die Form der Häuser und Straßen, die Fliegen, den Staub, das Geheul der Schakale, die sie nicht einschlafen ließen und derentwegen sie jeden Abend (außer am Schabbat und an Festtagen ging sie, einer unumstößlichen Regel folgend, sehr früh ins Bett) Watte in ihre Ohren stopfte.

Und als Mischa mit seiner Frau nach Argentinien auswanderte, um dort sein Glück zu machen, begann sie Cafés zu besuchen, in englischen und deutschen Zeitschriften, die sie nicht verstand, zu blättern, ins Kino zu gehen und Großvater David heftiger als je zuvor zuzusetzen. Er floh vor ihr auf die Straße, in die Synagoge, zu seinen Söhnen (meist zu Erwin) oder auf die Toilette, die sein kleines Paradies wurde, in dem er sich einschloß und nachsann, von schönen Dingen träumte, alte Zeitungen las und mit sich selbst, seiner Familie, Bekannten und Politikern Zwiesprache hielt. Manchmal riskierte er bewußt den Zorn seiner Frau und ignorierte ihr Klopfen und ihr energisches Rufen, weil ihn draußen, vor der Toilettentür, stets nur Enge und Bedrückung erwarteten. Enge und Bedrückung bestimmten sein Leben, seit er Clara geheiratet hatte. Früher war er ein angesehener Mann gewesen, unbeugsam und stolz, doch nachdem er Witwer geworden war, hatte er eine hübsche, junge Frau gesucht und sich für Clara entschieden. Gleich nach der Hochzeit geriet er ins Wanken, und innerhalb weniger Jahre brachte sie ihn zu Fall. Fortan herrschte sie unumschränkt über ihn. Er wagte in ihrer Gegenwart nichts zu tun, ohne ein Zeichen ihrer Zustimmung abzuwarten, er wurde ein Schatten seiner selbst, von seiner stolzen Vergangenheit blieben ihm lediglich ein paar alte Anzüge aus besten Stoffen, ein schwerer, seidengefütterter Mantel mit Pelzkragen, der unbenutzt im Kleiderschrank hing, der Spazierstock mit dem silbernen Knauf und zwei alte Leidenschaften, die er nicht unterdrücken konnte und trotz des Risikos und der Scham auf jede erdenkliche Art zu befriedigen suchte: die Liebe zum Schnupftabak und zum weiblichen Geschlecht.

Den Schnupftabak erhielt er meist von seinen Bekannten aus der Synagoge, manchmal kaufte er sich selbst welchen von dem wenigen Geld, das er sparte, oder er bekam von Erwin eine Dose geschenkt. Oma Clara zeterte, und während er demütig wie ein gescholtenes Kind vor ihr stand, kontrollierte sie gründlich seine Kleidung und die Sachen, die er bei sich trug, und konfiszierte jeden Krümel Schnupftabak, den sie im Gebetbuch, in den Taschen seiner Kleider, dem Saum seiner Hose oder unter dem Mantelkragen versteckt fand, um ihn in die Toilette zu werfen und herunterzuspülen. Aber das hinderte Großvater David nicht, sich auch weiterhin heimlich den Tabak in die braunverfärbten Nasenlöcher zu stopfen.

Und ungehemmt brannte in ihm die alte Leidenschaft für die Frauen – im Bett, auf der Toilette, unterwegs und manchmal sogar beim Beten. In Europa hatte er den Frauen beim Wäschewaschen am Flußufer zugesehen: Ihre Arme und Hälse waren entblößt gewesen und ihre Röcke bis zu den Lenden hochgezogen. Hier in Israel ging er zum Strand, um von der Promenade aus die Frauen, vor allem die jungen Mädchen zu betrachten, die in ihren Badeanzügen herumspazierten oder auf dem Strand ausgestreckt lagen. Er betete insgeheim, ehe er sterbe, noch einmal mit so einem jungen, frischen, sonnengebräunten Ding ins Bett gehen zu dürfen. Und wenn er vor Lust glühend nach Hause kam, versuchte er Oma Clara zu zwingen, mit ihm zu schlafen; sie aber wehrte sich, suchte bei Erwin, Zwi oder einer Freundin Zuflucht und schwor sich, nie wieder zu diesem alten Lüstling zurückzugehen. Noch als Siebzigjähriger befriedigte er das Verlangen einer Frau, die knapp über fünfzig war und bei ihrem Mann keine Beachtung mehr fand: Dann und wann trafen sie sich für ein paar Minuten nach Ladenschluß in ihrem kleinen Knopfgeschäft, um sich auf die Schnelle miteinander zu amüsieren. Bis kurz vor seinem Tod, der ihn im Alter von einundachtzig Jahren infolge von Nierenbeschwerden und einer Lungenentzündung heimsuchte, fand er Entspannung in der Masturbation, die aber, sobald die Augenblicke des Genusses vorüber waren, seine Lust nur noch steigerte und seine Stimmung niederdrückte. Doch all dies behielt er für sich – nur manchmal, wenn er es nicht mehr ertrug, ging er zu Erwin und klagte ihm sein Leid.

Den Blick auf Besch gerichtet, brach Erwin sich müde und erschöpft ein Stück Schwarzbrot ab, dessen Krümel zu Sinas Verdruß auf den Fußboden fielen. Er schob es sich in den Mund und fing an, bedächtig zu kauen.

»Erst wenn ich tot bin, werde ich nicht länger daran denken«, sagte Besch und trank etwas Wodka. Lächelnd fügte er hinzu: »Wenn ich das vergessen würde – welche Erinnerung bliebe mir noch . . .?«

Im selben Augenblick klingelte es an der Tür. Sina ging und öffnete. Es war Max Spielmann, der mit Erwin über ihre gemeinsamen geschäftlichen Aktivitäten sprechen wollte. Wie zuvor bei Regina trug er einen gut geschnittenen Sommeranzug, diesmal in Beige, war sorgfältig gekämmt und von einem feinen Deodorant- und Kölnischwasserduft umgeben. Er begrüßte die Anwesenden und reichte auch Besch die Hand, obwohl sie einander nicht ausstehen konnten. Sina fragte ihn, ob er Kaffee wolle.

»Gern«, sagte Max Spielmann.

Er nahm Platz und wechselte ein paar Worte mit Zwi, Erwin und Caesar, der mit seiner Zigarre spielte und ihm in sein gepflegtes, doch unschönes Gesicht sah, das von Entschlossenheit und einer unsympathischen Selbstzufriedenheit zeugte. Plötzlich fiel Caesar ein, daß er seine Brieftasche mit dem Führerschein im Atelier hatte liegenlassen. Er brauchte den Führerschein, um den Wagen am nächsten Morgen aus der Werkstatt zu holen. In einem Zug trank er den Rest Wodka, der in seinem Glas war, stand auf und verabschiedete sich. Sina begleitete ihn zur Tür. Am Hauseingang angelangt, fragte sie ihn, ehe er sich von ihr verabschiedete, ob er eine Tafel Schokolade für die Kinder mitnehmen wolle.

»Nein, das ist nicht nötig.«

Er küßte sie und beeilte sich wegzukommen.

Als er sich dem Atelier näherte, erkannte er von fern Ella. Einen schwarzen, mit Fransen versehenen Schal um die Schultern geschlungen, überquerte sie die Fahrbahn und bewegte sich auf den Eingang des Gebäudes zu. Caesar blieb stehen und wartete, bis sie im Treppenhaus verschwand. Nach einem Augenblick des Zögerns beschloß er, die Brieftasche erst am nächsten Morgen zu holen, und ging zu Tehila. Unterdessen stieg Ella zum Atelier hinauf und schellte. Israel hatte ihre Schritte gehört und erkannt, doch blieb er bewegungslos auf dem Sofa liegen und starrte das Messer an, das in der Holztafel steckte. Ella schellte noch einmal. Ein kurzes, vorsichtiges Klingeln . . . ein oder zwei Minuten später wiederholte sie es. Dann erst ging Israel aufmachen. Sie stand mit einem verlegenen, um Verzeihung bittenden Lächeln auf ihrem leuchtenden Mädchengesicht vor der Wohnungstür.

»Ich habe mich ein wenig verspätet.«

Israel sagte kein Wort. Ella sah ihn ängstlich und erwartungsvoll mit blauen, kindlichen Augen an und lächelte wie zuvor aus Verlegenheit und weil sie ihm gefallen und seinen Zorn mildern wollte. Israels Gesicht blieb hart und abweisend. Ella trat ins Zimmer und legte ihre große Stofftasche mit den Karton- und Papierbögen, den Tuschefläschchen, den Federn, Bleistiften und Pinseln auf dem Tisch ab. Tränen standen in ihren Augen. Israel schloß die Wohnungstür, folgte Ella ins Zimmer und legte sich, ihre Anwesenheit ignorierend, aufs Sofa, nahm eines der pornographischen Bücher und blätterte darin. Sein hartnäckiges Schweigen wirkte immer finsterer und brutaler. Da Ella die Situation unerträglich erschien, näherte sie sich ihm und sagte: »Ich konnte nicht früher kommen.«

Sie setzte sich neben ihn, ließ einen Moment verstreichen und legte ihre Hand behutsam auf seine Schulter. »Es war wirklich nicht möglich.«

Doch kehrte Israel ihr weiterhin gleichgültig und feindselig den Rücken und blätterte in dem Buch. Nur ganz langsam, so als widerstrebe es ihm, machte er mit großer, wütender Anstrengung den Weg frei für die Gefühle der Liebe und Zärtlichkeit, die sich in seinem Innern regten und aus ihm herausdrängten. Während er sich fast unmerklich ihr zuneigte, erlaubte er Ella, sich an ihn zu schmiegen. Er ließ zögernd, beinah mit Widerwillen, seine kräftigen, langen Finger über ihr blondes Haar gleiten, das in ihrem Nacken von einem blauen Gummiband zusammengehalten wurde. Danach umarmte er sie, noch immer nicht gänzlich versöhnt und den Blick auf das Buch geheftet. Doch sein starres Gesicht taute auf und löste sich.

»Es ist warm hier ... Ich habe Waffeln mitgebracht. Möchtest Du eine?« sagte Ella und fügte nach einer Weile hinzu: »Vielleicht brauchst Du eine kalte Dusche.«

Als habe er sie nicht gehört, fragte er sie, ob sie Kaffee trinken wolle.

»Ja. Ich geh welchen machen«, sagte Ella voller Dankbarkeit.

Doch erhob Israel sich vom Sofa und sagte: »Nicht nötig. Bleib ruhig sitzen und arbeite ein bißchen.«

Er ging in die Küche und setzte den Kessel auf die Kochplatte, während Ella die Papierbögen, die Fläschchen und das übrige Zeichengerät aus der Tasche hervorholte, um es auf dem Tisch anzuordnen und sich ans Werk zu begeben. Sie studierte Malerei und verdiente ihren Lebensunterhalt, indem sie für die naturwissenschaftliche Abteilung der Universität mit Tusche gezeichnete Vergrößerungen von Pflanzen und Tieren anfertigte, bald vom ganzen Gewächs oder Lebewesen, bald von einzelnen Teilen oder in Form eines Querschnitts der Gliedmaßen, Atemorgane, Fühler, Staubgefäße, Stengel, Früchte oder Samen. Davon hatte sie Israel bereits am ersten Abend erzählt, als sie in der *Milkbar* saßen und Kaffee tranken. Während des Jahres, das seitdem vergangen war, hatte er noch von der Existenz ihrer Mutter erfahren, doch war dies die letzte wichtige und unbezweifelbare Information, die sie ihm von sich gegeben hatte. Die Mutter, die von Ella nur wenige Male erwähnt worden war, stellte sich Israel als Frau mit langem schwarzem Haar, funkelnden schwarzen Augen und einem Gesicht von herber, maskuliner Schönheit vor; es trug bittere, müde Züge, war heimgesucht und verwüstet vom Leid und von der Enttäuschung, die sie dazu gebracht hatten, sich zu vernachlässigen, die Abgeschiedenheit zu suchen und ein planloses Leben zu führen in völliger Gleichgültigkeit für ihr Schicksal und ihr körperliches Befinden; mit den Jahren war sie psychisch heruntergekommen und hatte den Boden unter den Füßen verloren, war eine verwirrte Frau geworden, die sich an der Schwelle zum Wahnsinn befand. Israel wußte selbst nicht, wie dieses Bild zustande gekommen war, schließlich hatte er von Ella stets nur zu hören bekommen, daß sie eine Mutter habe ... Ihren Vater dagegen hatte sie nie erwähnt. Das fiel Israel erst nach einiger Zeit auf, er begann Fragen zu stellen, anfangs in vorsichtigem, mitunter desinteressiertem Ton, später eindringlich, ohne Umschweife. Aber er erhielt keine Antwort, Ella wich seinen Fragen aus oder weigerte sich, die Unterhaltung weiterzuführen. Nur einmal, als er sie drängte, sagte sie: »Ich habe keinen Vater.«

Und Israel, der die Geduld verlor, schrie sie an, sie sei eine Lügnerin und verheimliche ihm etwas. Ella verteidigte sich nicht, sie hüllte sich in Schweigen und verlor nie wieder ein Wort über die Sache, was jedoch keine Heimlichtuerei war. Ella hatte einfach alles gesagt, was ihr zu diesem Thema einfiel. Trotzdem ließ Israel nicht locker und wiederholte seine Fragen von Zeit zu Zeit.

Als er mit zwei Tassen Kaffee aus der Küche zurückkam, schaute Ella freudig zu ihm auf, legte die Feder aus der Hand und machte ein wenig Platz auf dem Tisch. Er stellte die Tasse ab und setzte sich neben sie. Beim Kaffeetrinken zeigte sie ihm die Zeichnungen von der Silberspinne, an denen sie seit mehreren Tagen arbeitete.

»Sieht gut aus«, sagte Israel und fragte sie, ob sie ihn am folgenden Tag in die Antoniuskirche begleite, um ihn auf der Orgel spielen zu hören.

»Ja, sicher. Du weißt, wie gern ich das tue.«

Als sie ausgetrunken hatten, fuhr Ella fort, sich mit den Spinnenbeinen zu befassen. Israel stellte sich derweil unter die Dusche, nahm danach am Klavier Platz und fing an zu spielen. Ellas Gesicht wirkte ruhig und strahlend, arbeitete eine Weile, dann stand sie auf und legte sich auf das Sofa. Wie gewöhnlich lag sie mit angewinkelten Beinen auf der Seite, so daß die Knie fast ihre Brust berührten, während ihr blonder Kopf auf einem Arm ruhte. Sie wickelte langsam eine Strähne um ihren Finger, um eine Locke zu formen und mit ihr zu spielen. Den Daumen der anderen Hand hatte sie in ihren Mund gesteckt und lutschte ihn hingebungsvoll. Ruhig daliegend beobachtete sie Israel und lauschte seinem Spiel . . . bis er aufhörte und Stille eintrat. Obwohl Israel diese Stille liebte, wollte er sie unterbrechen. Daher setzte er sich aufs Sofa, zu Ella, die noch immer friedlich am Daumen lutschte und nur ihren Kopf ein wenig an ihn heranrückte, um ihn an seinen Oberschenkel zu lehnen. Israel legte ihr seine Hand auf den Nacken und begann, sie langsam und zärtlich zu streicheln, sein Blick fiel auf ihre feinen Hände mit den abgekauten Fingernägeln und danach auf ihr Gesicht, das keine Schuld zu kennen schien und unter dessen weißer Haut sich ein glänzendes Lächeln verbarg. Den Blick auf ihr Gesicht gerichtet, führte Israel seine Hand unter ihre Bluse und liebkoste ihre kleinen, festen Brüste und ihren glatten Bauch. Ella lag bewegungslos da, bis sie glaubte, nichts mehr zu spüren und in einem Traum befangen zu sein. Und Israel, der seine Hand über ihren Hals, ihre Schultern und Achselhöhlen zurück zu ihrem Bauch gleiten ließ, fragte sie, wer der erste gewesen sei, mit dem sie geschlafen habe. Aber Ella antwortete ihm nicht, sondern lutschte ruhig an ihrem Daumen. Israel gab nicht auf. Er stellte die Frage wieder und wieder, zuerst freundlich, dann energisch und grob. Unterdessen fühlte er, wie er die Kontrolle über seinen Zorn verlor. Doch Ella schwieg. Israel ließ nicht von ihr ab. Endlich sagte sie, ohne das Daumenlutschen zu unterbrechen: »Keiner.«

Das hatte sie schon häufig behauptet, und die Antwort konnte ihn nicht überraschen, steigerte aber seine Wut. Er sagte, sie sei eine Lügnerin. Wenn sie mit niemand anderem vor ihm geschlafen habe, hätte sie eine Jungfrau sein müssen, als sie sich kennenlernten. Ella nahm den Daumen aus dem Mund, hatte Tränen in den Augen und sagte: »Ich weiß es nicht. Ich bin so zur Welt gekommen.«

Israel wußte, daß es tatsächlich so gewesen sein konnte, und doch widersprach er ihr zornig, denn er war verrückt vor Wut und Eifersucht. Er forderte sie auf, auf der Stelle ihre Sachen zu nehmen, zu verschwinden und nie wiederzukommen. Sie erhob sich vom Sofa und begann ihre Malutensilien einzusammeln. Indes schaute Israel abwechselnd in das Buch und zu Ella. Und plötzlich, während er noch auf dem Sofa zwischen den Spiegeln saß, in denen er sich, Ella und das Zimmer sah, hatte er Mitleid mit ihr. So verloren und schutzlos, so rein und sinnlos bestraft kam sie ihm vor . . . vielleicht erschrak er auch einen Moment vor der Einsamkeit. Er näherte sich ihr, um ihr seine Hand auf die Schulter zu legen. Sofort schmiegte sie sich an ihn, und er schloß sie, ohne etwas zu sagen, in seine Arme, küßte ihren Kopf, ihre Stirn und ihre Augen, danach zog er sie aus, so daß sie nackt vor ihm stand: Ihre Haut war weiß und glatt; nur rechts am Bauch, oberhalb der Hüfte, hatte sie ein braunes Muttermal. Als Ella das Licht ausschaltete, brach Israel unvermittelt in ein leises, verhaltenes Lachen aus. Und so standen sie beide mitten im Zimmer, in dem dämmrigen Licht, das von der Straße hereinschien. Nach einer Weile breitete Israel ein Laken über das schmale Sofa, zog sich aus und legte sich neben sie, und die laue Luft der Nacht strich genußbereitend über ihre Körper. Später deckten sie sich mit einem zweiten Laken zu und schliefen ein. Sie erwachte, als es hell wurde und Caesar seine Brieftasche holte. Caesar blieb einen Augenblick vor Israels Zimmer stehen und betrachtete sie durch die offenstehende Tür. Sie hatten im Schlaf das Laken der Hitze wegen zur Seite geworfen und lagen nackt vor ihm.

Von den Geräuschen, die Caesar im Nebenzimmer und durch das Schlagen der Wohnungstür beim Hinausgehen erzeugte, wurden sie wach. Israel, der stets schnell vom Schlaf loskam und sofort munter war, strich über Ellas Körper, küßte ihre Brüste und ihren Bauch, die sich kühl und angenehm anfühlten. Sie blieben noch eine Weile liegen, dann erst standen sie auf, um sich zu waschen, anzuziehen und Kaffee zu trinken. Schließlich nahm Israel seine Noten, und sie verließen das Haus. Sie gingen an der stürmischen See entlang zur Antoniuskirche. Abends kamen sie verschwitzt und müde ins Atelier zurück. Sie hatten den ganzen Nachmittag an der Küste verbracht, den Anglern zugeschaut, die in Hafennähe am Strand, auf den Molen und auf der Promenade ausharrten, und die Fischer beobachtet, die gemächlich Netze, Taue, Schiffsmotoren und Öllampen für die Ausfahrt vorbereiteten. Nachts würden ihre Bote langsam aus dem Hafen auslaufen, an einer Stelle, wo jetzt, am Nachmittag, große Schwärme weißer Möwen aufstiegen, umherflogen und wieder landeten.

Am folgenden Tag gingen sie erneut zur Antoniuskirche und kamen auch diesmal erst am Abend zurück. Als sie geduscht und gegessen hatten, rief Israel, wie verabredet, Goldmann an und fragte ihn, wie es ihm gehe.

Goldmann war hoch erfreut über den Anruf.

»Alles bestens. Schön, daß Du dich meldest.«

»Was gibt's Neues?«

»Was soll passiert sein? Wir haben das Haus voller Gäste.«

Israel erkundigte sich, ob er Goldmann bei irgend etwas behilflich sein könne. Und Goldmann sagte, er wäre ihm sehr dankbar, wenn er ihm die ganze Angelegenheit vom Hals schaffen würde, und bat ihn, morgen oder übermorgen allein oder mit Caesar bei ihm vorbeizuschauen.

»Abgemacht.«

Sie wechselten noch ein paar Worte, dann sagte Goldmann: »Ich muß aufhören. Ich bin hier der Verwandte vom Dienst. Da kann man nichts machen. Bis bald.«

Er legte auf, um Mosche Zellermeyer willkommen zu heißen, der in diesem Moment zusammen mit Nathan, seinem ältesten Sohn, und einer großen Sahnetorte die Wohnung betrat. Nathan war ein schweigsamer, etwas einfältiger Junge und nicht nur in seiner Gutmütigkeit Mosche Zellermeyer sehr ähnlich. Er arbeitete als Diamantenschleifer, und sein Vater war stolz und setzte große Hoffnungen in ihn. Bei jeder Gelegenheit kaufte er ihm etwas Schönes zum Anziehen oder gab ihm Geld, das er nur zu seinem Vergnügen ausgeben sollte; allein die Furcht vor einem Unfall hielt ihn ab, ihm auch ein Motorrad zu schenken. Seit Nathan seine Elektrikerausbildung abgeschlossen hatte, und verstärkt seit der Entlassung aus der Armee, ließ Mosche Zellermeyer nichts unversucht, ihn, gegen den Willen seiner Mutter, zu überreden, Israel zu verlassen und nach Amerika auszuwandern. Da drüben könne er ein reicher Mann werden und angenehm leben, vor allem aber müsse er keinen Reservedienst beim Militär leisten, und gutmütig und naiv, wie Mosche Zellermeyer war, hatte er das auch zwei- oder dreimal in Gegenwart von Goldmanns Vater ausgesprochen, der über die Einstellung seines Freundes in große Wut geriet und ihm schwere Vorwürfe machte, doch Mosche Zellermeyer antwortete: »Er war bei der Armee. Einmal genügt«, worauf sich Goldmanns Vater mit Äußerungen zu diesem Thema zurückhielt, da er sich eigenartigerweise trotz seines Zorns und seiner Betroffenheit diesem einfachen, ungebildeten Mann zugeneigt fühlte, der in Europa der revisionistischen Jugendorganisation angehört hatte und nicht selten in seinem holprigen Hebräisch Schmähreden über Israel führte. Und auch Goldmann mochte Mosche Zellermeyer gern. Er unterhielt sich mit ihm und seinem Sohn auf dem Weg zum Wohnzimmer, das nun schon seit drei Tagen voll von Gästen war. Von der geöffneten Tür aus sah er, wie Manfred aufstand, um sich von Stefana zu verabschieden. Er wandte sich ab, ging in sein Zimmer und schloß die Tür, denn er hatte keine Lust, Manfred gegenüberzutreten oder Zeuge ihres Abschieds zu werden, der sich in aller Kürze vollzog, in einer kühlen, gespannten Atmosphäre, die sorgfältig hinter einer ruhigen, routinierten Höflichkeit verborgen wurde.

Manfred sagte, er werde am folgenden Tag nach Haifa fahren und etwa eine Woche später wieder nach Tel Aviv kommen. Er wolle ein paar Tage mit seinem Bruder zusammensein und einiges erledigen.

»Gut, fahr nur. Das geht in Ordnung«, sagte Stefana und begleitete ihn bis zur Zimmertür, ging zurück und ließ sich im Sessel nieder, der ein wenig abseits von den meisten Gästen stand. Die meisten hatten sich lange Jahre nicht blicken lassen, weil sich der alte Goldmann mit vielen von ihnen zerstritten, manche sogar aus dem Haus gewiesen hatte und die anderen über das Land verstreut lebten. Aus Anlaß des Trauerfalls waren sie zusammengekommen, um die Witwe zu trösten, und nun aßen, tranken und plauderten sie genauso lebhaft wie unmittelbar nach der Beerdigung – nur Onkel Lasar, der am ersten und zweiten Tag allein gekommen war und nun, am dritten Tag, Judith Tannfuss mitbrachte, sagte kaum einen Ton, war verlegen und gehemmt wie zuvor, als fühle er sich fehl am Platz. Erst später, wenn die übrigen Gäste gegangen wären, würde er Stefana, so wie an der vorhergehenden Abenden, fragen, ob sie etwas brauche und er ihr behilflich sein könne. Diesmal sagte sie *ja* und bat ihn, vom Hängeboden im Badezimmer zwei Truhen herunterzuholen. So kletterte er auf die kleine Leiter, zerrte die beiden schwarzen Holztruhen mit den gewölbten Deckeln heraus, die mit schweren Vorhängeschlössern aus grünlich verfärbtem Kupfer verschlossen waren, schleifte sie durch die Wohnung und stellte sie nebeneinander in Stefanas Zimmer. Stefana dankte ihm. Die Truhen enthielten alte Seiden- und Samtkleider mit aufgedruckten Blumenmustern und Stickereien, Seiden- und Spitzenblusen, einen Mantel mit Pelzbesatz, Batistunterwäsche zuhauf und mehrere elegante Hüte. Als Stefana sie öffnete, kam ein scharfer Geruch von Naphthalin und alten, lange Zeit ungetragenen und schlecht gelüfteten Kleidern heraus. Sie stand einen Augenblick bewegungslos da und betrachtete, was vor ihr lag, dann begann sie in den Kleidungsstücken zu stöbern, holte einiges heraus und prüfte sie lange mit ausdrucksloser, gleichgültig wirkender Miene.

Am folgenden Tag aber sollte sie stolz und erhaben in einem Samtkleid von dunklem Lila und mit einem schwarzen Wolltuch über den Schultern in ihrem schweren Sessel vor dem Fernsehapparat sitzen, und Goldmann würde beim ersten Hinsehen verblüfft sein und ihren Anblick ebenso unerträglich finden wie jetzt, in diesem Moment, den Lärm der Gäste, der durch die Tür und die Wände aus dem Nebenzimmer zu ihm drang. Er ging zu den anderen zurück, stellte die Obstschale, die Kekse und den Rest von der Torte, die Mosche Zellermeyer am Vortag mitgebracht hatte, auf den Tisch und unterhielt sich kurz mit einigen der Anwesenden, um sich anschließend aus dem Haus zu stehlen und die Gastgeberrolle Zeimers Frau, die jeden Abend für mindestens eine Stunde vorbeikam, Judith Meisler oder einem anderen Besucher zu überlassen.

Der Abendhimmel war bedeckt, die Luft drückend heiß und unbewegt, alles schien angespannt, selbst die Bäume, die Sträucher und die Wolken, die zunehmend aufzogen. Goldmann war nervös wegen der pausenlosen Beanspruchung, er ärgerte sich über das Gefühl, sich falsch verhalten oder gegen die Regeln der Höflichkeit verstoßen zu haben, indem er seine Mutter an einem Trauertag mit den Gästen allein ließ, aber nach einem Moment des Zögerns beschloß er, trotz allem Dita zu besuchen, die er seit dem Tod seines Vaters nicht gesehen hatte. Zwar sehnte er sich nicht nach ihr, spürte jedoch das Bedürfnis, an einem sauberen, ruhigen Ort zu sein. Die regelmäßigen Besuche bei ihr hatten sich in eine Gewohnheit verwandelt, die beiden, Dita vielleicht in etwas geringerem Maß als ihm, unentbehrlich geworden war. Dita war Biochemikerin und beschäftigte sich mit der Entschlüsselung des »genetischen Codes«. Sie hatte ihr Studium in Jerusalem mit hervorragenden Noten beendet, sich im Rahmen ihrer beruflichen Tätigkeit in England und den Vereinigten Staaten weitergebildet und promoviert. Sie war über vier Jahre älter als Goldmann, ordnungsliebend und, bis auf ihre schönen braunen Augen, eine nicht gerade schöne, eher unscheinbare Frau. Sie zeichnete sich durch Intelligenz und Sachlichkeit aus und erwies sich als fleißig und selbständig, wenn es die Umstände verlangten. Mit zunehmendem Alter wirkte sie verhärmt, bisweilen unsympathisch, vielleicht auch, weil sie zu viele Jahre ihres Lebens vornehmlich dem Studium und der Arbeit geopfert, strenge Selbstdisziplin geübt und unendliche Anstrengungen auf sich genommen hatte, vielleicht auch, weil sie alleinstehend und kinderlos war. Zunächst hatte sie ihre Promotion abschließen wollen und notgedrungen auf ein Kind verzichtet; später, als sie im Berufsleben stand und sich an das Alleinsein gewöhnt hatte, fürchtete sie, Kinder würden sie von der Arbeit abhalten und sie würde ihnen nicht genug Aufmerksamkeit schenken; und am Ende stellte sie fest, daß sie, selbst wenn sie es wünschte, kaum in der Lage wäre, ein Kind zu gebären, weil eine Schwangerschaft mit erheblichen Komplikationen und großen Gefahren verbunden war.

Dita und Goldmann hatten sich fünf Jahre zuvor kennengelernt, und seitdem trafen sie sich an drei oder vier Abenden in der Woche, bisweilen sogar täglich, bei Dita. Anfangs redeten sie auch häufiger von Heirat und anderen Formen der festen Bindung, stets in der Absicht, den Plan in die Tat umzusetzen. Wäre Dita wirklich entschlossen gewesen, hätte sie von Goldmann die Ehe verlangt, sie hätte gewiß geheiratet. Dita wollte aus der Einsamkeit ausbrechen, liebte aber ihre Unabhängigkeit und wartete, daß Goldmann eine Entscheidung treffe. Und Goldmann, der sie in all den Jahren nie zu sich nach Hause einlud, sie nie seinen Eltern vorstellte, ja nicht einmal ihren Namen vor ihnen erwähnte, war aus denselben Überlegungen heraus genauso unschlüssig wie sie. Außerdem hätte er sich gerne verliebt und hatte Angst, die Verbindung mit Dita könne scheitern wie seine Ehe mit der schönen Jemima Tschernow. Im Lauf der Zeit verloren der Wunsch und der Wille zur Tat ihre Kraft und Lebendigkeit und das bißchen Inspiration; sie nutzten sich ab vor dem Hintergrund der zahllosen, vorsichtigen Überlegungen, des ständigen Aufschubs und der Regelmäßigkeit ihrer Verabredungen, die eine Heirat überflüssig erscheinen ließ. Und so trafen sie sich weiterhin trotz der Erkenntnis, daß sie nie zusammenleben und eine Familie gründen würden. Auch gingen sie wie zuvor gelegentlich miteinander ins Bett, obwohl ihnen der Beischlaf keinen Genuß bescherte und wie alles andere zu Gewohnheit und Pflicht wurde. Vielleicht hofften sie, entgegen ihrer Abgeklärtheit und ihrer Erfahrung, auf diese Weise zu einem neuen, aufregenden und verheißungsvollen Anfang zu finden, der – falls ein solcher in ihren Beziehungen je existiert hatte – nur von kurzer Dauer gewesen war. Sie gaben nicht auf. Doch wurden ihre Versuche immer krampfhafter und freudloser, die Pausen länger und länger. Trotz ihres guten Willens schienen sie unfähig, einander nur ein klein wenig Genuß zu bereiten, so daß all ihr Mühen stets mit Enttäuschung und einem harten Gefühl der Niederlage, Scham und Unredlichkeit endeten. Wenn Goldmann die Treppen hinunterging und sich auf den Heimweg machte, war er oft wütend und niedergeschlagen und beschloß, die fruchtlose, bedrückende Verbindung mit Dita zu lösen, aber letztlich tat er es nicht. Neidisch auf Avinoam Leviathan, der mit seiner Frau und drei Kindern im Moschaw lebte, und auf Caesar, der sich problemlos mit jeder beliebigen Frau amüsierte, fand er Trost bei Prostituierten – eine Befriedigung, die ihm verachtenswert, erniedrigend und sündhaft vorkam, doch es war die einzig erreichbare für ihn, und er konnte trotz ihrer Schändlichkeit nicht ohne sie leben.

Als er Ditas Haus näher kam und Licht sah im großen Fenster, das seitlich zum Garten hinausging, blieb Goldmann einen Augenblick stehen, dann kehrte er um und entfernte sich. Langsam, unentschlossen, kreuzte er mehrere Straßen und bog gemächlich wie ein Spaziergänger in die Yarkonstraße ein, die ihm die verkommenste und furchterregendste Ecke der Stadt schien. Wie jedesmal, wenn er hierherkam, befiel ihn ein merkwürdiges, mit Scham vermischtes Gefühl. Das Abenteuer, von dem er wußte, daß es nun unweigerlich folgen würde, obwohl er noch glaubte, ihm ausweichen zu können, verstieß gegen die Wertvorstellungen, die er bekämpfte und von sich abschütteln wollte: Als Atheist konnte er allein die Vernunft als Maß akzeptieren; er hatte sich unzählige Male zu beweisen versucht, daß die auf die Vernunft gegründete humanistische Moral im Gegensatz zur herkömmlichen, auf der Religion aufbauenden, dem Glück – und somit auch dem Ehebruch und der Prostitution – nicht entgegenstehen könne; und selbst wenn, dann zöge er, wie Caesar, das Glück der Moral vor ... Aber alles Kopfzerbrechen war zwecklos. Das Gefühl, etwas Schändliches und Sündiges zu tun, ließ ihn nicht los, während er die Straße hinaufging und hin und wieder die Mädchen anschaute, die mit ihren Handtäschchen an den Ecken und Eingängen der finsteren alten Gebäude standen. Die Häuser mit den bogenförmigen Fenstern und Türnischen, den rostigen, Blüten und Knospen nachgebildeten Eisengittern vor den Balkonen waren verwahrlost und dem gleichgültigen Verfall preisgegeben. Die meisten lagen im Dunkeln und erweckten den Eindruck, unbewohnt und voll von Sägemehl, Staub, Spinnweben und bösen Geistern zu sein.

Goldmann bog in eine Nebenstraße ein, die zur See führte. Als er zur *Bar 29* gelangte, blieb er wie gewöhnlich einen Moment vor dem kleinen Schaufenster stehen, um die Fotos der beiden Akrobaten, des Zauberers und der Striptänzerin zu betrachten. Dann betrat er das Foyer und ging, nachdem er dem Nachtklubbesitzer flüchtig zugenickt hatte, in den kleinen, dämmrigen Saal. Langsam näherte er sich der Bar, grüßte Karol, der in seinem gebügelten Kellneranzug hinter dem Tresen stand, nahm Platz und verlangte ein Bier. Als er sich umschaute stellte er fest, daß Paula nicht da war. Die schwarze Hosteß, die von allen Topsi genannt wurde, saß nicht weit von ihm bei einem älteren Mann, der einen eleganten dunklen Anzug anhatte und, ohne dabei zu reden, gemächlich eine Mahlzeit einnahm; stets auf das Essen konzentriert, beugte er sich ab und an leicht zu ihr herüber, um sie auf die Stirn zu küssen, oder schnitt einen Bissen von seiner Fleischportion ab, um ihn mit der Gabel zu ihrem Mund zu führen; sie gehorchte lustlos, doch mit einem Lächeln. Es befanden sich noch andere, überwiegend ältere Männer im Lokal. Auch sie waren gekommen, um ein wenig Entspannung und Vergnügen zu finden bei den Hostessen, die mit ihnen tranken, sich streicheln und umarmen ließen und vortäuschten, ihnen teilnahmsvoll zuzuhören. Das meiste, was ihnen von den Männern erzählt wurde, war ein schales Gerede über geschäftliche Dinge, Wohnungen und alle möglichen Nichtigkeiten des Alltags oder ein langweiliges Gemisch von Geschichten über Enttäuschungen und Probleme, die durchsetzt waren mit Behauptungen, Vorwürfen und plumpen Ergüssen ihrer Zuneigung. An manchen Tischen saßen jüngere Männer. Sie waren allein. Wie die älteren kehrten sie nahezu regelmäßig in das Lokal ein. Auch einige Paare waren gekommen, um den Abend hier zu verbringen, und warteten auf die Darbietungen des Sängers, des Zauberers, der beiden Akrobaten und der »berühmten Tänzerin«, die der Reklame zufolge aus dem *Crazy Horse* stammte. In der Zwischenzeit tranken sie etwas, plauderten und küßten sich im schummrigen Licht oder tanzten zur Musik des Orchesters, das aus Klavier, Schlagzeug und Saxophon bestand.

Goldmann, der sich gelegentlich umschaute, leerte nach und nach das Bier und unterhielt sich höflich mit Karol, der ihm wohl zum hundertsten Mal von seiner kleinen Heimatstadt im Rosental in Bulgarien erzählte. Überall würden Rosen gezüchtet und in besonderen Küchen in riesigen Bottichen gekocht, um das weltbekannte Rosenöl und Rosenwasser herzustellen; ein süßer Duft liege über dem ganzen Tal, sagte Karol. Unterdessen kam Lärm von der Eingangstür und aus dem Foyer. Sekunden später platzte ein sorgfältig frisierter Muskelmann in den Saal, der in seinem teuren schwarzen Anzug mit der roten Nelke im Knopfloch festlich herausgeputzt aussah und eine magere junge Frau in einem weißen Brautkleid hinter sich herzog, er war allen hier bekannt. Er wirkte benommen von der Freude und vom Alkohol. Und während er den anderen mit einem breiten Lachen auf dem Gesicht zuwinkte, befahl er der jungen Frau, sich zu setzen. Sogleich ging sie zu einem der Tische und nahm Platz. Er schlug mit der Faust auf den Tresen und verkündete: »Ich hab geheiratet! Ich hab geheiratet!«

Er zeigte auf die junge Frau, die steif und demütig dasaß. Sie sah ihn nur an und spielte nervös mit ihren Fingern. Erschrocken, hilflos und mitleiderregend schaute sie aus in dem zerdrückten, fledderigen Brautkleid und hinter dem verrutschten Schleier, unter dem ein paar braune Strähnen heraushingen. Der Mann aber kümmerte sich nicht weiter um sie. Er rückte die rote Nelke am Revers seines Anzugs zurecht und schrie: »Sie haben mich zahm gekriegt!«

Er drückte Karol die Hand.

»Alles Gute«, sagte der Barmann.

Auch die beiden Kellner, der Koch und die Orchesterleute wünschten ihm Glück, die Animiermädchen küßten ihn.

»Sie haben mich zahm gekriegt!« schrie er von neuem, brach in ein schallendes Gelächter aus und bestellte unter dem Applaus der übrigen Gäste, die lachten und laut »Alles Gute!« riefen, eine Runde Bier fürs ganze Lokal, woraufhin sich der Besitzer, die Kellner und die Mädchen beeilten, das Getränk auszuschenken.

Da betrat Paula den Saal. Verwundert über das fröhliche Treiben, blieb sie einen Augenblick stehen. Als sie von dem freudigen Anlaß erfuhr, bewegte sie sich, von einer Puder- und Parfümwolke umgeben, rasch auf den Bräutigam zu, umarmte ihn und küßte ihn auf beide Wangen; auch er küßte sie und brachte dabei ihre Frisur ein wenig in Unordnung. Anschließend kam sie zu Goldmann und nahm neben ihm Platz. Er bestellte ihr ein Gläschen Madeira und legte zögerlich seine Hand auf ihren kräftigen Nacken. Während sie ihren Wein trank und mit ihm und Karol einige Worte wechselte, streichelte er ihren Rücken und ihre Brüste, die von einem steifen Korsett gehalten wurden. Im Hintergrund sah er das Scheinwerferlicht aufleuchten und die kleine Tanzfläche erhellen. Das war das Zeichen: Gleich würde der künstlerische Teil des Abends beginnen. In gespannter Erwartung trank Goldmann schluckweise sein Bier und unterhielt sich mit Paula, die mit dem Kopf wippte, lächelte und ihn auf die Wange küßte. Sie war dick, hatte eine weiße, rötlich schimmernde Haut und in große Locken gelegtes, blondiertes Haar wie eine Diva, die einem alten Film entstiegen schien. Sie war gutmütig und stets geduldig, und Goldmann hatte sich an sie gewöhnt. Als das Programm anfing, bedeutete er ihr, sich zu erheben und ihn in den rückwärtigen Teil des Gartens zu begleiten. Der Garten war durch ein rostiges Gitter und wenige dürre Sträucher vom Grundstück des Nachbarhauses getrennt. Dort drüben war alles dunkel, bis auf den Kartenspielklub in der zweiten Etage. Wo sie jetzt standen, konnten Goldmann und Paula mühelos die Köpfe der Spieler und die langsam kreisenden Ventilatoren an der Decke erkennen.

In der Luft schien eine Schranke zu brechen. Mit einemmal setzte ein Wind ein, dem eben noch Einhalt geboten war. Das stille Plätschern des Meeres wandelte sich rasch in ein eintöniges Rauschen. Von der Straße waren vereinzelt Autos und Stimmen zu hören, und durch die Wände und die geschlossenen Fenster des Nachtklubs drangen dumpfe Orchesterklänge nach draußen. Goldmann und Paula schmiegten sich aneinander, um zu tun, was ihre Absicht war. Es passierte schnell und zielstrebig, von ein paar routinierten, bedeutungslosen Liebkosungen begleitet. Als Goldmann fertig war, gab ihm Paula wie jedesmal einen Kuß auf die Stirn und fragte ihn, ob es gut war. Goldmann, der ihr den Rücken zuwandte, sagte ja.

Doch nahm sie seine Antwort wohl gar nicht wahr. Sie hatte ihre Kleider geordnet und sich bereits umgedreht, um, ohne seine Reaktion abzuwarten, an die Bar zurückzugehen. Auch Goldmann hatte sich wieder angezogen. Er vermied, ihr ins Gesicht zu sehen. Es war kühler geworden, und er bemerkte plötzlich, wie unangenehm ihm die kalte Luft war. Leer und niedergeschlagen trat er den Heimweg an. Wie immer hatte er das Gefühl, eine Sünde begangen zu haben, außerdem war er enttäuscht, weil das alles nicht das geringste mit den wilden Orgien zu tun hatte, die er sich vorstellte. Unter dem Eindruck der Fotos, der unanständigen Bücher und der Erzählungen Caesars hatte er sich stets ausgemalt, wie er mit zwei Mädchen gleichzeitig die höchste Erfüllung fände.

Der Wind ließ nach. Ein warmer Regen ging behutsam nieder, und Goldmann steuerte auf das Meer zu und schlenderte, die Hände in den Hosentaschen, die Strandpromenade entlang. Er kam an der schäbigen Spielhalle mit dem Punchingball und den ratternden Automaten vorbei, an dem

Café, das zur Straße hin offen war, und dem Lokal, in dem er wegen einer Prostituierten Prügel hatte einstecken müssen. Dahinter kam das Café, in dem er nach langem Zögern ängstlich und voller Erwartung zum erstenmal eine Prostituierte angesprochen hatte, doch hatte die Geschichte keine zehn Minuten gedauert und mit einer schmachvollen Niederlage geendet: die Frau verlangte zuerst das Geld, steckte die Scheine in ihre Handtasche und führte ihn dann in die zweite Etage. Goldmann glaubte, sie würde ihn in einen mit Betten ausgestatteten Raum bringen, doch fand er sich in einem schwach beleuchteten Saal wieder. Sie forderte ihn auf, sich an einen Tisch zu setzen, und bestellte, ohne ihn um Erlaubnis zu fragen, auf seine Rechnung Wein und eine Schachtel amerikanische Zigaretten. Er durfte sie, während sie rauchte und trank, nur leicht umarmen, ihre Brüste durch das Kleid hindurch fühlen und sie ein- oder zweimal sehr vorsichtig küssen, damit ihre Schminke nicht verwischte und ihre Frisur nicht durcheinandergeriet. Goldmann fühlte sich verhöhnt und betrogen. Er versuchte zu protestieren, doch wurde ihm rasch klar, wie zwecklos das war, er riskierte höchstens eine Prügelei. Er sprang auf und sagte: »Du hast einen Kunden verloren.«

Eilig entfernte er sich. Der Regen machte die Luft lau, und von der Fahrbahn und den Trottoirs ging ein angenehmer Geruch nach feuchtem Staub aus. Goldmann fühlte den Regen nicht. Er setzte den Heimweg fort, und sein Schritt wurde ruhiger. Als er sich aber dem Haus näherte und das Licht im Wohnzimmer sah, wurde er ungehalten. Er trat ins Treppenhaus, schaltete die Beleuchtung ein und ging hoch.

In der Wohnung waren noch Onkel Lasar, Abraham Schechter, Judith Meisler, Beracha, Schmuel und sein Bruder Aharon. Als Schmuel und Beracha, die, ohne ersichtlichen Grund, ständig den Neid ihrer Schwägerin auf sich zog, im Ausland lebten, hatte Aharon seinen Vater listig und rücksichtslos aus dem Metzgereibetrieb der Familie gedrängt, ihm schließlich sogar den Zutritt verboten und sich vollständig des Geschäfts bemächtigt. Seit dieser Zeit wechselten die beiden Ehepaare nur noch selten ein paar kühle, höfliche Sätze – eine Umgangsform, die vornehmlich Aharon pflegte, da er sich seltsamerweise beleidigt und von Schmuels Verhalten zu Unrecht getroffen fühlte. Schmuel hatte die ganze Aufregung um die Schlägerei längst aus seinem Gedächtnis getilgt, doch

Aharon hielt das Gefühl der Kränkung in sich lebendig und saß schweigsam und zornig neben seinem Bruder. Erst als Goldmann das Zimmer betrat, wurde er munter, ein Lächeln deutete sich auf seinem Gesicht an. Er fühlte sich Goldmann verbunden, weil er und sein Sohn Avram, der viele Jahre in Frankreich gelebt hatte, eine Zeitlang miteinander befreundet und im ersten Schuljahr in derselben Klasse gewesen waren.

Bis auf Abraham Schechter, der sich zum Gehen erhob, unterhielten sich die übrigen Gäste noch, tranken Tee und aßen Obst von der Torte, die Mosche Zellermeyer mitgebracht hatte und von der kein Krümel übrig war. Goldmann blieb einen Augenblick stehen und sagte: »Guten Abend.«

Aharon fragte ihn nach seinem Befinden.

»Danke, gut«, sagte er und erkundigte sich nach Avram.

»Er ist sehr beschäftigt. Aber vielleicht kommt er später noch.«

»Er kommt bestimmt«, sagte seine Frau. »Es ist so heiß hier im Sommer, und er hat soviel zu tun.«

Sie erhob ihre Stimme, so daß alle sie hörten, denn sie und Aharon waren sehr stolz auf ihren Sohn. Avram aber schämte sich für seine Eltern: für seine Mutter, weil sie eine dicke, laute und neugierige Frau war, und für seinen Vater, weil er einer Frau an Neugier nicht nachstand und sich dazu noch grob und brutal aufführte. Als Kind war Avram selbst wegen Kleinigkeiten fast zu Tode geprügelt worden.

»Schön, er soll kommen«, sagte Goldmann, während er sich von Abraham Schechter verabschiedete, der ihn mit erloschenen Augen anblickte und ihm gleichgültig die Hand drückte. Seit Jehuda, sein Sohn, der geboren wurde, als er etwa vierzig war, mit einem Jeep auf eine Mine gefahren und ums Leben gekommen war, glühte nicht ein Funke eigenen Willens mehr in ihm, er hatte sich in sich zurückgezogen und war religiös geworden, doch sein vager, zerbrechlicher, nach innen gekehrter Glaube glich kein bißchen der behäbigen, naiven Frömmigkeit von Mosche Zellermeyer, der am Schabbat in die Synagoge ging und für seinen Sohn ein Bar-Mitzwa-Feier veranstaltet hatte, die Feiertagsgebräuche und Familienfeste einhielt, ohne sich ihrer Bedeutung bewußt zu sein, und weder die Gebote erfüllte noch an Gott glaubte, ja nicht einmal über die Möglichkeit seiner Existenz nachdachte; ebensowenig konnte man Abrahams schlechten Glauben mit der plumpen Frömmigkeit von Max Spielmann vergleichen, die – ähnlich der unvermittelt erwachten Religiosität des sozialistischen Pioniers Mosche Zeimer – nur eine aus Wohlstand und Dekadenz resultierende Mode war, die in hohlen Phrasen über nationale Einheit und jüdische Tradition ihren Ausdruck fand, wie in der Gewohnheit, der Gemeinde gelegentlich eine Spende zukommen zu lassen und zu Neujahr, am Versöhnungstag und bisweilen auch am Schabbat in den Tallis gehüllt und den Blick aufs Gebetbuch geheftet in einer der vorderen Reihen der Synagoge zu sitzen. Selbst Goldmanns Versuch, sich der Religion zuzuwenden, war mit Abraham Schechters zaghafter Gläubigkeit nicht zu vergleichen. Sie wuchs aus dem Verlangen eines gebrochenen Menschen, eine Stütze zu finden, sowie aus seiner Verzweiflung und seinem Unvermögen, sich vom Joch der Not und der schmerzlichen Unverständigkeit zu befreien. Für Goldmanns Vater aber, der mit Abraham Schechter bereits in Polen befreundet gewesen war, blieb seine Hinwendung zum Glauben eine verwerfliche Tat, trotz aller Sympathie und allen Mitgefühls, denn zur Weltanschauung von Goldmanns Vater gehörte das Prinzip, die Religion zu mißachten – was er eifrig und kompromißlos verkündete. Jeder Versuch, zum Glauben zurückzufinden und sich in den Armen der jüdischen Tradition zu wiegen, schien ihm absurd. Das galt für Abraham Schechter, obwohl der Tod von Abrahams Sohn Goldmanns Vater tief erschütterte und er bei der Beerdigung, in einiger Entfernung von den übrigen Trauernden, bittere Tränen vergoß, und erst recht für Max Spielmann und Mosche Zeimer; ihre widerwärtige, geheuchelte, unverzeihliche Frömmelei machte ihn rasend, weil er nichts als Dummheit in ihr erkannte. Immer wieder brachte Goldmanns Vater in Wort und Tat seine Ansichten über das Thema unverhohlen zum Ausdruck. Auch in diesem Punkt unterschied er sich von Joel und Onkel Lasar, die ebenfalls überzeugte Atheisten waren, doch ihre Einstellung nur in ihrer Lebensführung demonstrierten – insbesondere Joels Unglaube schien jeder ideologischen Motivation zu entbehren. Für Schmuel und Beracha dagegen war ein Leben ohne die Religion lange Zeit unmöglich gewesen, denn sie hatten Großmama Chawa zu sich genommen und viele Jahre mit ihr zusammengelebt. Zwar waren sie nicht religiös, doch wollten sie Großmama Chawa nicht weh tun und respektierten ihren Glauben, selbst als sie nicht mehr bei Sinnen war und nicht verstand, was in ihr und um sie herum geschah. Schmuel wandte sich Goldmann zu und fragte ihn, wie es ihm gehe und ob es regne.

»Ja«, sagte Goldmann, »aber es ist angenehm draußen.«

Schmuel lud ihn ein, sich ein Weilchen zu ihnen zu setzen, und Beracha und Aharon schlossen sich seinem Vorschlag an. Aber Goldmann, der Schmuel und Beracha ebenso mochte, wie er Aharon und seine Frau haßte, entschuldigte sich, er sei müde, und wünschte den Gästen und seiner Mutter eine gute Nacht. Nachdem er sich im Bad die Haare und das Gesicht abgetrocknet hatte, ging er in sein Zimmer und schloß die Tür. Er trainierte gut zehn Minuten mit den Hanteln und dem *Bullworker,* dann legte er sie beiseite und zog sich aus. Ehe er sich hinlegte, ließ er seinen Blick auf der Suche nach einer Bettlektüre über die Bücher auf dem Tisch und auf dem Regal gleiten.

In dem vollgestopften Regal fanden sich zahlreiche Werke über das Judentum und die jüdische Mystik, rabbinische Schriften und Gebetsbücher, allesamt Überbleibsel einer Zeit, in der er sich hoffnungsvoll und enthusiastisch bemüht hatte, in den Schoß des Judentums zurückzukehren und ein gläubiger Mensch zu werden. Ein Jahr lang hatte er fest geglaubt, er habe es geschafft, aber trotz seines guten Willens und seines Engagements hatte er sich in Wirklichkeit nur eine hohle Frömmigkeit angeeignet, die sich allmählich wieder verflüchtigte: er hatte die Religion allein in ihren Äußerlichkeiten erfaßt, indem er einsah, wie nötig der Glaube und wie wünschenswert die Existenz Gottes sei. Er schien Manfreds Auffassungen nahezustehen. Manfred hatte ihm vor ein paar Monaten, im Winter, während ihres letzten Gesprächs gesagt, er glaube nicht, daß die Natur aus sich selbst entstehe und der Mensch völlig frei und sein eigener Schöpfer sei; nur wer die schrankenlose Herrschaft der Triebe und die Abwesenheit moralischer Werte wünsche, könne die Existenz Gottes verneinen, und nach einem kurzen Schweigen hatte er hinzugefügt: »Wir haben gesehen, was dabei herauskommt.« Und Goldmann hatte gesagt: »Ja, vielleicht hast Du recht.«

Das religiöse Experiment endete ebenso mit einer Niederlage wie sein Bemühen, den Taoismus als Weltanschauung und Lebensweise, als Modell seines Denkens und Strebens zu übernehmen. Auf der ermüdenden Suche nach dem wahren Weg hatte er wieder und wieder im Tao-te-king und allen möglichen Auslegungen gelesen, um zu begreifen, was ihm am Ende doch unfaßbar und fremd blieb. So fand er zur Psychologie, die er früher höhnisch von sich gewiesen hatte und an der er jetzt zum erstenmal Interesse fand, vor allem an der Jungschen Schule, die ihm hauptsächlich durch die Schriften Erich Neumanns vertraut wurde. Von ihrer Lektüre und den neu erworbenen Erkenntnissen tief beeindruckt, begann er, um Aufschluß über sich zu gewinnen, um sein Leben neu gestalten zu können, aufmerksam seine Träume zu beobachten. Sobald er aus dem Schlaf hochfuhr, richtete er sich auf und wiederholte sich, mit geschlossenen Augen auf seinem Bett sitzend, monoton und abgehackt murmelnd, was er eben noch träumte, um es bis zum Morgen nicht zu vergessen. Als er nach einiger Zeit bemerkte, daß die Methode zwecklos war, da ihm ganze Träume verlorengingen, zwang er sich aufzustehen, um am Schreibtisch, noch im Halbschlaf, mit bleierner Hand den Traum auf einem Blatt Papier festzuhalten. Am folgenden Tag versuchte er, ihn zu deuten, um unbekannte Dinge zu erfahren und Fähigkeiten in sich zu entdecken, die sonst unbewußt blieben; er suchte, wie in allen früheren Versuchen, etwas, das ihm über die Probleme und Wirrnisse des Seins hinweghelfen konnte, er wollte frei und zufrieden in einer eindeutigen und gesetzmäßig funktionierenden Welt leben, doch die Resultate der Traumdeutung erwiesen sich als dürftig und nutzlos, und so schwand allmählich auch das Interesse an der Psychologie.

Nach einer Phase des Überdrusses und der Gleichgültigkeit wurde er dann von neuem auf die Geschichte, die Gesellschaftswissenschaften und in geringerem Maße die Philosophie aufmerksam. Auch erinnerte er sich an sein Ideal von einem Leben auf dem Lande – das er nie ganz aufgegeben hatte. Sein leuchtendes Vorbild war Avinoam Leviathan, so wie er ihn und sein Leben während des Moschawbesuchs vor vielen Jahren begriffen und seither im Gedächtnis behalten hatte. Diese Erinnerungen mischten sich mit anderem, was er seit weit zurückliegenden Tagen in sich trug: Hin und wieder hatte er die Schulferien bei Joel und Zipora verbracht, die zu jener Zeit mit ihren Kindern auf dem Land lebten und einen großen Bauernhof führten.

Von einem wunderbaren Licht des Friedens und der Harmonie erhellte Bilder tauchten klar und deutlich aus der Vergangenheit auf, immer wieder sah er den blauen Himmel, die Felder, die braune Erde ... die dunkelgrüne Zypressenallee, in der ihm die strengduftende, staubige Sommerluft die Sinne nahm ... im Schatten der Bäume Zipora, die Grünfutter für die Gänse schnitt ... Obstbäume mit weißen Stämmen (er und Jeremiah hatten sie eines Sommers bemalt) ... stolze Gokkel, die vor Aufregung krähten; alles lag in einem weißen Licht, das von Osten kam, und einem tiefen Schweigen ... die grüne Kleewiese, die Avinoam mit durchnäßten Schuhen in der kühlen, reinen Morgenluft eines Schabbats mähte ... die wimmelnde Enge des Hühnerstalls, der warme Geruch von Federn, Futter, Mist und frisch gelegten Eiern (Esther sammelte sie ein und legte sie vorsichtig in einen Eimer) ... Paprika-, Tomaten- und Gurkenbeete im grell leuchtenden Mittag ... schön und braungebrannt Avinoam, den Blick geradeaus über ein bewässertes Feld schreitend, und seine Frau aus dem US-Staat Utah mit dem Essen für die fünfköpfige Familie ... hinter ihr die Weite des von Unkraut und vertrocknenden Blumen überzogenen Brachlands und anschließend die dunklen Zitrusplantagen, die sich bis zum bläulichen Horizont dehnten.

Wie gern hatte er sie betrachtet in dieser Stille im sanften, warmen Abendlicht, wenn er mit Meir und Jeremiah im Pferdewagen von einem fernen Feld jenseits des Eukalyptuswäldchens zurückkam und sich entspannt, der wohligen Müdigkeit seines Körpers ergeben, an die Mauer des Kuhstalls lehnte ... es roch nach Heu, Stroh und Dung, und drinnen, ganz in seiner Nähe, saß Avinoam und melkte bei elektrischem Licht die fünf Kühe, die friedlich kauend stillstanden, eine sich immer wiederholende Bewegung der Hand, die den Milchstrahl mit einem monotonen Geräusch in den Eimer zwischen seinen Beinen schießen ließ ... kurz darauf setzte Goldmann, der endlich die Zeitung nahm und sich aufs Bett legte, den Deckel auf die gefüllte Kanne, trug sie vorsichtig hinaus und lehnte sich wieder an die Mauer ... in die Beobachtung Avinoams versunken, berauschte er sich an der Müdigkeit seines Körpers ... er hatte das ganze Leben noch vor sich und wußte, daß das Leben auf dem Land seine Erlösung sein würde, daß er stets an seinem Traum festhalten müsse, und tatsächlich – er hatte ihn nie aufgegeben; mehr als alle anderen Träume erschien ihm dieser real und greifbar.

Nachdem er einen flüchtigen Blick in die Zeitung geworfen hatte, legte er sie beiseite, streckte sich und betrachtete die Decke des Raumes. Einige Zeit später drehte er sich auf die Seite, seine geöffneten Augen sahen die Wand an. Deutlich vernehmbar waren die Stimmen der Gäste im Nebenzimmer, er schloß die Augen und rutschte unter die Sommerdecke, es wurde ruhiger, allein Judith Meisler war noch zu hören, und als auch sie bald den Heimweg antrat, breitete sich Stille aus. Nur die Mutter hörte er noch, die in die Küche trat, das Geschirr spülte und alles an seinen Platz zurückstellte. Danach ging sie auf die Toilette und in ihr Zimmer, deckte das Bett auf und legte sich hin. Nun herrschte völliges Schweigen. Goldmann streckte den Arm und machte mit geschlossenen Augen das Licht aus. Aber er war hellwach. So ging das nun schon seit mehreren Monaten, möglicherweise schon seit über einem Jahr. Er wälzte sich und versuchte, sich auf das Einschlafen zu konzentrieren. Nach einer Weile schaltete er das Licht wieder ein, schlug innerlich gespannt und nervös die Zeitung auf und las, bis er sich ruhig und müde fühlte. Er machte das Licht aus, sehr langsam, um nicht von neuem munter zu werden, und lag mit geschlossenen Augen da. Er spürte, wie sich der Schlaf ausdehnte und seines Körpers bemächtigte . . . und war noch immer hellwach. Er drehte sich auf die andere Seite, doch schwirrten ihm Gedankenfetzen durch den Kopf. Schließlich erhob er sich, um zwei Tabletten zu schlucken, und kehrte ins Bett zurück.

Am folgenden Morgen wachte Goldmann aus schwerem Schlaf auf. Es war wolkig und kühl wie an einem wechselhaften Apriltag. Er blieb mit geschlossenen Augen liegen, obwohl ihn vom Moment des Erwachens an einiges bedrängte, das er zu klären und zu erledigen hatte. Vielleicht waren es die Schritte seiner Mutter, die ihn endlich veranlaßten, behäbig aus dem Bett zu steigen. Als er sich gewaschen und Kaffee getrunken hatte, holte er den Schlüssel zum Geheimfach seines Vaters aus dem Versteck zwischen den Büchern hervor. Er beabsichtigte, die Sterbeurkunde zu den anderen Dokumenten zu legen und das Sparbuch des Vaters an sich zu nehmen (sein Ausweis befand sich im Küchenschrank), um die Rechnungen zu begleichen, die wegen der Behandlung seiner Krankheit, für die Beerdigung und den Grabstein eingegangen waren; gleichzeitig wollte er die Versicherungspolice, die Wertpapiere und Schuldscheine suchen. Er unterrichtete seine Mutter von dem Vorhaben, öffnete das Fach, an das sich zu Lebzeiten des Vaters niemand herangetraut hatte.

Es zeugte von peinlicher Sauberkeit und pedantischem Ordnungssinn. Neben den Briefmarken und den Fotoalben, die alte Aufnahmen fröhlicher junger Menschen und einer glücklichen Familie enthielten, lagen leere Scheckhefte der Seruvavel-Bank, der Anglo-Palestine-Bank und der Barclay-Bank sowie dreißig, vierzig Jahre alte Quittungen über Spenden und Zahlungen, deren Empfänger zumeist längst nicht mehr existierten. Goldmann stand einen Augenblick untätig, mit einem Gefühl des Unwohlseins und der Furcht vor dem geöffneten Fach; es kam ihm merkwürdig vor, der Besitzer all dieser Sachen zu sein. Er beugte sich ein wenig vornüber und begann, vorsichtig in den Dokumenten zu stöbern. Da waren das Sparbuch, die Versicherungspolice, die Wertpapiere und Schuldscheine, auch ein altes Foto von seiner Schwester und das Testament seines Vaters. Er nahm es, zögerte und legte es zurück, so wie er es gefunden hatte. Erst am nächsten Morgen berichtete er nach reiflicher Überlegung seiner Mutter von der Existenz des Schriftstücks und bat sie um ihre Zustimmung, es von Onkel Lasar in ihrer beider Anwesenheit öffnen und vorlesen zu lassen. Stefana nickte gleichgültig und sagte: »Wie du willst.«

Als Onkel Lasar am frühen Abend zu ihnen kam, überreichte ihm Goldmann das Testament. Und Onkel Lasar, den Goldmanns Bitte in Verlegenheit brachte, schaute ihn und Stefana an, dann setzte er sich die Brille auf, öffnete den Umschlag und begann mit leiser, monotoner Stimme zu lesen. Goldmann glaubte, in seinem unbeteiligten Tonfall Kritik und Distanz zu spüren; er empfand Mißmut bei diesem Gedanken, sagte jedoch kein Wort. Das Testament, an dem Goldmanns Vater in den letzten vier Jahren seines Lebens gearbeitet hatte, vermittelte seine ganze brutale und direkte Willkür. Das präzis formulierte, überaus komplizierte Opus war die Frucht zahlreicher Entwürfe und unendlich langer Überlegungen. Mit Hilfe eines gerissenen Anwalts hatte Goldmanns Vater ein in sich geschlossenes Werk erdacht, um sicherzustellen, daß Stefana und Goldmann, die rechtmäßigen Erben, nur dann in den Genuß seines Besitzes kämen, wenn sie bestimmte, von ihm festgelegte Bedingungen erfüllten. Diese aber machten die Erbschaft, vor allem für Stefana, zu einem überaus zweifelhaften Vergnügen. Als Onkel Lasar, den Goldmann die ganze Zeit konzentriert beobachtete, den Letzten Willen seines Bruders verlesen hatte, fragte er Stefana, ob sie von ihm oder Goldmann eine Erklärung bestimmter Absätze wünsche. Aber Stefana, die den Wortlaut des Testaments mit einem eisigen Ausdruck der Geringschätzung vernommen hatte, sagte auf polnisch: »Danke, das ist nicht nötig.«

Damit war die Angelegenheit für Stefana erledigt. In Goldmann aber lebte der Groll gegen seinen Vater von neuem auf. Er legte das Dokument in den Schrank zurück und betrachtete das Foto von seiner Schwester: Ein Teil des Bildes war mit einer Schere oder einem Rasiermesser herausgeschnitten. Als er das Geheimfach wieder verschlossen hatte, überkam ihn noch einmal das Gefühl des Unbehagens und der aus der Vergangenheit wiederkehrenden Furcht . . . Er bildete sich ein, Onkel Lasar für die Gefälligkeit freundlich belohnen zu müssen. Also fragte er ihn, ob er Lust habe, Schach zu spielen. Onkel Lasar lächelte und sagte: »Gern.«

Goldmann holte das alte Spiel, sie setzten sich an den Küchentisch, stellten die Figuren auf und eröffneten die Partie. Niemand störte sie. Der Besucherstrom hatte von Tag zu Tag abgenommen, nachdem die meisten einmal, höchstens zweimal gekommen waren und so ihre Pflicht erfüllt glaubten. Die wenigen, die noch hin und wieder erschienen, um der schweigenden Stefana Gesellschaft zu leisten, waren Schmuel und Beracha, Judith Meisler (sie allein verstand, mit Stefana natürlich und ungehemmt umzugehen), Mosche Zellermeyer, Zeimers Frau und Manfred, der an diesem Abend, dem letzten der Trauerwoche, aus Haifa zurückkehrte, um von Stefana Abschied zu nehmen. Am übernächsten Tag würde er nach Holland fliegen und erst drei oder vier Monate später wieder nach Israel kommen.

Zu seinem Empfang trug Stefana ein dunkelblaues Seidenkleid und einen schönen, nicht ganz zu dem Kleid passenden Filzhut; sie beeindruckte durch ihre edle Anmut, die ein wenig künstlich, aber nicht fremd an ihr wirkte. Als Manfred ins Zimmer kam und auf sie zutrat, waren sie wie jedesmal aufgeregt, doch wich die Wiedersehensfreude schon nach wenigen Minuten höflichen Grolls und Ungeduld. Ihr kurzes Gespräch war wirr und gezwungen, immer wieder unterbrochen von bedrückenden Momenten des Schweigens und angefüllt mit bedeutungslosen Phrasen und mit Worten, die allzu vorsichtig gewählt wirkten. Unruhig spielte Manfred mit dem Ehering an seinem Finger und putzte sich die Brille mit einem Taschentuch. Schließlich erhob er sich, nahm Abschied und ging. Stefana, die ihn, entgegen ihrer Gewohnheit, nicht zur Tür brachte, obwohl er einen Moment auf sie wartete, schaute ihm hinterher und sagte, als er das Zimmer verließ:

»Abschiednehmen will gelernt sein.«

Und, indem sie ihren Hut auf den Tisch legte:

»Es geht alles vorüber.«

Sie machte den Fernseher an. Doch schaute sie nur wenige Minuten unkonzentriert hin und schaltete ihn wieder aus. Untätig dasitzend betrachtete sie die kahle Wand und die weißen, durchsichtigen Gardinen.

Als sie zwei Tage später Judith Meisler von dem Abend erzählte, sagte sie: »Das war's, er ist abgereist. Aber es ist besser so.«

»Du wirst dich nach ihm sehnen«, sagte Judith Meisler, die noch als Krankenschwester tätig war und ein sehr russisches Gesicht hatte.

»Nie wieder«, behauptete Stefana.

»Du hättest ihn zur Tür bringen müssen.«

»Weshalb? Er hätte noch ein paar Minuten bleiben sollen. Er schien es eilig zu haben.«

»Du darfst nicht so stolz sein.«

»Das hat nichts mit Stolz zu tun.«

»Doch, Du bist viel zu stolz. Er hat Dir nichts getan.«

In dieser Antwort spiegelte sich die Wertschätzung und Achtung, die Judith Meisler für Manfred empfand, seit sie ihn vor vielen Jahren kennengelernt hatte. Seine Härte und Distanz waren ihr gleichgültig; auch wenn sie sich nie direkt dazu äußerte, respektierte und rechtfertigte sie uneingeschränkt sein Verhalten. Da er sie verlegen machte, tauschte sie trotz ihres häufigen Zusammentreffens stets nur wenige höfliche Sätze mit ihm, hörte ihm jedoch gern zu und achtete nicht nur auf den Inhalt, sondern ebenso auf den Klang seiner Worte.

Außer Judith Meisler schaute nur Onkel Lasar alle paar Tage bei Stefana vorbei, als müsse er die vierunddreißig Jahre Trennung und Verbannung, die Goldmanns Vater über ihn verhängt hatte, rückgängig machen, indem er dem verstorbenen Bruder noch einmal seine Zuneigung und Bereitschaft bekundete. Er sprach wenig während seiner Besuche. Stefana war Onkel Lasar gegenüber seit jeher zurückhaltend wie eine Fremde; Goldmann dagegen mochte ihn, noch ehe er ihn zum erstenmal sah – vor allem weil sein Vater bei jeder Gelegenheit verschleierte, doch vehement und haßerfüllt ausgesprochene Anschuldigungen gegen Onkel Lasar vorbrachte, ohne ihm die Möglichkeit zu geben, sich zu verteidigen. Goldmanns Verhältnis zu seinem Onkel war mit den Jahren immer enger geworden. Oft spielten sie Schach oder saßen still beisammen. Tatsächlich aber war Onkel Lasar kein von Natur aus schweigsamer Mensch; er schwieg, weil er Bescheid wußte über den Menschen und seinen Verstand, er kannte seine Begrenztheit und Schwäche, alles erschien ihm vieldeutig und widersprüchlich, in seinen Augen konnte allein der Zweifel wahrhaftig sein. Der Glaube sei nur wenigen gegeben, es habe keinen Sinn, vom Leben viel zu erhoffen. Um einen einzigen Tag zu überstehen, müsse sich der Mensch ständig selbst betrügen, indes das Schicksal unentwegt seinen Spott mit ihm treibe. Kein menschliches Wort könne die Erdkugel aus ihrer Bahn werfen und den vergangenen Tag zurückkehren lassen, die Leere füllen oder einem Menschen Trost spenden, dem die Augen geöffnet worden seien. Und obwohl Onkel Lasar der Wirklichkeit ins Gesicht sah, war er weder verbittert noch verzweifelt, wirkte ruhig und gleichmütig wie ein lebenserfahrener, klarsichtiger Mann, der das Leben mit dem nötigen Ernst, doch stets positiv anging und den nichts überraschen konnte, weil er schon einmal gestorben und von den Toten zurückgekehrt war: Bis ans Ende der Welt gelangt, hatte er unfaßbare Orte gesehen, die kein Mensch beschreiben könnte, inzwischen hatten sie wohl aufgehört zu existieren; er hatte Abenteuer bestanden, die er sich nie hätte ausmalen können; wunderbaren Visionen von einem neuen Zeitalter vertrauend, hatte er an der Wiege der Zukunft gestanden und am Ende sehen müssen, wie die unermeßliche Bosheit, Selbstsucht, Schwäche und Furcht der Menschen alles verdarb, obwohl der Entwurf einwandfrei gewesen war, und da hatte er widerstrebend und unter Schmerzen erkannt, daß dies die Erlösung sei, daß das Schreckliche, das ihn vor Wut hochfahren ließ, so menschlich war wie die Güte, die Freundschaft, die Aufrichtigkeit und der Mut, die ihn immer wieder von neuem rührten und wie früher glauben ließen, daß die Welt und die Menschen doch nicht verloren seien. Trotz allem, was er erfahren hatte, war er noch immer voller Erwartungen; er hatte nie aufgehört, nach Erkenntnis zu streben und Bücher zu lesen; stets wollte er seine Liebe zum Lernen und seine Neugier befriedigen, vor allem aber die Verkehrtheit der Welt verstehen, deren Chaos und Willkür sein Leben seit den Tagen der Kindheit bestimmten. In den endlosen Kämpfen des Krieges fiel die Stadt, in der er geboren war, von den Polen an die Russen, von den Russen an die Deutschen und von den Deutschen zurück an die Polen. Haß, finsterer Fanatismus und sinnlose Greueltaten paarten sich mit Hochmut, Heuchelei und Dummheit, die selbst gebildete, kühl denkende, aufrechte Menschen mit glühendem Eifer auf ihre Fahnen schrieben. Und als Onkel Lasar Polen verließ, folgte ihm die Willkür nach Palästina: Er mußte seinen Familiennamen von Goldmann in Schwarz umändern, wie er immer noch hieß, da ihm die damals in Palästina herrschenden britischen Mandatsgesetze zwangen, als Sohn von Rina und Jerucham Schwarz einzuwandern, obwohl er dieses Ehepaar nie vorher gesehen hatte und es nach ihrem Abschied am Hafen nur zwei- oder dreimal wiedertraf.

Er war siebzehn und kam zunächst in Jerusalem bei Joel und Zipora unter, die sechs Jahre vor ihm und zwei Jahre vor Ziporas Eltern ins Land gekommen waren. Ziporas Eltern ließen sich in Tel Aviv nieder, um in der Nähe ihres Sohnes Jeschaja zu sein, der jedoch wenige Jahre nach ihrer Ankunft an Malaria starb. Das geschah am Ende des Sommers, in dem Sara, Onkel Lasars und Ziporas jüngere Schwester, nach zwecklosen Zwischenstationen in Österreich und Deutschland in Palästina einwanderte. Nachdem Onkel Lasar ein Jahr in Jerusalem gewohnt hatte, zog er nach Tiberias, von dort über Sichron Yaakov, Chadera, Haifa und Binyamina nach Rechovot und anschließend wieder nach Haifa, um am Ende in Tel Aviv seßhaft zu werden, wo auch Joel und Goldmanns Vater wohnten. (Goldmanns Vater war vier Jahre vor ihm allein nach Palästina gekommen und nahezu zwei Jahre Mitglied eines Arbeiterkollektivs gewesen, das sich in den Steinbrüchen und den Siedlungen des Nordens nützlich machte.) Auf seiner Wanderschaft beteiligte sich Onkel Lasar an Erdarbeiten, war in den Steinbrüchen angestellt, wo er die Löcher für das Dynamit bohrte, Wache stand und sich um die Einzäunung von Grundstücken kümmerte; er arbeitete als Lastenträger und in der Landwirtschaft. In Tel Aviv wurde er Bauarbeiter und errichtete am Feierabend mit Goldmanns Vater, der schon mit Stefana verheiratet war und eine Tochter hatte, ein aus zwei Zimmern bestehendes Holzhaus. Er bezog einen der beiden Räume mit seiner Schwester Beracha, die in Begleitung ihrer Eltern, Großvater Baruch Chaim und Großmama Chawa ins Land gekommen war. Und einige Zeit später gesellte sich Ruven, Stefanas jüngerer Bruder, zu ihnen, während ihr Bruder Janek in Polen blieb. Ruven, ein großer Junge mit einem strahlenden, freundlichen Gesicht, gefiel Goldmanns Vater, und so wurden sie rasch gute Freunde. Doch zerstritten sie sich kurz nach der Ermordung Arlosoroffs, weil sich Ruven – als hätte er den Verstand verloren – ausgerechnet in der damaligen Situation den Revisionisten anschloß. Ein Abgrund tat sich zwischen den Freunden auf. Der Haß schwelte zunächst im verborgenen, um endlich auf der Hochzeit von Rachel, Onkel Lasars Frau, und Akiva Weiner heftig zum Ausbruch zu kommen.

Onkel Lasar und Goldmanns Vater hatten ihr Häuschen direkt an Joels angebaut, es bildete gewissermaßen einen Teil davon. Joel lebte mit Zipora und den drei Kindern, die sie zu diesem Zeitpunkt bereits hatten; als Großvater Baruch Chaim und Großmama Chawa zu ihnen zogen, rückten sie ein wenig zusammen, und Meir, ihr Ältester, der damals sieben war, teilte fortan mit den Großeltern ein Zimmer. Das Doppelhaus war von einem Garten umgeben, in dem Zipora Hühner hielt, Gemüse für den eigenen Bedarf anbaute, eine kletternde Luffa und Blumen zog; rundherum standen kreuz und quer andere Holzhäuser mit Dächern aus geteerter Pappe, die zum Schutz gegen die Hitze weiß angestrichen war: das alles in einer Einöde aus gelbem Sand, hinter der der Boden aus rotem Lehm bestand und mit Unkraut, Dornengestrüpp, Disteln, spärlichen Sträuchern, hier und da einer Sykomore, einer Zypresse, einem Maulbeer- oder Feigenbaum und Kakteenhekken bewachsen war; es gab dort ein paar niedrige weiße Häuser, dahinter ausgedehnte Weinfelder, bewässertes Land und die Zitrushaine der Araber, eingerahmt von Akazien, die zur Blütezeit die Luft mit einem betäubenden Duft erfüllten. Als

Beracha und Schmuel heiraten wollten, mußten sie sich beeilen, weil Beracha bereits schwanger war. Und so beteiligten sich alle am Bau eines neuen Heims, das in wenigen Wochen nahe dem Doppelhaus von Joel und Onkel Lasar entstand. Als Joel und Zipora ihr viertes Kind bekamen, bezogen Großvater Baruch Chaim und Großmama Chawa eins der beiden Zimmer, und sie blieben auch, als sich Schmuel und Beracha in Australien aufhielten. Schmuel hatte den Frisiersalon, den Weinladen und alle übrigen Unternehmen aufgegeben und glaubte in Australien, dem Land der Sonne, des Wohlstands und Friedens, ohne große Probleme durch geschickt eingefädelte Geschäfte ein reicher Mann werden zu können. Er versuchte sich im Woll- und Fleischhandel, in der Baubranche, er versuchte es mit Import und Export und sogar als Frisör, aber zu seiner großen Enttäuschung erwarb er lediglich ein paar Brocken Englisch und einen bescheidenen Betrag in Pfund Sterling, den er nach seiner Heimkehr bei verschiedenen Spekulationsprojekten und Maklertätigkeiten wieder verlor.

Schmuels Vater, der eifersüchtig über sein Geld wachte und seinem Sohn nie finanzielle Unterstützung gewährte, hatte ihm immer wieder vor solchen Geschäften abgeraten und ihm angeboten, sich an seiner Metzgerei zu beteiligen – die dann wenige Jahre später Schmuels jüngerem Bruder Aharon in die Hände fallen sollte, der gerade, als der Krieg begann, nach Palästina gekommen war und sogleich bei seinem Vater zu arbeiten anfing. Auch Großvater Baruch Chaim hatte Schmuel gelegentlich gewarnt, allerdings stets nur mit vorsichtigen Andeutungen, weil er vor allem Abscheu empfand, was ihm mit Betrug und Ausbeutung verbunden schien (Handel und Geldgeschäfte fielen für ihn in diese Kategorie); er war unerfahren, besaß kein Gespür fürs Geschäft und stand jeglichem Handel skeptisch und unsicher gegenüber. Die Reise nach Australien lehnte er mit Entschiedenheit ab. Ganze Tage fand er vor Kummer keine Ruhe und hoffte bis zur letzten Minute, Schmuel und Beracha würden den Plan noch fallen lassen. Doch als sie aufbrachen, segnete er sie, wünschte ihnen eine gute Reise und eine glückliche Heimkehr. Und während sie fort waren, kümmerte er sich um ihr Haus: Er strich es zweimal im Jahr – zu Pessach und zum Neujahrsfest –, beseitigte die Risse in der geteerten Pappe auf dem Dach und ersetzte die zerbrochenen Ziegel; im Garten pflanzte er mehrere Weinstöcke, einen Maulbeer-, einen Feigen- und einen Zitronenbaum, errichtete einen Taubenschlag, weil er Tiere, insbesondere Hunde, Ziegen, Pferde und Hühner, liebte, und für seine eigenen Zwecke einen Schuppen, in dem er Uhren reparierte, um seinen und Großmama Chawas Lebensunterhalt zu verdienen.

Er war ein kräftiger Mann mit festem schwarzem Haar, aufrichtig und gläubig, hielt ohne Fanatismus die religiösen Gebote ein, war ein begeisterter Zionist und berauscht vom Land Israel. Jedes neue Haus, das in der Stadt entstand, jeder Pfeiler, jeder Zaun, jedes Stück Straße, das gebaut wurde, machte ihn glücklich. Großmama Chawa dagegen war klein und dünn. Als sie sich noch bewegen konnte, hatte sie stets Kleider aus schwarzer Seide an und wandelte wie benommen durchs Haus. Die meisten Stunden des Tages weinte sie grundlos, und die Tränen rannen durch die Furchen ihres Gesichts, das sich immer weiter zusammenzog und in eine Ansammlung schlaffer, nach Verfall riechender Runzeln verwandelte. Sie schrumpfte, trocknete aus und war am Ende nur Haut und Knochen; ihr Verstand verdunkelte sich (vor allem nach Großvater Baruch Chaims Tod), doch dank verborgener Instinkte war sie noch in der Lage, zu kochen, zu stricken, das Haus zu putzen und die Gebote Gottes genau zu beachten. Es gelang ihr sogar, ihren Söhnen, von denen jeden Tag wenigstens einer vorbeikam, um nach seinen Eltern zu sehen, den einen oder anderen traditionellen Brauch aufzuzwingen. Sie betete in einer geheimen Sprache, deren Wörter in fetten schwarzen Buchstaben im alten Gebetbuch abgedruckt waren, das sie zu Großvater Baruch Chaims Kummer jedoch leichtfertig in unkenntliche Fetzen zerriß. Wenn sie Probleme hatte, ging sie zum Rabbi – der in ihren Augen die höchste Autorität auf Erden war und die Inkarnation der Einsicht und der Gewißheit, daß die Welt einem Zweck diene und kein gesetzloses Durcheinander sei, daß trotz der Sorgen, des Lärms, der Wirrnisse und des Unrechts alles aus einer Idee entspringe, eine Begründung und ein Ziel habe.

Sie hielt auch im Alter an der Sparsamkeit fest, die sie ihr Leben lang praktiziert hatte – und derentwegen sie Max Spielmann schätzte, sich von Stefana jedoch distanzierte (während sie Schmuels und Aharons Vater aus ganz anderen Gründen haßte). So flickte sie immer wieder dieselben alten Socken, sammelte Seifenreste, schälte die Kartoffeln hauchdünn und kochte für eine ganze Woche und mehr riesige Mengen Graupensuppe, die in wenigen Tagen derart eindickte, daß eine Katze darauf hätte laufen können, ohne Spuren zu hinterlassen. Und nie warf sie Essensreste, abgetragene Schuhe, alte Kleider oder Blechdosen weg.

Als die Italiener während des Krieges das Haus bombardierten, in dem sie mit Schmuel und Beracha lebte, versteckten ihre Kinder sie gerade noch rechtzeitig unten im Kleiderschrank. Und so überlebte sie, um einem Stein immer ähnlicher zu werden und wenige Jahre später zu sterben. Sie hatte ein hohes Alter erreicht, doch am Ende selbst Großvater Baruch Chaim vergessen und nichts mehr begriffen vom Geschehen um sie herum. Unaufhaltsam war sie in der Bewußtlosigkeit untergetaucht und schließlich gestorben.

Als seine Eltern ins Land kamen, war Onkel Lasar noch unverheiratet; so verbrachte er viele Stunden mit ihnen zusammen und stand ihnen zur Seite. Drei Jahre nachdem er sich in Tel Aviv niedergelassen hatte, wanderte seine Jugendfreundin Rachel mit ihrer Mutter und ihrem Bruder Max Spielmann ein. Sie fanden Unterkunft in einem großen Container, der verlassen bei den Holzhäusern stand. Zwischen Onkel Lasar und Rachel entwickelte sich von neuem ein enges Verhältnis, und schon kurze Zeit nach ihrem Wiedersehen begannen sie, vom Heiraten zu sprechen. Rachels Mutter war glücklich darüber, denn sie sah ihre freie, an keinerlei Verpflichtungen gebundene Liebe nicht gern. Doch bemühte sie sich, ihre Freude hinter einer Fassade aus Gleichmut zu verbergen, weil sie sich vor dem bösen Blick fürchtete und glaubte, es sei ungehörig und nicht wünschenswert, seine Gefühle zu zeigen. Ihr Sohn Max aber, der extrem linken Auffassungen anhing, reagierte mit unverhohlenem Ärger und Spott. Denn zu jener Zeit bestanden heftige politische Differenzen zwischen ihm und Rachels Bräutigam, Onkel Lasar, und darüber hinaus lehnte er die Familie als Lebensform prinzipiell ab, ohne jedoch seinen Standpunkt begründen zu können. Wahrscheinlich sah er die Familie als degenerierte, bösartige Keimzelle des Kapitalismus, die von wirtschaftlichen Interessen, Heuchelei und einer erstarrten Tradition getragen wurde, und glaubte, auf einen sozialen Radikalismus vertrauend, allein an die Liebe und freiere Formen des menschlichen Zusammenseins.

Nach einer Periode des Stillstands erlebte das Baugewerbe erneut eine große Blüte. Die Stadt wuchs schnell und umschloß allmählich das Viertel der Holzhäuser. In der Zwischenzeit gab es hier eine Synagoge, Wege waren angelegt worden, und in den kleinen Gärten sprossen Feigen-, Maulbeer-, Zitronen- und Mandarinenbäume, Zypressen, kletternde Luffa und wohlriechende Wicken, hier und da waren, Ziporas Beispiel folgend, Beete entstanden, auf denen Radieschen, Kopfsalat, Tomaten und Gurken gediehen, Hühner rannten frei in der Gegend herum, nachts bellten Hunde ihre Artgenossen und die heulenden Schakale an, die man ganz in der Nähe, unmittelbar vor dem Haus, glaubte. Großmama Chawa versetzten sie so in Angst und Schrecken, daß sie behauptete, jederzeit zur Rückkehr nach Polen bereit zu sein. Schwindelerregend breitete sich die Stadt über Dünen, Weinfelder und bewässerte Flächen aus, und Großvater Baruch Chaim hatte alle Mühe, das Entstehen so vieler Häuser, Straßen und Betriebe zu überblicken. Es bedrückte ihn zu sehen, wie die Stadt ihm entglitt und fremd wurde. Und ausgerechnet in dieser Blütezeit kehrte Onkel Lasar seinem Beruf den Rücken, weil er ihm uninteressant und zu beschwerlich erschien. Er begann eine Druckerei zu betreiben. Die Landessprache, auch Polnisch und Jiddisch, beherrschte er von Anfang an, zusätzlich hatte er sich gute Kenntnisse des Deutschen und Englischen sowie ein umfassendes Wissen auf verschiedenen Gebieten der Geistes- und Gesellschaftswissenschaften zugelegt. Denn die Welt machte ihn nicht allein wütend und unsicher, sondern weckte seine Neugier; er wollte die Gesetze ergründen, deren Kenntnis ihre Veränderung ermöglichen würde. Alles Gedruckte, Zeitungen und Bücher, übte eine besondere Faszination auf ihn aus, es weckte ein unerschöpfliches Interesse in ihm und ein Gefühl der Ehrfurcht.

Seit er die Druckerei betrieb – oder eigentlich schon vom Tag an, an dem sie begonnen hatten, gemeinsam das Haus zu bauen, kam es zu Streitgesprächen zwischen Goldmanns Vater, der dem Po'el Haza'ir angehörte, und Onkel Lasar, der die Achdut Ha'avoda unterstützte und dessen Anschauungen an Konsequenz gewannen und unentwegt nach links drifteten. Er war weniger kompromißbereit als Max Spielmann, obwohl dieser extremere politische Positionen einnahm. Oft entwickelten sich die Gespräche zu hitzigen Auseinandersetzungen oder gar beleidigenden, haßerfüllten Streitereien, in deren Folge die beiden Männer einander mieden und sich bisweilen weigerten, miteinander zu reden. Dann schalteten sich Joel und Zipora, Ruven oder die Eltern ein, auf deren eindringliches Zureden hin sie sich wieder versöhnten. Sie debattierten über den Kampf und die Ziele der Arbeiterklasse, die Sowjetunion und die kommunistische Bewegung, über den Zionismus und das Araberproblem, den Faschismus, die Gewaltanwendung und die Schwächen der Demokratie, den Aufbau des Landes und die Verbesserung der Welt ... Unterdessen wurde Rachel schwanger. Trotz des entschiedenen Widerstands Onkel Lasars und Max Spielmanns gegen religiöse Feierlichkeiten errichtete man eine Chuppa vor dem Eingang der Synagoge – auf den Dünen zwischen den Holzhäusern. Und während Onkel Lasar sich am Ende der Entscheidung der anderen fügte, sich sogar bemühte, auch während der Trauungszeremonie gut gelaunt und fröhlich zu sein, beharrte Max Spielmann auf seinem Widerstand, ignorierte die inständigen Bitten seiner Mutter, Rachels, Ziporas, Ruvens und Großvater Baruch Chaims und blieb der Hochzeit fern.

Es war Anfang Oktober, und die Luft duftete nach den Sykomoren, Feigen- und Eukalyptusbäumen. Obwohl es an den Abenden und in der Frühe bereits herbstlich kühl war, wurden Tische im Garten des großen Holzhauses aufgestellt, mit gestärkten Laken bedeckt und mit Vasen voller Geranien, Wicken, Myrte, Bougainvillea, Zypressen- und Zitrusbaumzweigen geschmückt. Die Gäste, unter ihnen auch Janek, der zu jener Zeit Palästina besuchte, saßen in weiße Hemden und Blusen gekleidet um die Tische herum, tranken Wein und Feigenmost, den Zipora selbst hergestellt hatte, aßen salzige und süße Pasteten, Kartoffelplinsen, Käse, pfeffrige Kichererbsen, Bonbons, Zwiebelküchlein, Mohntorte und Kuchen mit Marmeladenfüllung und Schokoladenglasur, die Rachels Mutter und Großmama Chawa in zwei Tagen und zwei Nächten gebacken hatten. Die Tränen, die Großmama Chawa ununterbrochen vergoß, hatten sich in den Teig gemischt und ihn, wie Rachels Mutter behauptete, nicht so schön aufgehen lassen und ein wenig bitter gemacht. Großmama Chawa weinte auch bei der Trauung, während des Festmahls und als alle sangen und tanzten. Selbst Abraham Schechter, der Rachel liebte und dem ihre Heirat beinah das Herz zerriß, nahm an dem Vergnügen teil. Ruven hielt beinah den ganzen Abend Judith Meislers Schwester Sara in seinen Armen, und es war wunderbar, Sara wie in einem Freudentaumel mit ihm tanzen zu sehen. Einige Monate später – als Janek, der immer Seidenwesten und spitze Schuhe trug, seine Haare mit Brillantine einschmierte und es wie kein anderer verstand, Walzer und Tango zu tanzen, Karten und Billard zu spielen, längst nach Polen zurückgekehrt war – heirateten Sara und Ruven entgegen Stefanas Widerstand und führten ein von großer Liebe erfülltes Leben. Doch bekamen sie keine Kinder, und die ständige Sehnsucht warf einen dunklen Schatten auf ihre Ehe.

Das Fest dauerte fast die ganze Nacht. Dann waren die Gäste gegangen, die Reste des Hochzeitsmahls standen auf den verlassenen Tischen, die Blüten und Zweige in den Vasen waren noch frisch und duftend. Und im weißen Licht des beginnenden Tages starb Großvater Baruch Chaim. Er ließ sich auf dem Rand des breiten Betts nieder, das er mit Großmama Chawa teilte, löste seinen Gürtel, ächzte und fiel zu Boden. Am folgenden Tag versammelten sich die Gäste zum zweitenmal. In den weißen Hemden und Blusen, in denen sie Onkel Lasar und Rachel unter die Chuppa geführt hatten, beerdigten sie Großvater Baruch Chaim. In Tränen aufgelöst und abwechselnd auf Joel, Goldmanns Vater und Onkel Lasar gestützt, sagte Großmama Chawa auf jiddisch: »Er war so ein großartiger Mann . . . er war so ein großartiger Mann . . .«

Und in der tränenerstickten Stimme, mit der sie diesen Satz wieder und wieder sprach, lag noch ein Rest der Bewunderung und des Verlangens, die sie in ihrer Jugend in Erregung versetzt hatten und später von den Gewohnheiten des Alltags aufgesaugt worden waren. Fünf Monate nach der Beerdigung, als der Winter zu Ende ging, brachte Rachel einen Sohn zur Welt, und Onkel Lasar gab ihm den Namen Baruch. Zwei Jahre später bekamen sie eine Tochter und nannten sie Zila, nach Rachels Großmutter mütterlicherseits, die sie nie gesehen hatten. In der ersten Zeit lebten sie mit Rachels Mutter und ihrem Bruder Max zusammen. Sie bauten ein Zimmer an den großen Container an und vergrößerten seine Küche. Doch als Zila geboren wurde, zogen Mutter und Bruder ins Haus von Joel, der mit Beracha und seinen Kindern während einiger Jahre in einer Mietwohnung und anschließend, fast bis zum Ende des Weltkriegs, in einem Moschaw lebte.

Als Zila zur Welt kam, verließ Onkel Lasar die Achdut Ha'avoda, um Kommunist zu werden. Aber im Unterschied zu Max Spielmann (der sich in Joels Haus eine kleine Schlosserei aufbaute), waren seine kommunistischen Überzeugungen zunehmend mit anarchistischen Ideen durchsetzt. Und während diese die Kritik des orthodoxen Kommunisten Max Spielmann hervorriefen, brachten Onkel Lasars kommunistische Ansichten seine früheren Genossen von der Achdut Ha'avoda, die mit wenigen Ausnahmen den Kontakt zu ihm abbrachen, seine Angehörigen und Freunde gegen ihn auf und provozierten Spannungen, Diskussionen und Feindseligkeit, wohin er auch ging. An einem Winterabend, als er und Goldmanns Vater Großmama Chawa besuchten, die mit Grippe im Bett lag, kam es nach einem scharfen Wortwechsel über den Zionismus und die Stellung der Araber in Palästina zum Bruch zwischen den Brüdern. Und als Goldmanns Vater wenige Monate später von Onkel Lasars Entschluß erfuhr, sich zur Unterstützung der republikanischen Regierung Spaniens den internationalen Brigaden anzuschließen, verhängte er über Onkel Lasar einen Bann, den er bis zu seinem Tod mit wilder Entschlossenheit aufrechterhielt und gegen den er kein einziges Mal verstieß. Alle Versuche, ihn und Onkel Lasar zu versöhnen, wies Goldmanns Vater entschieden zurück und sagte, er werde niemals Frieden schließen mit einem Kommunisten und Gegner des Zionismus, der seine Seele an den Teufel verkauft habe, und könne mit einem Mann, der seine Familie im Stich lasse, keinen Frieden schließen, selbst wenn er loszöge, um die Welt vor ihrem Untergang zu bewahren.

Zipora, Joel und Chaim-Leib, der wenige Monate zuvor mit Frau Chaja ins Land gekommen war, Schmuel, Beracha und viele andere, selbst Max Spielmann versuchten ihn von seinem Vorhaben abzubringen, natürlich auch Rachel, die ihn anflehte, zu bleiben und sie und die Kinder nicht allein zu lassen. Aber Onkel Lasar bestand hartnäckig auf seinem Vorhaben. Am Anfang des Sommers nahmen sie schweigend Abschied, und er bestieg ein Schiff, das nach Frankreich auslief. Er schickte zwei Briefe aus Paris, einige Zeit später eine Karte aus Barcelona und danach wieder mehrere Briefe, die mit wenigen Ausnahmen für Rachel bestimmt waren. Dann entstand eine monatelange Pause. Und eines Tages kamen seine Papiere zurück mit der Nachricht, er habe bei einem

Bombenangriff in der Nähe der Stadt Teruel den Tod gefunden. Kurz darauf aber erreichte sie plötzlich wieder ein Brief von ihm. Zwar waren der Ort und das Datum unlesbar, doch gelangten Gerüchte nach Palästina, er lebe und sei in der Nähe von Tarragona, in Valencia, Madrid und in einem kleinen Krankenhaus in Ontanieta gesehen worden. Rachel schöpfte Hoffnung. Weitere Informationen aber – darunter die Nachricht, er sei von polnischen Freiwilligen umgebracht worden – bestätigten die anfängliche Mitteilung und ließen Rachels Hoffnung schwinden. Dennoch wartete sie drei Jahre auf ihn, ehe sie nach langen Gewissenskonflikten Akiva Weiner heiratete, der ihr über Monate hinweg mit Zurückhaltung den Hof gemacht hatte, und damit entschied sie sich auch gegen Abraham Schechter, dessen Zuneigung ihr nicht verborgen geblieben war, obwohl er es nie gewagt hatte, sie offen zu äußern. Mehr als alles andere wünschte Rachel Hilfe und Sicherheit für sich und die Kinder, und Akiva Weiner konnte ihr beides geben.

Die Hochzeit fand in kleinem Kreis statt, in Anwesenheit der engsten Freunde und der Familien. Sie scharten sich um die mit allen Köstlichkeiten beladenen Tische, doch wehte ein Wind der Trauer und des Unbehagens über der Feier und erstickte jeden Versuch, Freude aufkommen zu lassen. In der Mitte des Festes, nachdem Jona Kosinski mit seinem Tenor jiddische Lieder und eine Arie aus »La Traviata« gesungen hatte – zur großen Freude von Ziporas Schwester Sara, die damals bereits seine Frau war, als alle um den Tisch saßen und versuchten fröhlich zu sein, entbrannte der furchtbare Streit zwischen Ruven und Goldmanns Vater, der zur Auflösung der Hochzeitsgesellschaft führte. Niemand hatte dem Konflikt, der plötzlich zum Ausbruch kam und nur wenige Minuten dauerte, Einhalt gebieten können. Ausgelöst wurde er durch einen beleidigenden Satz über Jabotinsky, den Goldmanns Vater scheinbar beiläufig, doch mit erhobener Stimme fallen ließ. Sogleich entwickelte sich zwischen ihm und Ruven ein lauter Disput über die Ermordung Arlosoroffs, der rasch in persönliche Beschimpfungen und schwerwiegende Anklagen mündete. Goldmanns Vater wurde vor Wut und Haß aschfahl im Gesicht. Er sprang auf, schlug mit aller Kraft auf den Tisch und brüllte: »Du dreckiger Faschist! Du Mörder! Geht doch zu Hitler!«

Er stürmte hinaus und stieß achtlos Gäste und Stühle beiseite, die ihm den Weg versperrten. Und Ruven, dessen Hände und Lippen vor Erregung zitterten, weil er nie mit anderen stritt oder jemanden derart beschimpfte, schrie hinter ihm her: »Kommunist! Verkommene Kreatur! Du Teufel! Ihr habt ihn umgebracht! Ihr bringt sie alle um!« – und sank erschöpft auf seinen Stuhl.

Von diesem Tag an sprachen sie nicht mehr miteinander, mieden Orte, wo sie einander hätten begegnen können, und trafen sie sich zufällig auf der Straße, gingen sie, sich gegenseitig mit Mißachtung strafend, aneinander vorbei. Vor allem Goldmanns Vater weigerte sich zu verzeihen. Und der Haß, der schon lange in ihm gebrodelt hatte und erst im Streit während der Hochzeit explodierte, pulsierte weiter, selbst nachdem Ruven wenige Jahre nach dem Eklat durch einen Stromschlag ums Leben kam. Abscheu und die Rachgier machten es Goldmanns Vater unmöglich, den eindringlichen Bitten vieler Angehöriger und Bekannter zu folgen und Ruvens Beerdigung beizuwohnen. Selbst in Stefanas Gegenwart versäumte er keine Gelegenheit, Schmähungen und bittere Anklagen gegen ihn vorzubringen. Er sah noch in den zurückhaltendsten Ausformungen des Revisionismus einen verkappten Faschismus und eine versteckte Gefahr für das Volk; sein Widerwille war grenzenlos, und noch wenige Monate vor seinem Tod sagte er in einem Gespräch mit Abraham Schechter über die politische Lage in Israel: »Begin versucht sich von seiner Schokoladenseite zu zeigen, aber das wird ihm nichts nützen. Seine Leute haben Arlosoroff auf dem Gewissen.«

Und Goldmann, der die Küche betrat und diese Worte hörte, war stolz auf seinen Vater.

»Arasis Bruder behauptet, das sei nicht wahr«, wandte Abraham Schechter ein.

»Sie haben ihn umgebracht. Das ist eine Tatsache.«

Nichts auf der Welt hätte diese Überzeugung erschüttern können, die sein Denken und Fühlen vergiftete und bei Rachels Hochzeit so brutal aus ihm hervorbrach.

Eine Woche nach der Trauung zog Rachel mit den Kindern zu Akiva Weiner, das leerstehende Holzhaus kaufte Chaim-Leib, renovierte es in wenigen Wochen und baute einen Raum an, in dem er eine große, hölzerne Mangel aufstellte. Zu dieser Zeit befand sich Onkel Lasar schon viele Monate am nördlichen Ende der Welt, in Jakutien, dem Ort seiner Verbannung; dort endete seine endlos scheinende, beschwerliche Wanderschaft. Er war mit anderen Kämpfern der internationalen Brigaden in die Sowjetunion gebracht und dort des Trotzkismus, des Anarchismus und der konterrevolutionären Untergrundtätigkeit angeklagt worden, ohne die Chance zu erhalten, sich zu verteidigen. Dank eines unerklärlichen Gnadenakts wurde er zur Verbannung verurteilt, und lebte in Jakutien, an der Küste des nördlichen Eismeers, in Gemeinschaft mit anderen politischen Gefangenen zuerst im Wrack eines gestrandeten Schiffs, später in einer der primitiven, von Erdhügeln bedeckten Holzhütten, die die Verbannten sich aus alten Heringsfässern gebaut hatten. Er arbeitete als Fischer und Maurer und wurde bei dem erfolglosen Versuch, die versteinerten Erdöl- und Kohlevorkommen zu fördern, die in der Region entdeckt worden waren, zu unsinnigen Frondiensten gezwungen.

Seine Hände wurden hart und seine Beine schwer wie Blei. Die unablässige Kälte und Erschöpfung machten seine Sinne stumpf und trieben ihn in die Gleichgültigkeit. Das unerträgliche Weiß des Eises, die ins Endlose gedehnten Tage und Nächte, die hier einem ungewohnten Rhythmus der Zeit folgten, das Nordlicht, das farbig leuchtende trügerische Phantome an den Himmel malte (die Seelen der Toten zögen zum Tanz aus, sagten die kleinwüchsigen Einwohner Jakutiens), das alles drohte ihn um den Verstand zu bringen. Zu den Schrecken des Überlebenskampfs hinzu kam die bedrückende Sinnlosigkeit des Weges, dem sein Leben gefolgt war, seit er Palästina verlassen hatte und schließlich als Saboteur und Konterrevolutionär verurteilt worden war. Eine unerklärliche Willkür hatte alles ins Chaos gestürzt und war zum Gesetz geworden, die Welt und das Leben stellten ein verwirrendes, bedrückendes Rätsel dar, dem Verstand und der notwendigen guten Ordnung entgegengesetzt. Dieser Gedanke verfolgte ihn bei Tag und Nacht wie der Geruch von Fisch und Eis. Um sich aus der furchtbaren Verzweiflung zu befreien, hielt er Einkehr und strengte sich unentwegt an, das Rätsel zu lösen und die unversöhnlichen Widersprüche in Einklang zu bringen, denn es schien ihm undenkbar, das Leben als Chaos und nicht von Logik und Gerechtigkeit regiert zu sehen. Und während er sich noch mühte und an seine Überzeugungen klammerte, lernte er Dinge, die ihm nie zuvor in den Sinn kamen:

Er sprach wenig und wurde gleichgültig gegenüber der Zeit. Er ertrug geduldig die Willkür und Zweifel, die ihm auch Lebenskraft gaben, existierte fast hoffnungslos, ohne Erwartungen, und fragte nicht, was morgen sein würde. Er vermied den Gedanken an seine Familie, der ihn erst später, nach einer langen Phase des Vergessens, einholen sollte. Er lernte die Sehnsucht in seinem Herzen zu begraben, so wie er lernte, dem eisigen Schneesturm zu widerstehen und seine Bedürfnisse bei minus sechzig Grad im Freien zu befriedigen. Und eines Tages, nach ungefähr achtzehn Jahren, war er frei. Er hatte sich nie um seine Entlassung bemüht, keine Anträge gestellt und sein Verhalten während all der Jahre nicht verändert. Mitten im Winter, an einem kühlen, regnerischen Tag, kam er in Palästina an. Nur Joel, Zipora, Schmuel und Beracha empfingen ihn am Flugfeld. Seine Mutter, Großmama Chawa, war seit langem ans Bett gefesselt, und Goldmanns Vater weigerte sich, auch nur einen Millimeter von seiner Position abzurücken.

Das Wiedersehen verursachte eine große Aufregung, schließlich hatten sie die Hoffnung auf seine Rückkehr schon lange aufgegeben und ihn eine Woche vorher noch tot geglaubt, aber es hatte auch etwas Bedrückendes. Denn obwohl sie nicht mehr dieselben Menschen waren wie jene, die sich einst voneinander verabschiedet hatten, gab es noch offene Rechnungen aus der Zeit vor der Trennung und harte, schmerzliche Wahrheiten, die in den vielen Jahren der Trennung entstanden waren, von denen Onkel Lasar noch nichts wußte. So standen Rachel und die Kinder nicht am Flugfeld, und ihre Abwesenheit lag wie ein Schatten über den anderen, die unruhig darauf warteten, daß Onkel Lasar sich nach ihnen erkundigen würde. Aber er hielt sich zurück, fragte allein nach Großmama Chawa, und auch abends sollte er das Thema nicht ansprechen, während sie gelöst plaudernd im großen Zimmer saßen. Kaum war Onkel Lasar im Flughafengebäude erschienen, umarmten und küßten sie ihn glücklich und aufgeregt, sprachen absurde, belanglose Sätze, scherzten, schlossen ihn wieder und wieder in die Arme, und Beracha, die ununterbrochen weinte, hörte nicht auf, ihn zu berühren, seine Schulter und seinen Arm zu streicheln, und so ging es weiter den ganzen Weg, bis zu Joels und Ziporas Wohnung. (Joel und Zipora hatten ihren Bauernhof kurz vor dem Ende des Weltkriegs verkauft, um in die Stadt zu ziehen.) Dort gab es ein festliches Mittagessen mit den Kindern, Ziporas Schwester Sara und Jona Kosinski, der aus seiner Konditorei eine vorzügliche Nußtorte und verschiedene Sorten Gebäck mitbrachte. Für das Ereignis war der Tisch wie am Pessachabend ins große Zimmer gerückt und ganz ausgezogen worden. Nach der Mahlzeit blieben alle sitzen und fuhren fort sich zu unterhalten. Erst als es dunkel wurde, machten sich die Gäste auf den Heimweg. Onkel Lasar ging ins kleine Zimmer und legte sich hin, um ein wenig Ruhe zu finden, schlafen konnte er nicht, obwohl er von der Reise erschöpft war. Später aßen sie eine Kleinigkeit, tranken Kaffee, saßen – jetzt ohne Kinder und Gäste – beisammen und unterhielten sich in aller Ruhe. Zipora, Schmuel, Joel und Beracha berichteten Onkel Lasar von Jeschajas und Ruvens Tod, von Großmama Chawas Krankheit und von Rachel, die Akiva Weiner geheiratet hatte, nachdem aus Spanien glaubwürdige Informationen über seinen Tod eingetroffen waren.

Das Wiedersehen mit der Familie und die unverhoffte Wende, die sein Leben genommen hatte, brachten Onkel Lasar durcheinander, er war wie benommen, fühlte sich schwerelos und verlor jedes Gefühl für die Realität. Was er sah und hörte, die Zeit und die Menschen, all das floß an ihm vorbei, so als gehöre es einer anderen, existenten und doch unwirklichen Welt an. Er hörte den anderen ruhig zu, ohne ein äußeres Zeichen der Aufregung oder Überraschung. Als habe er erwartet, daß die Dinge so kommen würden. Für einen Augenblick herrschte Schweigen. Dann sagte er, er wolle am folgenden Tag seine Mutter begrüßen und anschließend Rachel und die Kinder besuchen. Beracha, Zipora und Joel bemühten sich vergeblich, ihn zu überzeugen, den Besuch bei Rachel noch zu verschieben. Und so verließ Onkel Lasar am nächsten Morgen das Haus, nachdem Zipora Rachel Bescheid gegeben und ihre Zustimmung erhalten hatte. Schwindelig vom Anblick seiner Umgebung und von der Berührung der Luft, ging er zu Schmuel und Beracha, die seit ihrer Rückkehr aus Amerika mit Großmama Chawa lebten. Wenige Wochen nach ihrer Ankunft hatten sie das Holzhaus verkauft und eine Wohnung erworben, die sie kurze Zeit später gegen eine größere eintauschten. Schmuel war nicht daheim, die Restaurants, der Import für Autoradios und all die anderen Geschäfte beanspruchten ihn sehr. Beracha führte Onkel Lasar zu ihrer Mutter, die im hintersten Zimmer untergebracht war, weit weg vom Wohnzimmer, damit sie nicht störte.

Das Zimmer war weiß gekalkt und peinlich sauber, doch die Luft war schwer und voll mit den Gerüchen der Laken und Medikamente – vielleicht konnte der Kälte wegen nicht ausreichend gelüftet werden. Großmama Chawa lag reglos unter einer dicken Daunendecke, eine kleine, zusammengeschrumpfte Gestalt, deren Geschlecht nicht mehr zu bestimmen war. Nur der Kopf und die Hände waren zu sehen, sie wirkte verloren auf den weißen Weiten des Bettes. Ihr Verstand war seit langem getrübt, ihre Ohren taub und ihre Augen blind, so daß sie nur noch hell und dunkel unterscheiden konnte, doch als Onkel Lasar den Raum betrat, drehte sie ihren weißen Kopf leicht zur Seite und fragte: »Lasar . . .?«, und er sagte vorsichtig nähertretend: »Ja, Mutter« und küßte ihr entstelltes Gesicht und ihre Hände, die nur noch aus trockener Haut und Knochen bestanden. Von ihrem Körper und ihrem warmen, üblen Atem ging der strenge Geruch des Siechtums aus. Er nahm an ihrem Krankenlager Platz, sprach zu ihr, küßte sie wieder und wieder, vor Rührung und erfüllt vom Verlangen nach ihrer Nähe und ihrem Verständnis. Sie aber lag da wie ein Stein und reagierte nicht mehr. Er stand auf und verließ auf Zehenspitzen das Zimmer. Nachdem er sich etwas beruhigt hatte, trank er mit Beracha Tee, verabschiedete sich von ihr und trat den Weg zu Rachel an, beschloß aber nach einer Weile, einen Umweg durch das Viertel der Holzhäuser zu machen, das jetzt von anderen Gebäuden umschlossen war, klein und erbärmlich aussah, abseits liegend und dem Verfall preisgegeben wie ein Provisorium, das bald von seinen Bewohnern verlassen würde.

Im Haus von Schmuel und Beracha wohnte ein Polsterer, der eine Hälfte des Gebäudes zu einer Werkstatt umgebaut hatte, die Wände waren krumm, die Teerpappe auf dem Dach an mehreren Stellen zerrissen, und der Garten, den Großvater Baruch Chaim so liebevoll gepflegt hatte, trostlos: Auf der Erde lag verrostet das metallene Taubenhaus, der Feigenbaum und die Weinstöcke waren verdorrt, überall Unkraut, Papierschnitzel, zerrissene Stoffstücke, zerbrochene Ziegel, Sägemehl und Seegras zuhauf. Auch das Haus, das früher Joel und Goldmanns Vater gehört hatte, machte einen heruntergekommenen Eindruck. In ihm wohnten jetzt Fremde, die eingezogen waren, als Max Spielmann beschlossen hatte, es zu verkaufen. Er war mit seiner Mutter und Beruria, seiner Frau, die damals ihren ersten Sohn erwartete, in eine Fünfzimmerwohnung gezogen, in eins der neuen, vornehmen Häuser, die auf den Ruinen der arabischen Dörfer erbaut wurden, obgleich ihm nicht am Luxus gelegen war; im Gegenteil, er lebte sparsam und verstand mit Geld umzugehen, doch meinte er, sein gesellschaftlicher Status verpflichte ihn zu einer großzügigen Wohnung, und glaubte, daß sie seinen Geschäften förderlich wäre; darüber hinaus betrachtete er sie, wohl zu Recht, als sinnvolle Kapitalanlage.

Die Schlosserei hatte er bereits vor dem Ende des Weltkriegs verlegt, die günstige Auftragslage hatte das Geschäft expandieren lassen – eine Entwicklung, die auch nach der Staatsgründung anhielt, als er hauptsächlich für die Armee arbeitete und der Betrieb erneut in geräumigere Räume zog. Max Spielmann beschäftigte zu diesem Zeitpunkt bereits zwanzig Arbeiter, aber er war immer noch unverheiratet und lebte mit seiner Mutter, der er, anders als seine Schwester Rachel, tief verbunden war. Er sah keine Notwendigkeit, sich zu verheiraten, im Lauf der Jahre hatte er sich an das freie, unkomplizierte Junggesellenleben gewöhnt und all seine Energie, seine Zeit und sein Streben auf die Geschäfte, die Erweiterung des Unternehmens und die Anhäufung von Kapital konzentriert. So versuchte er sich, nachdem er mehrere Tankstellen erworben hatte, auch in betrügerischen Praktiken, indem er das Benzin mit Öl mischte und die Uhren der Zapfsäulen manipulierte. Es kam zum Prozeß. Und obwohl er behauptete, dies sei das Werk seiner Angestellten, von dem er nichts wußte, verurteilte ihn das Gericht zusammen mit zwei Angestellten und verhängte eine schwere Geldstrafe über ihn. Doch abgesehen vom finanziellen Schaden löste die Geschichte nur ein vorübergehendes Gefühl des Unbehagens in ihm aus. Weder der Prozeß, an dessen Stattfinden er bis zum letzten Moment gezweifelt hatte, noch das Urteil erschütterten seinen aufrichtigen Glauben, ein unbescholtener, anständiger Mensch zu sein. Seine Beziehungen und sein Ansehen in der Geschäftswelt und den Ministerien erwiesen sich als gefestigt und nahmen keinerlei Schaden. Die wenigsten betrachteten seine Tat als unverzeihliches Vergehen, es handelte sich höchstens um einen Fehltritt, den man rasch vergessen sollte und der das Verhältnis zu ihm nicht beeinträchtigen konnte. Manch einer rechtfertigte sein Verhalten sogar, doch gehörten Rachel und sein Schwiegervater nicht zu diesen Leuten. Sein Schwiegervater war der Besitzer eines Werkes, in dem Warmwasserspeicher und Nirostaartikel hergestellt wurden. Max Spielmann hatte einige Aufträge für ihn ausgeführt und auf diese Weise, geraume Zeit bevor er ins Tankstellengeschäft einstieg, Beruria kennengelernt. Sie war über dreißig und wurde von ihrer Umgebung bereits als alte Jungfer gesehen. Wenige Monate nachdem sie sich kennenlernten, heiratete er sie – nicht aus Liebe, doch ebensowenig aus kühler Berechnung, obwohl er kurz darauf Kompagnon ihres Vaters wurde und sie das Viertel der Holzhäuser verließen, in dem mittlerweile fast ausschließlich Menschen lebten, die sie nicht kannten. Allein Chaim-Leib wohnte noch in dem Haus, das früher Rachel und Onkel Lasar gehört hatte, dem Container, der um einen Raum und eine Terrasse ergänzt worden war und vor dessen Eingang Gemüse und ein paar Sträucher gediehen . . .

Onkel Lasar stand im kalten Wind, Sehnsucht und Traurigkeit umhüllten ihn. Benommen blickte er umher und sah plötzlich Frau Chaja an einem Fenster stehen. Sie schüttelte die Tischdecke aus und schaute ihn an. Aber sie erkannte ihn nicht. Er beeilte sich, seinen Blick abzuwenden, machte kehrt und entfernte sich rasch wie ein Fremder, der irrtümlich in diese Gegend geraten war. So kam er zum Haus von Rachel. Obwohl sie sich vorgenommen hatte, ihm höflich und wohlwollend gegenüberzutreten, schließlich waren seit seiner Abreise viele Jahre vergangen, verhielt sie sich distanziert und sehr kühl: Weder reichte sie ihm die Hand, noch bot sie ihm einen Platz an oder fragte, wie es ihm gehe. Als sie ihn vor der Tür stehen sah, hätte sie ihn am liebsten gefragt, weshalb er überhaupt komme, und ihn gebeten, sofort wieder zu gehen. Aber ein wenig von seiner Erregung erfaßte auch sie; außerdem war sie neugierig und wollte ihn anständig behandeln. So schwieg sie, spürte jedoch keine Sympathie für ihn.

Onkel Lasar kam ohne Groll zu ihr. Er hatte seine Schuld eingesehen und war bereit, die gerechte Strafe zu akzeptieren; er fühlte nichts als Bedauern und Trauer. Dennoch hoffte er, ihr die Sätze sagen zu können, die er sich in den vielen Jahren zurechtgelegt und hundertfach, tausendfach wiederholt hatte.

Auch mit Baruch und Zila wollte er sprechen, aber sie hatten sich mit ihrer Mutter am gegenüberliegenden Ende des Tischs aufgestellt und sahen ihn verwirrt an. In wenigen Minuten wurde ihm klar, daß selbst die geringste Hoffnung, die in Wirklichkeit nur eine verhaltene, demütige Regung des Herzens, und vielleicht nicht einmal das mehr war, der Grundlage entbehrte. Kein erklärender Satz, kein Bitten um Verzeihung war jetzt noch möglich. Er sagte ein paar Belanglosigkeiten, auf die Rachel etwas antwortete, und als er gehen wollte und seine Hand nach Zila ausstreckte, stand das Mädchen wie erstarrt vor ihm, indes ihr Bruder sich umdrehte und ins andere Zimmer rannte. Onkel Lasar verließ Rachels Wohnung und ging ziellos durch den Regen, er weinte so heftig, daß ihm die Tränen über das Gesicht und den Hals liefen, er trat achtlos in Pfützen und nahm den stürmischen Wind und den Regen, der ihm entgegenpeitschte, kaum wahr. Es begann dunkel zu werden, und als er endlich zu Joel und Zipora zurückkehrte, schauten sie ihn beunruhigt an, stellten ihm aber keine Fragen. Zipora gab ihm trockene Kleider und ein Glas Tee; später deckte sie ihm sein Bett auf, er legte sich hin und schlief sofort ein. Mitten in der Nacht wachte er mit hohem Fieber auf. Und Zipora – die für ihre achtzigjährige Mutter sorgte, ihren Töchtern und Schwiegertöchtern unermüdlich bei der Lösung ihrer Probleme zur Seite stand, sich um ihre Schwester Sara kümmerte, die sich tagein, tagaus bitter beklagte und hilflos in ihrer stets unaufgeräumten Wohnung umherlief, pflegte nun auch Onkel Lasar, der erst nach acht Tagen wieder gesund wurde. Während der Wochen, in denen er bei Joel und Zipora wohnte, traf er oft Verwandte, alte Freunde und Bekannte. Bei einem seiner Besuche am Krankenbett von Großmama Chawa begegnete er Goldmanns Vater, der seinen Gruß nicht erwiderte und kein Wort zu ihm sagte. Er lernte noch einmal Joels und Ziporas Kinder kennen, die bis auf Avieser alle verheiratet waren, machte Bekanntschaft mit ihren Ehegatten und den Enkeln, die sie Joel und Zipora geschenkt hatten. Er traf auch Schmuels und Berachas Sohn Uri und ihre Tochter Ilana-Amos, ihr Ältester hielt sich schon seit mehreren Jahren in Amerika auf, wo er Betriebswirtschaft studierte.

Onkel Lasar ging nicht ins Druckereigewerbe zurück. Er fand eine Anstellung als Bäcker – eine Arbeit, die recht gut bezahlt wurde und ihm neue Ruhe gab. Nach einiger Zeit nahm er sich nahe der See eine kleine Wohnung, in der er allein lebte, bis er nach Ablauf eines Jahres mit Judith Tannfuss zusammenzog. Sie war braunhaarig, von mittlerem Wuchs, bescheiden und ordentlich, arbeitete seit vielen Jahren als Englischlehrerin an einem Gymnasium und führte das beschauliche Dasein einer unverheirateten Frau. Da kein ernstzunehmender Grund für eine Hochzeit vorlag, lebten sie ohne Trauschein zusammen, wie ein altes Ehepaar, im harmonischen Einverständnis abgeklärter, ausgeglichener, wohlerzogener Menschen, die an stürmischen Veränderungen nicht mehr interessiert waren und in dieser, wie aus sich selbst entstehenden Stille eines Tages gemeinsam im Schlaf sterben würden. Im Sommer setzten sie sich am frühen Abend, nach getaner Arbeit, auf den Balkon, sahen auf die Straße und die Gärten mit den buschigen Zypressen, den Schachtelhalmbäumen und Tamarisken, in denen die Vögel zwitscherten; sie unterhielten sich oder lasen; im Winter machten sie es sich im gut geheizten Zimmer bequem; sie gingen ins Kino, manchmal auch ins Theater und machten, stets Arm in Arm, lange Spaziergänge, die für Onkel Lasars Gesundheit förderlich waren; häufig schauten sie auch bei Joel und Zipora vorbei, denn Onkel Lasar fühlte sich wohl bei ihnen und ihren Kinder, von denen täglich eines die Eltern besuchte. Ein- oder zweimal die Woche sahen sie, meist während eines Spaziergangs, nach Großmama Chawa, die entgegen der sicheren Vorhersagen unbeirrbarer Ärzte weiterhin ihr apathisches Dasein führte. So viele Krankheiten und Schicksalsschläge hatte sie überstanden, auch die erzwungene Wanderschaft nach dem Krieg, und nun sah es so aus, als habe sie den Tod besiegt oder der sie vergessen.

Ungefähr drei Jahre nach dem Ende des Weltkriegs, als die Dunkelheit Großmama Chawa immer dichter umhüllte, hatte sich Schmuel infolge erfolgloser Investitionen, Spekulationsgeschäfte und der Aufnahme von Krediten zu unseriösen Bedingungen (auch von seinem Bruder Aharon hatte er Geld geliehen) hoch verschuldet. Er floh mit Beracha und ihren beiden Kindern, Uri war damals noch nicht geboren, nach Amerika, nachdem er heimlich den Schmuck und alle anderen Wertsachen verkauft und Goldmanns Vater um drei Uhr morgens, vier Stunden vor ihrem Flug, von seinem Vorhaben unterrichtet hatte. Goldmanns Vater holte Großmama Chawa und ihre beiden Kupferleuchter zu sich – ihr Bett ließ er stehen, weil es zu groß war –, verriegelte Schmuels Haus und vermietete es wenig später an Abraham Schechter. Aharon war es zuvor noch gelungen, gewaltsam einen Teil des Mobiliars und der Haushaltsgeräte in seinen Besitz zu bringen. Fortan herrschte bei den Goldmanns bedrückende Enge, und als Stefana von neuem krank wurde, nahmen Joel und Zipora Großmama Chawa auf ... bis Zipora, die sich um ihre Kinder und Schwiegertöchter, ihre Enkel, ihre Schwester Sara und nun auch um ihre Mutter zu kümmern hatte, unter der Last der Aufgabe zusammenbrach. Und so wurde Großmama Chawa mit ihren Kupferleuchtern zu den Goldmanns zurückgeschickt. Doch blieb sie nur kurze Zeit, weil Stefana, die sie stets mit höflicher Ungeduld behandelte, nie wieder gesund wurde und nicht über die notwendige Energie und Ausdauer verfügte, um sich nach den orthodoxen Speisegesetzen zu richten, die sie einhalten mußten, solange Großmama Chawa bei ihnen wohnte. Zwei Wochen nachdem Schmuel und Beracha überraschend aus Amerika heimgekommen und in ihr leergeräumtes Haus eingezogen waren, kehrte Großmama Chawa in das Zimmer mit dem großen Bett zurück. Ihre Wanderschaft wäre zu Ende gewesen, hätte Schmuel das Haus nicht verkauft, um eine Eigentumswohnung zu erwerben, die er bereits kurze Zeit später gegen eine geräumigere Wohnung eintauschte. Er und Beracha behielten die Großmutter bis zu ihrem Tod bei sich, doch sollte sie erst mehrere Jahre nach Goldmanns Vater sterben – wie eine Uhr, deren kaum wahrnehmbares Ticken mit einemmal unbemerkt aufhörte. Während der vielen Jahre ihres inhaltlosen Daseins bekam sie regelmäßig Besuch von ihren Kindern, und zweimal im Jahr, am Abend des Versöhnungstags und am Todestag Großvater Baruch Chaims, versammelten sich alle, um gemeinsam an ihrem Bett zu sitzen. Bei diesen Gelegenheiten begegneten sich auch Goldmanns Vater und Onkel Lasar, die sich sonst nur hin und wieder zufällig auf der Straße sahen; doch trotz der Versuche, sie zu versöhnen, sprachen sie kein Wort miteinander und vermieden, sich anzusehen.

Onkel Lasar war froh, wieder von seiner Familie umgeben zu sein, und unternahm alles, um seine Mutter glücklich zu machen, obwohl dies seit langem unmöglich war. Ebensooft, wie er Großmama Chawa, Joel und Zipora besuchte, schaute er nach dem Tod seines Bruders bei Stefana vorbei. Und während seine Schwägerin stets gleichgültig auf ihn reagierte, bereitete ihm Goldmann einen überaus herzlichen Empfang. Vor dem Schachspiel, das mit der Zeit zu einer feierlichen Gewohnheit wurde, machte ihm Goldmann einen starken Kaffee mit einem Schuß Cognac und servierte ihn in einer der beiden Tassen, die von dem teuren tschechischen Service übriggeblieben waren ... Als sie das Geschirr während des Krieges geschenkt bekommen hatten, hatte es dem Familienleben für kurze Zeit ein wenig Glanz verliehen. Ein furchtbares Chaos herrschte damals seit vielen Jahren bei ihnen, eine düstere Atmosphäre des Zorns und der Aussichtslosigkeit, die die wirtschaftliche Not und die Spannungen zwischen Goldmanns Vater und seiner Umgebung heraufbeschworen. Der Verfall der Währung und die Aufrichtigkeit und der Stolz des alten Goldmann verhinderten, daß seine Fähigkeiten und die Kraft, die er in seine zermürbende Arbeit investierte, Früchte trugen.

Die Familie Goldmann wohnte zu jener Zeit im großen Zimmer des Holzhauses, von einer Unmenge grüner Möbel umgeben, die sich um das massige schwarze Büffet drängten. Abends wurden sie zur Seite gerückt, um ein wenig Platz für Goldmanns und Noomis Betten zu schaffen; Stefana und Goldmanns Vater schliefen auf einem Sofa mit Sprungfedern. Im zweiten Zimmer waren Stefanas Eltern untergebracht, zwischen lauter klotzigen braunen Möbeln, die sie größtenteils zusammen mit Kissen, Federbetten und Haushaltsgeräten aus Polen mitgebracht hatten, die wechselnden Untermieter bewohnten die Kammer, die nach dem Krieg eine Zeitlang Noomi gehörte, und als eines Tages, im Krieg, David Kostomolski erschien, ein entfernter Cousin von Goldmanns Vater, der seine Uniform und seine Papiere am Strand versteckt hatte und von der Armee desertiert war, wurde jeden Abend im Flur ein Klappbett für ihn aufgestellt, das später über ein Jahr von Mosche Zellermeyer benutzt wurde. Der hatte die Konzentrationslager überlebt und war ohne Angehörige und Freunde nach Palästina gekommen, Goldmanns Vater gewährte ihm Unterschlupf, kaufte ihm Kleidung, gab ihm Geld, half ihm, Arbeit und schließlich sogar eine Frau zu finden, und Mosche Zellermeyer vergaß nie, was die Goldmanns für ihn getan hatten. Auch David Kostomolski war ihnen stets dankbar. Im Unabhängigkeitskrieg war er Fahrer bei der israelischen Armee, danach verließ er die Goldmanns und mietete sich vorübergehend zusammen mit Madame des Bottons in einem kleinen Hotel ein. Madame des Bottons war eine feine, gutaussehende Witwe sephardischer Herkunft, Mutter einer Tochter, eine hervorragende Schneiderin und gute Köchin, die die Goldmanns aus Scham und Respekt nie besuchte, nicht einmal nach dem Tod von Goldmanns Vater, obwohl auch sie ihnen aus unerfindlichen Gründen ergeben und überaus dankbar war.

Goldmanns Vater pflegte bündelweise Bauholz auf den Schultern nach Hause zu schleppen, um den Badeofen zu heizen, er flickte Schuhe und fertigte Sohlen aus alten Gummireifen an, reparierte den Petroleumkocher, elektrische Leitungen und verstopfte Abflüsse, besserte die Wände und Fliesen aus, er behob alle Defekte in ihrem Haus, doch herrschten darin fast immer Beklommenheit und unterdrückte Feindseligkeit. Selbst die plötzlichen Anfälle guter Laune, in denen er mit einem Laken über den Schultern und einem Kissen auf dem Kopf laut singend durchs Zimmer marschierte, Topfdeckel aneinanderschlug und Grimassen schnitt, bereiteten Goldmann keine Freude. Er fühlte sich unwohl, fürchtete sich sogar und wünschte, sein Vater möge mit dem Spektakel aufhören, und Stefana empfand regelrecht Abscheu vor diesen Szenen – denn alles, was Goldmanns Vater tat, das Gute wie das Schlechte, offenbarte tyrannische Züge und eine aufgestaute Gewalttätigkeit. Nur wenn er Goldmann und Noomi, als sie noch klein waren, seine drei Zauberkunststücke vorführte, wirkte er wirklich ausgelassen und fröhlich: Er verschluckte ein Messer oder eine Gabel, ließ mit einem Faustschlag ein Glas verschwinden oder legte mit seinem Mund ein Ei.

Das tschechische Service hatte ein Untermieter ins Haus gebracht, ein hübscher Junge, kräftig gebaut und sehr höflich, ein gebürtiger Danziger, der im Hafen arbeitete, die Miete pünktlich entrichtete und auf Sauberkeit achtete; selbst während der wenigen Stunden des Tages, die er sich in seinem Zimmer aufhielt, hatte man den Eindruck, er sei nicht im Haus, weil er seine Freizeit vorwiegend schlafend oder Zeitschriften lesend verbrachte; allein der strenge Tabakgeruch seiner Pfeife störte ein wenig. Das Kaffeegeschirr brachte er in einen Karton verpackt als Abschiedsgeschenk am Abend, bevor er auszog. Er überreichte es Goldmanns Vater und sagte: »Das ist für Sie und Ihre Familie.«

Goldmanns Vater, der gerade mit dem Abendbrot fertig war, sich in den Zähnen stocherte und einen Blick in die Zeitung warf, sagte: »Was ist das? . . . Das war doch nicht nötig.«

Da er ungern Geschenke annahm, wirkte er abweisend und verlegen, doch schätzte er jede Art von Aufmerksamkeit und freute sich über die Geste des jungen Mannes, der einige Schritte zurückwich, in der Küchentür stehenblieb und sagte: »Das ist nur Geschirr.«

Goldmanns Vater stellte den Karton auf den Tisch und wiederholte: »Das war wirklich nicht nötig. Schade ums Geld.«

»Ich habe gern bei Ihnen gewohnt«, sagte der Untermieter.

Stefana zog einen Hocker unter dem Tisch hervor: »Kommen Sie, nehmen Sie Platz.«

Goldmanns Vater öffnete zögernd die Verpackung und brachte vorsichtig und voll Verwunderung eine Tasse zum Vorschein, die wie das übrige Geschirr, die Teller, die Kanne und die Zuckerdose, wie eine kostbare Frucht eingewickelt und in weiße Watte gebettet war. Er hielt sie hoch, um sie allen zu zeigen, und als er wie ein Fachmann mit dem Finger gegen sie schlug, ertönte ein feiner Glockenklang. Er drehte sie um und las vor, was auf der Unterseite geschrieben stand: »Made in Czecho-Slovakia.«

Danach reichte er sie Stefana, die sie nur widerstrebend berührte.

»Wunderschön, wirklich wunderschön«, sagte sie und stellte die Tasse schnell auf den Tisch, so als fürchte sie, sie würde in ihren Händen zerspringen.

Ihre Mutter befühlte den Rand der Tasse mit ihren kräftigen Fingern und sagte auf jiddisch: »Das tschechische Porzellan ist besser als das deutsche.«

Sie nickte lächelnd dem jungen Mann zu, der verlegen in der Küchentür stand und pausenlos den dicken Silberring mit der eingravierten Schlange an seinem Finger hin- und herschob.

Goldmanns Vater war von dem Ereignis tief beeindruckt. »Sie hätten nicht soviel Geld ausgeben dürfen«, sagte er.

Der Untermieter lächelte abwesend. »Es hat mich nicht viel gekostet ... Ich dachte, Sie könnten es vielleicht brauchen.«

Stefana setzte den Wasserkessel auf den Petroleumkocher. Danach wandte sie sich wieder dem jungen Mann zu: »Ja, Sie haben recht. Wir hatten wirklich nichts, was man Gästen vorsetzen kann.«

... und es war wirklich ein wunderschönes Service. Es bestand aus weißem, hauchdünnem, fast durchsichtigem Porzellan, das mit duftigen chinesischen Malereien verziert war: schwarz, blau, grün, rot, himmelblau und dunkelorange gemalte Berge, Hügel und Bauernhäuser, ein von Schilf gesäumter Fluß, zwei Frauen in chinesischer Tracht, die traurig in die Ferne blicken, zu den Bergen oder zum Horizont hin. Als Goldmanns Vater alles ausgepackt und Stefana jedes Teil gespült und abgetrocknet hatte, wurde das Geschirr wie in einer feierlichen Prozession ins große Zimmer getragen, wo Goldmanns Vater es vorsichtig und ehrfurchtsvoll wie eine heilige Reliquie in das schwarze Buffet stellte. Er schloß die grüne Glastür, und von nun an war es der Schmuck des Hauses, es symbolisierte die geheimen Hoffnungen und schürte die unterschiedlichsten Ängste, es wartete hinter der Glasscheibe, im Dämmerlicht des Buffets, auf eine besondere Gelegenheit, um in Gebrauch genommen zu werden, doch ergab sich diese für Goldmanns Vater in fünfundzwanzig Jahren nur ein einziges Mal – als sie die Eltern der schönen Jemima Tschernow empfingen. Im Laufe der Jahre ging ein Stück nach dem anderen zu Bruch, ohne seiner eigentlichen Bestimmung gedient zu haben. Stefana, die das Geschirr von der ersten Minute an gefürchtet hatte – wohl wissend, was auf sie zukommen sollte –, mußte den größten Teil des Leids ertragen, des Hohns und der häßlichen Szenen, die den Zerfall des Services begleiteten. Er begann bereits, als Schoschana und Jechiel Lewenkopf, die dem Jungen aus Danzig folgten, bei ihnen wohnten; und als Goldmanns Vater starb, existierten von dem kostbaren Service nur noch zwei Tassen und drei Teller. In der Tasse, deren Henkel unversehrt war, servierte Goldmann Onkel Lasar den Kaffee.

Onkel Lasar, der ein guter Schachspieler war und meistens gewann, wenn sie spielten, hatte Schach in Jakutien gelernt, wo die Verbannten viele Stunden mit Figuren spielten, die sie aus alten Holzstücken geschnitzt hatten. Doch hatte Onkel Lasar in der Verbannung noch viele andere nützliche Kenntnisse erworben, die er sich nie hätte aneignen können, wenn ihn das Schicksal nicht nach Jakutien verschlagen hätte. So beherrschte er Russisch und die Sprache der Jakuten, er konnte jagen und angeln, selbst wenn das Wasser von einer dicken Eisschicht bedeckt war, er konnte lebende Fische essen, bei starkem Wind ohne Streichhölzer Feuer machen, furchtbare Kälte überstehen, Hundeschlitten lenken, er hatte gelernt, sich in den Weiten der Tundra an den Sternen zu orientieren, und hatte noch viele andere bedeutungsvolle Geheimnisse über die Tiere, die Natur und den Menschen erfahren. Alles das fügte sich zu dem Wissen, das er vorher als Kämpfer in Spanien gesammelt hatte. Seinem Schachspiel kam zugute, daß er über einen starken Willen verfügte und konzentriert und systematisch zu denken verstand; letzteres sei, so erklärte Onkel Lasar mit einem Anflug von Ironie, aus seiner Wahrnehmungsstörung erwachsen – aus der Schwerhörigkeit, die er sich in Jakutien zugezogen habe. Tatsächlich hörte er auf einem Ohr nur ein unaufhörliches Summen, und wenn sie sich unterhielten, mußte Goldmann etwas lauter als sonst sprechen.

Ihre Gespräche bestanden vorwiegend aus kurzen, zusammenhanglosen Sätzen, die eher beiläufig fielen, zwischen den Spielen oder am Ende einer Partie, bevor Onkel Lasar sich erhob und ins Wohnzimmer ging, um Stefana Gesellschaft zu leisten. Wenn sie eine Weile schweigend beieinandergesessen hatten, verabschiedete er sich von ihr, doch Stefana, die ihre Lippen in einem blassen Rotviolett schminkte, antwortete, als habe sie seine Worte nicht gehört: »Dobry wieczor, dowidzenia.«

In den bruchstückhaften Gesprächen mit Goldmann redete Onkel Lasar über das Leben, kommentierte bestimmte Ereignisse oder erzählte von Spanien und Jakutien. In diesen Regionen der Welt waren seine Überzeugungen auf die Probe gestellt und neu geformt worden, dort hatte er Erfahrungen gesammelt, die ihn am Nutzen all der weisen philosophischen Werke zweifeln ließen, die er dennoch respektierte und mit echter Begeisterung und großem Vergnügen las, stets auf der Suche nach einer Lösung für die Probleme, die ihn beschäftigten. Ähnlich skeptisch stand er den gesellschaftspolitische Theorien gegenüber, auch wenn er ihre relative Bedeutung niemals bestritt, vor allem, wenn sie sich auf konkrete, begrenzte Fragestellungen bezogen. Aber seinen leichtfertigen, verhängnisvollen Optimismus hatte er abgelegt und eingesehen, daß man den Menschen nur bessern und zur Vernunft bringen könne, wenn man das *Dunkle* und *Abstoßende* als legitimen Teil seiner Persönlichkeit anerkenne und zu ungeheuren, aber mit Bedacht unternommenen Anstrengungen und zu harten, auch unverständlichen Prüfungen bereit sei. Er war sich der Hindernisse bewußt, war voller Zweifel, doch bemühte er sich zu glauben, daß der Versuch, die Lage des Menschen und die Welt zu verändern, eine Änderung zu bewirken, fortgeführt werden müsse und vielleicht doch glücken könne ... aber der Kommunismus, von dem er sich schon vor langer Zeit enttäuscht abgewandt hatte, war dazu sicher ungeeignet und ebenso der Anarchismus, der in seinen Augen das einzige bedeutende gesellschaftliche Konzept darstellte, ihm aber nicht realisierbar erschien, weil er die Natur des Menschen unverhältnismäßig optimistisch einschätze und ihm deshalb nicht gerecht werden könne.

Trotz dieser Einsichten bedauerte er die Jahre nicht, die er dem wirklichkeitsfernen Ideal geopfert hatte, Leid und Enttäuschung, Kummer und Ernüchterung hinderten ihn nicht, liebevoll und stolz von der naiven und hochmütigen Selbstlosigkeit zu erzählen, derentwegen ihm nahezu die Hälfte seines Lebens verlorengegangen war. Einmal sagte er halb im Ernst, halb ironisch, niemand könne von der Bahn abweichen, die ihm das Schicksal vorzeichne. Goldmann war einen Moment lang erstaunt. Dann sagte er: »Man kann sich umbringen« – und lächelte.

»Nun, das ist ein Teil des Spiels«, sagte Onkel Lasar.

»Wenn das so ist, könnte man behaupten, alles gehöre zum Spiel«, wandte Goldmann ein.

Und Onkel Lasar sagte: »Genau.«

Goldmann sagte, das klinge nicht sehr überzeugend; außerdem sei es keine Feststellung, sondern reine Spekulation, etwas, wofür der Beweis noch erbracht werden müsse.

Auf Onkel Lasars Gesicht erschien ein verschleiertes Lächeln, das allmählich verblaßte, während er von neuem die Figuren auf dem Schachbrett anordnete. Goldmann schwieg. Nach einer Weile fragte er Onkel Lasar, ob er je an Selbstmord gedacht habe.

»Ja, einmal«, sagte der und begann zu lächeln. »Aber ich habe es nicht getan . . . Irgendwann denkt fast jeder einmal an Selbstmord.«

Während er seine Figuren aufstellte, fragte Goldmann Onkel Lasar, ob er den Selbstmord prinzipiell ablehne.

»Ja. Aber Deine Frage ist falsch formuliert.«

»Weshalb?« fragte Goldmann, doch er erhielt keine Antwort. Während Onkel Lasar den Königsbauern um zwei Felder vorrückte, sagte Goldmann, es gebe eine Ansicht, mit der er übereinstimme, und der zufolge sei der Selbstmord die vollkommene Konsequenz der menschlichen Freiheit; wer auf das Leben verzichte und wähle, was als seine Umkehrung erscheine, wähle die einzige wirkliche Freiheit, weil der Mensch, dessen Dasein vom Tod bestimmt werde, durch den Selbstmord die Herrschaft des Todes abschütteln könne.

Onkel Lasar hörte ihm ruhig zu. »Das erinnert mich an Dostojewskis Ingenieur«, sagte er dann. »Ich habe vergessen, wie er heißt. Du weißt, von wem ich spreche?«

»Ja. Aber ich erinnere mich auch nicht an seinen Namen«, sagte Goldmann und ließ seinen Blick von Onkel Lasar zu den Figuren auf dem Schachbrett gleiten. Onkel Lasar machte einen Zug mit dem Springer, worauf Goldmann den Bauern, der die Königin schützte, um ein Feld vorrücken ließ, und ein paar Züge später sagte er, daß dem Menschen, dem es nicht gelinge, an Gott und die Unsterblichkeit der Seele zu glauben, der Selbstmord, wenigstens theoretisch, zur unausweichlichen Notwendigkeit werde, worauf Onkel Lasar Goldmann mit seinen graublauen Augen ansah und meinte, das könne nur die Überzeugung eines Menschen sein, der an Gott glaube und die Religion brauche, nachdem er das Chaos, das Unrecht und Leid, in dem er lebe, erkannt habe; er persönlich aber könne mit alledem wenig anfangen, obwohl ihn die nüchterne Betrachtung seines Daseins, der Wechselfälle seines Schicksals entweder in einen absoluten Nihilismus hätten führen müssen oder zu dem Schluß, daß etwas Ähnliches wie Gott, die Vorsehung oder eine höhere Macht existiere und die Welt nach verborgenen Gesetzen regiere; trotzdem sei er immer Atheist gewesen und habe vor, es zu bleiben; und um es ganz banal auszudrücken, spüre er nicht einmal theoretisch das Bedürfnis oder die Notwendigkeit, sich das Leben zu nehmen. Weshalb sollte er, um seine Freiheit vollkommen auszuschöpfen, den

Rahmen des menschlichen Daseins durchbrechen und sich durch den Tod von der Herrschaft des Todes befreien? Er akzeptiere das Leben, so wie es ist, und betrachte das Sterben als einen Teil davon.

Dann herrschte ein kurzes Schweigen. Goldmanns Läufer brachte den Springer von Onkel Lasar in Gefahr, und Goldmann sagte wie zu sich selbst: »Immer geschieht, was wir am meisten fürchten.«

Er schaute Onkel Lasar an und fügte abwesend hinzu: »Und wenn es passiert, ist es noch grausamer und erniedrigender, als wir es uns vorgestellt haben.«

Onkel Lasar schien mit einemmal die Geduld zu verlieren. Ohne Goldmann anzusehen, sagte er: »Ich weiß es nicht, aber ich glaube, man muß sehr viel durchgemacht haben, um solche Behauptungen aufstellen zu können.«

Einige Tage später sagte Onkel Lasar, indes er die Abendzeitung aus der Hand legte und vorsichtig die Tasse Kaffee entgegennahm, die Goldmann ihm reichte, er habe manchmal den Eindruck, die Zeitung werde vom Teufel persönlich gedruckt. Er lächelte und trank einen Schluck, überlegte einen Moment und fuhr fort, es sei gar nicht verwunderlich, daß so viele Leute angesichts der Absurdität des menschlichen Daseins, des unerklärlichen, sinnlosen Leids und Unrechts, vor allem aber des Todes, dieses Gott genannte Mysterium bräuchten; man könne sogar behaupten, Gott sei in erster Linie eine Konsequenz des Leids und des Todes, und da diese bis in alle Ewigkeit Bestand hätten, sei auch Gott unvergänglich; die ganze Sache lasse sich aber auch andersherum darstellen: Kann es überhaupt einen Gott geben, wenn soviel Leid geschieht und der Mensch unweigerlich zum Sterben verurteilt ist?

Goldmann wartete, bis Onkel Lasar zu Ende gesprochen hatte, und fragte ihn, ob er den Tod fürchte. »Wie jeder andere auch«, antwortete Onkel Lasar, für einen Augenblick verwundert. »Selbstverständlich denke ich hin und wieder ans Sterben, schließlich bin ich ein alter Mann. Aber vielleicht habe ich früher öfter als heute über den Tod nachgedacht.«

Goldmann nahm seinen Stammplatz ein und sagte, er glaube, man könne die Angst vor dem Tod überwinden.

»Und wie stellst Du Dir das vor?« fragte Onkel Lasar.

Man müsse sich auf ihn vorbereiten, ihn als Ziel begreifen und versuchen, ihn gedanklich zu erfassen, um sich an ihn zu gewöhnen. Montaigne habe gesagt, er mache »Sterbeübungen«; er versuche, Schlaf, Krankheit und Bewußtlosigkeit als eine Art »kleinen Tod« zu erleben – ein Training, das ihn befähige, dem »großen Tod« gelassen entgegenzublicken. Er selbst, erklärte Goldmann, stimme der Auffassung zu, die besage, Philosophie sei im Grunde ihres Wesens eine Vorbereitung auf das Ende, und wenn sie ihre Aufgabe erfülle, sei sie in der Lage, den Menschen zu lehren, wie er den Tod akzeptieren und ihm furchtlos, vielleicht sogar fröhlich begegnen könne. Sokrates zufolge strebten wahre Philosophen nach einem einzigen Ziel: zu begreifen, daß sie sterblich seien und eines Tages nicht mehr existieren würden; deshalb sei ihre Furcht vor dem Tod geringer als die der übrigen Menschheit.

Onkel Lasar lachte. Montaignes Aussagen seien hochinteressant, aber – und nun wurde sein Gesicht wieder ernst – er glaube nicht, daß sich der Mensch an den Tod gewöhnen könne. Ihn persönlich beschäftige eher der unvermeidbare Lösungsprozeß, an dessen Ende unwiderruflich der Tod stehe.

Goldmann sagte, er würde alles dafür geben, tausend Jahre und mehr leben zu können, aber er fürchte, daß diese Hoffnung aussichtslos sei. Onkel Lasar lächelte ihm freundschaftlich zu, und Goldmann erzählte ihm von seiner Überzeugung, daß sich das Leben verlängern ließe, indem man Sport treibe und eine Diät befolge, die das Gewebe und das Blut reinige und den Körper schlank halte. Er berichtete ihm von der neuen Diät, die er in einer amerikanischen Fliegerzeitschrift entdeckt habe und mit der er demnächst anfangen wolle. Er erwähnte auch, daß er Morgen für Morgen bei jeder Witterung im Meer schwimme und täglich mindestens zehn Minuten mit dem *Bullworker* trainiere. Und als Onkel Lasar, der in der Zwischenzeit ausgetrunken hatte, fragte, was das sei, ging Goldmann in sein Zimmer und holte seinen *Bullworker* und ein aus einer alten Zeitung getrenntes Blatt mit einer großen Anzeige, die über seine Eigenschaften und seinen Zweck informierte. Beim Anblick des Geräts zeigte sich von neuem ein Lächeln auf Onkel Lasars rundem, gewöhnlich sehr ernstem Gesicht. Sein Schmunzeln erwidernd, überreichte ihm Goldmann den Zeitungsausschnitt und forderte ihn auf zu lesen. Onkel Lasar betastete den *Bullworker,* dann nahm er das Blatt, setzte sich die Brille auf und studierte murmelnd die Anzeige, die ein Drittel der Seite einnahm.

Links oben, in der Ecke, prangte das Foto eines muskulösen Mannes, der einen *Bullworker* in seinen Händen hielt. Daneben stand: *»Mit dieser einfachen Sieben-Sekunden-Übung wurde Jean Tessier Mister France.«*

In der Ecke rechts unten war ein anderer, strahlend lachender Muskelmann abgebildet.

»Jean Frelon demonstriert Ihnen, wie er mit Hilfe des BULLWORKERS in wenigen Wochen seine Oberarme um 5 Zentimeter, seine Brust um 10 Zentimeter und seine Oberschenkel um 3 Zentimeter anschwellen ließ.«

Die Überschrift lautete: *»WANN FÜHLTEN SIE SICH ZULETZT RICHTIG IN FORM?«*

Darunter, zwischen den Fotos, der Anzeigentext: *»Sie sind an Bodybuilding nicht interessiert? ... Trotzdem sollten Sie in Form bleiben. Jeden Tag stellen Millionen Männer deprimiert fest, daß sie frühzeitig altern. Doch jetzt können Sie dank einer neu entwickelten Trainingsmethode problemlos fit bleiben: Der BULLWORKER verleiht Ihrem Körper beeindruckende Dimensionen. Die anderen Männer erblassen vor Neid, die Frauen werden vor Bewunderung schwach. Es kostet Sie nur fünf Minuten pro Tag, weniger als Ihre morgendliche Rasur, und dünne, kraftlose Arme verwandeln sich in Muskelpakete, der schlaffe Bauch wird stahlhart, die schmale Brust bläht sich, zerbrechliche Schultern werden breit und kräftig und stelzige Beine zu unerschütterlichen, formvollendeten Fundamenten.*

Jean Tessier, Mister France und Spezialist für Körperkultur, gibt Auskunft:

– Was bedeutet »Fitneß«, Monsieur Tessier?

– Bei gesunden Menschen gehört Fitneß zur Körperkultur. Notwendig ist ein sinnvolles, systematisches Training, das den Muskeln Spannkraft und Elastizität verleiht und den Körper gesund hält und formt.

– Worin äußert sich mangelnde Kondition?

– Das hängt vom Alter ab. Ein Heranwachsender oder ein junger Mann von Anfang Zwanzig sollte sich bemühen, seinen Körper aufzubauen. Bei Erwachsenen sind die ersten Anzeichen mangelnder Kondition Fettansatz, Impotenz und Energielosigkeit. Männer über vierzig neigen dazu, weich und schlaff zu werden.

– Stellt die Hüftgegend das Hauptproblem dar?

– Nein. Jeder, der täglich ein paar Minuten Gymnastik treibt, kann seinen Hüftumfang um einige Zentimeter verringern. Aber wenn die Hüften schmaler geworden sind, stellt er fest, daß er noch

an anderen Stellen, oberhalb und unterhalb der Hüftpartie, »Rettungsringe« an seinem Körper trägt.

– Kann ich mich nicht fit halten, indem ich Sport treibe?

– Natürlich können Sie das, wenn Sie während eines bestimmten Zeitraums ständig trainieren, das heißt drei- bis viermal in der Woche mindestens eine Stunde.

– Das ist die einzige Möglichkeit? Gibt es keinen leichteren Weg?

– Doch, es existiert eine einfachere, bequemere und wesentlich schnellere Methode. Sie ist außergewöhnlich effizient und garantiert erfolgreich.

– Hat diese Methode einen Namen?

– Ja, sie nennt sich BULLWORKER TRAINING SYSTEM. Sie ist auf isometrischen Techniken aufgebaut und funktioniert dreimal schneller als alle Sportarten und die herkömmlichen Programme der Fitneßstudios. Ich kann Ihnen versichern: Der BULLWORKER ist das fortschrittlichste System, das Sie finden werden.

– Wieviel Zeit nimmt das Training in Anspruch?

– Das Anfängerprogramm besteht aus 17 Übungen und dauert nur 70 Sekunden pro Tag. Das Fortgeschrittenentraining dauert 5 Minuten.

– Und wann ist mit Resultaten zu rechnen?

– Vom ersten Tag an. Ja, glauben Sie mir. Jeder BULLWORKER ist mit einem Kraftmesser ausgestattet, der Ihnen automatisch anzeigt, um wieviel Ihre Muskelkraft jeden Tag zunimmt. Der Durchschnittswert beträgt 4% pro Woche.

– Wann ist die Veränderung mit bloßem Auge zu erkennen?

– Nach eineinhalb bis drei Wochen. Das hängt von der Intensität und der Effizienz Ihres Trainings ab.

– Intensität, Effizienz, da kommt man ins Schwitzen, nicht wahr?

– Nein. Der Vorteil der isometrischen Methode besteht darin, daß jede Übung nur 7 Sekunden dauert und auf diese Weise eine Überbeanspruchung des Muskels vermieden wird – im Gegensatz zu den ermüdenden Crash-Programmen, die häufig mehr schaden als nützen. Das Training mit dem BULLWORKER ist genau auf Ihre Persönlichkeit abgestimmt, und die Übungen werden Ihnen immer leichtfallen, weil sich die Kondition Ihres Körpers täglich verbessert.«

Onkel Lasar hörte nicht auf zu schmunzeln. Nachdem er gelesen hatte, sagte er, in der Anzeige sei von einem langen Leben gar nicht die Rede, nur von Bodybuilding und Fitneß.

Und Goldmann, der wie Onkel Lasar die ganze Zeit lächelte und ihn während der Lektüre ununterbrochen anschaute, sagte, auch Bodybuilding und Fitneß komme eine gewisse Bedeutung zu; direkt oder indirekt würden sie die Lebenserwartung erhöhen. Onkel Lasar warf erneut einen Blick auf das Foto von Jean Tessier, *»Mister France und Experte für Körperkultur«*. »Und um wieviel Jahre verlängert der *›Bullworker‹* das Leben?« fragte er und nahm die Brille ab. »Sicher nicht um tausend Jahre.« Einen Moment noch schwebte das scheue Lächeln über seinem Gesicht, danach sogen seine Züge es auf und wurden ernst und schwer.

»Nein, nicht um tausend Jahre . . .«, sagte Goldmann.

»Es soll Schlankheitstabletten geben«, fügte er nach einer Weile hinzu, indes er mit dem *Bullworker* spielte und Onkel Lasar anschaute, dessen Gesicht sich von dem seines Vaters so sehr unterschied und doch beharrlich an ihn erinnerte. Für Sekunden erwachte in ihm der Wunsch, Onkel Lasar nach dem Grund der Feindschaft zwischen ihm und seinem Vater zu fragen und ihn erklären zu lassen, weshalb sie sich nie versöhnt hatten. Aber er sprach die Frage nicht aus, weil er die Ursache ahnte, die sich in seiner Vorstellung auf seltsamen, verschlungenen Wegen mit der Geschichte um *Nuit sombre* verband. Während Onkel Lasar einen flüchtigen Blick in die Zeitung warf, fuhr Goldmann fort, mit dem *Bullworker* zu spielen, und bedauerte, daß sein Vater so hartherzig und ungerecht gewesen war; er sehnte sich nach ihm, obwohl er ihn nie geliebt hatte. Allein seine zerstörerische Aufrichtigkeit hatte ihn manchmal mit Stolz erfüllt; die wenigen anderen angenehmen Erinnerungen konnte er stets nur mit Mühe dem Vergessen entreißen, um in einem kurzen, genußvollen Moment Kraft aus ihnen zu schöpfen.

Nur ein Bild tauchte bisweilen von selbst aus der Dunkelheit auf: ein strahlender Schabbat seiner Kindheit, an dem sein Vater mit ihm an den Strand gegangen war. Der Himmel war wunderbar blau, die Sonne goldgelb und angenehm warm und die Luft ungetrübt. Alles wirkte weit und festlich, als sie zu früher Stunde auf die friedliche Straße traten, Abertausende Vögel jubilierten in der Bougainvillea, in den Zypressen und Fici. Sein Vater hielt ihn mit seiner kräftigen Hand, und sie schritten einsam an dem weißen Strand entlang, der sich in tiefer, feiertäglicher Stille unter dem gewölbten Himmel dehnte, und Goldmann bekam Lust, sich auszustrecken und über den Strand zu rollen, um am Ende viele Stunden, ohne zu bemerken, wie die Zeit vergeht, bewegungslos dazuliegen, der leichten Brise und der Wärme der Sonne ausgesetzt. Und als sie weitergingen, offenbarte sich seinem Blick dunkelblau, ruhig und endlos die ganze Schönheit des Meeres. Sie stiegen zum Strand hinab (Stefana kam nie mit ihnen hierher), legten ihre Kleider und ihr Handtuch auf den Sand und liefen ans friedlich plätschernde Wasser. Sein Vater war gut gelaunt und deutete mit seiner sonnengebräunten Hand auf den Horizont, der sanft in die See eintauchte. Schöne Länder befänden sich dort, sagte er, Italien, Frankreich, Spanien, England und Holland; wenn man das Meer überquere, gelange man zu ihnen. Dann gingen sie vorsichtig ins Wasser; sein Vater trug einen schwarzen Badeanzug, und Goldmann wunderte sich, wie weiß seine Beine waren. Als das Wasser ihm bis an die Hüften reichte, blieb sein Vater stehen, nahm Goldmanns Hand und drückte sie fest, indes er ihn nochmals ermahnte, in seiner Nähe zu bleiben. Er war angespannt, und Goldmann spürte, daß sich hinter der Sorge um sein Leben und sein Wohlergehen ein Gefühl von Ohnmacht und großer Furcht verbarg, das die Weite der schweigenden See in ihm wachrief: Dunkle Gewalten schienen in den Fluten zu wohnen, jeden Augenblick könnten sie beginnen, grundlos zu wüten und alles zu verschlingen. So standen sie eine Weile im Wasser, dann sagte sein Vater: »Komm, das ist genug. Wir gehen raus und trocknen uns ab.«

Sie wandten sich um und gingen zurück. Plötzlich sagte sein Vater: »Schade, daß Mama nicht mit uns gekommen ist.«

Auf dem trockenen und kühlen Sand liefen sie ein Stück am Wasser entlang, und als sie umkehrten, trafen sie Mosche Zeimer mit seiner Frau und ihren zwei kleinen Kindern. Sein Vater und Mosche Zeimer blieben stehen und fingen an, über Politik zu reden. Zeimers Frau legte sich in den Sand und ignorierte die beiden Kleinen, die dicht am Wasser ein Loch buddelten; sie überließ ihren großen Körper dem Sonnenlicht. Und es mußte ebenfalls an jenem Schabbat gewesen sein, als Frau Kaminskaja in einem weißen Sommerkleid, von *Nuit sombre* begleitet, in ihrer Nähe den Strand entlangschlenderte. Während sie sich allmählich entfernte, sagte Mosche Zeimer: »Schau sie Dir an. Wie eine Schauspielerin.«

»Ich will diese Hure gar nicht sehen!« schimpfte sein Vater. Das Wort *Hure* traf Goldmann wie ein Donnerschlag. Er hielt inne, vermied jedoch, seinem Vater ins Gesicht zu sehen.

Kurz darauf gingen sie mit Mosche Zeimer ins Wasser, planschten eine Weile in den lauen Fluten, und Goldmann, der immer noch dastand und Onkel Lasar anschaute, wollte ein wenig rausschwimmen, doch sein Vater verbot es ihm.

»Es heißt, Schlankheitstabletten seien gesund«, sagte Goldmann zu Onkel Lasar, der die Zeitung aus der Hand legte und erklärte, daß nicht der Tod ihn beschäftige, sondern der fürchterliche Zerfallsprozeß, der die Essenz und Tragik des Lebens ausmache; es falle einem schwer zu akzeptieren, daß auch das Vollkommene auseinanderfalle und sich auflöse, um zu verschwinden und für immer verlorenzugehen, wie die Gestirne, die unaufhaltsam in der Weite des Alls auseinanderstieben, bis sie für alle Zeiten in der unendlichen Finsternis jenseits aller Horizonte in die Vergessenheit eintauchten. Während Goldmann die Zeitung zusammenfaltete, spielte Onkel Lasar mit einem Brotkrümel, der auf dem Tisch lag. Unvermittelt fragte er Goldmann, wie alt Noomi war, als sie starb.

»Ungefähr fünfundzwanzig.«

»Wann ist es passiert?«

Goldmann konnte sich nicht an das genaue Datum erinnern.

»Im Sommer . . . Sie hatte einen Unfall.«

Onkel Lasar hielt für Sekunden inne, so als wolle er noch etwas fragen, aber er schwieg, und sie bauten das Schachspiel auf und begannen eine Partie. Nach dem Spiel erhob sich Onkel Lasar, nahm seine Tasche und ging ins Wohnzimmer, um sich von Stefana zu verabschieden, denn es war Freitag, und er hatte noch vor, seiner Mutter einen Besuch abzustatten. Goldmann schlug vor, ein Stück gemeinsam zu gehen, und so stiegen sie die Treppen hinunter und gingen Seite an Seite fast bis zu Beracha und Schmuel, die Onkel Lasar wie jeden Freitag bereits erwarteten und freudig empfingen.

Onkel Lasar legte seine Tasche im Flur ab und ging direkt in das Zimmer, in dem Großmama Chawa wie eine Mumie unter ihrem Federbett ruhte. Er setzte sich für eine Weile zu ihr, dann verließ er leise das Zimmer und ging in die Küche. Beracha erkundigte sich, wie es ihm und Judith Tannfuss gehe und ob er etwas essen wolle, und Onkel Lasar sagte: »Nein, danke. Judith wartet auf mich«, aber da hatte Beracha schon einen Teller mit Leberpüree und einer Scheibe *gefillte Fisch* vor ihn hingestellt und reichte ihm selbstgemachten Meerrettich, Radieschen, frisches Schabbatbrot und eine Schale Borschtsch. Zum Nachtisch servierte sie ihm eine Tasse Tee und eine Scheibe vom Kuchen, der für ihren Romméabend bestimmt war. Schmuel saß ihm gegenüber und trank ein Glas Cognac. Sein lockiges Haar war in letzter Zeit schütter geworden, und er hatte einen Bauch angesetzt. Seine nikotingelben Finger spielten mit einem vergoldeten Schlüsselring. Während Onkel Lasar aß, berichtete ihm Schmuel vom Automobilverleih und von seinen Plänen, in eine Kette von Souvenir- und Antiquitätenläden zu investieren und eine Fluggesellschaft zu gründen, die kleine Touristengruppen im Land umherfliegen sollte. Die Wohnung, die großzügig, doch ohne Geschmack eingerichtet war, blitzte vor Sauberkeit. Auf dem Herd köchelte im großen Kessel der Eintopf für das Schabbatessen, zu dem nahezu jede Woche Ilana mit ihrem Mann, dem Rechtsanwalt, und ihren drei Kindern erschien, in unregelmäßigen Abständen auch Uri mit Frau und Tochter, Schmuels Vater, zwei oder drei Verwandte und einige Jugendfreunde oder Bekannte. Nur Aharon und seine Frau lud Beracha nie ein, doch nicht wegen der Geschichte um den väterlichen Betrieb, die sie nicht minder erboste und mit Abscheu erfüllte als ihren Mann, sondern wegen der Schläge, die Aharon seinem Bruder versetzt hatte, als er seine Schulden nicht zurückzahlen konnte. Schmuels Bitten zum Trotz wollte sie ihm nicht verzeihen.

Die Gäste nahmen am großen Tisch Platz, Beracha trug das Essen im teuren Porzellangeschirr auf – alles gut zubereitet und in reichhaltigen Portionen – und redete jedem von ihnen zu, noch etwas zu nehmen, obwohl sie wußte, daß es ungesund war, soviel zu essen. Ihre Gäste verzehrten riesige Mengen und hatten Mühe, sich am Ende der Mahlzeit aufzuraffen und nach Hause zu schleppen. Nur ihren Mann, der unter hohem Blutdruck litt und dem die Ärzte empfahlen, das Rauchen einzuschränken und abzunehmen, versuchte Beracha zu bremsen. Noch ehe sie den Tisch abgeräumt hatte, manchmal sogar in Anwesenheit der Gäste, leerte er eine Flasche Mineralwasser, legte sich auf das Sofa und fiel in einen schweren Schlaf.

Das Wohnzimmer, in das er Onkel Lasar zum Teetrinken führte, war schon hergerichtet und bereit, die Rommèspieler aufzunehmen. Zwanzig Personen kamen mehr oder weniger regelmäßig zu diesen Abenden. Sie spielten stets um bescheidene Beträge; nur Schmuel setzte zum Leidwesen der anderen häufig höhere Summen, und manchmal folgte Jona Kosinskis Frau Sara seinem Beispiel. Wenn man von den Spannungen absah, die Goldmanns Vater bisweilen hervorrief, indem er unnötige Diskussionen entfachte, verlief das Spiel stets in einer freundlichen Stimmung, es wurde geredet und gelacht bis ein oder zwei Uhr früh, wenn die Teilnehmer abrechneten und bezahlten. Danach standen sie auf und reckten sich, wünschten den Gastgebern eine gute Nacht und traten zufrieden den Heimweg an. Beracha, die die meisten Stunden des Abends damit beschäftigt war, den anderen Gebäck und Getränke zu bringen, sammelte die Reste ein, leerte die Aschenbecher und spülte das Geschirr; sie erledigte diese Aufgaben trotz ihrer Müdigkeit fast immer bereitwillig und ohne zu klagen, während Schmuel die Karten nach Spielen ordnete und im Schrank verstaute.

Onkel Lasar fragte, was Amos in Amerika treibe, und Schmuel sagte, sie hätten zwei Tage zuvor einen Brief von ihm erhalten. Er komme gut voran in der Firma, in der er angestellt sei, und habe vor, sich ein Haus zu kaufen. Von Heimkehr nach Israel war nicht die Rede, und es war allen klar, daß er mit seiner Frau und den Kindern dort drüben bliebe, was Schmuel und Beracha sehr bedauerten. Da sie vor einigen Wochen ihre Besuche bei Stefana eingestellt hatten (sie hatten gespürt, daß sie ihrer Schwägerin nicht willkommen waren), fragte Beracha Onkel Lasar, wie es ihr und ihrem Sohn gehe ... Derweil schlenderte Goldmann gemächlich die Allenbystraße entlang. Es gab zu dieser Stunde nur wenige Passanten und Autos, die Geschäfte waren bereits geschlossen, und die Gegend lag friedlich im angenehmen, melancholischen Abendlicht eines beginnenden Schabbat.

Wie behaglich waren diese Freitagabende, wie sehr liebte er diese Stadt, in der er zur Welt gekommen und aufgewachsen war! Es war eine Liebe, die er nur in seltenen Augenblicken der Gnade deutlich, in ihrer ganzen Fülle spürte. Die Hände hinter seinem Rücken verschränkt und den Blick den Schaufenstern zugewandt, ging er weiter zur Rothschildallee, wo er stehenblieb und andächtig die von Vögeln erfüllten Bäume betrachtete und die Menschen, die sich in Feiertagskleidung, das Gebetbuch unter dem Arm, zur Synagoge begaben, bis er schließlich den Rückweg antrat. In der Nähe der Barclay-Bank erblickte er Noomi. Er erkannte sie an ihrer Größe und ihrem Gang. Seine Gefühle gerieten in Aufruhr. Er ließ sie nicht aus den Augen; als sie aber mit ihrem Rucksack an ihm vorüberging, schien sie eine amerikanische Touristin zu sein. Er drehte seinen Kopf, um ihr sekundenlang hinterherzusehen, dann ging er weiter, die dämmrige Straße hinunter . . .

Aber natürlich, es war im Juli passiert, am zwölften Juli. Doch erhielten sie die Benachrichtigung erst drei Tage später; da sie keine Papiere bei sich trug, war es nicht einfach gewesen, sie zu identifizieren. Sein Vater war kurz zuvor nach Hause gekommen, saß barfüßig in der Küche und nahm grollend das Mittagessen ein, das Stefana ihm auftischte. Noomi war damals schon seit mehreren Jahren aus Alexandria zurück, das sich Goldmann, der abbog und die King-George-Straße hinunterlief, stets als eine Stadt mit Moscheen und Palmen vorstellte, mit orientalischen Bauten und Gebäuden im Kolonialstil, als eine Stadt am Meer, in der es nach Gewürzen und Fäulnis, Schweiß und Parfüms roch. Ohne seinen Schritt zu verlangsamen, ging er an dem Laden vorüber, der Abraham Schechter gehört hatte, und kam zu dem kleinen Café, in dessen Nähe es vor vielen Jahren zur Schlägerei zwischen Schmuel und Aharon gekommen war . . . Es war an einem Vormittag geschehen, und die Straße war voller Menschen gewesen. Aufschäumend vor Wut hatte sich Aharon auf seinen Bruder gestürzt, um ihn brutal niederzuschlagen. Schmuel unternahm nicht einmal den Versuch, sich zu wehren; sein Hemd zerriß, aus Mund und Nase strömte Blut, aber Aharon beruhigte sich nicht, drei Männer mußten ihn festhalten, damit er nicht weiter auf seinen Bruder eindrosch.

»Was hast Du mit meinem Geld gemacht? Dieb! Parasit! Warte nur, Dir werd ich's zeigen!« brüllte er, während er sich entfernte.

Schmuel raffte sich auf, stand mit blutverschmiertem Gesicht da und wußte nicht, was er tun sollte, denn die Scham, die er empfand, war größer als die Schmerzen.

Goldmann bog in die Raschistraße ein und danach in andere, kleinere Straßen. Unbeschwert genoß er seinen Gang durch die Stadt, die Stille und den Anblick, der sich ihm bot. In seiner Erinnerung war Noomis Tod mit dem gespannten Schweigen verbunden, das plötzlich in die Wohnung einkehrte und die vielen Besucher, ihre Bewegungen und ihre vorsichtigen Geräusche umgab. Er hätte sich am liebsten ins Bett verkrochen, ganz dicht an die Wand, und sich die Decke über den Kopf gezogen, aber das war unmöglich. Statt dessen lief er von der Küche in das Wohnzimmer und von dort in sein Zimmer und fand hin und wieder für Minuten Zuflucht im Bad oder auf dem Balkon ... Er überquerte den Disengoffplatz und gelangte zum Haus, in dem Dita wohnte. Er ging hoch. Dita hatte sich schon gewaschen und für den Schabbat umgezogen, alles an ihr wirkte sauber und ordentlich. Sie breitete ein Tuch über den Wohnzimmertisch, auf den sie das Geschirr und eine Flasche Weißwein stellte, danach trug sie das Essen auf. Das gemeinsame Schabbatmahl war im Lauf der Jahre zur Tradition geworden. Nach dem Essen blätterte Goldmann in ein paar Zeitungen, und Dita spülte fröhlich das Geschirr. Später sahen sie fern und unterhielten sich ein wenig. Und Goldmann, dessen unbeschwerte Laune sich schon verflüchtigt hatte, als er die Treppen hinaufstieg und an Ditas Tür schellte, fühlte erneut, daß ihm von allem, was ihn einst mit dieser Frau verband, nur ärgerliche Pflichten und langweilige Gewohnheiten wie das Schabbatessen blieben, die ihm jedes ihrer Treffen zur Last werden ließen. Doch obwohl er wußte, daß ihre Beziehung irreparabel war, fand er nicht die Kraft, mit Dita zu brechen. So harrte er nach Sendeschluß noch eine Weile unruhig bei ihr aus, ehe er sich erhob und von ihr verabschiedete. Sie versuchte nicht, ihn zurückzuhalten.

Als er heimkam, saß Judith Meisler noch mit Stefana im Wohnzimmer. In ihrem prächtigen alten Kleid erinnerte Stefana Goldmann an ihre Mutter, eine große, magere Frau, die nur Jiddisch und Polnisch gesprochen und immer Seiden- und Wollkleider getragen hatte. Sie muß etwa so alt wie jetzt Stefana gewesen sein, als sie starb. Sie hatte verschlossen, unzufrieden und hochmütig gewirkt, genau wie Stefana, die sich jeden Tag weiter von ihrer Umgebung entfernte, die Enthüllung des Grabsteins ihres Mannes ebenso ignorierte wie den siebten und dreißigsten Trauertag, nicht zum Friedhof ging und den Namen ihres Mannes nur selten aussprach; man hätte glauben können, sie wäre nie mit ihm verheiratet gewesen. Aber ihr

Verhalten schien völlig natürlich, es bedurfte keiner Anstrengung und keines Zorns. Ganz selbstverständlich trug sie jetzt wieder die alten Kleider aus Samt und Seide, in denen sie von Tag zu Tag vollkommener aussah, und begann polnische Bücher zu lesen und zu jedem, der sie besuchte, in einem gebildeten, aristokratischen Polnisch zu sprechen. Sogar Mathilda Leviathan war ihr gleichgültig, obwohl sie beim Überqueren der Straße von einem Auto angefahren und mit schweren Verletzungen ins Krankenhaus eingeliefert worden war und auch nach ihrer Entlassung längere Zeit im Bett bleiben mußte – Stefana besuchte sie nicht, sie fühlte sich allen fern und interessierte sich für niemanden mehr, abgesehen von Judith Meisler, Noomi und neuerdings ihrem Bruder Janek, dem Frauenheld, dem Traum naiver Gören und alternder Damen, der spitze Chevreauschuhe und Seidenhemden trug, nach Parfüm und Eau de Cologne duftete. Der gutmütige, einfältige Janek, der glaubte, ein Pole zu sein, der sein Lebtag kein Buch gelesen hatte, doch zur besseren Gesellschaft gehören wollte, der versuchte, den Söhnen der Elite seines Landes – wenigstens in seinem Auftreten und seinem eitlen Müßiggang – zu gleichen. Janek, der damals in jener letzten Sommerfrische, bevor der Krieg begann, nach dessen Ende sie einander nicht wiedersehen sollten, mit ihr und dem neunjährigen Goldmann im Wald spazierenging (Noomi war in Palästina geblieben) und mit ihr auf den Fluß hinausruderte; Janek, der am Abend mit den Frauen tanzte – kein anderer konnte tanzen wie er und geschickt wie ein Zauberkünstler Kartentricks vorführen. Doch dann war der Krieg gekommen und hatte ihn fortgefegt . . . Und nun tauchte er plötzlich aus dem Dunkel des Vergessens auf, wenn sie in sehnsüchtigem Ton ihrer Freundin Judith Meisler von ihm und ihrer Liebe zu ihm erzählte. Nur Judith Meisler empfing sie gern, bisweilen mit Freuden, all den anderen, den Verwandten, Jugendfreunden, Bekannten und Nachbarn, wurde nichts als ein absolutes, unverblümtes Desinteresse zuteil, bis sie ihre Besuche einstellten – nur Zeimers Frau, die keinerlei Einfühlungsvermögen besaß, kam weiterhin von Zeit zu Zeit zu ihr, auch Onkel Lasar und der immerzu schwitzende, nervöse Mosche Zellermeyer, der aus Dankbarkeit und mangelndem Selbstwertgefühl Stefanas Verachtung nicht wahrnahm und stets eine Flasche erlesenen Weines oder eine Schachtel Pralinen und Blumen mitbrachte und sie jedesmal fragte, wie es ihr gehe, obwohl er wußte, daß sie nur mit dem Kopf nicken oder eine kurze, nichtssagende Antwort geben würde. Mosche Zellermeyer beklagte sich nicht und entwikkelte seinerseits keine Abneigung, er setzte sich zu ihr und schaute sie ehrfürchtig an, er machte sich sogar Sorgen um sie, und als er eines Tages glaubte, darüber sprechen zu müssen, sammelte er seinen Mut und nahm vor dem Verlassen der Wohnung Goldmann im Flur am Arm und sagte dann mit gesenkter Stimme, er habe den Eindruck, daß es seiner Mutter nicht gutgehe. Goldmann, der zu den wenigen gehörte, mit denen Stefana wie früher hebräisch redete, nickte und sagte: »Ja, vielleicht haben Sie recht.«

Mosche Zellermeyers Bemerkung überraschte ihn nicht. Schon vor geraumer Zeit waren ihm Zeichen der Veränderung an seiner Mutter aufgefallen, doch hatte er vorgezogen, sie zu übersehen, und nach einer Weile beschlossen, sie als gegeben hinzunehmen, als etwas, das ihn nichts anging. Er tröstete sich mit dem Gedanken, daß er ohnehin bald von zu Hause ausziehen werde, und hatte gelernt, allen Ärger und Überdruß, den seine Mutter in ihm hervorrief, zu verdrängen und ihrem merkwürdigen Treiben teilnahmslos zuzusehen. Auch Onkel Lasar hatte zunächst so getan, als bemerke er nichts, als seien die Dissonanzen und Anomalien in Stefanas Verhalten lediglich unangenehme, etwas exzentrische Äußerungen ihres Temperaments und Geschmacks. Als sie aber anfing, sich die Lippen anzumalen, Rouge aufzulegen und immer sonderbarer wurde, sprach er Goldmann vorsichtig auf das Thema an. Man sollte vielleicht einen Spezialisten einschalten, meinte er. Goldmann hörte ihm aufmerksam zu, reagierte aber ausweichend, denn er dachte gar nicht daran, jemanden zu Rate zu ziehen; seine Mutter sollte tun, was ihr in den Sinn kam, und so verrückt werden, wie sie wollte. Ihn störte einzig die Tatsache, daß er sich jeden Tag ein wenig mehr an ihren Wahnsinn gewöhnte und allmählich zu glauben begann, dies sei ihre wahre Natur; manchmal schien es ihm sogar, als sei Stefana nie anders gewesen, und für Augenblicke erwachten in ihm Gefühle der Sympathie, die jedoch nichts mit Liebe zu tun hatten. Derweil zog Stefana sich ungerührt in ihre eigene Welt zurück. Im August kam ein Brief von Manfred aus London. Er lag eine Woche auf dem Büffet, dann erst riß sie ihn auf und las, legte ihn lustlos in den Küchenschrank und fing an, für

Goldmann zu kochen, der im Flur am Telefon stand und Israel fragte, ob er bereit sei, am Nachmittag des folgenden Tages mit ihm zum Friedhof zu fahren und das Grab seines Vaters zu besuchen.

»Ja, natürlich.«

»Ich habe keine Lust, allein hinzufahren. Aber Du mußt nicht mitkommen . . .«

»Doch, ist schon in Ordnung.«

Sie trafen sich wie verabredet und bestiegen den Bus zum Zentralen Busbahnhof, um von dort zum Friedhof zu fahren. Ein sich verdichtender Dunstschleier lag seit dem Morgen über der Stadt, die Busstation war eingehüllt in heiße, schmutzige Luft, die mit Rauch und Abgasen vollgesogen war. Doch steuerte Goldmann nicht auf den Bus nach Cholon zu, sondern bahnte sich einen Weg durch die Masse der schwitzenden Menschen, die die Trottoirs und die Ränder der Fahrbahn bevölkerten, zur Haltestelle der Linie nach Qiryat Shaul. Israel lief hinter ihm her und wies ihn auf seinen Irrtum hin, doch Goldmann, angespannt und nervös wegen des Gewühls und der stickigen Luft, sagte, das habe schon seine Richtigkeit, und reihte sich in die Schlange der Wartenden ein. Als sie endlich den Bus bestiegen und Platz genommen hatten, konnte Israel nicht länger an sich halten: Sein Vater liege doch in Cholon und nicht in Qiryat Shaul. Goldmann wischte sich den Schweiß aus dem Gesicht und sagte, er hätte recht, wäre sein Vater nicht infolge eines verwaltungstechnischen Fehlers mit einem anderen Goldmann vertauscht und irrtümlich in Cholon beerdigt worden; man habe ihn vor einer Woche wieder ausgegraben und jetzt in Qiryat Shaul unter die Erde gebracht, wo er von Anfang an hätte begraben werden sollen; und nun wolle er nach Qiryat Shaul, um nachzusehen, ob mit dem Grab und dem Grabstein alles in Ordnung sei.

Der Kontrollgang dauerte nur wenige Minuten. Als sie nach längerem Warten an der Bushaltestelle die Heimfahrt antraten, war die Sonne noch nicht untergegangen, doch herrschte ein fremdartiges Zwielicht, das matt, rußig und schattenlos durch den dicken Dunstschleier sickerte, der den Sommerhimmel wie ein Vorhang verdunkelte, der wie der Wüstensand in einem blassen Rotbraunton gefärbt war; und in der Ferne umhüllten dahintreibender Nebel die Strommasten, Bäume, Fernsehantennen und Häuser und verwandelten sie in undeutliche, gespenstische Schatten, die in der schweren, stehenden Luft schwebten. Als sie in die Stadt kamen, wurde es Abend. Die Finsternis senkte sich langsam, beinahe unmerklich, so als verdichte sich das Halbdunkel dieses dämmrigen Tages. Als sie von der Endstation in die Stadtmitte zurückkehrten, tauchte für Augenblicke aus dem Nebel der Vollmond wie eine häßliche wächserne Scheibe auf.

Goldmann dankte Israel und lud ihn ein, auf ein Glas mit in die Wohnung zu kommen. Israel aber, der sich schmutzig und klebrig vorkam, verabschiedete sich und ging zum Atelier zurück, duschte, zog frische Kleider an und setzte sich ans Klavier, hörte aber bereits nach wenigen Minuten Caesars Schritte im Treppenhaus. Sofort geriet er in Wut. Gleich würde Caesar eintreten – schweißtriefend und außer Atem wegen der stickigen Hitze und der Treppen (er hatte zugenommen und rauchte mehr als je zuvor) ... Als er die schwere Kamera abgelegt und mit dem feuchten Taschentuch die Brille und sein eingefallenes, erloschenes Gesicht abgewischt hatte, fragte er Israel, ob jemand versucht habe, ihn zu erreichen.

»Bevor ich wegging, waren vier Telefonate für dich.«

Caesar, der wohl noch nie so müde, ratlos und abgekämpft ausgesehen hatte, sagte, wenn es sich um unerfreuliche Anrufe handle, wolle er nichts davon wissen, denn er sei völlig erledigt und habe nicht die Kraft, sich schlechte Nachrichten anzuhören, worauf Israel behauptete, daß er nicht beurteilen könne, ob die Anrufe positiv oder negativ seien, und in die Küche ging, um Wasser aufzusetzen. Caesar folgte ihm. Ununterbrochen fuhr er sich mit dem Taschentuch über das schweißnasse Gesicht. »Erzähl schon! Wer hat angerufen?«

Zweimal sei es um Geschäftliches gegangen, sagte Israel; er habe die Namen und Telefonnummern notiert, Caesar solle so bald wie möglich zurückrufen. Danach habe seine Mutter nach ihm gefragt, aber nichts Genaueres gesagt; sie habe ihn nur gebeten, ihrem Sohn auszurichten, er möge sich mit ihr in Verbindung setzen, auch sie werde versuchen, ihn zu erreichen.

»Es geht bestimmt um Schalwa. Sie macht mich wahnsinnig!«

Zuletzt habe Vicki angerufen; sie fahre für ungefähr eine Woche weg und melde sich wieder, sobald sie zurück sei. (Seit sie geheiratet hatte, durfte Caesar nicht mehr bei ihr zu Hause anrufen.) Caesar stand an den Türrahmen gelehnt, und obwohl er sagte: »Zur Hölle mit ihnen!«, schien es, als habe er Israels Worte nicht wahrgenommen. Ohne ein Anzeichen der Verärgerung verweilte er mit einem Ausdruck von Müdigkeit und Verzweiflung am Eingang der Küche, steckte sich gleichgültig eine Zigarette an, ließ das Streichholz auf den Fußboden fallen und sagte schließlich: »Ich bin in Schwierigkeiten« und verstummte für einen Moment, dann fuhr er fort: »Keine Sorge. Ich kann ja nach Italien oder Amerika abhauen.«

Danach herrschte Stille. Er trat ans Spülbecken. Er drehte den Wasserhahn auf und schloß ihn sogleich wieder. Eine Rauchwolke schoß aus seinem Mund. Asche löste sich und zerkrümelte auf seiner Kleidung. Aber es war ihm egal. Er blickte Israel an und spielte hilflos am Wasserhahn. Israel schwieg, obwohl er spürte, wie sehr Caesar hoffte, daß er ihn frage, was geschehen war und weshalb er in Schwierigkeiten steckte. Israel aber füllte zwei Tassen und gab eine davon Caesar; wortlos tranken sie ihren Kaffee. Schließlich stellte Caesar seine halbvolle Tasse auf die Marmorplatte neben dem Spülstein, nahm seine Kamera und ging in die Dunkelkammer, um Fotos zu entwickeln. Israel spülte die Tassen, nahm am Klavier Platz und begann zu spielen. Nach einer Stunde kam Caesar schweißnaß und völlig erschöpft aus der Dunkelkammer zurück. Als Caesar ihn rief, stand Israel auf, ging ins andere Zimmer und betrachtete die fertigen Abzüge, die Caesar zum Trocknen aufgehängt hatte. Die Aufnahmen stammten aus einer großen Stoffabrik. Israel verlieh seiner Bewunderung Ausdruck, und Caesar, der über seine Reaktion glücklich war, sagte: »Ja, sie sind gut geworden.«

Freudig blickte er auf seine Fotos und meinte, er würde gern zum Film gehen.

»Tu's doch. Was hindert dich?«

»Eigentlich nichts.« Er betrachtete zufrieden sein Werk. »Es macht mir nichts aus, für jemanden zu arbeiten.« Er kehrte den trocknenden Abzügen den Rücken, lehnte sich an den Schreibtisch und zog aus der Brusttasche seines Hemdes ein Päckchen pornographischer Aufnahmen hervor, das ein Bekannter ihm vor kurzem aus Deutschland mitgebracht hatte. Indes er sie flüchtig inspizierte, sagte er: »Sieh her, wie die es treiben!« Und kurz darauf: »Nicht übel, aber meiner ist größer.«

»Vielleicht sollte ich mich auf solche Motive spezialisieren«, meinte er, als er alle Fotos gesehen hatte. »Das macht Spaß und bringt außerdem Geld ein.«

Grinsend trocknete er sich mit dem Ärmel seines Hemdes die verschwitzte Stirn. Dann warf er die Fotos in eine Schublade und steckte sich eine Zigarette an.

»Also gut . . . Sie läßt sich scheiden.«

»Wer?« fragte Israel.

Der flüchtige Ausdruck der Freude war aus Caesars Gesicht verschwunden; er sah wieder müde und ernst aus, als er zu Israel aufschaute und sagte: »Eliesra. Das Miststück hat mir erst heute davon erzählt! Jetzt, wo alles entschieden ist. Was sagst Du dazu? Sie haben schon einen Termin beim Rabbinat.«

Er warf die Zigarette auf den Fußboden und drückte sie mit dem Schuh aus, während Israel hartnäckig schwieg. Caesar sah ihn erwartungsvoll an, erhielt aber keine Antwort. Er wirkte eingefallen und verschlissen. Er schenkte sich ein halbes Glas Whisky ein und fing an zu erzählen. Eliesra lasse sich scheiden, nachdem er ihr versprochen habe, er würde sie heiraten; aber sie habe diese Zusage aus ihm herausgepreßt; als er sie aussprach, habe er nicht geahnt, daß es tatsächlich soweit kommen würde, jedenfalls nicht in so kurzer Zeit; er gäbe eine Million, wenn sie – wenigstens noch eine Weile – bei ihrem Mann bliebe; denn eine Scheidung würde ihn in eine katastrophale Situation bringen: er müßte zwischen ihr und Tehila wählen; doch gerade das wolle er verhindern, ja er sei überhaupt nicht in der Lage, solch eine Entscheidung zu treffen, weil er auch Tehila die Ehe versprochen habe und weil beide Frauen einander ergänzten: Tehila sei anständig und häuslich, ihre aufrichtige Treue gebe ihm ein Gefühl der Sicherheit und der Leichtigkeit; Eliesra dagegen liebe er, und sie sei die einzige, die ihn wirklich anziehe; sie beschere ihm ein Vergnügen, daß er vor ihr nicht gekannt habe; zwischen ihnen bestehe eine vollkommene sexuelle und geistige Harmonie, und wenn sie heiraten würden, wäre ihre Ehe trotz aller Probleme und Konflikte ein nie endendes Fest. Caesar verstummte.

»Welche von beiden hättest Du denn lieber?« fragte Israel, und Caesar, der etwas ganz anderes erwartet hatte, sah ihn wieder mit dem Blick des hilflosen Opfers an, war zugleich aber enttäuscht und verärgert und sagte, indem er mit seinem

Feuerzeug spielte, er wolle beide in seiner Nähe haben, entschiede sich aber, wenn unausweichlich, für Eliesra – obwohl er nicht gerne auf Tehila verzichten würde. Er ging mehrmals auf und ab, dann blieb er an der Balkontür stehen. Israel rollte ein Stück Papier zwischen seinen langen, sehnigen Fingern und sagte: »Manchmal muß man verzichten.«

»Ja. Ich weiß«, sagte Caesar und schaute hinaus. »Du hast recht. Auf irgendwas muß man immer verzichten.«

Aber in Wirklichkeit war er verärgert, er wollte weder verstehen noch akzeptieren, daß er etwas aufgeben sollte, denn sobald es um die Verwirklichung seiner Wünsche und um seine Bequemlichkeit ging, konnte er nicht einsehen, daß sich nicht sämtliche Widersprüche auflösen ließen, daß manche Ziele unerreichbar blieben und gewisse Situationen einen endgültigen und eindeutigen Entschluß verlangten. Er konnte es nicht einsehen, derartige Äußerungen waren ihm nur verabscheuungswürdige Binsenwahrheiten, grausam, überflüssig und durch nichts zu rechtfertigen. Er glaubte immer, sein Leben fange gerade erst an, es müsse ihm zulachen und seinem Willen gehorchen, in den Tiefen seines Gefühlslebens empfand er sein Dasein als etwas Fließendes, ohne Form und Ziel; und daraus folgte, daß man das Leben wie einen Kinofilm beliebig vor- und zurücklaufen lassen könne, daß alles möglich sei. So war er bestrebt, die Welt, in der er lebte, nach den Ansprüchen seiner Bequemlichkeit und seiner Begierden zu formen; auch wenn er ahnte, daß dies unmöglich wäre, forderte er im stillen, daß seine Wünsche vollständig erfüllt würden, er fühlte sich einzig für die Befriedigung seiner Lüste verantwortlich und begriff Einschränkungen und Pflichten als Hindernis und Provokation. Er sah Israel vorwurfsvoll an.

»Wie kann ich sie verlassen?« fragte er. »Soll ich einfach auf Wiedersehen sagen und gehen?«

Israel nickte und Caesar begann, gereizt mit dem Fuß zu wippen. »Sie wird sich umbringen«, sagte er und warf die Zigarette, die er sich eben erst angesteckt hatte, zum Fenster hinaus. Es wäre ungeheuer rücksichtslos, wiederholte er; schließlich stehe er tief in ihrer Schuld, er habe bei ihr gewohnt und mit ihr wie Mann und Frau gelebt; seinetwegen habe sie sich mit ihrer Familie überworfen und möglicherweise viele andere Gelegenheiten versäumt, sich zu verheiraten Die Abtreibung allerdings erwähnte er nicht einmal andeutungsweise, obwohl er sich allzugut an sie erinnerte. Israel blieb stur. Während er wieder das Papier hin- und herrollte, sagte er: »Sie bringt sich nicht um. Aber wenn Du meinst, sie würde es tun, dann heirate sie und verlaß Eliesra.«

Er sah Caesar an, der seinen Blick wütend erwiderte.

»Aber ich liebe Eliesra doch!«

Danach war es still im Raum. Caesar nahm einen Schluck Whisky und begann erneut auf und ab zu gehen. Schließlich blieb er am Schreibtisch stehen, drehte sich zu Israel um und sagte: »Diese Tehila hat was, von dem ich nicht loskomme, es gelingt ihr immer wieder, mich zu beeindrukken.« Dann sagte er nachdenklich, als seien seine Worte die Fortsetzung der Gedanken, die in seinem Kopf wirbelten: ». . . sie ist ein guter Mensch.« Er verharrte eine Zeitlang in der Nähe des Schreibtischs, dann setzte er seine Wanderung fort, und nach einigen Minuten, in denen er immer wieder stehengeblieben war, schlugen seine Gedanken eine andere Richtung ein. »Ich stecke in einer Sackgasse.« Ohne erkennbaren Grund öffnete er eine Schublade und schloß sie sogleich wieder. Danach sagte er in vertraulichem Ton, in Wirklichkeit liebe er Tehila nicht; er gehe zu ihr, um mit ihr zu schlafen, das sei der einzige Grund . . .

Als er sie zum dritten- oder viertenmal besuchte, hatte sie ihm vorgeschlagen, bei ihr zu übernachten, und da es spät gewesen war, hatte er ihre Einladung gern angenommen. Vierzehn Tage darauf, nach ihrer zweiten gemeinsamen Nacht, war er zu ihr gezogen – nicht weil es ihm an Frauenbekanntschaften mangelte, sondern weil ihn das Junggesellenleben allein in der Wohnung, die er gemietet hatte, als er von seinen Eltern ausgezogen war, deprimierte. Bei Tehila war der Kühlschrank immer gefüllt, lagen im Badezimmer Seife und saubere Handtücher, und seine Kleidung hing gewaschen und gebügelt im Schrank. Tehila kümmerte sich um alles. Außerdem war sie ihrer Arbeit wegen abends und nachts oft nicht daheim, so daß sie ihm nicht auf die Nerven ging. Er war frei und konnte tun, was er wollte . . . Er ließ ein paar Sekunden verstreichen, dann sagte er, an den Schreibtisch gelehnt, er würde sich trotz allem für Eliesra entscheiden, aber er fürchte, sie wäre in der Rolle der Ehefrau nicht so gut und anziehend wie jetzt als Geliebte, außerdem hege er große Zweifel an ihrer Treue. Und dann, sagte er nach einer kurzen Pause, habe er Angst vor Gideon, denn wenn er erführe, daß sie sich regelmäßig gesehen hätten, während sie mit ihm verheiratet war, und sie sich scheiden lasse, um ihn, Caesar, zu heiraten, wäre er imstande, ihm eine Kugel in den Kopf zu jagen. Dieser Gedanke bereitete ihm Unbehagen, doch versuchte er nicht, seine Furcht zu verbergen.

»Gideon ist ein guter Junge, aber er hat ein starkes Geltungsbedürfnis und versteht keinen Spaß ... Vielleicht würde sich jeder andere genauso verhalten. Das wäre menschlich.«

Nach einem kurzen Blick auf die Fotografie eines Mädchens an der Wand sah er wieder Israel an. »Ich meine das ernst. Er hat sie vor ein paar Tagen fast zu Tode geprügelt.«

Israel blieb stumm. Caesar schaute in eine andere Richtung und nippte an seinem Whisky.

»Ich kann diesen Schwanz nicht ausstehen.«

Er blickte lange hinaus auf die Stadt, über der eine schwere Dunstwolke lastete. Wie zu sich selbst sagte er: »Außerdem habe ich einen Sohn. Alles andere muß warten, bis er gesund ist.«

Er nahm Israel gegenüber auf einem Hocker Platz und sagte, wenn Eliesra von vornherein geschieden gewesen wäre oder sich nicht ausdrücklich seinetwegen scheiden ließe, sähe die Situation völlig anders aus.

»Und trotzdem will ich nicht auf sie verzichten«, entschied er in plötzlich lebhaftem Ton. Er werde sie überreden, mit der Scheidung bis zum Winter oder Frühjahr zu warten. Er suchte in Israels Gesicht ein Zeichen der Zustimmung und des Verständnisses. Da Israel aber starr und verschlossen blieb, jonglierte er gekränkt und verlegen das Whiskyglas in seinen Händen und prophezeite ihm: »Du wirst es erleben! Ich heirate sie!«

»Gut«, meinte Israel.

Caesar trat von neuem an die Balkontür und sagte, er verstehe wirklich nicht, was am bisherigen Zustand schlecht gewesen sei, warum Eliesra sich unbedingt scheiden lassen müsse und warum er, Caesar, verpflichtet sein sollte zu heiraten, nur weil diese beiden Flittchen es ausgerechnet jetzt wünschten, zu einem Zeitpunkt, da er zum Heiraten gar nicht aufgelegt sei. Er glaube ohnehin nicht an die sogenannte Institution der Ehe, jeder halte dieses pervertierte, verfaulte Überbleibsel einer vergangenen Epoche doch für veraltet, nur eine

Funktion erfülle es noch erfolgreich, nämlich die Liebe zu töten und den Menschen der Gemeinheit und dem Egoismus seines Ehepartners auszuliefern und ihm das Leben zur Hölle zu machen, so wie es Phillip und Sahara ergangen sei, den Goldmanns, seinen eigenen Eltern und Ruchama und Avigdor. Außerdem sei der Mann polygam und werde es immer bleiben, und es bestehe kein Grund, seine Natur zu verleugnen, indem man sich an eine einzige Frau binde, selbst wenn sie Brigitte Bardot hieße.

Mit einemmal setzte ein heftiger warmer Wind ein, der durch die Balkontür ins Zimmer wehte und Caesars schütteres Haar aufwühlte. (Obwohl es keine Wirkung zeigte, benutzte er nach wie vor »Jochems Hormon«, doch wandte er zusätzlich andere Präparate an.) Wortlos starrte er auf die weiße Wand ihm gegenüber, dann schloß er das Fenster.

»Und wenn Du mich umbringen würdest, ich könnte nicht sagen, weshalb ich mich habe scheiden lassen. Im großen und ganzen ging es mir doch recht gut . . . Alles wegen dem Stück Scheiße, von dem sie sich ficken ließ.«

Der Gedanke, daß ihn Tirza betrogen hatte, verfolgte ihn noch immer. Zwar war der Schmerz mit den Jahren schwächer geworden, doch war Caesar unfähig, den Vorfall aus seinem Gedächtnis zu streichen und das Gefühl der Schmach und der Eifersucht endgültig zu überwinden. Anfangs hatte er Tirza wieder und wieder gezwungen, ihm in allen Einzelheiten zu schildern, wie sie den Mann kennengelernt und alles sich abgespielt hatte: weshalb sie nachgegeben und ob es ihr Spaß gemacht habe, ob der Schwanz des anderen größer als seiner gewesen sei. Und wochenlang bemühte er sich herauszufinden, wer der Mann war; er wollte ihn sehen und unter Umständen sogar mit ihm reden. Doch waren alle Versuche, seine Identität zu enthüllen, zum Scheitern verurteilt, da Tirza, die Caesars ständige Verhöre unerträglich fand und seine Fragen mit wachsendem Unmut beantwortete, ihm den Namen des Mannes und jede andere aufschlußgebende Information beharrlich vorenthielt. Sie verriet lediglich, daß er Arzt war und sie ihn niemals zuvor gesehen hatte. Diese Äußerung schmerzte Caesar besonders und trieb ihn an, die Verhöre tief erschüttert und ruhelos fortzusetzen. Kurze Zeit später verließ ihn zudem noch Ruchama, und als er die fürchterliche Not, die darauf folgte, endlich überwunden hatte, war es wieder Tirzas Betrug, der sein Leben vergiftete. Schließlich trennte er sich von ihr, nachdem er ihr in seinem Bestreben, seine verletzte Ehre wiederherzustellen, zahllose Szenen gemacht, sie beleidigt und gedemütigt hatte. Doch in Wahrheit war Tirzas Seitensprung – auch wenn Caesar das immer wieder vorschob – nicht der Grund ihrer Scheidung; da waren vor allem Caesars Egoismus, seine mangelnde Bereitschaft oder Unfähigkeit, Verzicht zu üben und sich verantwortungsbewußt zu verhalten, die Filme und Pornohefte, Erwin, Besch und die nichtigen, wirklichkeitsfremden Ansprüche sowie sein unermüdlicher Drang, so viele Frauen wie möglich zu erobern, um seine Männlichkeit unter Beweis zu stellen . . . In diesem Augenblick aber erlag er, wie jedesmal, wenn ihm seine Lage ausweglos schien, einer Stimmung, die von Reue und sentimentalem Realismus erfüllt war.

»Die Scheidung war ein riesiger Fehler. Ich habe mich benommen wie ein Kind. Am liebsten würde ich zu ihr gehen, um diesem Zustand ein Ende zu setzen.«

Er meinte dies aufrichtig und von ganzem Herzen und beabsichtigte, es wirklich zu tun. Aber im selben Moment wußte er, daß es nicht dazu kommen würde und alles verloren war. Trotzdem tröstete ihn die Vorstellung, zu ihr zurückzukehren.

»Es würde mir bei ihr gutgehen. Ich habe es satt, ständig herumzurennen. Glaubst du, sie würde mich wieder aufnehmen?«

»Mag sein«, sagte Israel.

Als das Telefon klingelte, wurde Caesar plötzlich nervös. Er bat Israel, an den Apparat zu gehen. Wenn es Eliesra sei, solle er sagen, er habe wegfahren müssen, um außerhalb Tel Avivs ein paar Aufnahmen zu machen, und komme spätabends, möglicherweise erst am folgenden Tag zurück . . . Sie rief aus einer Telefonzelle an, und Israel wiederholte, was Caesar ihm aufgetragen hatte.

»O.k. Bestell ihm, daß ich angerufen habe«, sagte sie.

»In Ordnung. Ich werd's ihm ausrichten.« Israel legte auf und berichtete Caesar, was Eliesra gesagt hatte. Caesar war noch umfangen von jener Stimmung der Trauer und Reue. Doch plötzlich regte sich ein anderes Gefühl in seinem Innern.

»Sie ist großartig. Ich werde sie heiraten. Und wenn die ganze Welt aus den Fugen gerät – alles egal!«

Er trank den letzten Schluck Whisky, der in seinem Glas war, und sagte, er sei sicher, daß er sie überzeugen könne, mit der Scheidung noch eine Weile zu warten. Er stellte das Glas auf den Tisch, packte Israel beim Hemdkragen und sagte:

»Wart's ab! Sie läßt sich noch gar nicht scheiden, vorläufig redet sie nur davon!«

Seine Stimmung hellte sich auf. Der Alkohol und die letzten Sätze, die er gesagt hatte, machten ihn frei und unbeschwert.

Draußen verflüchtigte sich der Dunstschleier, allmählich kamen der schöne Sommerhimmel und der Vollmond zum Vorschein. Caesar zündete sich eine Zigarette an und sagte, er möge den Sommer und würde am liebsten wie die Armen in Mexiko oder Brasilien sein, deren Leben entspreche der Natur des Menschen und bestehe nur aus Nichtstun, Baden, Samba und Frauen, es sei ein Leben ohne Sorgen, ohne Ziel, – oder er wolle leben wie die amerikanische Touristin, der sei es völlig egal, mit wem sie esse, mit welchem Mann sie ins Bett gehe und was morgen sein würde, die fahre jeden Tag mit einem anderen weiter, ohne große Hoffnungen, ohne Verpflichtungen. Dabei klang Caesars Stimme sehnsuchtsvoll und freudig zugleich, so als erfülle sein Traum sich schon heute oder morgen, und er drehte den Kopf zur Seite und schaute teilnahmslos auf den Balkon der gegenüberliegenden Wohnung, wo ein Mädchen saß und schrieb. Er sah sie lange an, dann wandte er sich unvermittelt Israel zu und sagte: »Blödsinn. Alles wird gut ... Gehen wir heute abend ins Kino oder Sahara besuchen?«

»Mal sehen«, sagte Israel.

Caesar steckte die Zigarettenschachtel und das Taschentuch ein. »Schade, daß die kleine Amerikanerin schon abgehauen ist.«

Er nahm seine Kamera und erklärte, er müsse bei seinen Eltern vorbeigehen, wegen des Todes von Schalwa, die er in seinem ganzen Leben vielleicht zweimal gesehen habe. Israel begleitete ihn bis in den Flur, und während Caesar die Tür hinter sich zuzog und die Treppen hinunterging, setzte er sich ans Klavier, um weiterzuspielen. Doch war er von der Hitze, die im Zimmer herrschte, und dem Gespräch mit Caesar erschöpft, er konnte sich nicht konzentrieren, trat auf den Balkon und stützte sich aufs Geländer, um sich der kühlen Luft auszusetzen, die vom Meer kommend die stickige Hitze vertrieb. Er betrachtete die Passanten und Caesars riesiges Auto, das vor dem Haus parkte – ein alter, heruntergekommener Plymouth, zerkratzt und staubig –, und einen Augenblick glaubte er zu erkennen, wie sich Ella auf das Haus zubewegte. Er war überrascht, denn sie hatte ihn schon zwei Wochen nicht mehr besucht. Ein Gefühl, das zu gleichen Teilen aus Freude und zorniger Abwehr bestand, durchfuhr ihn, dieses Gefühl hatte ihre Freundschaft vom ersten Tag an bestimmt und zu einem unentwirrbaren Geflecht aus Anklage, Verweigerung und reuevoller, zärtlicher Versöhnung gemacht. Ruhige Momente wechselten jäh mit solchen, in denen sich Israel, bitter und hart vom Haß, nach Kräften bemühte, Ella zu quälen, obwohl er wußte, wie unrecht es war. Seine Grausamkeit äußerte sich meist in kühler Zurückweisung und beharrlichem Schweigen. Ella versuchte dann, ihn aufzuheitern und gnädig zu stimmen, sie lächelte, sie redete, sie schmiegte sich behutsam an ihn, sie bettelte, doch sie hatte selten Erfolg. Seine kalte Ablehnung wurde zur Feindseligkeit, sein Schweigen verdüsterte sich und er beobachtete das Mädchen, bis es, unten am Haus angelangt, an dem alten Plymouth vorüberging, den Caesar vor und zurück manövrierte, bis es ihm nach zahlreichen Anläufen gelang, aus der Reihe der parkenden Autos auszuscheren. Israel, der keinen Führerschein hatte, beobachtete, wie Caesar den Wagen beschleunigte, die Straße hinabfuhr und vorsichtig nach rechts abbog, so daß er aus seinem Blickfeld verschwand.

Wenige Minuten später stellte er den Wagen vor dem Haus seiner Eltern ab, durchquerte den Garten und drückte lustlos den Klingelknopf. Sina, die mit Jaffa in der Küche stand und Kaffee kochte, ging aufmachen und begrüßte ihn mit einem Freudenschrei. Wie gewöhnlich gab er ihr einen Kuß auf die Wange und fragte sie, wie es ihr gehe.

»Ausgezeichnet«, sagte sie.

Dann betrat er die Küche, begrüßte Jaffa und erkundigte sich nach ihrem und Tikwas Befinden, doch ehe Jaffa antworten konnte, mischte Sina sich ein, die ihn bereits am Abend zuvor angerufen hatte, um ihn über Schalwas Tod zu informieren, und ihm jetzt zum zweitenmal mit gleicher Ergriffenheit von dem Ereignis berichtete. Er fand sie abstoßend und hörte ihr unwillig zu.

Sina und Jaffa wußten nicht, wie sie auf den Tod ihrer Schwester reagieren sollten, viele Jahre hatten sie Schalwa nicht gesehen, nun kam ihnen die Verbindung zu ihr eigenartig und willkürlich vor, hatte sie sich ihnen doch im Leben wie im Tod entzogen. Sie hatten das Gefühl, vom Schatten einer schändlichen Tat eingeholt zu werden, waren unsicher und verlegen, denn Schalwa hatte sich vier Monate zuvor das Leben genommen, ohne ihren Angehörigen eine Nachricht zu hinterlassen. Einzig ihre besorgten Eltern hatten sie in der Hoffnung auf eine Aussöhnung stets aus der Entfernung beobachtet, doch die waren bereits lange tot, und da Schalwa ihre Familie immer verleugnet hatte, war niemandem in ihrer Umgebung der Gedanke gekommen, es könne irgendeinen Angehörigen geben, der benachrichtigt werden müßte. Als feierliche Vorbereitung auf ihren Selbstmord hatte Schalwa ein Bad genommen, sich die Haare gewaschen und ihr schönstes Kleid angezogen. Danach hatte sie sich in dem großen Sessel gegenüber der Spiegeltür ihres Kleiderschranks niedergelassen und Tabletten geschluckt, um in einen tiefen Schlaf zu versinken, aus dem sie nie wieder aufwachen sollte.

Zwei Tage und drei Nächte brannte ununterbrochen Licht in ihrer Wohnung, ein Nachbar bemerkte es und verständigte die Polizei. Als die Beamten die Tür aufbrachen, fanden sie Schalwa, die in ihrem Tod so prächtig erstrahlte wie in längst vergangenen Zeiten. Auf dem Tisch lag ein amtlich beglaubigtes Schreiben; sie stellte ihren Körper der Wissenschaft zur Verfügung. Ohne diese Verfügung hätte ihre Familie möglicherweise nie von ihrem Tod erfahren. Zwi, der für seine Arbeit alte Zeitungen durchblätterte, entdeckte zufällig in einer der standardisierten Traueranzeigen, die im Auftrag der Universität abgedruckt wurden, Schalwas Namen und beeilte sich, Erwin zu informieren, und beide gemeinsam teilten die Neuigkeit Sina und Jaffa mit, die noch am selben Tag zur Polizei gingen, um Näheres herauszufinden, und am nächsten Morgen telefonisch einen Termin bei der Universität verlangten, um auch dort Nachforschungen anstellen zu können. Fortan sprachen sie pausenlos von ihrer Schwester und versuchten sich klarzuwerden, was sie zu tun hätten und wie sie einen Kummer ausdrücken sollten, den sie gar nicht empfanden. Erwin und Besch vertraten die Ansicht, es bestehe keine Notwendigkeit, etwas zu unternehmen; doch Sina und Jaffa, die nicht trauerten, sondern zornig waren, weil sie meinten, ihre Schwester habe sich ihnen gegenüber nicht anständig verhalten, wollten unbedingt auf ihren Tod reagieren: Sina liebte tragische Momente und glaubte seit einigen Jahren, daß ihr festgefügte Familienbande traditioneller Art, die sie allzu lange vernachlässigt hatte, neuen Halt geben könnten; und Jaffa, die seit jeher einen ausgeprägten Familiensinn hatte und rasch alterte, seit ihr Mann und ihr Sohn gestorben waren und sich ihr Verhältnis zu ihrer Tochter verschlechtert hatte, bildete sich seit dem Tod ihrer Eltern ein, für die Familie Verantwortung zu tragen, auch hatte sie Schalwa immer bedauert und sich ihr gegenüber schuldig gefühlt.

Caesar interessierte sich aber nicht für Schalwas Geschichte, weder für ihr Leben noch für ihren Tod, und nachdem er einige Minuten lang zugehört hatte, fragte er Jaffa noch einmal, wie es ihr und ihrer Tochter gehe.

»Gut. Tikwa hat mit den Kindern zu tun, alles läuft bestens bei ihr.«

In Wirklichkeit aber führte Tikwa ein leeres, unbefriedigtes Dasein. Ihr Vater hatte ihr eine große Summe Geld hinterlassen, das sie nun verjubelte, und ihre Mutter war unfähig, sie daran zu hindern. Voller Ungeduld wartete Tikwa auf eine Liebe, die sie aus der Einsamkeit und der Trostlosigkeit retten würde, von Zeit zu Zeit traten Liebhaber in ihr Leben, mit denen sie Kinos und Restaurants besuchte – manchmal sogar nachmittags um vier –, zu Partys ging, lachte und scherzte, bis sie eines schönen Tages wieder verschwanden und sie mit den beiden Kindern allein ließen in ihrer großen, prächtig möblierten Wohnung. Für ihre Kinder hatte sie ebensowenig Geduld wie für ihre Mutter, mit der sie unentwegt heftige, beleidigende Auseinandersetzungen führte. Kleinigkeiten genügten, um sie jäh aufflammen zu lassen, und Jaffa, die jedesmal sprachlos und tief verletzt aus den Gefechten hervorging, sagte: »Sie braucht einen Mann.«

»Ich habe sie lange nicht gesehen«, sagte Caesar.

»Vielleicht kommt sie später vorbei«, sagte Jaffa. »Ich habe sie darum gebeten.«

»Das würde mich freuen.«

Caesar wandte sich ab und trat auf den Balkon. Dort saß sein Vater in dem gepolsterten Korbsessel und sah mit abwesendem Blick auf die Bäume, die Straße und auf Besch, der ihm gegenübersaß und zu ihm sprach. Doch reagierte er nicht auf Beschs Worte, sondern starrte nur gleichgültig vor sich hin.

Seine Krankheit war nicht länger zu übersehen. Sein Zustand verschlechterte sich täglich. Er war abgemagert und schleppte sich kraftlos dahin, als wäre sein Körper zu groß für ihn. Sein rotbraunes Haar wurde grau und strohig, sein Gesicht schrumpfte ein und verblaßte, und er bekam riesige Ohren. Er hielt den Kopf leicht gebeugt und ähnelte einem alten, zerknitterten Marabu, der seine Federn verloren hatte und unbeweglich geworden war. Dennoch weigerte er sich, die Krankheit zur Kenntnis zu nehmen. Erst seit kurzem bemerkte er ab und an in scherzhaftem Ton, wie notwendig für Leute seines Alters ein wenig Sport sei, massierte sich die Arme, den Nacken und das Gesicht und betrachtete sich hin und wieder einen Augenblick kritisch im Spiegel. Doch als Sina ihm schonungsvoll riet, einen Arzt aufzusuchen, behauptete er, er fühle sich ausgezeichnet, und als sie ihre Empfehlung nach einer Weile von neuem aussprach, wies er sie barsch zurück: »Mögen die andern zum Arzt rennen! In meiner Familie sind alle gesund.«

Caesar gab ein gedehntes »guten Abend« von sich, wobei er Besch angrinste und seinem Vater liebevoll auf die Schulter klopfte. Erwin drehte den Kopf in seine Richtung, lächelte angestrengt und fragte ihn, wie es ihm gehe.

»Alles in Ordnung. Man lebt«, sagte Caesar und setzte sich.

Wer »Alles in Ordnung« sage, konterte Besch, gehöre sofort in die Klapsmühle. Er hasse glückliche Menschen, aber erfreulicherweise kenne er niemanden, der glücklich sei; und darum hasse er alle möglichen anderen Leute ohne besonderen Grund, denn er sei oft genug enttäuscht worden und daher wachsam. Gäbe es in dieser Stadt einen Gott, dann könnte man wenigstens mit jemandem reden; aber sogar der Teufel habe das Weite gesucht und sie Kreaturen wie Max Spielmann überlassen – und verrückten Hunden, die behaupteten, Juden zu sein; doch der Sand werde ihnen eines Tages eine heilsame Lektion erteilen. Und da Caesar grinste, fügte Besch hinzu, das sei nicht zum Lachen; es zerreiße einem das Herz, wenn man sehe, wie heruntergekommen diese Gesellschaft sei vom Regierungschef bis hinab zum letzten Straßenfeger; er habe Lust, seinen Federhut zu schwenken und den italienischen Schlachtruf zu brüllen: »Alles, was Beine hat, bringt sich in Sicherheit!«

Er lächelte und blickte Sina und Jaffa an, die aus der Küche auf den Balkon traten und Kaffee, Zucker und Kuchen auf den Tisch stellten. Er fragte Jaffa, wie es mit ihrem Französisch vorangehe.

»Jetzt fällt mir alles wieder ein, was ich vor langer Zeit im Gymnasium gelernt habe«, antwortete Jaffa.

»Wie gut, daß es die französische Sprache gibt!« sagte Besch und erzählte, er habe in der Zeitung schon zwei- oder dreimal über französische Frauen gelesen, die mit Zustimmung der Kirche ihren verstorbenen Geliebten geheiratet hätten; einmal sei es um einen Soldaten gegangen, der bei einem Unfall ums Leben gekommen war, ein andermal um einen Polizisten aus einer kleinen französischen Provinzstadt, der erschossen wurde, als er hinter einem Verbrecher her war; er frage sich, ob das ein Ausdruck völligen Wahnsinns oder höchster Weisheit sei. Dann wandte er sich Sina zu und erkundigte sich barsch, weshalb sie nicht auch Französisch lerne.

»Vielleicht werde ich es irgendwann tun.«

»Sie sind nicht mehr jung, Madame.«

»Ja, ich weiß. Du brauchst mich nicht daran zu erinnern.«

Erwin nahm mit zittriger Hand die Tasse, die Sina ihm reichte, und trank langsam seinen Kaffee. Tropfen fielen von seinen Lippen auf das Hemd und die Hose. Und Sina, die ihn die ganze Zeit anstarrte, half ihm und fuhr ihm von Zeit zu Zeit diskret mit einem Taschentuch über die Lippen, das Kinn und die Hose. Erwins Krankheit hauchte ihr neues Leben ein. Sie dachte kaum noch an ihre Beine, widmete sich hingebungsvoll der Pflege ihres Mannes und war glücklich, als würde es ewig so bleiben. Unterdessen schellte es an der Tür. Sina erhob sich und ging aufmachen. Herein kam Ruchama, die eine Woche zuvor überraschend aus Amerika zurückgekehrt war.

Zwei Jahre vorher hatte sie ihre Kinder zu Avigdor gebracht und war nach New York gegangen, um Logopädin zu werden, hatte die Ausbildung jedoch bereits nach wenigen Monaten abgebrochen und als Verkäuferin und Sprachlehrerin gearbeitet. Eine Zeitlang war sie mit einem Mann verheiratet gewesen, der aus Philadelphia stammte und ein großes Unternehmen zur Herstellung von Sportartikeln besaß. Seit sie wieder in Israel war, kam sie beinahe täglich vorbei, um Erwin zu sehen, der sie mit einem liebevollen Lächeln begrüßte. Caesar, der Ruchama seit ihrer Heimkehr noch nicht begegnet war, ging auf sie zu, sie drückten einander die Hand, und er erkundigte sich nach ihrem Befinden.

»Es läuft«, sagte sie.

»Schön, dich zu sehen!« sagte Caesar, während er sie prüfend anschaute und feststellte, wie sehr sie sich in den vergangenen Jahren verändert hatte: sie war dick und häßlich geworden.

»Wirklich schön, dich zu sehen«, wiederholte er.

Sina, die sich Ruchama gegenüber nervös, aber betont freundlich verhielt, verschwand in der Küche, um für sie Kaffee zu kochen. Unterdessen nahm Ruchama zwischen Jaffa und Besch Platz und wechselte nacheinander einige Sätze mit Erwin, Besch und Caesar, der sie fragte, ob sie sich schon eingewöhnt habe, sie immer wieder betrachtete und begriff, daß alles, was ihn mit ihr verbunden hatte, die Liebe und die Zuneigung, verschwunden war, ohne Spuren zu hinterlassen. Sie weckte keinerlei Gefühle in ihm, weder Begierde noch lebendige Erinnerung; er spürte nur eine Gleichgültigkeit, die so absolut war, daß sie ihn in Staunen versetzte. Und seine Verwunderung wuchs, je länger er Ruchama beobachtete. Wie hatte ihn noch wenige Jahre zuvor eine reizlose Frau mit dicken Fingern, verbrauchtem Gesicht und nikotingelben Zähnen derart begeistern können, daß Verzweiflung und Eifersucht ihm fast den Verstand raubten, als sie mit ihm brach? Während er sich vom Bett erhob, sich anzog und in die nasse Kälte jenes düsteren Morgens hinaustrat, ohne fassen zu können, daß ihr Verhältnis beendet war, da schien es ihm, die Welt ginge unter, da glaubte er, daß er sich von diesem Schlag nie erholen würde.

Ruchama unterhielt sich mit Erwin, fragte ihn, wie er sich fühle und was er tue, und erzählte ihm von Amerika; anschließend wandte sie sich Besch und Jaffa zu. Schalwas Tod wurde, solange Besch und Ruchama anwesend waren, mit keiner Silbe erwähnt. Als Besch Ruchama nach ihren Plänen fragte, sagte sie, sie habe keine. Im selben Moment kam Sina mit dem Kaffee, und Besch prophezeite, sie werde das gleiche tun wie bisher: bumsen. Er lachte und riet ihr, einen Schuß Cognac in den Kaffee zu mischen. Auch Ruchama lachte, doch sagte sie, sie trinke beides lieber pur, worauf Besch sich erhob und aus der Hausbar die Cognacflasche und zwei Gläser holte. Sinas Protest trotzend schenkte er ein.

»Trinken wir!« rief er Ruchama zu.

Sie hoben die Gläser, und Besch sagte: »Auf deinen letzten Ehemann!«

Als sie getrunken hatten, lachte Ruchama wieder und sagte, soweit sie sich an ihn erinnere, sei er nicht einmal spaßeshalber ein Glas Cognac wert, denn trotz seines Ingenieurdiploms, seiner Muskeln und seiner ständig braunen Haut sei er halb impotent und todlangweilig gewesen und darüber hinaus – und das sei das Schlimmste – krankhaft geizig, er habe jeden Cent eifersüchtig bewacht. Sie fuhr sich mit der Zunge über die Lippen und fügte hinzu: »Ein Mann, der sein Geld nicht ausgeben kann, taugt nichts!«

Besch war glücklich. Er lachte genußvoll, füllte erneut ihre Gläser und fing an, auf seine derbe, hemmungslose Art mit Ruchama zu flirten. Jaffa hüllte sich in mißbilligendes Schweigen, Erwin lächelte, Caesar trank seinen Kaffee und schaute ihnen teilnahmslos zu, selbst als Ruchama mit Blicken, Gelächter und Worten auf Beschs Werben einging, blieb er ungerührt, spürte aber, wie Beschs Verhalten ihn zum erstenmal ärgerte und abstieß, und sein Blick schweifte über die Bäume und den Abendhimmel; er sah seinen Vater, dessen Lächeln erloschen war, der eingefallen und gebeugt dasaß, mit weit geöffneten, leblosen, unbeteiligten Augen, die in einer ekelerregenden Flüssigkeit schwammen, und unvermittelt durchfuhr Caesar das Verlangen, diesen Leuten den Rücken zu kehren und fortzugehen. Als er seine Tasse geleert hatte, erhob er sich von seinem Stuhl, verabschiedete sich flüchtig und ging, obwohl Sina und Ruchama ihn drängten, noch ein Weilchen mit ihnen zusammenzusitzen; er ging auf die Straße, wo er bereits von fern Max Spielmann erkannte, der sich ihm näherte und ihm zuwinkte, und Caesar wandte den Kopf ein wenig zur Seite und überquerte die Fahrbahn, so als habe er ihn nicht bemerkt, setzte sich in sein verbeultes Auto, warf den Motor an und fuhr los, ohne zu wissen, wohin. Er verspürte nicht die geringste Lust, seine Kinder, die er schon mehrere Tage nicht besucht hatte, Tehila, Vicki, Eliesra oder Israel zu sehen, eigentlich wollte er niemanden in seiner Nähe haben. So fuhr er ziellos umher, ließ die Stadt hinter sich und preschte über die breite Landstraße, vorbei an unbebauten Flächen, niedrigen Lehmhügeln, Siedlungen, Eukalyptushainen und bestellten Parzellen; alles lag in einer friedlichen Stille im Dämmerlicht dieses heißen Abends. Die schnelle Fahrt durch die offene Landschaft berauschte ihn, und schon nach wenigen Kilometern vergaß er Erwin, Sina, Besch, Ruchama, die Kinder und Max Spielmann, der zu seinem Vater ging, um sich in geschäftlichen Angelegenheiten mit ihm zu beraten, der Ruchama – auch er sah sie seit ihrer Heimkehr zum erstenmal – herzlich die Hand drückte und sie fragte, ob es ihr gutgehe und wie es da drüben gewesen sei.

»Es war sehr schön, aber irgendwann ist es genug«, antwortete Ruchama und erkundigte sich, wie es ihm und Benjamin, seinem Ältesten, gehe, der auf dem Gymnasium im selben Jahrgang wie ihre Tochter gewesen war. Max Spielmann erzählte ihr, sein Sohn sei vor kurzem nach England gegangen, unmittelbar nach dem Militärdienst, er lasse sich zum Informatiker ausbilden, und als Ruchama bemerkte, sie würde Benjamin gerne wiedersehen, sagte er: »Du hast bald Gelegenheit dazu. Er kommt in den Ferien her.«

Dann fragte Ruchama nach seiner Frau, und Max Spielmann sagte ohne einen Anflug von Trauer, daß sie gestorben sei.

»Oh, das habe ich nicht gewußt. Es tut mir leid«, entschuldigte sie sich.

»Du solltest davon gehört haben«, sagte Besch.

Aber Max Spielmann sagte: »Das macht nichts. Es ist lange her« und zuckerte den Kaffee, den Sina ihm hingestellt hatte.

»Erinnerst Du dich nicht mehr?« fragte Erwin Ruchama.

»Nein«, sagte sie. »Es tut mir leid, ich erinnere mich nicht.«

»Sie ist schon seit mehreren Jahren tot«, sagte Erwin.

Beruria war fünf Jahre vorher an einer Thrombose gestorben, und Max Spielmann lebte seither allein in der riesigen Wohnung. Den größten Teil seiner Klugheit und seiner Kraft widmete er umfangreichen geschäftlichen Verpflichtungen, er hatte sich einen großzügigen Lebensstil zugelegt – so, als sei er erwacht und habe beschlossen, keine Zeit zu verlieren und die Jahre, die ihm noch blieben, zu nutzen, er gönnte sich, was in seinen Augen zu einem guten Leben gehörte, und holte nach, was er in seinem langen mönchischen Dasein versäumt hatte, er kaufte elegante Anzüge, fuhr große amerikanische Schlitten, ging in teure Restaurants und mietete sich in den vornehmsten Hotels ein. Und obwohl ihm die Gewinne, die seine Fabriken und Tankstellen, die Immobiliengeschäfte und die vielen anderen Transaktionen einbrachten, all das ermöglichten, war er trotz seines Reichtums unfähig, sich so zu vergnügen, wie er sich das vorstellte, denn er war ein besonnener Mensch, der – wenn es um Ausgaben ging, die ihm nicht lebensnotwendig erschienen – in einer übertriebenen Sparsamkeit und Besorgnis befangen war. Auch fiel es ihm schwer, sich von seiner sozialen Vergangenheit zu befreien, die widersprüchliche Gefühle sentimentalen Stolzes und feindseliger Negierung in ihm aufleben ließ, ihm Unwohlsein bereitete und den Genuß auf ärgerliche Weise beschränkte.

Besch konnte Max Spielmann nicht ausstehen, und selbst für Erwin, seinen Geschäftspartner, war er ein gemeiner, skrupelloser Ausbeuter. Max Spielmann dagegen schätzte Erwin sehr und ignorierte seine Ablehnung mit der gleichen Selbstsicherheit und Dreistigkeit, mit der er seine Geschäfte abwikkelte und seine finanziellen Interessen wahrnahm. Ob er brutal oder heuchlerisch vorging – er genierte sich nie; einzig den eigenen Bedürfnissen treu ergeben, konnte niemand Erbarmen oder Zuneigung von ihm erwarten, außer seiner Mutter und seiner geliebten Schwester Rachel, die er unterstützte, wo immer er konnte; für sie hätte er sein letztes Hemd hergegeben. So hatte er nur für seine Mutter gefühlt, die viele Jahre in einem geräumigen Zimmer seiner Wohnung gelebt hatte. Er hatte sie verehrt wie keinen anderen Menschen, er war stets ihrem Rat gefolgt, es war ihm nie in den Sinn gekommen, sie in ein Sanatorium oder Altersheim zu bringen; er hatte sie geduldig und aufopfernd gepflegt, bis sie starb, und obwohl er kein sentimentaler Mensch war und nur selten Tränen vergoß, hatte er um sie geweint, wie er nur um Beruria weinen sollte, über die er immer sanft und großzügig seine schützende Hand gehalten hatte. Auch war er ein guter Vater, weswegen ihn Onkel Lasar respektierte, obwohl er von seinem Charakter und seinen abstoßenden Aktivitäten wußte und Max Spielmann ihn, bei den seltenen Begegnungen nach seiner Rückkehr aus Jakutien, stets wie einen Fremden behandelte und lediglich mit einem kühlen »guten Tag« grüßte. Max Spielmann trank hastig seinen Kaffee, stellte die Tasse auf den Tisch und sah Erwin an. Im selben Moment fragte Sina nach seinem Sohn Jair, der ein Jahr jünger als Benjamin war, in Brüssel lebte und vor kurzem eine Belgierin geheiratet hatte. Max Spielmann zündete sich eine Zigarette an und sagte: »Er hat mir vor einer Woche geschrieben. Er scheint mit seiner gegenwärtigen Situation zufrieden.«

An Ruchama gewandt ergänzte er: »Er lebt in Brüssel, mit seiner Frau.«

Danach richtete er seinen Blick wieder auf Erwin. Erwin leerte seine Tasse und erhob sich einen Augenblick später schwerfällig von seinem Sessel. Sie gingen ins Wohnzimmer, nahmen in einer Ecke des Raumes Platz und vertieften sich in ein Gespräch. Kurz darauf stand auch Besch auf.

»Komm mit«, sagte er zu Ruchama, und sie gehorchte ihm ungeniert und ohne zu zögern. Sie verabschiedeten sich von Sina und Jaffa, die ihren Gruß zurückhaltend, nur mit einer leichten Bewegung des Kopfes, erwiderten, und begaben sich ins Wohnzimmer, um Erwin und Max Spielmann auf Wiedersehen zu sagen.

In dieser Nacht ging Ruchama mit Besch ins Bett, was sie erwartet hatte, seit er angefangen hatte, mit ihr zu scherzen, und ihr den Cognac geholt hatte, vielleicht schon, als sie auf den Balkon getreten war und ihn erblickt hatte, und auch Besch hatte es gewußt, und er hatte gefühlt, daß Ruchama es wußte. Sie schlief mit ihm, obwohl er sie weder interessierte noch körperlich anzog, sie kein Bedürfnis nach Trost oder einem Abenteuer verspürte und nicht erwartete, daß er ihr Genuß bereiten würde, was er auch nicht tat. Bereit, sich dem sinnlosen Lauf der Dinge anzuvertrauen, ohne etwas für sich zu erhoffen, verbrachte sie die Nacht in Beschs Bett und schlief mit ihm, ohne Lust oder Scham zu empfinden, und als sie am Morgen aufstand und ging, bedauerte sie es nicht und fühlte sich nicht betrogen.

Ihr Verhältnis währte einige Monate, ohne daß eine Veränderung eintrat, bis Ruchama den Heiratsantrag Max Spielmanns annahm, der am Tag nach ihrem Zusammentreffen in Erwins Haus begonnen hatte, um sie zu werben. Er machte ihr zahllose Geschenke und ging mit ihr aus, bemühte sich durch allerlei Aufmerksamkeiten, die ihr überflüssig und lächerlich vorkamen, ihr Herz zu erobern, und versuchte sogar, sie mit seinem spärlichen Wissen über Weine, Käsesorten und Eßkultur zu beeindrucken. Noch ehe Benjamin aus London zu Besuch kam, wurde sie seine Frau und zog zu ihm, in die luxuriöse Fünfzimmerwohnung, die voller Gemälde, Teppiche und antiker Möbel war, die ihren Spott und ihr Mißfallen wachriefen. Die meisten Stücke hatte Max Spielmann erst in den zurückliegenden Jahren erworben. Schweren Herzens entfernte er alle Erinnerungen an seine Frau, obwohl sie Ruchama völlig gleichgültig waren und sie ihre Beseitigung nicht einmal andeutungsweise von ihm verlangt hatte. Vom ersten Tag an war sie nicht besonders freundlich gewesen und nur selten mit ihm ins Bett gegangen, ihr Verhalten wandelte sich auch nach der Hochzeit nicht. Wann immer es ihr gelang, entwich sie ihm, weil sie seinen Körper, insbesondere seine Lippen und seine Hände abstoßend fand. Sie erlaubte ihm lediglich, sie zu streicheln und ihr mit seinen Händen die Füße zu wärmen, sie ins Restaurant auszuführen, manchmal auch ins Kino oder Theater, ihr teure Zigaretten und große Tafeln ausländischer Schokolade zu schenken, die sie auch während ihrer Schwangerschaft lustvoll verschlang, obwohl die Ärzte ihr rieten, damit aufzuhören und mehrere Kilo abzunehmen. Das alles tat er für sie, weil sie ihn unweigerlich anzog und er sehr stolz auf sie war. Indes ging Ruchama, die erst allmählich lernen sollte, ihrem Mann dankbar zu sein und seine Gesellschaft zu schätzen, noch Monate lang mit Besch ins Bett – aus Gewohnheit und Resignation. Als Max Spielmann ihr Verhältnis entdeckte, gab sie es ohne Murren auf.

Ihre Hochzeit fand im kleinen Kreis, in Anwesenheit einiger Verwandter und Bekannter, statt, und Rachel, die Ruchama nicht mochte und die ganze Sache für einen schweren Fehler hielt, sorgte dafür, daß es an nichts fehlte und alles geschmackvoll hergerichtet war. Sina erkrankte kurz vor der Hochzeit, weil sie Elischeva, Ruchamas Mutter, nicht sehen wollte. Auch Caesar weigerte sich, dem Fest beizuwohnen. Zu Goldmann und Israel sagte er, Ruchama heirate Max Spielmann nur, weil sie Geld und Bequemlichkeit suche, und außerdem spekuliere sie auf eine große Erbschaft, da er fünfzehn Jahre älter als sie sei, und bei den letzten Worten mußte er kichern. In Wirklichkeit aber war Ruchama weder an Max Spielmanns Besitz interessiert noch von seinen plumpen Aufmerksamkeiten und kostspieligen Geschenken beeindruckt; sie war nur müde und gegenüber allem – auch diesen Dingen – gleichgültig, sie wünschte nichts sehnlicher, als Ruhe zu finden nach ihrer endlosen Wanderschaft.

Sie hatte genug vom Auf und Ab des Lebens, sie fand kein Vergnügen mehr an Liebschaften und Sexabenteuern, und sie hätte auch Besch geheiratet, wenn er um ihre Hand angehalten hätte, vielleicht schon in dieser ersten Nacht, als sie Erwins Haus verlassen hatten und im Taxi kreuz und quer durch die Stadt fuhren, weil Ruchama unbedingt Tscholent und Kischkes essen wollte, in einem Restaurant mit Aussicht aufs Meer. Doch ging ihr Traum von Tscholent und Kischkes nicht in Erfüllung. Nach ergebnisloser Suche fuhren sie nach Jaffa zurück und kehrten in ein besseres Restaurant ein, wo sie beim Essen, einem saftigen Fleischgericht, aufs Wasser hinaussahen, auf die erleuchteten Fischerboote, die den Hafen verließen. Aber Besch fragte sie nicht, ob sie ihn heiraten wolle, er dachte, obwohl ihm das Essen wie immer einen immensen Genuß bescherte, nur daran, das Restaurant möglichst schnell zu verlassen, um Ruchama in seine Wohnung zu bringen und mit ihr zu schlafen, genauso war es an allen anderen gemeinsamen Abenden. Als Caesar die Hälfte der Strecke von Haifa nach Tel Aviv zurückgelegt hatte, wälzten sich Besch und Ruchama bereits auf dem Bett, das in Beschs leerer, ungepflegter Wohnung stand. Danach schliefen sie Rücken an Rücken ein. Kurze Zeit später erreichte Caesar die Stadt und fuhr durch die verlassenen, finsteren Straßen. Als er am Atelier vorbeikam, sah er gedämpftes Licht in einem der Fenster. Er überlegte, anzuhalten und zu Israel hinaufzugehen, der eingenickt war und vergessen hatte, das Licht auszuschalten. Aber er fuhr weiter, gelangte zum Haus, in dem Tehila wohnte, und parkte seinen Wagen vor ihrer Tür. Tehila lag im Bett und las. Als er sie sah, regte sich in ihm der Wunsch, sie zu entschädigen und ihr eine kleine Freude zu machen; auch hatte ihre Schläfrigkeit etwas Anziehendes. So schlief er mit ihr und blieb bis zum Morgen.

Erst als er in der Frühe erwachte, schaltete Israel das Licht aus. Er stand auf, wusch sich und trank eine Tasse Kaffee. Als er seine Noten nahm und das Atelier verlassen wollte, um zur Antoniuskirche zu gehen, klingelte das Telefon. Es war Goldmann, der aus seinem Büro anrief und sagte, er habe seine Einberufung bekommen und müsse in drei Wochen den Reservedienst antreten. Er solle sich freistellen lassen, schlug ihm Israel vor, aber Goldmann sagte: »Weshalb? Das ist ein Geschenk des Himmels!«

»Wenn das so ist . . .«

»Das muß gefeiert werden.«

»Mir soll's recht sein.«

»Dann komm heute abend zu mir.«

»Ja, vielleicht. Aber warte nicht auf mich.«

Sie verabschiedeten sich und Israel legte auf. Danach verließ er das Haus und steuerte auf den Strand zu. In der Luft hing noch die Kühle des Morgens. Feine Dunstschleier hüllten den Horizont ein, doch war der Himmel klar und tiefblau. Unter ihm lag die schäumende See, und in der Ferne, vor der Einfahrt des Hafens von Jaffa, waren die auf das Wasser schauenden Häuser, die Minarette und die rosa schimmernde Kirche bereits in ein starkes Licht getaucht. Wie immer schwebten weiße Möwen im Himmel. Israel schlenderte gemächlich die Küste entlang. Die Gebäude auf der anderen Straßenseite warfen kühle Schatten auf die Fahrbahn und das Trottoir. Er ließ seinen Blick über das Meer gleiten und beobachtete die Badenden und die Angler, die auf den Felsen und den Kanalisationsrohren geduldig warteten, daß Fische anbissen. Während er Jaffa näher kam, entfernte er sich mehr und mehr von der Küste, bis das Meer aus seinem Gesichtsfeld verschwand. Nur ab und zu tauchte es noch für einen Augenblick zwischen den Häusern auf. Er schritt durch die vertrauten Straßen, vorbei an den häßlichen Steinhäusern, an den primitiven Baracken aus Blech und Holz und den umzäunten einstöckigen weißen Fertigbauhäusern, zwischen denen Schrottplätze und schäbige Werkstätten lagen, dann durch die staubigen Straßenzüge aus steinernen rauchschwarzen Häusern mit den hohen bogenförmigen Fenstern und den kleinen, mit verrosteten Eisengittern versehenen Balkonen. Im Vorübergehen beobachtete Israel die Passanten und betrachtete die Verkaufsstände, das Obst, das Gemüse, die Backwaren und Fische, die nach Arten sortiert und mit Eisstücken bedeckt in offenen Kübeln präsentiert wurden; er sah in Schuh- und Möbelgeschäfte, in die Werkstätten von Schlossern und Tischlern und in kleine Druckereien, die meist in schmale Lagerräume, Hauseingänge und dunkle Speicher gezwängt waren.

Er folgte der Biegung der Straße, und als sie anstieg, breiter wurde und sich nach verschiedenen Richtungen öffnete – jetzt konnte er auch wieder das Meer sehen –, erschien die weiße Kirche vor ihm. Er schritt weiter auf den großen Garten zu, wo im Schatten der Zypressen, Tamarisken und Mispeln der Hibiskus und die Bougainvillea, Rosen, Nelken, Geranien und Gladiolen blühten. Er trat durch das Tor – vor ihm, auf der Fassade der Kirche, ein Relief: der kniende Jesus, wie er seine Hand einem kleinen Jungen, dem heiligen Antonius, entgegenstreckt. Und während er über den mit grobem Sand und zersplitterten Muscheln bedeckten Weg ging, grüßte er den Gärtner, der zwischen den Blumen die Erde auflockerte, und den Priester, einen kleinen, kräftigen Mann in dunkelbrauner Kutte, der im schattigen Eingang der Kirche stand. Er hatte einen weißen Bart und mißtrauisch blickende Augen, trug eine Brille und ein schwarzes Käppchen auf dem Kopf. Er beantwortete Israels Gruß mit einem Nicken; dann drehte er sich um und begleitete ihn leisen Schrittes, die Hände hinter seinem Rücken verschränkt, ins Kircheninnere, um ihm die schwere Holztür aufzuschließen. Israel dankte ihm und stieg die schmale Treppe zur Orgel hinauf. Am anderen Ende der Kirche befanden sich drei hohe Fenster mit Glasmalereien: auf dem mittleren Jesus in einem roten Gewand, zu seiner Rechten die heilige Klara und zu seiner Linken der heilige Franziskus.

Israel nahm Platz, schlug das Notenheft auf und fing an zu spielen. Sein feines Gesicht mit der hohen Stirn wirkte sehr ernst, mönchisch, als seine langen, sehnigen Finger über die Tasten fuhren und den vollen Klang der Orgel ertönen ließen. Allmählich erfüllte die Melodie die Leere des Raumes; durch die bemalten Fenster fiel gedämpftes Licht auf die massigen Marmorsäulen, die Holzbänke und den Altar, die Kupferleuchter und großen Kerzen. Die Töne vibrierten in der kühlen Luft, die schwer war vom Weihrauch und dem Geruch alten Holzes und kalten Steins.

Nachdem Israel einige Stunden gespielt hatte, nahm er die Noten, verließ das Orgelpodest, dankte dem alten Priester, der wie zuvor mit dem Kopf nickte, und trat in den Garten, der im stechenden Mittagslicht lag. Israel hielt sich dicht an die Häuser, um im Schutz des schmalen Schattenstreifens zu bleiben. Wenige Meter hinter einer Bäckerei, aus der es nach Pitta, Sesambrötchen und Gewürzen duftete, überquerte er die Straße, bog in eine enge, schattige Gasse und betrat das Fischrestaurant, in dem er hin und wieder mit Ella gewesen war. Es war voller Arbeiter, die in Unterhemden oder mit bloßem

Oberkörper dasaßen, und er nahm unter ihnen Platz. Ein paar Minuten später brachte ihm der Mann, der in einem großen Kessel mit siedendem Öl den Fisch briet, eine Portion Wolfsbarsch, ein Viertel Weißbrot und marinierte Pfefferschoten. Das kleine, schmucklose Lokal erinnerte etwas an einen heruntergekommenen Lagerraum; es war hellgrün gestrichen und mit kunststoffbeschichteten Tischen und Stühlen vollgestellt, roch nach Bratfisch und Fett; und wer beim Eingang saß, bemerkte den Geruch von Leder, Terpentin, Politur und modrigem Wasser, hörte den Lärm der Schusterbetriebe und Tischlereien, der sich mit dem Zischen der Gasflamme unter dem siedenden Kessel vermischte, mit den Stimmen der Arbeiter, die beim Essen in die Zeitung schauten oder sich auf hebräisch, bulgarisch oder arabisch unterhielten, während vom Restaurant auf der anderen Straßenseite laute orientalische Musik herüberschallte. Dort saßen ein paar Männer auf einfachen Hokkern, die auf dem Trottoir und der Fahrbahn aufgestellt waren, und spielten Dame oder Scheschbesch. Aus kleinen Porzellantassen tranken sie schwarzen Tee mit frischer Minze oder türkischen Mokka, und wenn sie in Streit gerieten, konnte man sie hören, ihr Lärm mischte sich mit dem Geschrei des Mannes, der den Fisch briet. Er war selbst wie ein Bauarbeiter gekleidet und stand in einer schmutzigen Schürze, das Gesicht der Straße zugewandt, am Kessel und rief: »Fisch! Hier gibt es Fisch!« Dabei schlug er mit seiner großen Gabel immer wieder gegen den Rand des Kessels.

Israel verzehrte langsam seine Portion und hörte den ganzen Lärm, ohne sich weiter stören zu lassen. Nachdem er gegessen hatte, wischte er sich die Hände an einer alten Zeitung ab, trat auf die Straße hinaus, ging in der sengenden Sonne und ließ den Schweiß über sein Gesicht und seinen Hals rinnen. Sein Blick schweifte über die friedliche graublaue See, von der ein diesiges Flimmern aufstieg. Vor zwei Wochen war er diesen Weg noch mit Ella gegangen, doch sie hatte ihn tatsächlich verlassen, als er während eines Streits wieder von ihr verlangt hatte, zu verschwinden und sich nie wieder blicken zu lassen, und jetzt überlegte er, ob er zu ihr gehen sollte, um sich mit ihr zu versöhnen und sie zurückzugewinnen. Dieser Gedanke, der ihm wenige Tage nach Ellas letztem Besuch zum erstenmal zugesetzt hatte, quälte ihn nahezu ununterbrochen: beim Aufstehen am Morgen und auf dem Weg zur Antoniuskirche; wenn er im Fischrestaurant saß und danach in der Mittagshitze nach Hause ging; am Abend zu der Zeit, da Ella ihn gewöhnlich besucht hatte, und einige Stunden später, bevor er einschlief. Doch jedesmal, wenn er an sie dachte, regten sich sofort sein Zorn und sein Widerstand und hinderten ihn, seine Absicht in die Tat umzusetzen ... So vergingen die Tage, und Goldmann erhielt seinen Einberufungsbefehl. Er diente als Sanitäter in einer Einheit, die im Sinai stationiert war. Für den Vorabend des Tages, an dem er einrücken mußte, lud er Caesar und Israel zum Essen ins *Helfgott* ein. Kurz vor der Verabredung aber rief Caesar bei Israel an und sagte, daß er nicht mitkommen könne, weil Tehila Karten fürs Kino besorgt und ihn gebeten habe, den Abend mit ihr zu verbringen. Er klang nervös und niedergeschlagen, und bevor er einhängte, sagte er: »Ich hab die Nase voll von diesem beschissenen Dasein!« Und, nach einem kurzen Schweigen: »Niemand läßt einen in Frieden.«

Er wies Israel an, ihn bei Goldmann zu entschuldigen und auszurichten, daß es ihm schlechtgehe und er deshalb nicht kommen könne. Israel hörte ihm schweigend zu, dann fragte er ihn, warum er Goldmann nicht selber anrufe und ihm alles persönlich mitteile.

»Ich bringe das nicht übers Herz. Er wird sicher gekränkt sein. Tu mir den Gefallen! Ich bitte dich darum.«

»In Ordnung.«

Israel richtete Goldmann alles aus, Goldmann aber reagierte darauf, als habe er Israels Worte nicht wahrgenommen. Nach einer Weile erst sagte er: »Caesar ist ein Lügner. Aber das macht nichts.«

Zunächst aber schlug er vor, nicht ins *Helfgott*, sondern in ein kleines, intimeres Restaurant zu gehen; er kenne ein rumänisches Lokal, in dem vorzüglich gekocht werde ... Goldmann war nicht kleinlich, was Geld betraf, jedoch ängstlich und vorsichtig, und diese Veranlagung stürzte ihn pausenlos in Gewissenskonflikte, da er einerseits ständig nachrechnete und bedauerte, zuviel Geld ausgegeben zu haben, sich gleichzeitig aber seiner Sparsamkeit schämte, weil er sie für unmännlich hielt. Er wünschte von ganzem Herzen, diese Schwäche zu überwinden und mit seinem Geld ebenso sorglos wie Caesar umgehen zu können, und manchmal gelang es ihm wirklich, in einem plötzlichen Rausch unerhörte Summen auszugeben, doch hielt das Gefühl des Stolzes und des Genusses, das diese Momente brachten, nur kurze Zeit, und bereits nach wenigen Stunden kam er zu sich. Dann plagte ihn ein bohrendes Schuldgefühl, weil er glaubte, albern und leichtfertig gehandelt zu haben. Er überlegte, worauf er das Geld verschwendet hatte und wie es dazu gekommen war. In den folgenden Tagen bemühte er sich dann, sparsam zu leben, um den Verlust wenigstens teilweise auszugleichen. Doch erniedrigte ihn die kleinliche Rechnerei, die mit dieser der »Tat« folgenden Sparsamkeit stets einherging, und sie bereitete ihm letztlich größeren Verdruß als das Geld, das er vergeudet hatte. Überwinden aber konnte er diese Neigung nicht, und jedesmal war er von neuem gezwungen, viel Zeit und Energie aufzuwenden, um sich von seinem Unwohlsein zu befreien . . . Sie könnten zu *Nello* gehen, sagte er, auch das *Mon jardin* oder das Restaurant bei den Tennisanlagen seien ganz ausgezeichnet, aber bei *Nello* herrsche eine angenehmere Atmosphäre; auch gebe es dort eine größere Auswahl an Vorspeisen, dazu alle möglichen Fischsorten und gefülltes Gemüse; allein des unvergleichlichen Sauerkrauts wegen würde sich ein Besuch bei ihm lohnen. Sie könnten natürlich ebensogut zu *Stéphane* gehen oder Couscous essen. Israel antwortete, es sei ihm egal, er überlasse Goldmann gern die Entscheidung. »Gut, gehen wir zu *Nello*«, entschied der und stoppte ein Taxi.

Es war noch früh am Abend, und sie waren die ersten Gäste. Nello und seine Frau saßen, Scheschbesch spielend, an einem abseits stehenden, ungedeckten Tisch, der ihnen als Büro und Kasse diente. Der Büfettier lehnte mit einer Zigarette im Mund am Tresen; nicht weit von ihm saß mit übereinandergeschlagenen Beinen der Kellner und las Zeitung. Goldmann trat als erster ein. Nach zwei oder drei Schritten blieb er stehen und schaute sich um. Nello würfelte gerade, seine Frau sah freundlich lächelnd vom Spielbrett auf, Goldmann nickte ihr zu und wünschte einen guten Abend, näherte sich unterdessen einem Tisch in einer Ecke des Restaurants, hielt aber einen Augenblick inne und steuerte auf einen anderen in der Mitte des Raumes zu, ließ jedoch, bevor er sich endgültig für ihn entschied, noch einmal den Blick umherwandern und kehrte in die Ecke zurück, wo er dann Platz nahm. Israel setzte sich ihm gegenüber. Und Goldmann, der mit der Platzwahl zufrieden war, lächelte wie der Hausherr persönlich und griff nach der

Speisekarte. »Das ist die beste Lektüre, die ich kenne«, sagte er und begann laut vorzulesen, während aus dem Hintergrund das wiederkehrende Fallen der Würfel und Aneinanderschlagen der Steine zu hören war und im Radio Balkanmusik lief, und die Klänge der Streich- und Blasinstrumente rankten sich wie Weinstöcke empor und ließen die Süße warmer Sommerabende und den feinen Duft von Feigenbäumen und vertrockneten Blüten sanft und sehnsüchtig aufsteigen und weckten Erinnerungen an brandende Wellen und verborgene Wünsche. Und während Goldmann noch überlegte, worauf er Appetit hätte, und da er gerne über Essen redete, zu dem einen oder anderen Gericht eine Bemerkung machte und mit leisem Bedauern Speisen nannte, die er früher einmal gegessen hatte, deren Namen aber auf der Karte nicht mehr erschienen, näherte sich der Kellner, der wie Charles Aznavour aussah und ein trauriges, teilnahmsloses Gesicht zeigte, ihrem Tisch.

»Sie wünschen?«

Goldmann war bester Laune. Er forderte Israel auf zu beginnen. Israel hatte sich für Hirn in Tomatensauce mit Reis und Spinat entschieden. Goldmann bestellte gefüllte Aubergine, Courgettensalat mit Walnüssen und für sie beide eine doppelte Portion Sauerkraut und eine Flasche Rotwein.

Draußen war es dunkel geworden. Die Neonröhren im Restaurant beleuchteten die weißen Tücher auf den Tischen, die zu Reihen geordnet in dem großen, kalten Raum standen; an den viel zu hohen, bläulich schimmernden Mauern hingen Wandteppiche, auf denen goldgelbe Sonnen über blauen Seen, Flüssen, Weinbergen und Palmen standen und Frauen mit rosigem Fleisch, auf grünen Weiden sitzend, prächtige Trauben in ihren Händen hielten. Und es schien, als sei die Besitzerin einer dieser Landschaften entstiegen, um sich beim Scheschbeschspiel zu vergnügen. Goldmann schnitt eine Scheibe vom Brot, das in einem Körbchen lag, und betrachtete abwechselnd die Wandteppiche und Nellos Frau.

»Wie glücklich sie aussehen!« sagte er und grinste vergnügt. Israel stimmte ihm zu, wußte aber nicht wirklich, von wem Goldmann sprach.

»Die Leute machen sich das Leben schwerer, als es ist«, stellte Goldmann fest, schob sich das Brot in den Mund und fuhr fort, das beste Steakfleisch der Welt werde in Japan produziert – die Rinder dort würden mit Bier getränkt; das gebe dem Fleisch ein besonderes Aroma und lasse kleine Fettpartikel entstehen, die mit dem Weißen in der Wurst Ähnlichkeit hätten. Derweil brachte der Kellner den Wein und die Vorspeisen. Goldmann schenkte ihnen ein und sagte: »Schade, daß Caesar nicht mitgekommen ist.«

Sie prosteten einander zu, tranken einen Schluck und begannen zu essen. Kaum hatte Goldmann von der Aubergine gekostet, sagte er: »Die Aubergine schmeckt ausgezeichnet.«

Sein Gesicht leuchtete. Wenig später begeisterte er sich für den Courgettensalat, und das Sauerkraut ließ ihn vor Wonne hinschmelzen. In keinem anderen Restaurant bekomme man so gutes Sauerkraut, beteuerte er entzückt und drängte Israel, ebenfalls zu probieren. Das Sauerkraut schmeckte tatsächlich vorzüglich, und da der Teller nach wenigen Minuten leer war, bestellte Goldmann nochmals eine doppelte Portion.

»Da sieht man, wie schön das Leben sein kann!« sagte er und nahm einen Schluck Wein. Er freue sich auf seinen Reservedienst, denn er habe Lust, aus der Wohnung herauszukommen, seine Mutter, die Stadt und seinen unerträglichen Arbeitsplatz nicht länger zu sehen, neue Leute kennenzulernen und an der frischen Luft zu sein, umgeben von Sand, Steinen, Gestrüpp, Himmel und Vögeln; abgesehen vom Spaß, den ihm die ganze Sache bereiten werde, glaube oder hoffe er, daß sein Leben sich von nun an ändern werde und dies der erste Schritt in die richtige Richtung sei. Er trank etwas Wein, sagte: »Weiß der Himmel, wozu ich Jura studiert und Latein und all den anderen Kram gelernt habe!« und tunkte mit einem Stück Brot gewissenhaft die Reste der Auberginenfüllung und der Sauce auf, gab dem Kellner, der sich mit dem Büfettier unterhielt, ein Zeichen und verkündete: »Ich könnte mehr davon vertragen ... Am liebsten würde ich ein Schiff besteigen und draußen auf dem Meer bleiben ... Jedenfalls müßte hier vieles anders werden ...«

Der Kellner kam, und Israel bestellte als Hauptgericht Seefisch mit zerlassener Butter und Pilzen, Goldmann wählte Lammbraten mit Okraschoten und Reis und dazu zwei Portionen im Ofen gebackenes Gemüse. Später sagte er: »Das Essen bei Nello ist keine Schonkost.«

»Macht nichts«, sagte Israel.

»Demnächst fange ich mit der amerikanischen Diät an«, sagte Goldmann, füllte von neuem die Gläser und meinte, daß er am liebsten direkt an der Grenze eingesetzt werden würde, daß er zu Gott bete, bei irgendeinem Zwischenfall zum Einsatz zu kommen, und sah zu Nello und seiner Frau, die im selben Augenblick ihre Stimme erhoben; offenbar ging es ums Spiel. Er habe keine Angst umzukommen, behauptete er, viel schrecklicher wäre es, einen Körperteil zu verlieren, vor allem den Penis. Er sprach in scherzhaftem Ton. Sein Grinsen erwidernd, riet Israel ihm, einen Antrag auf Befreiung vom Reservedienst oder auf Versetzung in eine nichtkämpfende Einheit zu stellen. Aber Goldmann wiederholte, er freue sich auf die Armee und fühle sich in seiner Einheit sehr wohl. An einem Stück Brot knabbernd, sagte er, die Wochen fern von der Stadt würden über sein Verhältnis zu Dita entscheiden, es sei an einem kritischen Punkt angelangt, danach würden sie entweder heiraten oder sich endgültig trennen, und nach einem Schluck Wein ergänzte er, daß sich sein Leben nun sicher bald radikal ändern werde, zog den Teller, den der Kellner vor ihn hingestellt hatte, zu sich heran, betrachtete ihn mit prüfendem Blick, schaute auf Israels Fisch und sagte: »Die Portionen sind riesig, nicht wahr?«

Und nachdem er von dem gebackenen Gemüse gekostet hatte: »Außergewöhnlich! Das mußt Du probieren!«

Wieder betrachtete er seinen Teller und schnitt das Lammfleisch an.

»Gut, daß wir hierhergekommen sind.«

Er aß gierig, schmatzte und ächzte und lachte von Zeit zu Zeit, weil er das Essen genoß und ihm der Wein zu Kopfe stieg. Trotzdem schenkte er sich von neuem ein und drängte Israel, es ihm gleichzutun. Er erzählte, er habe irgendwo gelesen, der beste und teuerste Wein der Welt werde in Indonesien produziert, indem man Affen in Weinfässern ertränke. Daraufhin ging es wieder um Dita; eigentlich bleibe ihnen nichts anderes übrig, als auseinanderzugehen, die meiste Zeit herrsche Bitterkeit zwischen ihnen, ihre Verbindung sei nur mehr eine drückende Last. Er sah Israel erwartungsvoll an und füllte seinen Mund mit einem Stück Fleisch; seine hellgrünen Augen funkelten, sein verschwitztes Gesicht strahlte. Aber Israel schwieg. Goldmann tauchte ein Stück Brot in den Schmorsaft und sagte: »Ich hätte in einen Moschaw gehen sollen.« Er hielt einen Augenblick inne. »Der Mensch muß allein leben können ... Caesar ist ein Lügner. Aber das macht nichts.«

Er biß von dem Brot ab und erklärte gutgelaunt, beinahe fröhlich, wie sehr er Caesar beneide – und auch Mosche Zellermeyer, gerade weil er ein einfacher, ungebildeter Mensch ohne Lebensart sei; er habe einfach geheiratet und Kinder in die Welt gesetzt, so wie er esse und trinke, beim Kartenspielen gewinne oder verliere und gelegentlich anderen helfe; man habe den Eindruck, daß ihn weder die Erinnerung an die schrecklichen Zeiten noch sein Glück bekümmere. Wie oft schon hatte es ihn beinah erwischt? Wie oft war er dem Bankrott nur um Haaresbreite entkommen? Er hatte jedesmal überlebt und die Taschen voll Geld. Er schien die Wechselfälle des Schicksals mit Gelassenheit hinzunehmen, ohne Staunen oder Dankbarkeit. Seine Tage vergingen mit harter Arbeit und endloser Plackerei, doch nicht, weil er ein besonderes Ziel zu erreichen suchte, sondern allein um die Zukunft und den Aufstieg seiner Kinder zu sichern. So war er froh, daß sein Sohn sich seinem Willen gefügt und beschlossen hatte, sich in Amerika niederzulassen. Er hatte ihm schon ein Visum besorgt und alles erledigt, was für die Reise notwendig war, und er wäre glücklich gewesen, hätte Goldmanns Vater den Abschied seines Sohnes noch miterlebt. Fünf Jahre lang hatte Mosche Zellermeyer in einer Schuhfabrik gearbeitet; danach hatte er ein kleines Geschäft eröffnet, in dem er zunächst nur inländische Lederwaren, später auch Schuhe aus dem Ausland verkauft hatte. Seine unternehmerischen Ambitionen hatten von Anfang an den Widerwillen von Goldmanns Vater erregt, aber als schlimmstes Vergehen betrachtete der Zellermeyers Wunsch, sein Sohn möge nach Amerika auswandern, und die Vorbereitungen, die er dafür traf. Goldmanns Vater fühlte sich verletzt und betrogen, und doch bewahrte er sich trotz seines Zorns eine väterliche Zuneigung für Mosche Zellermeyer, der seine Enttäuschung nicht wahrnahm, sondern nur an das Gute dachte, das der alte Goldmann für ihn getan hatte, ohne je etwas dafür zu verlangen. Wie einem wohlmeinenden Vater brachte er ihm Achtung, Dankbarkeit und Liebe entgegen, Empfindungen, die er auch für Stefana und ihren Sohn hegte.

Als Mosche Zellermeyer erfuhr, daß Goldmanns Vater krank sei, war er fassungslos, besuchte ihn jeden Tag wenigstens ein- oder zweimal, kam auf Zehenspitzen ins Zimmer, um in einiger Entfernung still stehenzubleiben; manchmal nickte er dem Kranken leicht zu, danach zog er sich leise zurück, und auch bei der Beerdigung hielt er sich ein wenig abseits und weinte ununterbrochen; sein unkontrolliertes Schluchzen erschütterte und ärgerte Goldmann mehr als alles andere, was um ihn her geschah, doch vermied er, in Mosche Zellermeyers Richtung zu schauen.

Goldmann wandte seinen Blick von Israel, schnitt einen Bissen von dem köstlichen Lammfleisch ab und sagte grinsend, eigentlich beneide er weder Caesar noch Mosche Zellermeyer, sondern Avinoam, mit dem er zur Schule gegangen sei und im Unabhängigkeitskrieg in der Armee gedient habe, bis Avinoam verletzt und zur medizinischen Behandlung nach Amerika geschickt worden sei. Als er wieder gesund war, sei er drüben geblieben und habe Agronomie studiert. Erst sechs Jahre später sei er zurückgekehrt, mit seiner Frau Audrey, der Tochter eines reichen Fabrikanten aus dem Bundesstaat Utah, und mit Jochanan, ihrem ältesten Sohn. Sie hätten sich in einem Moschaw niedergelassen und sich durch harte Arbeit einen eigenen Hof aufgebaut.

Als er sie vor acht Jahren besuchte, wirkte Audrey bereits vollkommen ausgelaugt. Ihr Körper war mädchenhaft geblieben und ihr Gesicht freundlich, doch von ihrer Frische und ihrer amerikanischen Schönheit, die Goldmann so sehr begeistert hatten, als er sie wenige Tage nach ihrer Ankunft bei Mathilda Leviathan zum erstenmal gesehen hatte, war kaum etwas übrig. Trotzdem wirkten sie und ihr Mann, der seine kräftige, schöne Gestalt bewahrt hatte, obwohl er infolge jener lang zurückliegenden Verwundung ständig unter fürchterlichen Kopfschmerzen litt, glücklich und zufrieden mit ihrem Dasein im Moschaw, ihrem Hof und ihren drei Kindern. Ein wenig von diesem Glück, das ihn an seine Besuche bei Joel und Zipora erinnerte, erfaßte auch ihn, als er in der Dämmerung im Moschaw ankam, den eine sommerliche Feierabendstimmung umfing. Am nächsten Morgen trat er mit Avinoam auf die Wiese hinaus, um den Klee, den Avinoam schnitt, mit einer Heugabel zusammenzutragen und mit ihm gemeinsam auf den Wagen zu laden; später, nach dem Frühstück, zogen sie Bewässerungsschläuche über das Baumwollfeld, er mistete den Kuhstall aus, verteilte frisches Heu über den Boden und gab den Tieren zu fressen, während die stickige Hitze und der scharfe Geruch des Kuhdungs auf seinen Lungen lasteten und das Stroh und das Futterpulver in seine Schuhe und seine Kleidung drangen, am Körper, am Hals und im Gesicht klebten und ein unerträgliches Jucken verursachten; und dann, nach dem Mittagessen, als er schon müde war, kehrte er allein in die Baumwollplantage zurück, um die Bewässerungsschläuche neu zu verlegen – von den Baumwollpflanzen und dem nassen Boden stieg eine schwere Feuchtigkeitswolke auf, kleine Fliegen krochen ihm in die Nase, die Ohren und Augen, ihre Schwärme hingen wie Spinnennetze in der kochenden, schwülen Luft, keuchend und schweißgebadet zog Goldmann mühevoll einen Fuß nach dem anderen aus der morastigen Erde, eine große Mattigkeit erfaßte ihn, er glaubte, niemals fertig zu werden, und erst am Abend, bei Sonnenuntergang, als die Luft angenehm leicht wurde und eine friedliche Stille einkehrte, kam er zur Ruhe. Er duschte, zog saubere Kleider an und ging mit Avinoam durch den Moschaw. Und als Avinoam die Kühe gemolken und sich erfrischt hatte, setzten sie sich zu Audrey auf die Terrasse. Doch peinigte sie die Moskitos, und ihre Unterhaltung blieb stockend und ein wenig gezwungen. Nach einer Weile sagte Avinoam, der vor Erschöpfung beinahe einnickte: »Laßt uns schlafen gehen.« Darauf erhoben sie sich und gingen zu Bett.

Goldmann hatte vorgehabt, eine Woche zu bleiben, doch nach zwei Tagen des Zögerns entschloß er sich, sie zu verlassen, und fuhr am vierten Tag unter einem fadenscheinigen Vorwand in die Stadt zurück. Dennoch behielt er den Besuch als wunderbares Erlebnis von Glück, Freiheit und Frische in Erinnerung, das trotz der vielen Jahre in seiner Vorstellung lebendiger als jemals zuvor war. Er führte den Fleischhappen mit etwas Reis und Okragemüse zu seinem Mund und sagte:

»Avinoam, seine Frau und seine Kinder sind glücklich ... Ich wünschte, ich hätte wie sie einen Hof in einem Moschaw. Aber vielleicht ist es noch nicht zu spät.«

Er wartete, daß Israel etwas erwiderte, der aber legte eine Fischgräte auf den Rand seines Tellers, hob den Blick und fragte ihn, wie es seiner Mutter gehe. Und es war, als erwache Goldmann aus einem Traum.

»Gut, sehr gut. Sie wird allmählich verrückt«, sagte er und lachte auf. Er hatte zuviel getrunken. Er lachte von neuem, und als er sich wieder beruhigte, erzählte er, sie spreche seit einiger Zeit fast ausschließlich polnisch, lese polnische Bücher und Zeitungen und benehme sich, als ob sie in Polen wäre; ja, sie scheine wirklich zu glauben, daß sie in Polen sei, jedenfalls rede sie es sich ein. Auf Israels Frage, ob er nichts unternehmen wolle, sagte er: »Was soll ich denn tun?« und schnitt ein Stück Fleisch ab. Eigentlich bräuchte sie einen Psychiater, aber es wäre schade ums Geld, denn ihr Wahnsinn werde nach einer Weile sicher von selber vergehen; man müsse abwarten. Er trank den letzten Schluck Wein, der in seinem Glas war, schenkte sich erneut ein und sagte nach kurzer Überlegung, er habe den Eindruck, sie habe sich nie wohler gefühlt; was sie jetzt habe, sei vermutlich das einzige, das sie interessiere und das sie erreichen könne; er bezweifle, daß jemand die Pflicht oder das Recht habe, sich einzumischen und ihr Glück zu zerstören, das manche vielleicht als Wahnsinn bezeichneten, für seine Mutter aber das Paradies sei, in das sie erst nach dem Tod ihres Mannes habe zurückkehren können; Ephraims Todestag sei wahrscheinlich einer der glücklichsten Tage ihres Lebens gewesen. Wieder lachte er los. Wenige Sekunden später sagte er, immer noch grinsend, er habe sich oft gefragt, ob sie miteinander ins Bett gingen.

»Wer?« fragte Israel.

»Meine Eltern!«

Goldmann nahm einen Schluck aus seinem Glas. Er sei zu dem Schluß gelangt, daß sie es schon zwanzig, dreißig Jahre nicht mehr getan hätten. Zwar wisse man heute – dank Untersuchungen, die überwiegend in Amerika durchgeführt worden seien –, daß über fünfzig Prozent aller Frauen und Männer mit siebzig und selbst danach noch in der Lage seien, mit jemandem zu schlafen und Vergnügen dabei zu empfinden, und daß ein hoher Prozentsatz es tatsächlich tue; aber er glaube nicht, daß seine Eltern zu dieser Gruppe gehörten, nicht wegen ihres Alters oder aus physiologischen Gründen, sondern weil seine Mutter seinen Vater verabscheut und, wie es ihm scheine, sich für solche Dinge nie interessiert habe und weil sein Vater seine Mutter gehaßt habe und das Zölibat an ihrer Seite hundert Jahre hätte einhalten können, allein um sie zu erniedrigen und ihrer beider Leben zu vergiften.

Schweigend nahm Goldmann von dem gebackenen Gemüse und das letzte kleine Stück Lammfleisch. Danach sagte er, er sei überzeugt, daß seine Mutter nie mit einem anderen Mann geschlafen habe, außer vielleicht mit Manfred, und daß auch sein Vater – allerdings aus ganz anderen Gründen –

niemals fremdgegangen sei, obwohl er sich, wie er heute nach all den Jahren glaube, von Zeimers Frau angezogen fühlte, die ihren Mann beinah in aller Öffentlichkeit betrog. Und während er mit der Gabel die Reiskörner und die Okraschoten auflas, die sich noch auf seinem Teller befanden, fragte er Israel, ob er jemals befürchtet habe, impotent zu sein. Israel schaute ihn erstaunt an. Und Goldmann, der vor Verlegenheit rot wurde, grinste und wiederholte, was er gesagt hatte. Ohne auf eine Antwort zu warten, erklärte er, er stelle die Frage, weil man herausgefunden habe, daß das bei Männern aller Altersgruppen vorkomme und weitaus verbreiteter sei, als sich die Leute gemeinhin vorstellten; die meisten Wissenschaftler stimmten heute darin überein, daß – wenn alle Formen der Impotenz berücksichtigt würden – jeder in einer gewissen Phase seines Lebens impotent sei und vierzig bis fünfzig Prozent aller Männer unter chronischer Impotenz litten. Die Ursachen seien vornehmlich psychologischer Art und wurzelten in mangelndem Selbstbewußtsein und Ängsten, die zurückgingen auf übertriebene Erwartungen und falsche Vorstellungen von dem, was ein Mann kann oder können muß, auf Phantasien, die von Gerüchten und verlogenen Prahlereien anderer Männer genährt würden, natürlich auch vom Kino, vom Fernsehen und von Illustrierten und in nicht zu unterschätzendem Maß von der Werbung für Kleidung, Zigaretten, Lebensmittel, Schmuck und Kosmetika.

Auch während sie eine doppelte Portion *Crème bavaroise* aßen und türkischen Kaffee tranken, ließ Goldmann von dem Thema nicht ab. Das Leben sei ohne Sexualität – oder wenigstens die Negation der Sexualität – gar nicht vorstellbar; aber der Sex müsse nicht nur vor den Puritanern bewahrt werden, sondern auch vor all jenen, die den Leuten eine fiebernde Traumwelt vorgaukelten. Er wischte sich das verschwitzte Gesicht ab und sagte: »Ich habe zuviel gegessen. Das ist ungesund.«

»Du nimmst ja nicht jeden Tag solche Mengen zu dir«, sagte Israel.

Goldmann trank in kleinen Schlucken seinen Kaffee und meinte, man sollte dem römischen Beispiel folgen und seinen Finger in den Rachen schieben, oder eine Feder, um sich zu erbrechen; auf diese Weise könnte man das Essen genießen und sich vor seinen negativen Auswirkungen schützen. Er lachte und winkte den Kellner herbei. Der Kellner brachte die Rechnung. Goldmann warf einen kurzen Blick auf den Zettel, dann standen sie auf und gingen zu Nello und seiner Frau.

»Es war hervorragend«, sagte Goldmann.

»Möge es Ihnen bekommen«, erwiderte Nellos Frau.

Goldmann, fröhlich vom guten Essen, vom Wein und von der eigenen Großzügigkeit, sagte: »Ich hätte nichts dagegen, bei Ihnen zu wohnen« und reichte Nello das Geld. Nello lachte, während seine Frau vergnügt nach Goldmanns Arm griff.

»Zeigen Sie mir Ihre Hand.«

Goldmann streckte ihr seine geöffnete Rechte entgegen und fragte: »Können Sie aus der Hand lesen?«

»Warten Sie's ab.«

»Sie ist eine echte Wahrsagerin«, sagte Nello und reichte Goldmann das Wechselgeld. Indes hielt seine Frau Goldmanns Rechte und fuhr mit dem Zeigefinger über seine Handfläche. Die Herzlinie verrate ihr, daß er ein Mensch mit starken Gefühlen sei, die oft seinen Verstand besiegten. Mit einem Lächeln sagte sie, er liebe die Frauen, sei aber nur einer einzigen wirklich ergeben. Er besitze einen Sinn für Schönheit und Ordnung, und das Glück werde ihm in Geldangelegenheiten, beim Kartenspiel oder bei seinen Geschäften gewogen sein, doch fürchte er sich – sie verstummte. Dann sagte sie, seine Schicksalslinie zeige an, daß ein freudiges Ereignis bevorstehe, bei dem es möglicherweise um eine Frau gehe. Seine Lebenslinie sei lang, aber nicht gerade; er müsse sich vor dem Wasser in acht nehmen; wenn er jedoch vorsichtig sei, verspreche sie ihm, daß er sehr alt würde.

»Ich danke Ihnen, Frau Nello«, sagte Goldmann, verabschiedete sich lächelnd und sagte, als er mit Israel das Restaurant verließ: »Alles Unsinn. Aber vielleicht sollte ich mit dem Schwimmen aufhören.« Er lachte.

An der nächsten Straßenecke fragte er Israel, ob er dem Kellner ein Trinkgeld hätte geben sollen.

»Das war nicht notwendig«, sagte Israel.

»Ja, Du hast recht. Immerhin bekommen sie ihren Lohn ... Ich muß mit der Diät anfangen.«

Es war noch nicht spät, doch lagen die Geschäftsstraßen, durch die sie gingen, still und verlassen da; nur hin und wieder fuhr ein Auto an ihnen vorbei. Schweigend bewegten sie sich voran. Goldmann schritt schwerfällig, das Essen hatte ihn ermüdet. Nach einer Weile fragte er, wie es Ella gehe.

»Gut«, sagte Israel.

Und ob er sie heiraten wolle.

»Vielleicht.«

Goldmann mochte die altbekannte Umgebung; sie ließ eine Menge Gefühle in ihm aufleben. Eigentlich, sagte er, sollte er Dita heiraten, Kinder in die Welt setzen und sich ein Haus bauen wie Avinoam; das entspräche der Ordnung, in der sie lebten, und Ordnung sei etwas Wichtiges; trotz aller Mängel sei die Familie die natürlichste und fruchtbarste Lebensform, während alle anderen realisierbaren Wege in die sterile Ödnis des Niedergangs führten. Er aber sei immer noch nicht verheiratet, und seine Tage verstrichen in Zaudern und Warten; ständig hoffe er auf etwas, das ihn aus dem trostlosen Trott herausrisse und seinem Leben einen Inhalt und einen erkennbaren, vielleicht sogar mitreißenden Sinn gäbe, und es würde ihm nichts ausmachen, wenn das ersehnte Ereignis in Gestalt eines Unglücks einträte, obwohl er wünschte, daß es als große, schicksalshafte Liebe in sein Leben trete wie in den Romanen und Filmen, über die er so oft gelacht habe. Er dachte sich das Objekt jener Liebe mal wie Elinore, mal wie Jeanne Moreau, aber nichts dergleichen geschah; er bewegte sich ziellos in eingefahrenen Gleisen, mit der Ahnung, daß etwas zu Ende gehe; das törichte Hoffen, sagte er, sei zu einer traurigen Gewohnheit des Fühlens und Denkens geworden, und nichts bliebe außer Spekulation und Tagträumerei; einer Jeanne Moreau sei er nie begegnet, und sein Bild von Elinore verblasse von Jahr zu Jahr, obwohl Stefana und Manfred oft von ihr sprachen und auch er sie immer wieder erwähnte – wie in diesem Moment, da er mit Israel die King-George-Straße hinaufging, an den haushohen Sykomoren entlang, die sich zwischen den Fahrbahnen erhoben.

Doch wenn er von Elinore sprach, blieben seine Worte stets vage und undeutlich, denn Elinores Wesen war ihm verschlossen und vom Zauber der einzigen Begegnung umhüllt. Allein über ihr Äußeres wußte er konkrete Dinge zu sagen: daß sie groß war, breite Lippen und hellblaue Augen hatte, daß ihre Haut sehr weiß, fast bläulich wirkte und einen sonderbaren Geruch verströmte, den er schwerlich beschreiben konnte – ihre Haut dufte wie Pinien, behauptete er, oder wie eine gute Seife, und vielleicht auch ein wenig säuerlich. Doch was er über sie sagte, war kein Ausdruck lebendiger Erinnerung, denn Elinore existierte nur als nebelhaftes, stilisiertes Ziel seiner tiefsten Sehnsüchte; und er wiederholte nur, was er schon oft von ihr erzählt hatte – auch, daß sie verloren und schutzsuchend wirke, was er sehr anziehend, ja eigentlich unwiderstehlich anziehend fand, und daß er hoffe, sie wenigstens einmal noch wiederzusehen. Als er sie Israel jetzt beschrieb, klang seine Stimme freudig und munter, und er sprach ihren Namen liebevoll aus, wie ein Zauberwort, das alles beinhaltete, wonach er sich sehnte, und mit dessen Hilfe er Elinore und die Vergangenheit zurückholen konnte. Und während er sprach, entfernten sie sich von der baumbestandenen Allee, überquerten die Bograschowstraße und gelangten zu einer einsamen Sykomore, die am Bordstein gepflanzt war und in früheren Zeiten den Beginn des Viertels der Holzhäuser markiert hatte. Goldmann blieb stehen und ließ seinen Blick über das Gelände streifen, das einst so lebendig gewesen war und mit dem ihn so viele Erinnerungen und Sehnsüchte verbanden. Alles war dem Erdboden gleichgemacht worden, vor ihnen lag nichts als eine weite Fläche aus Sand und Lehm. Und als sie noch dastanden und schauten, näherten sich grölende und lachende Jugendliche, die sich gegenseitig anrempelten. Um sie vorbeizulassen, trat Goldmann zur Seite, dann ging er weiter und sagte: »Wilde. Ich könnte jeden einzelnen umbringen ... Das ist nicht die Stadt, in der ich zu Hause war. Es wird nie wieder sein, wie es gewesen ist ... Wo man hinschaut, nichts als Dreck.«

Er sah noch einmal auf die trostlose Gegend. Die meisten Holzhäuser waren einem langsamen Prozeß der Zerstörung zum Opfer gefallen, nur vereinzelt waren bis vor zwei Jahren einige übriggeblieben, schmutzig und dem Zusammenbruch nahe wie ein Häuflein hoffnungsloser Flüchtlinge. Eines der Häuser, die damals noch standen, hatte ursprünglich Rachel und Onkel Lasar gehört. Chaim-Leib hatte es vor vielen Jahren Max Spielmann abgekauft, er hatte es renoviert und um ein Zimmer erweitert, um die große hölzerne Mangel unterzubringen. Als er das Haus räumen sollte, weigerte er sich hartnäckig und führte einen jahrelangen Krieg gegen die Stadt und die Firma, der die Stadt die Grundstücke verkauft hatte. Man plante einen Verwaltungs- und Geschäftskomplex mit Geschäften, Cafés, Restaurants und Kinos und bot Chaim-Leib eine Entschädigung, doch das machte die Räumung des Viertels in seinen Augen zu Betrug und Erpressung dreistester Art. Und während die Gebäude in seiner Nachbarschaft eins nach dem anderen verlassen und abgerissen wurden, lebte Chaim-Leib mit Frau Chaja weiter in seinem Haus. Doch nachdem Goldmann ihn zum letztenmal hier besuchte – wie immer unangemeldet und ungeplant –, vergingen nur wenige Monate, bis auch Chaim-Leibs Haus niedergewalzt wurde; am Ende hatte er sich mit der Stadt und der Baufirma doch noch geeinigt.

Goldmann hatte angeklopft und voller Vorfreude auf Chaim-Leib gewartet. Chaim-Leibs Wesen und Handel waren von einem Strahlen, von Klugheit und Leben erfüllt, er aß und trank gern, las Zeitungen, schlenderte durch die Straßen, ließ sich mit Vergnügen auf Unterhaltungen und politische Diskussionen ein, liebte Feste aller Art, Beschneidungs-, Pidion-ha-Ben- und Bar-Mitzwa-Feiern, Hochzeiten und Beerdigungen, und lebte in Einklang mit der Welt und mit Gott. Goldmann hatte als Kind Chaim-Leib viele Stunden mit staunenden Augen zugesehen, wenn er mit seinen schweren, kräftigen Bauarbeiterhänden die Mangel bediente, die sich pausenlos vor- und zurückdrehte. Kaum einen anderen Verwandten oder Bekannten mochte er so wie ihn, doch seit er erwachsen war, kam es vor, daß sie sich mehrere Jahre hintereinander nicht sahen. So waren vier, möglicherweise fünf Jahre vergangen, seit sie einander zum letztenmal gegenübergestanden hatten. Es war bei der Beerdigung von Schmuels und Aharons Vater gewesen, der in einem Altersheim gelebt hatte. Chaim-Leib schritt, seinen schwarzen Feiertagshut auf dem Kopf und die Hände hinter dem Rücken verschränkt, mit den übrigen Trauernden über den Friedhof, Frau Chaja mit ihrem beigefarbenen Filzhütchen folgte dicht hinter ihm. In der Nacht hatte es geregnet, doch jetzt war es angenehm. Und als Chaim-Leib an Goldmann vorüberging, lächelte er ihm zu und sagte auf jiddisch: »Keine Sorge. Gott vergißt niemanden.«

Goldmann lächelte und klopfte abermals an die Tür. Er wischte sich das Gesicht in seinem Taschentuch ab. Es war Hochsommer. Die riesige Sykomore, in deren Schatten das Licht grünlich war, verbreitete ein strenges Aroma. Goldmann dachte an die Dünenlandschaft, die brachliegenden Felder, die Weinberge und Dörfer der Araber. Die aufgeplatzten Früchte des Baums waren über die Fahrbahn und den Trottoir gerollt und hatten Flecken hinterlassen. Autos fuhren mit hoher Geschwindigkeit an ihm vorbei. Gegenüber, dort, wo der Affe und die beiden Bären getanzt hatten, stand nun ein Kino, an dessen Fassade eine überdimensionale Reklame prangte, auf der ein schnauzbärtiger Mann eine schöne Blondine in einem weißen Sommerkleid in seinen Armen hielt. Während Goldmann das Filmpaar betrachtete, öffnete sich die Tür. Chaim-Leibs Gesicht war jetzt gelb und ausgedörrt, seine braunen Augen wirkten tieferliegend als früher, sein Körper war mager und sein Bauch eingefallen, so daß seine Hose, die von einem Gürtel gehalten wurde, um die Hüften herum Falten warf. Goldmann streckte seine Hand aus und sagte: »Guten Tag, Chaim-Leib!«

Chaim-Leib aber stand da und sah ihn ausdruckslos an. Er erkannte ihn nicht. Erst als Goldmann seinen und seiner Eltern Namen nannte, zeigte sich ein müdes Lächeln auf Chaim-Leibs Gesicht, und er drückte kraftlos die Hand, die Goldmann die ganze Zeit ins Leere gestreckt hatte. Er forderte ihn auf näher zu treten, und sie gingen in das Zimmer. Früher war es weit, hoch und trotz der weiß getünchten Wände düster gewesen, an Wochentagen hatte es nach gestärkter Wäsche gerochen und am Schabbat nach Gewürzen und Bettzeug. Jetzt wirkte es klein und hell, die alten Möbel, die, sofern sie noch vorhanden waren, zwischen neueren Stücken standen, hatten für Goldmann ihren besonderen Charme eingebüßt, und vor allem enttäuschte ihn die elektrisch betriebene weiße Mangel, die in der Ecke des Zimmers ihre geheimnisvolle hölzerne Vorgängerin abgelöst hatte und seit fast einem Jahr nicht mehr benutzt wurde. Frau Chaja schlurfte in viel zu großen Hausschuhen aus der Küche herbei, ein wenig erschrocken, wie jedesmal, wenn ein Gast ins Haus kam. Ihre nassen Finger hielten die Haut eines Hühnerhalses und eine Nadel mit einem weißen Faden. Als sie Goldmann sah, leuchtete ihr verblühtes Gesicht, das schrumpelig wie die Haut auf abgekochter Milch war, sie stieß einen von Herzen kommenden Jauchzer aus, lief in die Küche und kam, sich die Hände an ihrer Schürze abtrocknend, ins Zimmer zurück und nahm Goldmanns Hände in die ihren, die noch feucht waren.

Frau Chaja war eine große, leicht gebeugt gehende Frau, deren Anblick Goldmann an ein Hühnerbein denken ließ. Das Blau ihrer Augen war wäßrig geworden und all ihre Pracht verwelkt; nichts war geblieben von der Anmut und der Zartheit, über die sie in ihrer Jugend verfügte, als sie Kleider aus Seide und bester Wolle trug und ihr Gesicht mit Fliedermilch wusch. Als Tochter wohlhabender Eltern, die einen großzügigen Lebensstil pflegten, bis sie verarmten und mittags dürftige Mahlzeiten auf ihren Rosenthal-Tellern mit Silberlöffeln zusammenkratzten, hatte sie eine Zeitlang Klavierstunden genommen, was damals als außergewöhnlich galt. Ihr Vater, bei den Reichen der Stadt als Schneider tätig, war ein exzentrischer Mann, der am hellichten Tag in auffallender Garderobe, einen Spazierstock mit silbernem Knauf in der Hand, durch die Straßen spazierte und mit Vorliebe deutsch sprach. Sie führte ein unbeschwertes Leben, bis sie Chaim-Leib heiratete, der sie überredete, mit ihm nach Palästina zu gehen, obwohl sie ihre Eltern, vor allem ihre Mutter beschworen, in Polen zu bleiben, und Chaim-Leibs Bruder ihm immer wieder schrieb, er möge zu ihm, nach Amerika, kommen, wo er ein reicher Mann werden könne. Aber bei Chaim-Leib, der mit Goldmann und Frau Chaja ins andere Zimmer ging, konnten alles Bitten und alle Angebote nichts ausrichten, er hatte nicht vor, in seiner Heimat zu bleiben, bis ihn die Polen eines Tages vertreiben würden, und sein Herz schlug allein für das Land Israel.

Als Frau Chaja fragte, wie es seinen Eltern gehe, sagte Goldmann: »Sehr gut, Tante Chaja.«

Chaim-Leib, den ein übler Altersgeruch umgab, meinte: »Lasar hat uns vor ein paar Tagen mit seiner Frau besucht.«

Sie setzten sich an den runden Tisch, auf dem eine alte grüne, mit großen gelben, orangenen und lila Blumen gemusterte Samtdecke lag. Frau Chaja stellte eine Flasche Cognac vor sie hin, geschliffene rote Gläser, eine längliche, mit Heringshappen gefüllte Kristallschale und selbstgemachte Zwiebelküchlein, die sie aus der alten Haferflockendose herausholte, auf der ein Mann mit gebräuntem Gesicht und breitkrempigem Strohhut abgebildet war. Sie schenkte ihnen ein – und füllte Goldmanns Glas bis zum Rand, Chaim-Leibs nur so, daß gerade der Boden bedeckt war –, dann stießen sie an und tranken.

»Nimm ein Stück jüdischen Hering«, forderte Chaim-Leib Goldmann auf, indem er die Schale in seine Richtung schob. Er selbst rührte den Fisch nicht an, weil ihm die Ärzte wenige Monate zuvor nach einer Operation derartige Speisen und alkoholische Getränke verboten hatten. Nur Goldmann aß von dem Hering und nahm auch ein Zwiebelküchlein.

»Hast Du heute schon gebetet?« fragte ihn Chaim-Leib.

»Noch nicht.«

»Weshalb betet ihr? Ihr kommt auch ohne Gebete zurecht.«

Frau Chaja sagte: »Iß, iß. Die habe ich selbst gebacken«, stand auf und lief in die Küche.

»Alle werden umkehren, da hilft nichts«, sagte Chaim-Leib. Dann verfiel er in Schweigen. Und plötzlich verschwanden die spitzbübische Lebhaftigkeit und die Wärme aus seinem Gesicht, und er glitt in einen Zustand der Schwäche und trägen Teilnahmslosigkeit. Auf einmal schien er von einer dicken Staubschicht bedeckt. Alle Versuche Goldmanns, ihn wieder zum Sprechen zu bringen, schlugen fehl, einzig zusammenhangslose Wörter brachte Chaim-Leib hervor. Nur einmal schien er zu sich zu kommen. »Wenn Begin an der Regierung wäre«, sagte er, »sähe alles ganz anders aus. Aber auch Begin ist nicht mehr derselbe wie früher, er ist ein braver Junge geworden, wie die anderen.«

Er grinste. Auch Goldmann grinste, doch nicht, weil ihn die Bemerkung amüsierte. Er nahm noch etwas Hering und wandte den Blick von Chaim-Leib, dessen Geruch ihm unerträglich wurde. Er schaute zum Fenster hinaus auf die Straße: Eine Landschaft aus Dünen und niedrigen Lehmhügeln dehnte sich unter dem Himmel, der in Goldmanns Erinnerung immer blau war. Eines Tages hatte er von hier aus beobachtet, wie ein Araber in einem schwarzen Beduinengewand und mit einer *Keffije* auf dem Kopf zwei Bären und einen Affen zum Tanzen brachte. Stefana behauptete später, er könne sich unmöglich an den Araber erinnern, selbst wenn er ihn wirklich gesehen habe. Die Geschichte liege viele Jahre zurück und habe sich wahrscheinlich lange vor seiner Geburt ereignet. Doch erinnerte sich Goldmann so genau, als ob es erst gestern gewesen wäre, und das hatte er nie verstanden, genausowenig, wie er verstanden hatte, warum ein Arbeiter und Pionier wie Chaim-Leib, der mit seinem Vater, Joel und Zipora, Onkel Lasar und den anderen Verwandten und Bekannten so gut befreundet war, die Revisionisten und ihre Terrororganisation unterstützt hatte, was ihn nicht nur erstaunt, sondern auch betroffen gemacht hatte, und viele Jahre hatten vergehen müssen, ehe Goldmann, der nicht mehr aus dem Fenster schaute, sondern auf Chaim-Leib, diese Verwunderung überwinden konnte. Und mit einemmal erkannte er sich selbst in diesem greisen Mann, und da begriff er, daß das Alter nichts Fremdes, nichts Abseitiges war, sondern eine näherrückende Phase seines Daseins, deren Schatten ihn bereits erreicht hatte und sich ausdehnen würde, bis er vollkommen von ihm bedeckt wäre, und er griff abermals nach den Zwiebelküchlein, während ihn Frau Chaja nun zum zweiten Mal fragte, wie es seinen Eltern gehe, und er zum zweiten Mal »Es geht ihnen gut« antwortete.

»Gott sei Dank«, sagte Frau Chaja. »Die Frau von unserem Schlomo ist schon seit zwei Wochen krank. Wahrscheinlich ißt sie zuviel.«

Chaim-Leib, der reglos dasaß und abwesend die Cognacflasche und die Küchlein anstarrte, sagte: »Ich habe deinen Großvater gesehen. Er trug einen Mantel aus Fuchsschwanz. Er scheint im Jenseits ein wohlhabender Mann zu sein.« Wieder grinste er.

»Genug davon!« rief Frau Chaja und hielt Goldmann die Kristallschale unter die Nase. »Greif zu! Wir haben noch mehr davon.«

»Danke, ich hab schon«, sagte Goldmann und erhob sich, nachdem er den letzten Schluck Cognac getrunken hatte.

»Du willst schon gehen?« fragte Frau Chaja.

»Ja, ich wollte euch nur guten Tag sagen.«

Er sah sie an, und dabei streifte sein Blick ein Gemälde, das unverändert über dem Buffet hing und den Garten Eden darstellte. In seiner Kindheit hatte es ihn tief beeindruckt. Im Vordergrund des Bildes standen zwei schöne, kräftige Gestalten, ein Junge und ein Mädchen, das waren Adam und Eva; um die Lenden trugen sie die Zweige des Feigenbaums, und mit ihren Händen hielten sie ein rosiges Baby; sie standen auf einer Wiese, dort weideten Tiere friedlich miteinander – ein Löwe, ein Leopard, eine Ziege, ein Storch, eine Schlange, ein Wolf, ein Bär und ein Pfau; auf Treppen, die von den unteren Ecken des Bildes aufstiegen und sich an seinem oberen Rand trafen, sah man, einander gegenüberstehend, einen Knaben und ein Mädchen, einen Jüngling und eine Magd, einen Mann und eine Frau, und oben, am Ende der Treppe, standen auf einen Stock gestützt, Seite an Seite, ein Greis und eine Greisin, und darüber flatterte eine Schriftrolle, deren Text Goldmann in Erinnerung behalten hatte:

Dies ist das Gesetz, und dies ist sein Lohn.

Er dankte Frau Chaja und verabschiedete sich. Chaim-Leib nickte, und als Goldmann das Zimmer verließ, rief er hinterher: »Geh deinen Großvater besuchen!« und kicherte wieder. Frau Chaja, die ihn zur Tür begleitete, flötete ihm rasch ins Ohr, er solle seinen Vater und seine Mutter von ihnen grüßen.

»In Ordnung«, sagte Goldmann.

Er ging durch die Seitentür, die von der Küche nach draußen führte, stieg die zwei Stufen hinunter und dachte einen Moment lang ans Altwerden. Der Sand, auf den er trat, der blaue Himmel und die leuchtende Weite, die sich vor seinen Augen auftat, schweigend und in ein starkes Licht getaucht, versetzten ihn in einen Zustand glücklicher Erregung, die jedoch nach wenigen Sekunden verebbte, als sein Blick auf die heruntergekommenen, einsam dastehenden Holzhäuser fiel und auf die weit verstreut liegenden Trümmer der zerstörten Bauten. Fremd und vertraut kam ihm dieses Stück Land vor, an dessen Ende zwei hohe Gebäudeblöcke, weiß wie Papier, in den sommerlichen Himmel aufschossen.

Goldmann schritt über den sandigen Boden und kam an dem Grundstück vorbei, auf dem einmal das große Holzhaus gestanden hatte. Nichts erinnerte mehr daran. Dem wuchernden Maulbeerbaum ausweichend, gelangte er zu der Stelle, an der der Garten vor dem Haus von Schmuel und Beracha gewesen war. Auch dieses Gebäude existierte nicht mehr, doch war wundersamerweise das Fundament stehengeblieben, auch konnte man noch den Grundriß des Hauses in dem sandigen Boden erkennen. Er verweilte dort, wo Großvater Baruch Chaim den Taubenschlag aufgestellt hatte, er war sein Stolz und seine Freude gewesen. Danach betrat er, was einmal die Küche gewesen war, ein an das Holzhaus gelehnter dunkler, niedriger Schuppen, und ging durch den Eingang des Hauses ins große Zimmer. Die hohe Tür war mit Scheiben aus geschliffenem Glas, deren Farbton an das dickflüssige Gelb von Honig erinnerte, versehen gewesen. Der ovale Tisch mit der flauschigen Samtdecke hatte hier gestanden und, um ihn herum, die vier schmalen Stühle mit den geraden Rückenlehnen, auf denen noch abgenutzte Verzierungen, Blätter, Blüten und Halme, zu erkennen gewesen waren. Links daneben war Schmuels und Berachas Sofa gewesen, über dem, in braunen Holzrahmen, die Fotos von Großvater Baruch Chaim und Großmama Chawa gehangen hatten. (Großmama Chawa hatte sich lange geweigert, zum Fotografen zu gehen, weil sie den bösen Blick gefürchtet hatte.) Auf der rechten Seite der braune Kleiderschrank, in dem sie versteckt wurde, als die Italiener während des Krieges Bomben auf die Stadt warfen, und daneben das Kinderbett, in dem Amos schlief und das später durch eine aufklappbare Liege ersetzt wurde.

Als er zu Boden schaute, sah er den Sand, den früher die Holzdielen bedeckt hatten, jetzt lagen dort auch Keramik- und Glasscherben, vertrocknete Blätter und Gräser, Kohlekrümel und vom Wind hergewehte Papierschnipsel. Er bückte sich, um ein Stück einer alten Kachel aufzulesen. Und während sich seine Hände noch damit beschäftigten, trat er in das andere Zimmer, in dem das metallene Doppelbett der Großeltern gestanden hatte. Auf ihm lag später, in ein weißes Tuch gehüllt, Großvater Baruch Chaims lebloser Körper. Außer dem Bett hatte es in dem Raum noch einen klobigen Sessel gegeben und ein schweres Buffet, auf dem weltliche und geistliche Bücher und die beiden kupfernen Leuchter standen. Da Großvater Baruch Chaim frische Luft liebte und ihre Bewegung gern auf der Haut spürte, wünschte er, daß das Fenster außer bei naßkaltem Wetter Tag und Nacht offenbleibe. Doch Großmama Chawa litt unter dem kühlen Luftzug und mochte den Sand nicht, den er ins Zimmer trug. Großvater Baruch Chaim fügte sich seiner Frau, und so roch es in dem Zimmer, dessen Enge kaum zu ertragen war, stets nach Matratzen, Federbetten und Baldrian, und es wirkte trotz des harten Weißes der Wände düster ... Jetzt war alles grell beleuchtet und weit, und über Goldmanns Kopf dehnte sich ein endloser Sommerhimmel, in dem eine gelbe Sonne stand. Die großen Blätter des Rizinusstrauches, der sich einst an das Haus gelehnt hatte, ragten ins Zimmer hinein – ein frisches, violett schimmerndes Grün. Goldmann verweilte noch und sah um sich her, danach verließ er, eine Wand durchschreitend, den Grundriß des Hauses und ging bis zur Disengoffstraße, auf deren gegenüberliegenden Seite ein Bagger von enormen Ausmaßen eine Grube aushob.

In wenigen Jahren hatte sich das Gesicht der Stadt Tag für Tag mit großer Geschwindigkeit verwandelt. Vor Goldmanns Augen hatte sie sich der Dünen und des Brachlands, der Weinfelder, der Zitrushaine, der Wäldchen und der arabischen Dörfer bemächtigt. Und später war die Veränderung auch in die älteren Straßen gedrungen. Hier standen noch einfache einstöckige Häuser, umgeben von Gärten mit Sträuchern und Blumenrabatten, vereinzelt auch mit Gemüse- und Erdbeerbeeten, mit Zypressen, Flammen-, Zitronen-, Apfelsinen- und Mandarinenbäumen; es gab Gebäude, denen man versucht hatte, architektonische Schönheit und das beeindruckende Aussehen europäischer Bauten wie in Paris, Wien und Berlin oder von Burgen und Schlössern zu geben. Doch hatten sie keine Zukunft, weil sie als veraltet galten und dem Geschmack der Zeit und den neuen Lebensgewohnheiten nicht mehr entsprachen, vornehmlich aber weil der schwindelerregende Anstieg der Grundstücks- und Wohnungspreise ihre Existenz als unerhörte Verschwendung erscheinen ließ und die Besitzer durch ihren Verkauf gewaltige Summen einstrichen. Goldmann, der diese Straßen liebte, da sie mit den Dünen und Brachflächen die Landschaft seiner Kindheit und Jugend gebildet hatten, wußte, daß ihre Zerstörung unvermeidlich, ja vielleicht sogar notwendig war und sich mit derselben Zwangsläufigkeit auch die Menschen, die hier lebten, wandelten. Im Laufe weniger Jahre hatte die Stadt Zehntausende neuer Bewohner aufgenommen, die Goldmann wie Eindringlinge vorkamen und ihn selbst zu einem Fremden machten. Die Einsicht in die Notwendigkeit dieses Vorgangs milderte weder den Haß, den er für die Neuankömmlinge hegte, noch die Ratlosigkeit und den Zorn, die ihn angesichts dieser zerstörerischen Seuche befielen. Sein Abscheu und seine Verzweiflung waren in diesem Moment heftiger als jemals zuvor, sie schürten die Sehnsucht nach den Straßen und Landschaften, die unwiederbringlich ausradiert waren, so wie das schäbige Viertel der Holzhäuser, an dessen Stelle er ein kahles Gelände sah, über das Menschen und Autos achtlos dahinzogen, ohne innezuhalten. Er beschleunigte seinen Schritt, um Israel einzuholen, und sie gelangten zu Goldmanns Haus, wo sie in der lauen Abendluft verweilten. Goldmann verfolgte mit den Augen ein junges

Paar, das an ihnen vorüberging, und sagte: »Bevor ich morgen früh losfahre, rufe ich Dita an . . .« Und nach einer Pause: »Ich glaube, daß mich keine Frau auf der Welt lieben kann.«

Lächelnd sah er Israel an, der von einem Ficus ein Blatt riß und es zwischen seinen Fingern zerrieb. Schließlich fiel ihm Elinore wieder ein, und er beteuerte, wie gern er sie wiedersehen würde, wenigstens ein einziges Mal. Unterdessen fuhr Israel fort, das Ficusblatt zu zerkrümeln.

»Komm, ich muß pinkeln«, sagte Goldmann, und sie stiegen in den unbeleuchteten Vorgarten hinab, wo sie sich hinter die Hibiscusbüsche an die hohen Zypressen stellten.

»Ich wünschte, Noomi käme zurück, und wäre es nur für eine Stunde«, sagte Goldmann. »Das könnte wunderbar sein . . . Wenn sie noch lebte, würde sie in drei Jahren fünfzig. Merkwürdig, nicht? Sie muß ungefähr fünfundzwanzig gewesen sein, als die Sache mit dem Auto passierte.«

Danach war es still. Da sie einander den Rücken kehrten, konnte er Israels Gesicht nicht sehen. »Seit einiger Zeit habe ich Schwierigkeiten mit dem Einschlafen«, sagte Goldmann, und nach einer Pause: »Die schönsten Dinge im Leben sind die, die nicht Wirklichkeit werden.« Er kicherte. »Es klingt banal, aber ich glaube, daß es stimmt.«

Als sie fertig waren und sich umdrehten, um wieder auf den Gehweg zu treten, sagte er: »Ich möchte glücklich sein.«

»Ja, das möchte jeder«, sagte Israel, der sich verpflichtet fühlte, etwas zu erwidern, und riß noch ein Blatt vom Ficus.

Mit einem Lächeln sagte Goldmann: »Wie dem auch sei, das Sauerkraut hat ausgezeichnet geschmeckt, nicht wahr?«

»Alles war ausgezeichnet. Besonders der Fisch . . . und auch die *Bavaroise*.«

Sie verabschiedeten sich mit einem Händedruck und wünschten sich eine gute Nacht.

»Gib auf dich acht«, sagte Israel.

»Es wird schon gutgehen. Grüß Caesar von mir.«

Goldmann winkte ihm, drehte sich um und verschwand im Treppenhaus. Endlich war Israel allein. Er trat den Rückweg zum Atelier an, aber die Milde des Abends und die flatternde Berührung des Windes, der aus unterschiedlichen Richtungen kommend die Ankunft des Herbstes verkündete, sowie ein leichtes Gefühl der Trunkenheit weckten seine Begierde und seine Sehnsucht nach Ella. Er hatte Lust, sie wiederzusehen und mit ihr zu schlafen. Eine Weile noch streifte er durch die Straßen, dann erst stieg er widerwillig die Treppen zum Atelier hinauf. Zu matt zum Klavierspielen, zog er das Hemd aus, wusch sein Gesicht und griff nach einem Buch. Doch als er sich auf das Sofa legte, schellte es an der Wohnungstür. Auf dem Weg in den Flur hoffte er, Ella würde im Treppenhaus stehen; zugleich fürchtete er jedoch, es könnte Caesar sein . . . In Wirklichkeit aber war es Eliesra, die Israels Anblick verwirrte. Sie versuchte ihre Verlegenheit zu kaschieren und fragte ihn, ob Caesar da sei. »Nein, er ist nicht da«, sagte Israel, der ebenso überrascht war wie sie.

Eliesra zögerte einen Moment, danach sagte sie, sie und Caesar hätten vereinbart, sich um halb zehn im Atelier zu treffen. Ihm scheine, daß es schon später sei, sagte Israel, aber möglicherweise werde Caesar irgendwo aufgehalten. Er schlug ihr vor, hereinzukommen und drinnen auf ihn zu warten. Eliesra, die frisch und braungebrannt war, so als käme sie direkt vom Strand, trat ein, setzte sich auf den Rand des Sofas und legte ihre große Sonnenbrille ab. Israel folgte ihr in das Zimmer. Ein betretenes Schweigen stellte sich ein.

»Er kommt bestimmt«, versprach er ihr. »Etwas stickig hier drinnen.«

»Das macht nichts.«

Er fragte sie, ob sie einen Kaffee wolle.

»Ja, gern.«

Er ging in die Küche, um den Wasserkessel auf die Gasflamme zu setzen. Als er ins Zimmer zurückkehrte, fragte ihn Eliesra, was er gerade spiele.

»Ein Stück von Bach«, sagte er und nahm ihr gegenüber auf dem Klavierhocker Platz. Sein Blick fiel auf ihre Beine, die bis zu den Oberschenkeln entblößt waren. Sie liebe Kammermusik und alte Musik, sagte sie, während Israels Blick über ihre Schultern, ihren Hals und ihre braunen Arme glitt. Er sagte: »Auch Goldmann hört gern alte Musik.«

Sie hatte ihre Sonnenbrille in den Händen und sagte lächelnd: »Mag sein, aber ich kann Goldmann nicht ausstehen.«

Israel betrachtete erneut ihren Hals, danach ihre Brust und ihre Beine, die er bereits auf Caesars Fotos gesehen hatte, und sagte: »Ja.« Er hatte Eliesra stehend gesehen, beim Ausziehen, nackt auf dem Sofa und beim Geschlechtsakt, direkt oder mittels der Spiegel von Caesar fotografiert, der ihm hin und wieder Abzüge von den Aufnahmen zeigte. Ihre Äußerung über Goldmann ärgerte ihn, insbesondere wohl des überheblichen Untertons wegen. Aber trotz Eliesras arroganten, oft unhöflich wirkenden Auftretens rief sie jetzt, da sie betrogen und ratlos vor ihm saß, zum erstenmal ein Gefühl der Sympathie in ihm wach. Mit einem Achselzucken sagte er: »Er mag vor allem Vokalmusik.«

Danach verließ er das Zimmer. Als er mit zwei Tassen zurückkam und sie gemeinsam Kaffee tranken, sprach Eliesra wieder von Goldmann. Er erscheine ihr verachtenswert, weil er nichts unternehme, um seine Lage zu verbessern; und da sie Leute, die nach Mitleid heischten, nicht ausstehen könne, empfinde sie weder Zuneigung noch Erbarmen für ihn.

»Und mit Leuten, die nicht bemitleidet werden wollen, hast Du Erbarmen?«

Die Frage brachte sie in Verlegenheit.

»Manchmal ja«, sagte sie. »Goldmann jedenfalls geht mir auf die Nerven.«

Israel entgegnete nichts, und von neuem kehrte eine bedrückende Stille ein. Eliesras Gesicht wirkte mit einemmal ernst und gespannt. Unvermittelt brach sie das Schweigen und fragte Israel, ob er glaube, daß Caesar sie heiraten werde. Er schaute ihr ins Gesicht, in ihre grünbraunen Augen, die ihn besorgt und voller Erwartung ansahen.

»Ich glaube, ja«, sagte er. »Auf jeden Fall liebt er dich.«

Sie schaute ihn noch einen Augenblick an, dann begann sie zu lachen, stellte die Kaffeetasse ab und ging zum Schreibtisch hinüber. Sie nahm das Papiermesser und fragte ihn, ob er so gut wie Caesar damit umgehen könne. Israel sagte, er könne es gerne versuchen, aber im selben Moment schleuderte sie das Messer mit aller Kraft quer durch den Raum. Es bohrte sich in die Tafel, und sogleich lief sie hin, um es herauszuziehen, ein paar Schritte zurückzutreten und wieder zu werfen. Als sie sich abermals der Tafel näherte, kam Israel ihr zuvor. Er zog die Klinge aus dem Holz, ging ans gegenüberliegende Ende des Zimmers und warf das Messer mit einer schwungvollen Bewegung, doch prallte es von der Tafel ab. Eliesra lachte. Sie hob das Messer auf, trat zurück und traf von neuem mit großer Genauigkeit. Das Spiel wurde immer lebhafter. Sobald einer von ihnen das Messer geworfen hatte, rannten sie los und schubsten einander – jeder wollte sich als erster des Spielzeugs bemächtigen. Einmal umfaßten sie zur gleichen Zeit seinen Griff, schwitzend und lachend blieben sie an der Holztafel stehen, und Eliesra, deren Haar sich gelöst hatte, ließ ihre Hand auf Israels Hand ruhen. Diese kurze Berührung ließ die letzte Mauer, die sie trennte, einstürzen, er brauchte Eliesra nur zu berühren und in seine Arme zu schließen, denn sie befanden sich im Mittelpunkt eines Kreises, den sie weder verlassen konnten noch verlassen wollten, zuviel hatte sich aufgestaut, und während Israel noch das Messer festhielt, umarmte er sie, als sei dies das Natürlichste von der Welt. Eliesra ließ ihn gewähren. Sie küßten sich, dann ging er das Telefon ausstöpseln und die Wohnungstür abschließen, und als sie miteinander schliefen, konnte Israel durch die Spiegel, die Caesar angebracht hatte, alles beobachten. Israel nahm sie grob und ohne Rücksicht, so als wolle er all seinen Kummer und seinen Zorn in ihr Fleisch meißeln und gleichzeitig ein Höchstmaß an Lust aus ihr heraussaugen . . . Eliesra ging, nachdem sie sich ihm hingegeben hatte, ins Badezimmer, zog sich an und verschwand. Eine Weile hielt die Erregung Israel noch in ihrem Bann, doch am Ende wich sie einem Gefühl der Trostlosigkeit, und er schlief ein. Er wurde erst wach, als Caesar am nächsten Morgen Filme und anderes Fotomaterial holte.

Düsterer Stimmung zog er das Messer aus der Holztafel, spielte mit ihm und fragte Israel, wie es am Vorabend gewesen sei.

»Es war schön. Goldmann läßt dich grüßen.«

Caesar nickte und blieb einen Augenblick stumm. Dann sagte er, er hätte nie heiraten sollen, und beteuerte, diesen Fehler nicht wieder begehen zu wollen. Israel, dessen Gesicht schwer war vom Schlaf und von der Befriedigung seiner Lust, fragte ihn, was passiert sei. Caesar warf das Messer auf den Tisch und sagte: »Es ist alles beschissen«, und als sich Israel nach seinem Sohn erkundigte, schimpfte er: »Weiß der Teufel! Die Weiber sagen einem ja nichts.«

Wieder nahm er das Messer und spielte damit, doch nach wenigen Augenblicken ließ er es auf den Tisch fallen. »Alles Kacke«, fluchte er und verließ die Wohnung.

Am frühen Abend kam er zurück, nervös und noch übler gelaunt als am Morgen. Angesichts der Ungewißheit über den Zustand seines Sohnes und der fortschreitenden Krankheit seines Vaters verschlechterte sich seine Stimmung Tag um

Tag, eine Entwicklung, die nur von kurzen, Erleichterung schaffenden Momenten der Zerstreuung unterbrochen wurde. Einzig in seinem Verhältnis zu Eliesra schien eine Verbesserung eingetreten zu sein. Eliesra hatte aufgehört, ihn mit Fragen und Forderungen zu plagen. Sie sahen sich seltener, doch waren ihre Treffen unbeschwerter als früher, genaugenommen gingen sie nur mehr miteinander ins Bett und trennten sich gleich darauf wieder. Eines Tages sagte Caesar erleichtert aufatmend zu Israel, anscheinend habe Eliesra der Kinder wegen auf die Scheidung verzichtet . . . In der Zwischenzeit hatte Israel von Goldmann eine auch an Caesar gerichtete Karte erhalten, in der er mit wenigen scherzhaften Sätzen sein Treiben bei der Armee schilderte. Er schloß mit den Worten: *Ich habe das Paradies wiedergefunden. Goldmann.*

Als Israel die Karte vorgelesen hatte, sagte Caesar: »Es geht ihm gut dort.«

Er nahm Israel die Karte aus der Hand, überflog sie noch einmal und stellte erneut fest: »Dem Hurensohn geht es gut«, dann legte er die Karte aufs Klavier.

»Bedauerlich, daß Vicki geheiratet hat. Sie war die einzige, bei der ich zur Ruhe kam . . . Alles Flittchen.«

Er steckte sich eine Zigarette an, trat ans Fenster und blickte auf die Straße hinab. In den Kinos war gerade die erste Vorstellung beendet, und es herrschte reger Verkehr.

»Wie läuft es mit Ella?« fragte er Israel.

»Gut.«

»Sie ist ein nettes Mädchen.«

Nach einer kurzen Pause sagte er: »Der Sommer macht mich verrückt. Komm, laß uns ein bißchen nach draußen gehen.«

»Wohin?«

»Egal wohin. Wir könnten Phillip und Sahara besuchen. Ich habe ihnen schon tausendmal versprochen vorbeizuschauen.«

Als er bemerkte, wie deutlich sich der Unwille in Israels Gesicht abzeichnete, sagte er: »Los, komm! Sie sind nett. Wir bleiben nicht lange, ich verspreche es dir.«

»O.k.«, sagte Israel und ging ins Badezimmer, um sein Gesicht zu waschen und sich zu kämmen. Caesar stellte sich neben ihn und betrachtete sich im Spiegel. »Mein Haar wird immer dünner.«

Er griff nach der Flasche *Jochems Hormon,* die auf der Konsole stand, schüttete ein wenig auf seine Handfläche, rieb sich das Haar ein und massierte sorgfältig seine Kopfhaut. Danach kämmte er sich und sagte: »Wir unterhalten uns eine Weile mit ihnen, trinken etwas und gehen. Es wird Dir bei ihnen gefallen.«

Während Israel in seine Sandalen schlüpfte, rief Caesar Sahara an, um den Besuch anzukündigen. Anschließend gingen sie nach unten und stiegen ins Auto. Während er den Motor anließ, sagte Caesar: »Und wenn Du mich zu Tode prügeln würdest – ich wüßte nicht, was ich unternehmen soll.«

Er manövrierte seinen ausladenden Wagen aus der Parklücke und gab Gas.

»Wart's ab, demnächst nehme ich noch Haschisch. Du weißt ja, ich hab's schon einmal probiert. Es hat irgendwie nach Grünzeug geschmeckt ... Soll sich einer mit diesen Krankheiten auskennen!«

Den Rest der Fahrt blieb er stumm. Nur einmal brach er sein Schweigen und sagte: »Die kleine Amerikanerin wußte, was guttut. Sie ist Architektin. Aber ich hätte lieber zu meinem Sohn fahren sollen.«

Nach halbstündiger Fahrt parkte er den Wagen vor Phillips und Saharas Villa, die inmitten eines großen Gartens gelegen war. Sie stiegen aus, traten durch das Tor und folgten dem steinernen Weg durch den würzigen Pinienduft und die klare Kühle, die von den feuchten Rasenflächen, den Büschen und Bäumen ausging. Caesar schellte, und kurz darauf öffnete Sahara mit strahlendem Lachen.

»Schön, daß ihr gekommen seid.«

Sie umarmte Caesar, der ihr einen Kuß auf den Hals drückte und sagte: »Du duftest wunderbar.«

Als er Israel vorstellen wollte, kam heraus, daß sie einander schon einmal begegnet waren. Im Empfangszimmer wiederholte Caesar die erklärenden Worte vor Phillip, der in einem Polohemd und mit Mokassins dasaß, und fügte hinzu: »Er spielt Orgel.«

»Eine richtige Orgel?« fragte Phillip.

Und Israel, der sich unwohl fühlte, sagte: »Ja.«

Danach wurden sie von Sahara deren Freundin Adda vorgestellt, die in Saharas Alter war, weiße Jeans trug und sich im Ledersessel niedergelassen hatte; lieblos streichelte sie die graue

Katze, die still an ihrer Seite lag. Caesar und Israel reichten Adda die Hand.

»Wir wollten nur guten Tag sagen, ein Glas mit euch trinken und wieder verschwinden«, erklärte Caesar.

Israel und er setzten sich auf die weiche Couch vor den großen niedrigen Tisch, auf dem Glas- und Silberschälchen mit Mandeln, Nüssen, getrockneten Früchten und Crackern, ein Gefäß mit Eiswürfeln und mehrere Flaschen mit Saft, Soda und Whisky standen. Caesar nahm eine Handvoll Nüsse und fragte Phillip, wie es ihm gehe.

»Frag Sahara. Sie kann Dir gewiß Auskunft geben«, sagte er mit dem schlaffen, bitteren Lächeln, das fast nie von seinen Lippen wich, und fügte sogleich hinzu: »Gemessen an möglichen Alternativen geht es mir gut. Jetzt kümmere ich mich auch noch um eine Katze.«

Er schaute Sahara an, die eine Käseplatte und einen mit dicken Graubrotscheiben gefüllten Korb auf den Tisch stellte und Caesar und Israel fragte, was sie trinken wollten. Während er sich eine Scheibe Käse abschnitt, sagte Caesar: »Whisky Soda. Und wie steht's mit den Zigarren, die Du mir versprochen hast?«

Sahara reichte ihm von der zierlichen Kommode eine kleine Holzkiste herüber. Ihr Gesicht schien ihm weniger schön als bei ihrem letzten Zusammentreffen. Sie sagte: »Bitte sehr, die Zigarren. Bedien dich.«

Während sie Caesar einschenkte, fragte Phillip Israel, wo er gewöhnlich spiele.

»In der Antoniuskirche in Jaffa«, sagte Israel mit verschlossenem Gesicht.

»Ich beneide Sie.«

Phillips angelsächsischer Akzent hatte sich mit den Jahren abgeschliffen, doch war noch ein hörbarer Rest geblieben. Caesar nahm eine Zigarre, betastete sie genüßlich und sagte: »*Willem der Zweite* – manche Leute verstehen zu leben.«

Er zündete die Zigarre an und stieß eine Rauchwolke aus.

»Wie kann man behaupten, das Leben sei eine Last?« fragte er und führte das Glas an seine Lippen.

»Für dich ist es gewiß keine Last«, sagte Sahara. »Die unangenehmen Seiten des Lebens überläßt Du getrost anderen.«

Sie kicherte und fragte Israel, was sie ihm einschenken dürfe.

»Sprudel mit Pampelmusensaft«, sagte er und nahm von den Nüssen.

»Du machst mich schlechter, als ich tatsächlich bin«, protestierte Caesar. Obwohl er düsterer Stimmung war, leuchtete sein Gesicht.

»Sie meint es liebevoll«, erklärte Phillip. Sahara aber erwiderte nichts.

»Ja, ich weiß«, sagte Caesar und schreckte zurück, da die Katze, die mittlerweile den Sessel verlassen hatte, auf die Couch sprang, um sich an ihn zu schmiegen. Phillip, der seine Reaktion bemerkte, rief: »Eurydike! Komm, Eurydike, komm.«

Eurydike gab ein schwaches Miauen von sich, krümmte verwöhnt ihren Rücken und sprang auf den Fußboden, um unter dem Tisch durchzuschlüpfen und sich auf Phillips Schoß niederzulassen.

»Phillip hat recht«, sagte Sahara, »niemand kennt mich besser als er« und fragte ihn, ob er noch etwas zu trinken wolle.

»Einen Schluck Whisky pur«, sagte Phillip.

Sahara goß ihm ein und erzählte Caesar von ihrem Plan, den Fiat Sport zu verkaufen und sich statt dessen einen Alfa Romeo oder einen BMW zuzulegen.

»Ich fahre lieber amerikanische Wagen«, sagte Caesar und ließ eine Rauchwolke aufsteigen. »Weshalb brauchst Du ein neues Auto? Den Fiat Sport hast Du Dir doch gerade erst gekauft.«

»Sie wird so weitermachen, bis sie einen weißen Rolls Royce hat«, sagte Phillip. »Irgend etwas wechselt sie immer. Das ist ein Prinzip von ihr.«

Er blickte sie an. Sein Gesicht mit dem schlaffen, säuerlichen Lächeln sah matt aus; nicht nur das Alter begann Spuren in seinen Zügen zu hinterlassen. Seine langsame, ironische Sprache klang resigniert und stumpf. Er wußte, daß sie nach wie vor mit dem jungen Architekten verkehrte; und Sahara wußte, daß es ihrem Mann nicht verborgen geblieben war. Doch zogen sie vor, darüber zu schweigen.

Sie sagte: »Er meint es nicht ernst.«

»Natürlich, ich mache immer nur Witze. Ich kann gar nicht ernst sein.«

»Das ist nicht wahr«, sagte sie energisch und schaute ihn an. Ihr Blick war nicht liebevoll, doch zeugte er von der Sympathie, die sie für ihn empfand, und von dem Wunsch, ihn vor Gram zu bewahren. Phillip wandte sich Caesar zu, seine Worte aber waren an alle gerichtet. »Sie warten nur darauf, daß ich abkratze. Aber ich bin noch recht munter.« Er lachte trocken.

»Genug davon, Phillip«, sagte Sahara und drehte sich zu Israel um, der schweigend dasaß und die Anwesenden, das Mobiliar und die Accessoires des riesigen Raumes betrachtete. Auch Käse möge er nehmen, sagte Sahara, während Phillip Eurydike zurückrief, die zu Caesar geschlichen war und sich an sein Bein preßte.

Unvermittelt fragte Adda: »Wer möchte zweitausend Pfund verdienen, ohne etwas dafür zu tun?«

»Ich«, sagte Caesar. »Aber womit?«

Adda erzählte, sie habe in der Zeitung gelesen, demnächst würde in Jerusalem ein großes Hotel gebaut, und die Firma habe einen Wettbewerb ausgeschrieben, um einen passenden Namen zu finden; der erste Preis seien zweitausend Pfund.

»Nicht übel«, sagte Caesar. »Aber woher bekommt man einen guten Namen?« Er schnitt eine Scheibe Käse ab, und Sahara fragte, ob die Teilnahme an Bedingungen geknüpft sei. Adda verneinte; doch müsse der Name auch für amerikanische Ohren gut klingen. Was sie von *Ariel* hielten, wollte sie wissen; der Name sei ihr eingefallen, während sie die Anzeige las.

»Eine geniale Idee!« rief Sahara.

»Ja, ja, das hört sich gut an«, sagte Caesar.

Phillip, der sekundenlang unbeteiligt und in sich gekehrt wirkte, so als sitze er hinter einem dünnen Vorhang aus Mattheit und Trauer, kam zu sich und sagte, wenn er sich recht erinnere, tauche »Ariel« mehrere Male in der Bibel auf, bei Jesaja und in anderen Büchern, und habe ursprünglich Jerusalem und den Altar im Tempel bezeichnet; auch im Englischen, und selbst im Französischen, sei der Name geläufig, bekanntlich heiße der Luftgeist in Shakespeares *Sturm* Ariel, und ebenso der gefallene Engel in Miltons *Paradise Lost;* außerdem habe der Name viele Bedeutungen, und Belindas Schatten in Popes *Rape Of The Lock* heiße natürlich auch Ariel. Er lächelte und begann die Doppeldeutigkeit des Wortes »rape« und den Titel von Popes Epos zu erklären. Doch unterbrach er sich plötzlich und sagte: »Lassen wir das langweilige Zeug.«

»Aber das ist hochinteressant«, widersprach Adda.

Caesar sagte: »Es gibt keinen besseren Namen für ein Hotel.«

»Du hast recht«, sagte Sahara, »aber es ist fraglich, ob die Milton oder Pope kennen.«

Phillip sagte, Adda solle den Namen gleich morgen auf eine Postkarte schreiben und einschicken; sie könne ja ein paar erklärende Worte hinzufügen; er sei ganz sicher, daß sie gewinnen werde, obwohl er glaube, einen passenderen Namen gefunden zu haben; aber da er jeden Morgen die Kinder zur Schule schicken und den ganzen Tag auf die Katze aufpassen müsse, bezweifle er, daß er genügend Zeit haben würde, um sich an dem Wettbewerb zu beteiligen. Adda fragte ihn, an welchen Namen er gedacht habe.

»Bordell«, antwortete Phillip. *»Hotel Bordell.«* Und er fragte die anderen, die mit Ausnahme von Israel auflachten, was sie von dem Namen hielten. Caesar sagte, einen besseren Namen könne man gar nicht finden; er klinge wunderbar auf hebräisch, auf englisch und in allen Sprachen der Welt; wenn er ein Hotel besäße, würde er die Idee sofort aufgreifen.

»Da hättest Du das ganze Jahr Kundschaft«, lachte Sahara.

Und Phillip, der sich über die allgemeine Heiterkeit freute, sagte, wenn er von Eurydike frei bekäme, würde er in einem Hotel dieses Namens gern als *»Bardakkeeper«* arbeiten. Selbstverständlich wäre er bereit, ihm zu assistieren, warf Caesar ein, sogar ohne Bezahlung.

»Das glaub ich Dir unbesehen«, sagte Sahara. »Aber weshalb möchtest Du das? Du bist doch schon längst so ein *Bardakkeeper.«*

»Wie kommst Du auf diese Idee? Magst Du mich nicht mehr?« fragte Caesar.

»Ständig willst du, daß man dich mag«, sagte Sahara, auf deren angespanntem Gesicht noch ein Lächeln zuckte.

Grinsend rief Caesar: »Ja, genau!«

»Du glaubst wohl«, fuhr Sahara fort, »Dir müßte man alles verzeihen und Du könntest immer deinen Spaß haben, auch wenn er auf Kosten anderer geht. Aber das ist unmöglich.«

Caesar lachte ununterbrochen. »Das also hältst Du von mir!«

»Ja«, sagte Sahara und reichte Israel die Käseplatte, als Aufforderung, sich noch etwas zu nehmen.

»Ja, gern«, sagte Israel und schnitt ein Stück Käse ab und betrachtete von neuem das Zimmer. Die Decke war holzgetäfelt; am anderen Ende des Raumes, neben dem französischen Fenster mit den prächtigen rotbraunen Samtvorhängen, das zum Garten hinausging, stand ein schwarzer Flügel, auf dem Phillip bisweilen spielte. Dort verweilte Israels Blick, bis er weiterglitt, über die Schnitzereien am Holzschrank und über die Teppiche auf dem Fußboden; sekundenlang hielt er inne bei dem alten Schachtisch, der Israel gegenüberstand – zwischen den Figuren, die zum Spiel bereit schienen, lag eine alte Pistole. Der Schachtisch und das kostbare Wandschränkchen über ihm wurden von einer Stehlampe beschienen. Hinter Phillip prangte, in einiger Entfernung von verschiedenen Radierungen, ein großer, wunderschöner Wandteppich, auf dem eine Kriegsszene dargestellt war: im Vordergrund drei stattliche Rösser: ein Schimmel, der auf dem Rücken lag, ein Fuchs, der sich vor ihm aufbäumte, und ein riesiges blaues Roß in ihrer Mitte; in wildem Gemenge scharten sich um die Tiere unzählige, mit Rüstungen gepanzerte Krieger, die Mehrzahl trug Schwert und Schild, einige waren zu Boden gestürzt, andere mit Lanzen bewaffnet, die in den Himmel, auf einen ins Horn stoßenden Engel wiesen. Während Israel andächtig den Teppich betrachtete, sagte Adda zu Phillip: »Auch Du solltest deinen Vorschlag einschicken.«

Aber Phillips Freude hatte sich schon verflüchtigt. »Ich glaube, ich hebe den Namen lieber für ein anderes Hotel auf. Es werden hier sicher noch einige gebaut«, erklärte er, verscheuchte Eurydike von seinem Schoß und verkündete, er sei müde und wolle zu Bett gehen.

»Bleib doch noch ein Weilchen«, sagte Sahara.

»Nein, lieber nicht«, sagte er, entschuldigte sich noch einmal und wünschte allen eine gute Nacht. Dann verließ er langsamen Schrittes das Zimmer. Sahara bot Caesar und Israel noch Kaffee an.

»Vielleicht ein andermal«, sagte Caesar. »Wir müssen gleich aufbrechen.«

»Es dauert nur eine Minute.«

»Gut, trinken wir noch eine Tasse Kaffee, und dann fahren wir.«

Sahara ging in die Küche, um Wasser aufzusetzen. Als sie ins Zimmer zurückkehrte, kamen sie abermals auf Autos und die Katze zu sprechen, die dösend in Phillips Sessel lag. Mit Begeisterung erzählte Sahara von den Gewohnheiten des Tieres. Caesar aber sagte, er würde niemals einen Hund oder eine Katze in seiner Wohnung halten; und Adda, die ihm beipflichtete, meinte, der Schmerz, den der Verlust eines Tieres bedeute, erscheine ihr unerträglich.

»Nicht der Abschied würde mir schwerfallen«, sagte Caesar, »die ständige Gegenwart des Tieres würde mir auf die Nerven gehen.«

Als Caesar und Israel den Kaffee getrunken hatten, harrten sie noch einen Moment lang aus – Israel wartete bereits seit geraumer Zeit auf den Aufbruch, ließ sich jedoch nichts anmerken –, dann standen sie auf, verabschiedeten sich von Adda und gingen zur Tür, begleitet von Sahara, die Caesar fragte, ob es etwas Neues von seinem Sohn zu berichten gebe.

»Nein, nichts«, sagte Caesar. »Sein Zustand ist unverändert. Aber er wird wieder gesund.«

Sie wünschten Sahara eine gute Nacht und verließen das Haus. Die frische, stechende Kühle behagte Israel sehr. Als sie im Auto saßen, sagte Caesar: »So ein Dreckstück . . . Ich hätte Lust, sie zu vögeln.«

Er ließ den Motor an und setzte den Wagen zurück. Er hatte dicht hinter Saharas Fiat geparkt.

»Phillip kann einem leid tun. Er ist am Ende.«

Er fuhr an Saharas Wagen vorbei und preschte durch die verlassenen Straßen. Als er Israel in der Nähe des Ateliers absetzte, überlegte er eine Sekunde, zu seinen Eltern zu fahren, aber die Gegenwart seiner Mutter und die Krankheit des Vaters machten ihn stets müde, außerdem wollte er sie zu so später Stunde nicht stören. Daher entschied er sich nach kurzem Zögern, zu Tehila zu fahren. Vor ihrem Haus stellte er den Wagen ab, ging nach oben, klingelte und wartete. Tehila war nicht zu Hause, also schloß er die Tür auf und trat in die Wohnung. Er machte im Flur und im Zimmer Licht. Einen Augenblick fragte er sich, ob er wirklich auf ihre Rückkehr warten solle, dann beschloß er zu bleiben. Er zog sein Hemd aus und warf es auf einen Stuhl. Seit der Abtreibung erfaßte ihn jedesmal, wenn er Tehila besuchte, ein wildes Durcheinander von Emotionen, er fühlte sich wie zu Hause und zugleich vollkommen fremd, das gleiche empfand er, wenn er bei Tirza war. Er ging in die Küche, holte eine Dose Bier aus dem Kühlschrank und kehrte ins Zimmer zurück, ließ sich auf den Sessel fallen, schaltete das Kofferradio ein und warf einen Blick in die Zeitung, die auf dem Tisch lag. Als er auf die Uhr schaute, war es schon kurz vor zwölf. Er griff nach einem Buch und begann, in ihm zu blättern. Nach einer Weile sah er zum Fenster, das dem Hof zugewandt war: Durch die Glasscheibe zeigte sich ihm die Krone des hoch aufragenden Schachtelhalmbaums, doch war sie in der Dunkelheit kaum zu erkennen. Er schaute abermals auf die Uhr, schaltete das Radio ein und legte sich auf das Bett. Aber die plötzliche Stille war ihm nicht geheuer, und so schaltete er das Radio wieder ein, trat ins Badezimmer und betrachtete sein Gesicht im Spiegel. Hätte er jemand anders besuchen können, wäre er vielleicht gegangen; so aber spürte er das dringende Bedürfnis, Tehila zu sehen. Je später es wurde, um so mehr wuchs seine Ungeduld, um so verlassener kam er sich vor. Er ging ins Zimmer zurück und stellte das Radio leiser. Er hatte es ihr am Tag der Abtreibung gekauft, als er zum Krankenhaus fuhr, um sie heimzuholen.

Tehila hatte nicht gewollt, daß er kam. Sie hatte es ihm nicht ausdrücklich verboten, doch angedeutet, daß sie lieber ein Taxi nähme. Trotz des leisen Bedauerns, das er spürte, als er sich ins Auto setzte, um zur Klinik zu fahren, hielt er an seinem Vorhaben fest. Unterwegs veranlaßte ihn ein jäher Entschluß, vor einem Elektrogeschäft stehenzubleiben, um für Tehila ein Kofferradio zu kaufen. Als er schließlich zum Krankenhaus kam, fand er sie blaß und ein wenig nervös, doch schien sie nicht unglücklich. Im Gegenteil, ihr Lachen verleitete ihn zu glauben, sie sei fröhlich, was seine Gewissensbisse linderte. Er fuhr vorsichtig, so als transportiere er zerbrechliches Porzellan. Als sie an einem Café vorbeikamen, bat sie ihn anzuhalten; sie habe Lust auf etwas Leckeres. Caesar war froh, ihr einen Gefallen tun zu können. Sie gingen in das Lokal, und Tehila, die noch Schmerzen hatte und sich auf ihn stützte, bestellte eine große Portion Eis mit Früchten und Nüssen. Als sie aufgegessen hatte, ließ sie sich ein Stück Erdbeertorte und Cappuccino servieren. Caesar bestellte für sich das gleiche. Sie aßen und lachten. Später fuhren sie in ausgelassener Stimmung nach Hause. Tehila legte sich sofort ins Bett. Ihre gute Laune hielt bis zum Abend an, doch dann wurde sie immer deprimierter, und am folgenden Tag weinte sie ununterbrochen.

Caesar wußte nicht, wie er sie beruhigen sollte, und obwohl sie ihn darum bat, konnte er sie nicht allein lassen, er lief in der Wohnung umher und sorgte für sie, so gut er konnte, während der unterdrückte Zorn sein Gesicht zur Maske machte.

Er konnte ihren Anblick nicht länger ertragen, ihre Stimme nicht länger hören; sogar ihre Schwäche und ihre Tränen machten ihn aggressiv. Er wäre am liebsten verschwunden und nie mehr zurückgekommen. Als sie nach einigen Tagen wieder auf die Beine kam und an ihre Arbeit zurückkehrte, wiederholte sie ihre Forderung, er möge gehen. Diesmal stand er auf und entfernte sich ohne zu zögern. Den größten Teil seiner Sachen, seine Kleidung und sein Rasierzeug, ließ er in ihrer Wohnung. Er fragte nie mehr danach und tat so, als existierten sie nicht. Den Schlüssel zu ihrer Wohnung behielt er; sie verlangte ihn nicht zurück, und er bot nicht an, ihn ihr wiederzugeben. Einen knappen Monat wohnte er bei seinen Eltern, dann hielt er es nicht mehr bei ihnen aus. Trotz des Flehens seiner Mutter verließ er sie wieder, um fortan in der Wohnung eines Freundes zu leben ... Die glückliche Zeit fern von Tehila dauerte mehrere Wochen, in denen er hin und wieder mit ihr telefonierte, um sie zu fragen, wie es ihr gehe. Zu Beginn rief er sie nur aus Höflichkeit an, als es ihm aber schien, daß sie sich mehr und mehr von ihm löse und ihre Selbständigkeit wiederfinde, wuchsen seine Besorgnis und seine Eifersucht. So bat er sie um eine Verabredung. Und Tehila, die ihm am Telefon stets freundlich, doch zurückhaltend und vorsichtig antwortete, als sei ihre Liebe erkaltet, zögerte einen Moment und beschloß, da sie zögerte, seinem Wunsch zu entsprechen.

Sie empfing ihn freundlich und abwartend zugleich, doch konnte sie ihre Aufregung nicht unterdrücken. Schnell, sehr viel schneller, als er angenommen hatte, gelang es Caesar, ihre Verschlossenheit und ihre Ängste zu überwinden. Sie tranken Kaffee und plauderten miteinander, alles, was geschehen war, bewußt ignorierend. Später schlief er mit ihr, obwohl er sich nicht wohl dabei fühlte, denn nicht das Verlangen nach Tehila zog ihn zu ihr hin, sondern ein dringendes Bedürfnis, das mit Leidenschaft nicht verwandt war. Danach ging er ins Bad und schlüpfte in seine Kleider, während Tehila noch nackt, nur eine Körperhälfte vom Laken bedeckt, auf dem Bett lag und sich schläfrig und leicht fühlte. Als sie die Augen aufschlug und ihn angezogen und zum Aufbruch bereit sah, fragte sie ihn überrascht, ob er gehen wolle.

»Ja«, sagte er.

»Schon? Wir haben uns lang nicht gesehen!«

»Es ist spät«, sagte er. »Ich dachte, Du schläfst schon.«

Tehila starrte ihn an. Dann stand sie auf und bat ihn zu bleiben. Caesar zögerte. Am liebsten hätte er die Tür längst hinter sich zugeschlagen. Als sie ihre Bitte von neuem aussprach, murmelte er etwas, blieb aber in der Nähe der Tür. Plötzlich begann Tehila zu weinen, Tränen der Niederlage und des Schmerzes. Erst in diesem Moment drehte Caesar sich um und kehrte beschämt zu ihr zurück. Er schloß sie in seine Arme und strich voller Zuneigung und Freude über ihr Haar. Später lag er in Kleidern neben ihr auf dem Bett. Er streichelte sie, doch mischte sich verhaltene Ungeduld in die friedliche Stimmung. Kurz vor Mitternacht stand er auf und ging. Nach einigen Tagen kam er wieder, von da an besuchte er sie regelmäßig, bisweilen auch unangemeldet. Tehila stellte keine Bedingungen mehr, sie fragte ihn nicht, wie es mit ihnen weitergehen solle, und erwähnte mit keinem Wort, was geschehen war. Da Caesar aber ihr selbständiges Auftreten beunruhigte, wiederholte er von Zeit zu Zeit, sie würden bald heiraten. Auch in diesem Moment, da er sich abermals auf das Bett legte und abwesend den Liedern im Radio zuhörte, war er von Unruhe erfüllt. Noch wenige Minuten zuvor hatte er gehen und als Zeichen seines Besuchs sein Taschentuch auf ihrem Bett zurücklassen wollen, nun beschloß er zu warten. Nach einer Weile hörte er Schritte im Treppenhaus und kurz darauf den Schlüssel im Schloß, das Öffnen der Tür. Tehila kam sofort in das Zimmer, ein freudiges Lächeln auf ihrem Gesicht. »Wartest Du schon lange?« fragte sie atemlos.

»Schon eine Weile«, sagte er mit verschlossener Miene. »Aber das macht nichts.«

»Schade. Wenn ich gewußt hätte, daß Du hier bist, wäre ich eher nach Hause gekommen.«

»Wo bist Du gewesen?«

Ihr frisches, unschuldiges Gesicht machte ihn wütend.

»Ich bin ins Kino gegangen, ins *Studio*.«

»Ah . . . Mit wem?«

»Mit einer Freundin. Aber der Film war ziemlich langweilig. Möchtest Du etwas essen?«

Sie zog ihre Sandalen aus.

»Nein, danke. Ich bin nicht hungrig.«

Er steckte sich eine Zigarette an.

»Mit welcher Freundin?«

»Einer Kollegin. Sie ist Stewardeß. Du kennst sie nicht.«

Nachdem sie sich im Bad das Gesicht und die Hände gewaschen hatte, kam sie ins Zimmer zurück und sagte: »Vielleicht willst Du doch eine Kleinigkeit essen. Ich sterbe vor Hunger.«

»Gut, einverstanden. Wenn Du auch etwas ißt . . .«

Tehila ging in die Küche, sie machte einen gemischten Salat, wärmte die Suppe auf, die, wie sie sagte, vom Vortag sei, schnitt Wurst auf und öffnete eine Dose Sardinen. Danach begaben sie sich zu Tisch. Caesar war schlechter Laune, doch blieb er die ganze Nacht. Da sie Frühschicht hatte, mußte sie zeitig aufstehen; sie schlich aus dem Haus, um ihn nicht zu stören. Als er die Augen aufschlug, war er allein in der sonnendurchfluteten Wohnung und fühlte sich niedergeschlagener als am Abend zuvor. Er verfluchte Tehila, weil sie ihn nicht geweckt hatte, und sich selber, weil er zu ihr gegangen war und auf sie gewartete hatte, statt sich wieder ins Auto zu setzen und weiterzufahren. Er stand auf, wusch sich, kochte Kaffee und verließ das Haus.

Als er zum Atelier gelangte, fand er im Briefkasten eine Karte von Goldmann, der nach zweiwöchigem Reservedienst staubig, verschwitzt und erschöpft heimgekehrt war – wenige Tage nach Schmuels Entlassung aus dem Krankenhaus. (Schmuel hatte einen Herzanfall erlitten, als er sich mit einem Kunden stritt, der ein Mietauto beschädigt und völlig zerschrammt zurückbrachte und hartnäckig behauptete, es in diesem Zustand in Empfang genommen zu haben.) Goldmann war bestens gelaunt und strotzte vor Energie. Er fühlte sich wie neugeboren, so als erwarte ihn eine Zukunft, die noch nicht festgelegt sei. Er freute sich, wieder in der Stadt zu sein, selbst seine Mutter zu sehen war er froh. Obwohl sie ihn noch nicht erwartete – er hatte ihr den Zeitpunkt seiner Rückkehr nicht mitgeteilt –, empfing sie ihn ohne ein Zeichen der Aufregung und Überraschung, und er glaubte, in ihrem freundlichen Gesicht den Widerschein seiner Freude zu sehen. Sie gab ihm ein Handtuch und saubere Kleidung und bereitete ihm eine Mahlzeit aus allem, was sie im Haus hatte; zur Feier des

Tages öffnete sie sogar eine Dose Ananas. Als Goldmann aus der Dusche kam, setzte er sich an den Küchentisch und begann zu essen. Derweil betrachtete er ihren Körper und ihr welkes, leicht geschminktes Gesicht. Doch konnten ihm ihre exzentrischen Launen, die gewöhnlich seinen Zorn und Abscheu hervorriefen, heute nicht die Stimmung verderben. Als sie ihm das Essen auftrug, fragte er sie, wie es ihr gehe und was sie während seiner Abwesenheit getan habe. Sie antwortete knapp, aber bereitwillig und lächelnd. Danach erkundigte er sich nach Onkel Lasar.

»Er hat mich besucht.«

Auf seine Frage nach Judith Meisler sagte sie, es gehe ihr gut.

»Sie hat vergangene Woche einen zweitägigen Ausflug nach Jerusalem unternommen.«

Sie stellte das Fleisch vor ihn hin.

»Die Menschen wollen um jeden Preis leben«, sagte sie. Und nach einer Weile: »Auch Zeimers Frau ist hier gewesen. Eine rote Bluse hatte sie an!«

Von Anfang an hatten Zeimer und seine Frau ihren Widerwillen erregt. Auch der alte Goldmann hatte die beiden gehaßt – Zeimers Frau, weil sie mit Zeimer verheiratet war, und Zeimer selbst, weil Goldmanns Vater ihn für einen Schmarotzer hielt, der auf Kosten der Allgemeinheit lebte. Goldmanns Vater scheute sich nicht, seine Ansichten über ihn kundzutun; so wiederholte er unentwegt seinen Vorwurf, er sei ein Schurke, der für das Nichtstun bezahlt werde und dessen Hauptbeschäftigung das Stehlen sei; seit Jahren bereichere er sich unauffällig und halbwegs legal, doch stets mit großer Dreistigkeit, auf Kosten der Gewerkschaft und der Partei. Das lasse sich auch beweisen: Zeimers Schubladen seien gefüllt mit Stiften und Schreibpapier von der Gewerkschaft; nach jedem Wahlkampf, in dem er sich engagiert habe, werde seine Wohnung renoviert und gestrichen, ganz zu schweigen von seinen Amerikareisen und von den Möbeln und Kühlschränken, die er sich kaufe, es sei ausgeschlossen, daß er das alles von seinem Gehalt finanziere. Hinzu kämen noch die Protektion, die er genieße und für sich, seine Angehörigen und Freunde nutze, und allerlei kleine Gefälligkeiten, die er gerne annahm, wie Freikarten fürs Theater und für Konzerte, der Aufenthalt in staatlichen Ferienwohnungen, für die er sich in keine Warteliste eintrage, und schließlich Reisen und Abendessen in Restaurants. Goldmanns Vater kam die Galle hoch, wenn er daran dachte, so als treffe der Betrug ihn persönlich und kränke ihn in seiner Ehre. Doch noch viel mehr ärgerte ihn der sozialistische Anstrich, den sich Zeimer gab, weil er sich Vorteile von ihm versprach, sein hochtrabendes Gerede von Moral und vom Niedergang des Staates Israel und der Arbeiterbewegung und seine verlogene Frömmelei. Überraschend hatte Zeimer angefangen, am Schabbat und an den Feiertagen in die Synagoge zu gehen, mit einem Tallis über den Schultern die Gebete zu sprechen und sich an einige religiöse Bräuche zu halten. Auch sein kleinbürgerliches Besitzstreben, seine ständige Sorge um die eigene Bequemlichkeit und sein Geiz erschienen Goldmanns Vater verachtenswert. Wegen eines Pfennigs würde Zeimer von einer Brücke springen, spottete er.

Sein Abscheu und seine Verachtung waren unerbittlich, selbst als Mosche Zeimer jäh vom Alter heimgesucht wurde und zusehends erlosch: Seine Ohren wurden taub und seine Zunge langsam und schwer, so daß er am Ende oft nur Gestammel hervorbrachte; seine Bewegungen waren kraftlos, manchmal schien er seine Glieder hinter sich herzuziehen, als irre er müde und ziellos durchs Leben; seine Augen starrten verwundert ins Unbestimmte, und sein Gesicht war leblos und matt; seine roten Wangen fielen ein, und er schrumpfte, so als entleere sich das Innere seines Körpers. Am Ende wirkte er knochig und ausgedörrt und verbrachte viele Stunden des Tages, zwischen Zeitungen dösend, im Bett, hilflos und jämmerlich, doch ohne jemandes Mitleid zu wecken. Unwillkürlich – denn er hatte seine Willenskraft längst verloren – fuhr er trotz seines Zustandes fort, Besitz anzuhäufen, und hielt beharrlich an seiner Gewohnheit fest, an den Zusammenkünften aller möglichen Gremien teilzunehmen, obwohl sein ausgetrocknetes Hirn nichts aufnahm von dem, was gesagt wurde. Goldmanns Vater behauptete, er wohne den Sitzungen bei, einzig um Saft zu trinken, belegte Brötchen zu essen und sich die Spesen erstatten zu lassen. Bei der Heimkehr von einer dieser Versammlungen starb er.

Es war im Sommer, am Mittag eines heißen Tages. Zeimer stieg langsam die Treppen hinauf. Als er an der Wohnungstür ankam, drückte er auf den Klingelknopf, er hatte vergessen, den Schlüssel mitzunehmen –, und wenige Sekunden später ließ seine Frau ihn ein. Nichts Außergewöhnliches war an ihm zu bemerken. Er bewegte sich ein oder zwei Schritte vorwärts und fiel zu Boden wie ein Kleidungsstück, das man von sich wirft. Er war tot. Niemand erschrak oder wunderte sich. Sein Ende schien zwangsläufig und selbstverständlich. Er hatte das Ziel erreicht und war gestorben. Weder seine Frau trauerte noch Goldmanns Vater oder Stefana, die hinzufügte: »Man muß schon aus einem gottvergessenen Nest stammen, um sich in solch einer roten Bluse über die Straße zu wagen.«

Als sie den Suppenteller abgeräumt hatte, sprachen sie über die finanziellen und praktischen Probleme, die in Goldmanns Abwesenheit entstanden waren. Doch erwähnte Stefana während des ganzen Gesprächs, das ruhig von einem Thema zum anderen glitt, nicht einmal andeutungsweise den Herzanfall, den Schmuel erlitten hatte, oder daß Zipora abermals ins Krankenhaus gebracht worden war, weil sich der Zustand ihres Fußes verschlimmert hatte. Von alldem fühlte Stefana sich nicht länger betroffen, so daß Goldmann es erst zwei Tage später von Onkel Lasar erfuhr, der auch während Goldmanns Reservedienst ein- bis zweimal in der Woche seine Schwägerin besucht hatte, um ihr einige Minuten schweigend Gesellschaft zu leisten ... Zum Nachtisch öffnete sie die Ananasdose. Als sie am Spülbecken stand und Goldmann den Rücken zuwandte, erkannte er, wie sehr ihre hagere Gestalt, die immer noch aufrecht und lebendig wirkte, der Noomis ähnelte. Als ihre Tochter ums Leben kam, stellte Stefana das Essen fast vollkommen ein. Während zwei Jahren ernährte sie sich nahezu ausschließlich von Tee, Milch und Früchten. Sie magerte ab, doch rettete der Gewichtsverlust ihr das Leben, genauer gesagt: er verhinderte ihren Tod. Sie hatte Jahre lang zu hohen Blutdruck gehabt und mehrere schwere Herzanfälle erlitten (einmal schien ihre Situation aussichtslos, so daß die Ärzte eilig nach Noomi, Goldmann und Goldmanns Vater rufen ließen), als sie jedoch abnahm, wurde sie wieder gesund. Jetzt hatte Goldmann den Eindruck, als sei sie noch dünner als zuvor. Spröde und faltig hing die Haut über ihren Knochen. Vielleicht war es das Alter, das sie austrocknete und verwelken ließ.

Nach dem Essen ging Goldmann in sein Zimmer und legte sich auf das Bett, das ihm an diesem Tag besonders weich vorkam. Seine Mutter sollte ihn am Abend wecken, doch sie vergaß es. So schlief er tief und fest bis zum nächsten Mittag. Als er aufwachte, war er schlecht gelaunt. Mürrisch und lustlos blieb er bis zum späten Nachmittag liegen. Schließlich raffte er sich auf, wusch sich und zog sich an. Als er die Tasse Kaffee getrunken und die Plätzchen gegessen hatte, die seine Mutter ihm vorsetzte, verließ er das Haus und machte sich auf den Weg zu Dita. In der Armee hatte er den festen Entschluß gefaßt, seinem Verhältnis zu ihr ein Ende zu setzen.

Die Sonne senkte sich bereits, um unterzugehen, und die Straßen lagen im Schatten. In der Luft, die noch warm und schwül war, spürte er zarte Ströme einer fernen Kühle, die die baldige Ankunft des Herbstes verhießen. Nach dem langen, tiefen Schlaf tat ihm der Spaziergang durch die vertrauten Straßen wohl. Seine Trübsal löste sich auf, er fühlte sich wieder frei und glücklich. Je näher er aber dem Haus kam, in dem Dita wohnte, desto unfreundlicher wurde seine Stimmung. Seine Nervosität wuchs. Im Treppenhaus kehrte Groll in ihn ein, und er hoffte, Ditas Empfang fiele kühl aus. Er beabsichtigte, sein Vorhaben schnell und ohne überflüssiges Gerede auszuführen. Aber Dita, die in der weißen Sommerbluse und dem dunkelblauen Rock sehr jugendlich wirkte, begrüßte ihn voller Freude. Sie betraten das Zimmer, das ihm nur allzu vertraut war, sprachen einige Sätze, und Dita servierte ihm Eiskaffee und den Nußkuchen, den sie ihm zu Ehren gekauft hatte. Er berichtete ihr von seinem Reservedienst, von den Leuten, dem Tagesablauf und der Wüste, und lauerte kühl und feindselig auf den Augenblick, in dem er aussprechen würde, was er ihr sagen wollte. Doch entdeckte er, ohne danach zu suchen, nach langer Zeit wieder einen Hauch von Anmut und Spuren vergangener Schönheit an ihr. Und während er sprach, überkam ihn unversehens eine friedliche Stimmung, und die Kälte, die ihn erfüllte, erwärmte sich. Plötzlich fühlte er sich ihr nahe, näher als jedem anderen Menschen, und dachte mit Verwunderung an den Grund seines Besuches. Weshalb fragte er sie nicht, ob sie ihn heiraten wolle? Dieser Gedanke beschäftigte ihn während des Abendessens, für das Dita anläßlich seiner Rückkehr seine Lieblingsgerichte gekocht hatte, und als sie im Fernsehen die Nachrichten und anschließend einen Film sahen. Doch dann sagte er ihr, unvermittelt und ohne es wirklich zu wollen, warum er eigentlich gekommen war. Dita hörte ihm mit ernstem Gesicht zu, aber sie schien weder traurig zu sein noch widersprechen zu wollen, so als sei diese Wende selbstverständlich und vorhersehbar gewesen. Das Gespräch verlief kurz und höflich, dann stand Goldmann auf, nahm Abschied und verließ die Wohnung. Er war erleichtert, doch fühlte er sich leer, etwas ging zu Ende, und das Leben selbst schien ihm plötzlich orientierungslos, auch in seinen faßbarsten, alltäglichsten Erscheinungen, und diese Empfindung sollte ihn über den folgenden unruhigen und von Zweifeln beherrschten Tag hinaus begleiten.

Am Morgen blieb er im Bett, obwohl sein Zimmer längst im grellen Sonnenlicht lag. Er kauerte sich zusammen und wickelte sich in die wollene Sommerdecke, hielt die Augen geschlossen und das Gesicht zur Wand geneigt. Er wollte niemanden sehen und von niemandem gestört werden. Und mit einemmal spürte er das Verlangen, krank zu sein, so wie er früher in der Schulzeit krank gewesen war, als er wieder von der Süße, die nur der Schlaf brachte, gekostet hatte, unter der dicken Decke, von gestärkten Laken umgeben, in einem Zimmer, dessen Fenster sorgfältig geschlossen waren, damit kein Luftzug eindringen konnte, blieb er befreit von der Pflicht zu lernen und allen anderen Pflichten. Er sehnte sich nach dem einschläfernden Fiebergefühl, der Schwäche und den vertrauten Schmerzen, die sich während einer Grippe in den Beinen, im Rücken und in den Armen einstellten. Er wünschte, er hörte seine Mutter eintreten, mit einem Apfel oder einem Glas Tee mit Zitrone und einem Teller Kekse; behutsam stellte sie die Sachen auf den Stuhl, auf dem ein weißes Handtuch lag. So verharrte er regungslos und raffte sich erst nach mehreren Stunden auf, zog sich an und widmete sich den Dingen, die zu erledigen waren. Das Gefühl der Orientierungslosigkeit hatte sich seiner erneut bemächtigt; erst als Onkel Lasar kam, der glücklich war, ihn wiederzusehen, ließ es für kurze Zeit von ihm ab.

An diesem Abend spielten sie kein Schach. Sie setzten sich an den Küchentisch, tranken Kaffee und redeten miteinander. Goldmann berichtete Onkel Lasar vom Reservedienst und seinem Entschluß, dem Büro und seinem Beruf den Rücken zu kehren und eine Anstellung als Lehrer zu suchen. Onkel Lasar hörte ihm schweigsam zu und fragte ihn nach seinen Beweggründen. Goldmann sagte, er wolle etwas Nützliches tun und er hoffe – ja er sei fest überzeugt – daß das Unterrichten ihm die so dringend benötigte Ruhe verschaffen werde und ihn von dem Gefühl befreien könne, ohne Sinn und Ziel zu leben. Erst einige Wochen später, als Goldmann astronomische Fragen erörterte, die ihn zu jener Zeit beschäftigten, und erwähnte, daß er möglicherweise das *Somnium* übersetzen werde – ein Projekt, an das er große, doch nicht genau zu beschreibende Hoffnungen knüpfte –, nahm Onkel Lasar indirekt auf seine Worte Bezug. Er strich sich mit den Fingern über die Stirn und sagte, man müsse sich hüten, allzuviel zu erwarten; zwar seien die Menschen von etwas beherrscht, das er persönlich »Erlösungstrieb« nenne, doch habe ihn die Erfahrung gelehrt, daß keine noch so berechtigte revolutionäre Tat jene Erlösung herbeiführen könne, die darin bestehe, daß zu einem bestimmten Zeitpunkt eine Ära anbreche, in der alles den Wünschen des Menschen entsprechend und absolut gut wäre; und doch sei der Mensch gezwungen, wider besseres Wissen nach Erlösung zu streben, so, als sei sie ein tatsächlich erreichbares Ziel.

»Ich verstehe«, sagte Goldmann.

Es falle ihm schwer, sagte Onkel Lasar, sich mit dieser Erkenntnis abzufinden und sie als selbstverständlichen Teil seines Denkens und Fühlens zu begreifen; zu viele Jahre sei er von der Möglichkeit der rettenden Tat überzeugt gewesen und habe sie im Kommunismus und Anarchismus gesucht . . . In diesem Moment aber, als sie in der Küche saßen und Kaffee tranken, schaute er Goldmann nur an und nickte ihm freundschaftlich zu. Als sie ihre Tassen geleert hatten, verließen sie gemeinsam die Wohnung und besuchten Schmuel, der lächelnd, aber immer noch bleich im Gesicht, im Schaukelstuhl saß. Die Luft im Zimmer war zum Ersticken, da Beracha die Fenster geschlossen hielt, um Schmuel vor Zug zu schützen. Erschöpft und gelb vor Furcht und Besorgnis, ließ sie ihn keinen Moment aus den Augen und beeilte sich, alles zu tun, was er wünschte, damit er sich nicht bewege und keinerlei Anstrengung unternehme.

Nachdem Goldmann Schmuel und Beracha die Hand gereicht hatte, begrüßte er die übrigen Gäste: Mosche Zellermeyer, dessen Sohn wenige Tage später, nach knapp einmonatigem Aufenthalt in Israel, nach Amerika zurückkehren sollte, Chaim-Leib, Frau Chaja und Jona Kosinski, der allein gekommen war, weil Sara selbst schwer krank war. Als Goldmann

Platz nahm, fiel sein Blick abermals auf den jungen Mann, der wie ein Ausländer gekleidet war und ihn seit dem Moment seines Eintretens immer wieder verlegen angeschaut hatte. Jetzt erst erkannte er ihn: Es war Amos, der aus Amerika angereist war, um seinen kranken Vater zu sehen. Rasch erhob Goldmann sich, um zu ihm hinüberzugehen. Sie schüttelten einander die Hand und wechselten ein paar Worte. Amos stellte ihm seine Frau vor, die mit ihm und ihren zwei Kindern nach Israel gekommen war, und erklärte ihr auf englisch, dies sei sein Cousin, der Anwalt. Goldmann reichte auch ihr die Hand und danach ihren Kindern, die er fragte, wie es ihnen gehe und ob ihnen Israel gefalle. »Es ist großartig!« sagte der Älteste.

Goldmann lächelte, dann drehte er sich um und nahm den freien Platz am Ende des Sofas ein, neben einem Mann, der ihm unbekannt vorkam. Wieder blickte er Amos an und wurde sich bewußt, wie sehr er sich verändert hatte, wieviel älter er wirkte, als er tatsächlich war – genau wie seine Schwester Ilana, die geschmackvoll gekleidet war und der Gastgeberin half, Kaffee, Tee und Kuchen aufzutragen. Auch sie war nicht länger das Mädchen, das er einst gekannt hatte. Sie hatte zugenommen, und von all ihrer Schönheit waren nur das glatte, reine Gesicht und das glänzende braune Haar übriggeblieben und ein Fünkchen spitzbübischer Ausgelassenheit, das Goldmann an ihr zu erkennen glaubte, als sie ihm ein Glas Tee reichte und ihn fragte, wie es ihm gehe.

»Danke, gut«, sagte er und erkundigte sich, wie es ihr und ihrem Mann gehe, und fragte sie schließlich, was sie mit ihrer Zeit anfange.

»Nichts Außergewöhnliches. Ich kümmere mich um die Kinder«, sagte sie lachend und rief dann ihren Mann, dem sie Goldmann vorstellte: »Das ist der Sohn von Ephraim und Regina. Er ist Anwalt.«

Ilanas Mann streckte ihm seine Hand entgegen und sagte: »Mir scheint, daß wir uns schon einmal begegnet sind.«

Goldmann ergriff seine Hand und sagte: »Ja, natürlich. Aber das ist schon lange her.«

Ilana lud Goldmann ein, sie gelegentlich zu besuchen, und er versprach, ihrer Einladung zu folgen.

Ilanas Mann sagte: »Wir würden uns freuen. Wir sind fast immer daheim.«

Goldmann nickte ihm leicht zu.

»Komm vorbei. Wir erwarten dich«, sagte Ilana und wandte sich ab, um einen Augenblick in Amos' Nähe stehenzubleiben. Sie redete mit ihm einige Sätze und streichelte seinem Jüngsten den Kopf, und Goldmann, der von neuem auf dem Sofa Platz nahm, sah ihre kurzen, fleischigen Finger.

Er war umgeben von Cousins und Cousinen, doch hatte seine Beziehung zu ihnen – wie zu allen anderen Verwandten – im Laufe der Jahre jegliche lebendige Bedeutung verloren und sich in eine unangenehme, mitunter belastende Angelegenheit verkehrt. Die Familienzugehörigkeit, die im Bewußtsein jedes einzelnen als umfassendes System wechselseitiger Verpflichtungen existierte, aus dem man sich allein durch Untreue und Gleichgültigkeit lösen konnte, verband sie, sonst waren sie einander fremd. Jeder war einen anderen Weg gegangen, an einem anderen Ort und in einer anderen Welt heimisch geworden. Den meisten seiner Verwandten begegnete Goldmann höchst selten, fast immer zufällig, manche, zum Beispiel die Kinder seiner Cousins, hatte er nie oder nur vor Jahren einmal flüchtig gesehen, so daß er sie auf der Straße niemals erkannt hätte. In seiner Kindheit war alles ganz anders gewesen. Damals hatten die Familie und die Freunde dicht beieinander gewohnt; in derselben Umgebung verwurzelt, traf man sich zu Hochzeiten, Beschneidungen und Beerdigungen, doch auch an den Feiertagen, bei politischen oder beruflich bedingten Zusammenkünften und oft einfach so am Feierabend, zum Plaudern und Diskutieren bei einem Glas Tee.

Gewöhnlich vermißte Goldmann seine Verwandten nicht, nur hin und wieder erfaßte ihn die Sehnsucht nach jener goldenen Zeit, und die Erinnerung ließ sein Herz höherschlagen. Bisweilen plagten ihn Schuldgefühle und er nahm sich vor, Joel und Zipora, Schmuel und Beracha und all die anderen besuchen zu gehen, um die vernachlässigten Kontakte zu erneuern, sich zu diesen Menschen zu bekennen, ihren Kindern nicht länger fremd zu sein; jedoch setzte er diesen Vorsatz nie in die Tat um, und so traf er die Verwandten nur bei zufälligen oder unvermeidlichen Zusammenkünften, auf denen er sich unbehaglich fühlte. Genau wie jetzt, da er nicht weit von Schmuel in seiner Ecke saß, hin und wieder sein Glas zum Mund führte und seinen Blick von Chaim-Leib, in dessen Gesicht bereits die Züge des Todes standen, über Frau Chaja weiter zu Mosche Zellermeyer und Beracha gleiten ließ; sie alle schienen ihm verändert und häßlich. Dann entdeckte er auf dem Buffet Amos' und Schmuels Farbfoto, das aus seiner Zeit in Amerika stammte und auf dem er jung und zufrieden wirkte, doch von der blondgelockten Mähne waren jetzt nur noch die Koteletten und ein paar dünne Strähnen zu sehen. Mit sorgenvollem Gesicht fragte Frau Chaja ihn nun schon zum zweitenmal, wie er sich fühle. Er lächelte und wiederholte, daß es ihm gutgehe. Und Goldmann, das leere Teeglas in seiner Hand, spürte hilflos und traurig, wie alles, die Menschen und ihre Beziehungen, sich verbrauchte und seinem Ende entgegenging und daß auch er dem Verfall nicht entkam.

Unterdessen hörte er Schmuel von neuem berichten, in welchem Zustand der Kunde ihm das Auto zurückgebracht hatte – »ein fast nagelneuer Peugeot, völlig ruiniert« – und wie sie begonnen hatten, miteinander zu streiten, als der Mann behauptete, den Wagen in diesem Zustand ausgeliehen zu haben und hartnäckig an dieser Lüge festgehalten hatte, was ihn, Schmuel, mehr als alles andere erbost habe. Und dann plötzlich, mitten im Wortgefecht, sei er zu Boden gefallen, habe das Bewußtsein verloren und erst im Krankenhaus wiedergefunden. Als es ihm besserging, habe ihm der behandelnde Arzt erklärt, daß er einen Herzinfarkt erlitten habe, doch sei er lediglich überrascht gewesen und habe die unangenehme, aber nur für Augenblicke wirklich beängstigende Nähe des Todes gespürt; er habe ihn in Gestalt eines großen schwarzen Flecks gesehen, und keine Schranke oder schützende Wand habe ihn von ihm getrennt; es sei ganz anders gewesen als bei einer Grippe oder Gelbsucht – es war, als stünde ihm ein Mann gegenüber, der den Revolver auf ihn richtete, aber, wie ihm sein Gefühl sagte, nicht abdrücken würde. Während Beracha, die vor Sorge um ihren Mann keine Ruhe fand, ihm vorschlug, sich eine Pause zu gönnen und ein wenig zu schonen, überlegte Goldmann, ob er aufbrechen oder zuvor noch zu Großmama Chawa gehen sollte, die wie immer in ihrem Zimmer ruhte. Doch er blieb sitzen und schaute mit abwesendem Blick in die Runde, versunken in bruchstückhafte Gedanken, Theorien über das Weltall betreffend, die seine Phantasie beflügelten und ihn einen sternklaren Nachthimmel sehen ließen und unermeßliche Galaxien, tausendfach größer als auf den Fotografien in den Büchern, schwindelerregend und in all ihrem Glanz, allein durch die schweigenden, dunklen Weiten des Raums voneinander getrennt; sie waren das Produkt sich unentwegt bildender interstellarer Materie, deren Verdichtung die Geburt und deren Verpuffen in unsichtbaren Regionen den Tod eines Gestirns bedeutete. Und während Goldmann über die Sterne nachsann, näherte Amos sich ihm und sagte: »Es ist heiß hier.«

»Ja. Es wird bald besser«, sagte Goldmann.

»Man müßte ein Fenster aufmachen«, meinte Amos und fragte ihn nach seiner Stellung und ob er gut vorankomme.

»Es läuft zufriedenstellend. Ich verdiene nicht schlecht.«

Weshalb er nicht seine eigene Kanzlei eröffne, erkundigte sich Amos.

»Das ist nicht so einfach. Man muß viel Geld und Mühe investieren.«

»Aber es zahlt sich aus, nicht wahr?«

»Unter Umständen ja«, sagte Goldmann zu Amos, dessen Gesicht ihm jetzt sympathisch erschien, und fragte: »Wie ist New York?«

»Oh, es ist eine überwältigende Stadt. Du bist noch nicht dort gewesen? Dann mußt Du unbedingt einmal hinkommen.«

Er werde es vielleicht einmal tun, sagte Goldmann.

»Wir würden gern nach Kalifornien ziehen«, sagte Amos. »Aber das ist sehr kompliziert.«

»Ja?«

»Wir werden es schaffen. Es lohnt sich.«

»Wer wagt, gewinnt«, sagte Goldmann.

Da sah er Joel hereinkommen, und ein großes Mißbehagen befiel ihn. Er bedauerte, nicht ein paar Minuten früher aufgebrochen zu sein, und wünschte, unbemerkt verschwinden zu können. Aber Joel, der müder und deprimierter wirkte als jemals zuvor, befand sich bereits mitten im Zimmer und begrüßte Chaim-Leib, Frau Chaja und Goldmann mit einem Nicken. Goldmann trat auf ihn zu, schüttelte ihm die Hand und fragte ihn, wie es ihm und Zipora gehe.

»Zipora geht es den Umständen entsprechend gut.«

»Wie steht es um ihren Fuß?«

»Das ist noch ungewiß. Die Ärzte tun, was in ihrer Macht steht.«

Während Joel sich Onkel Lasar, Beracha und Schmuel zuwandte, kehrte Goldmann an seinen Platz zurück und beschloß, Zipora am Nachmittag des folgenden Tages im Krankenhaus zu besuchen. So gelang es ihm, die Schuldgefühle zum Schweigen zu bringen, die ihn seit Monaten, vielleicht schon seit Jahren, bedrängten. Nicht allein vom Gefühl, der Familie verpflichtet zu sein, rührten sie her, sondern vornehmlich von dem Respekt und der Ehrfurcht, die er, seinem Vater gleich, für Zipora empfand und ihr beweisen wollte. Er hatte nie aufgehört, ihr dankbar zu sein für die Güte und Hilfsbereitschaft, die sie ihm und seinen Eltern bewiesen hatte, ohne Forderungen zu stellen und ohne je einen Lohn zu erhalten. Das Verhältnis zwischen seiner Mutter und ihrer Schwägerin war ausgesprochen frostig, sie sprachen kaum miteinander. Doch als Stefana nierenkrank wurde und sich längere Zeit nicht um Noomi und Goldmann kümmern konnte, nahm ihn Zipora wie einen eigenen Sohn auf, obwohl sie in ihrem Haus mit Joel, den fünf Kindern und ihrer Mutter, Großmama Rachel, schon zu acht waren.

Es herrschte bedrückende Enge bei ihnen. Ruth übernachtete in der Wäschekammer und Meir, da es Sommer war, auf einem Klappbett draußen, unter dem vorgezogenen Dach, das eine Art Veranda bildete. Goldmann schlief mit Avieser zusammen, der nur wenige Monate älter als er war; nachts schoben sie ihre Hand in die Schlafanzughose des anderen und onanierten heimlich im Schutze der dünnen Decke. Trotz der vielen Personen blitzte das Haus vor Sauberkeit, da Zipora ihren Kindern Ordnung beigebracht hatte, ständig die Dielen schrubbte, den Staub und die Spinnweben beseitigte und in regelmäßigen Abständen die Wände weißte. Jeden Morgen erhob sie sich zur selben Zeit wie Joel, und während er sich am Spülstein in der Küche rasierte, sich anzog und in seine schweren Arbeitsschuhe stieg, machte sie ihm ein Glas Tee und legte ihm Butterbrote, ein paar Radieschen, ein bißchen Salz, das sie in Zeitungspapier eingepackt hatte, ein Glas Brathering und ein hartgekochtes Ei, an manchen Tagen auch eine Frikadelle oder ein Stück Kuchen in den Beutel, den er mit der Werkzeugtasche und der Kreissäge zur Baustelle mitnahm. Sobald Joel fort war, wandte sie sich der Hausarbeit zu; sie wusch und bügelte, stopfte alte Strümpfe und flickte Kleidungsstücke, die von einem Kind an das nächste weitergereicht wurden, nähte aus abgetragenen Kleidern Hemden und Blusen, aus Hosen Jacken und aus Tischtüchern Kleider, schnitt die Spitze der Schuhe auf, wenn die Füße der Kinder gewachsen waren, sie kochte sättigende Mahlzeiten aus Tomaten, Spinat, Graupen und Auberginen – ihre Auberginen waren so lecker wie Fleisch –, mit Reis und Nudeln, für die sie den Teig selbst knetete und schnitt, mit Geflügel und spottbilligem Hühnerklein; oft stellte sie Resteessen auf den Tisch, weil sie es ablehnte, Nahrungsmittel in den Müll zu werfen, ein Grundsatz, den sie auch ihren Kindern beibrachte; sie buk Kürbiskuchen und bereitete aus Courgetten köstliche Fruchtsuppen mit Apfelgeschmack, kochte Marmelade aus Apfelsinen- und Pampelmusenschalen und Most aus Feigen und Maulbeeren, die sie in der Umgebung fand. Und sie sorgte auch dafür, daß die Kinder zur Schule gingen und ihre Hausaufgaben machten, die Schuhe putzten, Eis für den Kühlschrank und Holz für den Ofen herbeischafften, nach Kräften bei der Hausarbeit halfen und hin und wieder, vor allem in den Ferien, etwas Geld verdienten. Sie war der Ansicht, der Mensch müsse lernen, was für ihn nützlich sei, und anderen helfen, soweit es in seiner Macht stehe; jede Art von Arbeit betrachtete sie als etwas Ehrenhaftes und vermutete die Wurzel allen Übels in Faulheit und Müßiggang, die den Menschen verderben würden und ihn, wie Verschwendung und Prahlerei, zu Mißgunst und Verbrechen verleiteten.

Und während sie sich um den Haushalt und die Familie kümmerte, half sie noch ihrer Mutter, die sich bis ins hohe Alter bemühte, alles Nötige allein zu erledigen, und ihrer Schwester Sara, die eine sehr schöne und mit vielerlei Fähigkeiten gesegnete Frau war, aber ziellos und unbeholfen durchs Leben ging und an ihrer Schwäche Gefallen zu finden schien. Die meisten Stunden des Tages lief Sara mit zerzaustem Haar und nachlässig gekleidet in ihrer Wohnung umher, als sei sie gerade erst aufgestanden. Unablässig vermittelte sie den Eindruck, einen tiefen Schmerz ausdrücken zu wollen: Über alle möglichen Leute führte sie verächtliche Reden – bisweilen sogar über Zipora – und klagte über irgendwelche Schmerzen, das Wetter oder ihren Mann, Jona Kosinski. Jona war ein gutmütiger Mensch, der hervorragend pfeifen konnte. Meist tat er es zu seinem eigenen, doch bisweilen auch zum Vergnügen seiner Frau. Ganze Opern und Sinfonien von Mozart und

Haydn konnte er auswendig. Und mit seinem wohlklingenden Tenor sang er bei Festen und am Schabbat gefühlvolle Lieder auf polnisch und jiddisch und in seinem fehlerhaften Italienisch Opernarien und neapolitanische Weisen. Er war Konditor und liebte seine Frau über alles. Daher versuchte er sie glücklich zu machen und zu erfreuen: Beinahe jeden Abend putzten sie sich heraus und gingen tanzen, Karten spielen, ins Kino oder Café; und immer gab es bei ihnen mindestens zehn verschiedene Sorten Gebäck, die Jona für seine Frau kaufte und die überall in der Wohnung herumlagen, bis sie austrockneten, Schimmel ansetzten oder von Ameisen aufgefressen wurden, weil niemand sie anrührte – Jona war zuckerkrank, und Sara machte sich nichts aus Gebäck, Kinder aber hatten sie nicht.

Alle Versuche Jonas, Saras Herz zurückzugewinnen und ihr Freude zu schenken, waren zum Scheitern verurteilt. Ganze Tage wanderte sie rastlos umher und beschwerte sich über ihr hartes Los, während die Betten ungemacht waren, der Spülstein voll schmutzigem Geschirr stand und überall Krümel und Stücke alten Brotes, Obstschalen und Kleider herumlagen. Wäre sie in Polen geblieben, klagte sie, (seit dem Krieg nahm Amerika den Platz ihrer Heimat ein), dann würde ihr Leben nicht sinnlos verrinnen; und ihr Wunsch, Tänzerin, Modeschöpferin oder Textilingenieurin zu werden, wäre in Erfüllung gegangen. Immer wieder behauptete sie, Jona schenke ihr nicht genügend Aufmerksamkeit, er liebe sie nicht und träume noch von dem Mädchen, mit dem er vor vielen Jahren befreundet gewesen war und von dem er sich getrennt hatte, lange bevor er Sara zum erstenmal sah; auch bezichtigte sie ihn, sie mit Frauen zu betrügen, die er nicht einmal kannte. Nichts konnte sie von ihrer Überzeugung abbringen – weder Jonas Beteuerungen noch sein makelloses Verhalten. Und so verging keine Woche, in der sie nicht fest entschlossen verkündete, sie verlange die Scheidung.

Zipora half ihrer Schwester, wo sie nur konnte, und versuchte immer wieder, sie zu trösten, obwohl sie Faulheit, Verwöhntheit und Nörgelei nicht ausstehen konnte und weder die verächtlichen Äußerungen über den Staat Israel noch das endlose Gerede hinnahm; sie widersprach ihr und fuhr sie mitunter harsch an, ermutigte Sara aber auch, sich eine Arbeit zu suchen, die sie während des Tages ausfüllen und von ihrem

Groll und ihrer Niedergeschlagenheit befreien würde. Zudem bemühte sie sich, sie zu überzeugen, daß jeder in Israel nach einer klar umrissenen Weltanschauung leben sollte, erklärte ihr jedoch nie, wie diese aussah. Sie wußte es selbst nicht genau. Ihre Vorstellung vom menschlichen Dasein war nach und nach aus einzelnen Details ihrer Erziehung und ihrer Erfahrungen entstanden und besagte, daß das Leben vom Menschen ununterbrochene Anstrengung verlange, weil Wirrnis und Mühsal keine Störung, sondern die eigentliche Substanz seines Daseins bedeuteten. Jeder müsse das Joch der Verantwortung und Pflicht auf sich nehmen und Aufrichtigkeit, Fleiß, Bescheidenheit, Treue und vieles andere mehr erwerben; diese Tugenden hatte Zipora nie in Frage gestellt, und niemand mußte sie ihr beweisen; ihre Weltanschauung entsprach einfach ihrem Gefühl und ihrem gesunden Menschenverstand. Sie glaubte fest an ihre Intuition, die sie bald raffiniert und unauffällig, bald mit unverhohlener Entschlossenheit nutzte, um sich und ihre Familie mit Kühnheit und Geschick an Hindernissen, Abgründen und Widersprüchen vorbeizuführen.

Aufgrund ihrer Wertvorstellungen und ihrer Hilfsbereitschaft hatte sie Goldmann aufgenommen, der bereits zwei Monate später, als Stefana wieder zu Kräften kam, nach Hause zurückkehren konnte, in den folgenden Jahren jedoch regelmäßig, meist in den großen Ferien, bei ihnen zu Besuch war und ihnen ein wenig zur Hand ging. Die Last der Arbeit auf dem Bauernhof hatte Zipora zu tragen, doch halfen ihr die beiden älteren Kinder, Jeremiah und Ruth, und, soweit dies möglich war, auch die jüngeren Esther und Avieser. Denn Joel ging weiter seiner früheren Tätigkeit nach, er war in einem englischen Militärlager beschäftigt und kam nur am Wochenende nach Hause; und sein Sohn Meir war, etwa ein Jahr nachdem die Familie sich im Moschaw niedergelassen hatte, zur britischen Armee eingerückt und wenige Monate später in Ägypten stationiert worden, von wo er ab und zu Fotografien schickte, die ihn in seiner Uniform in den Parks von Kairo und Alexandria, am Nil und am Fuße der Pyramiden zeigten.

Wie alle anderen stand Goldmann auf, ehe der Morgen graute. Zipora stellte jedem ein Glas heiße Milch und ein Tellerchen Honig hin, und nach dem Frühstück traten Jeremiah und er in die Stille des Morgens hinaus. Die Luft war kühl und diesig-blau, vom Gras, von den Obstbäumen und Zypressen stieg Feuchtigkeit auf. Die wenigen Geräusche, das Muhen der Kühe, das Krähen der Hähne und das Klappern vorüberfahrender Gefährte durchdrangen eine Stille, die ansonsten vollkommen zu sein schien. Goldmann begab sich in die Scheune, in der es den ganzen Sommer über schwül war und nach Kleie, Lehm und Jutesack roch; er mischte das Futter für die Hühner und Gänse und sammelte die Eier ein, die manchmal noch warm waren; er säuberte die stinkenden Käfige, reparierte Zäune, hob Rinnen um die Obstbäume aus, in die er Wasser goß, jätete in den Gemüsebeeten das Unkraut und erntete Paprikaschoten, Tomaten und Gurken, derweil die Luft sich bereits erhitzte, mit Feuchtigkeit vollsog und von kleinen Fliegen sirrte. Wenn er Lust hatte, begleitete er Jeremiah nach dem Mittagessen in dem kleinen Holzwagen, vor den ein braunes Arbeitspferd namens Aurora gespannt wurde, zum Versorgungsschuppen oder zur Molkerei im Herzen der Siedlung oder zu dem entlegenen Feld, das Ziporas Familie vorübergehend zur Bestellung überantwortet worden war und von wo aus man nur noch in der Ferne den Wasserturm des Moschaws erkennen konnte; dort arbeiteten sie gemächlich, bis die Sonne hinter den drei alten staubbedeckten Feigenbäumen und den sanften Hügeln unterging. Auf dem Heimweg, in der angenehmen Ruhe, die nun einkehrte und in der nur noch Muhen und Bellen zu hören waren, ließ Jeremiah ihn an manchen Tagen die Zügel halten, und er lenkte das Pferd über den breiten Lehmpfad, der zwischen Gemüse-, Kürbis- und Melonenfeldern und Brachland voller Wildblumen, dornigem Poterium, Gestrüpp und Gräsern hindurchführte und nach einer Kurve schließlich die Höfe der Siedlung erreichte. Unendlich stolz und glücklich fühlte er sich in der Milde des Abends.

Schweißüberströmt wegen der schwülen Hitze und die glänzende, mit Sommersprossen gesprenkelte Haut von der Sonne und der Anstrengung gerötet, führte Zipora Haushalt und Hof. Vom frühen Morgen an hatte sie beide Hände voll zu tun, und abends, wenn alle im Bett lagen und schliefen, antwortete sie noch auf Meirs Briefe. Außerdem kümmerte sie sich um ihre Mutter und sorgte sich um Avieser, der stets in sich gekehrt und von einer finsteren Wolke umgeben schien. Er hatte seine Ausbildung abgebrochen und widmete sich neben der Arbeit auf dem Hof, der er ernst und beflissen nachkam, seiner Insektenzucht, den streunenden Hunden, die er aufgenommen, und dem jungen Reitpferd, das er einem Araber abgekauft hatte. Einzig Ruth schien er verbunden. Mit jedem Jahr wurde er schöner und zog sich weiter in sich zurück. Zipora mühte sich zu verstehen, was ihn bedrückte, verschlossen und distanziert machte. All ihre Aufmerksamkeit war auf ihn gerichtet. Doch dann, eines Tages, erfuhr sie, daß Esther ein Verhältnis mit einem Moschawangehörigen, einem verheirateten Mann und Vater mehrerer Kinder, hatte. Zipora fand fortan keine Ruhe mehr; wochenlang schwieg sie und fragte sich, was sie unternehmen sollte. Erst als die Regenzeit anbrach, entschloß sie sich – ohne Joel von der Angelegenheit zu erzählen –, mit Esther zu sprechen und sie zu Jeremiah zu schicken, der lange vor Avieser seine Ausbildung abgebrochen hatte, zum *Palmach* gegangen war und sich mit seinen Kameraden in einem Kibbuz angesiedelt hatte. Dort verlebte Esther mehrere schier unerträgliche Monate, in denen sie kaum etwas zu sich nahm, sich ständig erbrach und alle um ihr Leben fürchten ließ, bis sie in einem langsamen, qualvollen Prozeß über die Trennung von ihrem Geliebten hinwegkam.

Die von Wärme, Freiheit und Abenteuer erfüllten Aufenthalte bei Joel und Zipora, die sich in Goldmanns Bewußtsein mit seinem Besuch bei Avinoam vermischten, hatten sich seinem Gedächtnis als die schönste Zeit seines Lebens eingeprägt. Doch ging jene Phase zu Ende, als der Hof verkauft werden mußte, da Zipora im Frühling und bis in den Sommer hinein unter einem Hautausschlag und einer Allergie litt, die sich von Jahr zu Jahr verschlimmerten und zu der Erschöpfung hinzukamen, die ihren Körper immer schwerer belastete. Trotzdem hatten sie alles getan, um den Hof zu behalten; erst als ihre Kräfte aufgezehrt waren, kehrten sie in die Stadt zurück. Ohne Meir, der in der arabischen Wüste und später in Italien diente, wo er nach dem Ende des Krieges eine Weile für jüdische Einwanderungsorganisationen arbeitete; ohne Jeremiah, der dem »Palmach« angehörte; und ohne Avieser, der sich einem Kibbuz angeschlossen, ihn nach kurzer Zeit jedoch wieder verlassen hatte, um im Hafen, als Traktorführer in der Landwirtschaft und bisweilen bei Bauarbeiten in verschiedenen Teilen des Landes tätig zu werden, und seine Eltern nur in Abständen von ein bis zwei Wochen besuchte. Joel und Zipora hatten ein kleines Haus in einem Vorort erworben, in dem sie mit Esther und Ruth lebten, mit *Mussolini,* dem arabischen

Mischlingshund, den sie aus dem Moschaw mitgebracht hatten, und Großmama Rachel, die trotz ihres Alters noch bei klarem Verstand war, sich pflegte und für sich sorgte, jiddische, gelegentlich auch hebräische Zeitungen las, Bekannte besuchte, in die Synagoge ging, wo sie großes Ansehen genoß, und nur selten die Hilfe ihrer Tochter beanspruchte. Diese opferte monatelang viele Stunden des Tages Meirs Frau Nechama, die aus dem Moschaw stammte und deren Vater Milchvieh und einige Dunam künstlich bewässerten Landes besaß. Meir hatte Nechama während eines Heimaturlaubs geheiratet, und sie hatte ihm, als er wieder in Italien war, einen Sohn geschenkt.

Meirs und Nechamas Hochzeit war das Ergebnis einer kurzen, anfangs oberflächlichen Freundschaft. Sie kam überstürzt und ohne langes Überlegen zustande, so als wollten sie die Zeit anhalten und die Keimzelle ihrer Zuneigung, die sich gerade erst gebildet hatte, bewahren. Doch führten sie eine zufriedene Ehe, da Meir ein Mann mit bescheidenen, praktisch ausgerichteten Ansprüchen und Nechama anständig, arbeitsam und nicht verwöhnt war. Außer während der Monate, die ihrer Niederkunft folgten, bat sie Zipora nie, ihr zu helfen. Und Zipora, die stets darauf achtete, niemandem zu nahe zu treten, drängte sich ihr nicht auf. Zu jener Zeit widmete sie all ihr Denken und ihre Kraft Jeremiahs Frau Temima, die wenige Monate nach Nechama einen Sohn geboren hatte, doch – anders als ihre Schwägerin – derart ungeschickt und zerstreut war, daß sie sich bisweilen wie ein Kind benahm. Trotz ihres guten Willens stand sie der Pflege des Säuglings und der Führung des Haushalts erschrocken und hilflos gegenüber. Sie und ihr Mann lebten bescheiden, weil der Lohn Jeremiahs, der nach der Entlassung aus dem »Palmach« als Landvermesser zu arbeiten anfing, äußerst gering war und sie ungeachtet der wirtschaftlichen Not nach einem Jahr einen zweiten Sohn und, als dieser zwei Jahre alt war, eine Tochter bekamen.

Zipora war anfangs gegen ihre Heirat gewesen, zu viele Schwierigkeiten sah sie mit ihr verbunden. Doch äußerte sie ihre Ansicht weder vor ihrem Mann noch vor Jeremiah. Die Heirat ihres Sohnes gehörte zu den Dingen, in die sie glaubte, sich nicht einmischen zu dürfen. Auch war sie der Meinung, daß ihr Einspruch keinen Erfolg zeitigen würde, weil Jeremiah, der fleißig und gutmütig war wie sein Vater, Nechama sehr liebte; sie verfügte über eine besondere Anmut, selbst ihrer Ungeschicklichkeit haftete ein gewisser Zauber an, der sich zu ihrem bescheidenen, großzügigen Wesen gesellte, das Zipora erst mit der Zeit entdeckte. In den ersten Jahren der Ehe von Temima und Jeremiah wurde Zipora mit Aufgaben überhäuft: Sie kaufte für sie ein, kochte, bügelte, räumte die Schränke auf und hütete ihre Kinder. In der Zwischenzeit kehrte Meir aus Italien zurück, das Gesicht von Falten zerfurcht und das Haar schütter. Er begann als Mechaniker zu arbeiten und verdiente nach Feierabend ein wenig hinzu, indem er Reparaturen an elektrischen Leitungen und Geräten ausführte, Schlösser einsetzte und Jalousien anbrachte. Und in den beiden Jahren nach seiner Heimkehr schenkte Nechama ihm noch zwei Söhne. Unter den Flüchtlingen, die aus Europa eintrafen, war ein Junge mit Namen Alter, ein Verwandter Ziporas. Obwohl weder sie noch ihre Mutter ihn kannte (einzig von seinen Eltern hatten sie schon einmal gehört), nahmen Joel und Zipora ihn auf, gaben ihm Kleidung und Schuhe und brachten ihn vorübergehend auf der Veranda unter.

Alter war ein einfacher Bursche, ungebildet und ruhelos. Joel nahm ihn zur Arbeit mit und begann, ihn das Handwerk des Verschalers zu lehren. Aber noch ehe er mit einer Säge umgehen konnte, brachen die Feindseligkeiten aus, die im Unabhängigkeitskrieg mündeten, und Alter wurde trotz seiner Jugend, wie Meir, Jeremiah und Avieser, zur Armee einberufen. Ungeachtet der Unruhe, die im Land herrschte, wurde die Hochzeit von Ruth und Jakob Teich vorbereitet. Joel und Zipora suchten die Eltern des Bräutigams auf und luden sie an einem Wochenende zum Essen ein. Der Hochzeitstermin stand bereits fest, und Zipora, die um ihre Söhne und den jungen Alter bangte und über beide Ohren mit den Kindern von Meir und Jeremiah und mit ihrer ruhelosen Schwester zu tun hatte, saß nächtelang an der Nähmaschine und nähte für Ruth Bezüge und Laken aus dem besten Stoff, den sie hatte bekommen können. Doch ein paar Tage vor der Hochzeit, als die Bettwäsche schon gestärkt und gebügelt, in von blauen Seidenbändern zusammengehaltenen Stapeln bereitlag, erhielten sie die Nachricht, daß Jakob Teich bei einem Angriff auf eine Kolonne, die Nahrungsmittel ins belagerte Jerusalem transportierte, gefallen sei. So verstaute Zipora die Bezüge und Laken im Schrank und übergab sie ein knappes Jahr später mit gemischten Gefühlen ihrer Tochter Esther. Esther hatte vor Ruth, ihrer Mutter und anderen immer wieder geäußert, für sie komme allein eine Liebesheirat in Frage, selbst wenn die Liebe nur einen Monat bestünde; andernfalls zöge sie vor, allein zu bleiben. Als sie eines Tages das Haus verließ, um zu ihrer Einheit zu fahren (sie war als Kurier in der Armee tätig), trat sie auf Ruth zu und sagte lachend: »Heute nacht bin ich im siebten Himmel gewesen. Das macht der Frühling.«

Neun Monate später brachte sie ein Mädchen zur Welt. Zuvor hatte sie nach kurzer Bekanntschaft Michael Kaplan, den Vater des Kindes, geheiratet. Nur wenige Personen nahmen an der bescheidenen Feier teil; selbst Meir, Avieser und Alter hatten wegen des Krieges nicht kommen können. Als sie in Temimas weißem Brautkleid, das Zipora für sie umgeändert hatte, an der Seite des Bräutigams unter der Chuppa stand, war ihre Schwangerschaft bereits deutlich erkennbar.

Etwa ein Jahr danach heiratete Ruth. Ihr Mann, Gershon Gotthelf, ein Feinmechaniker, war ungefähr zehn Jahre älter als sie und liebte sie sehr. Zipora nähte für Ruth mit einem vagen Gefühl des Unbehagens von neuem Bezüge und Laken. Während sie noch um Jakob Teich trauerten, breitete sich der Krieg über das ganze Land aus, und Zipora, die scheinbar die Ruhe bewahrte und schweigend ihre tägliche Arbeit verrichtete, sorgte sich Tag und Nacht um ihre Söhne und den jungen Alter. Auch Joel, dessen gewohnte Erscheinung sich nicht veränderte, der jedoch Tag für Tag fast beiläufig fragte, ob Post gekommen sei, wußte nicht, wo sie sich aufhielten, ob im Norden oder im Süden oder in Jerusalem. Die Ungewißheit war schrecklicher als alles andere. Aber die Nachrichten, die sie schließlich erhielten, vergrößerten nur die Sorge und die Verwirrung. Die Briefe waren verstümmelt und kaum lesbar und trafen mit erheblicher Verspätung ein. So erreichte sie im Chaos jener Tage die Kunde von Alters Tod. Nahezu einen Monat liefen Joel und Zipora von einer Dienststelle zur nächsten und wandten sich an alle möglichen Leute, die sie kannten, um sich Gewißheit zu verschaffen, sie wollten sich mit Alters Tod nicht abfinden und konnten die Niedergeschlagenheit, in die sie die Nachricht gestürzt hatte, nicht überwinden. Doch dann, eines Tages, schellte es an der Tür. Ruth ging aufmachen, und Alter, der nichts von seinem Tod wußte, trat müde, schmutzig und verschwitzt, doch gesund und wohlbehalten ins Haus. Da verlor Zipora die Fassung, sie lief heulend ins Badezimmer. Erst Minuten später, nachdem sie sich das Gesicht gewaschen hatte, kam sie wieder heraus.

Bald darauf wurde ihnen mitgeteilt, daß Jeremiah verletzt war. Mit Verwundungen an der Brust und am Arm hatte er einen halben Tag lang in glühender Hitze unter einem Strauch gelegen, bis er endlich gefunden und in ein Lazarett transportiert worden war. Als Zipora ihn zum erstenmal besuchte (Temima war bereits am Vortag bei ihm gewesen), blieb sie am Eingang des riesigen Krankensaals stehen, in dem er mit vielen anderen Männern untergebracht war, und ließ ihren Blick suchend über die Betten wandern. Nach einer Weile entdeckte sie ihn. Von nun an kam sie beinahe täglich, meist von Temima, manchmal auch von Joel oder Ruth begleitet. Und jedesmal brachte sie ihm Obst, Gebäck oder Zwiebelkuchen, den sie nur seinetwegen buk, obwohl Zwiebeln damals sehr teuer waren. Darüber hinaus mußte Zipora zu jener Zeit, neben dem Haushalt und den täglichen Sorgen, das endlose Gezänk zwischen Sara und Jona Kosinski schlichten. Die Spannungen wuchsen ständig, füllten die Tage mit Chaos und Zorn, bis er eines Tages – Sara war nicht zu Hause – zwei Koffer mit Kleidung und ein paar persönlichen Gegenstände packte und die Wohnung verließ. Als er die Tür hinter sich schloß, erschien die Nachbarin im Treppenhaus und schaute ihn neugierig an. Er nahm die Koffer, sagte: »Frau Ribbenfeld, ich ertrage es nicht mehr« und verschwand.

Zwei Tage später kehrte er nach Hause zurück und versöhnte sich mit seiner Frau, die der Kummer und die Einsamkeit fast um den Verstand gebracht hatten. Doch hielt der Frieden nur wenige Tage. Danach war alles wie vorher, wieder herrschten Streit und Zorn. Nun verlangte auch Jona die Scheidung, und selbst Zipora plädierte für die Auflösung der Ehe. Aber plötzlich schien die Angelegenheit für Sara, die über Jahre hinweg die Entwicklung in diese Richtung gelenkt hatte, nicht länger dringlich . . .

Hin und wieder kamen Kameraden von Meir, Avieser oder Alter zu Joel und Zipora, um eilig Grüße auszurichten. Zipora gab ihnen kleine Pakete mit, die, sorgfältig verpackt, Kuchen und Plätzchen, bisweilen auch ein Glas Brathering oder eine Konserve enthielten; außer den Lebensmitteln schickte sie saubere Unterwäsche und Strümpfe, manchmal Schnürsenkel oder einen Schal und an Avieser die besten Zigaretten, die sie bekommen konnte. Mit den Jahren war er noch schöner geworden, doch zugleich auch verschlossener und schweigsamer als jemals zuvor. Wenn er zu einem Tagesurlaub von der Armee heimkam, sank er aufs Bett und fiel sogleich in tiefen Schlaf; und hätte man es ihm erlaubt, so wäre er Tage lang liegen geblieben. Nach dem Aufstehen spielte er mit *Mussolini,* der meist in einer Ecke des Zimmers döste und bereits anfing, mager zu werden und nach Alter zu stinken, oder setzte sich in die Küche, um Ruth zuzuhören, während sie stickte, phantasievolle Dekorationen aus Papierstreifen, Stoffbändern, Glasscherben und Holzspänen herstellte und Bastuntersetzer in Vogel- oder Fischform flocht. Auch später, als sie bereits mit Gershon Gotthelf verheiratet war, besuchte Avieser sie oft. Ihm allein schüttete sie ihr Herz aus und erzählte ihm – ohne Klagen und ohne Sehnsucht in ihrer Stimme – nach Jahren des Schweigens und der Geheimhaltung von Jakob Teich, der ihr noch immer im Traum erschien, manchmal sogar, wenn sie mit ihrem Mann schlief.

Nach einem mehrwöchigen Krankenhausaufenthalt wurde Jeremiah entlassen. Die Kämpfe waren in der Zwischenzeit abgeflaut. Und obwohl die Verletzung ihm nach wie vor Schmerzen bereitete und beim Gebrauch seiner Hand hinderlich war, nahm er seine Arbeit wieder auf. In einem verstaubten Lastwagen fuhr er kreuz und quer durch das Land, kehrte aber jeden Abend nach Hause zurück. Seit der Geburt ihres vierten Kindes lebten sie in einer unerträglichen Enge. Doch sie besaßen nicht genügend Geld, um ein geräumigeres Haus zu erwerben, und Jeremiah wollte nicht durch die Aufnahme von Krediten in Schwierigkeiten geraten. So mußten sie warten, bis die Kämpfe endgültig vorüber waren. Als das Leben sich wieder normalisierte, fanden sich nach Feierabend und an den Wochenenden seine Brüder und Schwäger, Alter und Joel ein, um mit ihm gemeinsam sein Haus, das nicht weit von Joels und Ziporas Heim lag, um einen großen Raum zu erweitern und die beiden vorhandenen Zimmer, die Küche und die Terrasse zu vergrößern.

Alle waren an ihren früheren Arbeitsplatz zurückgekehrt, bis auf Alter, der schon wie ein erwachsener Mann wirkte und einen Lebensmittelladen eröffnete, und Avieser, der immer noch unverheiratet war und kurz vor dem Ende des Militärdienstes auf die Idee kam, Pilot zu werden. Er bestand die Zulassungsprüfung, doch scheiterte er in einer der fortgeschrittenen Phasen der Ausbildung und durfte am Ende nur kleinere Maschinen fliegen, meist in Aufklärungsmissionen, zur Herstellung von Luftbildern und zur Informationsübermittlung. Nach drei Jahren kehrte er der Armee den Rücken und fuhr nach Amerika, wo er nahezu zwei Jahre blieb. Anschließend kam er nach Israel zurück und begann Sprühflugzeuge zu fliegen. Die Aufgabe gefiel ihm; zwar führte sie ihn nicht in schwindelerregendem Tempo durch höchste Höhen, bedeutete jedoch Nervenkitzel und Risiko, dessen Rausch er jedesmal von neuem erlag, wenn er seine *Piper* in halsbrecherischen Manövern über die Hirse-, Baumwoll- und Zuckerrübenfelder steuerte, beinah den Erdboden, die Wipfel der niedrigen Bäume oder das Dach eines Schuppens streifte, unter Überlandleitungen hindurchflog und gleich darauf wieder in den Himmel schoß. In seiner Freizeit las er Bücher, was er zuvor nie getan hatte, und widmete sich seiner alten Liebe, den Hunden. Nachdem sein Boxer an einer Parathionvergiftung gestorben war, hatte er sich einen wunderschönen Schäferhund zugelegt.

Er lebte allein und besuchte, wie seine Geschwister und deren Familien, jeden Samstagabend und an den Feiertagen Joel und Zipora, die den unübersehbaren Spuren des Alters zum Trotz ihren gewohnten Lebensrhythmus beibehielten. Joel arbeitete auf dem Bau, und Zipora kümmerte sich rastlos um Haus und Familie. Ständig gab es für Zipora etwas zu tun, immer benötigte eines ihrer Kinder Hilfe. Sie erteilte Ratschläge, versuchte Spannungen zu mindern und Meinungsverschiedenheiten auszuräumen – wie damals, als Jeremiahs Ehe wegen einer belanglosen Affäre Temimas in eine Krise geriet, die nur ein letztes Zucken vor dem endgültigen Abgleiten in die Routine darstellte, Jeremiah aber so tief verletzte, daß er die Scheidung einreichen wollte. Zipora hielt ihn zurück und empfahl ihm, noch eine Weile zu warten, weil die Geschichte zwar schmerzlich, doch in Wahrheit bedeutungslos sei und so schnell aufhören werde, wie sie begonnen habe. Erst als alles vorüber war und sich die Gelegenheit bot, mit Temima unter vier Augen zu sprechen, fragte Zipora sie, ob die ganze Aufregung wirklich notwendig gewesen war. Und Temima, deren Gesicht offen und wie immer jugendlich frisch wirkte, sagte: »Ja.«

Zipora strich nachdenklich über die Wachsdecke auf dem Eßtisch, danach blickte sie ihre Schwiegertochter an – sie mochte Temima trotz allem und sagte ihr, Jeremiah hätte nie etwas von der Geschichte erfahren dürfen.

»Jemand hat ihm davon erzählt«, sagte Temima.

»Dann hättest Du es unbeirrt leugnen sollen«, meinte Zipora.

Und als sie sah, daß Temima ihr aufmerksam zuhörte, fügte sie hinzu, man müsse sich hüten, anderen unnötig weh zu tun; vieles im Leben sei unvollkommen und habe seine Grenzen, aber das Dasein des Menschen sehe nun einmal so aus – man müsse sich damit abfinden, ohne bitter zu werden, ». . . und man sollte stets rücksichtsvoll sein.«

»Du hast recht«, sagte Temima, »aber manchmal ist es nicht möglich.«

Zipora hätte ihr am liebsten die Wangen gestreichelt. Statt dessen betrachtete sie sie voll Sympathie und sagte: »Ich weiß.«

Sie fuhr fort, über die Tischdecke zu streichen und sagte nach kurzem Schweigen, selbst die tägliche Routine, der niemand entrinne, habe ihre schönen Seiten; das Leben bestehe aus Aufgaben und Pflichten, doch bedeute dies letztlich nicht, daß es keine Freiheit gebe; man müsse sich darüber klarwerden, was geschehen würde, wenn sich jeder über seine Pflichten hinwegsetzte. Nach einer Pause fügte sie hinzu: »Mein Leben lang habe ich gebetet, nicht bitter zu werden . . .« Ein Lächeln deutete sich auf ihrem Gesicht an: ». . . man sollte Rücksicht nehmen.«

Sie sprach friedlich und leise, ohne Temima zu zürnen und anzuklagen.

Jeremiahs Schwester Esther hingegen empfand nur Haß für Temima, wahrscheinlich beneidete sie sie um ihre jugendliche Frische und die Natürlichkeit und Aufrichtigkeit ihres Handelns. Mehrmals versuchte sie ihres Bruders Argwohn zu wecken, ihn glauben zu machen, Temima betrüge ihn von neuem oder wäre imstande, es wieder zu tun, und ihn zu drängen, sie zu verlassen. Esthers Herz war vom Neid zerfressen; ihr Haß traf nicht Temima allein, sondern ebenso ihre Schwester Ruth, ihre Schwägerin Nechama und ihren Mann, dem sie das Leben vergällte, wann immer sie konnte. Sie nörgelte ununterbrochen und suchte ständig einen Anlaß zum Streit, und so wurde es oft laut und beleidigend, und immer wieder kam sie fast unwillkürlich auf Geldfragen zu sprechen, vornehmlich – und das war besonders unangenehm – auf die Teilung des elterlichen Vermögens. Ihr stehe mehr zu als Meir und Nechama, behauptete sie, denn Nechama habe von ihrem Vater bereits Vieh und Ländereien bekommen; auch Ruth gebühre nicht der gleiche Erbteil wie ihr, schließlich sei sie, Esther, die Ältere; und was Temima angehe, so dürfe sie keinen Pfennig erhalten, weil sie verschwenderisch sei und bestraft werden müsse für ihre Affäre mit einem anderen Mann. Nicht einmal bei den traditionellen Familientreffen vermochte sie ihren Ärger zu unterdrücken.

Zu den Treffen erschienen Meir und Nechama mit ihren sechs Kindern, Jeremiah und Temima mit vier, Michael und Esther mit drei und Gershon und Ruth gleichfalls mit drei Kindern und in Begleitung von Gershons Mutter, einer schönen Frau, deren Gesicht sehr russisch wirkte und die viele Jahre als Laborantin in einem Krankenhaus tätig war und, seit sie Rente bezog, bei ihrem Sohn lebte. Sie alle versammelten sich im großen Zimmer, das mit jedem Jahr enger schien, und nahmen um den Tisch Platz, der ganz ausgezogen war und auf dem Süßigkeiten, Obst, Pistazien und mehrere Flaschen Saft standen. Sie aßen, tranken und plauderten über die Familie, die Arbeit und die Probleme, die das Leben mit sich bringt, und gelegentlich flammten politische Diskussionen auf, woran vornehmlich Michael Kaplan schuld war, der Bauingenieur war und politisch links stand. Es sei skandalös, wie »die« – damit meinte er die Führung des Landes – das Recht mit Füßen träten, aus Kurzsichtigkeit und Habgier die Begeisterung und das Können der Arbeiterklasse aufs Spiel setzten und den Staat in den Untergang führten. Er war reizbar, was sich erst mit den Jahren abschliff, doch besaß er Charme und Humor, so daß die Diskussionen meist ein versöhnliches Ende nahmen. Zu vorgerückter Stunde, kurz bevor die Gäste den Heimweg antraten, überreichte Joel jedem seiner Enkel ein kleines Geschenk. Und auch die Enkel heirateten und setzten Kinder in die Welt, doch zogen einige an andere Orte, waren bei der Armee oder von ihrer Arbeit und ihren Kindern in Anspruch genommen, und so war die Familie nur mehr selten vollzählig bei Joel und Zipora zu Gast, obwohl die meisten sich bemühten, so oft wie möglich zu kommen. Und Joel ließ wie früher die Kleinen auf seinen Knien turnen, hob sie auf seine Schultern oder sang ihnen etwas vor.

Zu Ziporas siebzigstem Geburtstag erschien die ganze Familie, auch Stefana und Goldmanns Vater, Beracha und Schmuel, Onkel Lasar und Judith Tannfuss, Jona und Sara Kosinski (die jedoch nach kurzer Zeit wieder aufbrachen), Alter mit seiner Frau und seinen Söhnen (der älteste sollte bald darauf seinen Militärdienst beenden), Nechamas Mutter, Temimas und selbst Michael Kaplans Eltern. Die beiden Kaplans waren Ärzte; da sie sich nie bemüht hatten, die Familie näher kennenzulernen, hatte Zipora stets darauf verzichtet, sie einzuladen. Jetzt aber empfing sie sie herzlich, und sie setzten sich in den Garten, um mit den übrigen Gästen den festlichen Anlaß zu begehen, den Zipora am liebsten gar nicht gefeiert hätte. Am Abend, als die Stimmung ihren Höhepunkt erreicht hatte, zog Joel aus seiner Tasche eine kleine Schachtel hervor, die schön verpackt und mit einem Stoffband verschnürt war, und überreichte sie seiner Frau. Als sie die Verpackung gelöst hatte, hielt sie eine goldene Armbanduhr in Händen. Joel hatte sie heimlich für sie gekauft, weil sie während all der Jahre in Palästina nie eine Uhr besessen hatte. Mit leuchtenden Augen und lachendem Gesicht sah sie ihn dankbar und glücklich an. Schließlich umarmten und küßten sie sich, was Zipora vor Verlegenheit rot werden ließ. Aber auch Meir, Jeremiah, Avieser, Esther und Ruth hatten sie überraschen wollen, so daß wenige Minuten später unter dem Beifall und Gelächter der Anwesenden eine zweite goldene Uhr zum Vorschein kam. Die Feier dauerte bis tief in die Nacht, dann erst zerstreuten sich die Gäste. Joel und Zipora blieben mit Avieser zurück, der ihnen wie an den Samstagabenden und den Feiertagen noch eine Weile Gesellschaft leistete.

Zipora hoffte immer noch, er würde heiraten und eine Familie gründen, denn sie glaubte, die Ehe würde ihm wohltun und ihn aus seiner Einsamkeit erlösen. Doch sagte sie nichts, sondern schaute nur voller Sympathie und Erwartung auf seine schlohweißen Locken und in sein schönes, sonnengebräuntes Gesicht, das zerfurcht war und noch trauriger und verschlossener wirkte als früher, und versuchte zu erraten, was in ihm vorging. Sie wünschte, ihm ihre Hoffnungen, an deren Erfüllung sie kaum noch glaubte, ohne Worte mitteilen und ihn beschwören zu können, ihrem Rat zu folgen. Doch war sie zu jener Zeit vor allem mit Sara beschäftigt, deren Körper von Tumoren zerfressen wurde. Jona Kosinski, dessen Züge hager und welk wie die eines Huhns und dessen Stimme spröde geworden war, weinte vor Kummer und Hilflosigkeit, denn er sah Sara sterben und vermochte nicht, sie zu retten, nicht einmal den Erfordernissen ihrer Pflege war er gewachsen. Er kannte sich in diesen Dingen nicht aus und konnte den Anblick ihres Gesichts und ihres versengten Körpers nicht ertragen. Furcht und unüberwindbarer Ekel stiegen in ihm auf, und er verfügte auch nicht über die notwendigen Mittel, um für Saras Pflege eine Krankenschwester ins Haus zu holen – all ihr Geld hatten die Freizeitvergnügen, die Kleider und Teppiche aufgezehrt. Und so kam Zipora und kümmerte sich um Sara, obwohl auch ihre eigene Gesundheit zerrüttet war. Die vielen Jahre, die vielen Krankheiten waren nicht spurlos an ihr vorübergegangen. Sie litt unter Herzbeschwerden und Diabetes, vor allem aber setzten ihr die unerträglichen Schmerzen in ihrem rechten Fuß zu, die ihre Beweglichkeit einschränkten und an ihrer Kraft zehrten. Bald nach Saras Tod konnte sie nur mehr auf andere gestützt laufen und verbrachte beinahe den ganzen Tag im Bett, auf dem Liegestuhl oder im Sessel. Immer hielt sich jemand in ihrer Nähe auf, um ihr zu helfen – Joel, einer der Söhne oder eine der Schwiegertöchter, vor allem Nechama, die Zipora wusch, für sie und Joel kochte, das Haus putzte und sich um ihre Wäsche kümmerte.

Zu Hause, in Ziporas Nähe, versuchte Joel ruhig und gutgelaunt zu erscheinen, manchmal gelang es ihm sogar zu scherzen. In Wirklichkeit aber deprimierte es ihn jeden Tag mehr, Ziporas Hinfälligkeit zu sehen, und es bereitete ihm immer größere Mühe, seine Trauer zu verbergen. Ebenso ging es den übrigen Familienmitgliedern – alle erhofften nur das Beste und rechneten doch mit dem Schlimmsten, vor dem es, so wußten sie, kein Entrinnen gab. Zipora litt Tag und Nacht Schmerzen; sie, die es gewohnt war, sich selbst zu helfen, und nichts mehr gefürchtet hatte, als eines Tages auf die Barmherzigkeit ihrer Mitmenschen angewiesen zu sein, war nun vollkommen abhängig und gezwungen, sich auf andere zu verlassen; dennoch bemühte sie sich, ihre Umgebung aufzumuntern und bewahrte sich ihren Lebenswillen und ihre Zuversicht. Sie gab sich keinen Illusionen hin, aber sie wußte mit einer instinktiven Entschiedenheit, daß es verboten sei, den Lebensmut sinken zu lassen, und daß sie keinen Grund habe, zu klagen und zu verzweifeln – waren doch ihr Verstand noch klar und ihre Hände gesund; sie glaubte weiter, daß jeder Mensch gegen die Unbilden des Schicksals ankämpfen müsse und seine Probleme nicht anderen aufbürden dürfe. Wenn die Familie zusammenkam, ließ sie den Kuchen vor sich hinstellen und schnitt ihn mit geübter Hand auf, goß Saft in die Gläser und erkundigte sich nach jedem einzelnen, erteilte Ratschläge oder äußerte heftige Vorwürfe, wie es ihre Erfahrung und ihre Aufrichtigkeit verlangten. Nur einmal verlor sie die Fassung und spürte einen Zorn in sich anschwellen, den sie nicht zu bezwingen vermochte: Als Alter zu ihr und Joel kam, um Abschied zu nehmen; wenige Tage später wollte er mit seiner Familie nach Australien auswandern. Ehrfürchtig und demütig trat er vor sie hin, und nachdem sie ihn angehört hatten, fragte Zipora ihn: »Woran hat es Dir hier, in Israel, gefehlt?«

Der Luftzug des Ventilators wirbelte sein dünnes Haar auf und weckte ein Gefühl des Unbehagens in ihm. Er rieb sich die dicken, unansehnlichen Hände und fing an, von der Einkommensteuer zu reden und davon, daß der Mensch nur einmal lebe.

»Das ist mir bekannt, da verkündest Du keine große Weisheit«, sagte Zipora.

Joel fragte ihn, ob er etwas trinken wolle. Es war ein feuchtheißer Tag, und sein Gesicht tropfte trotz des Ventilators vom Schweiß. Alter, dessen Zunge wie ein unförmiges Stück Teig in seinem Mund lag, schüttelte den Kopf und stammelte, von seiner ganzen Familie sei ihm nur sein Bruder in Australien geblieben.

»Gut«, meinte Zipora. »Dann fahr. Ich wünsche Dir alles Gute und hoffe, daß Du es nicht eines Tages bedauerst . . . Wir halten niemanden zurück. Du hast ein Recht fortzugehen.«

»Ja.« Alter saß mit traurigem Gesicht und eingezogenem Kopf auf dem vorderen Rand des Stuhls und ließ seinen Blick unruhig über den Tisch irren. Er traute sich nicht, Zipora auch nur eine Sekunde in die Augen zu schauen. Von Zeit zu Zeit versuchte er sein Haar in Ordnung zu bringen. Indes bot ihm Joel abermals etwas zu trinken an.

»Ein Glas Saft oder kaltes Wasser?«

»Nein, danke«, sagte Alter und wischte sich mit dem Arm über das Gesicht. Wieder begann er von seinem Bruder zu sprechen, dann stand er auf und reichte Joel und Zipora zum Abschied die Hand. Joel begleitete ihn bis zur Tür.

»Wenn Du heimkommen möchtest – das Haus steht dir jederzeit offen.«

Alter dankte ihm mit einer Bewegung des Kopfes und trat in die Sonne hinaus. Joel, der Schmuel und Beracha nach Ziporas Fuß fragen hörte, schaute ihm hinterher, bis er von der Hecke verdeckt wurde. Als er wieder ins Zimmer kam, setzte er sich auf den Stuhl, auf dem Alter gesessen hatte, und sagte: »Die Menschen laufen hin und her wie die Ratten. Er wird sicher zurückkommen.«

Zipora aber meinte: »Ich kann auf ihn verzichten . . . Ich glaube nicht, daß er zurückkommen wird.«

»Wir müssen hoffen«, sagte Joel. »Die Ärzte wollen nichts versprechen.«

»Man kann nie wissen«, sagte Beracha.

»Ja, das mag sein«, sagte Joel. »Übrigens heiratet Zalik demnächst.«

»Na, dann alles Gute!« rief Schmuel. »Wer ist die Glückliche?«

»Ein Mädchen aus Chadera, eine Lehrerin. Sie haben sich in der Armee kennengelernt«, sagte Joel und setzte sich neben Onkel Lasar. Goldmann hielt das leere Glas in der Hand und tat so, als denke er an etwas anderes. Zum erstenmal bemerkte er die große Ähnlichkeit zwischen Joel und Onkel Lasar. Kurz nachdem sich Joel auf den Weg gemacht hatte, erhob auch er sich, sagte auf Wiedersehen und ging. Am Morgen des folgenden Tages fuhr er mit Israel zur Antoniuskirche. Er setzte sich auf eine der Bänke und hörte Israels Orgelspiel zu. Zum Mittagessen kehrten sie in das Fischrestaurant ein, wo er ausführlich von den Wochen in der Armee und von seinen Plänen erzählte. Plötzlich sagte er: »Ich beneide dich. Du spielst Orgel.«

»Ja«, sagte Israel, obwohl er zu diesem Zeitpunkt bereits wußte, daß aus dem Orgelspielen nichts werden würde.

»Es ist wunderbar«, sagte Goldmann und fuhr nach kurzer Überlegung fort, von seinen Plänen zu sprechen. Derweil beschlossen sie die Mahlzeit mit Baklawa und einem türkischen Kaffee. Danach bewegten sie sich die Küste entlang heimwärts. Etwas Herbstliches lag wie ein überraschendes Geschenk in der Luft, sie atmeten den scharfen Geruch von Algen und Fisch. Abends gingen sie ins Kino, und Goldmann verschob den Besuch bei Zipora auf einen anderen Tag. Die Trennung von Dita hatte einen Schatten auf sein Leben geworfen, sie bedrückte ihn mehr, als er sich anfangs hatte vorstellen können. Mehrmals überlegte er, Dita zu besuchen oder wenigstens anzurufen, doch gelang es ihm, den Wunsch zu unterdrücken. Und so verbrachte er die ersten Tage nach dem Reservedienst mit Schwimmen, Lesen und verschiedenen Erledigungen. Er hatte keine Lust, ins Büro zu gehen, rief auch nicht an, um mitzuteilen, daß er zurück sei.

Caesar traf er in jener Zeit nur ein einziges Mal. Die Begegnung blieb flüchtig, Caesar wirkte rastlos und deprimiert und hörte Goldmann kaum zu. Als Eliesra und Gideon drei Tage später zum Rabbinat gingen, um ihre Scheidung zum Abschluß zu bringen, nahm er seine Kamera und verließ die Stadt. Es waren unruhige Wochen voll hochgespannter Erwartungen, die mit dem Dunkel der Nacht verflogen, Versprechungen, die sich im Augenblick, da sie gegeben wurden, in Lügen verwandelten, und fester Entschlüsse, die schon nach wenigen Stunden ins Wanken gerieten und ihn verstört und ratlos zurückließen. Und auch von feindseligen Gelüsten waren jene Tage beherrscht, denn er wollte die Scheidung, die plötzlich Wirklichkeit werden sollte, nicht hinnehmen. So setzte er alles daran, das unerwünschte Ereignis zu verhindern. Er flehte Eliesra an, belog sie und drohte – bisweilen entzog er sich ihr –, und obwohl Eliesra und Gideon längst beim Rabbinat vorgesprochen hatten und alle entscheidenden Schritte vollbracht waren, war er noch am Vorabend des Scheidungstermins sicher, daß Eliesra im letzten Moment zurückschrekken würde. Doch sie hielt unbeirrt an ihrem Plan fest, und angesichts Gideons Entschlossenheit, die Geschichte zu einem raschen Ende zu bringen, war es höchst zweifelhaft, ob ihr Einlenken die Scheidung noch hätte verhindern können. Monatelang hatte sich Gideon auf jede erdenkliche Weise bemüht, Eliesra von ihrem Plan abzubringen; seit dem Augenblick aber, da er begriffen hatte, daß sein Mühen aussichtslos war, machte er ihr das Leben zur Hölle. Er zog aus dem gemeinsamen Schlafzimmer aus und sprach nicht länger mit ihr. Nur hin und wieder schrie er sie an, er werde nichts unversucht lassen, um sich an ihr zu rächen, er werde ihr verbieten, die Kinder zu sehen, und sich weigern, auch nur einen Pfennig zu zahlen. Und wieder schlug er sie. Doch am Ende fand er sich, dank des Einflusses seiner Eltern, mit der Situation ab; er willigte in die Scheidung ein und wünschte, daß sie möglichst rasch und ohne Aufsehen vollzogen würde.

Die Scheidungszeremonie fand zur Mittagszeit statt, gleich danach rief Eliesra im Atelier an, Israel aber brachte es nicht übers Herz, ihr mitzuteilen, daß Caesar die Stadt für eine Weile verlassen hatte. Statt dessen sagte er ihr, Caesar werde voraussichtlich gegen Abend im Atelier zu erreichen sein, und als Eliesra am frühen Abend von neuem anrief, behauptete er, Caesar habe sich aus Haifa gemeldet und lasse ihr ausrichten, er werde erst morgen zurückkommen.

»Er hat versprochen, sich heute im Atelier mit mir zu treffen oder sich mit mir in Verbindung zu setzen«, sagte Eliesra.

»Ich habe wirklich keine Ahnung«, beteuerte Israel.

»Nun gut. Wenn er zurückkommt, bestell ihm, daß ich bei meinen Eltern bin und seinen Anruf erwarte.«

»Einverstanden.«

»Die Scheidung ist ausgesprochen.«

Israel zögerte, blieb aber stumm.

»Vergiß nicht, ihm Bescheid zu sagen.«

Zwei Tage später kam Caesar ins Atelier geschlichen. Seine Kleidung war verschwitzt und zerknittert. Er wirkte derart jämmerlich und verloren, daß Israel im ersten Moment loslachen wollte. Doch beherrschte er sich und sah ihm sprachlos zu, während er die schwere Kamera ablegte, für Sekunden im Arbeitszimmer verschwand, sich das Gesicht trocknete und nach kurzem Schweigen fragte, ob in seiner Abwesenheit jemand angerufen habe oder etwas Besonderes passiert sei. Israel ließ sich auf dem Sofa nieder und sagte: »Ja. Eliesra ist geschieden.«

»Sonst noch etwas?«

»Ich soll Dir ausrichten, daß sie bei ihren Eltern ist und deinen Anruf erwartet.«

»Dreckige Hure. Zum Teufel mit ihr! Am besten auf dem kürzesten Weg.«

Er zog sein nach Schweiß stinkendes Hemd aus und warf es auf einen Stuhl. Als er geduscht und frische Kleider am Leib hatte, goß er sich ein halbes Glas Whisky ein und steckte sich eine Zigarette an. Am Klavier lehnend erzählte er, er habe von Eliesra nie verlangt, sich scheiden zu lassen, er habe es ihr nicht einmal vorgeschlagen, sondern, im Gegenteil, sich ihrem Plan widersetzt und sie sogar zu überzeugen versucht, den Gedanken fallenzulassen oder mit seiner Verwirklichung wenigstens noch eine Weile zu warten; deswegen habe diese Scheidung mit ihm nicht das geringste zu tun und sei allein Eliesras Problem. Israel erwiderte nichts. Caesar schien bestürzt und in großer Not. Im Zimmer umherwandernd, verwünschte er Eliesra und Gideon. Doch mit einemmal hielt er inne und fragte Israel, ob er Eliesra anrufen solle.

»Dir bleibt keine andere Wahl.«

Caesar blickte ihn an. Warum er keine andere Wahl habe, fragte er wütend, und wozu er sie anrufen solle.

»Um dich mit ihr zu treffen und einen Schlußstrich zu ziehen«, erklärte Israel.

Caesar zögerte, näherte sich dann widerwillig dem Telefon, hob den Hörer ab und knallte ihn sogleich wieder auf den Apparat. Wenige Sekunden später nahm er ihn von neuem in die Hand und begann zu wählen. Ehe er jedoch Eliesras Nummer beendet hatte, legte er auf und sagte, die Angelegenheit dränge nicht; es werde schon keine Katastrophe geschehen, wenn er erst morgen mit ihr telefoniere, sie sei ohnehin schon geschieden und könne nicht wissen, daß er zurück sei. Danach herrschte Schweigen. Caesar schaute lange zum Fenster hinaus. Die Sonne war bereits untergegangen, und kleine graue Wolken standen am Himmel. Er setzte sich neben Israel auf das Sofa. Vielleicht sollte er Eliesra doch heiraten, sagte er, denn er liebe sie wirklich. Israel blieb stumm. Caesar zündete sich noch eine Zigarette an und sagte, eigentlich habe er genug von diesem Leben; er würde sich am liebsten einen Bart stehenlassen und sich nach Spanien oder Amerika absetzen oder auf eine griechische Insel gehen; all die Probleme, Verpflichtungen und absurden Ansprüche halte er nicht länger aus, er verspüre nicht das Bedürfnis, zu heiraten und zum zweitenmal eine Familie zu gründen, *eine* Familie reiche ihm vollkommen, und nichts auf der Welt könne ihn zwingen, das Ganze noch einmal von vorn zu beginnen, schon gar nicht Eliesra, die zur Ehe nicht tauge. Erneut erging er sich in aller Ausführlichkeit über die Absurdität und den Bankrott der Ehe und der »Institution der Familie« in einer Gesellschaft, deren Strukturen aufgeweicht seien und in der alles auf amorphe Zustände und Beziehungen hinauslaufe. Israel hatte diese Theorien bereits unzählige Male aus Caesars Mund gehört, diesmal jedoch weitete Caesar sie aus: Die sich liebten, dürften nicht heiraten, da die Ehe einzig für jene gemacht sei, die nicht Liebe miteinander verbinde; der Versuch, die Liebe in Form einer Ehe zu festigen, führe zwangsläufig zu ihrem Ende, da alles Lebendige – und die Liebe sei etwas Lebendiges allein durch die Bewegung – Bestand habe; die Ehe aber bedeute Erstarrung und sei daher nicht in der Lage, die Liebe zu tragen. Caesar verkündete all dies mit besonderem Nachdruck, so als habe er sich vorgenommen, Israel zu bekehren. Verzweifelter als jemals zuvor suchte er nach einer Zauberformel, die ihn vor der unvermeidlichen Entscheidung bewahren und einen Zustand herstellen würde, in dem er auf nichts verzichten müßte, alles bekäme und noch dazu das Recht hätte abzulehnen, was ihm widerstrebte.

»Meinst Du nicht?« fragte Caesar, und Israel, der ihm geduldig zugehört hatte, antwortete: »Ich weiß nicht. Das habe ich mir nie überlegt.«

Caesar schaute ihn einen Augenblick an. Dann ging er zum Telefon. Doch zögerte er, den Hörer abzunehmen. Und nach kurzem inneren Kampf beschloß er, Eliesra erst am folgenden Tag anzurufen ... Als sie endlich miteinander telefonierten, verabredeten sie, sich am Abend im Atelier zu treffen.

Eliesra bemühte sich, glücklich zu wirken und ihre Müdigkeit und Nervosität zu verbergen. Denn sie war wirklich erfreut und verständlicherweise voll gespannter Erwartung. Nachdem sie einander umarmt und geküßt hatten, verkündete sie Caesar, daß sie von Gideon geschieden sei, ihrer Heirat stehe nun nichts mehr im Wege. Caesar, der in der Zwischenzeit zwei Tassen Kaffee kochte, sagte: »Nein, Gott sei Dank, nichts mehr«, und fragte, wie Gideon die Sache aufgenommen habe.

»Er trägt es mit Fassung. Schließlich kam die Scheidung nicht überraschend ... Ich bin froh, daß die ganze Angelegenheit hinter mir liegt.«

Sie setzte sich neben Caesar aufs Sofa und sagte von neuem, daß sie nun heiraten könnten. Caesar streichelte ihr Knie und sagte: »Ja ... Aber vielleicht wäre es besser zu warten, bis sich die Aufregung gelegt hat.«

Und wieder sah er, daß ihre Schönheit nicht mehr wie früher war: Ihr Gesicht trug einen bitteren Zug, es schien dem Verwelken nah. Er spürte, daß er Eliesra nicht liebte und ihn nichts zu ihr hinzog, daß sie ihm lästig war, und er wünschte, sie tränke ihren Kaffee aus und verschwände auf Nimmerwiedersehen. Aber Eliesra wich nicht von seiner Seite, und so begannen sie Pläne zu schmieden und von Dingen zu reden, die zu erledigen waren, von gemeinsamem Wohnen, vom Geld und von einer Urlaubsreise ins Ausland. Caesar umgarnte sie mit Worten der Liebe, zwischendurch aber flocht er Bemerkungen ein über die Schwierigkeiten, in denen er stecke, und vor allem über seinen kranken Sohn. Er streichelte und hätschelte sie, doch als sie mit ihm schlafen wollte – nach vergeblichem Warten äußerte sie ihren Wunsch unumwunden, so heftig war ihr Verlangen nach Wärme und Trost –, entzog er sich ihr und gab vor, müde zu sein. Sie sagte, sie verstehe, doch unternahm sie sogleich einen neuen, ein wenig zaghafteren Versuch.

Am Ende fand sie sich mit seiner Weigerung ab und begnügte sich mit seinen leeren, ungeduldigen Umarmungen. Später begleitete er sie bis vor das Haus ihrer Eltern. Als er ihr eine gute Nacht gewünscht hatte und den Weg zu Tehila einschlug, nahm er sich vor, den Kontakt zu Eliesra endgültig abzubrechen – ein Plan, dessen Verwirklichung ihm plötzlich notwendig und unkompliziert schien . . . Als er zu Tehila kam, war es schon spät. Er weckte sie und schlief mit ihr. Dabei fühlte er sich erleichtert und froh. Auf einmal war er ihr nahe und glaubte, sie mehr als jeden anderen Menschen zu brauchen.

Doch schon am folgenden Morgen verfinsterte sich seine Stimmung erneut, er wurde von einer Unruhe erfaßt, die, nur von kurzen Phasen der Entspannung unterbrochen, trübe und grimmig mehrere Wochen anhielt. Dies war die Zeit des Ringens mit Eliesra. Versprechen, die er an einem Tag gab, nahm er am nächsten Tag wieder zurück, indem er Entschuldigungen und Ausflüchte vorbrachte und sich mit Vorliebe der mitleiderregenden Geschichte von seinem Sohn bediente. Doch bald darauf schon durchfuhr ihn der Schrecken, und aus Furcht zu verlieren, was ihm das Wichtigste auf Erden schien, kehrte er aufgewühlt und verliebt zu Eliesra zurück, schlief mit ihr und versprach ihr, sie würden heiraten. Er setzte Termine und ließ sie verstreichen, indem er nervös, manchmal von einer Woge des Ekels getragen, vor ihr zurückwich.

Eliesras Drängen ließ mit der Zeit nach. Sie rief seltener an und traf sich kaum noch mit ihm. Caesar, der müde war, atmete erleichtert auf. Als er jedoch eines Tages erfuhr, daß sie mit einem Ingenieur zusammen war, schreckte er aus seiner Ruhe auf, lief wie betäubt umher, empfand Reue und einen schrecklichen Verlust, als sei ihm alles, was er besessen hatte, unwiederbringlich entglitten. Er unternahm verzweifelte Versuche, Eliesra zurückzugewinnen, aber sie schlugen fehl, Eliesra hatte begriffen, daß sie getäuscht worden war. Sie lehnte es ab, ihn wiederzusehen, und verlangte, er solle aufhören, sie unentwegt anzurufen. Und obwohl Caesar wußte, daß alles zu spät war, versuchte er hartnäckig, wieder mit ihr ins Gespräch zu kommen – bis zu dem Tag, als sie heiratete. Gleich nachdem er von Eliesras Beziehung zu dem Ingenieur erfahren hatte, stellte er Nachforschungen an und bediente sich aller möglichen Listen, um ihn kennenzulernen oder wenigstens einmal aus der Ferne zu sehen. Und eines Abends, wenige Tage vor der Hochzeit, sah er zufällig, als er mit dem Wagen an der Ampel stand, wie Eliesra mit ihrem Verlobten die Straße überquerte. Er schaute ihnen sekundenlang hinterher, bis sie aus seinem Blickfeld verschwanden. Am selben Abend sagte er zu Israel: »Ich habe Eliesra mit ihrem Alten gesehen. Ich wünsch ihnen Gesundheit. Er könnte ihr Vater sein. Ich möchte wissen, was sie mit diesem Schlappschwanz im Bett anstellt. Sein Pimmel ist sicher nicht größer als eine Erbse ... Soll sie ihn heiraten, wenn das ihr Wunsch ist. Was geht's mich an?! ... Da kommt ohnehin nichts bei raus.«

Er sah Israel an, der am Klavier saß und schwieg – er hatte ihn mitten im Spiel unterbrochen –, und zum erstenmal wurde ihm klar, daß all dies kein böser Traum war, keine Geschichte, die Eliesra einfädelte, um ihn zu locken, und keine Laune von ihr, die bald vorüberging. Ihm blieb keine andere Wahl, als sich an kindische Hoffnungen zu klammern: Vielleicht würde die Zeit stehenbleiben oder ein Unglück geschehen. Er betete, Eliesra käme durch einen Unfall oder eine Krankheit ums Leben, sie ertränke beim Baden im Meer oder ihr Ingenieur zöge sich eine schwere Verletzung zu, verlöre ein Bein oder wäre plötzlich gelähmt. Doch ereignete sich kein Unglück, die Zeit blieb auch nicht stehen, aber der Hochzeitstermin rückte näher. Da wandelte sich sein Verlangen in beißenden Haß, er schmähte sie fortan, sooft sich eine Gelegenheit dazu bot, und verfluchte sie, ihre Eltern und ihren Mann.

Es war ein angenehmer, sonniger Tag nach den ersten Regenfällen. Als Caesar am frühen Morgen im Atelier erschien, war sein Gesicht grau. Er beschäftigte sich eine Weile in der Dunkelkammer, danach trank er eine Tasse Kaffee, holte die Abzüge, die er angefertigt hatte, und betrachtete sie, warf sie jedoch gleich darauf auf den Tisch zurück; er war zu zerstreut, um das Gesehene aufzunehmen. So fing er ein belangloses, sprunghaftes Gespräch mit Israel an. Alles schien ihm glanzlos und matt. Später fuhr er den Wagen zur Werkstatt und besuchte den Vormittagsfilm im *Kino Paris*, stand aber mitten in der Vorstellung auf und ging, um in der Stadt ein paar unwichtige Besorgungen zu machen. Er wartete, daß Tehila von der Arbeit zurückkäme, und hoffte, unterwegs jemanden zu treffen; er spürte, wie sehr er sie brauchte, doch ihre Heimkehr verzögerte sich. Daher beschloß er, bei seinen Eltern vorbeizugehen, aber schon nach wenigen Minuten hielt er es nicht länger mit ihnen aus, er verabschiedete sich und kehrte ins Atelier zurück. Später fuhr er Tirza und die Kinder besuchen, doch waren ihre Eltern zu Gast, so daß er kaum mit ihr sprach. Als Tehila endlich vom Flughafen kam (die Trauungszeremonie war sicher bereits beendet, und die Anwesenden hatten an den Tischen Platz genommen und aßen), war ihr Caesar sehr dankbar, und da er sie in seiner Nähe halten wollte, lud er sie in ein Restaurant ein und schlug ihr vor, nach der Mahlzeit tanzen oder ins Kino zu gehen, aber Tehila, die keine Ahnung hatte, was geschehen war, war zu erschöpft und ließ sich bald nach dem Essen von ihm nach Hause bringen, und Caesar nahm tief enttäuscht Abschied, stieg die Treppen hinunter und setzte sich in seinen Wagen, um in Richtung Jerusalem zu fahren, tauchte aber deprimiert und zerschlagen am frühen Morgen abermals bei Tehila auf, schmiegte sich an sie, sie ließ ihn, vom Schlaf benommen, gewähren, und vier Wochen später, an einem Samstagnachmittag, fand ihr Hochzeitsfest statt, nachdem sie wenige Tage vorher, in nüchternem Rahmen und nur in Anwesenheit ihrer Familien, getraut worden waren.

Caesar erzählte seinen Freunden nichts von dem Fest. Erst am Samstagnachmittag um vier rief er Israel an und bat ihn inständig, er möge sich anziehen und herkommen. Seine Stimme klang, als flehe er um sein Leben.

»Mach Dir keine Sorgen. Ich bin gleich da«, sagte Israel.

»Komm, so schnell wie Du kannst, und bring auch Goldmann mit.«

»Ich komme, ich komme, sei unbesorgt.«

Widerwillig, aber ohne Verzug telefonierte Israel mit Goldmann, der sehr überrascht war, daß Caesar ihm nichts von seiner Hochzeit erzählt hatte. Zwar hatte er gelegentlich eine verschleierte Andeutung gemacht, doch da Goldmann mit anderen Dingen befaßt war, hatte er Caesars Worten keine Bedeutung beigemessen. Dennoch erklärte er sich bereit, der verspäteten Einladung zu folgen. Israel duschte und zog sich an, danach holte er Goldmann ab, und sie begaben sich zu Tehilas Eltern, wo das Hochzeitsfest stattfand. Die Wohnung war weitläufig, doch schien das dicke Gemäuer eine Dunkelheit auszustrahlen, die sich auf die Tapeten, die schweren Holzmöbel, das Tafelsilber, das Kristallgeschirr und auf die anwesenden Frauen und Männer legte. In feinen Anzügen und Kleidern standen sie gruppenweise über die geräumigen Zimmer verteilt, bisweilen drängten sie aneinander vorbei und schlossen sich anderen Zirkeln an, sie hielten Weingläser und Canapés in ihren Händen und unterhielten sich meist auf polnisch.

Als Goldmann und Israel die Wohnung betraten, bemächtigte sich ihrer ein Gefühl des Befremdens. Sie blieben einen Augenblick stehen, dann bahnten sie sich einen Weg zwischen den Gästen hindurch und hielten Ausschau nach Caesar. Doch stießen sie zunächst auf Tehila. Wunderschön sah sie aus in ihrem dunkelblauen Batistkleid. Als sie Goldmann und Israel erblickte, begann ihr Gesicht freudig zu strahlen. Sie schüttelten ihr die Hand – Goldmann küßte sie auch auf die Wange – und wünschten ihr alles Gute.

Sekunden später beglückwünschten sie auch ihre Eltern, die Tehila ihnen vorstellte, ehe sie sie zu Caesar führte. So als verstecke er sich, saß er allein am äußersten Ende des Sofas, in einer Ecke des riesigen Raumes, doch als er sie sah, wurde er munter und eilte ihnen voller Freude entgegen. Sie umarmten ihn, danach setzten sie sich neben ihn auf das Sofa und rührten sich während der ganzen Dauer des Festes nicht mehr von ihrem Platz. Caesar hielt sie in seiner Nähe; er war bemüht, deutlich zu erkennen zu geben, daß er nicht freiwillig hier war. Tehila, die sein Verhalten verletzte, unternahm alles, um ihn freundlich zu stimmen, doch fühlte er sich in dieser Umgebung ebenso fremd wie Goldmann und Israel, da von seiner Familie und seinem Bekanntenkreis niemand anwesend war. Nur Jaffa hatte vorbeigeschaut, aber sie war nach einer halben Stunde wieder gegangen. Und auch Besch war überraschend erschienen, obwohl er Hochzeiten und all die anderen Familienfeierlichkeiten verdrießlich und lächerlich fand und sich bei derartigen Anlässen gewöhnlich nicht blicken ließ. Mit lachendem Gesicht umarmte und küßte er Tehila, schüttelte ihren Eltern die Hand, sagte: »Herzlichen Glückwunsch!« und gab Caesar einen Klaps auf die Schulter. »Sei nicht so störrisch. Lächle! Niemand hat Dir etwas getan.«

Dann küßte er wieder Tehila, die ihm ein Gläschen Cognac reichte, grinste sie liebevoll an, hob das Glas und rief ihr »Zum Wohl!« zu, trank den Cognac und sagte zu Caesar: »Was war oder nicht war, das ist einerlei. Schade um jede Träne, die Du deswegen vergießt, glaub mir.«

»Ja«, sagte Caesar.

»Du sagst ja, aber in Wahrheit denkst Du ganz anders.«

Obwohl die Ärzte ihm den Alkohol immer wieder verboten hatten und er seit einiger Zeit versuchte, sich ihre Ermahnungen zu Herzen zu nehmen, goß er sich ein weiteres Gläschen ein. Er leerte es und sagte: »Manchmal denke ich, auch ich sollte heiraten. Aber dafür ist's wohl zu spät. Ich habe zu viele Marotten und kann schon den Zaun und das Tor sehen, ohne mich auf Zehenspitzen stellen zu müssen. Weshalb sollte ich jetzt noch heiraten?«

Wieder klopfte er Caesar auf die Schulter und strich Tehila, die neben ihm stand und ihn freundlich anschaute, sanft übers Haar. Dann verabschiedete er sich und ging zu Erwin und Sina, die ihr Fernbleiben von der Hochzeitsfeier ihres Sohnes mit Erwins fortschreitender Krankheit entschuldigt hatten.

Erwins Körper war abgemagert, seine Haut trocken und schrumpelig; seine Muskeln und Knochen waren wie erstarrt, das Gehen fiel ihm immer schwerer. Er hatte aufgehört zu arbeiten, die meisten Stunden des Tages saß er im Sessel, auf dem Balkon oder im Zimmer, starrte mit leblosen Augen auf die Straße oder die Wand und fragte jeden, der sich zufällig in seiner Nähe aufhielt nach der Uhrzeit, erhielt umgehend eine

Antwort, stellte nach einer Weile, manchmal schon nach wenigen Minuten, seine Frage von neuem, ohne seinen Kopf zu wenden und mit der gleichen monotonen, eindringlichen Intonation wie zuvor. Man hätte glauben können, in seinem Innern wachse eine Furcht oder ein tiefes Mißtrauen bezüglich der Zeit und der Uhren. Mitunter verweilte sein Blick angestrengt auf den Zeigern und Ziffern, so als suche er das Rätsel ihrer wahren Bedeutung zu ergründen, als sehe er in ihnen Zeichen, die er allein verstünde, und obwohl sein Mißtrauen blieb und all diese Deutungsversuche scheiterten, kreisten seine Gedanken weiter um die Uhren. Und unermüdlich erkundigte er sich nach der Zeit.

Die Ärzte räumten ihm keine Überlebenschancen ein, doch gerade das führte Sina neue Kraft zu. Unter ihrer Haut, im Schatten der Sorge und der Ahnung seines nahenden Endes, spürte sie Ströme von Glücksgefühlen. Die erbärmliche Hilflosigkeit ihres Mannes, der immer wieder Wahnvorstellungen verfiel, von einem nervösen Zittern ergriffen wurde und aus Indifferenz oder mangelnder Muskelbeherrschung seine Hose verunreinigte, trennte ihn endgültig von Chemda, seiner Geliebten; zum ersten Mal seit sie verheiratet waren, war er auf sie angewiesen. So erhielt Sinas Leben, das bereits sinnlos und dürr schien, überraschend eine neue Bestimmung; nachdem sie die Hoffnung bereits verloren hatte, erfüllten sich nahezu all ihre Wünsche. Doch traf sie die neue Situation völlig unvorbereitet, denn sie verlangte Mühen und Opfer von ihr, die weitaus größer ausfielen als die Befriedigung ihrer eigenen Bedürfnisse. Zwi, Jaffa und Max Spielmann drängten sie, Erwin in ein Sanatorium zu schicken oder eine Krankenschwester ins Haus zu holen, Sina aber pflegte ihn unermüdlich und ohne fremde Hilfe.

Sie wusch und rasierte ihn, zog ihm die Schuhe und frische Kleider an, wechselte das Bettzeug, führte ihn zur Toilette und fütterte ihn manchmal wie ein Kind; all dies tat sie bereitwillig und zufrieden in der Erwartung eines tiefgreifenden Wandels. Sie hoffte, er werde sie jetzt, vor seinem Tod, schätzen und lieben und seine Zuneigung werde Bestand haben, anders als damals, zu Beginn ihres gemeinsamen Lebens, nachdem sie sich in Wien kennengelernt hatten – er auf einer Studienreise, sie auf dem Weg nach Palästina. Unheilbar romantisch und ewig enttäuscht, beobachtete Sina jede

Bewegung ihres Mannes, jeden Laut, den er von sich gab. Doch schien es zweifelhaft, ob er ihren Namen noch kannte. Oder erinnerte er sich und verwechselte sie nur aus Boshaftigkeit? Jedesmal, wenn er in die Trugbilder eintauchte und seine Sinne sich trübten, rief er sie mit einem anderen Namen, mit Namen von Städten, von Rivalen und fremden Frauen, von Speisen, Hotels, Medikamenten, Politikern und Schauspielerinnen; den ihren aber sprach er nie aus. Und wenn sie ihn doch einmal zu erkennen glaubte, war sie nicht sicher, ob Erwin wirklich mit ihr, seiner Frau, redete. Bisweilen geschah es, daß er plötzlich vor Zorn außer sich geriet und sie bezichtigte, ihn mit Besch oder einem anderen zu hintergehen. Sein Verdacht freute sie, aber er weckte auch ihre Furcht. Und obwohl sie ihm hartnäckig widersprach, hörte Erwin nicht auf, sie zu beschuldigen, denn er schien von der Richtigkeit seiner Vermutungen überzeugt. So schmiegte er sich in Gedanken an Chemda und verlangte eines Tages sogar, daß Sina sie einlade. Trotz ihres Schmerzes hielt Sina an sich und pflegte ihn wie zuvor, so als sei nichts geschehen, ihn beobachtend und auf seine Worte lauschend. Er knüpfte an Gespräche an, die er vor vielen Jahren geführt hatte mit Leuten, die lange tot waren, oder erzählte von seinen Halluzinationen, in denen er Länder, die er früher einmal besucht hatte, und wunderbare Gefilde durchquerte, die allein in Romanen, Filmen oder in seiner Vorstellung existierten. Er sah auf unvorstellbar komplizierte Gebilde, riesige hölzerne Bauten und Konstruktionen aus sich wandelnden Elementen, auf fünfhöckrige Kamele, wundervolle Blüten, junge Mädchen mit festen Schenkeln und vielen herrlichen Brüsten, auf seltsame Wege und Brükken, er sah auf sich selbst, in einem Schaukelstuhl über einen großen See gleitend.

Doch gab es auch Stunden, in denen er klar war. Dann las er die Zeitung, hörte Radio oder sah fern, er unterhielt sich mit Sina und den Gästen, die zu Besuch kamen, traf den Büroleiter oder Max Spielmann und besprach mit ihnen, wie sie im Betrieb vorgehen sollten. Doch während er noch bei Bewußtsein war, verfiel er mitunter einer plötzlichen, unbegreiflichen Wut, die er über seine Konkurrenten, Kompagnons, Büroangestellten und selbst über Zwi ausgoß, dem er vorwarf, nur aus kühler Berechnung zu ihm zu kommen und auf seinen Tod zu lauern, um das Familienvermögen in seinen Besitz zu bringen. Oder er ließ Erinnerungen aus fernen Tagen aufleben, sehnsüchtig aufbegehrend gegen das Wissen, daß nichts wiederkehren würde von den vergangenen Dingen, da sich der Schatten des Todes bereits über ihn neigte. Er sprach oft vom Ende, das sich auf so abscheuliche Weise ihm näherte, ihn kränkte und schmerzte – ihn, der am liebsten ewig gelebt hätte –, und in der Verzweiflung und Leere, die um ihn Raum griff, verkündete er hin und wieder: »Wunderbare Länder habe ich gesehen, von allen Köstlichkeiten gegessen, viel Geld verdient und mit unzähligen schönen Frauen geschlafen – die Liebe, die ich für einige Frauen fühlte, hat mich beinahe um den Verstand gebracht, ich glaubte, nicht eine Woche ohne sie leben zu können. Jetzt erinnere ich mich nicht einmal an ihre Namen und weiß gerade noch, daß sie existiert haben. Das gleiche gilt für alle anderen Dinge. Was ist dann aber ihr Sinn?«

Er sprach diese Worte meist zu Besch, manchmal auch zu Ruchama (Ruchama und Caesar waren wohl die einzigen Menschen, die er noch rückhaltlos liebte und denen er seine Zuneigung unumwunden bekundete). Bisweilen begann er, nachdem er diese Sätze gesagt hatte, überraschend und ohne erkennbaren Grund zu weinen; still und ungerührt saß er dann da und vergoß die Tränen eines alten Mannes, die sogar Besch zu erschüttern vermochten. Etwas zerbrach in ihm und löste sich auf, als er sah, in welchem Zustand sein Freund war. Und selbst Sina dachte – trotz ihrer Liebe und all ihrer Hoffnungen –, es wäre besser, er würde sterben; so entkäme er dem Kummer, den sinnlosen Qualen und dem Gefühl der Erbärmlichkeit.

Eines Tages, als das Ende bereits nah war und er guter Laune und bei vollem Bewußtsein mit Caesar im Wohnzimmer saß, sagte er, nur noch einen Wunsch habe er: Er sehne sich danach, mit einer Achtzehnjährigen zu schlafen, denn er sei überzeugt, sie würde ihm nicht nur Vergnügen bereiten, sondern für Augenblicke seine Jugend zurückgeben; doch wäre er ebenso glücklich, wenn solch ein Abenteuer seinen Tod beschleunigen würde. Caesar lächelte, während er ihm zuhörte, und wartete, daß er aufhöre zu sprechen, damit er sich verabschieden und gehen könne. Doch Erwin, dessen Stimmung sich im Laufe seiner Rede verfinstert hatte, flehte ihn an, ihm zu helfen, selbstverständlich müsse die Angelegenheit Sina verborgen bleiben, und als er sich an Caesars Arm klammerte, empfand er mit einemmal Feindseligkeit und tiefen Abscheu vor seinem Vater, der nicht aufhörte, unterwürfig zu betteln. Ihn erfaßte ein ungestümes Verlangen, ihn zu Boden zu werfen und mit der Heftigkeit seines Ekels auf ihn einzuschlagen, um ihn tot zusammensacken zu sehen. Er versuchte seinen Arm aus der Hand seines Vaters zu lösen, deren Berührung ihn beinahe zum Schreien brachte. Als dieser aber seinen Griff nicht lockerte, versprach er, ihm seinen Wunsch zu erfüllen.

»Aber beeil dich«, sagte sein Vater. »Der Trauerzug ist schon unterwegs.«

Endlich gab er seinen Arm frei und sank erschöpft in den Sessel.

Die Szene ereignete sich wenige Tage nach Caesars Hochzeitsfest. Erwin starb eine Woche danach, an einem klaren, kalten Tag, während Sina, die ihn möglichst selten allein ließ, Einkäufe machte. Als sie bei der Rückkehr die Wohnungstür öffnete, sagte ihr ein Gefühl, daß er gestorben war. Und tatsächlich fand sie ihn leblos auf dem Fußboden liegend, doch hielt sein Körper noch den Rest einer Wärme, die sich bald schon verflüchtigen sollte. Ohne zu überlegen – sie war seit langem auf diesen Moment vorbereitet –, rief sie den Arzt und anschließend Jaffa, Caesar, Besch und Zwi – Ruchama war bereits unterwegs, da sie vorgehabt hatte, Erwin einen Besuch abzustatten. Als sich die erste Aufregung gelegt und der Arzt Erwins Tod festgestellt hatte, spürte Sina in ihrer Unrast Erleichterung und ein starkes, noch im Reifen begriffenes Glücksgefühl. Eine Ahnung davon war schon in der Vergangenheit häufiger in ihr aufgestiegen, jedesmal, wenn sie an Erwins Ende gedacht hatte, und für einen Augenblick auch, als sie die Wohnungstür öffnete und wußte, daß er gestorben war. Allein der Umstand, daß sie im Moment seines Todes nicht bei ihm war, bedrückte sie, doch fühlte sie sich nicht schuldig und glaubte auch nicht, sie hätte ihn retten können.

Die Beerdigung fand am folgenden Tag statt. Sina, die ihren endgültigen Sieg feierte, schritt ganz in Schwarz, majestätisch und schön hinter der Bahre einher, auf der Erwins lebloser Körper lag, und fühlte sich trotz ihres Kummers bedeutend und voller Leben, als heirate sie ihn zum zweiten- oder in Wahrheit zum erstenmal und als werde nun, wie in ihren Träumen, alles schön und gut. Zur gleichen Zeit, da sie um Erwin trauerte, der ungeachtet all ihrer Liebe schon seit Monaten dem Reich des Todes angehört hatte, war sie glücklich und zufrieden angesichts ihres Triumphs über Chemda. Mehrmals spürte sie das Verlangen, sie in einer großzügigen Geste aufzufordern, im Trauerzug an ihrer Seite zu gehen, doch am Ende verwarf sie den Einfall und zog es vor, Chemdas Gegenwart demonstrativ zu mißachten. Chemda bemühte sich, nicht allzusehr aufzufallen, und hielt sich die ganze Zeit über ein wenig abseits. Statt ihrer gingen Jaffa, Zwi und Beatrice neben Sina, dann kamen Tehila und Caesar und wenige Schritte dahinter Max Spielmann und Ruchama, der man die Schwangerschaft bereits ansah, ihr Gesicht hatte sich blaßgelb gefärbt; auf ihren Zügen lag ein Ausdruck der Trauer, der sie anrührend und schön machte; weiter hinten gingen Chemda und, neben ihr, Besch, der ihr die Nachricht von Erwins Tod überbracht hatte. Und obwohl er keinen Versuch unternahm, sie zu trösten – er gehörte nicht zu den Menschen, die dazu fähig waren –, schenkte er ihr ein wenig Aufmerksamkeit und bemühte sich, den anderen auf verschiedenste Weise vor Augen zu führen, daß das Geschehen auch Chemda betraf und sie Anteil an der Trauer um Erwin hatte. Nur hin und wieder fluchte er leise und spuckte aus. Doch trat er nicht mit den anderen an Erwins Grab, sondern zog es vor, in einiger Entfernung stehenzubleiben. Als das Gebet begann und Erwins lebloser Körper hinabgelassen und mit Erde bedeckt wurde, wandte er sich ab, um mit gleichgültigem Blick in die Ferne zu schauen. Nach der Beisetzung begleitete er Chemda zum Autobus und schüttelte ihr zum Abschied die Hand. Anschließend gesellte er sich zu Sina, Caesar und den übrigen Familienmitgliedern.

Als sie das feiertäglich geordnete Haus betraten, war Sina noch von einer freudigen Stimmung umfangen. Doch befiel sie im selben Moment eine Ahnung von der erstickenden Leere, die nun auf sie zukam, und dem Schrecken, den ihr Erwins Abwesenheit einflößen würde. Besch öffnete eine Flasche Wodka; nach Wochen der Abstinenz goß er sein Glas voll und leerte es in einem Zug, obwohl Sina, Caesar und Ruchama ihn zu bremsen suchten. Schließlich trank er die ganze Flasche und beschimpfte mit derben Worten die Ärzte, den Tod, die Religionen, die Frauen, die ganze Welt – und die Stadt. Wenn es in seiner Macht stünde, würde er sie dem Erdboden gleichmachen, verkündete er; nur eine einzige Mauer ließe er stehen, damit den Hunden ein Ort zum Pissen bliebe. Auch über Caesar spottete er und über Max Spielmann, der mit versteinerter Miene an Zwis Seite saß und kein Wort sagte. Schließlich ging Besch dazu über, sich selbst zu bezichtigen: Ein erbärmlicher Betrüger sei er, ein Wurm, nicht eine gute, nützliche Tat habe er vollbracht – er habe nicht geheiratet, keine Kinder gezeugt, kein Haus und auch sonst nichts gebaut; sein ganzes Leben sei Habgier und Lüge, vor allem aber sei er feige, und deswegen habe er sich die Rolle des Clowns, des Spötters und Verspotteten, ausgesucht. Er trommelte mit der geballten Faust auf den Tisch und lachte das bittere, unbeherrschte Lachen eines Betrunkenen. Erst nach einiger Zeit gelang es Ruchama, ihn zu beschwichtigen.

In den folgenden Wochen trank Besch ununterbrochen. Dennoch – oder gerade deswegen wirkte er vorübergehend kraftvoll und ausgeruht wie schon seit Jahren nicht mehr, er kümmerte sich sogar ein wenig um Sina, deren Leben nach der kurzen, doch segensreichen Zeit der Sorge um Erwin wieder von Leere und Hoffnungslosigkeit regiert wurde. Angesichts der Ödnis, die sich, wo sie auch hinschaute, vor ihr erstreckte, überlegte sie, sich als Malerin oder Bildhauerin zu versuchen oder, wie Jaffa, etwas zu lernen. (Jaffa ging am Abend zu Englischkursen und hörte tagsüber an der Hochschule Vorlesungen über die Bibel und die hebräische Literatur, die ihr großes Vergnügen bereiteten, da sie ihr das Gefühl vermittelten, ihr Leben nicht sinnlos verstreichen zu lassen und etwas für sich selbst zu tun, das obendrein noch geistiger Natur war.) Nachdem Besch sie jedoch drei Tage weder besucht noch angerufen hatte, fing sie an, sich um ihn zu sorgen, und sie bat Caesar, zu ihm zu fahren, um herauszufinden, was passiert war. Caesar fand ihn tot auf der Toilette, die Zeitung hielt er noch in den Händen.

Caesar war niedergeschlagener als nach dem Tod seines Vaters. Von Verlust und Ohnmacht umzingelt, war er Besch dankbar, daß er existiert hatte. Und aus dem unüberschaubaren Gewirr, das Beschs Daseins bestimmte, erinnerte sich Caesar an seine Lebenslust, an seine Großzügigkeit und an sein kurzes Erscheinen während des Hochzeitsfestes, nach dessen Ende er mit Tehila, die wenige Tage später alles unternahm, um ihm über den Tod seines Vaters hinwegzuhelfen, zu seinen Eltern ging. Anfangs wurden sie noch von Israel begleitet, doch trennte er sich nach einer Weile von ihnen und setzte seinen Weg entlang der wolkenverhangenen, stürmischen See fort. Goldmann kehrte unterdessen nach Hause zurück, wo Stefana zu dieser Stunde allein saß.

Wegen der Regenfälle und der Kälte kam Judith Meisler jetzt seltener zu ihr. Da sie Bücher und Filme, vor allem Hollywood-Produktionen, mochte, widmete sich Stefana mit Vorliebe der Lektüre und dem Fernsehen, das das Kino für sie ersetzt hatte. Sie war meist allein und redete kaum noch, nur gelegentlich, wenn es die Umstände erforderten und Gäste ins Haus kamen – meist handelte es sich um kurze Höflichkeitsbesuche –, sagte sie einige Sätze auf polnisch; und manchmal, wenn niemand bei ihr war, summte sie eins der polnischen Lieder, die sie viele Jahre zuvor Noomi und Goldmann vorgesungen hatte. Sie war guter Stimmung, so als habe sie sich aus dem Strom der Zeit befreit, als sei sie an den Ort gelangt, auf den sie immer schon zugestrebt war. Sie wirkte still und zufrieden, selbst die Abwesenheit Manfreds, den sie ein Leben lang geliebt hatte, betrübte sie nicht. Denn ihre Liebe zu ihm war anders geartet als jene, die sie für ihren Bruder Ruven empfand oder für Janek mit seinen Seidenhemden und den spitzen Chevreaulederschuhen, der fest an seinen Charme und die Unvergänglichkeit seiner Jugend geglaubt hatte. Niemals würde sie den glücklichen Sommer vergessen, den er ihr beschert hatte, an jenem Ausflugsort, in den schattigen Wäldern am Fluß. Nach diesem Sommer war der alles verschlingende Weltkrieg losgebrochen, dessen düstere Wolken seit langem über ihren Köpfen geschwebt hatten. Für Stefana begann eine Zeit der Furcht und der Not, eine Zeit der Feindseligkeit und drangvollen Enge. Wie sehr haßte sie die Beschränktheit ihrer Behausung und ihre Untermieter! David Kostomolski hatte sich nie die Zähne geputzt, und nach seinem Auszug kam Mosche Zellermeyer.

Nahezu fünf Jahre war sie von Manfred getrennt; er lebte damals in London, und sie glaubte schon, ihn nie wiederzusehen, so wie ihren Bruder Janek, von dessen endgültigem Verschwinden sie zu jener Zeit noch nichts ahnte. Aber dann, als der Krieg zu Ende war, trafen sich ihre Wege wieder, obendrein in Anwesenheit ihres Mannes. Wie immer war Manfred schweigsam, und Stefana scheute sich, ihm ins Gesicht zu sehen oder seine Hände zu betrachten, deren Zartheit ihr unübertroffen schien. Sie hatte längst aufgehört, Goldmanns Vater zu lieben, doch fühlte sie sich noch dazu verpflichtet. So klammerte sie sich an die Achtung, die sie seiner Kraft und Aufrichtigkeit wegen vor ihm empfand. In erster Linie aber fürchtete sie ihn, obwohl er Goldmann damals noch nicht brutal mit seinem Gürtel verprügelt hatte, nachdem der eine Tasse von dem tschechischen Service zerbrochen hatte, das Stefana vom ersten Augenblick an haßte; obwohl sie stets glaubte, es bewundern zu müssen, obwohl sich *Nuit sombre* noch seines Lebens freute (erst Wochen später sah sie, wie ihr Mann den Hammer einsteckte, und hörte kurz darauf die Schreie im Hof). Etwa zur Zeit dieser Vorkommnisse stellte Manfred seine Besuche bei ihnen ein. Er konnte den frechen Betrug, an dem er teilhatte, nicht mehr ertragen. Und auch Stefana atmete auf, denn sie hielt ihre Lüge und das beleidigende, haßerfüllte Benehmen ihres Mannes nicht länger aus: bis ans Ende seiner Tage verfluchte er Manfred wegen seiner kommunistischen Anschauungen und weil er aus Palästina fortging.

Trotz Manfreds Abwesenheit wußte Goldmanns Vater, daß Stefana mit ihm nach wie vor in Verbindung stand. Doch ging sie nie mit ihm ins Bett, obwohl sie sich danach sehnte; zwei- oder dreimal wäre es beinahe dazu gekommen, einmal in der Wohnung von Judith Meisler, doch sie lebte, anders als Noomi, in einer Welt der Verbote, Verpflichtungen und Ängste, und so schlief sie einzig mit ihrem Mann. Doch tat sie es nicht zu ihrem Vergnügen – nur kurze Zeit gelang es ihm, ihr Genuß zu schenken –, sondern allein, um ihren ehelichen Pflichten zu genügen – was ihr weder minderwertig noch anstößig schien – und um ihrem Mann zu gefallen, selbst wenn er ihr bisweilen eine Angst einjagte, die nichts mit *Nuit sombres* Tod oder anderen Vorfällen zu tun hatte. Da sie einander immer fremder wurden, gingen sie mit der Zeit immer seltener zusammen ins Bett; nach Noomis Tod hörten sie ganz damit auf und schliefen auch nicht länger im selben Zimmer – vorgeblich aus Bequemlichkeitsgründen hatten sie schon seit langem getrennte Betten. Und noch immer flößte Goldmanns Vater Stefana Angst ein, ein Gefühl, das sie bis zu seinem Tod nie mehr verlor.

Doch war der Haß zu jener Zeit bereits stärker als die Furcht. Er ließ sich nicht länger zurückhalten, und Stefana sah keinen Grund, dies zu versuchen, denn Goldmanns Vater gab ihr nicht nur die Schuld an Noomis Einrücken zur britischen Armee und an ihrer Liebe zu jenem Engländer, sondern auch an ihrem grausamen Ende. So war die Woge des Hasses und der Rebellion nicht länger einzudämmen, Goldmanns Vater ließ Stefana keine andere Wahl, und alles zerbarst und fiel auseinander. So etwas war nie vorher passiert unter der Herrschaft der Sparsamkeit und der Askese, unter der Stefana sich ständig nach seinem Willen zu richten hatte und fürchten mußte, jeden Moment einen schwerwiegenden Fehler zu begehen: beim Frisieren oder bei der Auswahl des Kleides, wenn sie eine Brosche ansteckte oder am Essen Zucker oder Salz fehlte, durch einen Satz, der ihm nicht angebracht schien, oder das Zerbrechen einer Tasse (ganz zu schweigen von dem Skandal, den Goldmanns Scheidung in den Augen seines Vaters darstellte) – und in der Atmosphäre bedrohlicher Gewalttätigkeit, die all seine Taten durchdrang: die Art, wie er nach Feierabend die Wohnung betrat, die Schuhe auszog, sich an den Tisch setzte und Huhn aß, mit leicht gesenktem Kopf und vom Zorn verhärteten Zügen das Fleisch von den Knochen riß, sie anschließend abnagte und mit den Zähnen zermalmte, das Mark schlürfte und die Splitter auf den Teller spuckte –, ebenso wie seine Anfälle von Fröhlichkeit, die fast ausschließlich an Wochenenden auftraten, wenn er laut singend mit einem Kissen auf dem Kopf durch das Zimmer marschierte, Grimassen schnitt und Topfdeckel aufeinanderschlug. Nichts schien Stefana abscheulicher als diese Momente, selbst die Drohungen nicht, mit denen er Noomi zum Klavierüben antrieb, und doch lachte sie und täuschte vor, sich zu amüsieren.

Mit derselben Ergebenheit reagierte sie auf die furchtbare Auseinandersetzung zwischen ihrem Mann und Ruven während der Hochzeit von Rachel und Akiva Weiner. Auch zuvor hatte er sich nie bemüht, den Haß zu verbergen, den er für ihre Brüder hegte. Sie aber hatte stets geschwiegen und manchen seiner Anschuldigungen vorsichtig zugestimmt. Und als sie ihn den Hammer einstecken sah, wußte sie, was er plante, denn er hatte es ihr nicht verborgen. Doch da sie ihn fürchtete, vermochte sie nichts zu sagen und schloß sich statt dessen im Wohnzimmer ein, in dem sie, durch die Fenster und Türen, selbst durch die Mauern noch, das Ächzen des Hundes hörte. Und dann rannte sie in panischem Schrecken zum Fenster, doch alles war bereits vorüber; als sie nach unten schaute, war das Unglück bereits geschehen. Frau Kaminskaja hatte ein dumpfer Schlag, so als sei ein Sack Mehl oder Sand auf den Erdboden geprallt, aus dem Schlaf schrecken lassen – und jetzt lag sie reglos, von ihrem verrutschten Morgenrock nur zur Hälfte bedeckt, neben dem Ficus. Verwirrt wie nach jähem Erwachen, doch ohne ein Zeichen der Überraschung, betrachtete Stefana die Szene im Hof. In solch einem Morgenrock wäre sie nie aus dem Haus gegangen, überlegte sie, so als sei Frau Kaminskajas Freitod die selbstverständlichste Sache der Welt. Sie wandte sich ungerührt ab; das Ende der Nachbarin weckte in ihr keine Trauer, und die anderen Empfindungen wagte sie nicht zu äußern, denn Goldmanns Vater, der hastig in den Hof hinuntergeeilt war, kam in erregter Stimmung mit Josef Leviathan in die Wohnung zurück. Sie ließen sich in der Küche nieder, und Stefana kochte Tee für sie. Es war schon spät, doch hatte das Unglück die gewohnte Tagesordnung ins Wanken gebracht. Josef Leviathan saß mit übereinandergeschlagenen Beinen und sagte: »Die Kaminskaja war eine außergewöhnliche Frau.«

»Sie war verdorben«, widersprach Goldmanns Vater. »Es wäre besser, ihren Namen nie mehr in den Mund zu nehmen.«

»Auf jeden Fall tut man nicht, was sie getan hat«, sagte Josef Leviathan.

Und obwohl sie an der Richtigkeit seiner Worte nicht zweifelte – in Wirklichkeit ließ die Frage sie gleichgültig –, fragte Stefana: »Weshalb nicht?«, denn sie verabscheute diesen ausgemergelten, gepeinigten Menschen, der allein seinem Ideal diente, und ärgerte sich über seine Freundschaft mit ihrem Mann, verspürte sie doch nicht das geringste Verlangen, in einer Landkommune zu leben; schon hier, in der Stadt, fühlte sie sich von der Nachbarschaft eingeengt. Doch aus einem Gefühl der Ohnmacht heraus fand sie sich, mal mehr, mal weniger bereitwillig, mit allem ab. Sie wusch und bügelte, sie putzte, ging einkaufen und kochte, Goldmanns Vater mochte ihr Essen, obwohl es schlicht und eintönig war, bemühte sich sogar, den Kontakt zu seiner Familie zu pflegen, die Angehörigen und Freunde, das Land, die Gewerkschaft und die Partei zu lieben und Gefallen zu finden an den politischen Diskussionen und am einfachen Leben – schließlich bestand ihre Welt aus diesen Dingen. Viele Jahre schien ihr Mühen erfolgreich, doch vielleicht war das ein Trugschluß, vielleicht waren ihre Kräfte am Ende verbraucht; eines Tages jedenfalls begriff sie, daß sie das Land und seine Bewohner, selbst jene, die ihr am nächsten standen, nicht mochte – weder Schmuel und Beracha, weder Chaim-Leib und Frau Chaja noch ihre Schwäger Joel und Onkel Lasar, obwohl Onkel Lasars Aufbruch nach Spanien sie sehr beeindruckte. Sie war eine Fremde geblieben oder wollte ihrer Umgebung als solche erscheinen und glaubte, mit der Einfachheit und Gutmütigkeit der anderen nichts anfangen zu können. Vor allem Zipora ertrug sie nicht – trotz der Achtung, die sie vor ihr empfand –, denn auch durch sie fühlte sie sich verunsichert; sie meinte, ihr, wie all den anderen Verwandten, überlegen zu sein, weil sie aus einem wohlhabenderen, kultivierteren Elternhaus stammte und über eine umfassendere Bildung verfügte: sie konnte Deutsch, auch ein wenig Latein und Französisch. Als sie eines Tages nierenkrank wurde – indirekt gab sie Goldmanns Vater die Schuld an ihrem Leiden und ihrer Hilflosigkeit, die ihn unablässig in Wut versetzten –, war es schmerzlich für sie, auf Ziporas Beistand angewiesen zu sein. Doch auch für Großmama Chawa, eine einfache, ungebildete Frau, um die sie sich aufopfernd kümmerte, empfand sie weder Zuneigung noch Mitleid. Und mehr noch als all die anderen verabscheute sie Mosche Zellermeyer und David Kostomolski, die Kaminskaja stellte in ihren Augen eine eigene Kategorie verachtenswürdiger Personen dar, und für Zeimers Frau mit ihren großen, wippenden Brüsten, die mit weit aufgerissenem Mund lachte und in gelber Bluse und Hose ins Theater ging, hatte sie nur Haß und Spott übrig, während Zeimer ihr als erbärmlicher Wurm erschien. Aber selbst ihren Kindern, insbesondere ihrem Sohn gegenüber, verhielt sie sich reserviert. Zwar hatte sie Noomi oft wirklich verwöhnt, aber ihrer gutgemeinten, doch erdrückenden Besorgnis haftete stets etwas Kühles, Gezwungenes an, und das war ihr durchaus bewußt. Sie spürte keine Trauer, als Noomi zur britischen Armee ging und nach Ägypten geschickt wurde, sie fühlte sich verantwortlich für Noomis Romanze mit dem Engländer, von der sie lange vor Goldmanns Vater erfahren hatte, ohne ihm etwas zu sagen. Doch das hatte alles einen Grund: In Wahrheit liebte sie einzig Manfred mit seinem knochigen, unschönen Gesicht, das sie ebensowenig störte wie seine Ansichten, seine zarten Finger und die dicken Adern, die seinen Handrücken überzogen. Er allein zog sie an und genoß ihr Vertrauen. Die Liebe zu ihrem Bruder Ruven hingegen war ganz anderer Natur, ihn mochte sie seiner Schönheit und seiner offenen, freundlichen Ausstrahlung wegen – und doch klagte sie nicht, als die Weigerung ihres Mannes, seiner Beerdigung beizuwohnen, ihr beinahe das Herz zerriß. Spät erst begann sie ihren törichten Bruder Janek zu lieben, der ihr jenen traumhaften Sommer beschert hatte, bevor alles unterging. Judith Meisler war ihr wie eine Schwester; Stefana bewunderte sie sehr, denn sie war unverheiratet geblieben, nachdem der Mann, mit dem sie leben wollte, ein anderes Mädchen zur Frau genommen hatte, und sie riet Stefana wieder und wieder – eindringlich, doch ohne Hochmut –, sich von Goldmanns Vater zu trennen und nicht zuzulassen, daß er sie unterjoche. Doch war Stefana unfähig, ihrem Rat zu folgen, bis Noomi starb und ohne daß Stefana es wünschte, zerbrach alles, so daß sie keinen anderen Ausweg mehr sah, als aufzubegehren. Wie sehr sehnte sie fortan den Tod ihres Mannes herbei! Keinerlei Schuldgefühle plagten sie bei diesem Gedanken, und am Ende wünschte sie sogar, sie würde selber sterben.

Noch ehe er nach Amerika ging, bezogen sie getrennte Schlafzimmer, und jeder holte selbst seine Post aus dem Briefkasten. Für Stefana war dies bedeutungslos, weil nur Manfred ihr schrieb und er all seine Briefe an Judith Meisler schickte. Stefana las sie immer wieder, denn sie waren lang und kompliziert, und bisweilen schaute sie sich, ihm zu Ehren, im Spiegel an, wobei sie die wulstigen Falten unter ihren Augen und ihr schlaffes, zerknittertes Gesicht sah, auf dem sich das Alter breitmachte – genau wie auf ihren Händen und an ihrem Körper, den sie stets prüfend betrachtete, wenn sie unter die Dusche oder zu Bett ging, um festzustellen, wie weiß und spröde er jetzt war. War sie früher nicht eine schöne Frau gewesen? Und da fühlte sie, wie jeder Zug sich Tag um Tag weiter verzerrte, wie ihre Lebenskraft schwand. Doch sah man auch Manfred oder Goldmanns Vater das Alter an, selbst wenn es sich auf andere Weise bemerkbar machte als bei ihr.

Als Goldmanns Vater aus Amerika zurückkehrte, war der Haß zwischen ihnen wild und unübersehbar geworden, er war aus ihrem Leben nicht mehr wegzudenken. So unternahmen sie nicht den geringsten Versuch, ihn zu besiegen; und Stefana brauchte nicht wirklich aufzubegehren, es genügte, daß sie ihre Ohren verschloß und ihren Blick abwandte – allerhöchstens mußte sie der Wohnung den Rücken kehren, was sie von nun an sehr oft tat –, denn das Alter war über Goldmanns Vater gekommen, alles um ihn her brannte aus und zerfiel: die Ideologie, die Partei, die Ideale und die Freundschaften (viele starben, andere entfernten sich) – und zurück blieben Enttäuschung, Härte und hilfloser Zorn, die ihn ohne jedes Ziel aus dem Haus oder mit Pantoffeln an den erlahmenden Füßen durch die Wohnung trieben, und das unaufhörliche Schlurfen, das Stefana verrückt machte, so wie in jener Phase der endlosen Streitigkeiten und brutalen Attacken. Damals war sie noch jung und überzeugt, ihre Verpflichtungen erfüllen und sich an den Zorn und die beleidigenden Ausbrüche gewöhnen zu müssen – genau wie an die Hitze, die grelle Sonne, die Not und die Enge –, und sie lebte ständig in dem Gefühl, irgendeinen Fehler begangen zu haben. Doch gab es in jener Zeit auch noch flüchtige Stunden, manchmal einen Tag oder zwei, während deren Goldmanns Vater sich reuevoll, oft von wirklichem Kummer getrieben, bemühte, innezuhalten und mit Stefana Frieden zu schließen, die Bande zu ihr neu zu knüpfen und Haß und Zorn zu verbannen, um in einer Atmosphäre der Zuneigung und der Eintracht mit ihr zusammenzuleben. Einmal ließ er seinen Kopf auf den Tisch sinken und brach in ein jämmerliches Schluchzen aus, das seinen ganzen Körper durchfuhr; und auch Stefana wollte sich mit ihm vertragen, sie suchte nach einem Weg, der sie zu ihm führte, sie wollte die Ursache der Spannungen ergründen, falls sie sich tatsächlich auf einen konkreten Punkt zurückführen ließen. Dieser vereinzelt, doch immer wieder neu unternommenen Anstrengung widmeten sie einen Teil ihrer Energie, selbst als Ruven bereits tot war und Goldmanns Vater *Nuit sombre* erschlagen hatte – er selbst wusch seine blutverschmierten Kleider –, und in den Jahren, in denen Stefana mehrere Herzanfälle erlitt, die Goldmanns Vater erblassen ließen und vor Angst und Wut fassungslos machten.

Erst als Noomi starb – die genauen Umstände ihres Todes wollte Stefana nie erfahren –, ließ ihr Bemühen um Verständigung nach. So blieben nur die altbekannten, absurden Angriffe, denen sie ausgesetzt war, die Hitze, an die sie sich nie gewöhnt hatte, und eine große Mattigkeit. Als Goldmanns Vater krank wurde und starb, hörten die Attacken abrupt auf, und Stefana trauerte keine Sekunde um ihn, keine Spur des Mitleids grub sich in ihr Herz. Von nun an wohnte sie allein mit ihrem Sohn, der sie trotz ihrer Fürsorge nicht liebte (und gleich Noomi auch seinen Vater nie geliebt hatte). Dieses Wissen betrübte sie, doch war es ein Kummer, über den sie nie sprach. Auch *Nuit sombre,* die Kaminskaja und Noomi erwähnte sie kein einziges Mal und ebensowenig Goldmanns Scheidung von der schönen Jemima Tschernow, dieses Thema machte sie verlegen. Goldmanns Vater hatte das Zerbrechen seiner Ehe als Schande und Katastrophe bezeichnet, und er glühte vor Zorn in jenen unruhigen Tagen. Indirekt beschuldigte er Stefana, aber natürlich auch seinen Sohn . . . Stefana war jedesmal froh, wenn Goldmann ausging und sie in den schlichten gelben Zimmern allein ließ, in denen sie sich zum erstenmal nicht mehr einsam fühlte und sich ungestört ihres Lebens freute, als befände sie sich am Ziel ihrer Träume, in der kleinen Stadt am Fuße der Berge, von der aus sie hin und wieder nach Warschau und Lublin und zweimal nach Krakau gefahren war; einmal mit Manfred, der, die Hände hinter seinem Rücken verschränkt, an ihrer Seite ging, und Jahre danach mit Janek, der Pfeife rauchte und einen grünen Hut trug, über den Stefana sagte, er wirke zu verwegen an ihm. In der Wohnung aber war Goldmann in ihrer Nähe, und als er am Empfangszimmer vorbeikam, in dem sie einsam ein Buch las, schaute er sie an und bemerkte von neuem, was er am Tag seiner Rückkehr entdeckt hatte, als er sich an den Küchentisch setzte, um Mittag zu essen: Nicht nur in ihrem Aussehen wurde sie dem Bild Noomis, das er in seinem Gedächtnis bewahrt hatte, immer ähnlicher. Er blieb stehen, um zu fragen, wie sie sich fühle, und trat in das Zimmer.

Nachdem er sich eine Zeitlang bemüht hatte, seine Mutter zu ignorieren, hatte er gelernt, ihre Launen zu übersehen; fortan brachte er ihr eine gewisse Sympathie entgegen und empfand sie nicht länger als störend. Neben dem *Bullworker,* dem täglichen Schwimmen im Meer, den kurzen Gesprächen beim Schachspiel mit Onkel Lasar und seiner Tätigkeit im Büro war Goldmann ganz von der Welt der Gestirne und den Weiten des Alls in Anspruch genommen. Allein die nächtliche Schlaflosigkeit setzte ihm mehr und mehr zu, und die Tabletten, die er nahm, waren oft wirkungslos. Ganze Nächte lang lag er wach, in Traumbildern oder Gedankenwirbeln gefangen, oder er wälzte sich ruhelos von einer Seite auf die andere, bis er schließlich aufstand, Licht machte und sich in seine Bücher vertiefte. Mit großem Eifer, doch unsystematisch und unkontinuierlich, las er über die Beschaffenheit des Alls und über komplizierte astronomische und astrophysikalische Themen – die Sterne, das Sonnensystem, die Milchstraßen, die Entstehung des Alls, seinen Aufbau, seine Ausdehnung und die verschiedenen Prozesse, die sich in ihm abspielten. Die unendlichen Entfernungen, die unfaßbare Größe und Zahl, die Fülle der Möglichkeiten, die vielen Fragen und kontroversen, phantastisch anmutenden Theorien begeisterten ihn und lösten in ihm Gefühle des Glücks und des Genusses aus; manchmal lachte er vor Verwunderung auf, so unvorstellbar klangen die Dinge, die er las. Er lernte die Namen und Positionen der Sterne, obwohl ihn ihre Beobachtung nicht interessierte und er nie zum Himmel aufschaute, um ihre Wanderung zu verfolgen. Er wurde mit der Geschichte der Astronomie und mit den Biographien einiger Astronomen vertraut – besonders Johannes Kepler weckte Neugier und Sympathie, und er bemühte sich, alles über ihn und sein Leben zu lesen, so auch sein *Familienhoroskop*, ein eigenartiges, faszinierendes Dokument, das Goldmann mehrere Male las und aus dem er erfuhr, daß Kepler in der kleinen Stadt Weil zur Welt gekommen war, als Sohn einer im Niedergang begriffenen Familie. Über seinen Vater, der sieben Kinder gezeugt hatte, schrieb er:

Mein Vater Heinrich wurde am 19. Januar 1547 geboren. Boshaft, verstockt und streitsüchtig, war er von Anbeginn an zu einem üblen Ende verurteilt. Venus und Mars stärkten seine Bosheit. Der nahe der Sonne versinkende Jupiter stürzte ihn in Armut, schenkte ihm jedoch eine reiche Frau. Saturn, im siebenten Haus stehend, leitete ihn zum Studium der Waffenkunde an; zahllose Feinde, eine zerrüttete Ehe, verbissenes Streben nach Ruhm und unerfülltes Hoffen auf Ehrenabzeichen bescherten ihm ein von Unruhe erfülltes Leben. Im Jahre 1577 schwebte der Schatten des Galgens über ihm, doch entrann er der Hinrichtung. Darauf verkaufte er sein Haus und eröffnete eine Schenke. Im Jahre 1578 entstellte die Detonation eines Pulverfasses das Gesicht meines Vaters. Während des folgenden Jahres malträtierte er meine Mutter, schließlich verließ er das Haus und starb.

Einem Gerücht folgend soll er zur neapolitanischen Flotte gegangen sein, jedenfalls aber verschwand er 1588 für immer aus dem Gesichtskreis seiner Familie. Über seine Mutter Katharina, die Tochter eines Gastwirts, schrieb Kepler in seinem *Familienhoroskop*, sie sei »klein, mager und dunkel« gewesen, »tratschsüchtig, zänkisch und von schlechtem Temperament«. Sie sammelte Kräuter und bereitete Salben, an deren Kräfte sie glaubte; so geriet sie in den üblen Ruf, eine Hexe zu sein, und hätte beinahe wie die Tante, die sie erzogen hatte, als Teufelsdienerin auf dem Scheiterhaufen geendet. Die Affäre um seine Mutter nahm 1615 ihren Anfang, als in Leonberg, der Stadt, in der sie lebte, der Hexenwahn wütete und sechs Frauen verbrannt wurden. Katharina, die bereits alt und runzelig war, hatte sich mit einer anderen Alten zerstritten, ihrer früheren Freundin, der Frau des Glasers Jakob Reinhold. Diese beschuldigte sie, ihr einen Zaubertrunk verabreicht zu haben, der in ihrem Körper ein unheilbares Leiden ausgelöst habe. (In Wirklichkeit handelte es sich nur um eine Störung, die ihren Ursprung in einer Abtreibung hatte.) Da erinnerten sich die Leute, daß zu unterschiedlichen Zeiten Bewohner der Stadt von Krankheit befallen worden waren, nachdem sie aus einer Blechkanne getrunken hatten, die Katharina stets für Gäste bereithielt; die Frau eines Mannes namens Bastian Meier war gestorben, und der Schulmeister Beutelspacher für immer gelähmt. Auch entsannen sie sich, daß Katharina den Totengräber um den Schädel ihres Vaters gebeten hatte, um ihn in Silber gießen zu lassen, als Trinkgefäß für ihren Sohn, den Hofastrologen, der sich, so glaubten die Leute, wie seine Mutter der Zauberei verschrieben hatte. Und mit ihrem bösen Blick habe sie die Kinder des Schneiders Daniel Schmidt verhext, so daß sie innerhalb kurzer Zeit starben. Zudem glaubten die Leute, sie sei fähig, durch verriegelte Türen in die Häuser zu dringen, und habe ein Kalb zu Tode geritten und sein Fleisch an einen ihrer Söhne, den unsteten Heinrich, verfüttert. Diese Beschuldigungen wogen schwer, und erst nach Monaten im Gefängnis, nach langwierigen Untersuchungen, Verhören und Erniedrigungen entkam sie dank Johannes' Mühens ihrer Verurteilung ... Auch seine Kindheit und Jugend schilderte Kepler in dem Horoskop, das er als Sechsundzwanzigjähriger erstellte, in einem Jahr, in dem er noch eine weitere Schrift verfaßte, die Goldmann noch faszinierender schien. In dieser zeichnete er, meist in der dritten Person berichtend, sein eigenes Portrait:

In jeder Hinsicht glich er den Hunden. Seine Erscheinung war die eines Schoßhündchens, sein Körper wohl gestaltet, geschmeidig, kräftig und schlank. Selbst seine Eßgewohnheiten erinnerten an einen Hund: Er nagte an Knochen und trockener Brotkrume, und aus Heißhunger versuchte er an sich zu reißen, was immer seine Augen erspähten. Er trank wenig und begnügte sich mit einfachster Kost. Hündisch war auch sein Charakter: Stets versuchte er sich des Wohlwollens seiner Mitmenschen zu versichern, war abhängig von ihnen und erfüllte all ihre Befehle. Niemals grollte er ihnen, wenn sie ihn schalten, sondern heischte nach ihrer Gunst. Von ruhelosem Temperament, schwankte er unablässig zwischen den Wissenschaften, den Staatsgeschäften und niedrigsten privaten Belangen. Er folgte dem Vorbild anderer, deren Denken und Handeln er nachahmte. Das Gespräch unter Gefährten langweilte ihn, und doch war er gastfrei und freute sich über Besucher wie ein junger Hund. Wurde ihm die kleinste Sache genommen, so heulte er wutschnaubend los. Missetäter spürte er auf und kläffte sie an. Er war boshaft und verletzte mit seinen Spitzen all jene, die ihn umgaben. Viele haßte er über die Maßen, und sie gingen ihm aus dem Weg, doch seine Herren liebten ihn. Er scheute einem Hund gleich das Bad, aber er war leichtfertig wie Wasser, wohl unter dem Einfluß des Mars, der mit dem Mond im Gedrittschein und mit Merkur im Geviertschein stand, ohne jedoch das eigene Wohl aus dem Blick zu verlieren. Gewiß war er der Unsittlichste unter seinen Altersgenossen, doch seine Lehrer lobten ihn um seiner Talente willen. Er war fromm, geradezu abergläubisch. Als er als Zehnjähriger zum erstenmal in der Heiligen Schrift las, trauerte er, wegen seines unreinen Lebenswandels nicht Prophet werden zu können. Nach jeder Verfehlung, deren er sich schuldig machte, leistete er öffentlich Abbitte und bekannte all seine Sünden in der Hoffnung, auf diese Weise der Strafe zu entgehen. Er vereinte zwei widersprüchliche Neigungen in sich: über den Verlust der Zeit zu klagen und sie stets gern zu vergeuden, denn Merkur macht den Menschen dem Ulk, dem Spiel und anderen unbeschwerten Vergnügungen geneigt. Da ihn aber sein Geiz hinderte, mit seinen Gefährten um Geld zu spielen, vergnügte er sich meist allein. Doch muß gesagt werden, daß nicht die Absicht, ein reicher Mann zu werden, ihn zum Sparen veranlaßte, sondern die Furcht vor der Not, deren übertriebene Ausformung vielleicht notwendigerweise zum Geiz führt.

Er sei nach einem schweren Leiden in Regensburg gestorben, berichtete ein Augenzeuge, der ihn auf seinem Totenbett gesehen hatte. Zuletzt habe er nicht mehr gesprochen, sondern nur mehr mit dem Finger abwechselnd auf seinen Kopf und auf den Himmel gezeigt. Die Inschrift für seine Grabstein hatte er selbst verfaßt:

Den Himmel bestimmte ich,
nun bestimm ich die Schatten der Erde.
Zum Himmel strebte der Geist,
doch Schatten umhüllen den Körper.

Diese Worte zitierte Goldmann einige Wochen später auf der ersten Seite des Heftes, in das er die *Somnium*-Übersetzung schrieb. Bislang hatte er nur von dem Werk gelesen, erst später, als er es in Händen hielt und mit der Übersetzung begann, rückte es in den Mittelpunkt seines Interesses. Vorläufig beschäftigte er sich unermüdlich mit den unterschiedlichsten Darstellungen und Theorien vom Weltraum und den Gestirnen und begleitend auch mit philosophischen und theologischen Anschauungen und Kontroversen, die mit diesen verbunden waren. Von Zeit zu Zeit berichtete er Onkel Lasar von seiner Lektüre, anfangs in kurzen Zügen, später immer ausführlicher. Onkel Lasar hörte ihm aufmerksam zu und stellte ihm Fragen, äußerte mitunter Vermutungen oder Zweifel und begann nach einiger Zeit sich von Goldmann Lesematerial zu borgen. Goldmann überließ es ihm schweren Herzens, denn wie seinem Vater widerstrebte es ihm, sich von seinen Büchern zu trennen, selbst von solchen, die er nie wieder aufschlagen würde. Doch hatte die Begeisterung einen Amateurmissionar im Dienst der Kosmologie und der Astrophysik aus ihm gemacht, und da Onkel Lasar ein hervorragender Gesprächspartner war, konnte er ihm seine Bitte nicht abschlagen. Ihre Unterhaltungen bereiteten Goldmann großes Vergnügen, denn Onkel Lasar ermöglichte ihm, seiner Begeisterung Ausdruck zu geben, und regte ihn an, seine Forschungen fortzusetzen. Doch kam Onkel Lasar immer seltener zu ihm, der Witterung wegen und weil er Beracha jetzt häufiger besuchte. Seit Schmuel einen Herzanfall erlitten hatte, lebte sie in ständiger Furcht, ein unerträglicher Zustand, der sie selbst, alle, die sie umgaben, und besonders Schmuel zu ersticken drohte. Schmuel wollte seine Krankheit am liebsten vergessen und zu seiner früheren Lebensweise zurückkehren. Aber Beracha verordnete ihm eine strenge Abmagerungsdiät und kochte für ihn aus Sorge um seinen Blutdruck nur salzlose Speisen, deren Fadheit und geringe Mengen ihn veranlaßten, jeden Mittag in aller Heimlichkeit auswärts zu essen. Auch zwang Beracha ihn, der Ruhe zu pflegen; sie gab acht, daß er früh zu Bett ging, nicht zuviel arbeitete, keine Anstrengungen unternahm und sich nicht erregte. So schaffte sie endgültig die Romméabende ab, die sie nach Schmuels Herzanfall vorübergehend ausgesetzt hatte.

In den zurückliegenden Jahren hatten sie für Beracha ohnedies ihren Reiz verloren und waren ihr allmählich zur Last geworden. Infolge von Krankheit und Tod hatte sich der Teilnehmerkreis von Jahr zu Jahr verkleinert, doch auch durch absurde Streite, die immer schwerer zu schlichten waren, je älter die Streitenden wurden, weil Empfindlichkeit, Eigensinn und Groll zunahmen. Und die Mitspieler, die sich wie zuvor am Freitagabend bei ihnen einstellten, schienen Beracha mit den Jahren immer langweiliger und verdrießlicher; statt von Scherzen und Gelächter wurde das Spiel nun vom unaufhörlichen Gerede über Enkel und Urenkel begleitet, für die sich Beracha kein bißchen interessierte, da sie die meisten nie zu Gesicht bekam, und von sich bis zum Überdruß wiederholenden, an dümmliche Pedanterie grenzenden Erzählungen über Entbehrungen, Beschwerden und Medikamente, über Ärzte und Verstorbene – Themen, die Beracha mehr noch verabscheute als alles andere. Doch gehörten die Romméabende, wie die Essen am Samstagmittag, die Feste und die Geburtstage, zum Stoff, aus dem ihr Leben war, sie stellten gleichsam eine Notwendigkeit für sie dar. Allein die Sorge um Schmuel veranlaßte sie, mit ihrer Tradition zu brechen.

Mit der Angst um ihren Mann wuchs auch die Sorge um ihre Kinder und Enkel. Ihr Vertrauen in ihre Nachkommenschaft schwand, und sie fürchtete ständig ein Unglück. Immer häufiger rief sie bei ihnen an, um sie mit Anweisungen und Warnungen zu überschütten, so daß sie ihnen bald wie eine Plage erschien, vor allem Ilana, die auf das Verhalten ihrer Mutter ungehalten, oft beinahe grob reagierte. Aber Beracha, die sich all dessen bewußt war, konnte nicht an sich halten, so sehr war sie von ihrer Furcht beherrscht. Zusätzlich zu den Ratschlägen, die sie erteilte, versorgte sie Ilana und Uri mit *gefillte Fisch,* Bratheringen, Fleisch, manchmal mit ganzen Töpfen voll *Tscholent* und *Zimmes,* und mit Kuchen, die sie eigens für ihre Kinder buk. Und ohne es anfangs zu bemerken, widmete sie mehr und mehr Zeit den Verstorbenen: Sie besuchte regelmäßig die Gräber von Großvater Baruch Chaim, Schmuels Eltern und Goldmanns Vater, mit dem sie all die Jahre eine besondere Zuneigung verbunden hatte, und sorgte dafür, daß sie gepflegt wurden; auch kümmerte sie sich um die Aufteilung des Hausrats und der Kleider von Chaim-Leib (nach dem Tod seiner Frau Chaja, die binnen weniger Tage einer Lungenentzündung erlegen war, erlosch innerhalb kurzer Zeit all seine Lebenskraft, so daß er ihr einige Wochen nach ihrem Tod ins Grab folgte); sie ging immer häufiger zu Beerdigungen, stattete Kondolenzbesuche ab und nahm an Gedenkgottesdiensten teil – all dies entgegen den Bemühungen Schmuels, Uris, Ilanas, Ziporas und Onkel Lasars, sie davon abzubringen. Am Ende war sie von den Toten umfangen wie von einem dichten Spinnengewebe. Und als sie eines Tages in einem ruhigen Augenblick scherzhaft zu Onkel Lasar sagte, vor lauter Verstorbenen und Friedhofsbesuchen habe sie manchmal den Eindruck, selbst bereits tot zu sein, riet er ihr:

»Du solltest wirklich eine Weile damit aufhören. Keiner von deinen Toten wird sich beschweren.«

Kurze Zeit später kam Onkel Lasar gemeinsam mit Judith Tannfuss bei einem absurden Unfall ums Leben. Als ihre Nachbarn auszogen, ließen die neuen Besitzer der Wohnung jemanden kommen, der die Räume desinfizierte und anschließend sorgfältig verschloß, damit sie sich ein paar Tage mit dem Schädlingsgift vollsogen. Bereits in der ersten Nacht drangen die tödlichen Gase durch die Ritzen und Löcher der Wände in die Wohnung von Onkel Lasar und Judith Tannfuss, die der Kälte wegen Türen und Fenster verriegelt hatten.

Am Mittag des folgenden Tages wurden sie von einem Arbeitskollegen Onkel Lasars entdeckt, und zwei Tage später fand ihre Beerdigung statt, nachdem die Polizei die Ermittlung der Umstände ihres Todes abgeschlossen hatte. Goldmann, der durch Schmuel von dem Unglück erfuhr, verließ unverzüglich das Büro, um zu Onkel Lasars Wohnung zu fahren. Dort traf er auf Schmuel, Joel, Meir, Judith Tannfuss' Bruder und seine Frau, zwei Polizisten und mehrere Personen, die er nicht kannte, möglicherweise Nachbarn oder Kollegen. Sie hatten sich im Zimmer, das zur Straße hinausging, und in der kleinen, sauberen Küche niedergelassen. Im Schlafzimmer, auf dem breiten Bett, lagen noch, mit Tüchern bedeckt,

Onkel Lasars und Judith Tannfuss' leblose Körper. Goldmann trat in den Raum und blieb für einen Augenblick still stehen. Danach ging er ins andere Zimmer und wechselte einige Worte mit Schmuel und Beracha, deren Augen vom Weinen rot und geschwollen waren. Im Moment seines Erscheinens berieten sie sich mit Joel und Meir, wie sie mit Großmama Chawa verfahren würden. Schließlich kamen sie überein, daß Beracha ihr die traurige Nachricht überbringen sollte. So erzählte sie am Tag der Beerdigung Großmama Chawa, die mittlerweile taub und fast völlig bewußtlos war, vom Tod ihres Sohnes, der Goldmann nicht in dem Maß entsetzte, wie er erwartet hätte. Noch ehe er das Schlafzimmer betreten hatte, war seine anfängliche Erregung geschwunden, und er stellte mit Unbehagen und Verwunderung fest, daß er weder traurig noch erschüttert war. Wenige Minuten später stand er ans Buffet gelehnt im anderen Zimmer, in sich gekehrt und stumm, unberührt vom Geschehen um ihn her, und hörte teilnahmslos den Gesprächen zu. Erst als man die Toten hinaustrug, um sie in die pathologische Abteilung des Krankenhauses zu transportieren, begann sich etwas in ihm zu regen. Anschließend, während die übrigen Anwesenden die Wohnung verließen, griff er, nach kurzem Zögern, unauffällig *The Nature Of The Universe,* ein Buch von Fred Hoyle, das er Onkel Lasar einige Wochen zuvor geliehen und beim Eintreten ins Zimmer im Regal erblickt hatte. Mit einer geschickten Handbewegung steckte er es in die Innentasche seines Mantels und folgte den anderen aus der Wohnung.

Auch bei der Trauerfeier und der Beerdigung war Goldmann leer und empfindungslos. Erst allmählich wich seine Gleichgültigkeit einer distanzierten Neugier, die in ihm erwachte, während er zunächst gelangweilt und unbewußt die um das Grab Versammelten musterte und an die vielen dachte, die bereits tot waren und nicht mehr kommen konnten. Mit einemmal offenbarte sich ihm, auf welch schreckliche Weise die Zeit die Erscheinung seiner Verwandten und Freunde, von jung und alt gleichermaßen, entstellt hatte (nur wenige waren dem Wandel entkommen: Temima, David Kostomolski, Avieser und Ruth, die sogar eine gewisse Grazie erworben hatte), wie sehr sie ihr Fleisch und ihre Haut ausgedörrt, ihre Gestalt verzerrt, ihren Körper und ihr Gesicht verunstaltet hatte. Ihre Mattheit und ihr bitterer Ausdruck, ihre Verschlossenheit und ihre Verzweiflung stießen ihn ab und flößten ihm Angst ein. Und er hoffte, ihnen nicht ähnlich zu sein und ihr Los nicht teilen zu müssen, erkannte aber noch im selben Moment die Vergeblichkeit seines Hoffens. Er betrachtete Schmuel und Meir – wie alt und kahl er geworden war –, Joel, Jeremiah, Jona Kosinski und Esther – fett war sie und hatte einen Bauch angesetzt, der ihre Brüste kaum mehr erkennen ließ –, Mosche Zellermeyer – heulend an der Seite seiner Frau –, Ilana und ihren Mann, Uri und Abraham Schechter – er war allein zur Beerdigung gekommen, ohne Rachel, die, wie ihr Sohn und ihre Tochter, Onkel Lasar seit der kurzen Begegnung nach seiner Rückkehr aus dem jakutischen Exil nie wiedergesehen hatte (nicht einmal zu ihrer Hochzeit hatten die Kinder ihn eingeladen, sie hatten ihn aus ihrem Leben verbannt und auf seine Hochzeitsgeschenke weder mit einem Dankesbrief noch mit irgendeinem Zeichen reagiert, das ihm den Erhalt der Pakete angezeigt hätte).

Als die Erdlöcher zugeschüttet und die Gebete beendet waren, löste die Trauergemeinde sich auf. Die Gäste schritten in der feuchten, grau schimmernden Luft der winterlichen Dämmerstunde auf das Friedhofstor zu. Goldmann, in ihrer Mitte, das Gesicht kalt vom langen Stehen, die Hände in den Manteltaschen verborgen, überlegte einen Augenblick, ans Grab seines Vaters zu gehen. Doch entfernte er sich mit den anderen, und in sein Inneres floß sanft die Wahrnehmung von Onkel Lasars Abwesenheit, eine Ahnung der Einsamkeit und Vergänglichkeit, die sich nach und nach in Sehnsucht und das bedrückende Wissen um einen unwiederbringlichen Verlust wandelte und in ihm den Gedanken aufsteigen ließ, sein Leben liege bereits hinter ihm, er strebe dem Tod entgegen und sei im Begriff, von der Welt Abschied zu nehmen. Als er in der erstickenden Enge des Autobusses Platz nahm, spürte er das Verlangen, sich für alle Zeit zu verkriechen und endlos zu heulen. Er fühlte, daß ihm die Tränen Erleichterung verschaffen würden, doch war er unfähig, sie zu vergießen; seit seiner Kindheit hatte er nicht mehr geweint. Als er wieder zu Hause war, vertiefte er sich sogleich in die Kosmologie. Aber der beklemmende Wunsch loszuheulen wich nicht aus seinem Innern. Eine unüberwindliche Barriere hinderte ihn, ihm nachzugeben. Und auch am nächsten Tag ließ das unfruchtbare Verlangen, von dem seine Brust und sein Kopf erfüllt waren, nicht von ihm ab. Wieder und wieder lebte es während der Tage vor seinem Tod in ihm auf, indes seine Sehnsucht nach Onkel Lasar sich vertiefte und in ein Gefühl des Abschieds mündete, das sich in seiner Vorstellung mit verschiedenen Personen verband, bald mit Noomi oder mit seinem Vater, bald mit Chaim-Leib oder Dita, ja sogar mit Sonia, die in seinen Gedanken noch jung und schön war wie einst und sich fern von ihm mit allerlei Männern wälzte. Kleinigkeiten genügten, um ihm dieses Gefühl in Erinnerung zu rufen: jemandes Anblick, der Hauch eines Geruchs, beliebige Gegenstände oder die Leere der Wohnung, die jetzt völlig regiert wurde von Stefanas hochmütigen Launen, die ihm längst nicht mehr lächerlich schienen.

In die Stille des Winters und ein undurchdringliches Glück versunken, hielt Stefana gewissenhaft und voller Würde ihr Zeremoniell ein. Fein geschminkt und in teure Kleider gehüllt wie eine Adlige polnischen Zuschnitts, leicht ausgeblichen und angestaubt, hatte sie fünfundvierzig Jahren in Israel den Rücken zugewandt und erlebte noch einmal die Zeit ihrer Jugend in ihrem geliebten Polen, das sie in Gedanken von neuem erschuf. Zugleich löste sie alle persönlichen Bindungen – allein Judith Meisler bildete eine Ausnahme –, selbst auf Manfreds Brief, den sie am Anfang des Winters erhalten und nur überflogen hatte, reagierte sie nicht. Je weiter die Jahreszeit sich ihrem Höhepunkt näherte, desto fremder und schweigsamer wurde Stefana. Mühelos, wie von selbst, nahm die Entwicklung ihren Lauf. Am Ende zeigte Stefana sich kaum noch bereit, Mosche Zellermeyers und Israels Gruß zu erwidern; Mosche Zellermeyer kam wenigstens einmal im Monat zu ihr, und Israel sagte ihr stets guten Tag, wenn er Goldmann besuchte, dessen Laune infolge der Schlaflosigkeit und der Tabletten immer wieder, oft ohne erkennbaren Grund, von Depression und Schwäche in Hochstimmung, manchmal sogar in Fröhlichkeit umschlug. Seine jähen Gemütsschwankungen stießen Israel ab, der am Tag von Caesars Hochzeit zufällig erfahren hatte, daß Ella Tel Aviv verlassen hatte und in Jerusalem lebte.

Als er sich am Abend jenes Tages nach seinem Spaziergang am Meer auf dem Heimweg befand, begegnete er einem Jungen, der Tutor in den Labors der naturwissenschaftlichen Fakultät war, in deren Auftrag Ella die Pflanzen- und Tierzeichnungen anfertigte. Eher zufällig erwähnte er die Neuigkeit, die Israels Verlangen nach Ella wiederaufleben ließ. Eine stille, doch beständige Sehnsucht hielt ihn fortan gefangen. Oft überlegte er loszufahren und Ella zu suchen in diesen winterlichen Tagen, die die tristen Zimmer des Ateliers mit Kühle und Trostlosigkeit füllten. Doch halfen ihm sein Stolz und sein Zorn, das Begehren zurückzudrängen. Er versenkte sich in die Musik, vornehmlich ins Orgelspiel, und gab Goldmann, der sich regelmäßig erkundigte, wie es mit Ella stehe und wo sie sei, lediglich kurze, ausweichende Antworten. Ebenso reagierte er auf Caesars Fragen, die ohnedies nicht von der gleichen Anteilnahme wie Goldmanns zeugten, weil er nur mit sich und seinen eigenen Sorgen befaßt war. Vor allem die Krankheit seines Sohnes nahm ihn in Anspruch, doch auch die Verworrenheit seiner Beziehungen zu Tehila und Eliesra, die sich nach und nach auflöste: Nachdem er sich mit anderen Frauen ausgetobt, sich seinem Beruf, allerlei Freizeitvergnügen und anderen Tätigkeiten gewidmet hatte, die zu seiner Zerstreuung beitrugen, besonders aber nach der Verschlimmerung des Zustands seines Sohnes, fügte er sich in seine Ehe, und es gelang ihm, die Feindseligkeit, die er Tehila entgegenbrachte, und seinen Haß auf Eliesra zu beschwichtigen (auch nach seiner Hochzeit versuchte er noch zwei- oder dreimal, sie zu treffen, doch weigerte sie sich, ihn zu sehen). Haß und Feindschaft erstarrten auf mittlerer Stufe und gingen über in einen dumpfen, gleichförmigen Schmerz, der ihm das Herz nicht zerriß und doch keine Ruhe gab. Nur einmal noch, als er erfuhr, daß Eliesra ein Kind erwartete, tobte sein Haß und zerrte ihn mit der Wut der Eifersucht aus der Monotonie jenes Schmerzes, denn er sehnte sich stets noch nach ihr und war überzeugt, sie allein könne ihn glücklich machen. Von seiner grenzenlosen Verwöhntheit und Selbstsucht gespeist, pulsierte in ihm, nur von einer dünnen Haut der Resignation überzogen, der Glaube, Eliesras Ehe sei die vergängliche Frucht eines Trugschlusses, an dem sie nicht ewig festhalten könne; die ganze Geschichte werde rasch ihrem unausweichlichen Ende entgegengehen, nach dem alles zum erfreulichen, ihm genehmen Ausgangspunkt zurückfinden werde. Doch jetzt, da ihn die Wirklichkeit wie ein Schlag ins Gesicht traf, unmißverständlich und grausam, verwünschte er Eliesra, ihren Mann und das Kind in ihrem Bauch und betete, daß sie es infolge einer Komplikation verliere. Aber er verfluchte auch Tehila, die nichts von alledem wußte und voller Unruhe gegen ihre eigenen Sorgen ankämpfte, auf ein wenig Zuspruch oder wenigstens Freundlichkeit hoffend, zugleich aber bemüht zu verbergen, was sich in ihrem Innern abspielte – nicht weil sie sich ihrer Empfindungen geschämt oder sie als Zeichen ihrer Schwäche angesehen hätte, sondern einzig um Caesar nicht zur Last zu fallen.

Einen ganzen Tag lang tobte sein Haß, so daß er wie so oft keine Ruhe fand und in seinem zerbeulten, von Schrammen überzogenen Plymouth ziellos durch die Stadt raste. Er begab sich zur Wohnung einer Bekannten, mit der er hin und wieder ins Bett ging – Vicki hielt sich mit ihrem Mann in London auf, woher sie ihm einen Fotoband geschickt hatte –, doch befand sie sich nicht daheim; so kaufte er zwei Paar Hosen, die er nicht brauchte, und fuhr anschließend zum Atelier; da er jedoch niemanden antraf, stieg er die Treppen wieder hinunter und besuchte eine Kinovorstellung, nach deren Ende er ins *Portofino* einkehrte; er bestellte Bier und Käse und ließ sich in einer Ecke des Lokals nieder; während er aß und trank, unterhielt er sich mit dem Wirt und hoffte, ein Bekannter würde hereinkommen; kurz vor vier erhob er sich, bezahlte und fuhr von neuem zum Atelier. Israel lag auf dem Sofa, er war wenige Minuten zuvor von der Antoniuskirche zurückgekehrt. Caesar nahm ihm gegenüber auf einem Stuhl Platz und schaute ihn erwartungsvoll an. Er brauchte jemanden, der ihn beruhigen und ihm sein Selbstvertrauen und seine Zuversicht zurückgeben würde, auch wenn er nichts als absurde Versprechungen zu hören bekäme. Aber Israel schwieg, und in seinen hellblauen Augen blitzte kein Fünkchen des Mitleids auf. Die Situation schien ihm langweilig und lächerlich; seine stetige Weigerung und sein hartnäckiges Mühen, die eigenen Sehnsüchte zu ignorieren, hatten sein Herz Tag um Tag härter gemacht, so daß es nun einem Stein glich. Er war nicht bereit, ein einziges Wort zu sprechen, ja er hörte Caesar kaum zu. Mit eisigem Blick beobachtete er, wie Caesar aufstand und im Zimmer umherging, indem er wutschnaubend erzählte, Goldmann habe ihm zwei Tage zuvor, als er den Zustand seines Sohnes erwähnte, zum Trost gesagt, er solle nicht in Panik geraten, selbst die besten Ärzte könnten sich irren, er sei sicher, daß die Geschichte ein gutes Ende nehmen werde (der Klang seiner Stimme veränderte sich), schon der Urmensch habe gewußt, daß das Leben nur eine Reise zum Tod sei – diese Erkenntnis stelle die einzige Gewißheit im menschlichen Leben dar, und mehr noch, der Tod sei die Essenz unseres Daseins, er werde bis zur Herausbildung seiner endgültigen Form vom Leben verkörpert, so wie sich die Raupe zur Puppe wandle, aus der am Ende ein Schmetterling schlüpfe; daher müsse sich der Mensch auf den Tod vorbereiten, der im übrigen niemals zu früh komme, und selbst wenn es bisweilen scheine, als komme er vor seiner Zeit, sei es sinnlos, sich gegen ihn aufzubäumen.

Während er ungeduldig Goldmanns tröstenden Worten zuhörte, blähte er sich vor Zorn, denn nur eins wußte er mit Gewißheit – daß sein Sohn von einem unheilbaren Leiden befallen war –, und alles andere schien ihm nur das »Gequatsche eines elenden Schlappschwanzes«. Er wiederholte seine Schmähung mehmals in abgewandelter Form, dann verstummte er und blieb vor dem Fenster stehen. Sein Blick ging zur Straße hinaus: Der Himmel war wolkig, und die Wipfel der Bäume bewegten sich im kräftigen Seewind. Schließlich wandte er sich wieder Israel zu und sagte:

»Wenn ich sie geheiratet hätte, sähe mein Leben anders aus. Aber so ist alles verloren . . . Du könntest mich prügeln – ich wüßte nicht, weshalb ich sie nicht genommen habe. Es wäre so einfach gewesen.«

Es folgten Minuten des Schweigens, doch erwartete er keine Erwiderung. In derselben Bewegung, in der er die Kamera nahm, verabschiedete er sich, fast beiläufig, von Israel und ging aus der Wohnung, um seinen Ältesten zu besuchen. Doch hielt er sich bei einem Schulfreund auf, und sein jüngerer Bruder war mit Tirzas Eltern ins Kino gegangen. Tirza empfing Caesar bereitwillig, doch wirkte sie, wie immer in der letzten Zeit, verschlossen, schweigsam und distanziert. Tatsächlich aber war sie besorgt und verzweifelt und hatte bisweilen den Eindruck, alles in ihr sei ins Wanken geraten und dem Zusammenbruch nahe. Sie war müde und hatte ihre ganze Aufmersamkeit auf die Krankheit des Sohnes gerichtet, was sie von allen überflüssigen Pflichten und dem Gefühl, sich verstellen zu müssen, befreite und selbst das Empfinden der Vergeblichkeit und Ziellosigkeit des Lebens vergessen ließ. Ungeahnte Kräfte erwachten in ihr, sie lernte zu kämpfen und sich zuerst auf sich selbst zu verlassen. Von Caesar erhoffte sie, außer während der ersten Wochen, keinerlei Unterstützung, nur ein wenig Aufmerksamkeit. Doch handelte er, der gewöhnlich allein mit sich selbst beschäftigt war, wider Erwarten hilfsbereit und rücksichtsvoll – ein Verhalten, das sie weitaus mehr schätzte, als sie nach außen hin zu erkennen gab. So entsprang ihre Einstellung zu ihm von nun an einem Gefühl der Freundschaft, wie es meist zwischen Menschen besteht, die gemeinsam in Not geraten sind.

Sie forderte ihn auf, in die Küche zu kommen und eine Tasse Kaffee zu trinken. Als er seinen Mantel abgelegt und am Küchentisch Platz genommen hatte, erkundigte er sich nach ihrem eigenen und nach ihres Sohnes Befinden.

»Unverändert«, sagte sie und fragte ihn – er wirkte erschöpft und niedergeschlagen –, ob er etwas essen wolle.

Er sagte: »Nein, danke. Ich bin nicht hungrig«, fügte jedoch sogleich hinzu: »Doch, vielleicht ein Butterbrot.«

Während sie ihm eine Tasse Kaffee und drei Käsebrote, ein Tellerchen Oliven und in Scheiben geschnittene Tomaten und saure Gurken servierte, fragte sie ihn, wie es ihm gehe. Doch forschte sie nie nach den Ursachen seiner Besorgnis und Niedergeschlagenheit und hütete sich, sich nach Tehila und Eliesra zu erkundigen, obwohl sie nur allzugern Näheres über sie erfahren hätte.

Caesar sagte: »Irgendwie geht's.«

Danach war es still, und sie verspürten kein Bedürfnis, ihr Schweigen zu brechen. Tirza ging ins Badezimmer und kam nach einigen Handgriffen an der Waschmaschine in die Küche zurück. Als Caesar aufgegessen und seinen Kaffee getrunken hatte, trug sie das Geschirr zum Spülstein, indes Caesar sich eine Zigarette ansteckte und neben sie trat. Er schaute in ihr Gesicht, das vom Leid hart und verschlossen war. Da sein friedfertiger, doch beharrlicher Blick sie verlegen machte, fragte sie:

»Stimmt etwas nicht?«

Er sagte: »Ich bin müde«, während er seine Hand auf ihr Haar legte und anfing, sie langsam und zart zu streicheln. Tirza fuhr fort, das Geschirr abzuwaschen, doch hielt sie den Kopf still, um den Augenblick zu genießen. Er streichelte sie und sah die feinen Falten auf ihrer Stirn und um ihre Augen. Seine Hand glitt über ihren Nacken, in den Ausschnitt ihres Pullovers und liebkoste ihre Brüste. Als sie den Abwasch beendet hatte – ihre Händen tropften noch –, schloß er sie in ihre Arme, küßte sie auf den Hals und die Lippen und versuchte sie ins Schlafzimmer zu ziehen. Tirza aber widersetzte sich ihm, wenn auch zögerlich, und sagte:

»Heute nicht, Caesar, heute nicht. Übermorgen.«

Doch Caesar beachtete ihre Worte nicht, und sie ließ sich, scheinbar gegen ihren Willen, ins Schlafzimmer führen. Während sie noch einmal sagte:

»Heute nicht. Übermorgen, Caesar«, hatten sie ihre Kleider schon ausgezogen und streckten sich auf das breite, kühle Bett. Ihre sanfte Umarmung war eine Geste der Versöhnung und des Erbarmens zweier Menschen, die der Kummer und die Ausweglosigkeit für Augenblicke von neuem verband. Ineinander verschlungen entflohen sie der Last ihrer Trauer und ihrer Ängste und waren eine kurze Zeit lang von einem Gefühl des Friedens und der Nähe erfüllt. Tirza weinte beinah unhörbar, und als alles vorüber war, gab Caesar sich, bewegungslos und mit geschlossenen Augen auf dem Bett ausgestreckt, der wohltuenden Mattigkeit hin. Indes ging Tirza aus dem Zimmer, um ein feuchtes Handtuch zu holen und das Blut von ihrem Körper zu wischen. Caesar lag ruhig da und vergaß das Geschehen um ihn her, so als berühre es ihn nicht. Am liebsten wäre er ewig liegengeblieben auf dieser friedlichen, allem entrückten Ruhestatt. Doch nach einer Weile erhob er sich, zog sich an und verließ – ohne auf seinen Sohn zu warten, der jeden Moment heimkehren sollte – die Wohnung, nachdem er Tirza geküßt und ihr versprochen hatte, am folgenden Tag wieder vorbeizuschauen.

Der Himmel war wolkenverhangen, das Licht grau verfärbt. Obwohl der Wind sich gelegt hatte, schien es, als werde in wenigen Sekunden etwas zerbersten, ein Sturm losbrechen und Regen niedergehen. Und tatsächlich, der Wind setzte von neuem ein, doch kräftiger als zuvor, so daß die Bäume rauschten und heftig geschüttelt wurden. Sogleich begann auch ein kalter Regen zu fallen, der, vom Sturm getragen, mit aller Macht auf die Häuserwände, die Autos und die Fahrbahn prasselte. Caesar, der zu seinem Wagen gerannt war, zögerte einen Moment, dann ließ er lustlos den Motor an und fuhr zu seiner Mutter, die sich mit letzter Kraft an Erwins Tod klammerte und ihn wie ein aufregendes, bedeutungsvolles Ereignis wieder und wieder feierlich beging. Doch hatte sie bis auf Jaffa niemanden, der die Zeremonie mit ihr teilte. Besch war gestorben, Caesar hatte keine Geduld mit ihr, und Zwi und Beatrice, mit denen sie seit jeher nur locker befreundet war, waren ständig beschäftigt und kamen immer seltener zu Besuch. Auch Max Spielmann und Ruchama, deren Niederkunft näher rückte, hatten nach Erwins Tod den Kontakt zu ihr abgebrochen – letztlich hatten sie nur Erwins wegen mit ihr in Verbindung gestanden. Ihr Fernbleiben war für Sina schmerzlicher und quälender als das der anderen, denn sie war bereits zu Lebzeiten ihres Mannes bestrebt, Ruchama an sich zu binden und von ihr Besitz zu ergreifen. Zu Sinas großer Enttäuschung war es auch Jaffa beim besten Willen nicht möglich, an ihrem Leben Anteil zu nehmen – zu tief war sie in das Dickicht ihrer eigenen Sorgen verstrickt, die vor allem in ihrem irreparablen Verhältnis zu Tikwa wurzelten und allen Lebenssaft aus ihr herauspreßten. Über Jahre hinweg hatte Tikwa das Verhältnis zu ihrer Mutter vergiftet, bis sie den Anblick ihres Gesichts nicht mehr ertrug und jedes Wort von ihr sie hochfahren ließ und zu unhöflichen, oft grausamen und verächtlichen Erwiderungen herausforderte, so als wolle sie sie nicht allein demütigen, sondern ein für allemal niederstrecken. Tikwas Feindseligkeit hatte aus Jaffa eine ratlose, furchtsame Frau gemacht, die nicht wußte, wie sie sich verhalten und was sie sagen sollte, weil jedes Wort, jede noch so gut gemeinte Tat einen Sturm auslösen konnte. Vor Verzweiflung wußte sie nicht ein noch aus und wünschte, sie wäre tot. Von Zeit zu Zeit äußerte sie diesen Wunsch vor Sina und einmal, als sie die Fassung verlor, auch vor Tikwa, die sie gleichgültig ansah und sagte:

»Dann stirb – so schnell, wie Du kannst. Deine Drohung schreckt mich nicht.«

Der Tod schien der einzige Ausweg aus dem Teufelskreis der Demütigung und des Hasses, deren Ursprung Jaffa niemals verstand. Gewiß, sie hatte Fehler begangen, doch hatte sie ihrer Tochter nie etwas verweigert, und seit ihrer Scheidung lebte sie in einer großen Wohnung voll schöner Möbel; sie verfügte über einen ausgezeichneten Geschmack und kaufte hin und wieder, einer plötzlichen Eingebung folgend, ein kostbares Stück hinzu; ihr Leben wurde von Überfluß und Verschwendung bestimmt, zu Erwins Beerdigung erschien sie in nagelneuen Stiefeln, die ihr so gut gefielen, daß sie am folgenden Tag loszog, um sich ein zweites Paar zuzulegen; auch lebte sie frei von Verantwortung und jedem Zwang, sich zu mühen, ein Hausmädchen kümmerte sich um ihre Kinder, es kochte, wusch das Geschirr ab und hielt die Wohnung in Ordnung, während sie selbst ihren Kindern nur vor dem Einschlafen einen Kuß gab – und auch das nicht an jedem Abend –, Ermahnungen aussprach und gelegentlich mit ihnen Ausflüge unternahm; wenn Gäste da waren, kochte sie den Kaffee manchmal selbst oder spülte ein Glas, doch darüber hinaus hatte sie nichts zu tun, ging nicht arbeiten und überlegte auch nicht, sich eine Beschäftigung zu suchen. Sie war frei, sich allein mit ihrer eigenen Person zu beschäftigen und sich ausschließlich Dingen zu widmen, die ihr Vergnügen bereiteten, ein Dasein, das sich letztlich als öd und enttäuschend erwies und ihr Gesicht prägte, in das sich nicht allein Züge des Alters und innerer Leere einritzten, sondern ebenso Bosheit und Bitternis. Als Besch Tikwa auf Erwins Beerdigung sah, begrüßte er sie mit einem leichten Nicken des Kopfes, danach sagte er zu Chemda:

»Mit vierzig bekommt jeder das Gesicht, das er verdient hat« und sah Tikwa von neuem sekundenlang an.

Tikwa aber versuchte all dies zu vergessen, indem sie mit Männern schlief, die plötzlich auftauchten und bald darauf wieder aus ihrem Leben verschwanden. Oft ließ eine einzige Liebesnacht in den Armen einer Zufallsbekanntschaft große Hoffnungen auf Zuneigung und Heirat aufkeimen, denn im Grunde ihres Herzens sehnte sie sich, mit jemandem zusammenzuleben. Doch allein von imaginärem Nervenkitzel gespeist, mündeten ihre Abenteuer ins Nichts – so wie ihre Affäre mit Eli, in dessen Begleitung sie zu Erwins Beerdigung erschien. (Caesar konnte ihn vom ersten Augenblick an nicht ausstehen, und auch Tikwa hatte er nie gemocht.) Während einiger Wochen lebte Eli bei Tikwa, die zur gleichen Zeit eine flüchtige Liebesbeziehung zu einem verheirateten Mann unterhielt, von dem Eli, der nahezu zehn Jahre jünger als sie war, nichts wußte. Und selbst wenn er davon erfahren hätte, hätte er Tikwa vermutlich nicht Lebewohl gesagt – dazu war er zu faul und zu einfältig. Hätte er ihr aber doch den Rücken gekehrt, so wäre sie nicht traurig gewesen, denn sie war – außer vielleicht in den ersten Tagen – nie wirklich in ihn verliebt, sondern hatte sich an ihn gewöhnt, da er vorübergehend ihre Bedürfnisse befriedigte, indem er bei ihr war, die Einsamkeit mit ihr teilte und sich vollkommen eingliederte in die Trostlosigkeit ihres Daseins.

Wenn sie am Mittag wach wurden, liebten sie sich. Danach verschwand er im Badezimmer, um ausgiebig zu duschen. (Als sie ihn kennenlernte, arbeitete er noch als Fremdenführer, doch gab er seine Tätigkeit schon kurze Zeit später auf und wandte sich ganz dem Müßiggang zu.) Anschließend trank er Kaffee und machte Gymnastik auf dem Teppich im Wohnzimmer; wenn die Sonne schien, stellte er sich halb nackt – er hatte einen schönen Körper – an das französische Fenster und fing genüßlich und träge die Sonnenstrahlen ein, geduldig wartend, daß Tikwa ihre Morgentoilette beende. Danach – manchmal war es bereits vier oder fünf Uhr – gingen sie Mittag essen. Sie wählten die Speisen, ohne auf ihren Preis zu achten, und verzehrten sie, ohne wahrzunehmen, was auf ihrem Teller lag. Nach der Mahlzeit, die an manchen Tagen zwei Stunden dauerte, gingen sie ins Kino und später, wenn sie zu niemandem eingeladen waren, in einen Nachtklub in Jaffa oder in ein Lokal außerhalb der Stadt, wo sie mit Bekannten, die den gleichen Lebensstil pflegten wie sie, plauderten und lachten oder zu zweit etwas zu sich nahmen und ein wenig tanzten. Wenn sie nach Hause zurückkehrten – oft wurde es bereits hell –, gingen sie von neuem miteinander ins Bett. Doch sprachen sie weder von Liebe noch von anderen Dingen. Sie schliefen ein und wachten erst mittags auf – manchmal kamen die Kinder bereits aus der Schule. An Samstagen, bisweilen auch in der Woche, besuchten die Kinder Jaffa, die den Lebenswandel ihrer Tochter beschämt und mit schwerem Herzen beobachtete und wünschte, sie würde heiraten, die jedoch nichts sagte, weil sie ihre Antworten fürchtete und um die Vergeblichkeit ihres Redens wußte.

Vom Augenblick an, da sie in der Frühe die Augen aufschlug, dachte sie verzweifelt an die Probleme, die ihr im Laufe der Jahre zuteil geworden waren, sie durchwühlte wieder und wieder die alten Geschichten und kramte selbst die geringfügigsten, unbedeutendsten Fehler hervor, die sie glaubte, im Umgang mit ihrem verstorbenen Mann, mit Arieh, der sich das Leben genommen hatte, und mit Tikwa begangen zu haben. Wie ein endloser Aschenregen fielen sie auf sie herab. Vom schlechten Gewissen geplagt, versuchte sie die Gründe für ihr Fehlverhalten immer wieder neu zu enträtseln und in ihrem eigenen Unverständnis und den widrigen Umständen, unter denen die Irrtümer zustande gekommen waren, eine vertretbare Erklärung zu finden. Doch konnte sie sich nicht verzeihen und nahm für die Katastrophen, die geschehen waren, alle Verantwortung auf sich. Unermüdlich sann sie darüber nach, was sie hätte unternehmen können, um das Unheil abzuwenden, und die Mittel, die sie hätte anwenden sollen, erschienen ihr mit einemmal naheliegend und unkompliziert. Nun aber war es zu spät, und Jaffa unterwarf sich allmählich der irreparablen Vergangenheit, die auf ihr lastete, als wäre sie der Stein auf ihrem Grab. Wenn sie nur vom Gestern loskäme, könnte sie das Heute noch ein wenig genießen, sagte sie öfter zu Sina. Aber ihr Wunsch sollte nicht in Erfüllung gehen, und sie versank immer tiefer in Trübsinn. Wegen eines Ausspruchs, eines Anblicks oder Geruchs, der eine Erinnerung in ihr wachrief, konnte sie unvermittelt in ein leises, langanhaltendes Schluchzen ausbrechen, das Caesar immer wieder in Wut versetzte, und ebenso Sina, die jedoch bemüht war, sie zu beruhigen oder aber ihre Tränen zu ignorieren, um fortfahren zu können in den Erzählungen von ihrem Leben mit Erwin.

Von der langen Zeit ihrer Ehe blieb Sina nur eine Handvoll schöner Erinnerungen, denen unzählige Momente des Schmerzes und der Schmach gegenüberstanden. Aber sie wollte sich mit dieser Bilanz nicht zufriedengeben, so daß in ihren Geschichten Sehnsüchte, Phantasien, offensichtliche Lügen und einige wenige Tatsachen miteinander verschmolzen. Nachdem sie sie oft genug wiederholt hatte, war sie, selbst wenn sie es beabsichtigt hätte, nicht mehr fähig, zwischen Wirklichkeit und Einbildung zu unterscheiden, denn am Ende hatte sich alles zu einem einzigen Knäuel verschlungen, das in ihren Augen die unbezweifelbare Wahrheit bildete. So glaubte sie, Chemda sei es all die Jahre nur mittels Erpressung und Bettelei gelungen, Erwin an sich zu binden, obwohl er längst aufgehört hatte, mit ihr ins Bett zu gehen; geliebt habe er sie ebensowenig wie seine erste Frau Elischewa, die ihn zur Heirat gezwungen habe, indem sie vorgab, schwanger zu sein; ohnedies habe er nur wenige Male unfreiwillig mit ihr geschlafen, und nur allzugern hätte Sina die Existenz körperlicher Beziehungen zwischen Erwin und Elischewa bestritten, doch war Ruchama ein unwiderlegbarer Beweis. Auch war sie nahezu überzeugt, Erwin habe nach ihr gerufen, als er spürte, daß es mit ihm zu Ende ging – die Tatsache, daß sie im Augenblick seines Todes nicht bei ihm war, konnte sie nicht verwinden, und sie wäre zu allem bereit gewesen, um sie ungeschehen zu machen; daher behauptete sie, sie sei zu ihm geeilt und noch vor dem unheilvollen Moment heimgekehrt, doch habe sie ihn nicht retten können, und er sei in ihren Armen gestorben.

Seit Erwins und Beschs Tod schien Caesar sein Elternhaus größer und feierlicher, doch ebenso leer wie früher. Im Wohnzimmer saßen Sina und Jaffa und tranken Kaffee. Als er hereinkam, stieß Sina, die einen Augenblick ärgerlich war, ihren albernen Jubelschrei aus, doch bereits Jaffas kurzes Nicken hatte Caesar in Wut versetzt. Dennoch antwortete er mit einem herzlichen »guten Abend« und begann ein flüchtiges Gespräch mit Jaffa und seiner Mutter, die ungeduldig wartete, ihre Erzählung fortsetzen zu können, und nicht protestierte, als er ablehnte, sich zu ihnen zu setzen und mit ihnen Kaffee zu trinken. Er ging zum Telefon – einen Moment lang wünschte er mit Tehila zu sprechen, um ihr Bescheid zu geben, daß er sich auf dem Heimweg befand –, aber während er noch ihre Nummer wählte, überlegte er es sich anders, rief statt dessen im Atelier an und, da Israel nicht abnahm, unmittelbar anschließend bei Goldmann, dem er vorschlug, gemeinsam ins Kino zu gehen. Goldmann, der das Interesse an derartigen Freizeitvergnügen verloren hatte, zögerte einen Augenblick, doch sagte er schließlich:

»Gut, ich begleite dich.«

»Ich komme dich in zehn Minuten abholen«, sagte Caesar und begann von neuem Tehilas Nummer zu wählen, doch legte er wieder auf und verabschiedete sich von Jaffa und seiner Mutter. Als er sich umdrehte, um die Tür zu öffnen, fragten sie ihn, wie es den Kindern gehe.

Er sagte:

»Ausgezeichnet«, verließ das Haus und stieg in den Wagen, um zu Goldmann zu fahren. Goldmann legte das *Somnium* aus der Hand – ein Freund hatte ihm die englische Ausgabe aus London gebracht, und er widmete sich bereits seit zwei Wochen der Übersetzung des Buches –, zog seinen Mantel über und stieg die Treppen hinunter, um im Hausflur auf Caesar zu warten. Sie gingen in ein Kino, in dem ein Film mit Marcello Mastroiani gezeigt wurde, doch wenige Minuten nach dem Beginn der Vorstellung stand Caesar auf, sagte, er sei müde, und machte sich auf den Heimweg. Obwohl Tehila bereits seit einer Stunde mit dem Abendessen auf ihn wartete, machte sie ihm keine Vorwürfe. Caesar wusch sich die Hände und setzte sich an den Tisch, ohne sie eines liebevollen Blickes oder eines freundlichen Wortes zu würdigen, die sie so sehr benötigte, seit sie erfahren hatte, daß die Abtreibung ihre Chancen, ein Kind zu bekommen, erheblich verringert hatte. Da sie Caesar jedoch nicht mit ihren persönlichen Problemen belasten wollte, erzählte sie ihm nichts von ihrer Besorgnis, sondern beschloß insgeheim, falls sie doch wieder schwanger würde, das Kind auszutragen, selbst wenn dies mit einer Scheidung verbunden wäre. Sie wußte, daß er vorerst kein Kind wollte, doch war sie bereit, die Verantwortung für ihren Nachwuchs allein zu tragen, das hatte sie ihm bereits vor der Hochzeit versichert. Caesar taute allmählich auf, und als sie die Eierplinse vor ihn hinstellte, sagte er:

»Es ist ziemlich kalt draußen« und fragte sie, wie es ihr gehe.

»Recht gut. Ich bin nur ein bißchen abgespannt.«

»Ich war mit Goldmann im Kino, aber ich bin mitten in der Vorstellung hinausgegangen.«

Und zum erstenmal, seit er nach Hause gekommen war, schaute er sie nicht wie ein Fremder an. Derweil saß Goldmann den Blick auf die Leinwand gerichtet, doch nahm er das Gesehene nicht wahr, weil der Film ihn nicht zu fesseln vermochte und er in Gedanken bei Elinore weilte. Sie war zehn Tage zuvor mit Manfred und ihrem Bruder Raphael, der in Physik promoviert hatte, zu einem dreiwöchigen Besuch in Israel eingetroffen, und nach acht Tagen bei Manfreds Bruder in Haifa hielten sie sich jetzt, während der zweiten Woche, in Tel Aviv auf. Am Tag nach ihrer Ankunft erschien Manfred bei Stefana. Wie stets war er korrekt gekleidet, doch trug er bereits deutlich erkennbar die Zeichen des Alters: Sein Gesicht wirkte skeptischer und verschlossener als je zuvor, seine welke Haut farblos und blaß; die Falten unter den Augen begannen schwere Wülste zu bilden, und auf den Schläfen traten wie Verästelungen die Adern hervor; selbst die Hände und Finger, die ihre Zartheit bewahrt hatten, waren gealtert – braune Flecken zeigten sich auf ihren Rücken. Er setzte sich Stefana gegenüber, die wie immer im schweren Sessel saß. Er trank Tee und redete mit langen Unterbrechungen, doch ohne seine Stimme zu erheben; indes entfernte er von Zeit zu Zeit mit dem Taschentuch die feine Schweißschicht, die seine Stirn bedeckte – der Ofen im Zimmer strahlte eine übermäßige Hitze ab –, oder fuhr sich in der ihm eigenen Handbewegung mit den Fingern über den Mund. Stefana betrachtete ihn und hörte ihm schweigend zu. Nur ab und an nickte sie, so als wolle sie ihm ein Lebenszeichen geben, oder senkte für Sekunden den Blick. Alles geschah mit gedämpfter Geschwindigkeit und in einer Atmosphäre der Fremdheit, in der Ahnung des nahenden Schlußpunktes. Denn der Tod von Goldmanns Vater hatte jäh die großen Hoffnungen zerstört, von denen sie während so vieler Jahre gezehrt und die ihrem Dasein einen Inhalt und eine Bestimmung verliehen hatten. Aber sie wagten nicht, darüber zu sprechen, obwohl sie wußten, daß sie voneinander nichts zu erwarten hatten und ihre Liebesgeschichte beendet war.

Manfred berichtete von dem kühlen, verregneten Herbst in Europa und von seiner Arbeit, machte ein paar Bemerkungen über die Sowjetunion und den Kommunismus in Polen und erwähnte nach kurzem Überlegen in nachdenklichem Ton eine Unterhaltung, die er während einer Zugfahrt mit einem Priester geführt hatte, über die Entwicklungsfähigkeit der Religionen und die Aufgabe des Glaubens in der heutigen Zeit. Er sprach leise, und der Klang seiner Stimme verschwamm im Geräusch des Regens, der draußen unentwegt niederging. Wie gewöhnlich zeugte seine Intonation von Skepsis und Demut, die an seinem Selbstwertgefühl jedoch keinen Zweifel aufkommen ließen und in die sich an diesem Tag, so als sei er sehr fern, ein Anflug von Resignation mischte. Danach kam er auf Dinge zu sprechen, die er in einer katholischen Monatsschrift gelesen hatte, in der es hieß, daß es heute mehr als jemals zuvor die Bestimmung der Juden sei, über die Völker verstreut zu leben und auf diese Weise die Einheit der Welt zu bewahren; ihre Aufgabe stehe in Einklang mit dem Wesen des Judentums, dessen Grundlagen nicht territorial, sondern historisch definiert, also nicht an einen Ort, sondern allein an die Zeit gebunden seien. Ohne Bezug ging er dazu über, von der Gefahr zu reden, die von Massenbewegungen getragene Regime bedeuteten, da sie den irrationalsten, opportunistischsten und verantwortungslosesten Neigungen des Menschen eine Ausdrucksform gäben. Später kam er auf Amerika zu sprechen – seit einiger Zeit hegte er den Wunsch, in die Vereinigten Staaten zu reisen. Und im selben Moment spürte er, daß die Zeit seines Besuches vorüber war und eine schwere Last von ihm wich, weil er sich in wenigen Minuten von Stefana verabschieden und alles hinter ihm liegen würde. Doch befiel ihn jäh ein Gefühl des Unwohlseins und der Scham, und nach einem Augenblick des Schweigens schlug er Stefana vor, ihn zu heiraten. Sie blickte in das knochige Gesicht, das ihr so vertraut war, und sagte ohne ein Zögern und ohne einen Anflug von Ironie auf polnisch:

»Ich danke dir, Manfred. Aber wir sollten nichts überstürzen. Laß uns Zeit, darüber nachzudenken.«

Mit vollem Bewußtsein löste sie die lockeren Taue, die sie noch an das Leben, die Welt und die Zukunft banden. Fortan würde sie ewig jung wie ein Sperling, ohne Erwartungen und ohne Pflichten umherflattern.

Manfred sagte: »Ich glaube, daß Du einen schweren Fehler begehst«, doch schien er von der Richtigkeit seiner Worte nicht überzeugt. »Wie Du wünschst«, fügte er hinzu und verweilte stumm, als sei er in Gedanken versunken, an seinem Platz.

»Es wird die ganze Nacht regnen«, sagte Stefana und fragte ihn nach einer Pause, wie es seiner Frau gehe. Nie zuvor hatte sie sich nach ihrem Wohl erkundigt.

»Gut«, sagte Manfred. »Sie mag den Winter, obwohl er für sie ein wenig beschwerlich ist.«

Stefana bot ihm noch eine Tasse Tee an, doch verriet ihr Ton, daß sie wünschte, er möge gehen. Da Manfred den gleichen Wunsch hegte, sagte er:

»Nein, danke. Ich glaube, es wird zu spät.«

Er stand auf und verabschiedete sich von ihr, als habe er vor, am nächsten oder übernächsten Tag wiederzukommen. Aber bevor er die Wohnung verließ, wandte er sich noch einmal um und klopfte mit Stefanas Erlaubnis bei Goldmann an. Goldmann war in das *Somnium* vertieft. Gelassen, wie bei der Ausführung einer alltäglichen Handlung, betrat Manfred sein Zimmer. Sie begannen ein kurzes Gespräch über das *Somnium* und die Astronomie, in dessen Verlauf Manfred bemerkte, daß man die Existenz einer sinngebenden kosmischen Ordnung anerkennen müsse, um unsere Zivilisation aufrechterhalten, nach Glück streben und die Wechselfälle des Schicksals begreifen zu können, das heißt, um das Leben nicht ausschließlich als Verflechtung vegetativer Prozesse zu sehen; doch er persönlich sei nie über die Erkenntnis dieser Notwendigkeit hinausgekommen, die ein Resultat vernünftigen Denkens sei beziehungsweise des Einsatzes einer Vernunft, die um ihre Grenzen wisse. Während er, mit Goldmann an der Zimmertür stehend, diese Sätze sprach, lächelte er verschmitzt und lief rot an. Kurz darauf wurde sein Gesicht wieder ernst, und er erklärte, er glaube nicht an die völlige Freiheit und Autonomie des Menschen, daß der Mensch sein eigener Schöpfer sei und die Welt aus sich selbst entstehe; einzig in Verbindung mit der Befürwortung einer unbeschränkten, von keinerlei Werten getragenen Herrschaft der Triebe erscheine ihm die Leugnung der Existenz Gottes begreiflich. Und nach Sekunden des Schweigens fügte er hinzu:

»Wir haben gesehen, wohin das führt.«

»Ja, Du hast vielleicht recht«, sagte Goldmann.

Und Manfred, der sich der Widersprüchlichkeit seiner Ansichten bewußt war, behauptete, seine Annahme beruhe auf Erfahrung und logischem Denken und stehe, wenn man so sagen könne, ausschließlich auf der Grundlage eines aus Erkenntnis erwachsenen Glaubens. Er fuhr sich mit den Fingern über den Mund und sagte, er sei zu dem Schluß gelangt, daß eine vernunftbestimmte Moral unvorstellbar sei, denn die Vernunft bringe infolge ihrer Beschränktheit vornehmlich Zerstörung hervor, auch die Zerstörung ihrer selbst –, während sie auf kreativem Gebiet äußerst geringe Erfolge erziele, wie uns das sinnlose Chaos unseres Lebens vor Augen führe; deshalb benötige man, um etwas aufzubauen, eine Ordnung, die über die reine Vernunft hinausgehe; zwar sei es schwer, sich mit diesem Gedanken abzufinden, aber dies scheine nun einmal die Wahrheit zu sein. Gleichwohl wolle er den Wert der Vernunft nicht in Frage stellen, denn er messe auch dem zerstörerischen Element, trotz allem, in ihm verborgenem Nihilismus, eine große Bedeutung bei, weil die utopische Hoffnung, zu verstehen und zu verbessern, mit ihm verknüpft sei. Goldmann, der Manfred mit Interesse zuhörte, ihn gleichzeitig jedoch nach Elinore fragen wollte, sagte, seine These entziehe dem Glauben an die mögliche Existenz von Gewißheit jegliche Basis. Manfred nickte leicht und sagte gleichmütig, es gebe keine Gewißheit, und Gewißheit sei zum Leben nicht notwendig.

Goldmann, der die Befangenheit, die er Manfred gegenüber seit jeher empfand, auf einmal überwunden hatte, sagte:

»Aber das ist furchterregend. Ich brauche Gewißheit« und begleitete Manfred aus dem Zimmer. Erst an der Wohnungstür fragte er ihn, wie es Elinore gehe.

»Sie hat sich kaum verändert«, sagte Manfred.

Dann drückten sie einander die Hand, und Manfred schlug Goldmann vor, ihn im Hotel zu besuchen; Elinore und Raphael würden sich freuen, ihn wiederzusehen. Goldmann dankte ihm und versprach, bei ihnen vorbeizuschauen. Doch wurde er trotz seines aufrichtigen Wunsches, der Einladung Folge zu leisten, von irgend etwas zurückgehalten. Und während er noch mit sich rang – bald versuchte er Elinore zu vergessen, bald faßte er den festen Entschluß, sie in den nächsten Tagen besuchen zu gehen –, verstrich die Zeit, und sie traten die Heimreise an, um nie wieder nach Israel zurückzukommen. (Allein Manfred sollte in den folgenden Jahren hin und wieder seinem Bruder kurze Besuche abstatten.) Goldmann, der mit wachsender Unruhe das Ende heraufziehen sah, wurde in seinem Innern bewegungslos wie ein Stein; eine unendliche Ruhe schien sich auf ihn herabzusenken, nichts kümmerte ihn mehr. In sich gekehrt fuhr er fort, über dem *Somnium* zu brüten, das ihm, ohne daß er es sich eingestehen wollte, zunehmend Mißbehagen bereitete und seinen Zauber verlor. Die gesamte Kosmologie begann ihn zu deprimieren, und doch widmete er ihr jede freie Minute ... In diesem Moment aber, da er allein im Kino saß, war er noch voll Begeisterung für das *Somnium* und natürlich für Elinore, an die er unentwegt dachte, wie all die Tage zuvor, seit er erfahren hatte, daß sie in Israel weilte. Er versuchte sich ihr Aussehen in Erinnerung zu rufen und seinen Besuch bei ihr auszumalen. Doch je freier und herzlicher er ihr gegenübertrat, desto gezwungener und kühler fiel ihre Reaktion aus. Er überlegte, noch vor dem Ende der Vorstellung aufzubrechen und zu ihr hinaufzugehen – das Hotel, in dem sie wohnte, lag in unmittelbarer Nähe des Kinos –, doch zögerte er die Entscheidung hinaus, bis der Film zu Ende war. Er erhob sich, zog seinen Mantel über und trat auf die Straße, wo ein heftiger Wind Zweige, Blätter, Papier und Sand aufwirbelte. Ohne Ziel wanderte er durch die Winterluft. Als er an Ditas Haus vorbeikam, hob er im Vorbeigehen den Blick und sah den Lichtschein im Küchenfenster. sekundenlang spürte er das Verlangen, in ihrer Nähe zu sein – er wußte bereits, daß er Elinore nicht aufsuchen würde –, doch setzte er seine Wanderung fort. Schließlich kehrte er in sein Zimmer zurück, nahm an seinem Schreibtisch Platz und beugte sich wieder über das *Somnium*. Da er jedoch müde und unkonzentriert war, ging die Arbeit schleppend voran. So unterbrach er sie und schaute auf die Blätter, die vor ihm lagen. Draußen, vor dem Fenster, blies noch immer ein stürmischer Wind. Er betrachtete die Fotografie seiner Schwester und dachte an Manfreds Worte.

Am folgenden Tag rief Caesar ihn im Büro an und entschuldigte sich, mitten im Film hinausgegangen zu sein.

»Das ist doch Unsinn. Laß nur, das macht überhaupt nichts«, sagte Goldmann.

Caesar aber entschuldigte sich von neuem und fragte ihn, ob er ihm gegen Abend einen kurzen Besuch abstatten dürfe.

Goldmann sagte:

»Selbstverständlich. Komm, wann immer Du möchtest. Ich werde dasein.«

»O.k., also bis später.«

Doch sollte Caesar an jenem Abend bei Goldmann nicht auftauchen. Auf dem Weg zu ihm schaute er bei seinem Sohn vorbei und fand ihn mit hohem Fieber im Bett liegend. Tirza teilte Caesar mit, daß er am folgenden Tag ins Krankenhaus müsse. So harrte er bis zum späten Abend an seinem Bett aus und las ihm zu seiner Unterhaltung aus einem Buch vor; die meiste Zeit aber verhielt er sich still. Am nächsten Morgen brachte er ihn ins Krankenhaus, und nachdem er Tirza wieder zu ihrer Wohnung gefahren hatte, rief er im Atelier an und bat Israel, mit ihm zu Mittag zu essen. Etwas am Klang seiner Stimme hinderte Israel, seine Bitte zurückzuweisen.

»Einverstanden. Ruf mich von unten.«

Nach einer Stunde kam Caesar ihn abholen, und sie fuhren zu einem Lokal, das außerhalb der Stadt lag.

Es war ein kalter, klarer Wintertag, der Himmel blau und rein, und wie im Sommer herrschte strahlender Sonnenschein. Als sie aus dem Auto ausstiegen, zerzauste der kalte Wind Caesars schütteres Haar. Er preßte es mit der Hand an seinen Schädel, derweil er das Wetter, *Jochems Hormon* und all die anderen Präparate verfluchte, die bislang kein einziges Haar auf seinem Kopf hatten wachsen lassen und die vorhandenen nicht hatten retten können. Erst als sie im Restaurant Platz genommen hatten und der Besitzer an ihren Tisch trat, beruhigte er sich. Der Besitzer trug weiße Schuhe, weiße Hosen, ein schwarzes Rüschenhemd und ein dunkelrotes Seidentuch um den Hals. Er begrüßte sie mit einer leichten Verneigung und fragte sie, was sie zu essen wünschten. Sie bestellten Auberginenpüree mit Nüssen, gefüllte Gemüse in Pilzsauce und eine Flasche Wein. Danach entfernte er sich und verschwand in der Küche. Caesar zupfte kleine Happen von einem der Brötchen, die in einem Korb vor ihnen lagen, und aß sie. Wenige Minuten später kam der Besitzer wieder an ihren Tisch, um mit den Gebärden eines Zauberkünstlers die Speisen und den Wein zu servieren. Caesar begann zu essen und zu trinken. Dabei schimpfte er auf jemanden, der eine Fotoreihe für ihn angefertigt hatte, erzählte spöttisch und obszön von seinem Vater, der von früh bis spät allein an sich selbst denke, und von seiner unglücklichen Mutter, die ihm auf die Nerven falle; auch über Max Spielmann und Ruchama äußerte er sich verächtlich – Worte der Anerkennung fand er einzig für Besch. Später berichtete er von allen möglichen verheirateten und unverheirateten Frauen, mit denen er geschlafen hatte, und meinte lachend, alle Frauen seien Flittchen, und das sei gut so. Und als der Besitzer von neuem an ihren Tisch trat, um zu fragen, ob alles zu ihrer Zufriedenheit sei, sagte er:

»Ja, alles ist bestens.«

Danach begann er von Eliesra zu sprechen, die in wenigen Monaten niederkommen werde, und sagte, ihr Kind stamme möglicherweise von ihm. Wieder lachte er los und brach ein Stück von einem Brötchen ab.

»Jedenfalls habe ich sie häufiger gevögelt, als ihr Ingenieur es jemals wird tun können ... Aber keine Sorge, ich werde auch Tehila noch schwanger kriegen. Ich werd's diesem Flittchen zeigen.«

Er verstummte und trank etwas Wein. Dann sagte er, versonnen und weit entfernt, glücklich zu scheinen, man dürfe nicht verzweifeln, denn das Leben gehe immer weiter und alles wende sich am Ende zum Guten. Indes kam der Besitzer und räumte die Teller ab. Caesar pries die Auberginen, und sie bestellten den Hauptgang und noch eine Flasche Wein. Als der Besitzer sich wieder entfernte, schaute er ihm hinterher und sagte:

»Sieh nur, er ist sogar im Winter braun. Beneidenswert! Der hat bestimmt keine Probleme.«

Am liebsten würde er jeden Tag auswärts essen, doch nicht immer am selben Ort, sagte er; von einem Restaurant zum nächsten möchte er ziehen und jede Nacht mit einer anderen Frau schlafen. Er lachte.

Israel sagte:

»So ist's recht« und rückte den Fleischteller an sich heran. Caesar füllte sein Glas und begann erneut in liebevollem Ton von Besch zu sprechen.

»Bedauerlich, daß er nicht mehr da ist. Ich würde viel darum geben, ihn wiederzusehen.«

Nach einem Moment des Schweigens sagte er:

»Eigentlich habe ich genug von all dem Unsinn«, doch erklärte er nicht, worauf er anspielte, und Israel stellte ihm keine Fragen. Caesar trank einen Schluck Wein, schaute ihn an und sagte: ». . . alles nur Gerede. In Wirklichkeit weiß man gar nichts.«

Während er den Hühnerschenkel von seinem Teller hob, seine Zähne in das helle Fleisch trieb, ein Stück von ihm abriß und es zerkaute, bemerkte Israel, wie Caesars Ausdruck sich wandelte, wie seine Züge erschlafften und sich verdüsterten. Und obwohl er die Veränderung aufhalten wollte, verharrte er tatenlos, den Blick auf Caesar geheftet, der zornig kaute und aus dem es unvermittelt hervorbrach:

»Ich habe meinen Sohn ins Krankenhaus gebracht. Er hat Leukämie.«

Tränen traten in seine Augen und rannen allmählich über sein großflächiges Gesicht, ohne daß er den Versuch unternahm, sie zurückzuhalten. Sie liefen in seinen Mund, fielen auf den Teller, den Tisch und den Hühnerschenkel, in den er wieder und wieder hineinbiß.

»Ich habe meinen Sohn ins Krankenhaus gebracht. Er hat Leukämie«, wiederholte er.

Und Israel, der fühlte, daß er etwas unternehmen mußte, reichte ihm schweigend das Weinglas. Caesar trank einen Schluck und fuhr fort, zu weinen und zu kauen. Erst allmählich beruhigte er sich; schließlich trocknete er sich das Gesicht mit seiner Serviette, und sie beendeten wortlos die Mahlzeit. Als er die Rechnung beglichen hatte, lud sie der Wirt ein, wieder bei ihm vorbeizuschauen, und begleitete sie hinaus. Sie näherten sich dem Auto, indes eine Gruppe von Leuten auf sie zukam, die wie Touristen aussahen. Caesar hielt inne und betrachtete eine grauhaarige Frau mit fülligem Körper und breitem Gesicht.

»Großmama Clara ... aber haargenau«, sagte er, als sie vorübergegangen war und sich entfernte. Sie stiegen ins Auto und fuhren los, ohne ein Wort zu sprechen. Als sie an einer Ampel anhielten, wandte Caesar sich Israel zu und sagte, er könne einfach nicht verstehen, wie ein gesunder Körper auf einmal krank werde und weshalb keine Macht auf Erden imstande sei, die Krankheit aufzuhalten und zu kurieren. Wütend schlug er mit der Faust aufs Lenkrad und rief:

»Scheiße! Das macht mich fertig!«

Er fuhr an und verfluchte den Autofahrer, der an ihm vorbeizog. Als sie eine Kreuzung überquerten, schlug er abermals auf das Lenkrad und sagte:

»Das kann einfach nicht wahr sein. Und wenn es doch so ist, ist das Leben nur einen feuchten Dreck wert.«

Von da an schwieg er, bis sie vor Israels Haustür gelangten. Israel, der während der Fahrt mit unbewegtem Gesicht an seiner Seite gesessen und nichts mehr gewünscht hatte, als endlich allein zu sein und Klavier zu spielen oder sich aufs Sofa zu strecken, legte ihm die Hand auf die Schulter und sagte:

»Auf Wiedersehen, Caesar. Ich ruf dich an.«

Er stieg zum Atelier hinauf, doch fühlte er sich einsam und verlassen in der Kälte und Leere der Räume, die ihn nie zuvor so schwermütig gestimmt hatten. Er blieb am Eingang seines Zimmers stehen und dachte an Caesar; er bereute, nicht mit ihm gefahren zu sein. Aus der Entfernung betrachtete er das Klavier, an dem die grünliche Postkarte befestigt war, den Tisch, das braune Sofa und die alte Leselampe über dem Stuhl, die große Holztafel und die beiden Alten, die in der Stille des anbrechenden Abends auf Schemeln vor ihrem Laden saßen. Caesars Sohn hatte er vor langer Zeit ein- oder zweimal gesehen, aber es gelang ihm nicht, sich seine Erscheinung ins Gedächtnis zu rufen. Er verließ die Wohnung, stieg die Treppen hinunter und ging durch die Straßen. Er war sicher, ihm begegnet zu sein, doch er konnte sich nicht erinnern. Schließlich suchte er Goldmann auf, der ihn freudig empfing.

Es war kurz nach fünf und begann dunkel zu werden. Goldmann war froh, das *Somnium* beiseite zu legen und jemanden in seiner Nähe zu haben, mit dem er sprechen konnte über seine Probleme und Absichten, über kosmologische Fragen und die *Somnium*-Übersetzung, über Caesar, die Frauen und eine Zeitungsmeldung, die er gelesen hatte. Er redete auch von Noomi, nach der er sich seit Onkel Lasars Tod immer heftiger sehnte. Die Abwesenheit keines anderen Menschen empfand er schmerzlicher als ihre, die ihm nicht mehr aus dem Sinn ging und ihn beinahe rasend machte. Denn in geringerem Maße als früher war er bereit, sich damit abzufinden, daß der Tod endgültig war und er Noomi, sosehr er sich auch nach ihr sehnte, nie wiedersehen würde, nicht einmal für wenige Minuten. Daß sie gestorben war, kam ihm gleichsam ungerecht vor; so begann er Nachforschungen anzustellen, über ihr Leben, ihre Liebe und ihren Tod, über dessen Umstände man lediglich wußte, daß sie während einer Autofahrt durch die geöffnete Tür aus dem Wagen gestürzt war. Doch führten Goldmanns Bemühungen nur zu spärlichen Erkenntnissen, weil der Fahrer des Wagens sich bereits seit drei Jahren im Auftrag der Regierung in Brasilien aufhielt; Goldmann hoffte, bei seiner Rückkehr entscheidende Auskünfte von ihm zu erhalten. Und auch hinsichtlich ihres Dienstes in der britischen Armee und ihrer Liebesaffäre mit jenem Engländer, in der Goldmanns Vater die Ursache ihres Todes gesehen hatte, erzielte er keine Fortschritte, weil er viele ihrer ehemaligen Kameraden nicht ausfindig machen konnte und die übrigen, deren Aufenthaltsort er ermittelte, sich nur an ihren Namen und wenige belanglose Einzelheiten erinnerten. Allein ein früherer Soldat einer Transporteinheit, der Noomi mehrmals in Alexandria begegnet war und anscheinend versucht hatte, ihr näherzukommen, sollte ihm zwei Wochen später, bei ihrem zufälligen Zusammentreffen auf Zaliks Hochzeit, berichten, daß sie in einen englischen Offizier der Artillerie oder eines Panzergeschwaders verliebt war; Aitcheson oder Atkinson habe er geheißen und sei den Gerüchten zufolge verheiratet und Vater zweier Kinder gewesen; er habe einen riesigen Hund besessen, der ihn überallhin begleitete, und einmal habe er den Offizier mit Noomi und dem furchterregenden Tier in Kairo an Bord einer Nilfähre gesehen. Das sollten die einzigen Tatsachen bleiben, die Goldmann aus dem Dunkel, in das Noomis Leben getaucht war, ans Tageslicht förderte. Zunächst aber mußte er sich mit dem wenigen begnügen, das seit langem bekannt war, und mit den alten Fotografien, unter denen sich auch jene befand, deren eine Hälfte, wahrscheinlich von Goldmanns Vater, abgeschnitten und vernichtet worden war. Der verbleibende Teil der Aufnahme zeigte Noomi, uniformiert, mit leicht zur Seite geneigtem Kopf auf einer Brücke stehend. Später kam Goldmann auf den Gedanken, daß auf der zerstörten Bildhälfte jener Aitcheson oder Atkinson zu sehen gewesen war, dessen Schulter er an der Schnittlinie noch erahnen konnte.

Er reichte Israel einige Fotografien, auch die zerschnittene, doch betrachtete er sie nur flüchtig und gab sie ihm zurück. Goldmann, der trotz seiner Schlaflosigkeit munter wirkte, legte sie wieder in die Schublade seines Schreibtischs und erzählte ihm vom *Somnium,* von den Übersetzungsproblemen, mit denen er rang, und von Keplers *Familienhoroskop*. Zwar glaube er nicht an solche Dinge, doch erwäge er, sein Horoskop erstellen zu lassen, und er habe beschlossen, eine Handleserin aufzusuchen, von der er sich vielleicht die Zukunft voraussagen lasse, die ihm vor allem aber behilflich sein solle, über seine Situation Aufschluß zu gewinnen und eine neue Beschäftigung für ihn zu finden, denn seine jetzige Tätigkeit sei von Anfang an ein einziger Fehler gewesen und, selbst wenn dies übertrieben sein sollte, sei er, was den Beruf des Anwalts angehe, am Ende seines Lateins angelangt. Tatsächlich setzte Goldmann sich wenige Wochen später – Manfred und Elinore waren abgereist – mit einer Handleserin in Verbindung und vereinbarte mit ihr einen Termin. Doch kam das Treffen nicht mehr zustande, weil er wenige Tage vorher Selbstmord beging . . . In diesem Moment aber, da Israel in lässiger Haltung ihm gegenübersaß, sprach er trotz aller Skepsis voll Begeisterung von seinem Vorhaben. Israel hörte ihm zu, den Blick auf sein Gesicht gerichtet, und bemerkte, wie zerfurcht und ausgemergelt es seit geraumer Zeit aussah – so als werde es von einem inneren Feuer versengt. Nach einer Weile stand er auf, wünschte Goldmann eine gute Nacht und kehrte ins Atelier zurück. In eine Wolldecke gewickelt, ließ er sich lustlos auf dem Klavierhocker nieder und begann mit kalten

Fingern zu spielen. Derweil legte sich Goldmann aufs Bett und überließ sich seinen Gedanken, bis um ihn her fast völlige Dunkelheit herrschte. Aus dem Empfangszimmer drang ein schwacher Lichtschein durch den Spalt unter der Tür, so daß der Bücherschrank, der Sessel und die Stehlampe schemenhaft zu erkennen waren. Schließlich erhob er sich und kehrte an den Schreibtisch zurück, um weiter zu übersetzen.

Am folgenden Tag erhielten er und Stefana von Jeremiah und Temima eine Einladung zu Zaliks Hochzeit, die bereits vor einiger Zeit hätte stattfinden sollen, wegen Ziporas Krankenhausaufenthalt aber verschoben worden war. Jetzt, nach Ziporas Heimkehr, hatten sie das Datum neu festgesetzt, und so sollte in vierzehn Tagen gefeiert werden. Goldmann sagte seiner Mutter Bescheid, doch schien sie die Einladung nicht zur Kenntnis zu nehmen. Auch er selbst verspürte keine Lust, der Trauung beizuwohnen. Nachdem er den Brief in den Küchenschrank gelegt hatte, vergaß er die Angelegenheit wieder. Einen Tag vor dem Fest meldete sich Beracha bei ihm, um ihm die Einladung in Erinnerung zu rufen. Sie bat ihn – und sei es nur um seines Vaters willen – zum Fest zu erscheinen, und versuchte ihn behutsam zu überreden, Zipora zu Ehren seine Mutter mitzubringen. Goldmann, der ihre Bitte nicht zurückweisen konnte, sagte, er werde bestimmt kommen. Am Hochzeitsabend zog er sich um und fuhr zu dem bescheidenen Festsaal, in dem schon jetzt, lange bevor die Trauungszeremonie anfangen sollte, viele Gäste versammelt waren. Goldmann, der stets auf Pünktlichkeit achtete, war zu früh und fühlte sich unwohl in Gegenwart all der Leute. So blieb er an der Eingangstür stehen und überlegte, sich zu entfernen und erst nach einer Weile zurückzukommen. Als er die Leute betrachtete, deren Mehrzahl ihm unbekannt war, erblickte er Mosche Zellermeyer mit seiner Frau, David Kostomolski und Jona Kosinski, den die Kinderlosigkeit und das Alter hatten schrumpfen lassen, Schmuel und Beracha, festlich geschmückt und strahlend vor Freude – sie waren mit Uri und seiner Frau gekommen, Ilana und ihr Mann sollten erst später erscheinen –, Abraham Schechter und an seiner Seite Rachel, und weitere Angehörige und Freunde, darunter seine Cousins mit ihren Kindern; einige sah er seit langem zum erstenmal, sie waren weder auf Onkel Lasars noch auf seines Vaters Beerdigung gewesen. Während er dastand und schaute, fiel sein Blick auf

Joel, der in den zurückliegenden Monaten sehr gealtert war. Es schien ihm, als habe auch Joel ihn erblickt, so daß er nicht fortgehen konnte und sich zwischen den herbeiströmenden Gästen hindurch einen Weg zu ihm bahnte, ihm die Hand schüttelte und »alles Gute« sagte. Danach wandte er sich Jeremiah und Temima zu und anschließend Meir und seiner Frau, mit denen er ein kurzes Gespräch führte, ihnen allen gratulierte, noch ehe er auf das Brautpaar zutrat, um auch ihm Glück zu wünschen. Den Bräutigam hatte er vor vielen Jahren ein- oder zweimal gesehen, doch er hätte ihn nicht erkannt, wenn er nicht gewußt hätte, wer vor ihm stand. Sekunden später begrüßte er Abraham Schechter und Rachel, die trotz ihres Alters noch weiblich und schön war, vor allem dank ihres glatten, leicht gebräunten Gesichts und weil sie seit Akiva Weiners Tod mit Abraham Schechter lebte, der so viele Jahre auf sie gewartet hatte und nun mit ihr gemeinsam einen beschaulichen Lebensabend verbrachte – sie gingen zu Vorträgen, ins Kino oder Theater und spielten Rommé um die Münzen, die sie in einem Marmeladenglas aufbewahrten. Rachel fragte Goldmann, wie es ihm gehe, und erkundigte sich nach Stefana.

Goldmann sagte:

»Es geht ihr gut.«

»Wir sind alle nicht mehr die Jüngsten«, sagte Rachel.

Ehe Goldmann etwas erwidern konnte, näherten sich Schmuel und Beracha, um ihm die Hand zu drücken und ein paar Worte mit ihm zu wechseln. Anschließend begrüßte er alle möglichen anderen Leute, die ihm freundlich zulächelten, Cousins, Neffen und Nichten – viele waren bereits verheiratet und hatten Kinder –, und währenddessen erblickte er Avieser, der in den Saal trat und bei Joel und Ruth stehenblieb; er trug einen hellblauen Pullover und dunkelblaue Hosen und sah beeindruckend schön aus mit seinen grauen Locken und seinem traurigen, verschlossenen Gesicht. Er wollte zu ihm gehen und mit ihm sprechen, doch gerieten die Versammelten mit einemmal in Bewegung, als Zipora in der Eingangstür des Saales erschien.

Sie saß im Rollstuhl und wurde von Esther langsam durch die Menge der Gäste geschoben, die nacheinander auf sie zutraten, ihr ehrfürchtig und liebevoll die Hand schüttelten, sie auf die Wange küßten und mit ihr sprachen. Wie angewurzelt stand Goldmann da, betrachtete sie und sah, wie sie allmählich auf ihn zurollte, eine kleine, sich aufrecht haltende Frau in einem dunklen Baumwollkleid, unter dem ein Fuß in einem weißen Stoffschuh hervorlugte, ihr graues lockiges Haar wurde von einem schwarzen Band zusammengehalten, und ihr Gesicht, rot und verschrumpelt ein alter Apfel, zeugte von Erkenntnis und Autorität, die Ausdruck ihrer Aufrichtigkeit und trotz aller Probleme und Leiden unerschöpflichen, lebensbejahenden Zuversicht waren. Goldmann konnte seinen Blick nicht von ihr lösen, und je näher sie an ihn herankam, desto unruhiger wurde er. Als sie nur noch wenige Meter von ihm entfernt war, machte er zwei oder drei Schritte auf sie zu, reichte ihr die Hand und küßte sie. Sie lächelte und fragte ihn, wie es ihm und Stefana gehe.

»Man muß vergessen und weiterleben«, sagte sie. »Schau her, ich erinnere mich kaum noch, einmal zwei Beine besessen zu haben.«

Wieder lächelte sie. Dann wandte sie sich anderen Leuten zu, die sich ihr näherten, um sie zu begrüßen, während Goldmann, der allein zurückblieb, ihr mit einem Gefühl der Erleichterung hinterherschaute. Plötzlich fühlte er einen Klaps auf seiner Schulter. Als er sich umdrehte, sah er einen Mann vor sich stehen, der ihn freundlich anblickte und zu ihm sagte:

»Guten Abend, Goldmann.«

Goldmann ergriff verlegen die Hand, die der Mann ihm entgegenstreckte, und sagte:

»Guten Abend.«

Indes versuchte er sich zu erinnern, wer der Mann war. Und plötzlich, während er ihn noch nachdenklich anschaute, rief er:

»Avram!« und drückte ihm von neuem, diesmal mit Bestimmtheit, die Hand. Sie umarmten sich, gossen zwei Gläser Wein ein und stießen an. Unterdessen begann die Trauungszeremonie, der Saal verstummte. Sie standen ein wenig abseits, am äußeren Rand des Kreises, der sich um die Chuppa gebildet hatte. Das Weinglas in seiner Hand, warf Goldmann von Zeit zu Zeit einen verstohlenen Blick auf Avram und bemerkte die Spuren, die die Jahre an ihm hinterlassen hatten: Er war kahlköpfig und sah größer und schlanker aus, als er ihn in Erinnerung hatte; seine Hände schienen ihm zu lang, und auch sein papierenes Gesicht hatte sich in die Länge gezogen, so daß ihm Mund und Ohren unmäßig groß vorkamen. Und doch war das Avram, der Sohn von Schmuels Bruder Aharon, der ein Jahr mit ihm und Avinoam Leviathan in einer Klasse und mit dem er mehrere Jahre befreundet gewesen war. Er hatte stets Geld und lud sie zum Eisessen oder ins Kino ein, um sich ihre Sympathie zu erkaufen. Doch wurden sie durch den Unabhängigkeitskrieg voneinander getrennt, an dessen Ende Avram zum Studium der Wirtschaftswissenschaften nach Frankreich ging. Sein Vater wünschte, daß er im Ausland studiere, doch wandte er sich nach den Abschlußexamina dem Handel zu, war eine Zeitlang Berater einer Investmentfirma, eröffnete schließlich in Nizza ein großes Juweliergeschäft und lebte allein in einer luxuriösen Fünfzimmerwohnung. Nach Israel war er einzig gekommen, um seine kranke Mutter zu sehen.

Als die Trauung vorüber war, das Orchester zu spielen begann und die Gäste in lautem Getöse zu dem Fleisch, dem Fisch und den Salaten eilten, die auf großen Platten auf einem langen Tisch in der Mitte des Saals angerichtet waren, setzten Goldmann und Avram sich in eine Ecke, um ungestört miteinander sprechen zu können. Ihre Gesichter strahlten noch von der Wiedersehensfreude, doch wurde Goldmann bald klar, daß bis auf wenige bedeutungslose Erinnerungen ein Abgrund aus Fremdheit sie trennte und daß Avram ihn in Wirklichkeit langweilte. Er beschrieb seine Wohnung, seinen Hund und seine geschäftlichen Aktivitäten mit einer ermüdenden Detailbesessenheit, die den unangenehmen Eindruck der Sterilität nur mehr verstärkte, den sein Aussehen und seine Bewegungen, sein korrekt sitzender Anzug und seine pedantische Gepflegtheit erweckten; seine Fingernägel waren fein säuberlich manikürt, und ein süßlicher Duft ging von ihm aus. Etwas Kleinliches und auf bedrückende Weise Gefühlloses haftete ihm an, so als sei alles in ihm verkrampft und zusammengezogen. Auch bekundete er nur ein oberflächliches Interesse an der Zeit ihrer Jugend und an Israel – eher beiläufig fragte er nach Avinoam und Sonia und erwähnte er den einen oder anderen Ort in der Stadt. Goldmann, der überrascht feststellte, wie gleichgültig ihm das alles mit einemmal war – sogar an Avinoam und Sonia dachte er ungerührt –, versprach Avram, ihn am folgenden Tag zu einer Spazierfahrt abzuholen, auf der sie gemeinsam die alten Orte aufsuchen würden . . .

Doch außer der Totenwaschhalle des moslemischen Friedhofs, ihrer früheren Schule, der Arbeitersiedlung und ein paar anderen Gebäuden, die all ihren Zauber verloren hatten und geradezu armselig wirkten, existierte keines der Häuser mehr, die Avram aufzählte. Die meisten waren im Laufe der Jahre abgerissen und durch Neubauten ersetzt worden. Ähnlich war es zahlreichen freien Grundstücken, Gärten, Wäldchen und Brachflächen ergangen, wohin sie noch wenige Jahre zuvor Ausflüge unternommen und wo sie Spiele gespielt hatten. Sie waren verschwunden und zu Straßen geworden mit Wohnhäusern, Büros, Werkstätten und Industriezonen. Als sie ihre Spazierfahrt beendet hatten, lud Avram Goldmann zum Mittagessen ein, aber Goldmann sagte, er müsse ins Büro zurück, um in einer dringenden Angelegenheit mit einem Mandanten zu sprechen, und schlug Avram vor, gegen Ende der Woche miteinander zu telefonieren; dann könnten sie am Samstag Avinoam in seinem Moschaw besuchen. Doch wurde ihr Vorhaben niemals Wirklichkeit, weil Goldmann, losgelöst und fern von seiner Umgebung, Avram nicht anrief und auf niemandes Telefonate mehr reagierte. Avram blieb ungefähr einen Monat in Israel, während dessen seine Eltern, seine Schwester, Mosche Zellermeyer und mehrere Bekannte ihn zu verheiraten suchten. Doch hatten ihre Bemühungen keinen Erfolg, weil Avram gewöhnt war, ohne Frau und Kinder zu leben, er seine Kreise nicht stören lassen wollte und nicht bereit war, sich an die Gewohnheiten einer fremden Person anzupassen – im Grunde waren alle Menschen Fremde für ihn, und sein Geld mit jemandem zu teilen . . .

Während ihr Gespräch sich dahinschleppte, näherte Aharon sich ihnen. Er hatte einen dunklen Anzug an, und sein sorgfältig rasiertes Gesicht strahlte vor Glück. Er schüttelte Goldmann überschwenglich die Hand.

»So habt ihr doch noch zueinander gefunden«, sagte er und legte Avram seine Hand auf die Schulter. Avram saß wie angewurzelt auf seinem Stuhl und bemühte sich, seine Verlegenheit zu überwinden.

»Ja, es ist viele Jahre her«, sagte Goldmann.

Aharon stieß seinen Sohn liebevoll an – er war stolz auf ihn und seine Freundschaft zu Goldmann und fragte:

»Amüsiert ihr euch?«

Goldmann sagte: »Ja, sehr.«

Und Avram, der mit Ungeduld darauf wartete, daß sein Vater ihn loslasse:

»Ja, wir amüsieren uns.«

»Avram wird wohl nie heiraten und uns Großkinder schenken . . .«, sagte Aharon zu Goldmann und lachte. »Viel Spaß wünsch ich euch noch!«

Er klopfte seinem Sohn auf die Schulter, dann gesellte er sich zu einem anderen Gast und entfernte sich mit ihm. Nach einem kurzen, unangenehmen Schweigen nahmen sie ihr Gespräch wieder auf. In der Zwischenzeit hatte der Tanz begonnen, und Goldmann, der auf eine Gelegenheit lauerte, fortzugehen, nutzte den Augenblick, verabredete sich mit Avram für den folgenden Tag und steuerte, ohne sich von den anderen zu verabschieden, auf den Ausgang zu. Nahe der Tür aber hielt ihn ein Mann an, der ein paar Jahre älter als er war, bat um Verzeihung und fragte ihn, ob er zufällig der Bruder von Noomi Goldmann sei.

»Ja, der bin ich«, sagte Goldmann.

Und der Mann, der sagte, er heiße Jitzchak, erzählte, er habe vom ersten Augenblick an geglaubt, daß er es sein müsse; er habe gewußt, daß Noomi einen Bruder hatte und ihre Familie der des Bräutigams nahestand; zudem habe er an ihm eine gewisse Ähnlichkeit mit seiner Schwester entdeckt. Goldmann fragte ihn, woher er sie kannte, und er sagte:

»Sie ist mir bei der britischen Armee in Alexandria begegnet.«

Von neuem musterte er Goldmann und sagte: »Es besteht tatsächlich eine gewisse Ähnlichkeit zwischen Ihnen und Noomi, so wie sie mir in Erinnerung geblieben ist. Vielleicht liegt es am Gesicht . . . Jedenfalls freue ich mich, Sie kennengelernt zu haben.«

Er reichte Goldmann zum Abschied die Hand, doch hielt ihn Goldmann zurück und begann ihm Fragen über Noomi zu stellen. Zunächst versuchte der Mann seinen Fragen auszuweichen, aber dann erzählte er ihm, er habe Noomi ein paarmal in Alexandria gesehen, wo er in einer Transporteinheit diente; er habe sie sehr gern gehabt, und vielleicht habe auch sie ihn gemocht; einmal seien sie sogar tanzen gegangen und hätten den ganzen Abend gemeinsam auf der Tanzfläche verbracht, doch sei zwischen ihnen nichts gewesen, weil sie in einen britischen Offizier namens Aitcheson oder Atkinson verliebt war, der den Gerüchten zufolge eine Frau und zwei Kinder hatte; auch habe der Engländer einen riesigen Hund besessen, der ihn überallhin begleitete; einmal habe er Noomi und ihn mit dem furchteinflößenden Tier in Kairo an Bord einer Nilfähre gesehen – aber das sei bereits alles, was er über Noomi berichten könne. Goldmann, der mehr erwartet und daher häufiger nachgehakt hatte, dankte ihm, verabschiedete sich mit einem Händedruck und ging aus dem Saal.

Es war ein wunderschöner Winterabend, kühl und erfrischend die Luft, der Himmel dunkel und sternenklar. Goldmann spürte eine Erleichterung, die sich vergrößerte, je weiter er ging, und sich endlich in ein beglückendes Gefühl des Freiseins verwandelte, das seinen ganzen Körper erfaßte und den Wunsch in ihm weckte, plötzlich loszulaufen und in der wohltuenden Luft zu vergehen. Der kühle Hauch stimmte ihn froh, so wie der Anblick des Himmels und der verlassenen Straßen, deren Vertrautheit und Fremdheit ihn weder erfreuten noch schmerzten, da er jeden Bezug zu ihnen verloren hatte. Auch mit den Menschen, selbst mit jenen, denen er soeben den Rücken gekehrt hatte, verband ihn nichts mehr außer mit Noomi, deren bloßes Andenken genügte, um ihn Wärme und Zufriedenheit empfinden zu lassen. Vor allem das Abschiedsessen, das Goldmanns Mutter am Tag ihres Einrückens veranstaltet hatte, war ihm im Gedächtnis geblieben – die Sitzordnung, die Kleider, das Geschirr, die Speisen und ihr Aroma, der Ausdruck auf den Gesichtern und die Tönung des Lichts, das ins Zimmer fiel. Er lächelte – oder bildete sich ein zu lächeln – und überlegte, in die *Bar 29* zu gehen. Doch war er zu glücklich, um solch einen Ort aufzusuchen. So setzte er seine Wanderung fort und kehrte erst zu später Stunde nach Hause zurück.

Stefana hatte sich im schweren Sessel vor dem Fernsehapparat niedergelassen. Sie wirkte ruhig und konzentriert. Als Goldmann das Zimmer betrat, um die Zeitung zu holen – in Wahrheit wollte er in Stefanas Nähe sein –, betrachtete er sie, und mit einemmal schien sie ihm trotz ihres Alters schön. Seitlich hinter ihr blieb er stehen und konnte den Blick nicht von ihr lösen. Je länger er sie anschaute, um so ähnlicher war sie Noomi, und einen Augenblick glaubte er, seine Schwester zu sehen. Ein beglückendes Gefühl tiefer Zuneigung ließ ihn wünschen, sie zu umarmen und von ihr umfangen zu werden. Doch rührte er sich nicht von der Stelle und begnügte sich, sie zu betrachten. Unterdessen durchfuhr ihn der Gedanke, daß mit ihrem Tod alles zu Ende und sein Dasein nur ein sinnloses Kreisen wäre; eines Tages würde sie sterben und die Welt eine beliebige Ansammlung von Häusern, Gebirgen, Straßen, Menschen, Autos und Eßbarem sein. Er wandte sich ab und ging in sein Zimmer. Er warf die Zeitung aufs Bett und öffnete das Fenster, um die kühle, reine Nachtluft hereinzulassen. Als er sich über das *Somnium* beugte und einen Begriff im Wörterbuch suchte, fielen ihm Manfreds Äußerungen über die Kosmologie ein, die bereits vor mehreren Tagen die Ahnung in ihm aufkeimen ließen, daß das Leben sinnlos und nichtig ist angesichts des Faktums der Unendlichkeit und Unbestimmbarkeit von Zeit und Raum, das er zunächst als unerschütterliche Basis wissenschaftlicher Betrachtung akzeptiert, das allmählich aber die Grundfeste seiner Seele ins Wanken gebracht hatte. So war er unwillkürlich zu der Einsicht gelangt, das sein Leben – trotz der leisen, kindlichen Präsenz seiner Mutter, die ihm wie Noomi eine letzte Insel des Friedens schien – ein Chaos bildete, in dem er verloren war, und daß er seiner Verlorenheit zustimmen mußte, um Rettung erfahren zu können – ein Schritt, zu dem er unfähig war. Jetzt aber fühlte er sich frei. Manfreds Worte, die kosmologischen Fragen und das Chaos der Welt hatten nur für Augenblicke Besorgnis in ihm ausgelöst. Er widmete sich von neuem der Übersetzung und arbeitete an ihr bis zum frühen Morgen. Danach legte er sich aufs Bett, schloß die Augen – einschlafen konnte er nicht und fühlte in seinem Körper eine labende Frische. Eine Stunde später erhob er sich, trank Kaffee und kehrte an die *Somnium*-Übersetzung zurück. Während drei Tagen arbeitete er an dem Werk, erfüllt von dem euphorischen Gefühl des Freiseins und Hinschmelzens, das ihn seit der Nacht nach Zaliks Hochzeit begleitete, wohin er auch ging – selbst in den eintönigen Stunden seines Ausflugs mit Avram –, genau wie das Empfinden einer tiefen Zuneigung für seine Mutter, deren Abwesenheit oder Gegenwart ihn nicht länger kümmerte, und für die ganze Welt, die er schon bald verlassen würde. Neben seiner Beschäftigung mit dem *Somnium* streifte er immer öfter durch die Straßen – vorwiegend nachts, denn er spürte keine Müdigkeit mehr, weil ihn die Schlaflosigkeit in einen rauschähnlichen Zustand des Wachens versetzt hatte. Er mied seine Freunde und vernachlässigte bereits seit mehreren Wochen das Schwimmen und das *Bullwor-*

ker-Training. Er ging nicht ans Telefon, wenn es klingelte, und rief niemanden an, nicht einmal Caesar oder Israel, der ihn am Mittwochabend aufsuchte, um nachzusehen, was mit ihm vorging, und ihn tot auf seinem Bett fand. Die Untersuchung sollte ergeben, daß er Cognac getrunken und Schlaftabletten geschluckt hatte.

Israel lief aus der Wohnung, rief einen Nachbarn herbei und verständigte den Arzt. Gemeinsam überbrachten sie die grausame Nachricht Stefana. Sie nahm sie wortlos entgegen, und auf ihrem Gesicht erschien für Sekunden ein leichtes Zukken, das ein Ausdruck von Schmerz und Enttäuschung schien. Doch bezog er sich gewiß nicht auf den Tod ihres Sohnes, denn sie glich einem abgestorbenen Baum, der neu erblühte, dessen Blüte aber die Vision einer fernen Welt war, nachdem das irdische Leben, eine endlose Folge von Irrtümern und sinnlosen Entbehrungen, allen Lebenssaft und alles Mitgefühl aus ihr herausgepreßt hatte. Und selbst wenn es sich anders verhielte, wäre es zweifelhaft, daß sie das Bedürfnis verspürte, zu trauern, denn nicht die Taten, die sie vollbrachte, sondern vornehmlich jene, die sie zu vollbringen versäumte, beschleunigten ihren Niedergang. Das gleiche traf auf ihren Sohn zu, der als letztes Zeichen seines Lebenswillens den Tod gewählt hatte, während sie sich für Polen entschied. Wie er gehörte sie niemandem mehr an, und niemand gehörte zu ihr. Aber in der Nacht nach seinem Tod lag sie viele Stunden mit offenen Augen auf ihrem Bett. Als Judith Meisler, die bei ihr geblieben war, ihr eine Schlaftablette anbot, sagte sie:

»Danke, das ist nicht nötig« und lag wach, bis die Sonne aufging.

Goldmanns Beerdigung fand zwei Tage später statt. Gleichgültig und ergeben wie im Augenblick, in dem sie von seinem Tod erfuhr, geleitete sie ihn bis an sein Grab. Angehörige, Bekannte, Nachbarn und einige Freunde von ihm hatten sich im Hof vor der Trauerhalle versammelt, um, von einer milden Wintersonne beschienen, seiner Bahre zu folgen. Am Ende des Trauerzugs gingen Israel und Caesar, der ruhelos war, seit er von Goldmanns Tod wußte. Während sie aus dem Hof traten, warf er einen flüchtigen Blick auf die Leute, die ihm vorausgingen, dann schaute er Israel an und sagte:

»Vielleicht war es eine weise Tat. Er hat einfach Schluß gemacht, und nichts mehr braucht ihn zu kümmern.«

Israel nickte. Indes schaute Caesar nach vorne und sah, wie die Bahre in den schwarzen Wagen gehoben wurde.

»Einfach furchtbar. Da wird einem speiübel«, sagte er.

Und Israel sagte: »Ja.«

Caesar stieß einen Erdklumpen beiseite und vergrub die Hände in seinen Manteltaschen. Er verweilte im Hof vor der Trauerhalle, bis die Wagenkolonne davonfuhr. Danach beeilte er sich, ins Krankenhaus zu gelangen, um sich ans Bett seines Sohnes zu setzen, dessen Zustand hoffnungslos war.

Israel ging nach der Beerdigung mit den anderen in Goldmanns Wohnung. Er nahm Platz, bekam von Beracha ein Glas Tee und ein Stück Kuchen gereicht und hörte teilnahmslos dem trägen Gespräch zu, das am Tisch geführt wurde. Dort saßen Jechiel Lewenkopf und Mosche Zellermeyer, dessen Gesicht grün und leblos aussah, Zeimers Frau und Schmuel Beracha hatten sich vergeblich bemüht, ihn von der Beerdigung fernzuhalten, um ihm die Aufregung zu ersparen, und zwei oder drei weitere Gäste. Es herrschte eine gedrückte Stimmung im Raum, ein flaues Gefühl von Niedergang und Apathie. Als Israel glaubte, seine Pflicht getan zu haben, erhob er sich, nahm Abschied von Stefana und Mathilda Leviathan und verließ die Wohnung. Einige Tage später kam er zurück, um die pornographischen Bücher zu holen, die Caesar Goldmann geliehen hatte, obwohl niemand nach ihrem Verbleib gefragt hatte und niemand sie noch zu benötigen schien. Die Wohnung wirkte wie ausgestorben, nur Stefana und Judith Meisler saßen im Empfangszimmer und unterhielten sich. Als Israel den Raum betrat, fühlte er sich fehl am Ort und bereute, hergekommen zu sein. Dennoch ließ er sich auf einem Stuhl nieder und wechselte ein paar Worte mit den beiden Frauen. Nach einer Weile erhob er sich, um mit Stefanas Erlaubnis in Goldmanns Zimmer zu gehen. Nichts hatte sich verändert; es war, als habe Goldmann es vor wenigen Minuten verlassen, um in ein oder zwei Stunden zurückzukehren. Der *Bullworker* und die Hanteln, der alte Sessel und die Stehlampe – das Überbleibsel von seiner Ehe mit der schönen Jemima Tschernow –, alles befand sich an seinem Platz; und wie stets lagen Bücher über das Zimmer verstreut, und auf dem Schreibtisch Lexika, Werke über Astronomie und Astrophysik, das *Somnium* und ein mit Goldmanns einzigartiger Handschrift beschriebenes Heft, das die übersetzten Passagen des Buches enthielt, von dem Goldmann Israel oft erzählt hatte. Es handelte von dem Jungen Duracotus, der mit seiner Mutter Fiolxhilda in Island lebte.

Duracotus' Vater war Fischer. Als er im Alter von hundertfünfzig Jahren starb, war sein Sohn gerade erst drei. Fiolxhilda, die mit dem Teufel und den Dämonen sprach, verkaufte den Seeleuten allerlei Kräuter, die sie in Säckchen aus Schafsleder füllte. Doch war Duracotus ein neugieriger Junge, und als er als Fünfzehnjähriger in eines der Säckchen schaute, verkaufte ihn seine wütende Mutter an einen Kapitän. Der Kapitän setzte ihn auf der Insel Hveen aus. Dort lebte er während fünf Jahren und studierte die Sterne unter der Anleitung des Astronomen Tycho Brahe. Als Duracotus heimkehrte, wollte die reuige Mutter ihren Sohn gnädig stimmen. So beschwor sie einen der Geister, die bisweilen einen Menschen auf eine Mondreise mitnehmen. Der Dämon erklärte, daß die Reise nur zur Zeit einer Mondfinsternis möglich sei und aus diesem Grund binnen vier Stunden vollbracht werden müsse. Obwohl der Reisende von gestaltlosen Geistern getragen werde, träten die physikalischen Gesetze nicht außer Kraft. Sobald er auf dem Mond ankomme, unterliege er den besonderen Gegebenheiten, die dort herrschten. Ein Tag, vom Sonnenauf- bis zum Sonnenuntergang, dauere etwa zwei Wochen, und ebenso lang sei die Nacht. Die Hälfte des Mondes, die der Erde zugewandt sei, heiße bei seinen Bewohnern »Subvolva«, die andere Hälfte werde »Prävolva« genannt. Beide Hälften besäßen einige Gemeinsamkeiten: Das Jahr dauere zwölf Tage und zwölf Nächte, die Temperaturschwankungen seien verhängnisvoll – glühend heiß der Tag und eisig die Nacht –, und die Wanderung der Gestirne erscheine befremdlich; da der Mond die Erde umkreise, wanderten die Sonne und die Planeten ohne Unterlaß hin und her. Die Bewohner der »Prävolva« aber seien in besonderem Maße benachteiligt, weil sie die Erde nie sähen und in ihren Nächten unentwegt Hagel– und Schneestürme tobten. Doch auch ihre Tage seien entsetzlich, da die Sonne auf sie niederpralle und eine unerträgliche Hitze verursache. Die Gebirge, ebenso die Pflanzen und Lebewesen des Mondes überträfen die der Erdkugel an Höhe und Größe. Die meisten Geschöpfe, die auf dem Mond lebten, glichen riesigen Schlangen, die sich in Höhlen versteckten oder in die weichenden Wasser eintauchten, um sich vor den sengenden Strahlen der Sonne zu schützen. Denn wenn sie sich aus Unachtsamkeit zu lange der Hitze des Tages aussetzten, verhärte sich ihre Haut und verbrenne, und am Abend des Tages schäle sie sich und falle ab. Und doch hätten sie die wundersame Gewohnheit, sich von der Mittagssonne wärmen zu lassen, aber sie blieben stets nahe ihrer Erdlöcher, um sich schnell in Sicherheit bringen zu können. Am Ende des Buches, hatte Goldmann erzählt, wecke ein plötzlich einbrechender Wolkenbruch Duracotus aus seinem Alptraum von der furchtbaren Welt des Mondes und den riesigen Kriechtieren, die sie bevölkerten. Doch war Goldmann in der Übersetzung des *Somniums* noch weit entfernt von dieser Stelle; er hatte von ihr berichten können, da er das Werk bereits bis zum Ende gelesen hatte.

Israel warf einen Blick auf die beschriebenen Seiten:

Jene, die die Prävolva bewohnen, besitzen kein festes Zuhause. Innerhalb eines Tages ziehen sie in Herden von einem Horizont zum anderen, auf der Suche nach den weichenden Wassern. Zum Laufen benutzen sie Gliedmaßen, länger als die Beine unserer Kamele, oder sie schweben dahin oder fahren in Booten.

An anderer Stelle las Israel:

Ihr Wachstum vollzieht sich geschwind, und ihr Leben ist kurz. Ihre Körperteile nehmen unfaßbare Ausmaße an. Zwischen Geburt und Fäulnis liegt ein einziger Tag.

In der zunehmenden Dunkelheit gelang es ihm zu entziffern:

Tiere, die auf der Oberfläche der Wasser dahintreiben, werden von der Mittagssonne gesotten und dienen den heranziehenden Herden als Futter.

Als er zurückblätterte, um das Heft so zu hinterlassen, wie er es vorgefunden hatte, verweilte sein Blick auf dem Abschnitt, der die eigentliche Reise zum Mond schilderte:

Am schrecklichsten ist die Erschütterung zu Beginn der Reise, da der Reisende in die Höhe schießt, als entlade sich die Sprengkraft von Pulver. Deswegen wird er vor dem Abflug mit einer Schlafdroge betäubt und werden seine Hände und Füße verbunden, so daß sie sich nicht von seinem Körper lösen. Später muß er weitere Unbillen aushalten: furchtbare Kälte und Atembeschwerden. Erst nach dem Ende des ersten Teils seines Fluges widerfährt ihm Erleichterung, denn er verläßt die Regionen, die der Magnetkraft der Erde ausgesetzt sind, und tritt in die Wirkungssphäre des Mondes. An diesem Punkt können wir den Reisenden seinem Geschick überlassen. Einer Spinne gleich dehnt er sich und zieht sich zusammen und fliegt weiter im freien Fall. Denn da die Magnetkraft zweier Himmelskörper zu gleicher Zeit an ihm zerrt, ist es, als versuche weder Erde noch Mond ihn an sich zu reißen, und die Reise geht mühelos weiter.

Das Tageslicht hatte sich grauschwarz verfärbt, und es blitzte. Gleich darauf war ein tiefes, anhaltendes Donnern zu hören. Israel hob den Blick vom Manuskript und sah hinaus auf den tiefhängenden Winterhimmel, den großen Ficus und den blattlosen Paternosterbaum, die reglos im verlassenen Hof standen. Er legte das Heft aus der Hand, nahm die pornographischen Bücher und wickelte sie in eine Zeitung. Danach verließ er das Zimmer, das wie der Flur und der Empfangsraum im Dunkeln lag. Wieder blitzte und donnerte es. Er verabschiedete sich von Stefana und Judith Meisler, die in der Finsternis saßen und miteinander sprachen. Als er aus der Wohnung ging, hörte er bereits den Regen, der plötzlich eingesetzt hatte und in fetten, dicht fallenden Tropfen wie ein Sturzbach auf den Erdboden prasselte. Israel blieb im Hauseingang stehen, den Regen und die Straße beobachtend, die sich mitten am Tag verdunkelt und in wenigen Sekunden mit Wasser gefüllt hatte. Nach einer Weile jedoch, als er merkte, daß der Regen nicht nachließ, verlor Israel die Geduld. Er verbarg die Bücher in seinem Mantel und trat in den strömenden Regen. Als er kurz darauf die Treppen zum Atelier hinaufstieg, hoffte er, daß Ella ihn oben erwarte (obwohl er genau wußte, daß sie nicht dasein würde) oder Caesar oder irgend jemand anders, der ein wenig Leben in die Wohnung einkehren ließe und mit dem er reden könnte, gleichgültig worüber. Doch erwartete ihn niemand und waren die Zimmer düster und voller Kälte und Feuchtigkeit. Er legte die Bücher in Caesars Arbeitsraum, zog den Mantel aus und ging ins Bad, um sich Gesicht und Haare zu trocknen. Danach schaltete er in seinem Zimmer das Licht ein, setzte sich ans Klavier und fing an zu spielen. Drei Tage lang sollte nahezu ununterbrochen Regen fallen.

Israel hätte sich am liebsten unter der Decke verkrochen und untätig dagelegen – nicht einmal lesen wollte –, denn zu der Sehnsucht, die in ihm nistete, seit Ella fort war, hatten sich Einsamkeit und Resignation gesellt, die seit Goldmanns Tod Tag um Tag wuchsen. Zähneknirschend setzte er sein Spiel fort und mobilisierte all seine Widerstandskräfte, um fern der Dinge und Menschen zu leben, die ihn umgaben, auch fern von Caesar, der keine großen Erwartungen hegte, sondern nur auf eine freundliche Geste oder Worte des Mitgefühls hoffte, während er an nichts anderes dachte als an die Krankheit seines Sohnes, der ohne eine Aussicht auf Rettung dahinvegetierte, und an Tehilas unerwartete Schwangerschaft. Seit mehreren Wochen hütete Tehila, der Anweisung der Ärzte gehorchend, das Bett, doch räumten sie ihr nur geringe Chancen ein, das Kind zur Welt zu bringen. Obwohl ihre Niederkunft beinah unmöglich schien, verfiel Caesar in Panik und Depression. Auch war er wütend, weil die Geburt eines Kindes ihm den Fluchtweg versperrte zu einem Ort, über dessen Beschaffenheit er nichts wußte, und weil er nie Kinder gewollt hatte, selbst jene nicht, die er vor vielen Jahren gezeugt hatte und an denen er liebevoll hing. Das hatte er Tehila immer wieder deutlich zu verstehen gegeben und auch Isarel, der kein einziges Mal zu seinem Sohn ins Krankenhaus mitging und seinen Erzählungen stumm und mit demonstrativer Gleichgültigkeit zuhörte. Indes ließ der Regen nach, die Tage wurden länger und milder. Und eines Morgens stand Israel auf und fuhr nach Jerusalem, um in den Kirchen der Stadt eine Lehrstelle als Organist zu suchen. Er war entschlossen, von Tel Aviv und aus Caesars Abhängigkeit loszukommen und einen neuen Lebensabschnitt zu beginnen.

Es war ein herrlicher Tag, sonnig und klar. Etwas Verführerisches und Betörendes lag in der blauen Luft und den Landschaften, die er still und zufrieden durch die Scheiben des Busses betrachtete, als gehörten sie ihm allein. Später, als er durch Jerusalem schlenderte, erkannte er mit einemmal Ella, die sich mit einem großen Korb in der Hand auf der gegenüberliegenden Straßenseite durch die Menge der Passanten bewegte. Eilig überquerte er die Fahrbahn und folgte ihr einige Meter, dann näherte er sich ihr und tippte sie an. Sie blieb stehen, um ihm ihr erschrockenes Gesicht zuzuwenden. Als sie ihn erkannte, entfuhr ihr ein leiser Überraschungsschrei; ihre Augen füllten sich mit einer verschämten Freude, die sogleich wieder erlosch und, ohne Spuren zu hinterlassen, aus ihrem Gesicht verschwand. Israel, der im selben Moment sah, daß sie schwanger war, spürte, wie ein düsteres Schäumen ihm die Sinne benahm. Sekundenlang wußte er nicht, was er tun sollte, doch schließlich faßte er sich und fragte sie, wie es ihr gehe.

Sie sagte: »Recht gut« und erkundigte sich nach seinem Befinden.

»Mir geht es auch gut, Du siehst es selbst«, sagte er.

Danach schwiegen sie und standen linkisch und verlegen im milden Sonnenlicht, bis Israel sich besann und sie zum Kaffeetrinken einlud. Und obwohl es ihr widerstrebte, mit ihm zu gehen, willigte sie ein. Doch als er die Hand ausstreckte, um ihr den Korb abzunehmen, lehnte sie seine Hilfe ab. Sie gingen die Straße ein Stück hinunter, traten in ein Café und setzten sich an einen Tisch, der vom Eingang ein wenig entfernt stand. Ihr blondes Haar hatte seinen Glanz verloren und war fest wie Garn. Israel wollte sie fragen, weshalb sie plötzlich geflohen war und sich nicht mit ihm in Verbindung gesetzt hatte, weder bevor sie fortzog noch später, im Lauf der Monate, die seither vergangen waren. Doch statt nach ihren Beweggründen zu fragen, trank er seinen Kaffee und schaute ihr von Zeit zu Zeit ins Gesicht. Es wirkte verschlossen und signalisierte ihm keine Bereitschaft. Zugleich kämpfte er mit einem unbändigen Gefühl der Verzweiflung und dem Wunsch, sich von ihr abzuwenden und seines Weges zu gehen. Nach Minuten des Schweigens fragte er sie, ob sie verheiratet sei. Sie schüttelte den Kopf. Er nahm all seine Kräfte zusammen und erkundigte sich nach dem Vater des Kindes. Ella antwortete nicht. Zornig wiederholte er seine Frage, aber Ella blieb stumm, so als habe sie sie nicht gehört. Israel leerte wortlos die Tasse. Als sie aufstanden, um das Café zu verlassen, streckte er von neuem die Hand aus und bot ihr an, ihren Korb zu tragen, doch lehnte sie abermals ab. Sie traten hinaus und hielten inne, wie zwei Fremde standen sie da. Israel betrachtete ihr abweisendes Gesicht und wußte, daß alles vorbei war. Während er noch nach Worten suchte, sagte sie zu ihm: »Auf Wiedersehen« – drehte sich um und entfernte sich. Mit verzweifeltem, feindseligem Blick schaute er ihr hinterher, doch noch ehe sie aus seinem Sichtfeld verschwunden war, wandte er sich ab und schlug die entgegengesetzte Richtung ein. Viele Stunden wanderte er durch die Straßen, die ihm wunderschön schienen und deren Anblick und Düfte Ruhe in ihn einströmen ließen. Ohne eine Anstellung gesucht zu haben, fuhr er am frühen Abend nach Tel Aviv zurück.

Als er geduscht und frische Kleider am Leib hatte, senkte sich trotz der Leere, die sich um ihn ausweitete, eine große, freudige Stille auf ihn herab. Doch schon am folgenden Tag begannen Zorn und Eifersucht ihn zu quälen, und ein Sehnen, fein wie die Fäden eines Insekts, das ihn einspann und nicht wieder frei gab. Seine Laune verdüsterte sich, er fand vor Wut keine Ruhe mehr. Schließlich war Ella an seiner Einsamkeit schuld! Und nicht nur das – sie erwartete auch ein Kind! Stundenlang spielte er auf seinem Klavier, wanderte durch die Straßen oder lag auf dem Sofa und betrachtete ungerührt das Gesicht, das ihn aus den Spiegeln anglotzte. Nach einem Monat fuhr er erneut nach Jerusalem, um, ohne zu wissen, an wen er sich wenden sollte, auf die Suche nach Ella zu gehen. Zunächst erkundigte er sich in der Universität, anschließend bei den wenigen Bekannten, die er in der Stadt hatte. Und am folgenden Tag gelangte er um die Mittagszeit, übernächtigt, unrasiert und verschwitzt, zu der Wohnung, die sie mit einer Freundin teilte. Doch war keiner zu Hause, und so setzte er sich ins Treppenhaus und wartete unbeirrt, obwohl die Stunden verstrichen und die Leute, die an ihm vorbeikamen, ihn mißtrauisch anschauten. Kurz vor drei erschien Ellas Freundin. Sie erschrak, als sie ihn sah. Er stand auf, nannte seinen Namen und fragte, wo Ella sei und wann sie nach Hause komme. Unangenehm berührt musterte sie ihn. Er stellte sich abermals vor und drängte sie, ihm zu sagen, wo Ella sei und wann sie wiederkomme. Die Freundin sagte zögerlich:

»Sie liegt im Krankenhaus.«

»Ist etwas passiert?«

»Ja, sie hat einen Sohn bekommen«, sagte die Freundin und öffnete die Wohnungstür. Als sie Israel vorschlug einzutreten und etwas zu trinken, sagte er:

»Nein, danke« – und fragte sie, in welchem Krankenhaus sie sich befinde und wann die Besuchszeiten seien. Nachdem sie es ihm erklärt hatte, dankte er ihr mehrere Male, dann stieg er die Treppen hinunter und ging langsam zum Krankenhaus, dessen weiter Hof von einem grünlichbraunen Teppich aus Kiefernnadeln und Eukalyptusblättern bedeckt war. Die Bäume, die mit Zypressen abwechselten, verbreiteten einen wohltuenden Duft. An das Gitter des Eingangs gelehnt, wartete Israel auf den Beginn der Besuchszeit. Eine unendliche Ruhe herrschte in ihm. Als sich das Tor öffnete, blieb er noch einen Augenblick stehen, dann erst trat er in den langen Flur und fragte eine Schwester nach Ella. Sie blickte ihn unfreundlich an, wies auf eine Tür und sagte: »Sie ist dort.«

Er dankte ihr und folgte dem Flur ein Geruch von Medikamenten, Desinfektionsmitteln und Ölfarbe hing in der Luft –, bis er zu einem großen Saal gelangte. In den reihenweise angeordneten weißen Betten lagen die Wöchnerinnen, um sie herum scharten sich Ehemänner, Eltern und Freunde. Israel blieb am Eingang des Saals stehen und ließ seinen Blick mehrere Male über die Betten gleiten. Ella lag weit entfernt von der Tür in einem Bett an der Wand. Er bewegte sich in ihre Richtung zwischen den weißen Reihen hindurch und winkte ihr zu. Ella aber reagierte nicht. Er näherte sich ihr und versuchte seine Erregung, vor allem sein Reuegefühl und seine Sehnsucht nach ihrer Nähe, in den Griff zu bekommen. Neben Ellas Bett blieb er stehen.

»Guten Tag«, sagte er und lächelte ihr zu.

Doch Ella lag bewegungslos da, sehr blaß und ruhig, und schaute mit starrem Blick vor sich hin, so als befinde sich niemand in ihrer Nähe. Einen Moment lang glaubte er, sie habe ihn nicht bemerkt. So machte er einen Schritt auf sie zu und winkte ihr.

»Ella!«

Aber sie reagierte nicht. Ihre Augen waren geöffnet, doch schien sie zu schlafen oder eine Vision zu sehen. Selbst als er wieder und wieder ihren Namen rief und sie berührte, regte sie sich nicht. Indes kündigte die Stationsschwester durch ein Händeklatschen das Ende der Besuchszeit an. Nach und nach begannen die Besucher sich von den Wöchnerinnen zu verabschieden, sie umarmten und küßten sie und winkten ihnen zu. Die Krankenschwestern trugen die Säuglinge herein und überreichten sie ihren Müttern zum Stillen. Ella aber ignorierte das Kind, dessen Kopf mit schwarzem Flaum überzogen war, und das sanfte Zureden der Schwester, die es ratlos in ihren Händen hielt und sie schließlich in ungeduldigem Ton aufforderte, es entgegenzunehmen und zu stillen wie all die anderen Frauen. Doch Ella schaute ihr Kind nicht an, so wie sie Israel nicht angeschaut hatte, der unnachgiebig an ihrer Seite ausharrte und keinen Blick von ihre wendete. Er sah, wie sie sich verschleierte und auflöste, um allmählich vom Weiß des Bettzeugs aufgesogen zu werden. Und im Hintergrund hörte er noch einmal das Händeklatschen der Schwester, die, als alle übrigen Besucher gegangen waren, sich ihm näherte und ihn bat, es ihnen gleichzutun. Israel trat ein paar Schritte zurück, dann wandte er sich um und verließ den Saal.

»Bardakkeeper«: Wortspiel mit dem international gängigen Begriff »Bar« und dem israelischen Slangausdruck »bardak«, der aus dem Türkischen entlehnt ist und – wie das französische Wort »bordel« – sowohl »Unordnung« als auch »Freudenhaus« bedeutet

*»Bar Mitzwa« (übersetzt: »Sohn des Gebots« bzw. »Gebotspflichtiger«)*Nach der jüdischen Tradition ist jeder Junge vom vollendeten dreizehnten Lebensjahr an zur Erfüllung der religiösen Gebote verpflichtet.

»Chamsin« heißer Wüstenwind, in seiner Wirkung auf das Befinden zahlreicher Menschen dem alpenländischen Föhn ähnlich

»Chasan« Vorbeter bzw. Kantor in der Synagoge

»Chasaren« Tatarenstamm, der im frühen Mittelalter zum Judentum übergetreten sein soll

»Chuppa« Baldachin, unter dem die religiöse Trauungszeremonie abgehalten wird

»Davar« (übersetzt: »Wort«) gewerkschaftsorientierte israelische Tageszeitung

»Etzel« Antibritische und antiarabische Untergrundgruppierung, die seit 1943 von Menachem Begin befehligt wurde

»Kippa« Kopfbedeckung frommer Juden

»Moschaw« genossenschaftlich organisierte landwirtschaftliche Siedlung, die im Gegensatz zum Kibbuz Privateigentum zuläßt und sich aus individualistisch geführten Einzelbetrieben zusammensetzt

»Palmach« (übersetzt: Stoßtruppen) spezielle Bereitschaftstruppe der »Hagana« genannten Selbstverteidigungsorganisation des jüdischen Gemeinwesens in Palästina zur Zeit der britischen Herrschaft – in Methode und Zielsetzung deutlich unterschieden von den revisionistischen Terrorgruppen, die bisweilen auch gegen die »Hagana« operierten; aus »Hagana« und »Palmach« entstand 1948, bei der Staatsgründung, die israelische Armee, wohingegen die übrigen Untergrundorganisationen aufgelöst wurden.

»Po'el Haza'ir« (übersetzt: »der junge Arbeiter«) 1906 gegründete sozialistische Partei, die die Errichtung sozialistisch geführter Siedlungen propagierte und eine Reihe von Kibbuzim und Moschawim gründete

»Revisionisten« 1925 gegründete radikale zionistische Gruppierung, die die Errichtung eines jüdischen Staates zu beiden Seiten des Jordans und den Einsatz politischer und militärischer Macht propagierte und somit in Opposition zur Politik der zionistischen Exekutive stand

»Tallis« (oder Tallith) Gebetsschal

Abraham B. Jehoschua
Frühsommer 1970
Erzählung

Band 9326

Vor dem zeitgeschichtlichen Hintergrund des siebziger Krieges in Israel trägt sich eine äußerst dramatische, menschlich erschütternde Geschichte zu um einen einsamen alten Mann, der die Nachricht bekommt, daß sein einziger Sohn bei den kriegerischen Auseinandersetzungen im Jordantal gefallen ist, und der nun den Toten identifizieren soll. ›Frühsommer 1970‹ ist eine grandiose Geschichte, die schlaglichtartig das latente Entsetzen in einer politisch - militärischen Konflikten ausgesetzten Gesellschaft beleuchtet.

Fischer Taschenbuch Verlag

fi 1320 / 1

János Nyiri
Die Juden - Schule

Aus dem Englischen von Hilde Linnert
und Uta Szyszkowitz

Band 11054

Der Titel dieses Romans ist doppelsinnig, sein Inhalt eindeutig. Gemeint ist einmal eine Schule für Juden (wozu auch die Synagoge, die schul, gehört), zum anderen die harte Lebensschule, die jeder Jude in einer antisemitischen Umwelt durchlaufen muß. Thema ist der Holocaust, die systematische Ausrottung der Juden. Erzählt wird die Geschichte aus der Perspektive des kleinen József Sondor, den der Leser vom Kindergarten (kurz vor Ausbruch des Zweiten Weltkriegs) bis zur Befreiung Budapests erlebt. József ist so etwas wie ein ungarisch-jüdischer Oskar Matzearth, der permanent seine Familie, Lehrer und sonstige Umwelt in Atem hält, sich aller Disziplin (und allen Disziplinierungsversuchen) entzieht und voller verrückter Ideen steckt. Er ist außergewöhnlich frühreif und sprachbegabt. Obwohl das Buch überwiegend von Angst und Überlebensnot handelt, fehlt ihm alles gefühlige Pathos; Nyiri bringt seine Leser zum Lachen, das im Hals stecken bleibt und begreifen hilft. Der *Observer* schrieb: »Wir suchen in der Kunst nicht nur nach Verständnis, sondern auch nach Glück. János Nyiris *Juden-Schule* erfüllt beide Wünsche. Der beste Roman über den Holocaust.«

Fischer Taschenbuch Verlag

fi 1256 / 1

Wyndham Lewis
Rache für Liebe

Roman

Aus dem Englischen von Hans Rudolf Rieder;
bearbeitet von Bernd Rüther

Band 9552

Den »profundesten politischen Roman der englischen Literatur seit Joseph Conrads *Nostromo*« hat die FAZ Wyndham Lewis' 1937 erschienenen Roman *Rache für Liebe* genannt. Er spielt in England und Spanien kurz vor Ausbruch des Spanischen Bürgerkriegs und ist eine fulminante sarkastische Abfertigung einer ganzen Gesellschaftsschicht, des sich links gerierenden schicken Völkchens von Londoner Künstlern und Intellektuellen. In ihrer Mitte setzt sich Percy Hardcaster in Szene, ein Berufskommunist, der auch Verleumdung und wenn nötig Schlimmeres als Mittel der Selbstpropaganda einsetzt. Mit seiner Flucht aus einem spanischen Gefängnis, bei der ihm ein Bein zerschossen wird, beginnt der Roman, mit seiner erneuten Inhaftierung, einer mehr, schließt er: die Gefängnisaufenthalte seines Helden als Rahmenhandlung – ein zynischer Einfall des Romans. Was dem Buch über die Aspekte des Ideologischen und Gesellschaftssatirischen hinaus seine beeindruckende Dimension gibt, ist die Konsequenz, mit der es das Thema der Täuschung durchspielt.

Fischer Taschenbuch Verlag

fi 1253 / 1

Teddy Kollek
und Amos Kollek
Ein Leben für Jerusalem

Aus dem Englischen von
Werner Peterich und Jizchak Barsam
Band 11269

Als Sohn einer in der österreichisch-ungarischen Donaumonarchie ansässigen jüdischen Familie wurde Teddy Kollek 1911 in Wien geboren. Nach dem Ersten Weltkrieg schloß er sich einer jüdischen Jugendorganisation an. Unter Einfluß des Zionismus sah es Kollek bald als sein Lebensziel an, in Palästina zu siedeln. 1934 erhielt er das Einreisevisum in das damals noch britische Mandatsgebiet und arbeitete in einem Kibbuz. In der Nazizeit und im Krieg half er von England und der Türkei aus gefährdeten Juden bei der Flucht aus Europa. Er lernte viele einflußreiche Zionisten kennen, die maßgeblich am Aufbau des Staates Israel beteiligt waren. 1947 war er in geheimer Mission in Amerika. 1948 wurde er zunächst Leiter der Amerikaabteilung des Außenministeriums und ging dann für einige Zeit an die israelische Botschaft in Washington. Später war er Chef im Büro des Ministerpräsidenten Ben Gurion. 1965 wurde Teddy Kollek zum Bürgermeister von Jerusalem gewählt – ein Amt, das er mit Erfolg bis zum heutigen Tag bekleidet. In drei Nachworten arbeitet Teddy Kollek die für Jerusalem bedeutsamen Ereignisse auf und entwickelt seine Vorstellungen für die Zukunft dieser Stadt.

Fischer Taschenbuch Verlag

fi 1254 / 1